網路崛起、資訊爆炸、獲利崩跌，
新聞媒體產業將何去何從？

真相的商人

Jill Abramson
吉兒・艾布蘭森／著　吳書榆／譯

Merchants of TRUTH

The Business
of News and the
Fight for Facts

謹以此書緬懷吾友丹尼・培爾（Danny Pearl），
以及其他為了挖掘事實而壯烈犧牲的偉大記者。

目次

推薦序

終究，還是靠新聞得到尊敬

林照真（國立台灣大學新聞研究所教授）

影印機俐落地吐出厚厚一疊雙面A4紙張，油墨與熟悉的新聞味兒，刺激人的嗅覺。《紐約時報》前執行總編輯吉兒・艾布蘭森，投入十三年光陰撰寫《真相的商人》一書。報紙傳奇與科技新貴的新聞市場競爭，是本書的主軸。艾布蘭森做新聞工作時寫，即使離開新聞界多年，她還是繼續寫，沒有理由可以停筆。因為故事還在不斷發展中。

為了讓讀者真正了解美國新聞產業的生存命脈，本書作者非常精準地找了BuzzFeed、Vice兩家新媒體公司，來和《紐約時報》、《華盛頓郵報》知名老報紙PK。光是四個主角登場，就已經搶盡風頭。作者的書寫與學者不同，本書敘事呈現清晰的事件脈絡，文字溢散多汁的細節，翻譯成中文後依然保存原味。美國原本嚴肅的新聞媒體轉型歷程，頓時成了膾炙人口的章回小說。

這四家媒體，各有不同的生存之道。剛起家時，新貴網路媒體BuzzFeed倚重臉書，服膺最受歡迎的行銷邏輯。在文章上下個釣魚標題，搭配幾個方法就可造成病毒傳播。訊息瘋傳後，順勢便可賺取廣告收入。BuzzFeed把自己視為資訊科技公司，不在意新聞和廣告有無區別，更完全不想成為新聞機構。

Vice則是不避諱自己的魯莽輕率，只想藉著有看頭的內容獲利，Vice認為自己的經營哲學就是「酷」，新聞與娛樂就是「酷呆了」的結合。他們超痛恨新聞學院的那些人，毫不在乎倫理道德，只想找到更感人、更大膽、更煽動等可以賺錢的內容，從不思考新聞和娛樂之間有何差異。

數位時代帶起新聞權力的轉移，數位新貴和不斷縮編裁員的傳統報紙媒體，景象確實不同。主導「國防部文件」、「水門案」等調查報導，真正讓政治人物顫抖的傳統紙媒，已因為網路科技而抑鬱內傷。《紐約時報》成立的宗旨不是為了散播歡樂，專業的新聞品質一直是美國知識精英的首選。《紐約時報》樹立古典新聞的標竿與榜樣，更努力推出令人驚豔的數位新聞創作。然而，不可否認，報紙讀者不斷流失與老化，連帶導致平面廣告價格下跌。為了生存，作者萬分擔憂，《紐約時報》新聞與業務間的防火牆，已經岌岌可危。

人人羨煞《華盛頓郵報》有了新東家亞馬遜的資金挹助，必能喚回報社過去的榮光。然而，科技業講求流量數字，企圖翻轉老報社的書生文化。《華盛頓郵報》編輯中心的電子螢幕，每秒鐘都會顯示一篇報導。辦公室外則掛了一個流量板，螢幕上顯示每篇報導吸引了多少讀者。作者說，這個流量板，讓《華盛頓郵報》記者十分憤怒。

接著，故事有了新的轉折。

科技新貴想讓公司更添光彩，於是心生一計。BuzzFeed決定挑戰新聞，讓調查報導成為BuzzFeed增加新聞光環的嘗試。BuzzFeed還說，新聞是偉大媒體的心臟與靈魂；新聞是對世界造成重大影響的最佳管道。即使新聞業務無法像娛樂業如此龐大，卻是一家公司能夠贏得尊敬的原因。

作者在書中說，科技新貴遊走於灰色地帶，沒有新聞包袱。BuzzFeed充滿野心壯志，想要成為嚴肅新聞的供應商，以及《紐約時報》和《華盛頓郵報》的可敬對手。

Vice從地下文化起家，決定跳入紀實新聞時，根本沒有新聞報導守則。即使他們再譁眾取寵，卻從攝影機的鏡頭，看到人世間的貧窮、黑暗、髒亂與無能為力，報導風格逐漸變得嚴肅。他們終於了解，原來這就是新聞關懷。

當然，Vice以娛樂吸引一大群人到網路後，它知道人們正在擺脫報紙，改在網路上尋找新聞，於是推出讓觀眾上鉤後轉換的策略。它貫徹與YouTube合作，另外設立一天量產七千篇的內容農場，多數內容都不是傳統的新聞，而是充滿冒險、危機和沉浸式情節的娛樂紀實內容。

閱讀此書時，可以感受到作者有些失落。身為新聞人，親眼目睹殘酷的新聞生存遊戲。網路科技讓傳統媒體亂了套，昔日位居輿論顛峰的百年老報，即使努力轉型二、三十年，卻還是無法在數位時代衣食無虞，想要維持古典新聞的風骨與高度，顯得有些吃力。

然而，作者在本書中，一直把調查報導作為衡量新聞媒體的最佳指標。《紐約時報》和《華盛頓郵報》始終是美國普立茲獎的佼佼者，是備受政治圈、文化界、知識社群稱道的民主基石，更是這兩家報社贏得尊敬的主要原因。在普立茲獎的盛宴上，也開始看到BuzzFeed、Vice的身影，後生可畏，大家都是因為新聞而相遇。

臺灣和美國一樣，新聞產業完全陷入流量之爭，每分每秒可換得廣告的按讚、分享，是媒體老闆評量記者的標準。業務和廣告早已躍過新聞防線，讓新聞再也無法理直氣壯。新聞記者勞力一整天，卻少有機會從事深入的調查報導。雖然還有人在努力，卻很難改變國內新聞與商業錯綜的複雜結構。

作者在書本最後，引用《華盛頓郵報》總編輯拜倫「媒體要用勇氣回報整個社會」的一番話，說明《華盛頓郵報》到最後仍然秉持調查報導精神，強調媒體必須不懼威脅，頂住壓力，民主才不會在黑暗中死去。

這句話，應該是作者用來提醒所有人的。國內媒體也可以一起反思，想想我們身為新聞人，在這個不確定的年代，該如何回報我們的社會。以及，我們還能不能靠新聞得到尊敬？

推薦序
新聞的未來

楊士範（The News Lens關鍵評論網媒體集團共同創辦人）

這一本企圖心很強的書。作者吉兒・艾布蘭森是《紐約時報》成立一百六十年來第一位女性總編輯，她從眾多美國媒體中，挑選了網路原生的Buzzfeed；雜誌起家然後慢慢以影像聞名的Vice；她過去任職十七年的《紐約時報》；以及《紐約時報》的對手《華盛頓郵報》。然後分三大篇章，分別梳理這二舊二新的媒體的前世今生。

書裡面可以讀到Buzzfeed和Vice的快速竄紅以及對於傳統媒體的各種各樣影響，同時也有老一輩媒體面對網路媒體來勢洶洶時候的掙扎和努力轉型。相信對於所有一開始非網路媒體的媒體工作者來說，一定都很快就有感受，而對於我們這種網路原生的網路媒體來說，同樣也非常有參考價值。因為透過Buzzfeed和Vice的成長與擴張、透過《紐約時報》以及《華盛頓郵報》的轉型，我們可以思考和想像，新聞的未來到底下一步會長什麼樣子。

而我相信，多半的時候，也沒有人知道，或至少沒有人能確定。當艾布蘭森被資遣離開《紐約時報》的時候，《紐約時報》正在從低谷努力爬升中，股價已經從八、九美元來到十四、十五美元，只是還要在等上好一陣子，《紐約時報》才透過訂閱、podcast以及其他方式，慢慢拉回營收和表現，而現在到二月中為止，《紐約時報》超過五十美元的股價，已經是來到近二十年來的歷史新高了。可見紐時在這幾年的確在尋求轉型中有獲得一定的成果。

這本書非常的厚，但是艾布蘭森是一個非常會說故事的人，可以讓你不知不覺一頁頁的翻閱下去。我知道這本書在國外有些負面評價（包含有人指出疑似抄襲文章和事實描述有誤，這在網路上都找的到），但艾布蘭森也有出來正面回應，也正適合在這樣一個數位時代，一個正反多面意見並呈的非單向線性思考的好案例。

我個人覺得所有新聞媒體工作者和所有關心新聞媒體的讀者，都很值得花上一點時間（好啦，很多一點）好好從第一頁閱讀這本書，從中瞭解，我們現在認知的新聞媒體環境是如何在過去這二十幾年中慢慢型塑成現在的樣貌。我們不可能回去過往那些所謂媒體的「黃金年代」，也沒有必要，但我相信這本書可以給我們看見一條從過去到現在的歷史路徑，或許從歷史中，我們可以想像到未來。

自序

這場派對很有世紀末的頹廢風。二〇一六年初某個冬夜，一群新聞業的鬥獅齊聚在華府的新聞博物館（Newseum），參加普立茲獎（Pulitzer Prize）的百年慶盛會。這些編輯、記者把事業生涯投注在各家報社，例如《紐約時報》（*New York Times*），這家報社贏過一百一十七座普立茲獎，領先各大報社。會場也處處可見《華盛頓郵報》（*Washington Post*）的代表，這家則贏過四十七座，屈居第二。多年來，他們報導過水門事件（Watergate）、五角大廈文件案（Pentagon Papers）、戰區情況、恐怖主義、金融醜聞、貧窮、政治貪污事件、民權事件、中國、俄羅斯等等。《華盛頓郵報》業主家族後代菲爾・葛蘭姆（Phil Graham）說過新聞是「歷史的初稿」（first rough draft of history），這句名言早已成為新聞界自我標榜的老話，但用在這些最受新聞界推崇的作品上，倒也實至名歸。

自一九九二年就成為《紐約時報》發行人的作家亞瑟・奧克茲・薩斯柏格二世（Arthur Ochs Sulzberger Jr.）（下文稱薩斯柏格），每年春天普立茲獎宣布得獎人時，他都備感驕傲，一如他的父親。普立茲獎委員會裡幾乎向來都有來自《紐約時報》的評選委員，近十年來，這家報社的代表是湯瑪斯・佛里曼（Thomas Friedman），他是《紐約時報》裡極具影響力的外交事務專欄作家，本身也得過三次普立茲獎。委員會拍板定案後，佛里曼會通知發行人，在正式發布前的星期五先透露結果。

他多半傳來的都是好消息，絕少例外。幾乎每年，娃娃臉的薩斯柏格都至少會新添一幀得獎人的照片，掛在他辦公室外的走廊上。多數訪客都知道，六十四歲的薩斯柏格希望交棒給兒子亞瑟・葛瑞格・薩斯柏格（Arthur Gregg Sulzberger）（下文稱小薩斯柏格），就像他的父親「痛擊」・薩斯柏格（"Punch" Sulzberger）（下文稱老薩斯柏格）交棒給他那樣。

冠蓋雲集裡缺席的是《華盛頓郵報》的唐納・葛蘭姆（Donald Graham），他是一位謙沖自抑、備受愛戴的公司董事長，三年前才離開這個位置。他再也不抱希望，不相信靠著優質的新聞終能撐過大幅裁員與廣告營收的衝擊，於是把家族自一九三三年以來就擁有的報社賣給科技大亨：亞馬遜（Amazon）的傑夫・貝佐斯（Jeff Bezos）。《華盛頓郵報》光鮮亮麗的新辦公室裡，已經不再留著知名的水門案「尼克森辭職」頭版頭條報紙作為裝飾，現在變成到處都是平板螢幕，顯示有多少讀者在讀哪一篇報導的即時統計數字。最顯眼的是一句貝佐斯的名言，藍底白字說著：「不持續演進很危險（what's dangerous is not to evolve）。」

利用臉書（Facebook）和Google培養出龐大年輕讀者與閱聽群眾的數位媒體，是年輕一輩的守門員，他們的執行長也缺席了。雖然這些媒體公司的新聞報導很少能贏得普立茲獎，但是諸如BuzzFeed和Vice媒體（Vice Media）等公司，也讓老世代的守門員面對激烈的競爭，並體驗椎心刺骨的痛。

這場盛宴慶祝的是新聞的黃金年代，但與會者卻正經歷著新聞的焦慮年代，每一個人都認識某個被收購或被裁員的同業。過去十年來，新聞業提供的編輯與記者職務，以金額來說少了十三億美元[1]，自二〇〇〇年以來，約少了百分之六十的從業人員。得過獎的報社有些已經退出產業（退出的總共超過三百家），有些則是規模完全無法和過去相比。不斷有人信誓旦旦，說可以用更少的資源做出更多的成果；還有新來的參賽者，雖然市場把他們的價值估得很高，但是要賺得利潤仍是困難重重。

在此同時，蒐羅新聞的成本仍高不可攀，全球都一樣。要贏得普立茲獎的調查性報導（investigative reporting）需要用幾個月的時間來追蹤，編撰並要在法律上能刀槍不入需要的時間更長，而且後者的成本更高。編輯必須捍衛準確度和公平性：當大事爆發，他們得搶直升機或派很多記者塞爆現場，此時無力去擔心會超出預算。這些獎項要彰顯的新聞品質一直在遭受威脅，岌岌可危的不單是新聞業而已，還有格局更大的民主社會中的真相與事實、人民知的權利，以及比他們報導的政治更重要的新聞來源。

所有編輯都在集結人力報導總統大選時，從沒想過選民交付權力的對象，居然是一個說他們是魔鬼代言人、「假新聞媒體」的人。在唐納・川普（Donald Trump）的造勢大會上，他的支持者在封鎖線後方嘲弄著報導大選的記者。川普的說謊成性，挑戰所謂客觀的舊規則，迫使新聞記者扮演了看來讓人不安（至少在很多保守美國人的眼中）的角色，成為和現任總統對抗的人。

新聞記者在乎的每一件事，都受到攻擊。他們啜飲美酒的這座廣闊博物館，最初成立的用意是為了讚頌新聞這一行光榮的過去，但如今重要的桂冠已經變成量化指標了：點擊率、按讚數、推文與網頁的瀏覽次數和互動時間長短。

除了政治氛圍之外，傳統新聞媒體本身也造成了公眾信任的消退，各種自找的醜聞傷害了他們的可信度，例如《華盛頓郵報》的珍奈・庫克（Janet Cooke）和《紐約時報》的傑森・布萊爾（Jayson Blair）事件、伊拉克戰爭爆發前的報導，還有最近引發爭議的報導，比方說希拉蕊・柯林頓（Hillary Clinton）電郵事件、民主黨辦公室電腦中被駭的資訊，以及完全沒想過川普有可能當選。目前多數美國人取得新聞的管道是透過手機、社交媒體、各種資料來源（比方說他們非常信任的家人）或是各個另類右派的網站，讓有線電視的新聞節目、來自俄羅斯的機器人網軍以及品牌置入內容（branded content）更加兩極化。

我用局外人的眼光來看會場，在焦慮之下瞥見《紐約時報》的老朋友和前同事：作家安娜・昆德蘭（Anna Quindlen），還有伊莎貝・薇克森（Isabel Wilkerson），她穿著一襲紅洋裝熠熠生輝。薇克森是第一位贏得普立茲專題寫作獎（Pulitzer for feature writing）的黑人記者，描繪出芝加哥南區（South Side）一名四年級學生讓人心痛的境況。二〇一四年時擔任《紐約時報》執行總編的我已經被炒魷魚，但解雇我的小薩斯柏格仍慷慨邀請我今天到場，和《紐約時報》大家庭一起慶祝我們的普立茲傳統。在我先擔任編輯主任（managing editor）、之後升任執行總編（executive editor）期間（當時我是第一位接下這些職務的女性，也是僅有的女性），《紐約時報》共拿下二十四座普立茲獎。

我在水門案期間成為記者。那時我是年紀和大學生相仿的女性，能加入水門案兩大記者鮑伯・伍華德（Bob Woodward）和卡爾・伯恩斯坦（Carl Bernstein）行列的機會微乎其微，但是他們針對尼克森卑鄙劣行所做的突破性調查，激發了我放膽一試。我從《時代》（*Time*）雜誌起步，一路攀到新聞界的最高階，然後重摔下來。我很熟悉新聞的新生態，很清楚這裡的品牌原生廣告（native advertising）、騙人點選的聳動標題，以及全年無休的節奏，然而，我並不在這樣的世界裡長大的。當傳統報社努力跟上科技，各家的執行總編也得背負著成為數位大師的期待，還要任由商業需求導引他們所下的編輯判斷。

水門案之後有一本書特別激勵我、指引我成為記者，那就是一九七九年出版的《媒介與權勢》

（*The Powers That Be*）。本書作者大衛・哈伯斯坦（David Halberstam），在《紐約時報》擔任記者時，因為報導越戰而得到普立茲獎。這本書檢視四家極具影響力的新聞媒體公司背景及其發展路徑，分別為：《華盛頓郵報》、《洛杉磯時報》（*Los Angeles Times*）、CBS新聞（CBS News）以及時代公司（Time Inc.）。哈伯斯坦寫作本書時是新聞極盛的時代，在那之前，《華盛頓郵報》才剛剛爆出一連串的報導，後來引發了美國史上第一次的總統辭職事件；CBS則扮演了要角，打開了美國的眼界，去檢視越戰的徒勞無功。比起一九九〇年代的線上出版蓬勃發展，上述這些事情發生的時間要早得多了。當時，印報紙就像印鈔票，裡面塞滿了徵人啟事和百貨公司的廣告，報社也在愈來愈多城市裡享有獲利豐厚的獨佔地位。就算是《巴爾的摩太陽報》（*Baltimore Sun*）這類比較小型的報社，也都有預算聘用海外特派人員，駐紮在東京、柏林等遙遠大城。

哈伯斯坦採用編年方式，細說這四大機構如何在二戰之後不僅財務上大為成功，更在新聞報導上力求卓越。理查・洛維拉（Richard Rovere）是《紐約客》（*New Yorker*）雜誌長期的政治評論家，他也在這個時代寫作，重要的政治議題都以道德議題為主，比方說麥卡錫主義（McCarthyism）、民權、越戰、水門案等等，哈伯斯坦筆下的四大新聞機構，就是透過這些危機在美國扮演受人尊崇的角色。洛維拉也警告麻煩即將出現，因為這些由家族經營的報社，和華爾街以及各種只在乎小節的人愈走愈近。

觀察周遭環境之後，我在這場普立茲獎盛宴上湧出一種無法承受的感覺，現在，一如哈伯斯坦寫書當時，權力的移轉就在我們眼前發生。數位時代裡的新聞無所不在，卻比過去更難找到值得信賴的資訊或支持新聞發展的財務模式。新聞編採單位遭到大幅縮減，至今行動未歇。《波士頓環球報》

（*Boston Globe*）二〇〇七年關閉海外新聞聯絡處[2]，《華盛頓郵報》也在兩年後關閉紐約、洛杉磯與芝加哥的美國國內分處。新進的參與者（特別值得注意的如BuzzFeed和Vice媒體）則開闢了國際辦事處，善用網路的力量讓任何人在全世界都能培養出群眾，卻無法填補消失的報導能力。

我們這個時代也有自己的道德危機，其中有些是媒體自作自受，比方說：伊拉克戰爭之前的假新聞、美國情報機構對人民進行令人憂心的監控，以及對於把川普拱上台的力量視而不見。哈伯斯坦所讚賞的信任和權威，以及相關的商業模式，看來都岌岌可危。

Vice媒體的創辦人希恩・史密斯（Shane Smith），曾在以放縱逸樂為主的男性雜誌擔任編輯，不久前自誇自家公司是「街頭的時代華納」，並大言不慚要把ＣＮＮ擠下去。BuzzFeed的創辦人兼執行長喬納・裴瑞帝（Jonah Peretti）利用可愛小狗的照片連結攻佔難以接近的千禧世代，之後借力使力，組建了相當於《紐約時報》調查小組規模的調查性報導人力。在此同時，《紐約時報》和《華盛頓郵報》試著教育數位使用者付錢購買內容，這門課，直接牴觸「資訊渴望自由」（information wants to be free）的網路信條。這兩家公司開始向電子報的訂戶收費，但不知道此舉是否足以拯救自己。

《紐約時報》十年前已經試過挑戰免費新聞的正道，但並未成功[3]，他們鎖定意見評論與專欄部分向讀者收費，但僅從網站讀者手中收到微薄的兩千萬美元，之後很快就收手了。報社內部一直繪聲繪影說要倒閉了，最後一位墨西哥的大富豪拿出大筆錢才力挽狂瀾。目前局勢已經穩定下來，更有彈性的數位訂閱方案也帶入可觀的營收。但是，《紐約時報》大致上仍靠報紙訂戶養活，而訂報紙的讀者正漸漸老去，人數也愈來愈少。

我身邊來來去去的派對常客，和訂報紙的讀者一樣，都是哈伯斯坦筆下黃金時代所留下的產物。

這些來賓擁有重要天賦，能在充滿貪婪與謊言的城市裡嗅出事實，這對於民主的健全而言，比起過去任何時刻都還來得重要。《紐約時報》仍在數位時代裡戰鬥求生，努力想吸引到足夠的訂閱營收，在因應每年兩億美元的新聞預算的同時，也讓報社仍能留在薩斯柏格家族手裡；一八九六年時，田納西報業大亨阿道夫・奧克茲（Adolph Ochs）買下了這家報社，他是薩斯柏格先生的外曾祖父。至於《華盛頓郵報》，顯然已經在貝佐斯手上獲救，在歷經多年來葛蘭姆家族無可奈何的精簡成本與縮減員工之後，目前正在努力恢復其備受重創的聲譽。

至於新興的數位競爭者，他們要面對的問題，則是要不要挺身而出成為事實的捍衛者。他們自認為是破壞者，自認是蘋果公司（Apple）傳奇電視廣告「一九八四年」（1984）中的「老大哥」（Big Brother）螢幕，重擊權力結構。他們當中甚至有些人認為編輯需要化身為守門員，有時候很倉促地就把新聞「放出來」，任讀者自行判斷什麼是真、什麼是假。雖然近來他們希望成為嚴肅新聞的提供者，因此漸漸提升了品質，但下的標題仍非常浮誇。BuzzFeed以及Vice媒體仰賴社交媒體的分享，有一個廣義的衡量指標叫「互動」（engagement），包括了所花的閱讀時間、按讚數、分享次數、社交媒體上的留言以及多個其他因素。帶動報導的是群眾的智慧，設下標準的是會在網路上發言的人，而不是專業的記者。毫無喘息空間的新聞週期，很少有空間讓受過正式訓練、躊躇滿志的年輕記者好好發揮，他們多半只能坐在電腦後方，從網路上挖掘已發布過的內容，重新改寫或是往不同的方向延伸。

BuzzFeed以及Vice媒體理解社交媒體與影片的力道，贏得了數以百萬計忠誠的閱聽人，大部分靠的是使用企業巨頭臉書和Google的科技平台，集結年輕人追蹤他們；年輕人是廣告主最重視的一群人。新媒體在財務上能成功，是因為他們從事所謂的原生廣告，這類廣告基本上是記者編造報導的翻版。為數位新聞網站提供命脈的臉書，就是靠著其二十二億全球用戶的快速分享來帶動廣告營收。臉書在二〇一六年美國大選之後備受攻擊，因為這家公司放下身為世間最大出版者的責任，將用戶的數據分享給和川普關係密切的劍橋分析公司（Cambridge Analytica），同時也沒管好自家平台的秩序，任由俄羅斯的不肖之徒放假消息來干擾選舉。

從各方面來說，這都是一個獨一無二的時刻。共和體制的命運，比過去更仰賴於獲得真實、可靠的資訊，人們獲得的新聞數量多過從前，然而，在數位時代裡的每一家新聞機構得想方設法，才能產出這麼多資訊並支付相關費用。我下定決心要捕捉這讓人揪心的轉型過度，而且是以記者的角度來做，這是我最初的天命。

我借用哈伯斯坦的範本，勾畫出四家大企業為了讓真正的新聞活下去而面臨的掙扎，但，我說的故事不像哈伯斯坦那麼樂觀進取，個人色彩也比較濃厚。我打過這場仗，曾經在新經濟環境下想辦法讓事實活下去。擔任《紐約時報》執行總編時，我認為必須在捍衛新聞獨立與找到新營收來源的急迫需求之間找到平衡，我奮戰、我失去了方向。哈伯斯坦筆下的四家公司，是撐起當時興起中新聞傳統體系的中流砥柱，他講的是這些機構迷人的起源故事。我則選擇細數《紐約時報》和《華盛頓郵報》這兩大報，兩家公司都經歷了風雨飄搖，遇過破壞性極大的科技變遷，並為了保護自身的重要性與基本價值觀而奮戰。我也另選了兩家新參與者BuzzFeed和Vice媒體，他們未必算是新聞領域的一員，但是，當導引人們取得新聞的管道變成社交媒體平台，而非個別的發行機構時，他們就取得了優勢。

在川普時代，新聞戰爭不再只是公開電視節目上與新聞系所教室裡打高空的討論，而是日常生活的中心舞台。將媒體貶為「人民公敵」的川普，其實本性熱愛媒體。正是因為《紐約郵報》（*New York Post*）和《紐約日報新聞》（*New York Daily News*）等小報的推波助瀾，才讓他在紐約市累積出名聲。他出賣報社、操作媒體管道，同時又因為《紐約時報》以及其他主流媒體的譴責而感到焦急。之後，他還在全美樹立起形象，成為一個實境電視節目的要角。川普對於媒體的矛盾看法，在他當選後更有甚之。他嘗試攻擊傳統媒體機構的正當性，有時也成功了，但他這麼做時卻反倒替他們帶來能量，幫助提高訂閱量。被科技壓力逼得絞緊雙手的記者，忽然之間被迫把焦點放在自身使命的重要性上，也不再那麼憂慮被邊緣化了。他們遭受前所未有的威脅，但同時間也比過去更有活力，這都要感謝川普。

在普立茲獎的宴會上，明顯可見信任和權威遭受威脅，等到川普上台，已經沒有所謂真正的共同新聞來源來為廣大美國人民提供新聞與資訊。

「三分之一的選民都被孤立，落入自有的資訊迴圈當中，關於川普，川普本人是主要的資訊來源，任何獨立的資訊來源原則上都被排拒在外。」二〇一八年四月時，媒體評論家兼紐約大學教授傑伊・羅森（Jay Rosen）這麼寫道：「這是已經發生的事實，有一套權威系統已經興起，而且現在正負責部分政治體制的運作。」

某些報社的新聞編輯室現在已經不再對商業模式過度恐慌，美國大選後，《紐約時報》和《華盛頓郵報》雙雙因為「川普衝擊」（Trump bump）而激出新訂戶之後，情勢尤其明顯。但是，不管是老守門人或是新參與者，都要面對一個共同、持續存在的難題：二十世紀支持報社營運的廣告正快速消逝。報紙時代豐厚的廣告營收，到了數位時代少得可憐。塞滿讀者螢幕的廣告又多又便宜，但要在

《紐約時報》登一篇滿版廣告仍要花掉十萬美元，手機又把廣告的價格拉得更低。雖然數位群眾的人數遠高於任何報紙讀者群，而且這四家公司也都各擁數百萬，但是多數閱聽人只付了小錢去閱讀或收看網路上的內容，甚至根本不付錢。臉書與Google利用自家可以鎖定特定群眾的自動化廣告系統，捲走了美國高達百分之七十三的數位廣告營收。

在此同時，優質新聞的一條基本原則也遭受攻擊：商業與新聞必須分開。《紐約時報》與《華盛頓郵報》以牛步跟上數位時代，有部分原因是顧慮到報社的業務部分要和編輯部分有所區隔。大家都聽過一件事，那就是《華盛頓郵報》的執行總編李奧納德・唐尼（Leonard Downie）有一次從業務討論的會議中退席，因為他非常堅持兩者要壁壘分明。《紐約時報》的廣告部主管曾經走進新聞編採室要找人，前任執行總編約瑟夫・萊利維爾德（Joseph Lelyveld）拒絕讓他進來。

這道屏障穩立了一段時間，但在龐大的財務壓力之下，幾乎是在一夜之間崩壞。《紐約時報》要求記者和廣告主一起出席大型研討會，並由行銷部門審查某些問題；報社的新聞公評人（ombudsman）則抱怨，來參加活動的記者與消息來源人士穿著打扮太隨興。《華盛頓郵報》受到的衝擊更嚴峻。一如許多在地報社，《華盛頓郵報》在華府的廣告主也消失了一大半，剩下的選項就是用創意新方法放低專業道德，以拉高一些營收。

地區小型報受創最為深重。西維吉尼亞州的《查爾斯頓憲郵報》（*Charleston Gazette-Mail*）贏得了普立茲調查報導獎，但在開過香檳慶祝之後沒多久就陷入破產危機。二〇〇八年之後的那幾年，全球金融風暴不斷加劇，這個世界對於優質新聞的需求也更殷切。西方世界集結了多股民族主義的勢力；即便失業率創下歷史新低，所得分配的不均卻創下了紀錄，美國審計總署（Government Accountability

Office）指出，二〇〇八年的金融危機讓美國經濟付出了約十兆美元的代價。經濟面的混亂以及科技面的變遷，翻轉了每個地方的日常。氣候變遷正在摧殘環境，而諸如英國石油公司（British Petroleum）在墨西哥灣（Gulf of Mexico）漏油等種種天災人禍，益發常見。恐怖主義方興未艾，美國還涉入伊朗與阿富汗兩場戰事。在這種情況下，必得要有聲譽的新聞機構深入挖掘所有的災難事件；如果沒有，那誰來告知人民？我們很容易就忘記，美國建國的諸位先賢先烈有多擔心權力集中。美國憲法第一修正案（First Amendment）保障出版自由，這列為第一條是有理由的。

對我來說，從二〇〇七年開始寫起這本書，看來是個好的出發點，這一年，幾乎一切都變了。二〇〇七年我們看到iPhone問世，新聞應用程式成為很多人主要的新聞閱讀裝置。臉書也在不久之前引進動態消息（News Feed），後來成為很多美國人傳播新聞的管道。同樣也是在這一年，Vice媒體決定在YouTube上利用數位影片來創作關於他鄉遠方的沉浸式紀錄片，吸引新的群眾去閱讀新聞。喬納・裴瑞帝世代有學院派氣息、眼光看得很遠的人，他開始做實驗，看看新聞要怎樣才能爆紅瘋傳，拼拼湊湊打造出一個他稱為BuzzFeed的新網站。

對仍身為美國一般大眾主流報紙的《紐約時報》和《華盛頓郵報》來說，二〇〇七年是分崩離析的開始。隨著危機漸漸逼近，再加上當年遷至新大樓產生的成本，很快的，《紐約時報》就不得不求助於卡洛斯・史林（Carlos Slim），請這位大亨寬貸二・五億美元。這也導致報社要出租總部多數的樓層；在薩斯柏格先生眼中，可是把這棟大樓當成一個強大多媒體新帝國的總部。場景換到《華盛頓郵報》，凱薩琳・葳默思（Katharine Weymouth）很有外祖母凱薩琳・葛蘭姆（Katharine Graham）之風（她甚至還會配戴外祖母的招牌珍珠項鍊去上班），她成為發行人兼執行長，被財務問題狠狠搧了一耳光。新聞界人士開始好奇，新聞產業的這兩大支柱是否能撐過數位轉型期？

創造憲法第一修正案想要保護的新聞、做出報導讓有權有勢的人物與機構有所擔當，這種氣氛已經愈來愈淡。在歐巴馬總統（President Barack Obama）主政期間有許多洩密事件的刑事調查，遠遠超過前幾任政府。雖然有《紐約時報》和《華盛頓郵報》揭露了政府竊聽人民的機密行動與折磨恐怖分子疑犯的祕密海外監獄，但政府內部的資訊來源與吹哨者紛紛噤聲，擔心遭到起訴。記者被迫去做證並揭露自己的祕密消息來源，他們遭受威脅，若拒絕強制性的傳票傳喚，就會有牢獄之災。有些洩密調查波及《紐約時報》的記者，我也曾公開抨擊洩密調查，直指歐巴馬政府在遮遮掩掩這方面堪比尼克森，讓白宮的新聞官傷透腦筋。《華盛頓郵報》有一位前任編輯說，如果政府用人民的名義對恐怖分子宣戰，人民需要有媒體來告知他們這件事。我同意。要得到「受統治者的同意」（consent of the governed），必須做到這一點。

在川普的時代，這些問題更加嚴重。已然弱化的傳統新聞機構能否繼續肩負使命，成為美國建國先賢設想的自由媒體？娛樂大眾能帶來的豐厚獲利，會不會讓他們拋下提供資訊的責任？除了某些大富豪業主的一時興起之外，會不會出現其他商業模式可以支持收集優質新聞的行動？當總統幾乎每天都把假新聞掛在嘴上時，還能找回人民對於新聞媒體的信任嗎？就我來看，這些都是很重要的議題。

試著回答這些問題需要時間；而由於撰寫此書之故、以歷史敘事來訴說這四家截然不同的新聞相關企業，讓我有幸走進新聞編採室的最前線。我和這些公司的領導者、技術人員、記者與編輯纏鬥了兩年之後，或許多少能掌握到優質新聞的未來景況。

我口中的「優質新聞」所指為何？我的意思是非商品化、只記錄何地發生何事的新聞，例如公關公司發出的新聞稿或是正式場合的發布報導。這些是每天都會出現的新聞。

優質新聞涉及原創報導，要深入挖掘以找到故事背後的故事。調查性報導查探金錢和政治、企業行為之間的黑暗關係，國際報導傳回天涯海角與危險交戰區域的最新消息。優質新聞是需要專業新聞記者善用技能並運用一流的工具（例如資料庫與群眾外包，以及老派的親身實地訪查等等）、以填補背景故事空白的報導；是完整呈現並善用數位科技以提供現場說明與影像、進一步解釋事件如何發生的報導；是經過編輯、尊重讀者智慧而非濫用閱聽人情緒的報導。

在這個世界能做出優質新聞的地方並不多，甚至也沒有太多人以此為目標，但是，我要寫的這四家公司有能力、而且有時候也真的做到了，他們是：BuzzFeed、Vice媒體、《紐約時報》和《華盛頓郵報》。提到BuzzFeed，因為這家公司成功體現臉書如何影響網路上的資訊傳播。講Vice媒體，是因為數位影片和串流服務迅速取代傳統有線與無線電視，贏得愛看螢幕不愛閱讀的年輕群眾忠心投靠。《紐約時報》則是因為這家報社涵蓋的主題與地區更廣也更深入，遠勝過其他新聞機構。至於《華盛頓郵報》，則是因為這家報社找回失落榮光的旅程激勵人心，是美國政治與政府中最重要的一頁。這四家領導機構，產出我們每天討論的重要報導（我永遠都沒辦法使用「內容」來代替「報導」）；這四家機構也全都瀕臨生死存亡關頭。

第一部分

第一章 崛起——BUZZFEED，之一

喬納・裴瑞帝將帶動瘋傳的數據科技注入新聞業，掀起一場天翻地覆；他出生時人們還知道如何摺報紙，他成長的地方附近有一座車庫，那裡兩個名叫史帝夫（譯註：指史帝夫・賈伯斯〔Steve Jobs〕和史帝夫・渥茲尼克〔Steve Wozniak〕）的人東拼西湊出後來的第一部蘋果電腦。他的母親和父親分別是加州奧克蘭的小學老師和律師，對於這個愛和自己用黏土捏出來、尺寸如實物一般的怪獸聊天的孩子，他們可是傷透腦筋。他的作品迷人又具吸引力，當地有一家藝廊還擺出來展示。但是他對讀書就不行了。

他妹妹叫雀兒喜（Chelsea）❶，後來成為一位成功的演員兼單口相聲表演者，在她印象中，這個骨瘦如柴的哥哥非常愛講話而且很早熟。父母在他六歲時離婚❷。隨著年紀漸長，手足也有了自己的天地。喬納・裴瑞帝後來說，對他而言，小學生活的每一天都像是接受七個小時的刑罰❸，讓他覺得「別人對他視而不見，自己根本不重要」。上課時總是渾渾噩噩的他曾經寫道：「人在教室裡，看著滿室虛度光陰的陌生小孩，孤孤單單地被難解的符號弄得束手無策。」他避著老師，躲進洗手間裡，痛哭。升上三年級時，他還是無法好好閱讀，媽媽帶他去看心理醫師，確認了她長久以來的懷疑：她兒子有閱讀障礙。

裴瑞帝的爸爸和繼母自我安慰，認為有可能這孩子的腦袋並沒有比較差，只是設定不同。在藝術課上，其他孩子做出平凡無奇的小罐子，這個算是文盲的男孩捏出的雕塑作品結構之複雜，讓老師驚艷不已。「我想得到認同的目標不是把事情做對，而是要讓事物變得有趣、刺激且原創。」他寫道，「當我在學校裡參與對與錯的賽局時，我總是輸。但是，當我在工作室裡創作出能喚起共鳴的作品時，大人會帶著驚奇與崇拜的眼光盯著看。」

最後他學會了閱讀，到那個時候他已經不再捏黏土，但從未放棄他想連結藝術和科技的興趣。高中時，哲學和經濟學讓他著迷，電腦課對他來說根本是直覺反應。他母親的朋友允許他去玩一部早期的麥金塔（Macintosh）電腦❹，他可以說是緊盯著不放。他回憶道：「我愛電腦，因為你可以用電腦來創作。」他和父母訂了約，多做點庭院工作以賺點小錢，用這些錢去二手商店買一部屬於他自己的麥金塔。

高中幾個暑假他都在夏令營教電腦與修電腦，賺點錢。不玩電腦的時候，他就自修哲學經典、騎單車，並在家附近打造了一處小型的社區花園。他妹妹說，這些年是他「輕鬆愜意的時期」❺。

裴瑞帝一九九二年高中畢業，錄取加州大學聖克魯斯分校（University of California at Santa Cruz），在這裡，他在主修環保研究與傅柯（Michel Foucault）、羅蘭・巴特（Roland Barthes）、馬克思（Karl Marx）、JavaScript和HTML之間取得平衡。他的畢業論文登上英國的季刊《環保價值觀》（*Environmental Values*）❻，談的主題是新興的環保宗旨：混合生態（mixoecology）。

畢業時他是大學優等生協會會員（Phi Beta Kappa），但不太知道自己接下來要做什麼。他去看過當地幾家新創科技公司❼，但發現辦公室文化讓人不悅。自此之後，他遵循母親的腳步，成為老師。

他填妥申請表，帶著履歷前往教師就業服務處，對裡面的人說：「我哪裡都去。」他們派他去紐奧良上城區一所獨特私校艾希多紐曼學校（Isidore Newman School），聰明的學生和歷史悠久的足球培訓方案，是讓這所學校獨樹一格的兩個因素，校友包括作家華特・艾薩克森（Walter Isaacson）、麥可・路易斯（Michael Lewis），以及足壇傳奇人物裴頓（Peyton Manning）和伊萊・曼寧（Eli Manning）兩兄弟。

他教四個班，學生從幼稚園到高中生都有，此外還主掌電腦部門，管理十五位老師，每一個都不太高興去應付這個年紀只有他們的一半、看起來毛都還沒長齊的男孩。他纖瘦的骨架都還沒長肉（其實一直都沒有）。他決定要穿西裝打領帶。

身為新手教師[8]，他一年的年薪僅有兩萬四千美元，但是接下挑戰、帶領孩子親近電腦科學這個難懂的技術領域，讓他感到很滿足。他教導學生何謂機率以及如何衡量機率，哪些因素構成隨機、哪些又建立秩序。他的學生自行設計網頁、學習寫出向政治人物請願的程式，並以角色扮演遊戲來輔助他們學習歷史。他的教室成為某種研發實驗室，讓他測試這些年輕的心智如何掌握難以捉摸的高深概念與流程，以及如何因應真實人生。他曾針對一名有閱讀障礙的六年級學生量身打造課程，校長已經放棄這孩子，視他為一個問題小孩。跟著裴瑞帝老師一年之後，這孩子開發出「迷霧之島」（Myst）的原創版本，這是一部很著名的電腦遊戲。

路易斯安那州的文化迥異於他成長的自由放任之地。他穿古怪的約翰・弗拉沃格（John Fluevog）機翼型訂製鞋[9]、聽獨立創作者的歌曲，在紐奧良常見的爵士樂與載貨卡車中顯得特立獨行。裴瑞帝的奇特吸引了聰明的學生，他們選修他教的共產主義哲學家與後現代主義等課程。他帶其中一個班的學生到紐約市旅行，有三個特別崇拜他的學生去格林威治村買了和他一樣的弗拉沃格的鞋子。其中一人叫佩姬・王（Peggy Wang），後來一直和老師保持聯繫，更成為BuzzFeed的第一批員工之一。

裴瑞帝晚上會重溫他在大學時期讀過的哲學家，並替沒什麼名氣的學術期刊撰寫博學多聞的論文。他在紐奧良的第一年曾寫過一篇論文〈資本主義與精神分裂症〉（Capitalism and Schizophrenia）[10]，感嘆網路與電視廣告氾濫營造出的失序效應；一九九六年時，這股趨勢才正要壯大。之後有多不勝數的書籍和研究都在談這個主題，討論網路如何縮短人們能集中注意力的時間。

「資本主義後期傳播與消化影像的速度愈來愈快，迫使人們必須以相應的速度來接受與放棄認同，」他寫道，「觀賞者『黏著』螢幕，錯誤地認為自己在意識形態上是豐富的『影像寶庫』。」；在這個寶庫中的「影像必定有些內容，可能營造出鏡子階段認同（mirror stage identification）」。這篇文章，讀起來像是一位理想主義者在資本主義機器的輾壓之下的最後一搏。但諷刺的是，十年之內，本文作者能打造出取悅全球各大型品牌、身價達數十億美元的公司，靠的就是利用這個消費者集體潛意識的弱點。多年後，有一名記者找到這篇文章，問裴瑞帝BuzzFeed是推翻了還是善用了他曾經嚴詞批評的現象，他回答：「lol。」（譯註：lol為網路用語，為laughing out loud的字頭縮寫，意為「好好笑」、「大笑」）

周末時他會去參加學術座談會，討論數位的未來。在一場約在二〇〇〇年前後舉辦的社交網站大型研討會上，他遇見一位名叫杜肯・瓦特斯（Duncan Watts）的康乃爾大學（Cornell）研究生，此人推演出六度分隔理論（six degrees of separation）背後的數學，並研究出蟋蟀之間如何一隻傳一隻不斷啾啾叫。得出的結果就是所謂的瓦特斯－史綽葛茲公理（Watts-Strogatz theorem），描述構成「小小世界」網絡的特質：在這個網絡中，透過幾次短距離的跳躍，你就可以從一個節點到另一個節點。某個事件由一個人傳遞給另一個人、如野火般瘋狂發展，這種現象讓大學時代的他很著迷，但是在此之前，他一直不敢相信背後居然有可用來作為解釋的科學原理，更遑論可以在實驗室裡複製出傳染性現象的工具。

裴瑞帝在紐奧良待了五年，二〇〇一年時，他申請進入麻省理工學院媒體實驗室（MIT Media Lab）研究，把全部的時間都投入自己念茲在茲的事物：有科技加持的創意。實驗室的創辦人兼主持人是尼古拉斯・尼葛洛龐第（Nicholas Negroponte），他樂觀看待數位科技，他在《數位革命—01101100101110111...的奧妙》（*Being Digital*）一書中預言未來將有一個互相連結的更美好世界。裴瑞帝在媒體實驗室的日子，可說是他小時候未能享有的祕密基地美好時光。他說麻省理工學院就是他的遊樂場，在那裡，「我的目標和每個人都一樣：打造出有意思的事物」。他也在那裡遇見了卡麥隆・馬洛（Cameron Marlow），馬洛後來成為臉書的數據科學部門主管，當時的他則是博士研究生，正在做研究撰寫博士論文「媒體感染」。馬洛的結論和瓦特斯的理論互有衝突，他主張，人們無法打造、複製或預測出會瘋傳的內容，但裴瑞帝很快就證明他錯了。

從某方面來說，BuzzFeed的出現是一場惡作劇。耐吉（Nike）要做一場網路優惠活動，推出一個網站，讓買家可以客製化鞋子、自選顏色圖案，並附加上一個綽號或選定的句子。當時二十七歲的裴瑞帝送出他的設計[11]，他的鞋子上面要刻上「血汗商店」（sweatshop）一詞，顯然指稱耐吉素有以海外廉價勞工來製造商品的惡名。耐吉發出一封電子郵件，告知他這算是「不當俚語」。裴瑞帝心知肚明，遭拒的真正原因是耐吉要捍衛他們的血汗商店。

「查閱《韋氏辭典》（*Webster's Dictionary*）後，」裴瑞帝回信寫道，「我發現『血汗商店』一詞事實上列入標準英語中，而非屬俚語。貴公司的網站上廣稱，這套NIKEiD方案的宗旨是『彰顯選擇的自由與表達自我的自由』，耐吉對於自由和個人表達的熱愛讓我心有同感。網站上也說：『如果你想把事情做對，那就自己做。』我很興奮能做自己的鞋子，對為了幫助我實現願景而存在的血汗勞工表達一點敬意，可給我一點個人的認同感。」雙方繼續你來我往，背後的耐吉代表堅定拒絕，裴瑞帝的冷嘲熱諷也不斷加劇。「我想提一個小小要求。能否請貴公司幫我和做我這雙鞋的十歲越南小女孩要一張彩色照片？」沒人理他了。

他把雙方的電子郵件對話寄給一群朋友，他們覺得很有趣，又再寄給各自的朋友們，在他自己都不知道的情況下，已經有一個很大型的網路社群在傳耐吉血汗商店電子郵件了。裴瑞帝一開始啟動了連鎖反應，看到它愈滾愈大傳到幾百萬人手上，橫跨七大洲。他接到記者的來電，不分日夜。知名主持人凱蒂・庫瑞克（Katie Couric）邀請他上《今日》（*Today*）節目，和耐吉的公關部門主管辯論勞工權益問題。裴瑞帝在攝影機前坐下來時[12]，他想著：「在這裡的人為什麼是我，而不是那些奉獻人生為了人權而奮鬥的人？」

他說，這件起於一群朋友間笑鬧的事，「開始像病毒一樣在全世界跑來跑去。」他看著事態的發展，讓他大為訝異的是，這條電子郵件鏈的行為依循著他在大學生物課中找到的一套架構。「無心插柳之下，」他寫道，「我放出了生物學家理查・道金斯（Richard Dawkins）所說的迷因（meme）。道金斯說，迷因是一個『文化傳輸的單位』，例如『音調、構想、流行金句、時尚』等等。」，讓大眾為之瘋狂。「迷因最重要之處，」裴瑞帝補充道，「是它們會自行複製，『從一個人的腦再傳到另一個人的腦』。」裴瑞帝的迷因，和大學時代他深為著迷、瓦特斯研究的蟋蟀啾啾聲是相同的現象。

回到媒體研究室，他和朋友馬洛一起思考讓他聲名大噪的環境，馬洛仍認為這不可能再來一次。他向裴瑞帝發出戰帖，要他想辦法再爆紅一次，他做到了，而且幾乎是前波未平、後波又起。裴瑞帝和妹妹聯手，想出一種他稱為「拒絕專線」的構想：當你面對不想理睬的追求者糾纏時，可以給一個他們提供的電話號碼，對方一打這個電話，機器會播放以下的訊息：「給你這個號碼的人，不想再和你說話也不想再看到你。我們希望藉由此次機會正式拒絕你。」這條專線很快滿線，打電話來的人佔滿了八條線路，還有一大堆人等著打進來，日日如此。這個專案替裴瑞帝贏來更多讚賞。有一篇吹捧文預告他將成為「游擊式媒體的傳令兵[13]」。

一年之內他又爆紅一次，這已經是第三次了。這一次他和妹妹搭檔，建置了一個專門創作諷刺作品的網站，名為「黑人愛我們網」（Blackpeopleloveus.com），專門嘲弄白人很愛講的種族敏感度。他正式地反證了馬洛的理論。耐吉電子郵件串的喧騰一時在六個月之後銷聲匿跡，拒絕專線維持了三個月，「黑人愛我們網」則活了一個月。雖然他的爆紅成功時間很短，但他想通了瘋傳這件事，對裴瑞帝來講，這指出線上媒體未來的走向。他觀察到：「網絡與分享能力兩者之間的連結愈來愈緊密，因此，媒體的傳播速度會愈來愈快。」當網路群眾的新陳代謝加速，他們對於內容的胃口也會變大。裴瑞帝要去因應這樣的環境。

他打造了一支團隊，做自己的實驗：「具感染力的媒體。」他提出一份包含了二十三項重點的宣言[14]，說明背後立論。「對要設計具感染力媒體的人來說，重點是其他人如何看待這項作品。」他寫道，「群眾既是網絡也是評論者。」要能成功，「打造出來的具感染力媒體應該代表最簡單的概念形式」，而且「必須能以一句話或更簡短的字句來解釋」。比方說，「拒絕討人厭追求者的電話專線」或「飼養出盆景貓的技巧」。

簡化內容，把傳播的控制權交給群眾是試金石，可用來檢驗裴瑞帝悟得的傳染力心法。他明白，這條操作路線並不需要特別聰明或特別有原創性；反之，這裡的重點在於要能接納大眾的突發奇想和弱點。對於陷入繁瑣日常生活、無暇好好分心休閒的人來說，網路是新興的生命出口。裴瑞帝判斷，此刻時機正好，正適合引進群眾盼望的精神鴉片。

具感染力的媒體看來瑣碎無害，因此更具吸引力；這就像冰淇淋車的旋律一樣，想辦法鑽進你的腦子裡以發揮作用。而且，裴瑞帝很清楚，這不會僅是一時熱潮。在其他人都還不願意承認時，裴瑞帝早已領會到這種全新型態能在政治領域有所發揮。CNN曾有某個脫口秀節目主持人問起他在瘋傳方面的成功是否替他賺進大把鈔票時，他對她說：「這只是一次民主媒體的實驗罷了。」

他知道，他做的事能成功，靠的是一群他稱為「對工作網絡感到無聊」的群眾；他們的興起，是「異化勞動的副產品」。根據他的估計，這一群人已經成為「取代企業媒體（corporate media；譯註：指製作、傳播、所有權和資金由企業及其高階主管主導的大眾媒體）的最大型選項」，人數多到足以「創作世界級的百科全書……扳倒政治領袖……在其他星球上找到生命與治療癌症」。他們的影響力極大——他和大家一樣，都很重視這一點——但這些人分散在各處，整體來說，網路上也沒有明確的領導者。裴瑞帝看得出來，目前為止，任何主流管道都無法滿足他們的興趣，也無法掌握到他們。這個真空帶就是機會。

在媒體實驗室的研究生生涯期間，裴瑞帝開始在目光技術實驗室（Eyebeam）工作，二〇〇一年時搬到紐約。他很興奮能和一群前瞻思考的開發人員和網路科學家一起工作，這些人拼拼湊湊打造出看起來極具未來主義的創新。為這個同盟組織提供資金的是約翰・強生（John Johnson），他的曾祖父正是嬌生公司（Johnson & Johnson）的創辦人，他的父親是一位銅塑藝術家，創辦了一處工場，讓雕塑家可以在這裡工作，創作規模大過多數個人工作室能做的雕塑作品。目光實驗室是這位年輕一代的強生先生的工廠，專研能啟動藝術創作新紀元的工具和科技。

創作者團隊裡都是理想主義者，他們開放自己實驗的原始碼，供其他的電腦工程師自由取用。裴瑞帝回憶道：「當時的我們算是運動人士、藝術家、駭客。」在目光實驗室裡，強生看出了這位年輕科技奇才前景大好，他邀請裴瑞帝來到他位在蘇活區塞滿小玩意兒的閣樓，在這裡，他們一次又一次進行讓人振奮的腦力激盪，同時動手修補改造強生的高科技裝置，並飽覽曼哈頓市中心風光。目光實驗室的工作薪資微薄，裴瑞帝把這些錢都花在請盟友吃便宜的餐點上。他把這一群志同道合的數位專家稱為「披薩、啤酒與創新聯盟」（Pizza, Beer and Innovation Consortium）[15]，其中一位成員是澤・法蘭克（Ze Frank），他很早就看出來與數位群眾搭上線的潛力，之後主掌BuzzFeed在好萊塢的影片與電影部門。

當時線上社交網路有MySpace、Friendster以及其他如今早已不見蹤跡的網域，在短短幾年內都成為獻祭的白老鼠，催生出許多當時還沒成立的大公司。二〇〇三年，強生主辦了一場社交網站晚會，這個迷人的夜晚由一個以裴瑞帝與暢銷作家麥爾坎・葛拉威（Malcolm Gladwell）為主的對談小組揭開序幕，接下來則是由酩悅香檳（Moët Champagne）公司贊助的派對。賓客身上都別著「迷因標籤」，這是一種竊聽裝置，用來收集與分析他們的閒談。以此為根基，強生推出名為感染力媒體大決戰（Contagious Media Showdown）的系列活動，由他和其他專家擔任評審，評點參與者提交以求讚賞的影片、網路以及其他喜劇專案，看看當中展現的爆紅瘋傳潛力。第一場活動的主題是十分切題的西部拓荒，討論社交媒體網站上無人探索的領域。

裴瑞帝和妹妹雀兒喜組隊，在紐約市中心前衛的新現代藝術博物館（New Museum of Contemporary Art）演出一場傳染性媒體表演，以別人的傑出瘋傳作品為主，搭配他們自己的創作：耐吉電子郵件、拒絕專線和「黑人愛我們網」。他們聘用模特兒打扮成博物館訪客，收到的指示是不管誰來搭訕都要給對方拒絕專線的號碼。黑人演員在藝廊徘徊，和白人訪客提起讓人不安的種族議題對話。「數位達人引發風騷，點燃中度狂熱」（Digerati Vogues, Caught Midcraze）是《紐約時報》講評這場表演的標題[16]，痛批這場表演「既中二」又「低俗到讓人難過」。

裴瑞帝認為這番嚴詞批評正是明證，證明了《紐約時報》的評論家完全碰觸不到定義數位世界與其年輕群眾的嘲諷幽默。裴瑞帝也自然而然成為朋友瓦特斯所說的「文化駭客」（cultural hacker）[17]。「就像電腦駭客想要利用軟體的弱點來宣示某些主張一樣，」瓦特斯說，「裴瑞帝也利用相同的方式來宣示某些文化主張。」《紐約時報》的評論家顯然缺少了這個觀點。

裴瑞帝持續強化自身的影響力，不斷去影響科技人的地下世界，此時也剛好遇見了後來成為他的商業教父的肯尼斯・勒爾（Kenneth Lerer）。勒爾是公關大亨，因為代表ＮＢＣ、美國線上（AOL）、微軟（Microsoft）以及其他客戶而賺進大把鈔票，現在的他，因為某些理由，他想要來挖掘裴瑞帝腦子裡的寶。一開始裴瑞帝無意和他碰面[18]，但在勒爾請來禮車載他和一位朋友暢遊紐約之後，他答應了，而且後來發現勒爾並非自己想像中的那種大亨。勒爾對槍枝管制等政治議題很感興趣，二〇〇三年時，他念茲在茲的是要延續柯林頓總統（President Bill Clinton）禁止攻擊性武器的政策。他籌組了一項請願活動，他認為，裴瑞帝很了解哪些因素能讓內容快速傳播，這些知識可能對他有幫助。這兩人設計的反槍枝行動並未成功[19]，但是在活動期間內引來高達十五萬人簽署請願書，讓人驚嘆。

幾個星期之後，有一位朋友邀請勒爾共進晚餐，這位友人湯姆・佛瑞斯頓（Tom Freston）是維亞康姆（Viacom）傳媒集團的高階主管，之前曾經幫忙催生出MTV。他們在下東區一家義大利餐廳碰面，佛瑞斯頓還同時邀來雅莉安娜・赫芬頓（Arianna Huffington），這位高瘦且讓人印象深刻的女子，有著一頭紅髮和濃重的希臘口音。赫芬頓當時已是知名的全球社會名流，主要的活動據點在洛杉磯。她曾和英國的文化評論人伯納德・拉文（Bernard Levin）相戀，之後與德州油田繼承人麥可・赫芬頓（Michael Huffington）結婚。一九九二年時，她幫助丈夫從加州出發，以共和黨員身分角逐參議員，也在華府為自己覓得一窟，成為政治權威，和前任眾議長紐特・金瑞契（Newt Gingrich）結盟，共同推動他們所謂的「溫情保守主義」（compassionate conservatism）。她在丈夫一九九四年競選參議員失利後離婚，宣告自己以自由放任派民主黨（liberal Democrat）的立場重新奮起。當勒爾和她碰面時，她剛剛結束一連串的競選造勢活動，她之前想要競選加州州長，但在民調顯示支持她的人只有不到百分之二之後就退出了。晚餐時談著談著就聊到了二〇〇四年總統大選約翰・凱利（John Kerry）輸給小布希（George W. Bush）[20]，以及社會需要更發達的自由放任派媒體。赫芬頓要求之後再和勒爾見面。

在此同時，勒爾則去找裴瑞帝，談一談和赫芬頓合作的可能性。「你很懂網路，」裴瑞帝回憶起勒爾的說法，「而我很了解商業，讓我們攜手合作吧。」裴瑞帝一開始興趣缺缺。「我對商業或賺錢一向不感興趣，那不是重點。」多年後他對我說，「商業一點都不酷。」他的經驗都在課堂和實驗室裡，這些地方有條規則，他的所有創作都要免費提供給任何能用上的科技人。但是，當他聽到勒爾的提議時，他開始改變原來的想法。

勒爾一直在監督保守派的部落格世界，這個領域隨著右翼的談話性電台而興起，他眼看這些人毀了自由放任派的候選人和方針，這樣的大肆破壞讓他很難過。他找到了右翼數位戰線的指揮中心麥特・卓基（Matt Drudge），此人在一九九五年推出一個叫「卓基報告」（Drudge Report）的網站，這個網站後來變成人氣極高的重要據點。一九九八年時踢爆露文絲姬（Monica Lewinsky）事件的人，就是卓基；二〇〇四年時他又再度炒作，大肆宣傳右翼的不實指控，炒作凱利在海軍服役時的相關經歷。聯合裴瑞和勒芬頓，再加上卓基前任助理、後來擔任赫芬頓研究人員的安德魯・布瑞巴特（Andrew Breitbart），勒爾想要反擊。

裴瑞帝第一次和赫芬頓見面是在她加州的家，但早在這之前，他已經先上網查她是何許人也。研究結果描繪出一個不太尋常的她：她生於雅典，出生時名叫雅莉安娜・斯塔西諾普洛（Arianna Stasinopoúlou），就讀於英國劍橋大學，在劍橋頗負盛名的演辯社成為第一位被選為社長的外國學生。她已經出過十本書，主題涵蓋保守派女性主義、希臘女高音瑪莉亞・卡拉絲（Maria Callas）、印象派畫家畢卡索（Pablo Picasso）、希臘神祕學以及新世紀靈魂主義。

裴瑞帝搭乘紅眼班機飛抵洛杉磯，禮車司機載著他前往菁英齊聚的布萊頓伍德丘地區的赫芬頓豪宅，此時此刻，這位在奧克蘭長大的教師之子，根本不知道自己會闖進什麼樣的世界㉑。隔天早晨他七點鐘就下樓來，在廚房餐桌旁找到這位女主人，她正同時應付三部手機，一邊還歡迎他和她一起參加當天的第二場早餐會議（她通常一天會有三場早餐會議）。因為她的時間很緊迫，因此他們必須針對可能的合作簡短交流意見。赫芬頓想像中是要成立一個可以主導與連結其他內容的部落格，類似基卓的平台，但是偏向左翼。之後，電視影集《歡樂單身派對》（*Seinfeld*）的創作者賴瑞・大衛（Larry David）之妻蘿麗・大衛（Laurie David）也來敲門了，裴瑞帝才知道，她要和他們一起搭私人飛機前往沙加緬度市，替赫芬頓的友人造勢；對方和她一樣同為希臘裔美國人，這位政治人物菲爾・安吉利戴斯（Phil Angelides）是民主黨人，正在競選加州州長，但最後未竟其功。

這是裴瑞帝第一次見識到那一套圍著赫芬頓的衛星系統，她走到哪跟到哪。用她自己的話來說，她是一個「召集人」，巧妙且毫不遲疑地善用她長長的人脈名單。她後來成立媒體公司，很多中流砥柱都是名單上的重要人物：這些可是從倫敦、洛城、華府和紐約的上流階級篩選出來的人。他們對於赫芬頓的價值不在於錢和權（雖然他們都有錢又有權），更重要的是他們個人所代表的意義。她可以隨意得到很多人的讚，比方說喬治・克隆尼（George Clooney）、瑪丹娜（Madonna）、亞歷・鮑德溫（Alec Baldwin）、比爾・馬厄（Bill Maher）、諾拉・艾芙倫（Nora Ephron）、狄巴克・喬布拉（Deepak Chopra）、黛安・拉維琪（Diane Ravitch）、大衛・葛芬（David Geffen）和眾多一線明星，他們都樂意在她的部落格上免費發文。

勒爾回憶道，當時的裴瑞帝看來還是個小男孩，而赫芬頓就像每個人說的，打開了他的眼界。「我在赫芬頓身上學到㉒，」裴瑞帝對我說，「要看到名流的限制與機會，以及社交網路的重要性。」

四位創辦人中的最後一位是安德魯・布瑞巴特，他具備一些和赫芬頓很相似的特質。他也曾經改變自己的政治傾向，在布萊頓伍德區長成自由放任派之前，他曾明確投向右翼。他很自豪地自稱是「麥特・卓基的走狗」。但是，來到「赫芬頓郵報網」（Huffington Post）時，他肩負的期待是要為另一邊喉舌，這項任務對他來說並非理所當然。他很艱辛才撐到新網站推出。雖然他善於寫出能引來流量的吸睛標題，但勒爾和他針鋒相對，強迫他退出。布瑞巴特之後會開始設立自己的右翼網站「布瑞巴特新聞網」（Breitbart News），網站最有名的成績是爆出前眾議員安東尼・韋納（Anthony Weiner）的醜聞。布瑞巴特新聞網在二〇一六年時成為眾人戲稱的「川普的《真理報》」（Trump's *Pravda*）。到了這個時候，布瑞巴特已經離世（他二〇一二年忽然過世，得年四十三歲），「布瑞巴特新聞網」則由史蒂芬・班農（Stephen K. Bannon）領軍。

團隊裡留下來的成員出現明顯分工。赫芬頓面對公眾，多半在她的洛城自宅工作，她固定養六名助理，在樓上辦公。裴瑞帝回憶道，勒爾「是精通媒體的大師」，負責吸引投資人；裴瑞帝建構網站的技術結構，並負責一個他們標示為「創新」的廣泛類別，這個詞後來成為每一家新聞編輯室裡廣為流傳的字眼。

這是部落格的黃金年代；部落格（blog）是網路日誌（weblog）的簡稱。在這個時候，有各種新興、便於使用的程式，比方說「Blogger」，任何人都可以架設一個自己的基地，發表自己的評論和報導。部落格的數量很快地成長到成千上萬，但有些部落格只有一名讀者。部落格能脫穎而出，是因為它們更具個人特色、通常很堅持己見，而且採用鬆散、對話式的寫作風格。許多受人敬重的記者，例如曾在地位崇高的《新共和》（*New Republic*）雜誌擔任編輯的安德魯・蘇利文（Andrew Sullivan），紛紛自我解構，再把自己打造成部落客，培養出可觀的追蹤者。「高客網」（Gawker）是一個專門發布記者與名人相關流言蜚語的部落格，就在這段期間竄起。部落格的格式正適合赫芬頓，她已經是名人，而且喜歡從一個主題談到另一個主題。

在此同時，《紐約時報》和《華盛頓郵報》也正在讓報社的某些記者作家轉型成部落客，經營他們早已專精的主題，也有一定的讀者追蹤。二〇〇〇年代中期，《紐約時報》有四十七個部落格，其中有一個專談網球、一個談西洋棋，還有其他談他們認為讀者群感興趣的寵物相關話題。裴瑞帝判定，以「赫芬頓郵報網」而言，要打敗傳統的發行機構，不僅要具有感染力，還要有「黏著力」（sticky）；他用這個詞來指稱讓讀者多次回頭的特質。

在二〇〇五年五月網站推出當天，裴瑞帝與各技術專家已經瘋狂連續工作二十四小時，整修網站的外觀，並根除基礎架構一行行程式碼中的任何潛藏大麻煩。他們還沒完成，要求多給點時間，但赫芬頓已經約好要上NBC的《今日》節目，拒絕浪費任何可以大力宣傳網站推出的機會。因此，就在輕點按鍵之間，這個網站在二〇〇五年五月九日從無到有出現在世人眼前，這裡面包含許多名人提供了想法，例如電視製作人賴瑞・大衛、影星約翰・庫薩克（John Cusack）、名主持人艾倫・狄珍妮（Ellen DeGeneres）以及賴瑞・大衛當時的妻子蘿麗・大衛（Laurie David）。

主流媒體最初負評連連，已有地位的各家部落客，也嘲弄赫芬頓用一副假正經的樣子侵入他們的小小世界。即便如此，裴瑞帝知道「他們不得不看過來。就算是痛恨這個網站的人，也會每天都來巡一巡」。這個網站憑著名人和左傾的政治傾向，養出了黏著力。短短六個月，「赫芬頓郵報網」的流量就超越《華爾街日報》（*Wall Street Journal*）、《紐約時報》和《華盛頓郵報》。

尊榮級人物出借光環帶動赫芬頓的超級部落格，之後，她把這個網站開放給每一個人，有沒有名氣都沒關係，而且，她還把他們的投稿和知名人物的作品一起刊登。當然，唯一的花招是，他們必須免費寫稿。以赫芬頓的角度來看，這一招很聰明，讓人想起頑童湯姆（Tom Sawyer）說服鄰居孩子幫忙粉刷他家的籬笆是一件很好玩的事。這代表，她和她的合夥人就可以不用投資大筆的金錢培養編輯和記者，這麼一來就能逃開財務負擔。她只要提供一個空間就好，空間剛好是網路上數量無限的商品。

這套打擊傳統發行人的策略，果然造成重創。自最早期的網路出版以來，讀者已經被養成接收大量的內容（多到你活一千輩子也讀不完），但沒想過要付半毛錢。少了網路訪客的營收，報社的會計人員得辛辛苦苦平衡收支，拿新聞網站上出售廣告空間賺得的小錢，支應聘用記者的高額成本。「赫芬頓郵報網」將人事成本壓到幾乎為零，可以快速平衡預算，也不需要犧牲產出。網站有很多特約撰稿人，因此這裡成為一座「內容農場」（content farm）。

這是一個小兵立大功的實驗。被正式任命為「創新者」的裴瑞帝[23]，負責修修改改網站的機制，核心概念是要打動訪客，想辦法把網站能提供的產品做到最好。「點選測量儀」（click-o-meter）這個指標，衡量網站的各個標題得到的流量，裴瑞帝鑽研指標收集來的數據，看看哪些報導能引發動能、哪些又無聲無息，他可以據此調整首頁。他們也設計一套A／B測試系統（A/B testing），讓作者可以用兩種不同的標題刊出同一篇報導，看看哪一個比較吸引人。出現大新聞時，沒受過新聞相關訓練的裴瑞帝會聽從勒爾的意見來決定首頁上要放什麼。「交給肯尼斯（勒爾）去想的時候，點選測量儀就不重要了。」裴瑞帝回憶到，「他很清楚有權有勢的人對什麼東西有興趣。」

為求了解其他人想知道哪些資訊，有一小群支薪員工負責檢視Google持續更新的最熱門搜尋紀錄。舉例來說，二月期間，Google就發現詢問「超級盃何時舉行？」這個問題的數量大增。「赫芬頓郵報網」的搜尋流量分析師對新聞編輯室人員發出警示，後者機靈地快速發出貼文，回答每個人心裡想問的問題；回過頭來，這則貼文又出現在Google抓取到的搜尋結果排行榜上方，為赫芬頓的網站帶來意外的訪客，這些人代表的是廣告營收的最原始型態。這招很聰明，而且經過時間與實地測試之下，會愈來愈聰明。

比方說，裴瑞帝旗下有一些分析師注意到人們在搜尋時多半使用名詞而非動詞（像是，「麥可・傑克森之死」〔Michael Jackson death〕而不是「麥可・傑克森死亡」〔Michael Jackson dies〕），因此建議網站的編輯根據這一點修改標題。演員希斯・萊傑（Heath Ledger）因用藥過量死亡時，他們看到很多人在網路上搜尋時打成「基斯・萊傑」（Keith Ledger），因此很聰明地把這個很多人聽錯的名字標在他的死亡相關報導上。

「赫芬頓郵報網」自我要求的準則不是新聞規範，而是讀者的熱情。該網站的宗旨不在於主導國家的對話，而是忠實反映現實。公司的領導階級根本沒有任何具備新聞編輯經歷的人。「數位是油畫，」勒爾對我說，「你永遠都能在上面畫上一層又一層。」一開始刊出時有錯的報導，可以馬上就被修正。在任何情況下，講究準確能吸引到的讀者，都比不上大量的產出。目前的挑戰，是要餵飽群眾大獸。

這家企業就算到了能獲利之時，仍非常重視將人力成本壓在絕對最低水準，完全不管這會對人員造成哪些影響。根據勒爾所言，打從一開始「赫芬頓郵報網」就決定，付錢給部落客這件事「不在我們的財務模式裡」，跟企業有沒有賺錢完全沒有關係。這家公司開始聘用大學剛畢業的社會新鮮人寫手進入新聞編輯室，用他們最渴望的東西吸引他們，但支付的薪水只勉勉強強讓他們稱得上小資族。為了度日，許多全職員工兼做家教、保母或服務生。這份工作費心費力又乏味，有些員工幾乎不曾離開過他們的長型塑膠辦公桌，就一直坐在電腦前搜尋網路上其他地方已經發布過的報導，剽竊過來並重新包裝成「赫芬頓郵報網」的原創報導，分走本來很可能歸於真實創作者的廣告。員工大量離職。有一位前任員工說，此地的工作環境「殘忍且惡意，但堅定反社會的人會很中意」。

裴瑞帝曾經是反血汗勞工的名人，但在短短四年之後[24]，他就成為劊子手，打造出《洛杉磯時報》所指稱的血汗出版，特色就是「快速並以件計酬；業主賺飽口袋；員工絕望、單調苦悶且飽受剝削」。

從千禧年到赫芬頓郵報成立的這五年間，全球網路用戶人數增加四倍，達到十億人。網路上的資訊交流量更成長了二十八倍。

老報社試著學習數位領域的新把戲。他們努力去接觸這一群數位群眾；然而，即便考慮報紙發行的黃金年代、報社在很多地區都享有獨佔地位的時候，數位群眾的人數都遠遠超過報社認識的讀者。經濟環境也不利。網路讀者不會付錢購買報社刊登在網路上的報導，但人們得要花掉七百美元以上訂閱，才能得到每周或每日送達的紙本讀物。隨著讀者愈來愈習慣在網路上閱讀，紙本發行量與平面廣告量開始出現不可逆的下滑。

「赫芬頓郵報網」於二〇〇五年隆重開台，不久之後[25]，時報公司（Times Company）發布一份裁員五百人的計畫，這是史上規模最大的人力縮減之一。兩年之後，時報公司再度宣布要把報紙的寬度縮減一吋半，並且關閉其中一家印刷廠。其他地方的情勢更險峻。一度大發利市的出版集團奈特瑞德報業（Knight Ridder）將旗下三十二家報社全數出售，就此消失無蹤。《華盛頓郵報》花掉幾百萬美元[26]，提供優厚條件讓員工提早退休。小一點的地方報社受傷最重，消失的數目最多，導致根本沒有人去市議會和某些州的首府做完整報導。

隨著克瑞格清單（Craigslist）這類網站出現，根據求職、尋租以及汽車買賣等項目分類廣告（這些原本是地區報紙的命脈）開始快速轉向網路，在網路上登廣告是免費的。《華盛頓郵報》的葳默思回憶[27]，當她看到自家報紙專門的求職廣告規模大減（通常淨賺上億美元），尺寸從小本的電話簿變成僅有薄薄幾張，她可是驚恐萬分。隨著離經叛道的新聞機構愈來愈多，記者和讀者同樣都感受到了其中的矛盾：他們進入了一個看來機會無限的世界，卻發現長久以來生產和取用新聞的方式已經不再可行。其中有一家是雅虎新聞網（Yahoo! News），這是一個告示板，由機器擷取與排放其他來源的新聞。雅虎是很受歡迎的電子郵件入口網站，許多雅虎的用戶發現，在這個網站上瞄一瞄新聞很方便，好過坐下來讀報。老牌的新聞機構只能眼睜睜地，看著讀者輕易將他們的時間與忠誠度轉向這種免費的內容。報社數位化的想法仍然天真無知、用錯誤的概念操作，以為只要把每天出版的內容重新放到電腦螢幕上即可。

資訊大爆炸的速度和規模都十分驚人。光是二〇〇六年，全球製造出來的數位數據就比有史以來人類寫出來的所有書籍內容多了三百萬倍[28]。美聯社（Associated Press）二〇〇八年委外做了一份研究[29]，得出的結果是年輕成年讀者罹患了「新聞疲勞症」。作者群指出，「他們顯然都因為資訊量過大而感到無力」。新聞疲勞症有一點很諷刺，那就是當人們比過去擁有更多掌控權與選項的同時，卻覺得無力改變自己的取用新聞行為。皮尤研調機構（Pew）二〇〇七年時做了一項研究[30]，可以講出副總統姓名的美國人比率，與一九八九年時相比少了百分之五。

然而，讓新聞界又怕又恨的還不是雅虎，而是Google。以搜尋引擎產業來說，Google是雅虎的後起之秀，由一群史丹佛大學科技專家創造出來的產物。一九九八年成立的Google，其業務模式中破壞力最強的元素卻讓人幾乎感受不到威脅：Google不想和廣大的網路競逐人們的時間或注意力，他們想做的是組織網路的資訊，幫助你找到你要找的東西。在提供本項服務之時，Google這部大機器高效「學會」兩種重要的資訊：你在找什麼，你能在哪裡找到。這奠下了基礎，發展出有史以來最聰明、瞄準力超強的廣告平台，自此之後，（連同臉書）拿走了大部分的廣告收益，並年復一年不斷主導市場。

隨著Google累積足夠的智慧，能提出一份讓人滿意的網路地圖，這家公司就開始銷售廣告權利，讓客戶在Google的搜尋結果列表上打廣告。二〇〇〇年起，廣告主可以付錢給Google，把自家的頁面放在用戶搜尋得到的結果列表前端，比方說，如果有人搜尋「球鞋」，這些想要買鞋的人點進列表上方網站的可能性就大增。Google在一份提交給美國證券交易委員會（Securities and Exchange Commission）的備忘錄中說明，Google要在客觀性和贊助廣告之間達成的平衡[31]，「和你看報紙時的情況並沒有太大差異，但現在瞄準的力道更精準。」

這份備忘錄接著補充道：「Google用戶相信，我們的系統可以幫助他們做出重要決策。」但有一件事也是真的：Google搜尋引擎背後力量的演算法，能比其他任何工具更快速且可靠地提供答案。機器早晚會越過界限，取代過去深負重任進入真實世界、挖掘答案回應眼下的問題，並和好奇的讀者聲息相通的記者。

二〇〇一年九月十一日早上，飛機衝撞雙塔，網路新聞領域就遇上了早期發展期間的最重要試煉。星期二早上第一架飛機撞毀時，報紙已經出刊，因此，全美大眾只能仰賴電視和網路新聞。去網路上找資訊的人比之前更多[32]，由於出現前所未見的流量壓力，很多網站都當掉了。位在事發地點北方六十條街外的《紐約時報》，趕緊整備記者團隊（年初網路泡沫破裂，記者人數才剛剛因為兩輪自願離職方案而遭到裁減），去報導一生難得一次的大事件。當災難的範疇逐漸明確，美國也對恐怖主義宣戰並進軍中東，《紐約時報》的記者證明了他們的毅力，贏得了七座普立茲獎，這是單年度的最佳紀錄。雖然這家報社的資金不斷在減少，但是還是開闢了一個每日見報、名叫「遭受挑戰的國家」的專區，專門用來放置九一一事件後爆量的新聞，為了尊重這次的大災難，當中沒有一丁點廣告。

但Google才是大贏家。當《紐約時報》記者忙著訪問消防人員和悲慟的家屬、深入阿富汗與巴基斯坦的軍隊狀況，並全面評估恐怖分子對全球造成的威脅之際，人在Google加州山景城總部的三十一歲研究人員克里希納・巴拉特（Krishna Bharat），研究當天早上湧進Google入口網站的幾百萬筆查詢紀錄。

「人們來到我們的網站並提出問題[33]：『告訴我們現在到底怎樣了？』」他指出，「但我們無法提出好的答案。」新的挑戰是要提供最新的素材，盡量納入最多資料來源，並以一致且無須真人監督協助之下來呈現包裝好的資訊。巴拉特只用了短短六個星期，就開發出名為Google 新聞（Google

News）這套工具的原型。本項服務持續追蹤網路上一百五十個新聞來源，有新報導出現時就會偵測到，每十五分鐘就更新首頁。一年之內，這裡已經擁有全球四千五百個資料來源的報導能力，整合出他們最重要的報導，並做到在報導一刊出時就出現在Google新聞的頁面上。到了二〇一五年，管道擴充到納入五萬個資料來源，經過處理之後放上七十個地區性版本頁面。

一個人在六個星期之內寫出來的程式碼就能摘錄全世界的狀態，這是一大革新。對Google而言，這又邁開了一大步[34]，更接近其明白宣示過的目標：讓這家公司成為「一家把全世界變成更好所在的機構」。但是，新聞業的其他人並不苟同。「有人認為他們有權拿走我們的新聞內容作為己用[35]，而且不付一毛錢給原創者，」時任新聞集團（News Corp.）董事長兼執行長的魯波特・梅鐸（Rupert Murdoch）說道：「他們近乎整批侵吞我們的報導，並不符合公平使用原則。不客氣的說，這是竊盜。」

「赫芬頓郵報網」和Google都仰賴整合以推動新聞運作，但他們使用的工具不同、目的也不同。Google的虛擬報紙使用演算法從全球成千上萬個管道擷取新聞，採用連回原始出處的標題為形式（再加上一、兩句話），在網頁上呈現報導。Google擷取廣泛的報導後整理放在同一個地方，呈現的是要讓看新聞的人方便的典範，也因此招致新聞來源管道的憤恨，他們的讀者都被奪走了。但Google毫不隱瞞這並非他們所做的報導。反之，「赫芬頓郵報網」的整合者是人，在著作權法許可之下，這些整合者便自行標示為報導原作者。他們之後會把報導重新刊載於自家網站上，只會間接指稱或連上原始文章。

對「赫芬頓郵報網」來說，在Google的搜尋系統中勝出是很重要的事。裴瑞帝幫忙將網站的呈現方式調整到最佳狀態，讓自家的仿製報導在Google搜尋結果頁面上的位置高於原始報導，吸引更高的點閱率。雖然網路廣告費用和報紙滿版廣告費用相比根本不算什麼，但點閱率愈高，仍代表廣告營收愈高（《紐約時報》的滿版廣告要價十萬美元[36]，相較之下，廣告主若要在新興的「赫芬頓郵報網」上刊登橫幅廣告，只要付出一點點錢）。對很多行銷人員來說，能瞄準特定群眾，而不是觸及《紐約時報》訂戶或電視觀眾這類無差別的大眾，買這類定像瞄準的廣告不僅比較便宜、效果也更高。

對於向來遵循新聞道德、太清楚要創作原創報導的代價有多高的編輯來說，讓這些新聞走私者佔上風，是可忍孰不可忍。我還記得，二〇一〇年《紐約時報》刊出一篇獨家報導之後我自己感受到的恐懼。這篇報導依據的是維基解密（Wikileaks）漏出的大量機密資料，我們花了好幾個月追蹤訪查，「赫芬頓郵報網」的版本（標題還一模一樣）幾乎是同時出現，沒有任何原創報導，而且在Google上的排名還高過《紐約時報》。

當《紐約時報》和其他報社準備申請禁制令，並考慮提出侵犯著作權的訴訟時，保守派的有力人士挺身而出，譴責赫芬頓的強取豪奪。其中的主將是我的主管比爾・凱勒（Bill Keller），他從二〇〇三到二〇一一年中都擔任執行總編。凱勒是一位犀利的作家，年輕時派駐莫斯科擔任通訊記者時就贏得普立茲獎，他很樂於以筆代劍，用機智開戰。他譴責雅莉安娜・赫芬頓是「統整女王」[37]，他認為這是把「新聞美國偶像化」，並悲嘆著她加諸的威脅：一旦她壓制了現有的新聞業者，之後將會出現竊盜合法的體制。凱勒寫道：「在索馬利亞，這叫做海盜行為；在媒體界，這卻是一種倍受尊重的商業模式。」他呼籲大家注意，等著看這種模式必有遭到報應之時。「如果每個人都在做整合，便沒有人去創作任何可供整合的實質素材。」他一邊寫道，一邊補充說明赫芬頓虛應故事聘用真正的記者之舉，就好像「美式餐廳聘用頂尖大廚好讓菜單變得更花俏」。同樣的比喻，很快也套用在裴瑞帝接下來的事業上。

赫芬頓借用川普的譏諷之詞回擊[38]，她駁斥凱勒的指控「可悲」又「可笑」，指稱他偷了她的作品，並將他的挫折感歸諸於她的網站點閱率（包含連到背後業主美國線上的點閱率）比他的高了兩倍。「贏」才是最重要的事。

對於投身高成本原創報導、進行實地採訪的機構來說，網路流量無疑是金礦的源頭。更讓人喪氣的是這個流量代表的意義：讀者無法分辨原創與仿作。當傳統新聞以自由落體速度下墜之際，公眾的意見卻匯聚起來，恭維以破壞性新策略進一步損害傳統新聞的人。「赫芬頓郵報網」誕生十二個月之後[39]，《時代》雜誌將雅莉安娜・赫芬頓列為美國百大最有影響力的人，排行版上還有她的宿敵麥特・卓基。這兩位統整國王與統整女王在意識形態光譜上分屬兩端，各自披荊斬棘躋身媒體界的上流世界，完全不管他們的成功會造成什麼後果。如今他們被譽為革新人士，他們的勝利被表彰成逆轉勝的故事。「只要動兩根手指、一部數據機和膽子[40]，」《時代》雜誌在他的側寫裡引用了這樣一段話，「然後什麼都不用管。」

當新網站運作一年之後，裴瑞帝更是不眠不休。設法打敗Google，有一小段時間是很有趣的任務，但是要長期贏得賽局就變成了一項挑戰。精通搜尋引擎最佳化（search engine optimization）、簡稱SEO的動態並不難。「赫芬頓郵報網」的冒險進取精神為他帶來一次又一次的漸進突破，納入更多資源讓他邁向下一個計畫。他說：「我一向對於如何從好到更好很感興趣[41]。」他對「赫芬頓郵報網」貢獻良多，賦予這個網站機器智慧，讓網站之後的十年都可以持續獲利。然而，也該是另有突破的時候了。

到了此時，裴瑞帝已經知道人們在網路上要搜尋什麼，以及Google的演算法如何決定提供哪些答案。他也知道人會點開哪些內容來看：比方說，賴瑞・大衛的風趣部落格貼文，或是標題讓人眼睛一亮的話題性報導。「赫芬頓郵報網」養出了傳染力與黏著力，但其賴以觸及讀者的主要系統仍是Google，這限制了「赫芬頓郵報網」的潛力。這代表，讀者必須先想、然後搜尋，才能來到他的網站。這是由讀者找到「赫芬頓郵報網」的內容，而不是由網站找到讀者。退一步看，他瞥見成為另一類出版人的機會之窗：提供讀者不會特別去找或特別想知道的內容。與其從個人的心理狀態當中尋找蛛絲馬跡，不如以洞悉社會動態作為立足點。

裴瑞帝再一次碰上了好時機。此時此刻，如今已經很熟悉網路的數位群眾正在開始社交，在網路上組成新的社群，說他們的線上互動和親自互動差不多，還不足以形容，事實上，線上互動根本是他們人際溝通的主要部分。網路上與「真實世界」的生活正在融合。人們會在他們選擇要閱讀的內容上花掉比較多時間；但，我們要知道的是，每次點閱時間超過十秒就是所謂的「長期停留」了。讀者一星期會花好幾個小時在網路上。《紐約時報》報導，該報線上讀者每個月花二十五分鐘閱讀其線上內容（報紙讀者則平均一天花二十五分鐘）。

裴瑞帝有一套理論：內容成為一種網路上的對話形式。他去找赫芬頓，談到要另建獨立的實驗性質團隊，做實驗看看人們在網路上如何彼此分享以及分享些什麼。她指示他動手去做，前提是他必須把實驗做出來的最佳結果交給「赫芬頓郵報網」。在她的加持之下，他開始去補足他找到的新力量真空。多年後，勒爾提起這個重要時刻[42]。「赫芬頓趕上了搜尋引擎最佳化的浪頭，」他對我說，「然後這個世界開始改變，讓裴瑞帝趕上了社交媒體浪頭。」裴瑞帝進一步引申這個比喻：「這有點像我們才去衝了幾分鐘的浪，然後就有一股大浪打來。」

這波浪潮的效應過去已經延燒好幾年，到了此時，在美國東北廊道上距紐約幾小時距離的麻州劍橋，由一個名叫馬克・祖克伯（Mark Zuckerberg）的大二生繼續發揚光大，變成一場騷動。他在二〇〇四年推出臉書時，會員僅限於他自己的哈佛同學們。用戶用大學的電子郵件申請，進入祖克伯打造的虛擬世界，在這裡建立個人檔案供同伴搜尋，也可以評論別人。二十四小之內有一千兩百名學生加入[43]，一傳十、十傳百，大家對這套系統的興趣也就此拉高。臉書後來放寬限制，開放給其他同屬菁英級的大學，祖克伯也從哈佛輟學，搬到加州帕拉奧圖。

為了加入臉書，網路用戶必須願意放棄匿名才能使用真正有用的服務；匿名在部落格與聊天室時代是一種理所當然。臉書後來對全美大學生開放網路，後來推及全球大學，也歡迎高中生加入。二〇〇六年九月，憑著一股憑空而來的信心，這個平台讓每一個擁有電子郵件的人都參與盛會，不問是不是在學。臉書也因此大爆發。

同一個月，臉書引進平台的核心功能：動態消息，祖克伯也把這項功能稱為「活的報紙」。「活的」是指每當用戶登入並檢視版面時，他們會看到朋友分享的內容，而不是由單一發行機構或演算法機器人選擇的報導。「這是能讓流通系統變成出版平台的基礎支柱[44]。」動態消息背後的推手工程師克里斯・考克斯（Chris Cox）說：「每個人都會收到一群人的動態消息，這些都是他們想知道的訊息。」考克斯後來成為裴瑞帝人生中的重要人物之一。

推特（Twitter）接著以同樣的前提問世，六個月後，臉書以動態消息為核心重新整理網站。如果說臉書是活的報紙，那麼，有一百四十個字限制的推特，則把這個平台變成一個超快速通訊社。打從一開始，這個網路就吸引很多記者和政治狂熱份子，他們不僅大肆宣傳自己的作品，更想辦法尋找與追蹤資料來源，並即時跟著有新聞價值的事件與文化性的對話。

在裴瑞帝獨立門戶沒多久之後，就出現了一種永遠改變事件與對話進行方式的裝置。二〇〇七年一月九日，一名不修邊幅、雙眼銳利如貓頭鷹且身穿高領衫的男人（麥金塔電腦、滑鼠、筆記型電腦、iTune和iPod都出於他的實驗室），大步走上舊金山某處的舞台，發表他最創新且最具破壞性的發明。這是蘋果公司的執行長史帝夫・賈伯斯的發表會[45]。推出的日期預定在六月（心懷期待的科技人在行事曆上把這一天標註為「i日」〔iDay〕）[46]，隨著這一天愈來愈近，有成千上萬的人佔好位置，在全美各地的蘋果專賣店外排起隊伍，以享有用四百九十九美元（或者用五百九十九美元買進豪華版）買進早期測試者暱稱為「耶穌手機」（Jesus Phone）的產品。

對新聞界來說，iPhone問世，代表讀者只要滑一滑手指就可以讀到最新的報導了。他們手中這台可以放入口袋的新電腦，很快就展現出對資訊永不滿足的胃口，而且，只要手機主人覺得手邊在做的事有一點讓人覺得悶，就會拿出來玩一下移轉注意力——這對裴瑞帝的職場人際關係倦怠症（Bored at Work Network）來說是一劑解藥。智慧型手機助長了大眾期待報導會即時出現，讓傳統報社的排程亂了套；傳統新聞週期沿用超過一世紀，早已成為這一行從業人員的生活規律。同樣重要的是，這表示無論新聞事件發生時人身在何處，新聞記者也都能配備原本只有新聞編輯室裡才有的強大工具：文字處理器、網路連線、相機和攝影機設備等等。在一個人們不斷（而且是某種程度上的被動）從智慧型手機上得到更新訊息、就好像吊著新聞點滴隨時注入新資訊的世界裡，老派的日間新聞週期也只能讓位給全天候運轉的模式。

現在有愈來愈高比例的人透過社交網路平台彼此連結，不管走到哪裡，關係都能維繫下去，因此，裴瑞帝決定完全退出「赫芬頓郵報網」，全心投入自己的實驗性團隊。利用勒爾和約翰・強生提供的種子基金[47]，他聘用了幾位工程師並在中國城租下一處公寓，就在堅尼路（Canal Street）的麻將酒吧（Mahjong bar）樓上、一棟破舊無電梯公寓的三樓，蔣介石率領的國民黨曾以這裡為家。此時，他將自己的新公司稱為感染性媒體公司（Contagious Media LLC）。

身為「赫芬頓郵報網」的共同創始人，裴瑞帝大可寄望有一天能得到豐厚報償（只是，他必須再等五年之後，美國線上才會用三・一五億美元買下這家公司）。這個時候，他之前的成功已經讓口袋很深的科技投資人對他信心滿滿；這些人認為他是他們最好的成功良機，幫助他們掌握初興的媒體領域。錢燒完了，會有人繼續再投資，這表示，他大有餘裕可說他的公司正處於「實驗室階段」，可以不顧賺錢的壓力，這常常是毀了前景光明新創公司的因素。

現在輪到他建置自己的網站了。初期導引他的方針，是在「赫芬頓郵報網」得到與分析的大量整合數據。這會強化他的直覺；他不靠猜測，就能掌握到哪種類型的內容可以成功，並避開沒用的東西。他買了幾台伺服器[48]，架設新網站並開始運作，把這些機器堆放在公司茶水間的儲藏室。在辦公室的另一頭，他找來一張長桌，讓他聘來的第一批年輕人在業務清淡時可以打電玩遊戲。這樣的設備和「赫芬頓郵報網」的富麗堂皇大相逕庭，但是破舊自有魅力。公司樓上的房客搬走時，裡面藏的蟑螂也大舉跑到樓下，出現在感染性媒體公司的辦公室，進駐裴瑞帝買的彩色螢幕iMac G3後面建立殖民地。

到了此時，裴瑞帝已經理解，不管叫什麼名字，媒體不過就是另一種溝通模式罷了。在平面與無線電視廣播時代是單向溝通，但隨著千百萬人登入網路，他們也進入了一個彼此相連的架構，在這當中，媒體內容（無論是辦公室裡傳遞的備忘錄、假期照片還是戰爭報導）不只向一、兩個方向傳出去，而是無所不在，速度甚至快過光速。

一開始，他想的是打造一套電腦系統，利用過去用來溝通的管道發送內容。系統在運作上有兩層功能：第一，監督部落格與論壇的公開對話，爬梳出人們所關心的事務，之後針對這些主題挑出最好的素材，並以線上「聊天」訊息的形式提供。負責第一種功能的，是他設計出來的「趨勢偵測員」（Trend-Detector）軟體[49]，至於第二種功能，暫時會以「話題機器人」（BuzzBot）的形式進行。任何登記享受這項服務的人，會定期收到話題機器人分派的資訊，讓他們知道趨勢偵測員最近又找到了哪些內容。這是一種想像中的未來出版模式，很容易就比時代超前十年。大眾還沒有準備好接受話題機器人帶來的美麗新世界，找出趨勢並轉化成內容片段的自動化過程，也過於龐雜難以實用。

裴瑞帝遣散機器人，但留下趨勢偵測員，將流程簡化，在陽春型的舊網站上發布收集到的熱門話題。到了這時，也該為這個他一手養大的變形怪獸命名了，因此，他找遍所有可供銷售的網域名稱，想要找一個「聽起來很酷又廣博的名字，讓我們可以進行實驗並做很多不同的事情」。到了二〇〇六年，多數好名稱都已經被人捷足先登了，他翻了又翻，直到他看到一個符合需求的名稱：BuzzFeed。他很喜歡這個聽起來未來感濃厚的組合字。原先擁有這個網域的所有人看來不再用了，樂於用幾百美元賣給裴瑞帝。

現在裴瑞帝有名字了，但對於這個網站該有的樣子，他只有模模糊糊的概念。他細細體會這種曖昧不明，他知道以開放式的方式來做即代表了靈活性；在變化莫測的局勢中，靈活性對於成功來說至為重要。晚至二〇〇八年，BuzzFeed便故弄玄虛地自述是「一個平台」，旨在「為一群高趨勢敏銳人士與話題製造者提供出版工具並偵查趨勢」。雖然網站至此已經成立並公開運作兩年，但是仍在裝神祕，指稱：「我們目前為私人專用的β測試版。」

即便有這些不知所云的說法，但BuzzFeed網站提供給訪客的內容卻非常直接了當：每天有五、六篇貼文，涵蓋文化趨勢或正在發酵的八卦，每一篇貼文下都會加一、兩句話，之後會有綜合性的連結，連到和該主題相關的其他文章、部落格貼文或照片。貼文中選的標準不是新聞價值或是其他崇高目標，純粹是基於娛樂價值和可分享性。但，在簡單的龐大架構背後，是一套複雜且經過微調的演算新法，由演算法執行大部分的奔忙外訪任務，選出會變得熱門的主題。裴瑞帝誇讚說這是「機器學習」的奇蹟；機器學習的流程指的是電腦分析模式，長期下來能發展出不可思議的智慧、認知與判斷。如果這聽起來像是科幻小說裡的情節，BuzzFeed期望的是烏托邦色彩濃厚一些，反烏托邦的部分少一些。綜觀來看這套流程的運作方式，可以看出公司強調的是「一個由真人品味創造者（亦即該公司的一群員工）組成的網絡」所扮演的角色：這一群人操作「一個特殊終端介面」，以找出「我們的機器人可能會錯失的微妙趨勢」。

這些人會分析數據、監督偵測機器人，並且檢視與重新包裝擷取出來的新趨勢報導，但是他們無法做新聞。「這些最初的編輯是內容的測試人員[50]，」裴瑞帝對我說，「我們幾乎就像是做研發一樣去創作內容。」在各種出版模式紛紛出籠之時，這一種特別有彈性，有利於讓人和機器互相合作。這是一種仿生奇蹟，目的在於迎合大眾的品味，比讀者的近親密友更精準。網站的口號是：「找到你的新心頭好」（Find Your New Favorite Thing）[51]。

最早期的BuzzFeed部落格貼文，包括一組七條跟同性戀企鵝有關的連結；有四部短片，主題是美國嘻哈歌手史努比狗狗（Snoop Dogg）旗下的寵物衣物新產品線；另外還有二十條名人露點訊息以及十五條動物色情影片連結。不管什麼內容，只要讀者很喜歡且樂於再轉發給朋友，裴瑞帝就很開心。多數貼文都和娛樂、趣味有關，而他並不想知道內容是什麼。當時有少數貼文觸及硬性新聞與嚴肅主題，這些貼文的呈現方式和企鵝以及露點短片並無二致，而且本來也沒有打算要區別。這個網站是一個很好的平衡儀：海外戰爭和趣味網頁共處一地。

這些貼文都是高效的手段，用來達成裴瑞帝念茲在茲的目的：內容「社交性複製」。為了找到正確的方向，他拐來了老友杜肯・瓦特斯，和他簽下一份合約，要他經常在公餘時和自己談工作，代價是一瓶啤酒；他戲稱這叫「啤酒條款」。他們倆人協力設計出一套測試方法，用來判斷BuzzFeed的內容在社交網站上複製的情況，以名為「瘋傳排名」（Viral Rank）的數值來衡量：這精煉出讀者願意把某一篇貼文和朋友分享的程度。如果一篇「跨物種朋友」貼文的瘋傳排名高於培根製內衣的貼文，這就是線索，指出要多貼動物相關訊息、少碰可以拿來吃的夜間戰袍。

可分享是BuzzFeed以及其組織邏輯的起點，也是終點。「BuzzFeed不是一個製造內容的網站[52]，」勒爾對我說起公司早期的發展狀況，「這家公司的重點是在看內容如何瘋傳。」他們的內容並沒有根據商業、藝術或政治等範疇分類。裴瑞帝說：「我們在安排網站時是以情緒為核心，情緒才能帶動分享。」舉例來說，「如果一位足球員跳了很好笑的達陣之舞，你把影片分享出去是因為好笑，而不是因為足球運動。」達陣之舞以及類似的影片或歸檔在「大笑一下」（LOL）的標題之下，會讓人覺得畏懼、噁心、生氣和幸災樂禍的，則分別歸於「天啊」（OMG）、「垃圾」（Trashy）、「他媽的」（WTF）和「大失敗」（Fail）等類別。

這套分類法反映了BuzzFeed的核心創新：該公司最在乎的是讀者的下意識偏好，而不是他們特意追蹤的主題。這代表BuzzFeed脫離了裴瑞帝之前替「赫芬頓郵報網」設計的搜尋導向出版模式；在搜尋導向模式之下，由編輯負責檢視Google最多人提問的主題當作線索，去了解現在大家在追哪些報導。BuzzFeed不再追蹤讀者搜尋的資訊，其演算法與編輯查探的是群眾內心的傾向：最多人喜歡、但不會被當成興趣的項目。BuzzFeed的前任營收事務長安迪・維德林（Andy Wiedlin）就舉了個例子，以「短腿獵犬狂奔」來做說明[53]。「沒有人會去搜尋，但是每個人一看到就會點開來看。」當然，任何和貓有關的內容也一樣。

BuzzFeed不需要任何高科技的趨勢偵查員，也知道網路上大家都愛貓。這件事明顯之至，無法視而不見。「我們一開始就以可愛貓咪、網路梗和幽默起家，因為我們剛開始創業的時候社交網路上就流行這些。」裴瑞帝說，「網路上的貓重點不在貓，」他補充說道，「而在於人。」以BuzzFeed的目的來說，和貓有關的內容能瘋傳，是因為大大觸動了線上社群的情感意向。

隨著BuzzFeed不斷壯大，他們愈來愈能微調，巧妙捕捉到人們喜歡什麼（或者，更精準來說，人們喜歡和朋友分享什麼）。「我們開始有感覺，」裴瑞帝之後說，「感受到網路的心臟在何處躍動。」從網路出現以來，大部分時候網路都被譽為是終極的資料庫，裡面保有所有人類知識的總和，並加以分門別類。但，裴瑞帝卻把網路看成是人類情緒的總和，活生生、會呼吸，感性成份高於理性。

他把自己的新事業視為科技公司，而不是新聞資訊網站。以其他新的數位媒體網站來說，這項差異也同樣重要。讓BuzzFeed有力量開路前行的，是搜尋既有內容的科技工具，而不是收集新資訊或新聞的工具。

裴瑞帝聘用的年輕人形形色色，雖然他們在比較傳統的職場上無法發光發熱，但他在每一個人身上都看到了能達成他心中目標的傑出才能。他們分跨兩種身分：怪才和品味創造者，而且，他們就像是裴瑞帝的分身一樣，每個人都能感受到職場人際關係倦怠症。這些人絕對不會申請進入新聞系就讀。

其中一人是佩姬・王[54]，她在學生時代就很崇拜裴瑞帝，去紐約郊遊時還買了一雙和裴瑞帝一樣的鞋子。她後來讀完大學拿到學位[55]，搬到紐約布魯克林，一個工作換過一個：她曾替一家房地產公司開發軟體，兩個星期以後公司因為她從不準時上班而開除她；她在求職網站上看到職缺之後，去一家潮人酒吧應徵負責管理網站；她也曾和她的獨立搖滾樂團徹心之痛（The Pains of Being Pure at Heart）巡迴演唱。她曾是MTV電視台的程式設計師，當裴瑞帝在社交網站Friendster看到她的檔案時，她住在用每個月兩百美元向朋友轉租而來的地下室公寓裡。他聯絡她，吸引她加入這家理想高遠但難以定義的新創公司。這表示，她必須接受大幅的減薪（她在MTV的年薪是一年七萬五千美元外加醫療保險福利，裴瑞帝僅給她四萬美元）。她和父母討論這些選項；她的父母是華人移民，在紐奧良經營影片出租兼花店的生意。他們說，由於裴瑞帝曾是她的老師，如果她想的話，她可以跟著他去。帶著一股憑空的信任，她對裴瑞帝點了頭。「六個月之後的行動計畫是什麼？」她問他。「如果我們覺得不愛了，就不做了。」他回答。

佩姬・王成為網站的趨勢編輯[56]，是和BuzzFeed的文化爬梳演算法相輔相成的真人夥伴，負責挑出會引爆趨勢的高分享性貼文，然後用簡單且有趣的標題妝點一下，並加註一行副標題；裴瑞帝要她寫的大概是「你在雞尾酒派對上會說的話」這類的東西。裴瑞帝和工程師負責修改強化演算法，佩姬・王則負責擬出五則貼文，供BuzzFeed每日發布，這家公司的原創內容也就只有這樣。有一天，她再怎樣也只能寫出三則，裴瑞帝就跑到她的辦公桌前，要求她跟上進度。當時她食物中毒，婉言提出解釋。

為了幫忙佩姬・王分擔愈來愈大的工作量，裴瑞帝請來一位頭髮濃密、穿著牛仔短褲的紐約大學學生麥特・斯托培拉（Matt Stopera），他是BuzzFeed有史以來第一位暑假工讀生。如果說職場人際倦怠症有原型的話，那就是斯托培拉了。他來BuzzFeed[57]，是因為要擺脫在親戚開的保險公司實習的「惡夢」，在那裡，他本來的職責是把檔案數位化，但他說：「我放棄，因為那裡的人根本也不知道我在做什麼。」他每天上班八小時，多數時間都花在去YouTube上挖掘點閱率少於千次的隱藏珍寶，他會把這些貼文貼到自己的網站「千次以下」（Underonethousand.com）上。斯托培拉是很活躍的小甜甜布蘭妮（Britney Spears）歌迷，熱情到連MTV還找他拍了一段影片。他小時候住的房間到處都用和布蘭妮相關的物品裝飾，也化名「小甜甜大鐵粉」（BIGHUGEspearsfan），在網路聊天室裡熱切捍衛偶像的名聲。後來他終於見到她，那一年，他家寄出的聖誕卡上印著和偶像一起擺姿勢的少年斯托培拉。

高中時有一件事他很得意，那就是不管題目是關於古代神話還是《奧德賽》（*The Odyssey*），他總是能找到辦法把作文寫成讚頌布蘭妮有多了不起。大學時，他決定主修傳播[58]，因為他發現他的經歷能讓他在流行文化的相關課程上加分。「我一開始想要進入新聞學院，因為我認為那很酷，很了不起。」他之後說，「我去上了入門課，覺得討厭死了。」除了保險公司的實習經驗以外，他其他的專業資歷就是在一家義大利餐廳洗碗，這家餐廳沒注意到每天下班時被他摸走了多少起司。對斯托培拉而言，任職於BuzzFeed是他能想像的到最棒的工作。有人付錢讓他去做他愛的事。裴瑞帝給他的命令是「不斷挖掘網路」，尋找他覺得很有趣或很酷的非主流素材。

讓原始團隊得以完整的是傑克・薛菲爾（Jack Shepherd），他來自動物保護團體善待動物組織（PETA），在組織裡的行銷部門工作。他的專業是編纂推廣文宣素材，處理滿版的融化人心動物圖片，把捐贈者的心和錢包拉進來。薛菲爾在工作時秉持學者的嚴謹態度，他能鑑別出有巧妙細微差異的動物圖片，他也知道，如果做對了，這些圖片很能喚起人們的情緒。薛菲爾明白，只要拿得出合適的視覺素材，他就有能力從非常振奮人心的新角度切入，重申物種滅絕的殘酷議題。他架設了一個網站[59]，把魚類重新分類為「海中貓咪」。這個構想很有趣，激發出一些對話，在他還沒有意會到之前，一些對話變成了幾百萬則的對話，從報社、電台、電視到網路，媒體世界喧騰著海中貓咪這個話題。他在BuzzFeed也發揮類似的功能，差別在於沒了生態保育人士的傾向，他得到一個「野獸大師」（Beastmaster）的稱號。

斯托培拉是團隊中的孩子[60]，他仰賴的是BuzzFeed的趨勢偵測員以及Google趨勢（Google Trends）等可以公開取得的工具；Google趨勢會顯示搜尋引擎裡最熱門的查詢條目。利用這些工具，每當流行文化對話出現某些新的爭議或是人物，他就會知道。舉例來說，激發他在BuzzFeed發出第一篇貼文的靈感，是二〇〇八年美國大選之前有愈來愈多人對美國前副總統夫人吉兒・拜登（Jill Biden）感興趣，尤其是她的外貌。他寫的內容很簡單：列出七條連結，連到這位已經當祖母的副總統喬•拜登（Joe Biden）之妻風姿綽約的照片集，以及各種讚美她絕倫美貌的評論。斯托培拉下的註腳是：「我可以說這是我想上的阿嬤嗎？」

「這就像是說了一大堆廢話然後鋪陳出一個亮點。」斯托培拉一邊回想早期的時光一邊說，「這就是一場流量賽局。」摩拳擦掌的比賽氣氛滲入了BuzzFeed堅尼路的辦公室，帶來了自由奔放的能量，而且，因為每個人都知道一般人不會嚴肅看待他們所發布的任何內容，情緒更是高昂。常有的情況是，裴瑞帝發布全公司性的「短跑比賽」[61]，員工分為兩隊，比賽哪一隊針對某個特定主題（比方說，好笑的寶寶或陰謀論）能發出最多貼文。每一次貼出新的貼文[62]，作者就會敲一次鑼。這是其中一種裴瑞帝想出來刺激員工盡可能大量發文的離奇方法。星期五時，他會舉辦「比賽之戰」，這是另一種貼文比賽設計，而且更狂野，因為這種比賽牽涉到要一整天不斷喝酒。

當「本日話題」特別鄙俗（比方說，名人露出「駱駝蹄」〔意指褲子太緊顯露出陰部的形狀〕）時[63]，某些年輕人不願在貼文上具名，他們擔心媽媽會看到。裴瑞帝跟著改變，讓他們可以用假名發表（斯托培拉的假名是「克魯佩茲」〔Crumpetz〕）。裴瑞帝發現，用筆名寫作對BuzzFeed的員工看來大有好處，實際上並不然。在多數新聞機構，文章上署名不實都是可開除的理由，但BuzzFeed根本也不想成為新聞機構。

在BuzzFeed工作有些鄙俗下流的層面，但早期的團隊成員多半完全不受影響。當超級名模凱特•摩絲（Kate Moss）的裸照流入網路，佩姬•王完全沒有多想，馬上貼上BuzzFeed，根本沒有人把關。為了吸引下流低級的網友進來，她在這篇貼文上標註的說明是「凱特•摩絲的狂歡影片」，但根本沒有這種影片。裴瑞帝也加入了低級樂趣的行列，發布「陰莖尺寸統計圖」和「YouTube色情駭客」等貼文。回顧過去，他帶著懷舊的音調對我說：「什麼都可以用過即丟。」

發表嚴肅的新聞完全和BuzzFeed的立業模式衝突，但，裴瑞帝慢慢開始清醒。他的妻子生了雙胞胎[64]，他是一家公司的頭，下面有很多員工要仰賴他。他將要和矽谷的高階主管和潛在投資人碰面，比方說馬克・安德森（Marc Andreessen），以展開新一輪的募資活動。他如今成為了一名在乎金錢的商人。裴瑞帝和BuzzFeed開始成長。

愈來愈多人發現，BuzzFeed神祕機器的敏銳度與具感染力的奇特幽默感，平台成功的口碑開始引來創投資本界的興趣，沒多久，口袋很深的投資人開始去拜訪該公司藏著蟑螂的狹窄小窩。安德森是其中一位早期就對這家公司有信心的人，他主掌的創投公司安德森赫拉維茲公司（Andreessen Horowitz），可算是矽谷最重要的金主。他對我說，「BuzzFeed創立時就設計好了正面回饋迴圈[65]。」在迴圈裡，科技、內容和廣告全部混在一起。這個新模式讓他大為驚豔，他的公司最終也先投資了五千萬美元。安德森很鍾愛報紙，他說他從四歲就開始讀報，一開始先讀漫畫，後來開始讀體育版，然後讀股票行情。報紙綜合了娛樂與嚴肅事務，他本來就很接受這個概念。

裴瑞帝對創投資本評估人員所做的簡報說帖[66]，強調BuzzFeed的機器只需要用到極少量的真人輸入，不用增聘編輯也可以提高流量。他在文件裡宣稱：「當我們的演算法偵測到動態時，就會自動發布最新的熱門話題。」這可以精簡為BuzzFeed群眾創作內容的流程，但是，裴瑞帝在簡報中也說得很清楚，群眾只是吸引市場行銷者的一種手段。裴瑞帝的判別趨勢與擊中目標的機器，要嘉惠的對象是各家品牌以及品牌發言人。他在簡報中邀請他們「利用BuzzFeed的工具去宣傳你想要宣傳的話題」。

他宣稱：「這個產業的未來，在於利用內容來做廣告。」BuzzFeed並非網站或廣告管道，而是「未來的代理商」。說帖強調，這是一家貨真價實的科技公司，和主要產出內容的媒體公司不同，也和想辦法製造出說服力的廣告代理商不同。BuzzFeed佔據的是中間地帶，就算其他發行商認為該公司嘲弄新聞與廣告必須壁壘分明的原則，直斥這會造成最嚴重的利益衝突，但是BuzzFeed的定位仍讓創投業者大感興趣。

裴瑞帝最大的突破，是認為可以利用所謂「原生廣告」的形式直接為廣告主提供科技與創意。BuzzFeed會和廣告代理商做生意，但不接受他們託播廣告，因為他不希望訪客被雜音拉離開他的網站。這家公司賣的是更客製化的服務：BuzzFeed會要求員工為客戶創作廣告，遵循BuzzFeed特有的格式，全部都在公司裡完成。在二〇一七年之前，原生廣告都是BuzzFeed唯一的廣告，之後，新經濟風潮迫使裴瑞帝再度改變模式。創作瘋傳內容與瘋傳廣告是BuzzFeed的核心。

一個價值繫於廣告和科技、專門以把趣聞軼事當成社會病毒傳播為目標的網站，能否成為嚴肅的新聞來源？裴瑞帝一路走來始終如一，永遠都朝向新的疆界、新的場域做更多試驗，用以檢測他的假說。

第二章 顛覆——VICE媒體，之一

新聞，尤其是由年長、無所不知的電視電台新聞主播傳達的新聞，對於三十五歲以下的人來說已經成為古板乏味、讓人倒胃的東西，卻也激發出另一位新媒體大亨希恩・史密斯的興起。他不像裴瑞帝靠著實驗室切入最前端，而是透過地下文化場景介入；他永遠都津津樂道大談他白手起家的漫長旅程，而且通常都加油添醋。

一九九四年，史密斯從家鄉加拿大渥太華的卡爾頓大學（Carleton University）畢業，茫然不知下一步該怎麼走。他花了一段時間在歐洲四處遊走，夢想成為小說家。

他在家鄉有一位摯友賈文・麥金尼斯（Gavin McInnes）[1]；麥金尼斯以種樹維生，閒暇時光兼畫漫畫。他們在卡爾頓大學時一起組成樂團[2]，名叫皮褲屁幹（Leatherassbuttfuk），還真的名副其實。

亨利・魯斯（Henry Luce；譯註：《時代》雜誌創辦人）等老派媒體貴族在耶魯之流的菁英大學慢慢培養出創造力，史密斯的發跡故事則很難說個明白。他留著一頭黑色長髮、帶著耳環，還蓄鬍，樂於描述早年叛逆的自己。「年輕時我差不多算在混幫派了[3]。」他說，「你知道嗎？我十八歲之前已經死了九個人，於是我就自暴自棄，到處打架，大肆破壞，反正我不在乎。」他說他家「窮到透了」。二〇〇〇年代中期和史密斯交惡的麥金尼斯說，這一切都是誇大。史密斯也對《花花公子》

（*Playboy*）雜誌說過大學後他在波士尼亞擔任戰地記者，並對《金融時報》（*Financial Times*）說他在匈牙利做貨幣避險，但是當時的朋友說他只是在布達佩斯閒晃。

史密斯後來返回加拿大[4]，在一家酒吧遇見瑟什・阿爾維（Suroosh Alvi），後者來自一個巴基斯坦家庭。阿爾維正在戒斷海洛因毒癮，最近剛從勒戒所出來，他熱愛音樂，和新朋友史密斯的相同特質是兩人都愛地下文化。透過麻醉品匿名戒斷會（Narcotics Anonymous group）裡的友人介紹，阿爾維找到一份編輯的工作，任職於當地一家以潮人文化為重點的雙月刊，看到麥金尼斯畫的漫畫作品《歪路》（*Pervert*）之後也聘了他，當然也是因為看到他非常想戒毒。阿爾維歷經了將近十年自己所謂的「黑暗年代」之後終於清醒了，他找到了可行的方法來代替毒癮，鑽進出版界一個名為「憎恨文學」的角落，這一類雜誌交流的資訊主要是厭女主義、強調人類的變態以及歌頌強暴和暴力。阿爾維在父母家地下室挖出來的舊書報，可以說是禁忌大觀：裡面的雜誌有《陰溝陰道》（*Sewer Cunt*）、《幹雜誌》（*Fuck Magazine*）以及《謀殺也能樂無窮》（*Murder Can Be Fun*）。「其他的東西讀來都很無趣，」他之後說，「這些東西卻讓我感到充滿活力，因為憎恨在翻騰。」

在歐洲展現一些銷售技巧之後，史密斯覺得自己可以和阿爾維合夥做生意。史密斯在酒吧喝到爛醉，語無倫次，儘管前言不搭後語，但他滿懷熱情地講述他的願景，要讓這三劍客「接管全世界」。麥金尼斯說他可以負責文案，他自認為是三人組合中的文膽。

在一個幾乎算是一時興起的想法之下[5]，三人組向海地（居然是這裡！）一家非營利機構（Images Interculturelles）申請資金。為了符合資格，他們必須是靠救濟金度日的人；這就要靠一點花招了，因為他們已經可以穩穩粗茶淡飯，也可以借住朋友家打地鋪了。當海地的資金燒完時，他們都要求自家父母各自再拿五千美元過來。

他們在住所的閣樓工作，採取斯巴達式的作法，睡薄墊、吃罐頭。夜裡，他們會在罪惡裡放縱：嗑藥、喝酒、女人。史密斯曾經跟其中一位女友講過，他罹患一種神祕的疾病，就快死了，這個謊言持續了一年多。「他們很野。」一位認識他們的女子這麼說。雖然史密斯會去追求受人尊敬的女子，但是他的公司從未擺脫骨子裡的厭女心態。

他們創辦的反文化報叫《蒙特婁之聲》（*Voice of Montreal*），一九九四年十月創刊，專訪性手槍樂團（Sex Pistols）主唱強尼・洛頓（Johnny Rotten）；以一份新的刊物來說，這營造出很不錯的印象。麥金尼斯說，在早期那幾年，他寫了百分之八十的文字稿，編了很多假名，讓別人看起來公司裡真的有員工。「你們要有更多黑人，你們要有更多女性來寫，」人們會這對他說。「為了滿足這些需求，我終究決定要成為他們要求的黑人和女性。」麥金尼斯後來成為一個厭女主義兄弟會的極右派創辦人，從這一點來看，他在此時的角色扮演任務堪稱吃力。在這份報紙出刊之時，他和伙伴痛恨任何政治正確的事物，尤其是女性主義。

他們推動一個話題，封底推出一則主圖為陰毛的廣告，並以母校卡爾頓大學的同性戀中心為題寫了一些文案，他們知道這會激起反應。當然，大學行政處禁止這份刊物流通，引發了關於審查的論戰，讓《蒙特婁之聲》得到一些有利的曝光。

早期有一篇報導題為〈耶穌是青蛙嗎？〉（Was Jesus a Fag?），讓麥金尼斯得以在比爾・馬厄的節目《政治不正確》（*Politically Incorrect*）上露臉。他從綠色的房間走出來，醉言醉語，還垂涎其中一位女性來賓。這本雜誌幾乎所有封面報導都同樣挑釁，比方說圖片是一張大開的嘴巴，有著大型的紅唇和打了釘子的舌頭，當然，還有勃起的陰莖。公司的編輯多次被控性別歧視，有一次的理由是他們以裸體色情明星為主題，而他們對批評的回應就是在下一期登出裸照。

無須多言，這全都不是新聞。他們出版的是一本具娛樂性、刻意衝撞的刊物，和當時流行的《美信》（*Maxim*）以及其他男性雜誌屬同一類型。史密斯和麥金尼斯要用一點毒品才編得出每個月的刊物，忙完當期雜誌之後，則需要來點迷幻藥放鬆一下。他們避開報導要客觀、只說事實的概念，多年來都堅持這個立場，就算他們開始聘用貨真價實的新聞編輯室人員之後也一樣。「如果你用新聞和事實的角度來看Vice媒體❻，」在二〇一二年時，他付錢給朋友拍攝一部以他自己為主角的一日生活三部曲影片，當時他對著鏡頭這麼說，「那你就麻煩了。」

被麥金尼斯稱為「唬爛人」的史密斯，很善於向廣告主推銷雜誌裡的空間，通常都用詐騙的手段。他曾對一位潛在的廣告主說他們的刊物在整個北美都有發行，因此寄了幾百本給邁阿密一家滑板店，另一批寄給舊金山一家服飾店。他和許多在廣告部門任職的男性培養出強韌的兄弟情誼，為了贏得他們的業務，還會郵寄「很酷」的好玩意兒給他們（當然，其中有一些違禁品）。他自誇，他拿下女性客戶手上案子的辦法，就是靠著帶她們上床。

史密斯就像瘋子一樣，拼命追求企業的成長。當他要去渥太華成立雜誌社時，他在凌晨四點鐘打電話給麥金尼斯和阿爾維，並用盡力氣大喊：「我們以後會變得很大！」

當一家蒙特婁本地的報社來他們的辦公室採訪時❼，這幾個合夥人說謊，說他們正在和投資人接洽，包括經營脫衣舞俱樂部和裸體雜誌的大亨賴瑞．佛萊恩特（Larry Flynt），以及名列蒙特婁最有錢的人之一的李察．薩文斯基（Richard Szalwinski）；這兩人都是因為網路泡沫熱潮而致富。他們後來的說法是，薩文斯基之後讀到這篇報導，打了電話給他們。「你們這些傢伙到底是什麼人？」他問道。最後他邀請他們去他擁有的一家餐廳吃午餐。抵達時，史密斯的一位合夥人先招認：「史密斯正在宿醉。」薩文斯基看了史密斯一眼，打量著他。「哦，你喝酒嗎？」史密斯沒有絲毫遲疑，馬上回他：「喔，我能喝。」薩文斯基接著拿來一整瓶的傑克丹尼（Jack Daniels）威士忌，刺激他、要他在會議結束前喝完。會開到一半史密斯就喝完了，而且整頓午餐都好好坐著，竭盡全力談妥投資。

幾天後，他們帶著一份正式契約回來找薩文斯基，信手之間針對公司的估值提出建議，數字高達荒謬的四百萬美元。薩文斯基對此深表懷疑，他說：「這是很大的一筆錢。」但他還是簽了，並叫自己的手下把他們趕走，承諾給每個創辦人五萬美元的頭款，要他們先別來煩他。史密斯盡力維持著很酷的模樣，一直到距離夠遠、別人聽不到，他們才開始繞圈圈奔跑，開心快活的不得了。他們大肆慶祝這次的重大突破，開了一場瘋狂派對，穿著租來的吉祥物服裝、卻沒有套上與角色相應的頭套，用小小的頭來誇大卡通角色。而史密斯和麥金尼斯吸了太多的古柯鹼，根本沒辦法穿著可笑的服裝好好玩一下。

史密斯確實是天花亂墜之徒，但是他有膽量實現他的誇張之詞，等他做到了，又會講出更天馬行空的話。在和薩文斯基進行的交易當中，他看到了自己未來的藍圖：在接下來的十年，他自己隨意編出來的公司估值會穩定且堅定地提高，最後也被市場接受，讓他成為億萬富翁。

《蒙特婁之聲》創辦人所說的版本是[8]，薩文斯基挹注了資金成為了主要的業主，並讓雜誌社遷到紐約（薩文斯基日後對《連線》〔*Wired*〕雜誌說[9]，他不記得讀過文章，而他投資了幾十萬美元）。史密斯、麥金尼斯和阿爾維都不敢相信自己運氣這麼好。他們在卻爾西地區找到一處閣樓，而且，為了避免他們追求的工作─生活平衡被打斷，還花大錢在哥斯大黎加山頂找了一棟度假屋。搬來紐約之後，他們必須改掉雜誌的名稱，不然可能會被另一本雜誌《鄉村之聲》（*Village Voice*）控告。於是他們把英文名稱「Voice」裡的「o」丟掉，並且決定每個字母都大寫更好，新名稱於焉產生：*Vice*。他們合作的印刷廠後來罷工，因此他們決定放棄新聞用紙、改用相紙。「等到我們拿回成品，」史密斯還記得，「就好像是端回了聖杯。」

「我們剛搬到美國時[10]，面對了一項選擇，」史密斯對來採訪的人說，「那就是：要迎合主流，還是只印製足以供酷屁孩閱讀的份數就好？」迎合主流，意味著要和《滾石》（*Rolling Stone*）以及《旋轉》（*Spin*）之流的雜誌一較高下，這些在大眾音樂和流行文化市場早已經各有地盤了。

「我們明白[11]，如果想闖進大眾市場，」史密斯說，「發行量要達到百萬份，我們寫作與做事的方式都必須淡化。」他們反其道而行，下筆力道更重，專門投這些酷屁孩之好，並有意地將發行量壓在低於市場需求的水準之下。他們印製十五萬本，發行全美各地，也在海外發行差不多的小批量，先攻入日本，然後是英國，再來是德國。史密斯說：「這樣下來，我們也發行了一百萬份。」每一個讀這份雜誌的酷屁孩都會把自己手上的雜誌再傳給六到八個朋友，靠著口碑，就擴大了雜誌的發行量。

麥金尼斯永遠都在突破糟糕品味的極限。一九九九年，*Vice*雜誌出版了「種族歧視專刊」。他之前想出的每月熱門主題叫「時尚的要與不要」；當期的「種族歧視專刊」以四位不同的模特兒為主題，都加上了顯而易見的種族歧視刻板印象的誇張特質。一個裝上假暴牙的年輕華人男子，帶著斗笠擺出功夫的姿態；一名非裔加拿大人則打扮成「黑人姆媽」。跨頁版面的主角是一名光頭女子[12]，帶著三K黨的玩偶做出納粹敬禮的樣子。幾家廣告主都抽廣告，讓公司損失一萬美元。

一九九九年，Vice媒體公司搬進曼哈頓西二十七街的辦公大樓區[13]，《紐約客》雜誌說：「這裡有粉紅色的沙發和鍍金的義式咖啡機，還兼營零售，販售在曼哈頓、多倫多、蒙特婁和洛杉磯開店的品牌街道風格服飾，比方說在拉斐特街和王子街交叉路口的品牌店史杜西（Stüssy）。」

「成為別人眼中的新潮派很有價值[14]。」史密斯這麼寫。「我們基本上搶進的是一種街頭服飾風格的氛圍……商店、雜誌、服裝公司，這有用。我們還發出了意向書，要買下規模比我們大他媽十倍的公司。」麥金尼斯宣稱，「這是有史以來第一次[15]，年輕人擁有了一場讓他們能得到報償的革命。」在網路潛能無限、投資門檻很低的前提下，薩文斯基投入資金鼓勵了史密斯從大處著眼。他們設想的是一個以一流網站經營的「跨頻道品牌」。

但是，這個品牌讓人難以捉摸。據《紐約客》雜誌所言，史密斯設定的是「壞男孩品牌」，但他也不想嚇跑廣告主和投資人。當他進入新聞圈之後，也套用同樣的公式。公司會做嚴肅、有價值的作品，但是要靠大量的性、毒品和搖滾樂彌補。

但就像史密斯說的，當薩文斯基陷入網路泡沫破滅的泥淖，這股動能也停下來了。薩文斯基手上有持股的公司僅有少數存活下來，Vice媒體是其中之一，但他無力繼續挹注金援，而公司也根本也沒有獲利。史密斯、阿爾維和麥金尼斯簽署了一項協議，從薩文斯基手上買回公司，然後遷到布魯克林區，回歸貧窮頹廢的局面，連網路都用不起。但薩文斯基還來不及把股權賣回來就失蹤了[16]。他們三人在麻州的南塔基特市四處找他，他出現時開著一部賓士汽車，動力轉向系統已經損壞，象徵意味十足。「他媽的這到底是怎麼一回事？」他們問。薩文斯基坦承他再也無法提供資金了。此時阿爾維想起薩文斯基帶著他們來到曼哈頓島上之前招待的那頓牛排晚宴，不勝唏噓。

他們決心挽救自己的小公司，史密斯和阿爾維自己投入賣廣告的業務，麥金尼斯則負責編寫。「那兩人當時真的很辛苦[17]，千方百計要別人買廣告並行銷Vice媒體這個品牌，」麥金尼斯回憶道，「我就負責撰寫Vice『品鮑指南』，開心得很。」

*Vice*雜誌的前衛傾向仍然是減分項。即便發行量擴大，但許多主流品牌仍拒絕在這裡登廣告。啤酒公司簽了合約，但根本找不到聲譽卓著時尚公司來買廣告。這三人組也沒有辦法在地下反骨文化與創業之間取得適當的平衡。要成功實現阿爾維所謂的「龐克搖滾資本主義」，比他們想像中更困難。

如果說廣告主對於這份雜誌的態度是慎戒恐懼，那麼，所謂的「潮人」族群則是愛死了。這份雜誌比信奉溫馨取向、主張「酸民勿擾」（No Haters）的BuzzFeed更前衛，毫不忸怩地宣告自身的陽剛特質，是北美新興少男次文化的縮影。*Vice*雜誌讓人震驚、經常越界而且充滿挑逗意味，若說BuzzFeed是讀者肩上的天使，*Vice*雜誌正好就是對立的惡魔。雜誌扉頁中有一股無可否認的仇恨暗流竄動，充滿著草率魯莽的文字，報導各種下流墮落情境、以及英國學者嘉士伯・霍德梅克（Casper Hoedemækers）筆下的「犯行者認為正好彰顯社會弱點的其他事物」。早年有幾期主打羅比・狄倫（Robbie Dillon）針對監獄裡的生活所寫的文章[18]；他是這些創辦人的朋友，麥金尼斯說他是「放高利貸的前科犯」。有一次，狄倫寫了一篇報導，這是*Vice*雜誌第一次真正挖出的大新聞：加拿大破獲有史以來規模最大的毒品案，共查到三十五噸的大麻，但只上報二十七公噸，因為有一些貪贓枉法的警察偷偷把剩下的八公噸交給線人，當成報酬。當狄倫出面要求他們撤銷這篇封面報導時，當期雜誌早已送印。他們一開始不願意撤回，但狄倫捧來一鞋盒的現金，就這樣達成交易了。「他把錢給我們，我們分了錢，花掉了，把封面換成『訪談馬鈴薯』之類的東西，」史密斯之後說，「這沒什麼大不了的。」

隨著國際間的讀者愈來愈多，雜誌的報導範疇開始拓展，加入以奇聞怪事風格敘事的報導以及其他來自海外的古怪、多半著重尋歡作樂的故事。雜誌中也有很多可以被視為新聞的重點，例如異鄉的在地人報導以及各種次文化的側寫。

到了二〇〇一年春天[19]，一份市調卡珊卓報告（Cassandra Report）指出，在二十幾歲的讀者群中，*Vice*雜誌受歡迎的程度遠勝過其他發行量大十倍的「引領潮流」月刊。短短兩年，*Vice*雜誌已經擺脫了財務危機。

但是，雜誌聲名狼藉，仍讓作者群備感辛苦。音樂專欄的作者艾美・克兒娜（Amy Kellner）說[20]，她側寫名為機動惡女（Bratmobile）的全女性樂團，發表了一篇名為〈反骨女孩：當機動惡女樂團傷了我的心〉（Rebel Girls: The Time Bratmobile Hurt My Feelings）的文章。克兒娜在文中寫道，因為《*Vice*》雜誌素有性別歧視的惡名，對方因此拒絕採訪，就算她和團員本來就是朋友也沒得商量。

克兒娜試著向機動惡女樂團解釋，說*Vice*雜誌「在一個理想的夢幻世界裡運作，在這裡，你可以嘲弄每一種刻板印象下的『身分認同』團體，重點在於開心」。這種說法毫無效果。「這些女孩開始列表，細數她們親自讀到或聽別人說起的各種侮蔑攻擊。有人提到以色情模特兒為主角的溜冰服飾廣告，以及女孩們大談自己受人強暴經驗的文章。我可以針對這些東西起身捍衛或做出說明，但我不確定自己有多想替他們背書。」樂團對克兒娜說，只要她留在*Vice*雜誌，她就不是真正的女性主義者，她默默同意了。她坦承：「我痛恨自己。」

當多倫多的《環球郵報》（*Globe and Mail*）採訪阿爾維、問起機動惡女樂團造成的困窘時[21]，他大肆批評該團。「她們的不認同，正代表著我們過去近十年來鄙視的一切：認為電腦會帶來反效果的不安想法，這是一種自由放任派法西斯主義形式，最終帶動的是監督查核而非表達自由。」*Vice*雜誌自認在譴責政治正確。傳統新聞機構立場多半左傾，也會謹慎不要侮辱到任何讀者群，*Vice*雜誌卻對於冒犯他人洋洋得意。對這些創辦人而言，保有龐克風格是商業原則㉒，惟麥金尼斯堅持在邏輯上抱持極端的立場（比方說，二〇〇三年時，他對《紐約時報》說：「『不就是不』是清教徒主義。」），最後絆住了其他合夥人的企圖心。

賓拉登（Osama bin Laden）在美國發動攻擊時，當期的*Vice*雜誌已經送到了印刷廠㉓。九一一恐攻事件過後，一位讀者在一封致編輯函中懇求：「我希望、我也祈禱你們不要利用九月十一日發生的世貿中心悲劇做一些蠢事。此時並不適合你們用不遜且殘酷的方式去回應任何事。你們不可嘲弄此事。從某方面來說，貴雜誌社目前已經過分了。」

*Vice*雜誌在下一期以一貫的格式回應：「該期雜誌在恐攻事件發生時已經在送印途中，這也恰好正是我們六年來最無趣的一期。本公司有些員工對於把白白浪費的派對時光和本次的重大悲劇併為一談感到憂心，但去他媽的，生活還是要過。」

阿爾維曾說過㉔：「*Vice*雜誌必須成為完美聰明和愚蠢內容平衡綜合體：以聰明的方式做愚蠢的內容，以愚蠢的方式做聰明的內容。」以他們回應九一一事件的態度來說，顯然是用愚蠢的方式做愚蠢的內容。

他們每一期雜誌的廣告收入為三十五萬美元㉕，發行量達十五萬份，還不錯，但是不到驚人的地步。滿版的彩色廣告價格為六千五百美元，用《紐約時報》或《時代》雜誌的標準來看，根本只是零頭，這兩家的單頁廣告價格可賣到十萬美元。雖然史密斯用盡全力，但他仍很難招攬到大型的廣告主。《時代》雜誌有一位高階主管來函，回應*Vice*雜誌廣告業務員的推銷，總結了這份雜誌努力對抗的污名。

阿爾維先生您好[26]：

安・摩爾（Ann Moore）將*Vice*雜誌的套裝產品方案傳給我了。雖然我是貴雜誌的書迷（我透過我的孩子得知*Vice*雜誌），但是這套方案並不適合本公司：對於我們的主流廣告來說太過前衛，有可能害我們被沃爾瑪（Walmart）超市逐出（我們的報攤銷售量有三分之一都由沃爾瑪超市售出）。感謝您傳達的資訊，敬祝好運。

順頌 商祺

艾索爾德・莫特利（Isolde Motley）
時代公司企業部門編輯（Corporate Editor, Time Inc.）

*Vice*雜誌在下一期刊出這份來函。這是很聰明的招數：一邊輕蔑主流企業，一邊又試著對他們推銷。而，這精巧的舞步最後在讓人透不過氣的擁抱之下畫上句點，*Vice*雜誌必須放棄部分的激進標

籤，退讓部分的創意獨立，以迎合跨國企業的行銷人員。史密斯努力鞏固雜誌編輯事務的控制權，他和麥金尼斯之間出現嚴重衝突。史密斯和阿爾維已經做出結論，認為麥金尼斯明顯不諱的種族歧視、納粹意象以及厭女傾向，在他們努力重新打造公司之際顯得太過危險。三人之間的關係已經接近破裂點。

在*Vice*雜誌之外，麥金尼斯的政治操作毒性愈來愈強。二〇〇三年八月，麥金尼斯在《美國保守派》（*The American Conservative*）雜誌開闢專欄，這是一本由美國保守派政治人物派特・布坎南（Pat Buchanan）經營的雜誌。《瑞爾森新聞評論》（*Ryerson Review of Journalism*）二〇〇五年刊出的一篇文章提到一件事，「他在（*Vice*）雜誌中說，年輕人是一群『直覺反射型的自由放任派』（knee-jerk liberal），麥金尼斯和他的密友們經常用到這個詞），這一群人信任深膚色的人多過淺膚色的人。」作者妮可拉・葳克絲（Nicolle Weeks）寫道，「他感嘆，挑他的雜誌來看的多數人都抱持自由放任派的觀點，說他們都『被共產主義的宣傳給洗腦了』。」二〇〇三年他接受《紐約時報》訪談時說到：「我很高興自己是白人，我認為這是一件值得驕傲的事。」接著他補充：「我不希望我們的文化被別人稀釋。我們現在應該要封閉邊境，讓每個人都能融入西方、白種人、說英語的生活方式。」這些話不太可能替史密斯敲開大門帶來新業務，而史密斯也開始用更大的格局來思考公司的發展。

雖然*Vice*雜誌還只是街邊流行的品牌，但已經開始在轉焦點以及其平台。二〇〇六年，身為多次獲獎的電影製作人兼活躍的滑板運動愛好者的史派克・瓊斯（Spike Jonze），在一家賣三明治的小店地板上撿起一本雜誌，他很喜歡讀到的內容，決定主動打電話到雜誌社在布魯克林區的辦公室。一位早期加入的員工艾迪・莫瑞提（Eddy Moretti）接了這通電話，很快的，他、史密斯和瓊斯就一起在附近的威廉斯堡地區一家餐廳共進午餐。史密斯講起異鄉在地的故事講得活靈活現，讓瓊斯留下深刻印象，他也提出一些建議。「你們去全世界做這類瘋狂的報導[27]，去保加利亞或哪裡買個核彈。」他說，「我想你們得帶一部攝影機。」他們當然會，史密斯胡亂應著，然後拿著支票，跑回辦公室，訂了一堆機器。

三十六歲的瓊斯，身為電影製片的他已經有響噹噹的經歷，執導過幾部廣受好評的電影，如《變腦》（*Being John Malkovich*）和《蘭花賊》（*Adaptation*）。換到小螢幕，他則拍攝廣告、音樂錄影帶以及MTV上的節目。他在視覺影像領域很有一套，在電影方面的認知能力很強。他透過自己的心靈之眼，看出史密斯為*Vice*雜誌勾畫的願景本質必然是視覺性的。他不確定這份雜誌要在哪裡或是要怎麼樣去傳播其獨特觀點才是最好的方式，但他知道必須要讓世人看到。

瓊斯過去做的很多案子，模糊了家庭影片與專業製作之間的界線。他的作品特色是運鏡和剪輯很樸實，而且常以粒狀結構呈現。瓊斯有著一頭金髮、帶著眼鏡，是選角經紀公司眼中的潮人代表人物，但他的外在和他的第二自我完全相反。史密斯有著一頭黑髮，是留著山羊鬍子的大個兒，瓊斯則長年留著看起來像剛睡醒的蓬亂髮型，而且骨瘦如柴。史密斯在相對貧窮的環境下成長，瓊斯則是價值幾十億美元的史匹格爾目錄公司（Spiegel Catalog）的繼承人，成長於馬里蘭州貝賽斯達市，十幾歲時在一家越野摩托車店打過工。因為這一頭龐克頭髮型，越野摩托車店的同事替他取了一個綽號叫「史派克」（spike）（譯註：spike在英文裡有「尖刺」之意），瓊斯把這當成他的街頭風格身分認同。他比較喜歡這個名字，超過留下龐大遺產的家族替他取的名字（譯註：他原名亞當・史匹格爾〔Adam Spiegel〕，出身於前述的史匹格爾目錄公司家族）。

一九九九年，瓊斯拍出了電影《變腦》，同年，他和蘇菲亞・柯波拉（Sofia Coppola）結婚；她是一位才華洋溢的導演，也是傳奇名導演法蘭西斯・福特・柯波拉（Francis Ford Coppola）的女兒。他們在岳父的葡萄園裡舉行婚禮[28]，由美國著名歌手湯姆・威茲（Tom Waits）負責音樂。在《時尚》（*Vogue*）雜誌裡的整版報導認證之下，這場婚禮成為當年度的「那場」婚禮，但堅守神祕氣息的瓊斯想盡辦法，不要出現在任何照片當中。

雖然史派克家族財富驚人，而他對於要不要出名感到很猶豫，但他還是和史密斯有共通之處，而這多半都是因為他的潮人性格。他之前從大學輟學，搬到加州開始在一本談極限單車的雜誌《自由花式》（*Freestylin'*）工作。極限單車退潮之後，他在同樣被標籤、同樣會弄得髒兮兮的滑板社群找到容身之處。他為滑板愛好者創辦了一份雜誌，還另辦了一份以通俗興趣為重的刊物名叫《髒污》（*Dirt*），目標對象是和他類似的年輕男性。身為技術高超的滑板愛好者，他很適合拍攝相關的影片，而且，他和多數拍攝者不同，就算同時要操作攝影機，他還是能在滑板上展現專業。他早期拍攝的滑板影片變成崇拜者吹捧的經典，而，當他贏得地位，他也和其他引領潮流的人搭上線，比方說傑夫・崔曼（Jeff Tremaine），後者的《老大哥》（*Big Brother*）雜誌不斷挑戰青少年地下文化的極限。崔曼也客串演出滑板影片，還把瓊斯介紹給一個由狂熱的社會適應不良份子和性被虐狂組成的群體，這些人的噱頭花招與其說是藝術，還不如說是危險：這裡面有討人喜歡的懶鬼班（deadbeat Bam），以前是小丑、有著古柯鹼癮頭的史帝夫歐（Steve-O），被他們取名叫小矮（Wee Man）的侏儒，以及他們大無畏的門面人物強尼・諾克斯威爾（Johnny Knoxville）。

瓊斯和崔曼、諾克斯威爾以及和他們同類型的人物合作，做出了熱門的ＭＴＶ節目《無厘取鬧》

（*Jackass*）。在播出三季的期間，這個節目成為年輕文化的試金石，也是型態最純粹的少男娛樂。在螢幕上參與演出的這些人，進入爬滿巨蟒的洞窟，用鼻子吸一團團的山葵醬，在快速移動的越野車背後刻字，把自己鎖進滿出來的臨時廁所內，然後綁上彈力繩，在空中彈射八十英呎。這些內容會造成傷害，因此每個片段開始與結束時都會有警語，警告觀眾在家中不可嘗試。但許多觀眾無法自制[29]，有幾個人在仿傚的過程中喪命，使得參議員史蒂芬・李伯曼（Senator Joseph Lieberman）要求國會檢查MTV，認為這家電視台是輕忽草率的共犯。但是，這個節目繼續播映，觀眾蜂湧而至，就像路上有十台車撞在一起時看熱鬧的人潮。到了二〇〇七年，《無厘取鬧》已經衍生出六個子節目、四部劇情長片電影以及一部電玩遊戲。

從格式上來說，《無厘取鬧》標誌了擺脫當時主導電視節目的精簡半小時實境節目。大約十幾個搖搖晃晃拍出來的花招可湊成一集節目：用低俗鬧劇式的震撼與威懾方式進行各種一次性的行動，一個接著一個，順序完全不受敘事鋪陳順序的限制。這個節目是試膽短片的大集合，彼此之間不一定有相關性，比較像是剪輯彙編而成的影片。每一段短片都可以有自己的生命，除了電視台的播出時間之外，也會在網路上播放。隨著線上影片平台興起，這類影片不需要先在電視上播放也能得到大量觀眾的時刻，正在快速到來。

瓊斯還在另一個領域注入時髦與前衛以賺得利潤：廣告。雖然他剛要成為獨創電影導演，但是，替精選品牌拍攝廣告賺大錢，仍是致富與推廣自我品牌的絕佳方法。二〇〇二年，他替瑞典的宿舍風自行組裝連鎖家具公司宜家家居（Ikea）拍了一支廣告，很快就成為眾人朝聖的經典。這支宜家家居的廣告由CP＋B廣告公司（Crispin Porter + Bogusky）負責製作並由瓊斯執導，看起來很無聊，但展現了好好說故事能產生的威力，各大品牌都愛得不得了。就像BuzzFeed的裴瑞帝一樣，瓊斯也走在最尖端，差別在於他涉足的是模仿敘事新聞與電影的新形態「原生廣告」。*Vice*雜誌也很快和幾家客戶簽下了數十萬美元的合約。

隨著網路出版的興起，報紙也跟著打散了套裝產品。過去為了要讀到其中部分內容而被迫購買整份報紙的讀者，也不再需要面對只有全有或全無的選擇。每一篇文章現在都有獨立的網頁，有專屬連結也可以分享，而且還能大量傳播。這麼一來，現在連各篇報導都要和彼此競爭，不再只有各家報社互相廝殺。然而，當報社已經習慣數位出版之時，又出現了新的破壞力量：YouTube，將在影片內容領域引領一場革命。

任何一集《無厘取鬧》節目、任何一部瓊斯滑板影片或是任何奇特的廣告，都有可能在電視上播放，會有幾十萬人剛剛好看到，之後，影像可能從人們的記憶中慢慢淡去，或者在電視台花大錢再重播。上傳到YouTube則免費，同樣的影片，可以無限期放在網站上，幾年下來累積數以百萬計的點閱次數，能觸及沒接電視線的觀眾。YouTube像一年後出現的推特一樣，都能營造親密感且具真實性，地區性和全國性的電視新聞裡通常看不到這兩個平台。YouTube和有線電視不同，前者是免費且公開的平台。

YouTube和臉書同樣行動迅速，二〇〇五年時是加州聖布魯諾一處車庫所做的實驗，但很快轟動全球。YouTube一開始的企業標語是「連進來，搭上線」（Tune In, Hook Up）[30]，基本上提供的是影片約會交友服務，背後的構想是人們可以拍攝以自己為題的影片並上傳，有機會被一群他們可能從來沒見過、以後也可能不會碰面的人品頭論足。這個概念很難推銷出去，於是，柴德・赫利（Chad Hurley）、陳士駿（Steve Chen）和賈德・卡林（Jawed Karim）等YouTube創辦人決定擴大他們的取向，這些人原本都是線上支付服務PayPal的老將。

他們知道，線上影片的世界已經廣開大門。他們在網路上搜尋兩項廣為人知事件的影片，但什麼也找不到。他們找的這兩件事，一是二〇〇四年席捲印度洋海岸地區的颶風，一件則是一年前歌手珍娜・傑克森（Janet Jackson）在超級盃（Super Bowl）半場表演時發生的「走光」事件。這兩件事在任何家裡有裝電視的人心裡留下不可磨滅的記憶，但是網路上除了文字紀錄和一些靜態照片之外，罕見其他蹤跡。

那年春天，YouTube網站開放供人上傳影片，這一次不再規定影片要和戀愛交友有關。他們希望這能比約會網站更流行，但他們也很擔心，不知道有沒有人會上鉤。結果是，大量影片流入這個重新打造的網站，進來的數量遠高於伺服器能接受的程度。他們勉強買進更多伺服器，竭盡全力盡可能把他們募得的種子基金花在刀口上。

尚未被滿足的需求（還是說，尚無人開發的供給？）數量驚人。人們彷彿是把一輩子的家庭錄影帶都存了起來，就等著有機會躍上螢幕公諸於世。短短三個月，YouTube網站就有了第一部瘋傳爆紅的影片。和網站裡多數影片不同的是，這支爆紅影片並非一般人居家之作，而是耐吉製作的品牌廣告，在影片中，巴西的足球超級明星羅納度（Ronaldinho）試穿一雙新的釘鞋，展現看起來根本不可能做到的技巧。但是，哪些影片會大紅，不見得必能事先預料。除了羅納度的炫技之外，還有另一部爆紅影片叫「巴士大叔」（Bus Uncle），影片中有一名香港大叔，當同車乘客要求他講手機放低音量時突然大發雷霆。

大致上，上傳的影片都呼應了網站的新標語「傳播自我」（Broadcast Yourself）：由業餘人士利用自家地下室深處的模糊不清、低解析度網路攝影機拍攝並（稍加）剪輯，製成滔滔不絕的勵志演說與離題胡扯的仇恨言論。而用戶沒多久就發現這項新服務的漏洞，並在相關單位採取明智措施之前善加利用。YouTube開放讓每個人上傳，使得擁有攝影機的一般人比過去更容易錄下電視台的影片，然後上傳非法版本到這個網站上，破壞了電視台的營收模式也侵害了著作權。

YouTube開跑幾個月之後，網路上開始有人仔細瀏覽網站裡無窮無盡的列表，赫然找到他們自己花錢請人製作的片段。那根本是剽竊！還是說，這只能算是彙整？有一部影片特別值得一提，那是出自於《週六夜現場》（*Saturday Night Live*）的一部搞笑音樂錄影帶叫「慵懶星期天」（Lazy Sunday），由安迪・桑柏格（Andy Samberg）主演（他又剛好是裴瑞帝小學時代汽車共乘的夥伴），影片被上傳到YouTube並隨之瘋傳。在思考是要禁絕被剽竊的內容還是要和平台網站協商，電視台很明智地選了後者。他們立下了先例：具有破壞力的新網路廣播平台，將成為電視台的重要傳播管道，專業性質的內容會在兩邊相輔相成，而且不需要多花預算。

無線電視廣播系統快速投降，不只影響到娛樂產業，更大幅改變突發新聞傳播的方式。任何人都可以插上一腳；代理人和監督人、專業新聞編輯等等，全都被跳過了。

這個領域的發展引起了Google的注意；這家公司的探子永遠都在尋找收購的機會，以壯大公司旗下的組合。二〇〇六年十月，就在瓊斯和史密斯相識不久之後，Google宣布要以十六・五億美元的股票收購YouTube，這個網站只成立年餘，對各個創辦人來說，這真是一筆天外飛來的大財富，但對於

Google來說僅是九牛一毛，當時Google的市值比次大的媒體公司已經高出三倍。「這是網路革命的下一步[31]。」Google的執行長艾瑞克・施密德（Eric Schmidt）如是說。YouTube網站每天平均引來一億次的影片點閱[32]，由一般平凡大眾上傳的新影片約有六萬五千部。施密德說這是「未來的無線電視廣播」。

YouTube在內容創作者和觀眾之間營造出零摩擦的聯繫。這裡有親密感，也有真實性；這裡能提供新聞和資訊，而且不用交給統治CNN的強勢主播與新聞編輯剪輯，也不用由他們決定哪些影片值得觀眾花時間去看。二〇〇六年八月，洛克希德馬丁公司（Lockheed Martin）一位工程師發現自家替美國海岸防衛隊製造的船有重大瑕疵，公司各級主管、政府調查人員、國會議員以及主流媒體都忽視他揭露的資訊，之後他只好坐在電腦面前把他的證詞上傳到YouTube，後勢像野火一樣，一發不可收拾。四年之後，洛克希德以不公開的數字針對他的吹哨訴訟達成和解。隔年，海珊（Saddam Hussein）執行死刑被人用手機拍下影片，影片也出現在網路上。

CNN於一九八〇年代由泰德・透納（Ted Turner）創辦，在第一次波斯灣戰爭期間贏得大量觀眾，在九一一事件之後又出現另一波高峰。電視台在一九九五年推出網站，到了二〇〇九年時已經成為全球第三大新聞來源。然而，CNN的電視觀眾年紀漸長，經營二十四小時不停歇的新聞頻道費用驚人，電視台的聲譽也因為多項爭議而受損，包括一九九八年取消針對越戰時代使用沙林毒氣所做的特別調查。

YouTube則和CNN大不相同，前者五花八門，以該平台上能找到的影片來說，新聞僅佔一小部分。加拿大安大略省有一位深感自豪的母親，上傳自家十二歲兒子才藝表演的影片，贏得的觀眾包括一些星探和唱片公司的高階主管，後來就把這個男孩小賈斯汀（Justin Bieber）簽進了一家唱片公司。二〇〇八年美國總統大選開跑時，在十六名的候選人中，有七位在YouTube上宣布他們要角逐大位。YouTube和CNN合作，主辦兩場辯論，一般公民就以YouTube影片為格式提出相關問題。他們說這是「全世界最大的議事廳」。YouTube正在成為主要的新聞平台。

YouTube一如其他新興的社交媒體平台，也有其陰暗面。這裡也代管了一名蓋達組織（al-Qaeda）激進份子安瓦爾・奧拉基（Anwar al-Awlaki）的召募影片，煽動跟隨他的人採取暴力。YouTube並未試著壓制恐怖分子的宣傳，而是像臉書一樣，不願扮演新聞記者在編輯刊出素材或承擔責任時的角色。YouTube本身也不創作內容，不管是學步幼兒（比方說，「查理咬了我的手指」〔Charlie Bit My Finger〕影片）還是在TED研討會上演講的學者，YouTube都能讓他們一舉成名。

二〇〇五年，倫敦地鐵發生炸彈爆炸事件，傳統的無線電視廣播世界無法快速掌握破壞程度，BBC把平民老百姓當成特約記者，從YouTube上收到幾千則畫面與文字訊息。當年稍後，緬甸爆發抗議事件，該國政府阻擋新聞記者進入緬甸，當地一群部落客揭發了軍隊如何鎮壓人民。二〇〇八年，媒體主流體制才真正替YouTube蓋章認證：那一年YouTube贏得皮博迪獎（Peabody），這是美國廣電界的至高榮譽，而得獎的理由是以「體現與促進民主的方式推動意見交流」。

不管是尼泊爾大地震、巴黎的《查理週刊》（*Charlie Hebdo*）總部槍擊案，還是綠色革命（Green Revolution）、阿拉伯之春（Arab Spring）和密蘇里州佛格森市抗議行動等著名動亂事件，幾乎在事發一開始時就會出現在YouTube上，以未經加工的觀點呈現。用手機拍下警察施暴的影片被上傳到YouTube上，改變了刑事司法體系。然而，YouTube不僅有新聞內容而已：到了二〇一〇年底，此網站引來的觀眾比美國前三大電視網黃金時段的觀眾加起來還多快兩倍（肯定的是，電視台向來主張線上影片點閱數被誇大了，因為其中有很多人只是隨便點進來）。YouTube成為全世界的活體檔案室，是一個由人自主輸入、展現全球人民層級觀點的資料庫。堅持對抗權力特色和不受拘束叛逆精神的*Vice*雜誌，和這個新興的社交平台有著共同的志業：兩者都要顛覆電視新聞台默默執行的由上而下菁英主義。到了二〇〇八年，*Vice*雜誌的「酷孩專屬」策略已經帶來回報，雜誌的發行量幾乎到達史密斯設定的百萬份，而且在二十二個國家都有發行。他大言不慚地說，每一期雜誌分送到書報攤後，三小時內就會消失在地球表面。他的雜誌是全球潮人世界的搶手貨，他的唱片公司正要簽下炙手可熱的樂團。他把這個品牌帶到新市場，那裡的群眾帶著崇拜歡迎他。

史密斯知道自己可以賣掉更多雜誌，但是紙本的*Vice*雜誌的目標群眾從來就不是一般大眾。打從一開始，這份雜誌就黏住他們設定的住在都市裡具有某些特質的年輕人[33]，他們是史密斯口中「受過良好教育、富裕並擁有財富所帶來的一切的人們」。但是這樣的基礎在變動，因為他看到跨越這個小小的次區塊能帶來大契機。史密斯說，他的新讀者是「花很多時間在網路上尋找很酷的廢話無聊玩藝兒，你懂的，就是那些來自郊區或次級市場、小城市的孩子，他們只想要變得很酷，其他什麼都不懂……這一群被剝奪權利的年輕孩子，可能來自奧克拉荷馬或堪薩斯市，對於政治，除了『我不喜歡碰到這種事』之外，他們不懂也無感」。

少有新聞機構找到影片的定位，妥善放入他們提供的內容組合當中，更沒有任何一家搞懂YouTube以及BuzzFeed等未來傾向更明顯的網站。在《紐約時報》的網站，影片會搭配較多文字報導，但是看影片的人很少。思考*Vice*雜誌的網路版時，在瓊斯的想像中，影片內容會混雜了嚴肅性的新聞和娛樂：這是一種用新方法帶著觀眾到不同地方去的影像紀錄片。「讓我們到不同的地方去學點東西，要比新聞更有人性。」他這麼對史密斯說。為了聽起來像真有其事的頻道，他和史密斯把正在做的這個專案稱之為「Vice廣播系統」（Vice Broadcasting System），後來簡稱為VBS.tv。瓊斯也希望把他的朋友諾克斯威爾帶進來。很快的，他們就跑到巴西里約的貧民窟，為他們稱之為《Vice旅遊指南》（*The Vice Guide to Travel*）的節目拍攝影片。憑著特有的虛張聲勢，他們在推銷時將VBS定位成完全與企業媒體對立的公司，這是和當權派的對抗，也是讓受夠了的年輕人獲得解放的力量。他們承諾要「拯救你，掙脫電視台如死神一般的箝制」。

要在網站上獲得互動（這指的是停留在網站上或是把一篇文章讀完），愈來愈困難。美國作家大衛・福斯特・華萊士（David Foster Wallace）曾經將充滿資訊的環境稱為「全然的噪音」[34]，要能殺出重圍掌握到一群忠心的群眾，更是難上加難。*Vice*雜誌已經證明可以用內容和影片得到互動，如今，有了YouTube開啟新展望，史密斯能將他的公司帶到下一個階段。各大品牌都渴求能做出讓年輕人從頭到尾看完的廣告，而瓊斯和史密斯知道怎麼做。瓊斯在*Vice*雜誌擔任創意總監一職，在史密斯的兄弟冒險大片中接替麥金尼斯過去扮演的角色。

到了此時，以影片品牌的定位來行銷Vice已經變成很酷的一件事。公司的影片就像網路上大多數其他影片一樣，都可以在公司官網（Vice.com）以及其在YouTube經營的音樂與其他文化主題頻道上免費找到。他們希望粉絲訂閱，而隨著訂戶愈來愈多，這家公司也更清楚他們的群眾輪廓。沒有YouTube，Vice就少有管道可以傳播新影片，但史密斯也知道，YouTube渴求像他提供的這類僅供網路使用的原創內容，他想盡辦法，要這個影片服務網站付錢購買他的某些影片。

瓊斯想要為VBS爭取更高的製作預算，他建議和MTV合作；他在這家電視台之前就已經交出漂亮的成績。MTV電視台的母公司維亞康姆追加了一大筆的投資，讓他們動手去做。「他們給我的行銷賣點說[35]，這是新聞雜誌節目《六十分鐘》（*60 Minutes*）加上《無厘取鬧》。」一位贊同這個構想的MTV高階主管如是說。打從一開始，Vice的影片部門就決定要顛覆電視台裡佔多數、事先包裝節目的乏味製作方式，改採自然不雕琢的走向。因此，他們根本不多想，一開始設定的任務就是要去找文明社會的危境。

由網站特派員前往最不適合度假地點拍攝的《Vice旅遊指南》[36]，是第一個大專案。他們派出加拿大電影導演德瑞克・貝克利斯（Derrick Beckles），去巴拉圭的新赫爾馬尼亞堡壘深入採訪納粹後代，美國製片兼導演崔斯・克拉奇菲爾（Trace Crutchfield）前往里約熱內盧由毒梟把持的貧民窟，韓裔美籍畫家崔大衛（David Choe）深入剛果尋找恐龍與偷窺土著矮人族色情秀，麥金尼斯和喜劇演員大衛・克洛斯（David Cross）則被派往中國，他們穿著代表美國的山姆大叔道具服，躲在一家運動酒吧一邊吃狗肉一邊看超級盃。史密斯本人則去了車諾比，他用蓋革計數器（Geiger counter）測量當地的輻射值，並用機關槍掃射被突變野豬踩踏的建築物。阿爾維去了巴基斯坦，探訪全球規模最大的幾個非法槍枝市場，當地人說恐怖分子的願望就是要生飲美國人的鮮血；瓊斯說這個說法「很扭曲」。

此時，維亞康姆的執行長兼MTV的共同創辦人佛瑞斯頓，成為他們的導師。他雖然和新聞沒有淵源，但是他有時機：二〇〇六年九月，維亞康姆提出高達五千九百萬美元的優厚離職方案強迫他離開，史密斯讓他成為Vice第一位外部董事。

二〇〇八年，麥金尼斯也到了撕破臉離開的時候。他也拿到優離方案，但是和佛瑞斯頓的天差地遠。他接著和福斯新聞台（Fox News）簽約，寫了幾本書，其中包括一本回憶錄《如何在公共場所撒尿》（*How to Piss in Public*），裡面有幾章就是專講*Vice*雜誌。他的痛苦和憤怒顯而易見。

史密斯成長茁壯，遠遠超過加拿大起家的基業。他和瓊斯一起寫了一部電影，即將開拍。他的公司在紐約、蒙特婁、倫敦、澳洲、北歐、義大利、德國和日本都有據點。他已經證明潮人文化在國際間是可行的出口品。如今，如果Vice能引來想要對年輕人行銷的全球性大品牌，這家公司可以更迅速成長。

史密斯花了一年帶著小型的攝影團隊走遍全球，揮舞著一張讓他可以去爭奪全世界最有趣人物榮銜的行程表。他在牙買加金斯頓市的貧民窟和揮著槍跳街舞的幫派份子廝混，一同歡慶一年一度的帕薩帕薩派對（Passa Passa）；他也去了北韓的平壤，北韓政府指派給他的導遊因為他的滑稽誇張而大發脾氣。北韓人看得很清楚，代表團裡的其他人都是記者，史密斯則不太像。

「對於自己不懂的東西，北韓的預設立場就是『喔，那些人是間諜[37]』。」他之後對來採訪他的人說，「因此，他們拿走我們的相機，好好檢查，整個拆開來，而且哪裡都不讓我們去。我們後來有一個晚上和他們一起喝個大醉，他們問道：『你們來這裡做什麼？』我的回答是：『喔，我想當電影明星。』他們的態度是：『喔，那好吧。』之後我要做什麼都行了。」

雖然史密斯不是電影明星，但他的確渴望成為影片界的大品牌，而他也得到了回報。離開北韓之後，他去了北京，在酒吧裡，當地人會過來找他講話。「嘿，我看過你，」他們會說，「你是VBS的人！」

到了二〇〇七年中，Vice影片能觸及的群眾人數已經超越雜誌。史密斯正在風口浪尖，即將成為新的媒體大亨。過去三十年來，他活得狂野，有時候他會說自己是「窮人界的海明威」，他老是宿醉。回顧這段時期，他說，「拿破崙說過一句話，那就是『征戰成就我，征戰將支持我』。而我習慣說：『酒精成就我，酒精必能支持我。』我所做的每一件事，不管是我的狂歡，我的蠢事，所有的故事，我所有的瘋狂之舉，全都是靠酒精加持。」有一天他醒來時忽然醒悟到一件事：「我太胖，而且我太累了。」

除了麥金尼斯的極端之外，這家年輕公司的其他企業文化也觸怒了一些主流體制派的合夥人。其一是沒有女性員工。有些女性被麥金尼斯和史密斯嚇跑了，這兩人在為雜誌召募女性員工時毫不避諱他們想要在辦公室求愛，有些則是對某些自由工作者心生畏懼，比方說攝影師泰瑞・李察森（Terry Richardson），他自二〇〇一年以來至少被控七次性騷擾。另一個問題是辦公室裡出現毒品，尤其是古柯鹼。隨著公司擴編人員、名氣愈來愈響亮，年輕的男男女女帶著履歷來到這裡，常常願意當免費志工。每個人在下班後都去同一間酒吧，這也是其中一個吸引人的因素。史密斯自己和一位年輕製作人譚蜜卡（Tamyka）過從甚密，兩人於二〇〇九年成婚。Vice內性關係很常見，但一直到十年後的哈維・溫斯坦（Harvey Weinstein）醜聞爆發之前，並沒有人要史密斯為公司內普遍的不當行為負起責任。Vice製作的內容與企業文化裡面充斥著性別歧視，但是，早年並沒有人認為這是什麼大不了的事。

有一位女實習生回憶道，某天午休後回到辦公室，她發現三位創辦人穿著尿布、吸著奶瓶，在胡搞瞎搞。她覺得很不自在，認為他們很讓人討厭，但她毫不意外。「這就是那個地方的文化。」她輕嘆。這些人是老闆，根本沒人敢抱怨。

要維持真實的聲音以吸引千禧世代群眾報以忠誠，又要讓Vice像一家真正能經營業務的企業，兩者之間本來就會有一些緊張，史密斯一向相信他能夠成為橋梁溝通被切開的兩方，挑選最適當的時機迎擊僵化的媒體巨人，尤其是無線與有線電視台。

他比多數媒體高階主管更早看出年輕人不僅不會每天晚上看新聞，他們看電視的時間也會愈來愈少，什麼都不用講了。電視新聞觀眾人數的高峰點[38]，出現在一九六〇年代。一九八五年時，幾乎有五千萬美國人會看電視台的晚間新聞，但到了二〇〇八年（也就是VBS正努力想要發明新類型新聞紀錄片的時候），人數已經大幅下降到只剩兩千九百萬。NBC、ABC與CBS加起來的觀眾，大約只有一九五〇年代號稱「美國最值得信賴的人」華特・克朗凱（Walter Cronkite）坐上主播台時那麼多。CNN雖然在一九八〇年開始打造有線新聞台之後培養出廣大觀眾，但也無法力挽狂瀾。

觀眾已經分群了。二〇〇八年時美國約有一百二十個頻道，相較之下，一九八〇年代初期只有十五個。新聞台的信任感歷經一連串醜聞之後不斷下滑，包括CNN撤回針對越戰期間的順風專案（Operation Tailwind）所做的報導，導致其最著名的通訊記者彼得・阿奈特（Peter Arnett）垮台；CBS致歉，因為他們根據編造文件針對小布希逃避兵役做了一篇報導，主播丹・拉瑟（Dan Rather）並因此離職。各家電視台的新聞都有一種無聊的一致性，為了刺激收視，所有電視台的晚間新聞都會加一些點綴素材，報導名人八卦和其他比較偏向娛樂而非嚴肅新聞的主題。在地電視台新聞仍是最多美國人獲取新聞的管道，他們的報導則充斥著搧風點火的犯罪故事。有一句老話說：「見血見頭條。」（If it bleeds, it leads）。仍忠心守在電視機前看新聞的觀眾年紀愈來愈大，銀髮族的比例也愈來愈高。

十八到二十九歲的年輕人最少固定看電視新聞，其中約有一半的人說他們根本不看。這個年齡層幾乎沒有人能說出任何新聞主播的名字。這一群消費者正是廣告主千方百計想要接觸到的人，他們也是Vice的甜蜜點。在此同時，一九九六年由梅鐸和羅傑・艾爾斯（Roger Ailes）合力開台的福斯新聞台，則正在贏得年紀較長保守派觀眾的理智與感情。

青少年和年輕人花在電腦螢幕上的時間愈來愈多，他們看影片、玩電腦遊戲，尋找速食性的內容。他們被電視養大，而且很多人都寧願看螢幕而不願閱讀。YouTube是他們最愛逛的「大型商店街」。

Vice有適合的內容，只要想出辦法破解關卡，就能在YouTube上賺錢。這家公司要成為製造內容的工廠，包括廣告、新聞和娛樂。獲利的重點，是要設計出神奇的數位祕方，或者說，至少史密斯很善於說服大家這樣做就對了。

二〇〇七年底，高高在上的《紐約時報》側寫了這個「打游擊的影片網站」的成就，宣稱「Vice雜誌社利用原始又充滿諷刺意味的鑑賞力、有傷風化的照片和樂於處理禁忌主題的意願打造出一個小型媒體帝國」。雖然多數主題都帶有文化性質，比方說毒品和性，但《紐約時報》的矛頭指向了「數目多到驚人的野心勃勃新聞報導，比方說採訪真主黨（Hezbollah）自封的『貝魯特市長』、針對剝削環境所做的調查，以及哥倫比亞約會強暴用藥的相關報導。」

Vice實際上每天約有二十萬不重複的訪客，另外還要再加上YouTube上新來的群眾。看到過去的好兄弟一路靠著胡說八道登上了《紐約時報》的版面，麥金尼斯一定會大笑。

但是，就像裴瑞帝一樣，在接下來五年，史密斯會讓他的小公司轉型，在YouTube的優勢加持之下打造Vice。影片網站YouTube湧入了業餘人士上傳的內容與違法的短片，史密斯看到機會，一邊模仿YouTube充滿吸引力、一刀未剪的美學，同時創作更優質的影片與「來自前線」的報導，在素人公民記者群中勝出。為了帶動年輕群眾，必須從街頭的角度做報導，通常都是很少亮相的第三世界地點，報導者則是完全沒有受過新聞訓練的人。這會是廣告主一直在尋找的轉型願景，讓他們能接觸到自己極力想要爭取的年輕群眾（這一群可是很善於察覺誰在說廢話的群眾）嗎？廢話王史密斯顯然認為是的。

第三章
傳統──《紐約時報》，之一

二〇〇七年，薩斯柏格替《紐約時報》勾畫了一幅高遠的願景，希望這家報社成為多媒體帝國。雖然他揮軍進入無線電視的突襲行動最終毫無成果又所費不貲，但是他堅信網路能開啟新願景，把家族的皇冠磨得更亮。他認為，這家報社可以成為一個資訊中心，為其他各個相關領域提供素材，包括娛樂。在新聞成為商品的時代，優質資訊比過去更值錢，而《紐約時報》在這方面的能力遠遠超越其他媒體企業。

然而，《紐約時報》寄望未來能大展鴻圖的商業模式嚴重崩壞。網路重挫報社的廣告，新聞應該免費的網路箴言，毀了報社另一個營收來源：付費訂閱。正如他的同事所言，數位破壞是一個「長遠的問題」，而自大蕭條（Great Depression）以來最嚴重的金融危機又讓問題雪上加霜。在大蕭條期間，他的曾祖父曾經把報紙上的新聞內容加倍，但每份報紙的價格壓低到一美分。流通量因此大增，報社度過危機並繼續壯大。在環境嚴峻的一九七〇年代，紐約市的經濟崩壞，他的父親在《紐約時報》裡新增專題報導，成為強吸新廣告的引力。而他的兒子也需要類似的轉型構想以保住祖產，在其他家族連鎖事業已經售予他人或完全退出業界時，繼續撐住《紐約時報》。

他為了這場豪賭找來的夥伴並非產業界高瞻遠矚之人，而是報社之前的總經理兼廣告部門主管，此人和她多數的同事一樣，只有傳統報紙的相關經歷。這位珍娜・羅蘋森（Janet Robinson）時任《紐約時報》執行長，她土生土長於麻州的破敗海邊小鎮秋河鎮，過去曾是學校老師。她最大的成就是帶領這份報紙轉型成一股全國性的力量；她一開始任職於雜誌分部的廣告單位，後來晉升到主掌雜誌，之後更一路往上爬，最終被任命為執行長。偶爾，她會用很不耐的語調和薩斯柏格講話，彷彿她是老師、而他是不守規矩的小學生。但，如果她真的是老師，關於壓倒這家報社的數位世界，她也沒什麼可以教他的。

科技與數位新創公司在《紐約時報》現代發展史期間，曾經歷了最嚴重的財務困境，但對他們來說，二〇〇〇年代中期充滿活力，處處都有好光景。雖然薩斯柏格有「信託基金」的支持（此基金是一個由祕密八人小組組成的集團，薩斯柏格家族透過此信託基金擁有並掌控《紐約時報》），但是意料之外的事情發生了：外部股東正在鼓動一場反抗行動。他們對於薩斯柏格、羅蘋森和《紐約時報》不斷下滑的股價感到不滿，這是第一次真正的管理危機，威脅到薩斯柏格—奧克茲家族五代以來的所有權。有一檔總部位在倫敦的摩根士丹利投資基金（Morgan Stanley Investment Fund），裡面一位心生不滿的投資人發動委託書爭奪戰，爭取其他《紐約時報》的股東和他同一陣線，挑戰公司的雙股權架構；有些媒體業主會使用雙股權策略，但是一般來說已愈來愈不常見。在雙股權架構下，A股在公開市場出售，家族持有的B股則否，B股卻握有超過總股份七成的投票控制權。反對派人士也想要壓制薩斯柏格的權力，拔掉他其中一個職務；當時他是公司的董事長，也是發行人。如果反對派人士成功，《紐約時報》也就不再是《紐約時報》了。

短短五年，《紐約時報》的股價從四十美元跌到十五美元，但是雙股權制為薩斯柏格家族築起銅牆鐵壁。家族的信託基金要達到六票對兩票以上，才能改變這項制度。《紐約時報》的董事會聘用了一位紐約市收費屬一屬二的律師、同時也是購併界的傳奇人物：瓦區特、利普頓、羅森與凱茲聯合事務所（Wachtell, Lipton, Rosen & Katz）的馬丁•利普頓（Martin Lipton），由他從公司治理面上來評估雙股權制。利普頓宣稱這套制度很健全。

這場股東運動引來很多人的注目，《紐約時報》過去從未遭受如此嚴重的挑戰。薩斯柏格和羅蘋森努力穩住八十餘萬的忠實訂戶；此時報紙正不斷流失讀者，主要是因為人們偏好利用電腦閱讀。當時《紐約時報》最賺錢的平面廣告部分，也不斷暴跌。部落格愈來愈流行，再加上諸如「赫芬頓郵報網」、BuzzFeed和Vice等年輕的競爭對手忽然冒出頭，在在都是一個提醒，指出線上出版界出現了很多新星，吸走了一大群最有價值的十八到三十五歲的人（二〇一五年時，《紐約時報》報紙讀者的年齡中位數是六十歲）。

薩斯柏格不斷健身、做瑜珈和攀岩維持纖瘦體型，還保有年輕的外貌。有些人會覺得他的態度很彆扭，彷彿對於自己背負的期望感到很不安。他很聰明，但總是忍不住要去講他讀了多少書。人們因此在背後叫他「痛捏」（Pinch），這源出於他父親的綽號「痛擊」的嘲諷貶低版；《紐約郵報》以《紐約時報》近期遭逢的挫敗為題刊出一幅諷刺漫畫，主角就是鼻青臉腫的他，《紐約》（*New York*）雜誌、《紐約客》雜誌、《浮華世界》（*Vanity Fair*）和《華爾街日報》等刊物，也都刊出不太客氣的報導。《華爾街日報》的業主很愛整薩斯柏格，週末時也登出一篇封面報導，談為何有些女性喜歡看起來像女性的男性，在眾多臉孔照片中夾著一張絕對不會認錯的臉，那是薩斯柏格的下半邊臉。《華爾街日報》否認他們是故意嘲弄他。

時代氛圍和他父親那時候已經不一樣了；他的父親是有威嚴又迷人的「痛擊」．薩斯柏格，是紐約社會的中流砥柱，在許多值得尊敬的機構擔任董事長，比方說大都會博物館（Metropolitan Museum）和哥倫比亞大學新聞學院（Columbia University School of Journalism）。世人記憶中的老薩斯柏格是登出五角大樓文件新聞的英雄，他根本沒在管登出報導可能遭到尼克森政府起訴，毀了自己也毀了報社。他的兒子在一九九二年時接替他成為發行人，在新聞編輯室卻未受到同樣的愛戴。但他的員工也認同世道更加艱辛，認為他是擋在他們面前的守護者，擋下摧毀報業的嚴峻措施和大規模的縮減人力。他們相信他會看重新聞報導的品質高於一切，這是他掙來的信賴。

氣派、有著覆斜式屋頂的《紐約時報》大樓位在西四十三街，薩斯柏格很少出現在三樓，這裡是多數資深編輯的辦公室。他在優雅、鑲嵌木板的十一樓辦公室辦公，這裡也是過去他父親與祖父的辦公室。這一層企業事務樓層鋪設棕色地毯，讓人想起早期的年代，電梯口還擺放金色的煙灰缸，上面刻著「請息菸」。在那個喧嚷的時代，多部印刷機在這棟時報大廈（Times Building）的地下室（大廈與時報廣場〔Times Square〕同名）轟轟作響，打字機叮叮噹噹，編輯在新聞編輯室衝進衝出。

薩斯柏格辦公室隔壁是氣派的董事會會議室，主角是一張大型的桃花心木桌子，牆上掛滿拜訪過此地各辦公室的名人顯要簽名照，包括幾位美國總統、卓別林（Charlie Chaplin）、林白（Charles Lindbergh）以及諸多外國領袖。照片太多了，會議室裡還因此特別放了一本書，幫助人們辨識影中人。阿富汗總統哈米德．卡爾扎伊（Hamid Karzai）和美國國務卿康朵麗莎．萊斯（Condoleezza Rice）最近剛剛來過，都由薩斯柏格引見，然後讓他們去面對編輯委員會裡眾家記者的提問。

薩斯柏格偶爾會出席頭版會議，但這種情況很少，而且，關於編輯們為了隔天報紙頭版上六個最珍貴位置要安排哪些報導，他從來不多加評論。不知道為什麼，他幾乎總是在報紙的「導言」、也就是「右方專欄」的文章選定之後隨即離開。他有時候會帶一群記者外出用餐，探一探新聞編輯室裡的動態。每年宣布普立茲獎得主時，他會去三樓的新聞編輯室驕傲地和編輯們站在一起，但從來不發一語。他無須多言，因為每一位得獎人都對他和他的家族宣誓效忠。

這段時期，他和羅蘋森幾乎每一個上班日晚上都要一同出席商業晚宴，向投資人保證《紐約時報》能長期生存下去。薩斯柏格會穿上從布魯明岱百貨公司（Bloomingdale）買來的西裝，有型又不像訂製西裝那樣招搖，並穿上還沒退流行的吊帶褲。在他擔任發行人的早期，他會不穿鞋、只穿著襪子到處走。多數時候，破曉時他就會和他的朋友、也是縱橫華爾街的投資人史蒂文・拉特納（Steven Rattner）碰頭，一起去中央公園西側他家附近的高級健身房。週末他偶爾會去紐約州紐伯茲市騎摩托車紓壓，他在這裡也有一個家。他剛大學畢業就和蓋兒・葛瑞格（Gail Gregg）結婚；他們的兒子小薩斯柏格，已經從布朗大學（Brown University）畢業，女兒安妮（Annie）則在大學畢業後長住英國。他最後將希望放在兒子小薩斯柏格身上，希望他能接下家族事業；他兒子二〇〇九年時進入《紐約時報》當記者，之前則任職於羅德島的《普羅維登斯日報》（*Providence Journal*），也在《波特蘭俄勒岡人報》（*Portland Oregonian*）工作過。

羅蘋森比他大一歲，是一個讓人畏懼的人。在業務上和她共事過的人都怕她，薩斯柏格有時候也是。她的工作很難做，卡在薩斯柏格和他的表親麥可・戈登（Michael Golden）之間；戈登是《紐約時報》的副董事長，是一個很模糊的人物，彷彿會隨著季節而變化。戈登原本負責監督《紐約時報》旗下擁有的地區性報紙，之後被派往巴黎，負責搖搖欲墜的《國際先驅論壇報》（*International Herald*

Tribune）企業事務。有一小陣子，他和羅蘋森都緊盯著財務陷入危機的《波士頓環球報》；這是老薩斯柏格在任期結束前用十億美元天價收購的報紙，如今正在嚴重崩壞。之後，戈登收到的指示是去關注《紐約時報》的人力資源。這些職務都無實權，但這位曾在奧克茲家族最初的報社《查塔努加時報》（*Chattanooga Times*）任職過的好人表親（戈登的母親是奧克茲的孫女，她是這家報社的董事長），擔負著一件非常重要的任務：他是公司與整個大家族之間的聯絡人。羅蘋森、甚至連薩斯柏格可能很輕蔑他，但是他的血緣關係確認了他的重要性，讓他度過重重危機，尤其是面對她。薩斯柏格曾告訴我，他在公司裡完全信任的人只有戈登一個。

網路已經造成結構性的損傷，某些近期出現的業務失誤讓問題更加嚴重，最糟糕的一件，就是在報社的輝煌時代正要結束之際買下《波士頓環球報》。另一項時機不當的行動，是《紐約時報》找上《華盛頓郵報》，買下流落在外的百分之五十《國際先驅論壇報》股權。這是一份英文報，綜合這兩份報紙中最好的內容提供給旅客和移居海外人士，總部位在巴黎，當地的勞動成本極高，也幾乎不可能縮減人員。《波士頓環球報》的錯誤不是薩斯柏格拍板定案，但《國際先驅論壇報》這筆帳要算在他頭上。除了營收不斷枯竭之外，夥伴關係的破裂也惹惱了《華盛頓郵報》的唐納・葛蘭姆。他覺得受到打壓，覺得《華盛頓郵報》被一腳踢開，損害了兩位報人之間的關係；他們兩家可是從上一代就開始有往來了。

薩斯柏格和另一個重要人士的關係也毀了，對方是他的執行總編比爾・凱勒。凱勒是很出色的新聞記者，曾經擔任駐俄羅斯與南非的特派記者，之後擔任海外編輯，《紐約時報》的國際新聞報導在這段期間也恰好攀上了更卓越的新層次；擔任執行總編時，他不斷強化新聞報導。由於傳統上新聞與廣告之間有著一道牆相隔，在他之前的許多執行總編大致上都遠離業務議題，但是網路破壞力道之強，把他也捲進了報社的業務風暴裡。

凱勒很英俊，有一雙銳利的藍色眼睛，五十七歲的他沒什麼白髮，最開心的事就是能坐在書桌旁寫文章，把耳機插進他的iPod裡。他在上班途中會在地鐵裡讀詩。薩斯柏格和一些記者覺得他很有距離感，但是也認同他的新聞判斷與道德無懈可擊。凱勒不太關心《紐約時報》的一般性業務，而且他非常反對薩斯柏格推動的某些賺錢行動，比方說主辦大型研討會和開設《紐約時報》美酒俱樂部。凱勒認為這些事業把《紐約時報》的名聲弄得很廉價，也跨越了新聞與廣告之間的界線。

凱勒有一種帶著嘲諷的幽默感，大家都知道他會發出傷人的電子郵件，之後又感到懊悔。雖然《紐約時報》不斷被人指控立場左傾，但他是堅守公平的頑固份子，會在新聞報導中不斷爬梳，刪掉任何下意識偏自由放任派立場的言論。他曾經威脅要刪掉一篇根據哈利・布萊克蒙大法官（Justice Harry Blackmun）的論文寫出來的長文，因為他認為該文的作者（是受人尊敬的最高法院記者琳達・格林豪絲〔Linda Greenhouse〕）太過同情自由放任派的正義觀點。凱勒也堅持，報社必須為了報導一位亞裔美籍科學家時公審意味太過濃厚而道歉；報導中的主角誤因洩漏核能機密被判入獄。服務年資長又專橫霸道的亞伯・羅森索（Abe Rosenthal）是凱勒的老前輩，眾所周知他誓要「維護報社的端正立場」，凱勒也以這句誓言為己任。薩斯柏格二〇〇〇年選任執行總編時跳過凱勒，但三年後又回過頭來考慮他，因為當時薩斯柏格的首選名單豪爾・萊恩斯（Howell Raines）在傑森・布萊爾的虛構報導引發的醜聞中下台。凱勒坐上執行總編的位置後，紛紛擾擾的新聞編輯室就冷靜了下來，他不再需要害怕或巴結薩斯柏格，也因此更加明顯表達出他對於發行人某些想法的惱怒。為了自我安撫，凱勒常說，在出版世界過渡到網路的當口，薩斯柏格是《紐約時報》活下去最大的希望。薩斯柏格家族一向是好新聞的忠心守護者，凱勒知道，講到保護新聞品質時，發行人會支持他。薩斯柏格替凱勒爭取到了足夠的預算空間以擴大文化方面的報導，在全美各地廣設通訊處，並以高薪聘來人才，比方說《華盛頓郵報》的明星中東特派記者安東尼・夏迪德（Anthony Shadid），《財星》（*Fortune*）雜誌的傑出財經記者喬伊・諾科拉（Joe Nocera），以及暢銷書作家兼《華爾街日報》前任頂尖編輯詹姆斯・斯圖爾特（James B. Stewart）。在凱勒第一次被迫縮減新聞編輯室人力時，他護住了所有國際報導人員，自己和報頭欄中各版掛名主編（這些都是他的最高職級副手）一起減薪，以保住某些職務。

在此同時，其他報社家族紛紛出脫資產，變現入袋，包括時代鏡報公司（Times Mirror）、奈特瑞德報業和道瓊公司（Dow Jones）的業主。二〇〇七年，班克羅夫特家族（Bancroft）把家傳資產《華爾街日報》以天價五十億美元賣給梅鐸。前一年，瑞德家族把奈特瑞德報系全部出售，價格比前面提到的五十億美元還高一點。紐約多家小報都放出消息，指出市長麥可・彭博（Michael Bloomberg）有意在卸任之後買下《紐約時報》，但這位億萬富翁否認。「我不想介入你們這一行。」有一天午餐時他對我說。

凱勒每星期都和薩斯柏格共進午餐，選在《紐約時報》仍保有的正式餐廳，有侍者、瓷器和印刷精美的菜單。餐中必會有薩斯柏格最愛的甜冰茶，除非賓客另有要求。這樣的豐裕，和薩斯柏格面對的預測數字剛好形成對比，後者彷彿是一夜之間就暗淡了：過去在廣告營收中達幾百萬美元的分類廣告，被克瑞格清單一掃而空；克瑞格清單是免費的網路分類廣告版，把「待售」的廣告都給拉走了，怪獸網（Monster.com）和其他網站則把「徵才」和「找工作」的廣告拉走了。有些過去表現很好的廣告類別，比方說旅遊和汽車，也因為智遊網（Expedia）和汽車交易網（AutoTrader）等數位競爭對手而遭受衝擊。電影公司、甚至連百老匯戲院也已經找到新的數位方法去觸及會買票進場的人，更不需仰賴《紐約時報》的廣告以及其影評、藝評家的評語。

二〇〇五年，《紐約時報》跟上《華爾街日報》的腳步，決定在網路上架設一個付費閘口，以阻擋人們免費存取受歡迎的專欄作家所寫的文章，例如湯姆・費利曼（Tom Friedman）和莫琳・道得（Maureen Dowd）。薩斯柏格預期，藉由要求讀者付費，就能開始彌補網路上的其他損失，他的依據是，這些評論意見和嚴肅新聞不同，前者是數位競爭對手難以匹敵的。雖然數位領域的高層員工反對，但羅蘋森還是努力推進，薩斯柏格也核准了線上訂閱方案。為了注入一些精緻的氣息，線上方案的品牌名稱訂為「時報精選」（Times Select）。

這套方案一敗塗地到讓人尷尬的地步。到了二〇〇七年時，設立了兩年的閘口被推倒了，只爭取到少之又少的二十四萬七千名付費訂戶。內容免費這條網路真理不容推翻。在此同時，傅利曼和其他明星專欄作家（這些人享有高薪、大筆差旅與娛樂預算，還適用容許他們收取高薪演講費的鬆散工作倫理），紛紛向薩斯柏格抱怨他們的讀者人數大跌，尤其年輕人流失的很嚴重，傅利曼主張，這群人非常需要了解九一一事件之後的世界是什麼模樣。數位營收在公司裡的佔比不到百分之十，紙本的《紐約時報》仍是賺錢養家的單位，但大家都在猜能持續多久。

不確定性如漩渦般擾動，薩斯柏格愈來愈相信要請外部顧問來幫忙。傳言他花費一百萬請來麥肯錫顧問公司（McKinsey & Company），希望他們可以針對兩個攸關報社未來的急迫問題提出答案：紙本報紙還有多久時間？數位營運何時能補上報社快速減少的廣告營收？報社的命運，繫於兩條互相對抗曲線的交會點：往上走的是數位廣告與付費訂閱，往下掉是的紙本廣告（在公司營收中仍佔百分之六十八），以及慢慢流失的送報到家訂戶。

羅蘋森召集高階編輯與業務單位人員，聽顧問人員直接引用但丁的話來說明他們的結論。對於《紐約時報》而言，「天堂」情境是紙本廣告又回籠、報業整體承受的虧損到頭來只是週期循環起伏，但這不太可能發生。另一方面，「地獄」情境是紙本營收暴跌而且完全不可逆，而數位營收則步入了停滯期。「煉獄」則是報社目前所處的境地。羅蘋森向凱勒以及主編群解釋，《紐約時報》屬於麥肯錫公司所說「印記已改」（Altered Print）的煉獄狀態：如果報社不快速改革，緩慢的失血也可能致命。這些結論導引出一些會讓讀者掏出錢包的新產品，例如旅遊、現場活動和大型研討會，以及一些針對能賺錢的主題所做出的更專業化新聞，例如商業和奢華時尚。

為求更快速行動，薩斯柏格希望新聞與業務面更密切合作，這是凱勒的前輩編輯們所痛恨的事。商業與新聞之間一向有一道牢不可破的牆，而這是有道理的：這樣一來，任何新聞決策就不會讓人認為是受到廣告主影響或背後有商業考量。薩斯柏格打算降低這堵牆的高度，不惜面對新聞編輯室的抗拒。他召集了一個由八位資深業務高階主管和新聞編輯組成的小型委員會，以薩斯柏格位在紐伯茲市的歷史悠久度假屋天湖山莊園旅館（Mohonk Mountain House）為名，稱之為天湖小組（Mohonk Group）。委員會的任務是找到折衷方案，陷入僵局時，這個小組才去找薩斯柏格。他痛恨衝突，因此盡量避免這樣的困境。身為新聞部的編輯主任，我是委員會中層級最高的新聞編輯室代表。

為了執行創造營收的構想，這個小組背負極大壓力，例如新聞編輯室反對、但是最後還是在賈維茲中心（Javits Center）舉辦的旅遊展；報社裡的旅遊作家無一人與會。廣告部門的代表施壓，要求星期四增加一個時尚版面。報社沒有本錢拒絕廣告主，星期天的時尚版是少數時尚品牌廣告會搶的版面。但要在星期四多加一個時尚版面，主打時尚和購物專家專欄的構想，讓許多《紐約時報》的記者嗤之以鼻（有一位外部的名嘴大罵說這個版面根本就是「奢華版色情書刊」❶，大罵向來號稱「灰女士」〔Gray Lady〕的《紐約時報》如今居然隨俗穿起普拉達〔Prada〕了）。另一項行動是新增一份報導奢華產品、名為*T*的雜誌，會在某些週日出刊，裡面廣告的商品是價格超過十萬美元、鑲嵌了珠寶的皮包和手錶。到了這個時候，就連凱勒都說了：「如果奢華色情書刊能夠拯救巴格達通訊處，那就這樣吧。」

新聞與業務之間的防火牆岌岌可危，這原本是嚴謹新聞機構裡不可侵犯的堡壘，這是一道把新聞記者和公關宣傳區分開來的牆。這套制度的源起要從一九五〇年代的《華爾街日報》說起，當時該報登出兩篇文章觸怒了其最大的廣告金主通用汽車（General Motors），通用汽車的回應是撤回所有廣告。《華爾街日報》在一篇名為〈意見差異〉（A Difference of Opinion）的社論中堅守立場。「說到底，對任何人來說，唯一有價值的就是實際上到底發生了什麼事。」這篇社論宣稱，「無論是收到廣告主的指示還是特定企業的請託，當一家報社開始壓制新聞，很快就無法再為廣告主或企業服務，因為這家報社很快就會沒了讀者。」

薩斯柏格也好、他的團隊也好，沒人妄想能要編輯撤文，寧願得罪廣告主，但是廣告部門敢於提出「週四時尚版」的概念，就代表已經跳過了這一道牆。後來有很多業務都模糊了傳統的界線，而這是第一宗；越界並不是「業務面」（這裡指的是薩斯柏格和他的企業管理團隊）存心，而是因為要補上廣告流失造成的收入缺口才能讓報社生存下去。

凱勒和報社的藝術總監開始巧妙滿足之前會違反《紐約時報》準則的業務面廣告要求，包括跨版頭的脫衣舞廣告。薩斯柏格曾經懇求頭版廣告絕對不可壞了報紙的優雅面貌，但是這種事很快就出現了。這些小小的妥協並未影響報紙的新聞品質，但的確弄亂了設計。

看起來，幾乎已經沒什麼是神聖不可侵犯的東西了，就連奧克茲的名言「所登新聞，皆宜刊登」（All The News That's Fit To Print）都面對威脅。這句話每天都放在報紙頭版的左上方，此地是廣告部門最想賣掉的一塊寶地，這簡直犯了藝術總監的大忌。薩斯柏格決定維護這句名言，不讓廣告主染指，然而，他是萬分掙扎才下了這個決定。

薩斯柏格和羅蘋森從來沒要求執行真的會損及整體新聞報導品質的大砍人力行動；反之，他們縮編了近一半的業務面人力，並採行其他精簡成本措施。《華盛頓郵報》進行幾次裁員，報導品質的落差變得明顯可見，讓《紐約時報》對此敬謝不敏。薩斯柏格很確定，只要他小心不要損害新聞品質，他的報社可以成為「堅持到最後的人」。要把這樣的期待帶入策略，代表必須投資核心新聞，不可斷了這條能獲利的路。但堅持成為「最後的人」這套策略，也讓他陷入困境。為了讓新聞編輯室二億多美元的預算能全部到位[2]，他不能把錢花在公司裡其他也很重要的領域。如果不得不花（事實上，到最後他還是花了），他可以賣掉《波士頓環球報》，並且勒緊這個他夢想領軍的媒體集團其他部分。但麥肯錫的團隊提醒他，即便這麼做，《紐約時報》很可能還是撐不過去，尤其是二〇〇八年的金融危機已經隱隱逼近，「地獄」之火也頻頻造成威脅。

絕望已經攻佔了其他地方，大肆摧毀過去的競爭對手。《洛杉磯時報》的母公司是時代鏡報[3]，公司執行長馬克・威爾斯（Mark Willes）來自通用磨坊（General Mills），人稱「穀片殺手」

（Cereal Killer）；《洛杉磯時報》的那道牆一九九九年時被推倒，當時該報和辦公室用品公司史泰博（Staples）簽署了分享營收協議❹，為新開幕的大型研討會館場與運動場地史泰博中心（Staples Center）發行一本一百六十八頁的專刊雜誌。雖然這是《洛杉磯時報》編輯在常態報導工作下所編製的刊物，但是員工並不知道公司會和館場業主分享雜誌的營收。當他們知道之後，可以說是怒火沖天：這傷害了他們的報導，弄得好像他們也參與了一場廣告吹噓行動。發行人與主編被迫去職，沒多久之後，這家報社就賣給論壇出版公司（Tribune Publishing Co.）。十年後，對比報業最新的數位怪物原生廣告，這段醜聞顯得古雅又有奇趣；所謂的原生廣告和新聞報導極為類似，很能愚弄讀者，很快成為BuzzFeed和Vice媒體等數位新創公司主要的廣告營收。原生廣告（比較謹慎的說法應該是原生廣告手法）也會慢慢入侵《紐約時報》和《華盛頓郵報》，但是，到這個時候，在這道牆上敲出縫隙引發的義憤填膺已經少很多了。

薩斯柏格雖然對於華爾街分析師每季的緊迫盯人備感緊張（他把應付他們的事交給羅蘋森），但他採取的「堅持到最後」策略代表要容許毛利下滑，還要眼睜睜看著《紐約時報》的股價一跌再跌（二〇〇九年一月時已經跌到五美元以下）。論壇媒體公司等競爭對手仍堅守要達成百分之二十的毛利率，而且砍人砍得很無情，很快的，他們的新主編和發行人就打包走人了。

約翰・卡羅爾（John S. Carroll）是《洛杉磯時報》的總編，他處理完史泰博的麻煩事，之後瀟瀟灑灑離開新聞編輯室，不帶走一片雲彩，善用離職之後的時間研究天翻地覆的報社世界。這是他唯一熟悉的世界，新聞已經在他的血液中。他的父親瓦拉斯・卡羅爾（Wallace Carroll）曾是《紐約時報》受人敬愛的華盛頓地區主編，之後成為北卡羅來納溫斯頓—塞勒姆市一家報社的總編兼發行人。他的兒子克紹箕裘，一心一意只想成為報社總編。當小卡羅爾仔細深究他所鍾愛的報業面臨的各種問題之後，得出了顯而易見的結論：網路已經對報社的商業模式造成無法恢復的傷害。

卡羅爾有著一頭白髮、戴著眼鏡，是選角經紀公司理想的編輯形象；他是受人敬重的記者，也是研究這片荒蕪之地的適當人選，但卻不適合引領這一行走向未來。他在美洲報業編輯協會（American Society of Newspaper Editors）年會上發表論文；從前，這是讓亞伯・羅森索和班恩・布萊德利（Ben Bradlee）等趾高氣揚人物意氣飛揚的喧鬧場合。「我們的企業高層有時候會困惑❺，因為他們發現，公司裡居然有人不覺得最重要也最首要的事是要對股東負責。」二〇〇六年他以「美洲報業編輯協會沙龍上最後的呼籲」（Last Call at the ASNE Saloon）為題發表演說時，一開場便這麼說。卡羅爾指出，報社要負的責任，是最重要的消息幾乎都要報導，從水門大樓遭人闖入、中央情報局的祕密監獄，到布希政府執行的國內非法監聽行動，無一能免。但是，報社的經理人成為華爾街的囚徒，根本也聽不到他的號召：「我們的使命比前輩更加讓人望之生畏，不只是要創作好的報導，不只是要挽救報社，還要拯救新聞，這聽起來可是一項重責大任。我們要確保恢弘、獨立、有為有守、質疑探問與深入挖掘的記者本質，在長遠的未來仍能存在於美國。」

但是，就像台下的報社編輯一樣，卡羅爾感受不到也看不出來網路如何能為記者和讀者之間建立起親密、親近的關係，如何提供更好的報導工具，以及當平面媒體不再需要出版時，網路如何開放領域，容納更多元的聲音。對於卡羅爾和這些美洲報業編輯協會同行來說，網路扼殺了曾經創作過五角大廈文件、孕育出伍華德和博恩斯坦的行業，看來像是威脅民主架構本身的刺客。

雖然薩斯柏格說自己「不挑平台」，但在他管理的公司裡，文化與工作節奏都由印刷機決定，晚上九點四十五分開始運作。他和羅蘋森可以要求快速變革（麥肯錫也這樣敦促他們），然而，在歷史感濃厚的時報大廈裡，深入骨子裡的是傲慢加上傳統。《紐約時報》長久以來都在設定新聞議題，理所當然享有至高地位，在報社旗下的新聞記者眼中更是如此，這些人連做夢也沒想過，自家報社的權威會遭到挑戰，要面對新的數位競爭對手、部落客（凱勒說這些人是「穿著浴袍的部落客」），或親眼見證各種國際事件（例如印尼海嘯）並即時寫出來的所謂公民記者，最後，還有使用Google與臉書等新平台的讀者。《紐約時報》不問世事，說服自己雖然報業的營運機制正在變化，但事實仍然是「不管什麼事，只要《紐約時報》還沒報導，那就不算是新聞」。當競爭對手搶得先機時，多數《紐約時報》的編輯幾乎都無感，除非對方是《華盛頓郵報》或是《華爾街日報》，那另當別論。但是，隨著網路愈來愈普及，變成人們搜尋與使用資訊的重要地方，這種與世隔絕的態度也變成真正的短視。

很多新聞與評論網站肆無忌憚地把《紐約時報》偷個精光，免費拿走其新聞報導精華、數位廣告以及讀者，比方說「赫芬頓郵報網」。專談流言蜚語的網站「高客網」，可以說專門拿網路版的毒品來餵食讀者。有些部落格，像賈許・馬歇爾（Josh Marshall）的「論點備忘錄網」（Talking Points Memo），就用比《紐約時報》更虛實難辨的方式來報導國家安全問題，也比《紐約時報》更遊走於邊緣。還有麥特・卓基，他的「卓基報告網」讀者群黏得很緊，就像每天早上不可或缺的咖啡。如果哪篇報導在卓基的部落格推動之下帶來大量的流量，又變成他的籌碼來源。

報社也吸引到很多數位讀者，相形之下，有網路之前的紙本讀者人數根本不能比。如果數位讀者都去買報紙，那《紐約時報》可就賺大錢了。問題是，這些都是免費的網站，帶來的流量沒什麼價值，在這些網站上做廣告也很便宜。網路裡處處都是免費的替代品和新式的全數位新聞網站，這類網站幾乎不做任何昂貴、原創的報導，也因此，優質、歷史悠久報社的生死存亡，至為重要。

有一個人對於《紐約時報》著重紙本的文化最感挫折，那就是馬丁・尼森霍茲（Martin Nisenholtz），他是一個放眼未來、真正的網路先驅，也是《紐約時報》所有數位事務的主管，至少職稱上是如此。他和羅蘋森兩人耗費許多精力時間內鬥，兩人互相對抗或者競相爭取薩斯柏格的青睞。羅蘋森曾是《紐約時報》平面廣告的主管，因此，她積極保護這項非常珍貴但不斷減少的營收，拒絕尼森霍茲的懇求，不願意投入更多資源聘用網路設計師與工程師。尼森霍茲被降職，派去監督專門為日常問題提供答案的「關於網」（About.com）；《紐約時報》在二〇〇五年時用四・一億美元買下這個網站，薩斯柏格的金融家老友拉特納覺得這個價格太高了。有一陣子這個網站是時報公司的金雞母，但維持不久。「關於網」被Google害慘了；Google曾經給該網站簡明、解釋性的文章很高的排名，但是，當Google改變演算法，獎勵更深入、原創性更濃厚的新聞報導時，「關於網」的內容就沉了下去，廣告也跟著掉。尼森霍茲相信，只要廣告世界能理解數位的美好繁榮，網路就能替公司帶來更多的讀者與更高的利潤。然而，雖然尼森霍茲在矽谷名聲響亮，在《紐約時報》的新聞編輯室卻無人聽聞。傳聞說，《紐約時報》剛剛推出網站（NYTimes.com）時，一位老是在開會時打瞌睡的七十幾歲前任海外編輯受命負責經營網站，而真正管網站的人員卻遠在一條街外的另一棟大樓裡工作。

記者們心不甘、情不願架設了一些部落格（都沿襲《紐約時報》的風格，其中還有一個專門談橋牌），尼森霍茲一談起重要的工具，比方說搜尋引擎最佳化，他們就目光呆滯。搜尋引擎最佳化是裴瑞帝和「赫芬頓郵報網」技術小組使用的工具，想辦法在人們上Google搜尋主題時確保自家文章能排在第一。任何項目或報導只要在Google搜尋列表中排在前面，總是能吸引最多人關注，有人關注就能創造廣告收益。人們可以藉由寫出時髦或奇巧的標題打敗系統，這也就是之後被稱為騙點閱（click-bait）的現象。然而，《紐約時報》的編輯群想法很固執，他們堅信網站就是報紙的影子而已。他們堅持要守住符合「《紐約時報》標準」的嚴肅標題，不可赤裸裸地只求點閱。

一切幾乎都在同一個時間崩潰：營收、股價，以及整體報業。「時報精選」線上訂閱方案失敗，看起來，除了出售廣告空間之外，沒什麼其他方法可以創造數位營收。二〇〇八年，股東會投票要把薩斯柏格的職務拿掉一半，將他從父親那裡承襲而來的執行長兼發行人職務分開，這次他贏了，但並非全身而退：超過三成的A股股東反對他，反對派人士在董事會裡贏得兩席。薩斯柏格派仍佔有四席。而且，由於如果要取消不公開交易的B股，需要得到家族裡六票對兩票以上的贊成，他們的持股也更穩當。反對派的董事對家族沒有責任，他們可以繼續對公司施壓，要求改善營運成果。為了安撫他們，二〇〇六和二〇〇七年時，薩斯柏格和表親戈登決定放棄所有股票薪酬。

《紐約時報》也繼續拋售旗下資產：公司擁有的九家電視台賣了五．七五億美元，在時報—發現（Times-Discovery）有線頻道（這是另一次進軍電視界的失敗之作，總共花了一億美元買進百分之五十的股權）的持股，則以虧損出售。時報公司還關閉紐約地區兩家印刷廠中的一家，資遣兩百名印刷工人。這些都還無法穩定局面，於是薩斯柏格的團隊宣布另一項精簡行動，這一次要減的是報紙本身，版面要縮小幾英吋，以節省印刷成本。

這替薩斯柏格帶來更多讓人不快的壓力。有一篇文章引述前紐時人兼作家蓋伊．塔雷斯（Gay Talese）的話，指他說：「人總難免會碰到壞國王。」薩斯柏格永遠無法原諒這句傷人的話。在此同時，梅鐸的《紐約郵報》繼續推出諷刺漫畫，主角就是鼻青臉腫的薩斯柏格。

到了此時，《紐約時報》開始縮減新聞記者，對年資很久的員工提出自願性離職方案。然而，由於這裡的流動性極低，內部的資深員工名單長之又長。新聞編輯室員工的平均年齡將近五十歲，許多記者都已經六十幾、甚至七十幾歲了。有些被迫退休的人試著佔著辦公桌不放，改以自由作家的身分偶爾寫一些文章；另外的一些人，則把「紐時人」這個光環視為自我認同當中很重要的一個部分，懇求著要保留他們的職務。薩斯柏格遵循父親的慣例，讓過去的資深編輯保有象徵性的職務，比方說和亞伯・羅森索一起重新塑造《紐約時報》的亞瑟・基爾博（Arthur Gelb）。基爾博仍是很重要的領頭人，可以牽動報社裡許多最出色的人才，莫琳・道得和法蘭克・瑞奇（Frank Rich）就對他馬首是瞻，在這段極端不明朗的時期，他也成為公司內部的心理醫生，歡迎許多前任員工來到他舒適的辦公室小窩來聊聊。基爾博代表了許多人們所珍視的舊時《紐約時報》事物，過去，編輯會著正式服裝去百老匯與歌劇院參加開幕之夜。高大、纖瘦、銀髮閃閃的基爾博和老薩斯柏格很親密，但有時候他會在提到薩斯柏格時翻白眼。

最大的個人犧牲，來自於薩斯柏格家族本身，家族成員很快就過著沒有股利的日子，在預測數字很難看時約定把這筆錢返還公司（有幾年上看兩千萬美元）。雖然這個家族很富裕，但是第四代卻把財富散得差不多了。他們對自家報社的新聞深感驕傲，就算家族中有任何人因為股價不斷下跌或領不到股利而煩躁起騷亂，也沒有外顯徵象。

在此同時，急著跳入數位世界的人已經厭倦了看著大家扭著手對報紙的困境束手無策。克雷・薛基（Clay Shirky）是紐約大學新聞系教授❻，他寫了一篇深具影響力的文章：〈報紙與思考難以想像之事〉（Newspapers and Thinking the Unthinkable）。難以想像之事，是指紙本產品完全消失不見，而薛基對這一點有完全不同的看法。他主張，只要新聞本身能留下來，報紙最終的消失並非悲劇。他將網路的誕生視為深層且讓人興奮的革命，並以十五世紀古騰堡（Gutenberg）引入印刷術拿來相比擬，兩者都讓資訊的流動更民主。他譴責報社發行人拒絕正視老商業模式之無益，敦促他們從事數位創新，不要再彈老調，一天到晚講「有一天我們不見了，你們就會想念我們了」。

「報社的問題，不是他們沒有看到網路來了，」薛基譴責道，「他們早就看到了，而且他們很早就知道要有因應計畫，在一九九〇年代初期，他們想出不只一套計畫，根本有好幾套。」但所有計畫不是讓人絕望，就是毫無成效，比方說用複製紙本的方式打造網站、而不是以完全的數位思考或是先進技術來設計。薛基大力支持社交平台文章分享，連結到報導上並發送給朋友，打造出興趣相同的社群。此時的《紐約時報》，對於裴瑞帝在「瘋傳」方面的心得一無所知，另一方面，薛基和一群新聞學院的教授號稱「新聞群組之未來」，他可清楚得很。這一群人包括另外一位紐約大學的教授傑伊・羅森、在紐約城市大學（City University of New York）任教的傑夫・賈維斯（Jeff Jarvis）。羅森和賈維斯在部落格上分享他們對於新聞的省思，開始受到世人的注意。

《紐約時報》請來賈維斯，在曼哈頓一家餐廳對資深領導團隊開講。賈維斯講得眉飛色舞，他說在報社跌跌撞撞進入數位世界之時，《紐約時報》正是「礦坑裡的金絲雀」。他描述了紙本新聞全無理想的未來，沒有人動甜點。

薩斯柏格面對《紐約時報》的問題時處理態度很典型，他設立了許多委員會，天湖小組只是其中之一。一個由業務和新聞兩邊組成的小組開始在找創造營收的新方法，決定試著提出一套《紐約時報》會員優惠方案，提供特殊優惠。另一個由價格不斐的顧問組成狗屋小組（Dog House），這一群人曾經替美國運通（American Express）做過相關分析，美國運通開創性的會員方案非常有名。顧問人員想著要用額外的福利搭配訂閱組成配套方案，比方說可以搶先讀到某些報導，或是有機會和《紐約時報》的汽車專欄作家一起出席紐約汽車展（New York Auto Show）。他們想出的新口號，直指他們的願景核心：「去體驗紐約時報，不要去讀它」（Don't read The New York Times, Experience It）。某些編輯恥笑這句標語，認為根本只有反效果：到底為什麼要叫大家不要讀報紙？顧問人員把這個想法丟到一個讀者焦點團體裡檢視，這群人直接拒絕了他們提的口號，而且也反對他們提出的附加福利組合。這些讀者說，《紐約時報》的主菜很豐富，他們並不想吃甜點（但是，不到十年，《紐約時報》就用相關的體驗當誘因，比方說和記者一起搭乘豪華七五七飛機環遊世界，每人十三萬五千美元）。

大約也就在這個時候，另一套出版模式正在興起，像「挺公民網」（ProPublica）這一類的線上新聞編輯室以非營利組織的形式成立，填補退場的報社留下來的空缺。以贊助為主的美國國家公共廣播電台（National Public Radio），也不斷擴張。但薩斯柏格宣告，他痛恨「我們弄得好像在敲著鐵碗乞討一樣」。他不會要求讀者捐款讓報社活下去。

到最後，《紐約時報》必須出售的唯一實質產品，就是它的新聞品質。這份報紙的讀者是一群受過高等教育且富裕的人們，他們和報紙之間有著很私人的關係，信賴報社、讓報社帶著他們做各種決定，從該投票給誰到該看哪部電影。當「灰女士」大膽改頭換面，比方說用彩色印刷來展示照片，一開始總是會有人大吼大叫以示抗議。當《紐約時報》為了省錢不再印製每週電視節目表（背後的假設，是他們的多數紐約讀者都可以從有線電視機上盒中獲得此資訊），有禮的抗議函（寫信的多數都是寫得一手好字的年長讀者）陸續飛來，持續好幾年。我在外面演講時，我可以分辨得出哪些是會抗議取消電視節目表的人，這些人通常都是銀髮訂戶，我一站上講台，他們就會朝著我而來，雙臂交叉。

這份報紙與讀者之間的獨特關係，最關鍵的部分取決於《紐約時報》的報導深度以及其編採的優雅，這些重點彰顯了報紙讀者的智慧。許多報紙和雜誌也享有同樣的忠誠度，但是《紐約時報》的讀者和報紙之間的關係，已經成為他們身分認同的一部分，也是活在這個複雜而混亂世界的求生手冊。編輯們也根據這樣的原則行事，一絲不苟，連標逗號的地方不得體都變成訓誡的理由。讀者信任他們建議的時髦新越南餐廳，相信他們說找到新的沙林傑（J. D. Salinger）手稿。編輯也知道要遠離什麼：就算會報導上流社會的各種派對以及城市裡新潮的人士在做什麼，這份報紙也絕對不能出現真正的八卦專欄。雖然網路和吸引更多群眾的壓力可能會改變這一點，但《紐約時報》大致上會避開名人相關訊息，其他人的報導卻已經模糊新聞和娛樂之間的界線，網路上尤其明顯。很多報紙都曾因為漫畫賺大錢，但《紐約時報》從不登漫畫，因為奧克茲認為漫畫冒犯了該報讀者的認真。在這份報紙裡有西洋棋專欄和填字謎遊戲，難度每天提高，到了週末時，甚至連有博士學位的人都很難全部填出來。成為《紐約時報》的讀者是一種地位象徵，對紐約客來說如此，對於紐約市以外的人亦然，這些城外的讀者家中的草地上，會放著與眾不同的藍色塑膠袋，裝著每天早上的報紙。有一位忠實讀者用這些藍色塑膠袋創作出一項大型雕塑作品並送來給我❼；一位知名的概念藝術家南西・琴恩（Nancy Chunn）則每天畫出她自己對當天頭版的詮釋，一家紐約的畫廊用一幅好幾百美元的價格賣出（薩斯柏格曾經買下一整個月的畫，掛在牆上）。

這種關係的另一面，是有些人認為這份報紙很有自由放任派菁英主義的味道。隨著電台主持人路什・林博（Rush Limbaugh）以及接續的福斯新聞台興起，右翼媒體如雨後春筍般出現在電視、電台、臉書以及其他社交媒體平台，《紐約時報》成為代表自由放任派所有錯誤的象徵。由薩斯柏格親自控管、代表了《紐約時報》報社聲音的社論版面，在他的主導之下立場更趨向自由放任派，但有時社論編輯會壓制他，例如，這位發行人希望利用社會呼籲自阿富汗撤軍便是一例。這引發罕見的茶壺內風暴，使得薩斯柏格和由亞伯・羅森索之子安德魯・羅森索（Andrew Rosenthal）領軍的社論編輯群爭論。

當然，《紐約時報》犯過錯，但很少出現讓讀者氣急敗壞到要退訂的大事；然而，總是有些小失誤。亞伯・羅森索的反同性戀傾向，在愛滋危機期間拖慢了報導速度。有些讀者抱怨，該報的白水（Whitewater）房產相關報導害得柯林頓夫婦受到過度的糾纏。《紐約時報》在報導一位核子科學家被控將機密洩漏給中國時，公審意味太濃厚，編輯群之後也對這些報導表達後悔。二十一世紀初，有一系列的大型醜聞衝擊到報社和讀者之間信任的基石，這些爭議動搖了《紐約時報》的讀者，此時正逢數位轉型在醞釀動能，這原本應該是憂心與變革的焦點所在，但大家的眼光都轉向別處。

凱勒在二〇〇三年被任命為執行總編，這件事和一位年輕記者傑森・布萊爾涉及的醜聞有關；此人杜撰了一些報導，也剽竊了另一些。當他本來自以為是的獨家新聞被揭穿，醞釀出的憤恨情緒直衝由豪爾・萊恩斯和傑拉德・波依德（Gerald Boyd）領軍的新聞編輯室，最後爆發成一股薩斯柏格又恨又怕的媒體狂熱。他開除了萊恩斯和波伊德，凱勒被叫回來，不需再負責寫作，反而成為執行總編。《紐約時報》在伊拉克戰爭前所作的相關報導，是更嚴重的逾越分際。海珊的王國之內並未發現大規模毀滅性武器，報導在二〇〇三年夏天時受到強烈批評。大規模毀滅性武器是小布希政府出兵的理由，《紐約時報》在頭版登出許多來源可議的新聞，讓美國政府師出有名；主戰的政府官員早早放出消息，說海珊藏有直接瞄準美國的核武。美國國家安全顧問萊斯就說了，他們擁有的武器根本就像一大朵「蕈狀雲」，殺傷力超級大。美國政府的消息人士、不可靠的伊拉克叛逃者和其他可疑的消息來源組成共犯結構，散播、流傳不當的情報，並洩漏給媒體。茱蒂絲・米勒（Judith Miller）長期擔任《紐約時報》的中東特派員與調查記者，她使用這些來源提供的似是而非的情報，寫成登上頭版的爆炸性「獨家新聞」。其他記者與報章雜誌雖然也咬下了這些有毒的餌，但因為米勒的戰前報導寫得特別過火，受到責難也只是剛好而已。米勒這齣戲接下來的發展，是她在後續的洩密調查中不肯透露消息來源，被判入獄；在這之前，她已經因為壓力而離開了《紐約時報》。

米勒和薩斯柏格年輕時走得很近，兩人曾在報社的華盛頓分社共事。再加上拉特納，這三人就是新聞界版的鼠幫（rat pack；譯註：原本是指一群以亨弗萊・鮑嘉為首的美國電影演員組成的非正式團體）。薩斯柏格堅定捍衛米勒不透露消息來源的立場，他宣稱，這是為了落實憲法第一修正案賦予記者的保護。當她入獄時，他四處發送「釋放茱蒂」的徽章。她這個案子進了法院，到最後損害了新聞媒體長久以來堅持的立場：記者有權受到保護，不得強迫其作證。米勒最後說出消息來源時，又引起另一場媒體大風暴。《紐約客》雜誌登出一篇長文，嘲弄薩斯柏格快快奔至華盛頓看她獲釋。

在布萊爾與米勒的事件多年之後，提拔我成為新聞部編輯主任的凱勒，承受龐大壓力，努力要重振報社擁有最優質報導的名聲。在二〇〇四年的民主黨全國代表大會（National Convention）上，強恩・史都華（Jon Stewart）的新聞諷刺節目《每日秀》（*Daily Show*）對我做了一段訪問，節目的特派員珊曼莎・畢依（Samantha Bee）問我：「在一家編造新聞的報社擔任編輯主任，你有什麼感覺？」社內編輯也被各式各樣怒氣沖天的問題轟炸，問為什麼報社要信賴米勒和她可疑的消息來源。在布萊爾事件與伊拉克戰爭錯綜複雜之時，凱勒被流放到意見社論專欄，但他被交付一項任務，就是要收拾米勒留下的爛攤子，他也做了：針對《紐約時報》某些不當的報導刊出一篇遲來的道歉，最終也解僱了米勒。凱勒嚴厲制止記者使用匿名消息來源，尤其是兜售「獨家消息」，但又不在他們透露的資訊上具名的國家安全官員。他剛入行時曾在華府短暫工作過，因此對於華府的匿名消息人士深感懷疑。

薩斯柏格以這些違反道德的行為為藉口，強推他長久以來就想做的改革：指定一名所謂的新聞公評人，代表讀者監督報導。《華盛頓郵報》和其他報社已經設有這樣的機制，但《紐約時報》向來自認為高於這樣的外部評論者。

在新設「公眾編輯」（public editor）負責監督有無失誤之下，凱勒的團隊努力不懈，要恢復《紐約時報》的傳統優勢，重組過去允許米勒四處亂跑的調查報導小組，新增資源、記者和一位新的編輯。很快的，《紐約時報》又登出了重要的獨家新聞，報導小布希政府的濫權與越權。華盛頓通訊處艾瑞克・史密特（Eric Schmitt）、大衛・桑格（David Sanger）和詹姆士・萊森（James Risen）等穩紮穩打的記者，再度攻佔頭版。凱勒壓下政府機構應白宮要求在國內進行竊聽（白宮主張揭露國家安全局的祕密監聽有礙政府的防恐能力）的相關報導，因此備受批評。《紐約時報》最終還是刊出報導，震驚了全美，也贏得普立茲獎。這篇報導事實上是序曲，幾年後愛德華・史諾登（Edward Snowden）揭露了更驚人的內幕。

很難指稱《紐約時報》是唯一在伊拉克戰爭之前做出不當報導的嚴肅新聞機構，但由於該報地位不同，犯錯時會對制度造成更嚴重的傷害。有幾家報社以半信半疑的方式報導這些戰前情報，比方說麥克拉奇報業（McClatchy）旗下的華盛頓通訊處。但是他們的聲音相較之下只是低聲耳語，一部分是因為這家報業在華府沒有出版報紙，而且讀他們報紙的人也沒這麼多。該報失去可信度，剛好對應上美國人對於所有制度失去信心；民調顯示，人民對於一切事物的認同感幾乎都在下降，尤其是國會。雖然《紐約時報》仍被視為主流新聞媒體內的最高權威，但是它在大眾心中的信譽已經隨著這一行沉到谷底，右派的持續追打是部分原因。當我擔任編輯主任時，我開始監看比爾・歐萊利（Bill O'Reilly）在福斯電視台的夜間節目中把《紐約時報》妖魔化的次數。當批評中包含謊言時，我會定期向羅傑・艾爾斯（他也是我在共和黨長期的消息來源）提出抗議，但毫無意外的是，他們從來不修正。

直衝主流體制派新聞機構而來的冷嘲熱諷，帶動大眾在網路上發出各種新的聲音，難防所謂的假新聞興起。到了二〇〇六年，《紐約時報》已經恢復了新聞聲譽，而且，由於競爭對手疲弱，它顯然成為最優質的一般性報紙。這家報社重新恢復在新聞界的地位，但，不幸的，其商業模式的生機也同時喪生。而且，報社的業務面規模已經縮小且準備不足，對於仍留任的業務高階主管而言，維持營收以補貼優質新聞報導是一個太難應付的問題。

當戈登走進薩斯柏格的辦公室，帶來第八大道上正在大興土木的新時報大廈最新消息，他們才能從永無休止的財務煩惱中暫時抽身。設計這棟大樓的，是建築大師倫佐・皮亞諾（Renzo Piano）。新大樓是一項大工程，成本超過八・五億美元，薩斯柏格想要耀眼的總部，才配得上他直到不久之前還一直渴望打造的現代媒體集團。歷史性十足的老時報大廈位在四十三街，不拿出天文數字，根本不可能進行翻修重整。二〇〇七年時，大樓差不多完工了，而紐約時報公司只剩下核心報社：《紐約時報》、薩斯柏格想要賣掉的《波士頓環球報》和巴黎的《國際先驅論壇報》。

皮亞諾設計的這棟大樓，有著摩登的玻璃帷幕外觀，自然光灑滿整棟大樓，和四十三街的大樓完全不同，後者窗戶很少，老鼠四處跑來跑去。就算是這樣，有著覆斜式屋頂的四十三街大樓還是賣了一・七五億美元，薩斯柏格看來對價格很滿意（三年後，大樓再度轉手，價格是之前的三倍）。三樓的新聞編輯室變成了保齡球道。

新大樓即將完工之時，薩斯柏格帶著他的父親一起過來看（老薩斯柏格已經罹患帕金森氏症並坐上了輪椅）。他們被引導到尚未完工的高樓層裡的一處臨時平台上。他的父親裹在毯子裡，兩人一起踏上露天平台，風呼呼地吹著高樓層的鐵柱。兩父子眺望紐約的大街，彷彿可以看到未來。

第四章
衰退——《華盛頓郵報》，之一

在唐納・葛蘭姆的眼中，報紙的未來是一片荒涼，根本無從修補；他之前已經切分了華盛頓郵報公司，因此，他現在多半都在處理和報紙或政治完全無關的問題。他相信，藉由擴大營利教育事業（這是他名氣響亮的母親凱薩琳・葛蘭姆買下的公司），他穩住了公司的未來，至少短期如此；但這都是後見之明了。

在處處是圓滑說客與交換支持法案政客的地方，他顯得熱誠而不憤世。他最明顯的特徵，是他真心愛著真實的華盛頓特區。他和住在國會山莊、剝削員工的大亨大不相同，他會寫很多充滿感激與讚美的便箋給記者，他們稱之為「唐尼電報」（Donniegram）。就一個仍握有大權的人而言，他的殷勤和低調很罕見。

他雍容不凡的母親遮掩了他的光芒；她和傳奇總編班恩・布萊德利聯手，帶領《華盛頓郵報》走進五角大廈文件案與水門事件的輝煌年代。在那之後，該報不斷強化新聞報導，讓很多人都相信它在寫作與國家政治報導品質上能把《紐約時報》拋在身後。世人皆知《紐約時報》是編輯的報紙，《華盛頓郵報》則是記者的報導，他們有風格突出的大衛・馬拉尼斯（David Maraniss）和安・霍爾（Anne Hull），也有擅長調查的鮑伯・伍華德和黛娜・普瑞絲（Dana Priest）。唐那・葛蘭姆很努力維持品質，《華盛頓郵報》在他擔任發行人兼董事長期間拿下了二十五座普立茲獎，僅次於《紐約時報》。但是被打趴的報業迫使他做出困難的決定❶，為了讓公司仍能獲利，他必須大砍新聞編輯室。

從某些方面來說，唐納・葛蘭姆是比母親更出色的生意人。華盛頓郵報公司的管理一向無懈可擊，一直到面臨二〇〇〇年代中葉的風雨飄搖。公司的股價一直很高，一年有一・二億美元的穩定獲利。公司的退休金基金很充裕。它的多角化程度更勝於《紐約時報》❷，教育業務裡藏著金礦，還有大量的電視台持股。旗下的教育事業名為楷博公司（Stanley Kaplan）❸，營收遠高於報社；為了充分反映現實，葛蘭姆將華盛頓郵報公司的官方簡介改為「一家教育與媒體公司」。

葛蘭姆的母親從她的父親尤金・梅耶（Eugene Meyer）手上接下報社；梅耶一九三三年時買下這家報社，讓報社免於破產。她的丈夫菲利浦・葛蘭姆（Philip Graham）負責經營這家公司，直到一九六三年時他因為躁鬱症而自殺。凱薩琳和唐納在同一位導師的帶領之下❹，學習如何經營企業，此人便是投資專家華倫・巴菲特（Warren Buffett）。巴菲特除了經營波克夏海瑟威（Berkshire Hathaway）集團之外，他也樂於參與報業。他相信，在地報紙除了是民主的中流砥柱之外❺，也可以成為很棒的事業，而當在地報社開始因為網路時代來臨而分崩離析時，他買下了超過十二家的報社。波克夏海瑟威擁有一百二十億美元（約百分之二十一）的《華盛頓郵報》股票。他在華盛頓郵報公司扮演重要的顧問角色，擔任董事長達二十六年，唐納・葛蘭姆稱他為「最高法庭」。

巴菲特最早將《華盛頓郵報》視為在地報紙，和全國性、甚至國際性的《紐約時報》或《華爾街日報》大不相同。《華盛頓郵報》一分二十五美分的價格維持很久❻，可說已經滲透了在地市場，在華府找到一個既深又廣的利基，超越任何在紐約經營的對手。華府不斷發展也更加繁榮，巴菲特相信，《華盛頓郵報》可以靠著報紙賺錢賺很久。這家報社在一九五四年收購《華盛頓時代先驅報》（*Washington Times-Herald*），之後眼看著唯一的對手《華盛頓星報》（*Washington Sta*）在一九八一年倒閉，此時它成為華府唯一每日發行的優質刊物，提供最重要的全國性新聞，穩穩獨佔權力之位。本地的超市和百貨公司買了很多廣告，導致必須多加幾版才能容納得下。在地的分類廣告，加上徵才廣告，在報社的營收中佔了四成。《華盛頓郵報》一度非常傾向在地報導，甚至鼓勵更多其他部門聘用的作家針對鄰近的喬治王子郡做一些新聞報導。

葛蘭姆一九七九年接下母親的職位成為發行人、一九九三年成為董事長，他毫無理由質疑《華盛頓郵報》的在地策略。比起他的母親，他和黑人佔多數的華盛頓特區在地之間連結更強❼，私人關係也更深。他在一九六六年自哈佛畢業後去越南服役一年❽，後來就進入華盛頓特區的警察局，在西北華盛頓第九分局擔任巡警，這裡是這座城市裡最粗野貧窮的地區，正要從一年前馬丁・路德・金恩（Martin Luther King）遇害後引發的動亂中復原。據一群看著他執法一年半的朋友說，他是一個好警察，也熱愛這份工作。他曾經和一名開槍沒打中他的竊賊說：「你不會真的想要殺警察。」他身材高大、髮色很深，雙頰總是紅紅的，他看起來確實很像警察。他認為，在警察部門工作是了解「真實城市」的方式❾，比透過政府官僚或是他母親的那一群喬治城菁英更好。選擇這項職業，再加上自願從軍，讓他遠離哈佛的朋友們；他的同學們曾到國家廣場（Washington Mall）參與一場反越戰示威活動，很訝異看到他站在警察封鎖線的另一側。日後看來，他早期的選擇帶著他一步步成為真正高尚的人。

一九七一年，他以都會版記者的身分進入《華盛頓郵報》，從這裡開始實習他的天命職責，從新聞部到業務部，報社每個部門都要待過，就像薩斯柏格一樣。在哈佛求學時，他是學生刊物《緋紅報》（*Crimson*）裡最認真的記者，他寫的新聞比任何人都多，而且熟稔出版的每個面向，就連整行鑄造排字機他都懂。他在《華盛頓郵報》最喜歡的報導工作是體育新聞，但是從此之後，他的工作大多著重於培養必要技能，以便接下每個人都知道他要接的工作：發行人大位。他不住在鄰居會舉辦沙龍聚會的喬治城，他和在大學相遇、結縭四十年的妻子瑪麗（Mary）住在西北華盛頓區紐華克街一棟相當樸實的房子裡。他不搭地鐵的話，就開他的別克（Buick）。

葛蘭姆挑選的總編夥伴多半是不虛華、穩定且保守的人物，比方說李奧納德・唐尼，他不要耀武揚威型的人，例如一九九一年退休的執行總編班恩・布萊德利。唐尼是正直坦率的人⑩，為了堅守客觀中立，他也不參與投票表決。當他獨力負責整份報紙的運作時，是他最開心的時候。葛蘭姆連《緋紅報》的整行鑄造排字機都會修；同樣的，唐尼也精通印刷流程的每一個面向，如果有必要，他可以自己跳下去操作印刷機。葛蘭姆與唐尼是意氣相投的二人組，但沒太多遠見。當印刷機看來要因為新式數位平台永遠停止運轉時，最需要的東西就是願景遠見。

葛蘭姆並非沒有察覺到扭轉了這一行的改變，但他短視，只把重點放在《華盛頓郵報》要如何從變革當中賺錢。在投資新科技或執行數位專案之前，他想要先看到明確的獲利路線。他常在開會時說⑪：「如果你們可以讓我看到未來，我很樂於投資。」到了不得不決定是否要改變業務與編輯模式時，葛蘭姆選擇讓《華盛頓郵報》聚焦在地，著眼華府地區。

一九九二年響起一次早期警鐘，預告著新世界即將到來⑫，當時唐尼擔任執行總編剛滿一年，他的副手羅伯・凱瑟（Robert Kaiser）發出了信號彈。凱瑟是一位打著正式領結的編輯，犀利聰明，他受邀參加一場由蘋果公司在日本一處度假村舉辦的媒體大型研討會。他在會中聽到一場簡報[13]，談「科技的碰撞」將徹底改革新聞事業，讓他非常震驚。等他在頭等艙裡坐定，準備搭全日空（Nippon Airways）返回華盛頓時，他開始撰寫一份長篇備忘錄，準備交給葛蘭姆以及一些他最親近的同事，這一群人自稱是星期二小組（Tuesday Group）。他寫道：「這些都不是科幻小說的情節，真的就要發生了。」他知道這些人讀了他的備忘錄後很快會嗤之以鼻，駁斥他們根本無法揣想的未來，他打一個比喻，借用曾在蘋果先進科技小組（Alan Kay）任職的知名科學家艾倫．凱伊（Alan Kay）對與會者說的話。

「你可以把青蛙放在鍋子裡，然後慢慢加熱鍋子直到水沸騰，青蛙不會跳出來。牠的神經系統無法偵測些微的溫度變化。」凱瑟一開始是這樣說的，「華盛頓郵報公司並沒有水深火熱，我們也比普通的青蛙更聰明。但，我們確實也發現自己在電子海裡泅泳，到最後可能在這裡滅頂，或是成為無人聞問、不必要的時代錯誤。顯然，我們的目標是要在電子革命繼續進行時避免被煮熟。」

此話很有遠見，但是凱瑟的報告仍質疑即將發生的革命影響層面是否真有這麼廣大，他表現出來的懷疑態度在當時看來很穩健，但事後來說顯然是一種懷舊的心情而已。他很不認同研討會來賓普遍抱持的態度：「一般大眾會喜歡自己成為編輯的這個概念，根據個人需求與偏好組織安排整理資訊，創作個人化的『報紙』。」反之，他公開表示：「多數人還是喜歡圍在營火旁，聽著老人講述久遠的部落傳說。」凱瑟不願意相信一整份報紙有一天會被切割得零零碎碎，以片段的形式出現在網路上，他主張，讀者「比較喜歡整套，而不是切分開來的任何部分」。報紙之所以有價值，是因為「那是心血的結晶，出自於才華洋溢的記者之手，還有，最重要的，為讀者與觀眾做出周全選擇的編輯。」

雖然有這些論調，但是凱瑟對於《華盛頓郵報》的業務營運提出的建議非常犀利。他預見了用電腦、而不是用報紙看新聞這件事情有一天將成為出版的金礦，「不用一滴墨水、一卷新聞紙，就能輕輕鬆鬆賺到利潤。」

「我們這個產業還沒有人推出真正讓人驚艷或能成功的電子產品，但是有一天總有人會做到。」這位編輯急切地預言，「華盛頓郵報公司一定要搭上早班車，不是為了冒險犯難，而是為了達成很重要的防禦目標。我們要打敗電子競爭對手，只能靠把他們的遊戲玩得比他們更好。我們做得到。」他迅速提出兩項計畫以踏出第一步，要搶在有人壟斷市場之前先行動。第一項是打造分類廣告的數位版（克瑞格清單已經先做了），第二項是：「設計全世界第一份電子報。」四年後，這就成為了華盛頓郵報電子報（WashingtonPost.com），在數位創新裡永存[14]。

葛蘭姆考慮了凱瑟的提案，但並未信服。要打造新的分類廣告電子平台要花很多錢，而且，要說服仍存疑的記者（他們很快就會在電腦上讀新聞）看起來是難上加難的工作。凱瑟的備忘錄在星期二小組裡並未引燃他想要看到的野火，收到的人粗略地瀏覽一下，然後就和其他白皮書一起放在架上了，等待日後再來看。

他們接下來又錯失了一個調整路線的機會[15]，這出現在十年後的二〇〇三年；在這之前，薩斯柏格剛剛做了一個讓人意外的決定，終止雙方在《國際先驅論壇報》上的發行合作關係。對這兩家報社來說，《國際先驅論壇報》是一個平台，彼此都可藉此觸及美國以外的讀者。該報主要在歐洲發行，之後亞洲也有，讓兩大報進行全球布局。一九九〇年代，《紐約時報》已經甩開《華盛頓郵報》，成為美國全國性的報紙，印刷工廠遍布全美，到處都買得到這份報紙。羅蘋森正在推動一套很成功的全國性廣告策略，《華盛頓郵報》卻固守華府大本營。《紐約時報》的海外報導此時已經勝過《華盛頓郵報》了。

史帝夫・寇爾（Steve Coll）是一位得過普立茲獎的記者[16]，他接下凱瑟的位置，成為唐尼的副手；他從《國際先驅論壇報》的虧損中看到了一個可能的機會。《華盛頓郵報》的網站吸引了很多讀者，每個月有六百萬人點閱，多數都來自華盛頓特區以外。該報在國外也有百萬讀者。寇爾相信，《華盛頓郵報》可以在美國與國際上吸引更多網路讀者，一部分是因為在華盛頓做出的決策會影響這個世界，而華盛頓又是《華盛頓郵報》最具報導優勢的地方。寇爾主張，在一個以數位相連的世界裡，何不就將《華盛頓郵報》打造成一個全球性的品牌？《紐約時報》就已經開始這麼做了。要真正培養出全國性以及全球性的讀者，《華盛頓郵報》需要打開更多地方，以擴大新聞報導並且真的和《紐約時報》以及《華爾街日報》相提並論，甚至超越他們。寇爾看起來很年輕，遮掩了他其實是一個極愛競爭而且意志堅定的記者的事實。他看起來像是來自矽谷的科技人，他也是《華盛頓郵報》裡少數很懂網路而且對於用新方法在網路上說故事抱持熱情的編輯之一。

寇爾比葛蘭姆年輕一個世代，他在一九八五年進入報社，只花了五年就拿下第一座普立茲獎，而他總共贏得兩座。寇爾希望有一天能接下唐尼的位置，他先讓自己完全沉浸在網路的經濟邏輯裡。葛蘭姆與唐尼要他成立一個任務小組，提出不同的商業模式以確保《華盛頓郵報》的未來。寇爾和一個小型團隊合作六個月，對於《華盛頓郵報》居然有能力在不花任何行銷費用之下培養出大量的線上讀者非常訝異。他研究葛蘭姆如何培養出這份報紙在當地市場的主導地位，很欣賞這套策略長期帶來的可靠利潤，但他也看出要開疆闢土進入線上領域需要一套截然不同的作法。

葛蘭姆想要在華盛頓和周圍市郊投入更多報導，但《華盛頓郵報》必須放眼其他地方⓱。寇爾做好準備⓲，要在葛蘭姆主辦的外部年會上提案，與會者包括星期二小組以及所有資深人員。二〇〇五年的年會地點選在馬里蘭的東海岸，入住豪華的佩里小屋旅館（Inn at Perry Cabin）。他做了投影片，要說明《華盛頓郵報》如何成功利用數位培養出全新而且更廣大的群眾。所有資深高階主管都聚精會神，專心聽他說。「且讓我們乘浪前行。」他這樣懇求。

葛蘭姆當場就駁斥寇爾的全球數位擴張計畫，他說裡面有很危險的菁英主義色彩。看到向來溫文的葛蘭姆態度居然這麼不屑一顧，讓會議室裡的某些編輯非常訝異。「我沒那麼在乎紐約時報公司，但比較關心威廉王子郡的警察。」他這麼回應，清楚表達這項計畫就到此為止。寇爾近乎絕望，覺得自己好像頭上被人開了一槍，他力主葛蘭姆以在地策略來面對衰退不會成功。他舉了幾家其他地區性優質報紙，比方說《費城詢問報》（*Philadelphia Inquirer*）、《巴爾的摩太陽報》與《夏洛特觀察報》（*Charlotte Observer*），說明他們的衰敗無可回復，《華盛頓郵報》也無法逃過打擊了這些過去競爭對手的結構性問題，前述這幾家報社幾乎每一家都關閉了國內、外通訊處，得開始仰賴通訊社提供國際新聞報導。

葛蘭姆與寇爾之爭，是《華盛頓郵報》認同危機的一部分。寇爾的強項是長篇調查性報導，葛蘭姆認為，這類素材更適合《紐約客》等雜誌或是《紐約時報》的菁英讀者群。葛蘭姆相信，《華盛頓郵報》的讀者更廣泛，從大權在握的政策決策者到老師到辦公室清潔工都有。聯繫起每一個人的是在地認同感，這點絕對不可失去。「將焦點完全放在菁英讀者，是放棄《華盛頓郵報》最強的優勢之一。」他對我說，「在任何情況下，我都接受、也自認為我很歡迎經營全國性版這樣的想法，但前提是要做對，而且不可以貿然拋下我們廣泛的讀者和在地基礎。」

寇爾二〇〇五年春天都在計畫要離職。《紐約客》的編輯大衛・雷姆尼克（David Remnick）提供一份工作，讓他很心動；雷姆尼克曾經在《華盛頓郵報》負責俄羅斯的相關報導，他也得過普立茲獎，得獎的是他以俄羅斯為題寫的書《列寧的墳墓》（*Lenin's Tomb*）（寇爾的得獎作品《幽靈戰爭》〔*Ghost War*〕談的是阿富汗）。葛蘭姆希望能修補關係[19]，邀請寇爾去當地一家衣索匹亞餐廳共進午餐。走回辦公室時，葛蘭姆解釋，巴菲特認為網路上並無空間容下第二家全球性的美國電子報，第一名理所當然永遠是《紐約時報》。「最高法院」已經下了判決。

寇爾在二〇〇五年八月離職[20]，開啟一段員工士氣低落、離職速度加快的時期。同一年，第一次出現連續五次縮編人力，在接下來的十年對報社造成沉重打擊。一如葛蘭姆平常的作風，優離方案非常慷慨：多數員工都可領到一年薪水，在報社待三十年的員工可以領到兩年。備受尊敬的老將離職讓新聞編輯室委靡不振[21]，葛蘭姆對於自己要參加這麼多場送別會傷心不已。但是，他的顧問群堅持縮減人力有其必要。華爾街期待看到《華盛頓郵報》、《紐約時報》、《洛杉磯時報》和《芝加哥論壇報》（*Chicago Tribune*）等報社能有健全的獲利，毛利率至少要達到百分之二十。即便報業正在崩壞，分析師仍遲遲沒有調整預期。

股價下跌是所有大型報社發行人擔心的事，許多業主把目標放在努力拉高很低的毛利率，論壇媒體公司動作尤大。大家都知道葛蘭姆承襲了巴菲特的長期股市觀點，抗拒華爾街每季施加的壓力，但是連他也無法免疫。要維持利潤，唯一的辦法看來就是縮減人力。如果加入醫療保險以及其他費用，一位記者一年的人力成本將近五十萬美元，老員工更高。縮編人員是省下大筆費用的唯一方法，也因此，在接下來七年，新聞編輯室從原本將近有一千位記者減為六百四十人[22]。優離方案綁住了資金，葛蘭姆本來可以用這些錢投資在科技、設計與其他領域，為公司預做準備迎向數位未來。但公司的總裁兼總經理史帝夫・希爾斯（Steve Hills）總是不斷地提醒他，縮編是必要的行動。多數高階編輯都痛罵希爾斯這個人「血淋淋」（slasher），但握有財務大權給了他權力。精簡行動最後把《華盛頓郵報》的國內通訊處給裁掉了[23]，也限縮了海外報導。但不管怎麼說，該報的新聞報導仍然強而有力，與小城市裡紛紛收掉的報社相比更是明顯。唐尼和凱瑟合寫了一本書《關於新聞的新聞》（*The News about the News*）[24]，感嘆著這些縮減行動，並表達出擔心媒體將失去存在的理由，因為無法再要求地方警察機關或國家立法機構等當權者負起責任。

唐尼就像木馬屠城記裡的卡珊卓（Cassandra）一樣，發出了最切要的警告：小型的在地報社進行大規模的精簡，幾乎再也沒有人發出任何究責問責的報導，對許多讀者而言，這是比全國性的連鎖企業和報業衰退更嚴重的危機。聯邦通訊委員會（Federal Communications Commission）二〇一一年在一篇報告中總結[25]：「以在地層級來說，美國建國先賢設想的新聞獨立監督功能，在某些情況下已經處於危險狀態。」

報社新聞編輯室裡有很多像寇爾一樣具前瞻眼光的記者，網路的潛力讓他們備感興奮，但是報社很多老員工不太認同應聘進入華盛頓郵報電子報的年輕、資淺員工，很快就把他們的想法斥為無用。葛蘭姆決定要把兩類員工分開，之後他坦承這是錯誤之舉。平面記者的工作地點在靠近白宮的報社總部，此地因為電影《大陰謀》（*All the President's Men*）而出名；「網路員工」則到比較遠的地方上班，在波多馬克河對岸的維吉尼亞州。平面團隊不認為網路團隊和他們一樣[26]，也懷抱著布萊德利和唐尼在第十五街（15th Street）新聞編輯室裡諄諄教誨的價值觀。葛蘭姆認為，主新聞編輯室的文化將會壓制公司裡的數位小弟。維吉尼亞州不可組工會，這一點也很得他心[27]。

名聲響亮的過去與強韌的在地連結並沒有太大的作用[28]，難以挽救《華盛頓郵報》走向自二〇〇二年開始且無可逆轉的衰退十年。網路改變了人們的閱讀習慣，報紙的發行量幾乎少了一半。而隨著在地百貨公司與各種企業紛紛關門，廣告營收也隨之大跌。在全國性連鎖企業整併期間，原本是忠實廣告主的在地百貨公司也消失不見，比方說受人敬重的伍華德羅瑟普（Woodward & Lothrop）百貨。分類廣告在《華盛頓郵報》營收中佔了四成[29]（比例比《紐約時報》還高），但由於克瑞格清單、怪獸網和其他線上服務興起，幾乎是一夜之間就全沒了。看來，再怎麼樣緊縮也無法提前部署，公司的股價免不了跳水，價格已經從每股近一千美元跌到不到四百美元。

寇爾離職一年後[30]，他恰好碰見一位《華盛頓郵報》業務端的資深員工，對方對他說：「你走的正是時候。」

至少有一陣子，《華盛頓郵報》手抱金雞母子公司楷博；楷博行銷學生考試準備產品並進軍營利教育事業領域。雖然這家公司和新聞本業毫不相關，但提供了穩定且不斷成長的利潤。當《華盛頓郵報》董事會一九八四年建議凱薩琳・葛蘭姆進行收購時[31]，她的回應是：「我才不在乎這家公司，但是如果你們認為有利可圖，就做吧。」到了楷博公司成為公司的生命線之後，她公開表達的無所謂就顯得非常諷刺。

史丹利・楷博（Stanley H. Kaplan）在一九三八年時，創辦一家專營考試準備和輔導產品起家的公司，當時他只有十九歲。富裕的X世代父母執著於將孩子送去讀最好的大學或法學院，楷博公司剛好能幫上忙，針對SAT與LSAT等入學測驗提供協助。號稱「歐瑪哈先知」（Oracle of Omaha）的巴菲特為了一九八四年這次投資先做了功課[32]，審視了楷博公司的帳簿，發現這家公司的財務很穩健。

葛蘭姆指定唐尼監督這家公司[33]，他也安排了新任的執行長，這個擁有企業管理碩士學位的年輕領導人名叫強納森・葛瑞爾（Jonathan Grayer），他帶著研究人員的嚴謹來到楷博公司。一九九八年楷博推出第一套純線上方案，讓三十三名在這所新虛擬學校註冊的新律師攻讀法律博士學位。兩年後，有六百名學生註冊，一次點一下，邁向法律專業之路。顯然線上教學很有市場。

接著，葛瑞爾找到追尋教育企業（Quest Education Corporation）[34]，這是一個以亞特蘭大為基地、由三十所學校組成的集團，多數是醫療保健和資訊科技相關學校，散布在各州。這家公司並不便宜[35]：叫價一・六五億美元，是《華盛頓郵報》與報社曾經擁有的《新聞週刊》（*Newsweek*）當年的利潤總和。本項收購行動啟動了《華盛頓郵報》瘋狂收購教育事業的行動[36]，到了二〇一〇年，報社持有七十五所小型學院，以及大型的線上部門楷博大學，全都屬於新興的營利教育事業領域。

收購追尋教育企業之後，隔年，《華盛頓郵報》新聞部門的營收十幾年來第一次下滑，但公司裡新的教育業務帶來的利潤足以彌補損失，而且還有剩。柯林頓政府規範這個產業，要求學校至少要在校園裡上一半的課才有資格申請聯邦資金補助，也規定學校根據註冊學生人數多寡支付員工薪資是違法之舉。但小布希政府的教育部用了很多曾在營利性學校擔任高階主管的人[37]，撤銷不可根據業界戲稱的「課堂上的笨蛋數」（asses in classes）基準來制定員工薪酬的禁令。

鬧門開了；願最出色的推銷員能贏得勝利。楷博展開規模更大、更不受限的行銷與招聘行動[38]，學生人數也隨之大幅成長，到了二〇〇四年，教育事業部門創造的收入已經高於新聞部門。兩年之後，另一項法規變革開始發揮作用：此時，聯邦政府提供的第四章方案（Title IV）助學貸款也可以用來支付純線上學校的學費。楷博很多學程都在網路上，之前都僅有能付出學費、無須尋求聯邦政府財務協助的學生能就讀。楷博二〇〇一年時收到的第四章方案資金達一・〇一億美元；到了二〇一〇年，已大增至十四・四六億美元[39]。

子公司讓旗艦事業黯然失色。二〇〇六年時，華盛頓郵報公司聘用的楷博員工人數比報社多三倍[40]，這促使葛蘭姆更改公司名稱，隔年把教育挪到前面。薩斯柏格公開表示很羨慕楷博這項投資，這實現了他對於「關於網」曾有的期待。但是，在《華盛頓郵報》內部，教育事業被當成是公司的養子，跟網站的地位一樣。楷博一位前任高階主管說，記者的想法顯然是：「我們做的工作很重要，你們做的工作不過就是幫忙準備考試。」

關於重新打造公司品牌一事，葛蘭姆對華爾街分析師提出的解釋是：「未來，華盛頓郵報公司內的教育事業成分很可能一年比一年更高一點、媒體事業成分更少一點。」楷博的執行長葛瑞爾指出，改造的時間太晚了。他說：「我很訝異的是[41]，即便我們的規模很大而且對公司來說很重要，但由於華盛頓郵報公司的名稱與品牌名氣太大，媒體仍將公司稱作是一家報紙發行商。」新聞編輯室並不認同他的評論。

葛蘭姆過得很簡樸，但是葛瑞爾和他的手下每年領走幾千萬美元，幾乎沒有留下資金挹注給風雨飄搖的報社。葛瑞爾在二〇〇八年一次訪談中露骨批評葛蘭姆和報社，最後辭職了[42]。他的遺散費讓

《華盛頓郵報》大失血[43]：他的基本薪資、再加上獎金，然後再加上七千六百萬美元的分紅，分期付款直到二〇一一年為止。最後一次的分期金額是兩千萬美元，比楷博大學當季的整體營運收入還高。在此同時，報社虧損達六百萬美元，關閉大部分的地區通訊處，又再度進行痛苦的精簡行動。

不久之後，華盛頓郵報報紙同業公會（Washington Post Guild）指控公司「以不公平的手段裁員，並且針對有色人種員工」。多年來，《華盛頓郵報》內部一直都有種族問題的緊張，經濟不景氣讓問題雪上加霜。

在編輯面向[44]，《華盛頓郵報》的過錯雖然不像《紐約時報》那般嚴重，但也在伊拉克戰爭爆發前輕信小布希政府的不當情報，做出錯誤的報導因而備受攻擊。《紐約時報》在二〇〇四年五月刊出〈編輯啟示：紐約時報與伊拉克〉（From the Editors: The Times and Iraq）一文[45]，表示後悔做出某些報導；八月時，《華盛頓郵報》也為了輕信情報而道歉。《華盛頓郵報》刊出一篇長達三千字的文章[46]，執筆的是自家負責媒體的記者豪爾・庫茲（Howard Kurtz），題為〈華盛頓郵報與大規模毀滅性武器：內部報導〉（The Post and WMDs: An Inside Story），吐露了報導與編輯兩方面的失誤。

茱蒂絲・米勒是檯面上《紐約時報》所犯錯誤的代表人，而被班恩・布萊德利稱之為當代最出色調查記者的鮑伯・伍華德，則是《華盛頓郵報》在大規模毀滅性武器事件中最明顯的發言人。戰爭前夕[47]，伍華德去上CNN的《賴瑞金現場》（*Larry King Live*）節目，有一位觀眾打電話進來問他：如果我們攻打伊拉克、擊潰他們，到最後卻發現他們根本就沒有大規模毀滅性武器，那會怎麼樣？伍華德後來被自己的答案糾纏多年：「我認為發生這種事的機率是零。」

葛蘭姆和《華盛頓郵報》的社論版主編佛瑞德・海亞特（Fred Hiatt）偏向要美國出兵伊拉克。

該報的社論版反映的是葛蘭姆的觀點，在小布希執政那些年明顯愈來愈保守。雖然這不應該影響新聞內容，但這位報業大老闆的贊同意見順應當時橫掃華盛頓普遍的戰前狂熱，無可避免沾染到了報導。《紐約時報》的吉姆・萊森（Jim Risen）和艾瑞克・史密特，針對政府情報的可疑之處做了報導，《華盛頓郵報》也有人登出質疑的文章，例如生性暴躁、負責中央情報局的記者瓦爾特・平克斯（Walter Pincus），和主跑國家安全的後起之秀調查記者裘比・沃瑞克（Joby Warrick），但是，他們的說法被佔據過《華盛頓郵報》頭版的超過一百四十則報導淹沒[48]，這些佔版面的新聞不斷散播不具名官方消息人士的論調，呼應布希指出戰爭有其必要，因為海珊擁有大規模毀滅性武器。

大概就在伍華德去上《賴瑞金現場》節目的同時，平克斯過來找伍華德，說自己寫了一篇報導，揭露某些大規模毀滅性武器的情報有可疑之處。平克斯說，恐怕他的編輯會壓下這篇報導，他來找伍華德希望他出手幫忙，但是伍華德說自己無能為力。負責五角大廈的記者湯瑪斯・瑞克斯（Thomas Ricks）之前已經寫了一篇稿子題為〈諸多懷疑〉（Doubts）[49]，透露出資深情報事務官員不願意繼續攻打伊拉克的行動。編輯們刪掉瑞克斯的稿子，把平克斯的報導塞到了第十七版。

伍華德大概比近代史上任何記者都更有辦法取得白宮的資訊[50]（他的資料豐富，足夠寫出四本以布希和伊拉克為題的書，之後又針對川普入主白宮早期混亂不堪的狀況寫了一本暢銷書），但他不能動搖，要堅信真的有大規模毀滅性武器。等到他相信的真相幻滅[51]，而《華盛頓郵報》也開始回頭檢討相關的論述，伍華德才坦承自己很後悔，庫茲在他所寫的「內部報導」中引用了伍華德的話，從頭說起這家報社怎麼會犯下這個錯。「我們做了該做的事，但做的不夠，我很自責我當初沒有逼得更緊。」伍華德說，「我們本來應該警告讀者，說我們得到的資訊基礎並不太穩，」不像一般人認為的這麼紮實。「這些才是應該登在頭版上的說明。」他說到這裡就打住了，沒有講到政府是故意放出假的大規模毀滅性武器情報。

在《華盛頓郵報》時曾經和伍華德合作水門事件報導的唐尼，也承認有錯。「我們太專注於找出政府在做什麼[52]，沒有用同樣的態度去關注說開戰不是好主意與質疑政府宣戰理由的那些人。」編輯對庫茲說，「頭版上這類報導的數量不夠，是我的錯。」伍華德繼續負責報導小布希政府的相關消息，主要的資料來源都仰賴國務卿柯林・鮑爾（Colin Powell）以及他的副手，伍華德的報導也繼續把爭議帶進《華盛頓郵報》。二〇〇五年，白宮在伊拉克問題上最知名的主戰派人物之一路易斯・「滑板車」・李比（Lewis "Scooter" Libby）[53]，為了他在中央情報局臥底探員薇樂莉・普拉姆（Valerie Plame）身分遭揭露事件中扮演的角色而受審。伍華德從採訪鮑爾的副手得知她的身分[54]，但是他並未登出這項資訊，也未告知唐尼。李比的審判很快就成為華盛頓地區的熱門大戲，環狀線內中心地帶的每一個人都很熱衷於猜想是誰揭穿普拉姆的身分。這是起訴李比的刑事法庭中很重要的關鍵，但伍華德決定什麼都不說。後來才知道，第一個把她的名字說出來的記者就是伍華德，唐尼說他的沉默「是個錯誤」[55]。

李比被疑為茱蒂絲・米勒的消息來源，他的律師團打電話給我要我作證，希望能減損米勒的可信度。我的律師認為，身為一個不情不願的證人，我的證詞沒什麼用處，事實上也確實如此。我被問到兩個問題，對於審判結果來說都無關緊要，我也只作證了三分鐘。李比二〇〇七年時被定罪，罪名是欺騙聯邦調查局。

左派的評論家繼續大鳴大放，譴責主流體制的媒體為小布希政府喉舌。名氣不大且少有讀者的麥克拉奇報業華盛頓通訊處做出了正確的報導，身為主流體制中流砥柱的《紐約時報》和《華盛頓郵報》則搞砸了。

有線頻道和地區性的電視台都在縮減人力，使得兩大報在決定新聞報導方向上發揮更大的影響力。然而，自二〇〇〇年起，部落格已經在侵蝕《華盛頓郵報》和《紐約時報》的權威和群眾。在伊拉克戰爭引發政治紛擾期間，左傾部落格的影響力和可信度超快速成長，尤其是前歷史系研究生賈許・馬歇爾架設的「論點備忘錄」。馬歇爾的反戰立場，來自於他自己在網路上做的調查性報導，他發掘了許多實地採訪報導都挖不出來的資訊。他培養出一批忠實讀者網絡，裡面有律師、社會運動人士以及情報和政策專家，幫助他挖掘內幕。當政府發布文件時[56]，他會請讀者幫助爬梳內容，找出有新聞價值的部分。他的模式是合作而非競爭[57]，還有，在讀者提供金援之下，他可以深入鑽研特定報導，忽略其他《紐約時報》和《華盛頓郵報》不得不報導的新聞。當這兩大報發現自己也在追蹤馬歇爾正在調查的消息，他們會派出記者群篩選大量文件，設法對抗這位部落客和他的不知名讀者大軍。

除了馬歇爾之外，身為記者的安德魯・蘇利文和麥基・考斯（Mickey Kaus）也撰寫政治部落格，快速得到很多人追蹤（其中包括許多《紐約時報》和《華盛頓郵報》的重要人物），部分原因是因為他們的風格比較鬆散，使得意見和新聞報導之間基本上沒有明顯分別，另外就是他們關注的範疇比較小。《華盛頓郵報》很快加入戰局，推出自己的政治部落格「定位」（The Fix），吸引到愈來愈多不滿所謂主流媒體的群眾。過去認為寫作時有特定的「聲音」是假客觀，現在則被視為真實的象徵。《紐約時報》和《華盛頓郵報》大可強迫員工多經營部落格、多加入自己的聲音；但是，這兩家報社無論如何都無法擺脫「主流」一詞，隨著每一次醜聞爆發，這個詞都在嘲弄中又更被強化。雖然無法證明報導錯誤和公眾對於媒體不信任之間有因果關係，但是波因特學院（Poynter Institute）所做的民調顯示，記者的地位在二〇〇三年之後快速下滑。「假新聞」這個詞一直要到二〇一六年總統大選時才被廣泛使用，當時極右派（也有人稱為另類右派〔alt-right〕）媒體散布各種編出來的新聞，比方說據稱希拉蕊在華盛頓一家披薩店組織一群戀童癖的人為非作歹。《紐約時報》和《華盛頓郵報》在伊拉克武器資訊上都並未故意誤導讀者，但是他們的報導傷害了媒體的整體公信力，促成了一場倉促的戰爭。

《紐約時報》和《華盛頓郵報》這兩家大致上算是自由放任派的報紙，為何在報導時如此輕信小布希政府錯誤的情報，至今仍難有定論。可能的原因有三個：兩大報都受到九一一事件後席捲美國的愛國主義影響；他們的記者更能接觸到各情報機構上層的消息人士[58]，這些地方的官員都和白宮沆瀣一氣；擔任過警察的葛蘭姆，會聘用比較保守的作家編寫報紙的社論版面。認定小布希政府不會對大規模毀滅性武器撒謊，是群體思考與毫無想像力造成傷害的案例。

到了二〇〇六年，美國以及《華盛頓郵報》的社論版都在抨擊小布希總統，葛蘭姆則沉迷於找到可以保住家族皇冠的商業模式。網路正在扼殺報紙，由於葛蘭姆享有崇高的地位（他是普立茲獎委員會成員，也是艾倫公司〔Allen & Co.〕以邀請制形式舉辦的太陽谷〔Sun Valley〕媒體大亨祕會經常成員），業界其他人都指望他能想出解決方案。葛蘭姆是真心熱衷網路的人，而且，雖然他的品味很老派，但藉由觀察四個孩子，基本上他也略知年輕人都在電腦上以及智慧型手機上（那要等到賈伯斯推出產品之後）讀些什麼。

數位媒體初興時[59]，在他手下任職的一些聰明、眼光前瞻的商業顧問也讓他受益良多，比方說克里斯多福・馬（Christopher Ma），他在一九九六年成為編輯，同時兼任《華盛頓郵報》網站開發者，之後負責所有數位事業的發展。克里斯多福・馬的女兒名叫奧莉薇亞（Olivia），在哈佛時結識了克里斯・休斯（Chris Hughes），他恰好是馬克・祖克伯的室友。祖克伯當時已經離開大學，創辦了一家公司，也就是臉書。當克里斯多福・馬在尋找值得收購的數位標的時[60]，女兒建議他看看當時在哈佛以及幾所大學已經十分風行的臉書。克里斯多福・馬很喜歡他看到的產品，接下來，他飛到加州帕拉奧圖，去找打造出這個產品的大學輟學生。就在二〇〇四年最後一天，祖克伯在共進午餐時向克里斯多福・馬說明這個網站，克里斯多福・馬則很努力不要樂昏頭，並承諾要投資這個案子；克里斯多福・馬對祖克伯說，如果他有興趣讓《華盛頓郵報》成為投資人，歡迎他致電洽詢。

兩星期之後的二〇〇五年初，祖克伯來到華盛頓特區，一路走進第十五街大樓的五樓，他很驚訝地發現，葛蘭姆居然走進會議室參加他和克里斯多福・馬的會議。在祖克伯過來之前，葛蘭姆想起他收過一份哈佛新生的通訊錄，於是順手翻翻他同學們的大頭照。他看出臉書這家公司前途不可限量。臉書真的能把人們都連在一起，這個構想讓葛蘭姆很著迷。聽到學生們花多少時間在這個網站上時，讓他大吃一驚。這位二十歲的電腦怪才讓他大開眼界，他當場就對祖克伯說《華盛頓郵報》很有興趣投資。葛蘭姆之後告訴我[61]，他告訴祖克伯，說他認為臉書很可能是他聽過最棒的商業概念。前《財星》雜誌科技記者大衛・柯克派崔克（David Kirkpatrick）所寫的臉書歷史提到，祖克伯當面就說葛蘭姆很「酷」[62]，葛蘭姆則說他認為祖克伯的思慮十分縝密，但「是我見過最害羞、最古怪的二十歲年輕人」。葛蘭姆記得，祖克伯看來也對商業基本知識一無所知。「這位未來的科技鉅子當時居然不懂營收和獲利有何差異。」雙方的討論延續了兩個月。

最後，葛蘭姆以六百萬美元買進百分之十的臉書股權[63]，祖克伯要做的就是給《華盛頓郵報》一個最終的承諾：他要對《華盛頓郵報》這個品牌有感情。葛蘭姆一如他的明師巴菲特，他們的投資觀點都很長線，而且相對不去干預，這些都打動了祖克伯。但祖克伯的夥伴想要測試看看創投公司有沒有興趣，他們的模式和葛蘭姆相反，會預期投資很快能有回報，而且傾向於快點讓公司上市，認為晚一點不如早一點。

柯克派崔克寫了一本書《Facebook效應》（*The Facebook Effect*），裡面有一段寫到當葛蘭姆覺得他和祖克伯握手為憑定下的六百萬美元交易很穩當之時，有一家創投業者艾克賽公司（Accel）也找上門來，提出以一千兩百萬美元買下百分之十五的股權[64]。祖克伯的合夥人主張，艾克賽也會替臉書帶進矽谷經驗。他們和祖克伯一起隨同艾克賽公司的人去吃一頓時髦晚餐[65]，但祖克伯一直對於答應了葛蘭姆感到歉疚，因此他先告退，去了洗手間。他沒有回來用餐，一位合夥人跑去洗手間找他，發現他坐在地板上哭。此人說服祖克伯隔天打電話給葛蘭姆，把話說清楚[66]。

葛蘭姆聽到艾克賽公司的事情時，他很失望，但他拒絕對年輕、情緒脆弱的祖克伯施壓。他也怕，如果他提高他的出價，艾克賽也會這麼做，他沒興趣啟動喊價戰。他和善地要祖克伯信任自己的直覺，讓直覺帶領他跳脫道德的困境，然後就打發他走了。祖克伯後來接受了比較高的價格，並很快就告知葛蘭姆。雖然葛蘭姆原諒他了，但如果《華盛頓郵報》有百分之十的臉書股份，到今天將價值一百二十億美元，很夠用來解決這家公司遭遇的任何問題（葛蘭姆不是唯一錯過及早投資機會、日後沒能坐擁金山銀山的企業高層；薩斯柏格和他的商業團隊也錯過早期投資Google的機會）。

不管怎麼說，心胸寬大的葛蘭姆都交到了一個終生的好友。祖克伯很崇拜葛蘭姆，甚至來華盛頓跟著他幾天，看看一家企業的執行長實際上在做什麼事。他也仿效薩斯柏格和葛蘭姆家族設計，利用雙股權制保住公司裡的家族控制權。葛蘭姆在二〇〇九年加入了臉書的小型董事會，他是幾位受邀的外部董事之一[67]。他和祖克伯之間培養出的關係，與他母親和巴菲特之間很相像，兩人之間的友誼也確實讓葛蘭姆看來很酷。

和臉書之間的關係也給了他一個制高點，讓他從這裡觀察所屬產業的轉型。他知道《華盛頓郵報》推進到網路是當務之急，因此他才犯下最嚴重的錯誤之一，那就是讓華盛頓郵報公司的數位業務運作和新聞核心分開。他完全是一片好意，想要保護初生的網站運作不要被老派的守門人給蹂躪了。但是，核心的報紙業務需要的是擁抱創新，很可惜並沒有。雖然葛蘭姆對網路很著迷，但他看不出來社交網站和大部分的數位新聞要怎麼替《華盛頓郵報》賺錢。

無法高瞻遠矚，這幾乎是每一家報社大老闆的通病，二〇〇六年葛蘭姆再一次做出錯誤的決定，又錯過了另一次數位出版的突破性實驗。他旗下有兩位最出色的政治記者，一是政治版主編約翰・哈里斯（John Harris），也是《華盛頓郵報》最好的人才之一，另一位則是記者吉姆・范德海（Jim VandeHei）。兩人心癢難耐，開始打造一個全政治的數位新聞平台，發出新消息的速度比任何報紙或網站都快。他們提了一個案子給葛蘭姆，要求公司提供資金以聘用獨立的新聞記者，深入各項競選活動，做出能對政治狂產生不可自拔吸引力的新聞。隨著喧鬧的二〇〇八年總統大選漸漸逼近，再加上兩黨都有廣大的開放領域可供探索，他們主張，《華盛頓郵報》大有機會利用新型態的步調，快速報導掌握政治戲碼與峰迴路轉，在本次大選中完全主導局面。哈里斯和范德海認為，傳統的大選報導無聊乏味又沒亮點，他們提議的社會新聞網站，可以在全天候的新聞週期裡多次提供選舉傳聞和政治陰謀相關訊息，打從天一亮就開始。

約在感恩節時，他們在一場葛蘭姆、唐尼與其他編輯皆出席的會議上大力推銷。這兩人也和羅伯・奧布里頓（Robert Allbritton）談到這個全政治網站；奧布里頓是華府地區另一家報社家族的後代。奧布里頓家族擁有《華盛頓星報》，該報曾是《華盛頓郵報》主要的對手，現在持有幾家電視台，包括華盛頓地區的ＡＢＣ電視台關係企業。奧布里頓和曾經為雷根政府效命、關係良好的共和黨員佛瑞德・萊恩（Fred Ryan）聯手，不管當時已經有兩家類似的報紙，仍想要再創辦一家聚焦在國會山莊、一個星期出版幾次的報紙。萊恩和哈里斯及范德海討論，說要結合奧布里頓的報社提案和這兩位《華盛頓郵報》記者提的線上平台。

一九八五年就以實習生身分進入《華盛頓郵報》的哈里斯感到難以抉擇，期待葛蘭姆會支持他。但是，在做完提案簡報之後，《華盛頓郵報》給的條件很吝嗇：哈里斯仍在報社擔任政治版主編，范德海則成為華盛頓電子報的政治版主編，兩個人手下會再多三名記者。哈里斯和范德海期待至少有十二位新記者以及足夠的編輯人員，幫助他們創立真正的新聞新創事業。這個案子至少需要兩百萬美元的開辦費用才能啟動，但葛蘭姆和唐尼看不出全政治的新聞網站有什麼賺錢潛力；而且，在公司內成立另一個獨立的單位和《華盛頓郵報》常態的競選報導打對台，似乎是大而無當的作法。

哈里斯和范德海就這樣離開了，接受奧布里頓的條件成立新的單位，命名為「政客網」（Politico）。他們的賭注帶來豐厚的報酬，很快的，「政客網」的獨家新聞就主導了華盛頓的政治領域對話，尤其是名為「劇本」（Playbook）的晨間專欄。「劇本」專欄的執筆人叫麥克・艾倫（Mike Allen），他很快就被喻為「叫白宮起床的人」。

「政客網」的創辦人也努力在有線電視台推銷他們的報導。「政客網」的風格是把競選活動當成刺激的運動賽事報導，平面報紙很快也起而效尤。「政客網」一大清早就會發布最重要的頭條，那時多數編輯都還沒到辦公室、但又是線上讀者最渴望知道新消息的尖峰時刻。

大選結束一年後，「政客網」每個月已經有了六百七十萬不重複訪客（unique visitors）；同年，《華盛頓郵報》虧損一．六五億美元。「政客網」的營收大部分來自平面版產品，但是其特色和吸引力完全反映了網路的文化與韻律。《浮華世界》登過一篇「政客網」側寫報導，哈里斯忍不住反反覆覆地講起一件事[68]：「二〇〇六年，我們還不知道報紙會死……但以機構為主流的報社時代顯然結束了。」

第二部分

第五章
趨勢——BUZZFEED，之二

夏日午後，喬納・裴瑞帝多數時候會急忙衝過麻將賭博間跑上樓[1]，進到他設立的實驗室；這個塞滿雜物、爬滿蟑螂的辦公室，就位在紐約中國城的一角。那裡另外還有九名員工，他和他們一起測試人類對於各種數位內容有何反應。他打電話給一些肯尼斯・勒爾的熟人，進行第一輪的募資，結束時獲得創投業的軟體銀行（Softbank）挹注的三百五十萬美元，他的朋友艾瑞克・希不尤（Eric Hippeau）是軟銀的董事合夥人，也在赫斯特（Hearst）媒體集團任職。

裴瑞帝看得出來，隨著搜尋媒體的興起，以搜尋為基礎的出版已經沒落。他說：「媒體和內容都是人的事業[2]。」在「赫芬頓郵報網」時他的焦點非常狹隘[3]，僅專注於「創作機器人喜歡的內容」。等到換了位置、準備跟上勒爾之後所說的「社交浪潮」（social wave）[4]，裴瑞帝總是用取之不盡、用之不竭的比喻來描述BuzzFeed的誕生。他曾在一封致員工函裡說[5]：「我們做好了火車頭，幾天後，鐵軌才打造出來。」

裴瑞帝經營BuzzFeed，他賭的是人終究不會依賴電腦餵給他們想要的內容；反之，大家會自主交流內容，電腦提供的重要協助會來愈隱而不現。他說，這個分水嶺是從「Google的世界觀」（將人們以及他們需要的資訊連起來）轉向「臉書的世界觀」（將人們以及他們的朋友連起來，並提供工具讓他們可以溝通與表達自我）的轉折點[6]。BuzzFeed倚重臉書以及其他社交媒體網路，超過對於Google和其他搜尋引擎的依賴度。這番洞見想當然耳形塑了BuzzFeed創作的內容性質。搜尋引擎平台交易資訊，社交媒體網站則相反，這裡是情感經驗的匯集地。

裴瑞帝新世界觀的成形，有一部分和他親自上臉書平台的經驗有關，他會在這裡分享自己的最新狀態，例如「工作中」、「想去派對」與「應該睡了」，藉此和朋友溝通並表達自我。當他和妻子安卓雅（Andrea）決定也該離開中國城的公寓時（安卓雅從來沒辦法適應那裡腐爛的垃圾發出的臭味），他在臉書上分享了這處鋪著劣質地毯的一房公寓，並懇求朋友考慮租下來。他們後來搬進布魯克林區一棟褐沙屋，裡面有足夠的空間，魚缸再也不用放在廚房流理台上，堆在暖氣上的書也可以放上書架了，他也讓社交網路上的好友們一窺他如詩如畫的新家人生。

人們會在臉書上登出分類廣告和搬家遷徙通知，這只是他們利用此一社交網絡的其中兩個用途。這個網站歷經了四年，已經成為一個完善的論壇，此地可以聽到真實的人說了什麼；廣闊到難以想像而且本質上為匿名的茫茫網海，在這裡以可理解、個人化的方式呈現。這是一種讓人樂見的脫鉤[7]，擺脫了祖克伯嫌惡的Google「由上而下」網路的設定架構。Google的方式讓用戶覺得自己好像是一個人在國會圖書館閒逛；反之，臉書比較像是星期五晚上在家裡開的派對。《紐約時報》和《華盛頓郵報》的編輯群在組構新聞時，也用了這種由上而下的思維。

裴瑞帝認同祖克伯帶領臉書的走向，他也善用機會，每當祖克伯發出任何消息時，他也會在自己的臉書帳號上貼文幫忙宣傳。臉書網站更新首頁的版面配置，他就說這「太棒了！」而且他「很興奮」能出席年度研討會，聽聽祖克伯對科技界的業內人士與創業家大談最新資訊。祖克伯一貼出自己在萬聖節時分送大型糖果棒的照片，裴瑞帝會讓對方知道他覺得「很讚」，並且分享連結到BuzzFeed的要糖活動趣聞報導，還以麥特・斯托培拉奉承阿諛的告白開頭：「我個人為此對他感到萬分欽佩。」

他和卡麥隆・馬洛一直保持聯絡，在彼此的「動態牆」上來來回回張貼公開訊息；馬洛是他念研究所時的朋友，後來成為臉書的首席數據專家。他和「臉書官方」培養友誼，與該公司的各產品主管往來，建立媒體合作關係，協作全球創意策略，也結交了一位共同創辦人及一位董事。

臉書成長快速。到了二〇〇八年，每月用戶幾乎已經翻了三倍，隔兩年人數又成長近四倍到超過六億人。以BuzzFeed要達成的目標來說，沒有任何盟友比臉書更重要。

裴瑞帝觀察瘋傳趨勢的經驗豐富，讓他在看這個新社群的成長時很有心得，但即便是他以及他身邊那一群聰明勤奮的網路理論專家，某種程度上也對眼前所見大惑不解。「如果要我猜為何像臉書這樣的網站會這麼流行，我會說這和人脈網絡一點關係都沒有❽。」他的朋友杜肯・瓦特斯二〇〇六年時對《紐約客》雜誌這麼說，「重點反而是偷窺心理和炫耀展示。」說出這番懷疑論的，是一位廣被世人當成傑出社交網路專家的社會學家與科學家。

很快的，臉書的名言「快速行動，打破陳規」（move fast and break things）就不再是一句讓人聽了都煩的大話了。臉書不只是打破了六度分隔理論的規則，根本是踩個粉碎。公開推出平台五年後❾，康乃爾大學（Cornell University）與米蘭的研究人員分析臉書七億位有效用戶的關係，計算出每一個人和另外一個人之間平均僅差了三・七四個人。五年後臉書複製該研究，此時平台上的虛擬群眾已經壯大到十五・九億人，這個數值則跌落到三・五七。

值得注意的大事正在發生。臉書擴大人力規模，呼應了這個平台讓社交脈絡更加緊密的趨勢；當社群網路更加擁擠，用戶更習慣這樣的社交動態，世界也愈變愈小。臉書最早是為了回顧前一晚兄弟會派對而出現的平台，如今成為一種論壇，裴瑞帝在這裡發布他生了一對雙胞胎亞提（Artie）和尤希（Yoshi），分享新生兒穿著印製BuzzFeed招牌貼圖兔裝的照片，一個被標註為「可愛」，另一個則是「好好笑」。

現在要「保持聯絡」可說是輕鬆多了。如果你的大學室友訂婚了，你可以預期幾個小時內就會收到通知，甚至連親自互動都不需要。不管是過去的同事幫妹妹慶祝生日，或是遠地的姻親享用一頓拍起來超美的美食，你都會收到最新消息，彷彿這是什麼焦點新聞似的。確實，重大的突發新聞也很快開始出現在這套個人貼文的生態圈裡，而且，為了競爭，還必須改頭換面一番。

雖然臉書論壇看來是自發性社交（早期的評論把這套系統比擬成老式的茶水間），但這是用簡便易操作的界面遮住了這套系統程式碼中嵌入的複雜考量。用戶可以控制一項輸入項：他們可以自行選擇宣告誰是好友；然而，之後，臉書就會伸出看不見的手主導局面。二十六歲的葛瑞格・馬拉（Greg Marra）負責臉書無從窺見的演算法，這套演算法會決定你能看到朋友的哪些貼文，還有貼文出現的順序。這套運算方法很神祕，卻是一套很厲害的技巧，提供你自己想看的照片、訊息和連結，你知不知道有這套方法一點都不重要。演算法在決定各個項目先後順序時，會考量是誰貼的文、其他用戶有多喜歡這項資訊、這是屬於哪一種媒介、多久之前貼出的，再加上臉書這部大機器裡其他用來當作指標與評估標準的一些較次要因素。有些報告說，考量因素的數目達到十萬個[10]。

臉書決定重要性，而且毫不遮掩其社交性質。臉書給權重的標準[11]，是比較重視和個人有相關性的素材，勝過和全世界都有關的素材。新聞機構的業務，是決定對於身為城市、國家與世界公民的你來說什麼是重要（或是應該重要）的資訊，臉書更勝一籌：臉書決定對於身為朋友的你來說什麼是重要的訊息。

動態消息要解決的問題，是如祖克伯其中一位創辦人所說的：「我們如何能讓人們獲得他們最在乎的資訊？」動態消息的目的不是要給你完整資訊，最多也就是單純提供消息，沒有更崇高的目標；這項功能是為了讓你待在社交圈子裡。社交網站能成功，要能讓用戶感受到他們身在一個小世界裡。為了達到目的，必須交流所謂的閒談消息（small news）。祖克伯用以下這段話對員工摘要說明[12]：「對現在的你來說，你可能更關心你家門口一隻快要死掉的松鼠，勝過非洲快要死掉的人。」

在臉書上，線上好友永遠不會嫌輕鬆的新素材太多，這些是他們可以分享出去、開始對話的素材，新聞機構後來才想通這一點，畢竟他們的責任可是報導種族屠殺。就他們來看，臉書不過就是虛擬的兒童扮家家酒遊戲，他們才不想拋下大人的話題。他們認為，臉書和傳播真實新聞毫不相干。

但是，對於某些以年輕人為目標對象的發行人而言，臉書的強勢是一個機會。到了二〇〇六年，臉書有三分之二的用戶每天都會上網站，平均花二十分鐘瀏覽。很快的，臉書成為美國大學生會造訪的網站第一名：到了二〇〇九年時，百分之八十五的美國大學生都有臉書帳號[13]。當年，美國使用者花在這裡的平均時間長了三倍；他們在臉書上的時間超過任何其他網站。隔年，這個網站佔據的用戶時間比第二到第五名的網站加起來還多。美國用戶一半以上介於十八到三十四歲，這些是備受各企業主重視的人群。

換言之，臉書將美國的某個橫切面匯聚到了同一個地方，這一群是年輕、受過良好教育而且握有很高的可支配所得，超過史上任何一群人。而且，他們不是被動地在社交網站上打發時間而已，他們會點選朋友分享的內容、在留言板上討論，而且，如果他們覺得很值得，會再分享給所有的朋友看。對商業界來說，臉書代表的是難以想像的沃土，在這裡，他們可以靠著口耳相傳銷售產品。

裴瑞帝很清楚，可以用數學方法算出某一群人的偏好的話，當中就蘊藏了極大的潛在廣告價值。他很懂這場賽局中心照不宣的社交規則。舉例來說，當他某位朋友用臉書分享《紐約時報》一篇談埃及選舉的文章時，他可以讀出弦外之音。這位朋友分享報導，但傳達的是和他自己有關的事：他很在乎要得到充分的訊息，他左傾、他對自己很認真，以及他可能想談一談阿拉伯之春（Arab Spring）革命行動（但他也可能只是希望大家這麼認為）。裴瑞帝也明白，嚴肅的地緣政治議題只是整體對話的一小部分而已。看到傳統新聞管道提供的內容和人們想要分享的內容之間有差距，他設想了一種調性和興趣都符合臉書讀者群的出版形式。如果做得對，這樣的管道可以自然而然地溜進社交對話當中，長期下來，會難以區分消息是來自刻意的管道還是其他友人。

裴瑞帝在臉書上愈來愈自在，他開始分享一些可公開分享的BuzzFeed貼文，比方說「用火箭拔牙」（Tooth Extraction by Rocket）與「被呵癢的企鵝」（Penguin Being Tickled）等影片，以及一個趣味測驗：「你是哪一個政治人物？」（Which Political Figure Are You?）他很不認同自己的測驗結果，加了一句話：「天啊，我是希特勒。」

他會記錄朋友的回饋意見，尤其是他妹妹雀兒喜；雀兒喜會在他的貼文上留言，說他的貼文很好笑、很古怪或是很讓人傷心。這些都不是量化數據，但暫時裴瑞帝也只能利用這些資訊從中理出頭緒。

二○○九年二月九日⓮，臉書設計了一個「讚」的按鍵，在每一則最新消息之下都會有一根豎起的閃閃發亮拇指，用臉書的話來說，這讓你可以「針對你在乎的事物給予正面回饋並建立連結」。一開始放上圖示後的二十四小時裡，按「讚」的次數超過十億次⓯，自此之後，這個簡單、到處通用的回饋按鍵影響力有增無減。

BuzzFeed裡專門負責製造瘋傳爆紅內容的麥特・斯托培拉宣稱：「按『讚』的按鍵永遠改變了BuzzFeed⓰。」這個按鍵將可能的回應濃縮為一，本來至少有好的、不好的兩邊，現在能表達的只剩下一種：像老好人一樣豎起大拇指。你還是可以留言，但已不再必要。如果你想替朋友的貼文加油打氣，你只需要按下這個小圖示就好了。在線上和朋友互動交流早就已經不太麻煩、甚至非常方便了，這個動作又更加簡化。

「讚」成為布局社交網站的網路出版者所使用的貨幣，對一般人來說也是如此：不管是檔案照片、婚姻狀態更新、生兒育女公告還是其他，現在所有貼文都可以根據受歡迎程度量化。每一篇在自由意志場域下完成的貼文都是動態消息，其他人發出的個人訊息如此，發行出版者的最新資訊與報導亦如此。

這樣的發展態勢十分契合BuzzFeed早期大聲呼喊的極可愛口號：「找到你的新心頭好。」早在臉書成為主要的社交平台之前，BuzzFeed的存在理由就是要提供人們喜歡的東西，如今，每個人手邊都有一個簡單的按鈕可按，可以用史無前例的快速與輕鬆來表達自己的喜好。人們可以大量、輕率地隨便去喜歡什麼。讓他們無法再按讚的唯一限制因素，是沒有他們喜歡的東西。裴瑞帝的口袋裡滿滿是創投資本家剛剛才挹注的現金，他知道他的公司取得了最佳的優勢地位，可以利用這樣的短缺。

大家開始一窩蜂地想要在臉書上得到「讚」，這股風潮當然和新聞背道而馳。和金融危機或恐怖主義行動相關的複雜資訊，不會激勵任何人按讚。但，臉書和BuzzFeed可都不在新聞界。

BuzzFeed仍享受著自由做實驗的彈性，但，隨著企業壯大進入媒體市場，裴瑞帝的概念日漸具體，更清楚公司要有怎樣的身分認同。他選企業座右銘時就受到了網路文化的影響，他的信條是：「酸民勿擾」。這種氛圍注入這家公司的每一面向[17]，這條規定會出現在公司所有的職缺清單上，並附上應徵者必須要有「正面、好奇、愛玩鬧的特質」、還要自認為是「很懂網路的好傢伙」等條件（簽約獎勵：生日當天不工作！）。裴瑞帝聘進來的人，是可代表社交網站的健全面而且能提供內容以滿足市場需求的人。

裴瑞帝說：「一般人要找的是可以享受、可以讚頌的內容[18]。」他在讚揚祖克伯的管理決策時說到[19]：「很多人要求臉書也設計一個按『爛』的按扭，但是臉書不給。」斯托培拉也不做酸民，他甚至很熱情支持BuzzFeed帶著粉紅泡泡的世界觀。「我們只是明白了一件事，那就是積極正面是引起話題的最好方法。」他說，「這類內容最多人分享。」這是一套商業策略，而非高遠理想。出自分析群眾與萃取數據結果的「酸民勿擾」，是BuzzFeed品牌的一大突破，但並不比麥當勞行銷人員命名的「快樂兒童餐」（Happy Meal）更高尚。

後來，當BuzzFeed終於準備好要聘用圖書編輯時，他對波因特學院說他不會刊登負面的書評[20]。「幹嘛要浪費生命去大肆批評？」他這樣說，並補充說他打算遵守「小鹿斑比的規矩」（Bambi rule）：「如果你說不出好話，那就什麼都別說。」要《紐約時報》或《華盛頓郵報》的書評不可寫出坦白、不阿諛的評論，完全不可想像。這兩大報都有得過普立茲獎的書評編輯和藝術編輯，他們自認為是最嚴正、最重要的文化價值仲裁人。《紐約時報》的存在就是為了要讓有錢人和受過教育的人坐立難安，以便激發他們參與全球事務。

BuzzFeed不這麼想。這家公司一再佔到不同的位置，想要成為可親可愛事物的仲裁人。要判斷是不是可親可愛容易多了，尤其是現在臉書上都設有「讚」的按鈕。抱持這個既定簡單的目標，裴瑞帝的公司可以大量產出滿足單一宗旨的內容。他們發布貼文並檢視貼文引發的反應，據此修正取向，然後再發一次文，重複這樣的流程，一直到能產出普遍受人喜歡的貼文為止。他們的編輯策略前所未見，完全繫於公眾意見。市場的看法正是BuzzFeed營運的核心。裴瑞帝認為，有三大支柱撐起了這家公司的成功[21]：數據、學習和資金。BuzzFeed發布內容是為了取得相關的資訊，之後抽絲剝繭分析數據以改進下一則貼文，一旦員工和機器找出讀者的偏好，公司就佔得優勢地位，可以把情報轉換成金錢。

第一步在檯面下進行，BuzzFeed會將內容發布到網路上，取得每一次撞擊出新火花時的數據。裴瑞帝很喜歡說早期的編輯都是測試員，每一則貼文則是白老鼠。發出貼文之後，就可以監看貼文引發的反應，從中爬梳出通則，了解哪些特質能在社交環境下大放異彩。如果沒有指標來衡量貼文引發的群眾反應，就無法善用內容。BuzzFeed內部發明了專屬的指標[22]，再加上內部專家使用的全套資料探勘工具，業界普遍認為這些都是最好的作法。他們只動用了一些小錢，就能支應BuzzFeed發展出到目前為止的這些小技巧。裴瑞帝賭的是，如果能得到優質情報了解他的讀者群，知道他們是誰、他們喜歡什麼、他們對自己有何看法，就能打造出世界上第一套完全以實際觀察為導向的出版機制。

一開始，他們只能從自己的貼文當中學習，樣本的規模很小，限制了找出內容中有效變化因素的速度。因此，裴瑞帝負責研究人們在他的網頁上花了多少時間、並計算有多少人把特定的貼文分享給朋友，他的商業夥伴約翰‧強生則在另一個名為和諧研究院（Harmony Institute）的實驗室做起了不同的實驗。他找來了自願者㉓，給他們看各種不同的媒體，測量他們的煩躁程度、皮膚溫度的變化以及腦波的活動，想要找到和一般網友互動的捷徑。

裴瑞帝知道數據是燃料，可以幫他把鍋爐燒起來，他開始去思考要如何在BuzzFeed無須發布更多貼文（貼文很貴）的條件下取得更多數據。他想要找到一扇窗，從這裡透視決定讀者習慣的心理因素：哪些東西能吸引他們的目光、他們會追蹤哪些主題、他們如何找到特定文章，以及他們讀完貼文之後馬上會轉去哪裡。此時，多數出版商都為了數位轉型焦頭爛額，不太在乎要保護自己的數據，就連報社持有的訂戶聯絡資訊也一樣。少有人理解這項資源有多寶貴，更少有人具備從中爬梳出有價情報的量化能力。當他們瘋狂找尋熟悉數據語言的人時，裴瑞帝就上門了，提出或許可以解決問題的交易。

他邀請各家出版商加入他召集的聯盟：BuzzFeed夥伴網絡（BuzzFeed Partner Network）。出版商如果加入，就表示同意讓裴瑞帝研究他們網站上的讀者流量。他們有權取得BuzzFeed編製的炙手可熱分析社交情報網站報告（Social Intelligence Report），以答謝他們提供寶貴的資訊。出版商認為，這麼一來，他們也能雨露均霑裴瑞帝領引業界的才能，而且幾乎沒有成本。他們熱情地在合約上簽字，很歡迎這位BuzzFeed的魔法師走進簾幕後方進行觀察。他們不知道自己交出的情報有多寶貴，裴瑞帝的敏銳也充滿魅力讓人難以抗拒，同意加入的出版商數目多到驚人。到了二〇一三年，這個網路已經膨脹到超過兩百個合作網站㉔，當中的多樣化充分反映廣闊的整體網路世界：《紐約時報》和《衛報》

（*Guardian*）這兩家報社也是夥伴，另外還有「校園幽默網」（CollegeHumor）以及「不好笑就去死網」（FunnyOrDie.com）。

為了讓大家心滿意足[25]，裴瑞帝針對他看到的一般性趨勢發布報告：比方說，讀者多半會在下午五點登入臉書，但由於星期一通常比較忙，尖峰時間通常會再拖晚一點；人們比較可能分享投射快樂而非悲傷情緒的貼文；還有，一如以往，大家還是很愛和名人有關的貼文。BuzzFeed建議，出版商應該竭盡全力報導的這些「情緒」要素，盡可能呈現爭議與醜聞。

新聞報導裡常會有情緒張力。BuzzFeed就以二〇一二年的特拉伊馮・馬丁（Trayvon Martin）命案為例；這是助長年輕人發動「黑人的命也是命」（Black Lives Matter）運動的早期事件之一。悲劇發生之後[26]，BuzzFeed如狂潮來襲一般大量貼文，內容如斯托培拉寫的「每個人都應該因為特拉伊馮・馬丁命案感到憤怒的十個理由」（10 Reasons Everyone Should Be Furious about Trayvon Martin's Murder），副標題是「請發火」（Get Angry）。斯托培拉的另一篇貼文[27]，則把重點放在佛羅里達眾議員「對特拉伊馮・馬丁遭槍殺發表的情緒激昂演說」。還有其他標題也都在叫囂[28]：「特拉伊馮・馬丁的屍體照片出示給陪審團後，法庭情緒大轉折」（Court Case Takes Emotional Turn as Photo of Trayvon Martin's Body Shown to Jury）以及「終結辯論訴諸情緒、正義」（Closing Arguments Appeal to Emotion, Justice），另外，還有名人參與的相關報導：演員兼歌手傑米・福克斯（Jamie Foxx）在守夜祈禱時為馬丁的雙親獻唱小夜曲；籃球超級明星德韋恩・韋德（Dwyane Wade）在球鞋上印上向馬丁致意的字句；歌手布魯斯・史普林斯汀（Bruce Springsteen）也大聲疾呼要求正義。BuzzFeed幾乎沒有針對此事做過任何原創報導，只是從其他地方發布的新聞當中拿走他們需要的部分，重新包裝資訊，並在呈現時特別強調情緒和名人。

BuzzFeed的調性和範疇，意在赤裸裸挑起讀者的憤怒、逗得他們發笑，或是引發一種樂觀的信念，相信人性本善。他們的目標是刺激挑釁。當裴瑞帝和耐吉之間你來我往的電子郵件瘋狂傳開時，他就發現了挑釁的潛力。他知道，要成功，內容必須要能打動群眾，讓他們覺得必須和朋友分享[29]。要讓群眾分享，是想要迎合社交媒體用戶的出版商面臨的最大挑戰。

了解到這一點之後[30]，裴瑞帝就決定要專門針對在網路上表現得很外向的讀者打造內容，他把這些人稱之為「超級分享者」（super-share）。他大力宣傳的這套策略[31]，基礎是洞澈了老式出版模式（由編輯決定當天的頭版新聞然後大力放送給一般大眾）已死。裴瑞帝說，外面有太多媒體管道彼此競爭，他們想要的是擁有華特・克朗凱或《紐約時報》曾經擁有的議題設定權；然而，在網路上，群眾會自己決定優先順序。讀者自己握有權利，能在自己的社交網絡內傳播特定報導，而他們只會在自己覺得適合的時候才傳出去。

如果挑戰是要創作出適合網友的內容，裴瑞帝的優勢是他知道這些人是誰。「統治網路的是狂人[32]，」二〇一〇年時他對一批群眾說，「有助於人們充分表達出自身個性缺失的內容，會更瘋傳。」他覺得最值得迎合的人格類型，是最有望為他帶來最高收益的人們：超級分享者。在這些人當中，絕大多數都屬於裴瑞帝所謂「愛現型／自戀型」的人。

重點不是他們很有影響力，而是他們很大方。愛現自戀的人生存的意義就是追求線上群眾的關注，而且會維持幾乎不間斷的「對話」。提供讓他們可以轉傳出去的故事報導，是這家公司很重要的素人路線。他是在投大眾之好。如果他這套方法成功[33]，就是打破了暢銷作家麥爾坎・葛拉威當時大力推廣、而且普遍為人所接受的少數原則（Law of the Few）；這條原則認為，網路上的影響力是由菁英影響人士經營出來的，而不是自然而然就會有的。裴瑞帝決定這麼做，部分原因是他知道杜肯・瓦特斯在研究中浸淫已久，瓦特斯確信實證將會永遠打破葛拉威爾口中的法則。如果裴瑞帝可以掌握熱衷上網的平凡人，他就可以把重責大任交付給他們，由他們把BuzzFeed的內容傳播出去。

「我在這方面的領悟是㉞，」BuzzFeed的「野獸大師」傑克・薛菲爾對《衛報》解釋，「在今天的網路上，你的讀者就是你的出版者。」就像BuzzFeed負責瘋傳內容的專家一而再、再而三說的，主要的概念是「訴諸網友的虛榮心」㉟。

然而，BuzzFeed用來達成目標的工具套件，一點都不平凡。他們的數據顯示，講到在社交媒體上貼出照片㊱，「特徵濃厚」或是「以藍色為主」的照片，會得到更多的讚。在推特上發文要簡短，臉書貼文要更精煉。如果標題以定冠詞開頭，和人類有關的故事會吸引更多人注意，比方說：「這位母親在兒子床上發現了一條大蛇」（This Mother Found a Huge Snake in Her Son's Bed），用這種方法，可以讓貼文有更多話題。他們也知道，如果附上圓形食物的圖片，比方說披薩或鬆餅，就會有比較多人點進來看貼文，但原因不明㊲。還有，會讀演員珍妮佛・勞倫斯（Jennifer Lawrence）相關報導的人，也會比較偏好和企鵝有關的內容。

他們用圖表畫出讀者的移動模式，檢視人們如何從Google的搜尋引擎到紐約時報電子報、推特、BuzzFeed和臉書，當讀者登出時，他們也不會停止監督。他們估算，有百分之九十二的美國人在上廁所時使用智慧型手機瀏覽網站或和朋友聊天㊳，並發現有百分之九十五的美國人連睡覺時都把手機放在手邊。

就算裴瑞帝也認為數據分析團隊已經竭盡所能挖出所有情報，他還是想要更多。他禮聘了阮濤（Dao Nguyen），一位年輕的科技專家兼網路創業家，在新千禧年到來之前成立了一家新創公司。網路科技泡沫爆破時，她經歷了必須開除所有朋友的痛苦體驗。她決定逃到巴黎去，打算用她的錢喝個爛醉、起司吃到吐。但結果她沒有，反而應聘替法國一家大報《世界報》（*Le Monde*）打造網站，命名為「貼文網」（Le Post），標語是「資訊，宣傳，辯證」（Info, buzz, débat）。這個網站上有搶快的新聞更新以及讓人覺得有罪惡感的娛樂，比方說名人消息，最終弄壞了《世界報》一向端正優雅的自我形象，也導致她被開除。她回到紐約[39]，被裴瑞帝納入旗下，裴瑞帝指示她去做她最拿手的事：最佳化。

阮濤進公司時，BuzzFeed對於社交網路上的人喜歡什麼已經有很清楚的想法。他們的分析師可以看出哪些主題能吸引最多人來看，他們的作者也同意投其所好，針對讀者表現出來的偏好寫作。阮濤的挑戰是要解決長久以來的難題[40]：為什麼有些內容會瘋傳，又是如何傳播的？

阮濤設法開發出一套數位儀表板[41]，設計了幾十種指標，以解釋特定BuzzFeed貼文的表現如何。她的團隊在內部開發了軟體[42]，超強大的電腦技術超越多數競爭對手。阮濤的儀表板列出了瀏覽過某一篇貼文的總人數，並指出帶領他們看到這篇貼文的路徑：他們是在瀏覽BuzzFeed網站時剛好看到的，是去Google搜尋引擎中查詢時看到的，是捲動臉書動態消息時看到的，還是瀏覽其他來源時看到的。

最重要的是，這會計算主動找到這貼文的人數與點選朋友分享的連結進來的人數，得出兩者之比率。這個指標稱為社交拉抬（Social Lift）[43]；雖然工程師都認同沒有「一個指標打遍天下」這種事，總有些時候會打破常理，而社交拉抬指標在BuzzFeed極為重要。

這套儀表板不只能提供回溯性的表現評價回饋意見，原始的設計是要在發布貼文之前先套用[44]。當作者準備好發文時，公司會鼓勵他們想出多至八個不同的標題，也要提供多張隨附照片以供選擇。阮濤的軟體之後會針對不同的輸入設定發布每一種變化體，等過了幾分鐘之後，同一則貼文的幾十篇、甚至幾百篇不同版本就會在網路上活躍起來，不同的讀者會看到不同的版本。等到機器針對每個版本的表現收集到足夠的數據之後，電腦會選出表現最好的並刪除其他版本。

阮濤的行動根據，是他們深信行之有年的出版常規並非理所當然。每一篇內容都大可操控也可回收再利用。不管是文案與設計，還是長度與版面配置，每一篇貼文的每一個面向都代表了一個決定，每個決定都值得一再思考與修改。比方說，當她注意到多數智慧型手機讀者會用電子郵件分享文章時，她就放大BuzzFeed行動版上的電子郵件圖示。一個星期之後，透過郵件分享的數目就倍增。

阮濤為了收集數據與分析而設計的科技，專用於BuzzFeed。她在BuzzFeed任職的前兩年裡，網站的群眾成長了五倍[45]。除了臉書或許有機會之外，其他網站都不可能有更好的系統來解構讀者的習慣與預測他們的需求。

裴瑞帝很小心，避免過度執著於數據，也不要太過機械化。「認為我們是純粹的數據機器，只在乎什麼東西會受歡迎，是一種錯誤的想法[46]。」他表示，「很多人過來問我：『你們的演算法是什麼？』，這就讓人覺得，嗯……。」

他說的話兩面討好。他在二〇一三年一場《衛報》舉辦的大型研討會中宣稱：「瘋傳策略和概念本身都同樣重要[47]！」其他的出版商把百分之九十五的時間花在琢磨內容[48]，只把百分之五的時間花在策略性傳播上，BuzzFeed的創意總監菲利浦・拜恩（Philip Byrne）預估，BuzzFeed的分配比例大約是一半一半。這種大動作洗牌、重新決定孰先孰後，是BuzzFeed成功的核心所在。對裴瑞帝來說，業界其他人的走向顯然是錯的，他大鳴大放，要他們注意這一點。他在佛羅里達蓋斯維爾市一場說明簡報會上對群眾說，出版商最大的誤解就是「一切以品質為重」[49]。

裴瑞帝的目標是要在數字遊戲上取勝，要達成目標，最穩當的方法不是提升公司內部作家的文筆，而是要優化商業策略。如果BuzzFeed可以在傳播這個賽局中比競爭對手更明智，就可以大幅超越在業內耕耘已久的人，它的內容是不是衍生而來的並不重要。裴瑞帝絕對不是第一個了解到這一點的人，但他是第一個如此大膽擁抱這套策略的人。他會問：「猶太教和摩門教，哪一個比較好[50]？」之後他會指向一張顯示兩個教派「表現指標」的圖表：從有紀錄以來，歷史上多數時候猶太教徒的人數都超過摩門教；但是，摩門教在二十世紀縮小的差距，到了二〇〇七年時他們的排名相同。「向摩門教學習！」裴瑞帝對群眾大聲疾呼，「品質好還不夠，要把傳教布道這件事放進理念裡。」

某些主題，比方說環保對話，本來就有傳道宣導的成分。這些主題具體鋪陳出讓支持者大力推動的特定高遠志業，改變人們的理性與感性。但是，裴瑞帝認為，明白的宣導很少能拯救世界；在潛意識裡的宣導才最犀利。若想要拿掉宣傳的效果，最容易的方法就是創作貼文讓讀者誤以為那是專門寫給他們的內容；更好的作法是，讓他們覺得是和自身有關的內容。當人們看到某些內容，覺得會對自身的個人品牌有加分，他們必定會傳揚出去。

裴瑞帝要傳的道是：「內容的重點在於身分認同。」他的企業理念基本概念[51]，和他十年前發表的資本主義批評論點是一樣的：「觀眾會『自戀地自我投射』，認同某個定義了歷史上某段期間意識形態內容的形象。」BuzzFeed的論調是，多數成功的內容都是納西瑟斯（Narcissus）倒影的複製品（譯註：納西瑟斯是希臘神話中的自戀少年，愛上自己的水中倒影），因此，用第二人稱指稱讀者個人特質某些核心的貼文，開始在社交網站空間大量出現[52]，比方說：「你洗澡時會冒出的怪異想法」（Weird Thoughts You Have in the Shower）、「你為何應該跑五公里」（Why You Should Run a 5K）、「讓你覺得老的四十種事物」（40 Things That Will Make You Feel Old）、「分辨誰私下討厭你的二十種方法」（20 Ways to Tell Someone Secretly Hates You）、「你媽不接你電話時你會冒出來的三十一種想法」（31 Thoughts You Have When Your Mom Doesn't Answer Your Phone Calls）。

就算不特地寫明內容和你有關，編輯在編纂創作時也會把「你」放在心裡。這些是「有同感」（relatable）類型的貼文，BuzzFeed的員工在這一類上特別費心。他們針對特質不同的群眾訂出超過兩百七十五種貼文類別，對象包括憂鬱症的人、處女座、挑食的人、很容易曬傷的澳洲人，以及，基本上每一個人。每一種身分認同的貼文都是命中率高的擦板投籃，和處女座有關的貼文，在獅子座的群眾間難有好評。這種操作背後的想法是，藉由縮小內容的範疇[53]，作者可以確定必能引起某個特定次族群的共鳴，這一群人會覺得受寵若驚，也比較可能會傳播出去。

「有同感」是通關密語，BuzzFeed最出色的人才精通此道。對他們來說，有同感這條原則除了套用在貼文的主題之外，在考量格式時也可以應用。在這方面，斯托培拉說了算[54]。其一，他自己的嘗試體驗讓他在多方面都有同感：他說自己是一個「抱持一般意見」的「一般人」，某種程度上來說他是一種最大公約數。「我跟別人說，當你來BuzzFeed工作時，做到你手寫你口就好了。」他對我說，「我講不對（他話一出口之後發現自己用錯詞了，連忙改口修正），我是說我講話會講錯，」他補充說明，「而我寫的東西像是九歲的小孩寫的。」別的不說，這種文風可以確保看到斯托培拉所寫文章的人永遠不會覺得難以理解。

「我很善於討好。」斯托培拉一邊對我直說，一邊露出孩子氣的笑容。這是一種很好用的才能，當他被迫替兩個口味不同的朋友選餐廳時就派得上用場，或者，當他「要瞄準二十五到三十五歲的都會人」時也用得著。

斯托培拉這份工作做了將近十年，他對於典型的讀者有一種親密熟悉感。他把這種典型讀者稱為「預設的人」[55]，他們的興趣包括「披薩、Netflix和碧昂絲（Beyoncé）」。討好這些人並不是多麼困難的任務，但斯托培拉發現，在網路講求同感的時代，瞄準年齡低的比瞄準年齡高的更明智。可能有人會猜想，這是因為瞄準年齡低的可以等他們日後長大[56]，但在發過七千五百篇貼文之後，斯托培拉還是很樂於創作某些類型的貼文，如「證明青少女是人類未來的二十四張照片」（24 Pictures That Prove Teenage Girls Are the Future）以及「證明你和瑪麗亞・凱莉人生大不相同的十九張照片」（19 Pictures That Show the Difference between Your Life and Mariah Carey's）。他身上完全看不出任何倦怠感[57]，他對我說：「不管怎麼樣，能夠發出會瘋傳的貼文，真是太好玩了。」

BuzzFeed裡負責製造爆紅瘋傳內容的年輕人有一整套祕密武器，可以幫助他們贏得網友的關注。他們多數人都會因為瘋傳而感受到腎上腺素跟腦內啡都亢奮飆高，就連低調冷靜的阮濤也不例外[58]。如果從事嚴肅的報導工作代表要退出這個能大紅的隊伍，很少資深的BuzzFeeder員工會對另一邊的工作懷抱熱情。

這就是BuzzFeed的文化[59]，第一代的具體化形式就是他們所說的「網路受歡迎比賽」。管理階層堅持要量化員工作品的受歡迎程度，使用的標準是阮濤的儀表板。每天下午，會有人發送出「計分卡」給全公司[60]，當天的優勝者會得到虛擬徽章作為獎勵。公司裡會有數值不斷變化的排名，根據吸引到的群眾數目排出表現最好的貼文作者。如果某個人有十篇得到至少百萬點閱的貼文[61]，就有資格進入玩家俱樂部（Players' Club），這是一種榮譽，將獲頒一個小小的塑膠獎盃作為表彰，還有一篇怪獸大師薛菲爾親手用蠟筆寫的祝賀函。有極少數人能晉升到銀質與金質玩家俱樂部[62]。當某個人創作出第一百篇獲得百萬點閱的貼文時，麥特・斯托培拉就會讓此人進入水晶玩家俱樂部。能進到更高一級的只有一個人，那就是他弟弟戴夫（Dave），他是白金玩家俱樂部裡唯一的成員。

BuzzFeed針對不同的瘋傳成長模式曲線編製了一個術語表[63]。最熱門的叫「超級病毒」（mega-vi），如果有一篇貼文符合了正確的特徵，就能在早期階段偵測出這會是一篇「超級病毒」。舉例來說，超級病毒貼文的特徵之一，就是「推爆」（tweetslam），這是指一篇推文出現在推特上並快速流傳，使得網站的伺服器無法負荷流量。

想要引發更大轟動的渴望，讓BuzzFeed的員工時時黏在電腦前面。有人發布了變成超級病毒的貼文之後獲邀去上電視的脫口秀節目，員工開玩笑說，讓父母看到他們出現在電視上，是唯一值得他們拚命工作的理由。BuzzFeed的成長步調如此快速，代表如果員工無法達成流量目標將會面臨不妙的後果。亞洛貝拉・席卡蒂（Arabelle Sicardi）曾是BuzzFeed的寫手[64]，她以女性議題與自我形象為題所寫出的文章，內容比網站上其他文章更豐富，但等到她的流量停滯，就被派去做別的工作。她說：「他們要我別再寫文章，僅把重點放在瘋傳。」之後，「這隻扮成獨角獸的小豬讓每個人呼喊彩虹」（This Piglet Dressed as a Unicorn Is Making Everyone Cry Rainbows）和「每個人在絲芙蘭彩妝店都會經歷的十三種情緒」（13 Emotions Everyone Experiences in Sephora）等文章就出現在之前她負責的女性版面。「那時我便決定離職。」

BuzzFeed永不疲憊的追求，打擊了原創性。面對完全沒得商量的「要不就瘋傳，要不就離職」鐵律[65]，員工回歸風險比較低的手段：找出過去曾經成為超級病毒的主題，並根據既有範本以大家熟悉的格式呈現。

經過反覆驗證後，證明最有用的格式是列表，這是BuzzFeed最可靠的保命符。列表有三種類型[66]：分條列述型，彙整幾條符合某個主題的條目（例如「您絕對不應吃下一匹馬的十一個理由」〔11 Reasons Why You Should NEVER Eat a Horse〕）；限定型，針對特定類別列出超誇張的項目（例如「二○一○年三十隻最重要的貓」〔The 30 Most Important Cats of 2010〕）；以及，列表建構型，這也是羅列出幾點，導引讀者讀完某個定義鬆散的故事（例如「二○一一年佛羅里達柯基犬野餐大會片段」〔Scenes from the 2011 Florida Corgi Picnic〕）。當寫手選用了列表範例，就代表了他是從斯托培拉的「架構」指標中選擇：A種做到B事的方法、N種你應該去做Q事的理由、X種關於Y的真相，諸如此類。

接下來，他們會查閱要搭配的情緒類別，做出適當的配對。多年來，斯托培拉和一群編製瘋傳列表的先驅，已經把人的多樣情緒分門別類成各種子類別，就像31冰淇淋（Baskin-Robbins）調製冰淇淋口味一樣。現在，要炮製這些情緒，就像挖冰淇淋一樣簡單。不管是歡愉、激動、敬畏、嗚嗚嗚嗚嗚、義憤還是好的幽默感，每一種情緒類別都拉抬過無數的BuzzFeed貼文。其中最有用的，是一種到目前為止沒有專屬詞彙去講明的情緒：一個人再度相信人性本善之後的感受。BuzzFeed研究相關的數據，提取出這種感受的精髓，分解出來之後不斷應用。光是過去幾年，就有幾十篇超級病毒級的貼文是在講這樣那樣如何能「讓你再度相信人性本善」。貼文中宣稱有復原力量的主角包括哈巴狗、小孩、披薩、治療蝙蝠的醫院、美國演員喬恩・漢姆（Jon Hamm）陰莖的照片、所謂的「澳洲時刻」（Aussie Moment）以及「這人在工黨議員專訪現場的背後吃馬芬蛋糕」（this man eating a muffin in the background of a Labour MP's interview）[67]。

BuzzFeed裡有一種所有人都愛用的情緒，那就是懷舊。就像斯托培拉說的[68]：「懷舊是最好的感覺，這就像是一種化學反應，能讓你整個身體熱起來。」他觀察到，讀者對於他緬懷一九八〇年代文化所寫的貼文非常有感情，因此他深信BuzzFeed可以善用人們心裡擺放過去事物那最柔軟的一塊。這麼做的效果很好，斯托培拉迅速轉向生產懷舊性的文章，從他一開始擔負的探查趨勢責任中抽身。

斯托培拉的工作是列出網路行為中的人類情緒[69]，並歸結出多種可用來建構每一種情緒的選項，這說到底是一門科學：「你將某種架構與某種情緒相結合，就得出了一篇BuzzFeed貼文。」他有一本厚厚的冊子，寫滿了和懷念金曲有關係的架構。

整批回收貼文後再利用，變成了BuzzFeed的標準作法，他們會加點字、刪點字或者變化範例，免得自我抄襲的成分太明顯。「就以『十種讓你的日子更美好的方法』為例[70]，」斯托培拉說，「你在一個月內可以用不同的方法架構，然後得出一篇全新的內容。」「這就是為何我如此熱愛我的工作。」他補充，「基本上，這就好像把不同的東西重新混合在一起，是不斷地重新混合內容。」

BuzzFeed一飛沖天引發的種種誇張說法，指出這是一股極為創新的力量再加上精準眼光，重塑了整個出版業。但實際上，這家公司不過是改編大家已經熟悉的內容以因應數位再製時代而已。

把網友的恐懼與渴望、自我形象、渴望抱負和帶有罪惡感的愉悅一項一項列出並做成指標之後，BuzzFeed必須回過頭來把素材餵送給這些人。就算顯然他們只是把內容重新包裝，但也做得很精緻。在狂亂的社交環境中，列表的吸引力來自於簡潔。列表達成文化希望達成的目標[71]，就像義大利小說家安伯托・艾可（Umberto Eco）說過的名言：「要把無窮無盡變得能理解……（並且）訂出秩序。」借用這種形式，能讓任何主題都成為純然的視覺體驗經驗，是一張接一張排列放映的投影片，讓後文字時代（postliterate）的人們更便於吸收。

社交媒體用戶已經很習慣快速捲動螢幕去瀏覽朋友們的貼文，分享出來的照片、故事、新訊和意見數量太大，讓人根本不可能用其他方法來讀。妥協於只讀重點，要承擔極大的機會成本。BuzzFeed的列表對於不堪負荷的讀者極具吸引力，這和功課太多的大學生對於克里夫筆記（Cliff's Notes）趨之若鶩（譯註：克里夫筆記是美國一家出版社出版的學習重點整理，簡化所有內容幫助學生學習），有異曲同工之處。「如果我們寫出同樣的重點但不用列表，大家就不會這麼喜歡了[72]。」裴瑞帝這麼對《獨立報》（*Independent*）說。這裡是用數據來談，而數據直指事實。在BuzzFeed二〇一一年三十篇得到最多讚的貼文當中，有二十四篇都是列表。

裴瑞帝因為大量仰賴這種通俗簡單的出版格式而飽受抨擊，他激烈地捍衛這樣的作法。「列表是使用媒體很棒的方法[73]，」他在一份公開備忘錄中這麼寫，「這可以應用在各種內容上，包括十誡（和）權利法案。」BuzzFeed另一位編輯宣稱，連古希臘吟遊詩人荷馬（Homer）也用列表。「你可以回想一下（《奧德賽》這本書），二十四章關於主角奧德修斯（Odysseus）[74]。那是一份很棒的列表，超頂尖的，真真正正的瘋傳、超級瘋傳。」

他們的論點，可能不足以說服出版業的其他人重新思考荷馬、摩西或美國民主架構的貢獻到底是什麼，但他們也不需要去說服誰。BuzzFeed的列表是否高尚並不重要，它們讓人難以抗拒才是重點。事實證明列表效果很好，很快的，就連最受人尊崇的出版商也模仿這樣的格式。

《紐約時報》搭上這股風潮，到了二〇一四年，這份報紙最受歡迎的六篇報導中有三篇都是列表式（另外兩篇是名人消息，第三篇則是互動性測驗，主題是要找出作答者使用的是哪一種地區方言）。「列表文體網」（Listverse.com）等新興網站不斷出現，他們唯一目的就是提供小份量的輕食內容。《洋蔥報》（*Onion*）是一份走諷刺路線的報紙，也推出了一個名為「點選黑洞網」（Click Hole.com）的網站專門戲謔BuzzFeed的格式，打出的口號是「因為所有內容都該瘋傳」（Because all content deserves to go viral）。

BuzzFeed內容的另一大重點是測驗，這是數位改編版，類似於《柯夢波丹》（*Cosmopolitan*）與其他雜誌的問答頁面，針對比方說「他愛上你了嗎？」等問題提出答案。這些是用來誘惑極端自我主義者與酷愛紙上談兵的人，裴瑞帝深信，這些人在網路上是多數。BuzzFeed的編輯主任總監桑茉・安・柏頓（Summer Anne Burton）[75]，坐下來和哈佛尼曼新聞實驗室的人（Nieman Journalism Lab）相談，說明為何她的公司大量投身於創造測驗。「人會去分享，有一部分是因為內容裡講到一些跟他們自身有關的事。」她說，「測驗就是這些資訊的字面版本。」BuzzFeed的每一份測驗內，都有一小塊可能揭露讀者相關訊息的部分。就像《白雪公主》（*Snow White*）裡壞皇后的魔鏡一樣，這是一個知道別人對你有何看法的機會，就算那個別人是演算法也沒關係。「對我來說，不去做做測驗幾乎是不可能的事。」柏頓補充，「一般人的態度大概會是：我一定要知道我是哪一種芝麻街布偶。」花了一點時間之後，BuzzFeed的讀者不僅會知道上述問題的答案，也會知道自己是哪種餅乾、哪位希臘天神，以及自己身上有多高比例的卡戴珊（Kim Kardashian）。

憑藉著回答測驗的人提供的看似隨機資料，BuzzFeed的機器玄妙地推論出與個人相關的看法。輸入你想加的沙拉醬，它會試著猜出你的年齡和夢幻職業。回答「你是哪一個億萬富翁」測驗裡的八個簡單問題（最愛度假地點、顏色、嗜好等等）[76]，梅鐸就會得出他自己。就連自我批評的回饋意見，都值得公開給別人看，回答的人要不是證明測驗真的很準，就是抱怨根本不準。BuzzFeed設計測驗的人很清楚，正因如此，他們才以政治人物為題操作測驗，讓每一個人都變成希特勒，包括裴瑞帝在內。

BuzzFeed的技術專家知道如何運用心理詭計與壓力點、如何施壓、如何亮出獎賞作為激勵因素，以及如何運用激將法。他們把這變成一套科學；把一份堅毅的愛情混進兩份逢迎諂媚，用懷舊過濾，然後加一點無傷的樂觀妝點，這就是他們所說的「把一件事做成大事」[77]。身為帶動流行的人，他們的職責就是要利用自己擁有的權力去做這些事，並仰賴BuzzFeed的量身打造數位工具放大他們的影響力。打個比方來說，這就像是BuzzFeed開發出一種獨特的醬汁，搭配之後使得人們難以抗拒他們提供的內容，哪管內容有多不重要或根本是空穴來風，甚至根本就只是廣告，也沒關係。

社交分享的動態，可以擴大套用到廣告與新聞。二〇〇八年，裴瑞帝勾畫出BuzzFeed如何充分利用自家創造流行的公式轉化成利潤[78]。他對投資人的說帖預告，數位出版業會走向「廣告即內容」。這家公司精通創作成功內容的科學，他們現在要達成的任務，是把這些點選陷阱套用到金主要傳達的訊息上去。

二〇一〇年一月，BuzzFeed與美國有線電視頻道喜劇中心（Comedy Central）簽約，得到第一位客戶。五月，隨著原生廣告業務營運開始帶來營收，這家公司又得到創投資本業者挹注八百萬美元，並聘用一位新總裁強恩・史坦柏格（Jon Steinberg），他管理過部分Google的業務。他說給廣告主聽的宣傳詞有點反直覺：請藏起你要賣的東西。裴瑞帝找來某些之前創作BuzzFeed列表式貼文的同一批員工，請他們製作原生廣告內容，要能打動上BuzzFeed的訪客，又不能粗暴地做品牌宣傳。為了向廣告商推廣分享性這個概念[79]，BuzzFeed聘用一批廣告文案創作人，組成「創意」部門。他們會在公司裡擅長寫作熱門話題的老將帶領下成長，成為BuzzFeed的招牌。

貼文（不論是自主發文還是社論批評）與廣告最能獲利的關係，是兩者看起來貌似相同。裴瑞帝對廣告商說，由BuzzFeed自己來創作廣告比較好，這種作法會讓廣告看起來更加真實。他估計，講到專門針對社交媒體量身創作內容，BuzzFeed的員工會比外部廣告公司的人高效十倍[80]。

他的某些商業顧問認為，裴瑞帝簡直是瘋了，他居然想讓BuzzFeed的廣告僅限於所謂的原生廣告，和BuzzFeed其他內容一樣用相同的情緒觸發機制來說故事，但是他看來毫無疑慮。他憎惡其他網站上無所不在的廉價點選廣告，他相信，原生廣告能讓BuzzFeed不僅賣出版面空間放廣告，也能賣出廣告本身。當廣告在網路上四處流傳，創造出長久的印象，利潤就賺進來了。他指出，數據顯示[81]，如果適度裝扮廣告，讀者似乎並不在乎那是不是推銷話術，他們只在乎這是在和他們對話，就好像BuzzFeed用流暢的母語講話。BuzzFeed的廣告吸引到的點閱量與分享數，讓廣告主大為驚訝，他們立刻抓緊時機，看著自家品牌的宣傳活動點亮了阮濤的數據儀表板。

多數來到BuzzFeed並把內容分享出去的訪客，都不是以新聞記者為尊的人，他們不會注意到廣告和網站的其他內容有什麼差別。裴瑞帝一位員工、也是他過去學生的佩姬・王就說，打從一開始「這裡就沒有純粹的新聞，也沒有純粹的廣告」[82]。BuzzFeed的內容會引發社論誠信與商業利益之間的衝突，但這一點和內容能不能讓讀者歡笑沒什麼關係。講到評估公司創造出來的內容，裴瑞帝沿用一貫的標準，堅持必須用大家喜不喜歡來評斷，而非客不客觀。「有些社論文章糟透了，有些廣告棒透了[83]，」他說，「對許多讀者來說，好壞之分比文章廣告的界線更重要。」

無論形式是純粹的廣告還是公正的貼文，讀者想要的是讀到和自己有關的事，想要能取悅他們並能提供必要建議讓他們幸福安樂的內容。這個週末要和伴侶一起出去玩？試試看「十個讓你更進一步的約會點子」[84]，由百威啤酒（Bud Light）贊助。覺得人到中年備感寂寞？這裡有「二十條幫助你找到丈夫的戰略」[85]，由精彩電視（Bravo TV）頻道贊助。擔心聖誕節不知道如何餵飽來訪的姻親？參考一下節慶火腿麵包圈食譜[86]，並和朋友分享！你事後才會想到這是沃爾瑪超市的廣告。這不管怎樣都是火腿麵包圈的食譜，當你在臉書上和朋友分享時，營造出的是溫馨的鄰里之情與珍貴的天倫之樂時光。

發明原生廣告的不是裴瑞帝。幾十年來很多人都使用業配文以獲得關注。《紐約時報》有時候會騰出幾個頁面接受外國政府贊助，以吸引遊客或投資人，但是他們會很謹慎地標註這些是廣告。第一波原生廣告的新鮮之處在於手法不同，包裝成讓品牌可以偷渡更多資訊，在讀者還沒意會到自己讀到什麼之前就已經翻動扉頁。這麼做的效果是能提高品牌識別度，對廣告主來說這是其中一項優先重點。除了識別度之外，廣告主渴望的是培養出品牌親密度，如果他們更有野心的話，還會想要確立品牌認同。裴瑞帝發明的是瘋傳廣告，這種新形式能滿足以上所有目的，不僅能讓消費者認同品牌，更能用品牌自己的方式讓消費者透過品牌找到認同。而且，這樣的認同不僅是個人性的，也是公開性的。分享出去的人樂於透過分享放大品牌的訊息。BuzzFeed現任總裁葛瑞格・寇爾曼（Greg Coleman）就告訴我[87]：「如果我分享一篇廣告或有人贊助的報導，其實就像是發送自拍照一樣。」

任何花招對裴瑞帝來說都不會造成困擾，但讀者很可能會搞不清楚哪些素材是原生廣告，哪些又是原創報導。重點是，已經對傳統廣告宣傳毫不動心的群眾發現，贊助廣告很有趣而且值得分享。早期，最擔心原生廣告的人多半都是新聞編輯室裡的人。「我喜歡在道德模糊的空間裡工作，」裴瑞帝二〇一三年時這麼說，「我發現最有趣的事物都出現在這裡。」新聞、意見、娛樂與原生廣告之間的分野持續模糊，每個人都變成說故事的人。當BuzzFeed於二〇一二年創立新聞業務，如何區分商業與社論變得更加複雜。

同時間，BuzzFeed為寵物食品業者普瑞納（Purina）製作了一則原生廣告「親愛的貓咪」（Dear Kitten），大舉瘋傳爆紅，YouTube上超過三千萬次點閱，翻譯成六種語言，之後又衍生出六部影片，其中一支還在超級盃廣告時段播放。一般認為，「親愛的貓咪」是社交網路時代最成功的行銷活動之一[88]。影片中的配音是BuzzFeed的創意總監澤・法蘭克，他扮演一隻明智的老貓，將家裡新來的小貓納入羽翼之下，訴說一個有趣、溫馨的故事，特別值得注意的是裡面沒有明顯的推銷。他說，影片的出色之處在於真實真確。老貓的睿智建議，完全「憑據貓界的事實」並且「立基在貓主人的經驗談之上」（法蘭克和影片導演羅伯森〔Dee Robertson〕都養貓）[89]。法蘭克的聲音音質和響亮度與摩根・費里曼（Morgan Freeman）很像，這一點也很不錯。

二〇〇八年，裴瑞帝在臉書上更新狀態：「思考新聞業務的經濟層面。」

在此之前，他都以有機自主的方式來帶動BuzzFeed的成長，投入他可以靠著過去的成就打江山的領域。就因為這樣，他才決定根據貼文引發的情緒來替BuzzFeed的內容分類，共分成：好好笑、可愛、大失敗、他媽的這幾類。等到裴瑞帝的數據分析認為可以往下一步的時候，列表和測驗才變成支撐起網站的重點。BuzzFeed慢慢根據主題垂直分類內容，同樣的，也是等到證明特定主題有效益時才有動作，分出的類別共有：名人、動物、食物和懷舊等等。

到了這個時候，勒爾和裴瑞帝已經極為富裕。美國線上以三・一五億美元收購「赫芬頓郵報網」時[90]，勒爾在後來合併的公司裡仍佔有一席之地，裴瑞帝則完全退出，把所有精力奉獻給BuzzFeed。拿著新資金和他自己的財富，他可以冒險，讓BuzzFeed跨足新領域。

「我們之間出現巨大鴻溝[91]，」二〇一一年後半年時裴瑞帝這麼說，「對肯尼斯（勒爾）來說尤其明顯，他從來不愛有趣、好玩的網路喜劇。」

公司裡的鴻溝則是新聞，但顯然無礙成長。到了二〇一一年，營收已經超過四百萬美元[92]。與現有的出版商相比仍是小公司，但以指數級的力道成長。

然而，就算是列表文體之王斯托培拉，也對裴瑞帝說[93]：「我們有一隻手被綁住了，因為我們沒有新聞和報導，重要內容的組合裡應該也要有這部分。」

到了二〇一一年，斯托培拉已經成為潛心學習趨勢動態的學徒。他看過貼緊時事的名人貼文成功（比方說，卡戴珊離婚，或是《時人》〔*People*〕雜誌點名布萊德利・庫柏〔Bradley Cooper〕是「現存最性感的男人」，而不是大家都愛的萊恩・葛史林〔Ryan Gosling〕）[94]。他明白，BuzzFeed的好好笑、垃圾、可愛、他媽的以及其他類型的報導雖然受歡迎，但同樣的，娛樂讀者是一件有效期限很短、影響力很小的任務。二〇一一年年底時，他在不經意間進入人類腦部另一個顯然很有潛力的空間。斯托培拉發布了「二〇一一年四十五張最有震撼力的照片」（The 45 Most Powerful Photos of 2011）貼文[95]，集錦裡的照片包括了日本地震、倫敦暴動以及賓拉登被處決當下的白宮戰情局。以情緒來說，這和主張「讓你再度相信人性本善」類的貼文所走的路線一樣，此外還加上了懷舊與一些同理心。這篇貼文代表了脫離BuzzFeed的常規，因為這是透過具有普世重要性的報導來引發情緒，而不是讓一般人能起共鳴的平民英雄的地區性花絮報導，如「這位單親媽媽」。很多人在臉書上分享這篇貼文[96]，創造出來的流量是BuzzFeed有史以來的最大量。更重要的是，它替這家公司指出了前進的方向。

裴瑞帝對尼曼實驗室的人說：「我認為未來資訊性內容與社交、情緒性內容會結合在一起，」就像前述的貼文那樣。「過去，像臉書這樣的網站，重點向來是可愛的小貓以及朋友們的近況如何，我認為，我們會在臉書的動態中看到愈來愈多平衡的內容，包含更多資訊性的內容，亦即新聞。」反之，可愛熊貓和後空翻出錯，是全無資訊成分的內容，而且長青不衰：可愛熊貓的照片在今天的吸引力和明年相去不遠；但是，當內容和新聞有關，時間點就會影響風行程度。新聞報導有高峰，有高峰的地方，BuzzFeed就有生意做。

裴瑞帝的想法是[97]：「好的，網路在成長，社交網站在成長，我們需要成長，也需要增添能力去做現在還沒做的所有內容。」

網站群眾的變化，激發出分水嶺時刻。二〇一一年十二月時，裴瑞帝對「政客網」說：「人們過來（BuzzFeed網站）的理由正在改變[98]。」過去，「他們過來是想看看現在的『Zeitgeist』（德語，時代潮流之意）是什麼。」但這已經被另一股新的潮流取而代之：「現在愈來愈多人過來是為了要分享。」這導致BuzzFeed必須改變焦點，從單純跟上流行趨勢的馬車，變成自己下去帶動對話的走向。這是一個轉折點，從整合轉向原創報導，從基本的診斷功能變成治療。如果BuzzFeed希望自己仍是讀者的必需品，就必須滿足他們對於新鮮有趣素材的渴望。「除了告訴大家『現在最流行這個』之外，」裴瑞帝力主，「我們已經發現給人們看新東西……激發他們分享出去更讓人興奮、更有趣，也對業務更有利。」

「設立社論或報導團隊的理由，」他繼續說，「在於現在我們最缺乏的一塊是告訴大家他們之前不知道、由我們挖掘出來的事。」要補上這種能力，要聘用專精於挖掘事物並說給大家聽的人：記者。

BuzzFeed的流量一直呈指數級成長，但裴瑞帝在想，如果一直只靠提供娛樂性質內容生存下去，會不會碰到天花板？新聞報導能成為BuzzFeed的工具，藉此抓住並持續握有讀者的注意力，不僅在他們上班無聊之時，也在他們好奇或擔心時，不僅在他們想要探出頭去看看外面時，也出現在他們想要融入這個世界時。裴瑞帝以CNN和TBS的創辦人泰德・透納為標竿[99]，他的雙管齊下取向讓他能用雙倍的功效爭取人們的注意力。「沒什麼新聞的日子，大家可以看看TBS上的籃球賽和老電影，」裴瑞帝說，「發生戰爭時，他們會看CNN。」

跨足新聞界，也會讓BuzzFeed在廣告主眼中更添光彩。「廣告部門的高階主管雖然不想在對方的新聞內容中做廣告，但仍尊敬做新聞的機構[100]。」裴瑞帝對「邊緣網」（The Verge）一位採訪人員說：「事實是，如果你的公司做新聞，這會變成他們願意和你見面的原因，這也是一家公司成為正統、重要機構的理由。」

裴瑞帝對於自己想聘用什麼人擔任網站總編，他心裡有一個典型：此人必須是貨真價實的記者，具備經過驗證的引領潮流能力，能以嚴謹的態度去做傳統的實地採訪，也有創新的熱情。這個人必須要兼具外部人士的大膽無畏和內部人士的人脈關係，要莊重，也要有相襯的幽默感。

明查暗訪新聞部落格的前鋒部隊之後，裴瑞帝找到了一位合格的候選人班恩・史密斯（Ben Smith），這位三十五歲的新聞記者主攻政治報導，已在推特上培養出大批的追蹤者。他的背景顯示他擁有BuzzFeed正在尋覓的技能組合。史密斯生於曼哈頓的上西城，他的父親是律師，後來成為紐約上訴法庭的法官；而他的母親是一位居家入門書籍的作者，寫過《新生兒與我》（*My New Baby and Me*）以及《在充滿挑戰的世界裡養兒育女的家長指南》（*Parents' Guide to Raising Kids in a Changing World*）。

他在耶魯大學念書時曾在《猶太日報前鋒》（*Jewish Daily Forward*）實習[101]，這是一份英語與意第緒語的雙語報，員工開玩笑說，這份報紙的流通對象是「兩個老猶太人，但是是兩個對的猶太人。」畢業後的史密斯，迎來的是平面新聞機構逐漸無力償債的年代，吃了不少苦頭。他在《印第安納波里斯星報》（*Indianapolis Star*）負責報導警政消息，之後出國前往拉脫維亞，替《巴爾的摩時報》（*Baltic Times*）和《華爾街日報》歐洲版做報導。回到美國後，他進了《紐約太陽報》（*New York Sun*），該報的創辦人兼總編賽斯・里波斯凱（Seth Lipsky）期望他一天交五篇報導。之後，他跳槽到《紐約觀察家報》（*New York Observer*），在這裡時開了一個部落格專門寫紐約州的政治情勢，名叫「政治客」（The Politicker），很快就贏得很多鑽研政治者與決策者追蹤，最後醞釀出許多衍生部落格，在另外四十九個州專門報導當地政治局勢。他離開這裡後又進入了小報《紐約日報新聞》[102]，在這家報社時，他的報導用的都是報社內部設定的標題格式，例如，在報導政治人物求取彭博市長（Mayor Bloomberg）背書時，要說「兩黨政治人物競求彭青眼」（Parties' Pols Vie to Catch Bloomy Aye）。史密斯寫的報導放在第十七版，偶爾也會挖到獨家新聞，得到頭版待遇。他在報紙的網站上架設了一個類似「政治客」風格的部落格，他大力宣傳說這是「暢談紐約政治情勢的持續對話」[103]。

之後他成為「政客網」的明星，在那裡又開設了另一個屬於他自己的部落格。「政客網」的立場是成為「暢談政治的持續對話」[104]，讓他想起自己拋下的另一個部落格「政治客」，差別在於「政客網」是全國性而非地區性的。他在遠端工作，辦公室設在他用一個月三百五十美元租下的維多利亞式豪宅裡；這棟房子已經改建，變成租用給自由工作者的共用辦公室，比後來專營這類業務的韋喔（WeWork）更早。史密斯經營只有一人的新聞通訊處[105]，做出很多人談論的報導，比方說約翰・愛德華茲（John Edwards）在競選活動期間陷入的四百美元剪髮爭議，以及紐約市長魯迪・朱利安尼（Mayor Rudy Giuliani）濫用公款支應私會情婦的費用。他在「政客網」的快速、數位優先步調下如魚得水[106]，在每天的搶先報衝刺賽中奪魁，讓他很自豪。之後他說，他和同業自認為是鬥志昂揚的新派份子，有別於其他報導二〇〇八年總統大選的媒體人士。「我坐在記者會上[107]，馬上在我的部落格上打出政治人物說的話，其他人還要經過對網路來說不夠快的編輯流程，讓我可以比每個人早二十分鐘上線。」

史密斯開始贏得名聲[108]，成為一位敏捷、精通科技的供應商，提供我所說的焦點「小獨家」

（scooplet），幫助他引來對的讀者，他的群眾裡有很多具實務經驗的立法助理，多過只是紙上談兵的人。很多政府官員急切追蹤他的報導，他們也給了他最炙手可熱的祕辛。敏感性資訊透過Google聊天、美國線上、即時通或老式的電子郵件傳遞最好。他替自己大打廣告，盡量將聯絡方式傳遞到最遠，讓最多人知道。隨著這場持續政治對話在推特上愈來愈有活力，史密斯也跟著虎虎生風。

裴瑞帝在二〇一一年十二月連繫上史密斯[109]，後者在推特上已經有了將近六萬名追蹤者（接近美國嫻熟政治領域專家的總人數），而且，這些人有什麼事就會跑來問他，可說是真正的追蹤者。推特成為他們很重要的新聞資訊來源，雖然這是一個廣大、分權而廢話很多的地方，但他們還是信任史密斯（帳號為@benpolitico）會說出他們需要知道的一切。他對他們來說就像是華特・克朗凱，差別在於史密斯不會一天只出現半小時，他幾乎把所有醒著的時間都給了群眾，一天發出四、五十則推文。

當史密斯發現裴瑞帝想坐下來跟他談點事情時，他很困惑。裴瑞帝不是知名的政治界人物，也不是新聞記者同業；會發郵件到史密斯收件匣徵詢提問的人，差不多都只有這兩種人。至於裴瑞帝，史密斯知道他是創新者。身為新聞記者，史密斯樂於自認至少是屬於創新的這一群；說到底，他可是重度推特用戶。但是，他不知道BuzzFeed有哪裡適合他。

史密斯同意在曼哈頓下城的誘魚吧餐廳（Lure Fishbar）和裴瑞帝及勒爾碰頭，他發現裴瑞帝比他想像中更聰明。就一個以廉價笑點為業的人來說，他在對話時的表現非常睿智。「六度分隔理論和社交網站有很多很抽象的東西[110]，」他回述道，「我不是很懂他談的內容。」

史密斯受到的制約是相信新聞的內容與報導方式並重，成果是資訊，但裴瑞帝的看法不同：如果報導新聞的人轉把重點放在群眾身上，他們提供的東西就變成一種體驗。裴瑞帝描述的，正是世界上第一套真正的社交新聞機構。他提供一個職缺給史密斯，雖然再加碼了股票等優沃條件，但史密斯還是拒絕了。他認為：「我在那裡無法做我現在做的事[111]。」他們握手道別，獨留史密斯回辦公室去細細想了自己到底放棄了什麼。

史密斯喜歡裴瑞帝這個人，但是認為他是聰明的策略家而非新聞圈人；他太執著於能用來啟動人類大腦某些點的技巧和花招，太過一廂情願想要利用輕鬆的流行來處理史密斯認為的重要大事。但隨著史密斯不斷思考「社交新聞」概念，能開創出這項大膽冒險事業的機會，開始顯得更有吸引力。他想了幾天[112]，並和之前在《紐約觀察家報》時的前任主管彼得・卡普蘭（Peter Kaplan）商談；卡普蘭和裴瑞帝是好朋友。卡普蘭向他保證，裴瑞帝的打算是很認真的，不是隨便說說：他想做他們最擅長的事，藉此和《紐約時報》以及CNN等真正的新聞媒體一較高下。史密斯又花了兩天想清楚，然後發了一篇長達七頁的電子郵件給裴瑞帝和勒爾，寫出他的想法。

「希望星期二時我沒有讓喬納（裴瑞帝）認為我和他話不投機[113]，」他寫到，「如果真是這樣，我也不能怪誰。」他釐清他的憂慮。「BuzzFeed的網站架構和調性可以成為人們生活中的中心，然而，網站以分享一切為基礎但卻不包括大事：核心的每項內容都是命中率高但遠離文化的擦板投籃、連續不斷的插科打諢或是把玩笑拿來開玩笑。它以網路暗潮為動力同時也帶動了暗潮，但是無法在表面激起漣漪。要能在表面上被世人看見，意味著必須報導重大消息，而且要直接報導。這也代表網站必須挪出一些專用空間，容納帶來的點閱量不一定能像星巴克咖啡店自慰男這麼高的內容。」史密斯心裡想的重大消息指的是二〇一二年美國總統大選，而他要裴瑞帝先保證他想的不是其他比較小的規格，才願意有進一步行動。

大選和BuzzFeed上會寫的流行性話題大雜燴（比方說，從戰場歸來的士兵與迷途已久的老狗久別重逢的溫馨返家故事）不同，這是大人的新聞，真實又攸關重大。史密斯寫道：「BuzzFeed有些公式能讓內容更加『瘋傳』，這一點對政治階級來說極具吸引力；這群人只隱隱約約了解這是什麼意思，但又急切地相信這套魔法。」

替新業務招聘人才時，史密斯心裡有些他認識的新聞記者，但他敦促BuzzFeed花大錢請些重量級人物，從一開始就引人注目。他寫道：「我想要成為球員教練這種人。」他得到了這份工作，二〇一二年元旦走馬上任。

十個月又六天之後大選結果即將揭曉，史密斯沒有時間可供浪費。上任第一天他就去了愛荷華州德梅因市[114]，他的新記者證印有BuzzFeed讓人眼花撩亂紅白配色螺旋狀公司標誌，被他拿來大開玩笑，他對一位記者同業說：「我們看起來像來自未來，跑來這裡測試你們的輻射量。」

他和其他記者在德梅因市中心萬豪飯店（Marriott）的大廳酒吧時[115]，忍不住注意到他們用不同的眼光看他。他知道他這一步棋讓這一群中的傳統主義者很訝異，認為他現在的工作就像他說的，是「一種精神強暴」。但他不認為他做的事情有什麼衝突之處。

大約在他應聘的時候，他說了：「我喜歡貓的照片，我也喜歡好的報導[116]。」他體會到，這兩個方向很難協調一致，但是不必然互斥。事實上，他得出一個觀點，認為兩者可以共生共存。他很樂於扮演外部人士的角色，但對於人家說他是失意的喪家犬這件事很反感：「我們不是從一無所有開始[117]，」他在一次專訪中說，「我們是從貼近網路的脈動開始。」

跟著史密斯一起去愛荷華的，是他的兩位新同事，他們是BuzzFeed偵測敏感度的兩個端點：一個是必能讓人歡笑的斯托培拉，另一個則是澤克・米勒（Zeke Miller），拘謹的他同樣也從耶魯畢業，史密斯從「商業內幕網」（Business Insider）把他挖過來。米勒和斯托培拉在他們同住的旅館房間裡共度當年的除夕[118]，這是一種試驗，看看公司文化如何成形，他們又如何相容。斯托培拉編寫「我和參議員瑞克・桑托榮相處兩天後學到的事（第一條：桑托榮永遠自備『游泳圈』）」（"29 Things I Learned from Spending Two Days with Rick Santorum"〔"#1. Rick Santorum always has a 'muffin top.'"〕）[119]，並廣邀支持者用五個或更少的單詞來描述這位參議員。同時間，米勒則報導參議員米特・羅姆尼（Mitt Romney）在蘇瀑地區進行巡迴演說的消息。

同一時間，相距幾張桌子之處，有一位史密斯新聘用的新聞編輯室員工，這位二十二歲的安德魯・卡辛斯基（Andrew Kaczynski）正在做他擅長的工作，從網路裡面雜亂的檔案裡搜尋，找出塵封已久、政治人物讓自己陷於尷尬的短片。那天他發了一支瑞克・桑托榮二〇〇六年從事競選活動時的影片[120]，他在一場為長者舉辦的波卡爾舞之夜的活動上表現得很笨拙。

卡辛斯基是聖約翰大學（St. John's University）歷史系的學生，一直住在紐約皇后區布里亞伍德，寄居一處俄羅斯家庭開放式公寓的地下室，晚上都忙著搜尋多年無人聞問的競選影片和國會紀錄。他的網路考古工作，挖出了很多政治人物過去的失誤與衝突論調[121]，這些人如今都打算參選總統與其他高位。當他找到很好用的素材，就發布到自己的YouTube檔案，讓成群的新聞專業人員取用。史密斯帶著BuzzFeed的職缺連繫到卡辛斯基時，他身為業餘人士的貢獻早已傳遍了政治相關的網站。《紐約》雜誌上有一篇側寫以「和稀泥」（Playing with Mud）為標題提出警告[122]，提到對於從事競選活動的實務操作人士來說，「卡辛斯基的業餘嗜好很可能會毀了你們的新聞週期，甚至引發更嚴重的問題。」賈許・馬歇爾的「論點備忘錄網」也引用卡辛斯基的話[123]：「我認為坐在自己的椅子上就能影響總統大選，這還蠻酷的。」偶爾他也會寄封電子郵件給史密斯，附上他認為可能有新聞價值的發現。

當時卡辛斯基正考慮要在學校多待一學期時，史密斯來找他、說一個月要付他一千美元[124]。這筆錢已經足以讓他輟學了。他之後坦承：「我對班恩（史密斯）說我正在讀線上課程，這是一大謊言[125]。」他穿著西裝上班，赫然發現辦公室裡其他人都穿著T恤和連帽衫，只有史密斯除外，他穿著一看就知道是總編的休閒西裝外套。卡辛斯基後來就輕鬆穿了。

二〇一二年過了大約一個星期之後[126]，裴瑞帝完成了第二輪的創投資本募資，這一次拿到了慷慨的一千五百五十萬美元，同樣也是二〇〇八年時金援他的那幾家公司。《紐約》雜誌說，這筆錢成為必要的資金[127]，成就了「班恩・史密斯從事的大改造工作」。「要和大型媒體機構競爭是很花錢的[128]，」裴瑞帝說，「而現在我們做得到了。」

他們首先搬到空間夠大的辦公室，至少要容得下網站目前高遠的抱負。新的辦公室有幾層樓，就在紐約知名的熨斗大樓（Flatiron building）街角，可以容納的人數比舊辦公室多三倍。短短十五個月內他們又再度搬家，搬到另一個空間足足兩倍大的地方。

史密斯開始籌組他的夢幻隊伍。他不找二十多、快三十歲的年輕記者[129]，招募的對象反而是他所謂「第一份工作做得很棒的人」。這是一套因應需求而生的獵才策略[130]，但史密斯用一副神氣活現的態度去做。「我不想聘用明星，」他對我說，「比較好的作法是創造明星。」他是能找出人才的伯樂，並且成為年輕資淺記者的明師。

其中一位新人是蘿西・格蕾（Rosie Gray）[131]，她之前在《鄉村之聲》負責「佔領華爾街運動」（Occupy movement）的相關報導。史密斯認為，她成功報導一次激進的行動，讓她有資格繼續；他指派她負責朗恩・保羅（Ron Paul）在共和黨初選的自由意志主義（libertarian；譯註：在美國政治領域中，大致可說自由放任主義〔liberism〕偏左傾，而自由意志主義偏右傾）競選主軸。至於表現平平的其他員工，史密斯透過推特和他們對話。

另外還有一個員工叫麥凱・卡平斯（McKay Coppins）[132]，他畢業於楊百翰大學（Brigham Young University），替《新聞週刊》報導過大選，經常寄送他發布的獨家新聞給史密斯，希望能在「政客網」部落格上露臉。然後是麥可・哈斯汀斯（Michael Hastings），三十出頭的他已經是明星，寫過幾本書。他最有名的是在《滾石》雜誌登出一篇大為轟動的側寫[133]，講到史丹利・麥克克里斯托將軍（General Stanley McChrystal）承認他一手推動的阿富汗戰爭注定要失敗。麥克克里斯托被迫辭職。史密斯說[134]，哈斯汀斯是被BuzzFeed的「網路龐克氛圍」（cyber-punk vibe）吸引過來。

哈斯汀斯也把和他合作、剛從紐約瓦薩學院（Vassar College）畢業的年輕研究員露比・克拉瑪（Ruby Cramer）一起帶過來。克拉瑪的父親理查・班恩・克拉瑪（Richard Ben Cramer）已經過世，他是史密斯很崇拜的政治作家。他的大作《代價》（*What It Takes*）主題是一九八八年美國總統大選[135]，是一部大部頭的著作，深入報導人物研究。這本書一九九二年初版，銷售情況不佳，但之後成為競選書類的經典之作。露比・克拉瑪希望克紹箕裘。

不見得每一個新人都有新聞業的相關資歷。這一群人包括凱蒂・諾托鮑洛絲（Katie Notopoulos）[136]，她本來在華納兄弟（Warner Bros.）公司擔任業務，BuzzFeed因為她的某個業餘嗜好而把她挖角過來：

她喜歡逛逛隱蔽的網路角落，釣出覺得可以自由公開表達自己獨特喜好的人：依戀尿布的人、喜歡《彩虹小馬》（*My Little Pony*）的成年男子（這一群人自稱「小馬迷」〔Bronies〕），諸如此類。她很有一套，能夠辨識出這一群特殊癖好的人。諾托鮑洛絲說，到BuzzFeed上任之後[137]，她花了一陣子才適應這裡的職場環境，這裡會為了她對社交媒體的執迷而付她薪水、而不是打擊她。

諾托鮑洛絲和她的同事們被分到像生產線一樣的長桌旁，坐在電腦前努力追逐獨家新聞，這是史密斯在「政客網」時就已經很精通的方法。他很了解他的讀者：「他們不在乎你是誰、消息又從何而來。每一天都可能贏得與失去可信度。」

他把焦點放在計算他能贏多少，替旗下的記者定下了每天一獨家的目標。史密斯希望他的團隊用飛快的速度做傳統報導，先用推特和其他社交媒體搶先發布新聞，之後才在BuzzFeed上貼出完整報導，就像他在「政客網」的行動一樣。推特上的獨家新聞標題，會讓新聞瘋傳。才三十八歲的他，在《紐約日報新聞》平面小報擔任記者時，唯一的渴望是得到「榮耀」，看到自己的報導以斗大的字體出現在頭版（比方說：「福特總統對紐約市說：去死吧！」〔Ford to City: Drop Dead〕）；如今，他已經轉型成使用社交媒體帶動政治新聞的總編。他樂於認為自己的表現將會讓一手提攜他的恩師驕傲：在網路對彼得・卡普蘭來說根本還是一個謎的時代，他就在《紐約觀察家報》訓練手下的年輕團隊追逐獨家新聞了。讓人難過的是，卡普蘭在史密斯加入BuzzFeed一年後就過世了。

史密斯知道，要幫BuzzFeed累積出名聲，並成為政治對話中的要角，就好比要在逆境中求勝，尤其是他帶的人都這麼年輕。他說道：「他們沒有什麼名聲[138]，還在一家名稱很古怪的公司工作。」

蘿西・格蕾還記得，消息來源人士一開始讓她吃閉門羹。「我會打電話給他們，他們的反應是：

『BuzzFeed是什麼？』」成立僅五年的「政客網」已經盤據了政治快訊的數位空間，少有人認為還有空間能容下另一家。

為了累積動能，史密斯立刻履行他對裴瑞帝和勒爾許下的承諾：成為好的教練。二〇一二年一月三日[139]，他爆出了一個大新聞：參議員約翰・麥坎（John McCain）要替米特・羅姆尼背書。這個消息讓其他新聞管道措手不及。《紐約觀察家報》針對這件事本身做了一篇報導[140]，標題是「BuzzFeed昨晚在CNN之前搶得獨家」（BuzzFeed Scooped CNN Last Night）。格蕾還記得那有多荒謬，她說：「這就像出了『人咬狗』這種新聞[141]。」

卡辛斯基也有大新聞。短短一個月內，他就發現麥坎團隊競選時，針對羅姆尼做了一本兩百頁的對手研究[142]，曾任麻州州長的羅姆尼，任由競選團隊隨意地將這份文件放在未加密的伺服器上。卡辛斯基也追蹤到並發布一支影片[143]，二〇〇五年時紐特・金瑞契（Newt Gingrich）在希拉蕊・柯林頓身邊，對醫療保險強制納保表達支持。另一部影片，是羅姆尼一九九四年競選參議員時逐戶拜訪[144]，有一位女性來應門時，他說：「我知道你還沒化好妝，對嗎？」但情況剛好相反，他只好說：「哈哈，你化好了！」

這個時候，卡平斯也追到一條新聞[145]，主題是羅姆尼如何選擇潛在競選搭檔。當參議員馬可・盧比歐（Senator Marco Rubio）的名字浮上檯面，史密斯敦促身為耶穌基督後期聖徒教會（Church of Latter-day Saints）（譯註：俗稱摩門教）教友的卡平斯，善用「摩門教友的網路」去打探消息（譯註：羅姆尼信仰摩門教）。卡平斯照做了[146]，他也收到一些消息，並發現盧比歐曾經受洗成為摩門教徒，這一點使得他無法成為有利於吸引其他群眾的「平衡人選」。這些都是BuzzFeed值得讓人尊敬的成功範例，但是從一開始就很清楚的是，報導新聞操作的領域，將不同於公司內其他比較沒那麼嚴肅的部門，比方說，史密斯做的麥坎支持羅姆尼報導得到了兩百個讚[147]，在整個網海裡根本是微不足道，跟七十歲箱龜威力（box turtle）的相關貼文引發的迴響不相上下。

和不同的類別垂直競爭並非重點。BuzzFeed的總裁強恩・史坦柏格說：「我們並不期待政治報導能和小貓貼文一較高下。」只要共存就好。裴瑞帝認為，給網友各種內容以求平衡，完全不衝突。這樣的組合，也正是臉書透過動態消息提供的內容；臉書已經是BuzzFeed很重要的流量來源，有百分之三十五的群眾都是從臉書連過來的。臉書上的對話主題很多元，這是一大機會。裴瑞帝就對《大西洋》（*Atlantic*）雜誌說[148]：「某某某在派對上喝個爛醉的文章，旁邊是阿拉伯之春的報導，然後是名人消息，然後是所有你和朋友們都感興趣的資訊。」BuzzFeed幾乎和所有的競爭對手都不同，前者範疇廣大，也取得了極優勢的立場，可以把自己置於所有報導路線之上。

嘻笑怒罵可以和嚴肅話題共存，毫無新意也不會太讓人反感，當BuzzFeed開始把這兩邊混在一起時才出現問題。史密斯授命哈斯汀斯放手去追蹤總統大選活動，他知道有哈斯汀斯加入記者團會很刺激，但他不覺得這位新進人員會有什麼滑稽突梯之舉。哈斯汀斯很幸運受邀登上歐巴馬的專機，但很快就衝撞了新聞記者的業界慣例，而且還不是無心之過。在其中一段行程中[149]，總統聚集了一路跟著他的記者團，這一群人一邊喝酒，一邊聊起一些講好不公開的對話，但哈斯汀斯膽子很大，都登出來了。這幾乎使得他再也上不了這架飛機。事情還沒平靜下來，他又再度因為違反基本規則而遭到柯林頓陣營譴責。哈斯汀斯和柯林頓的助理菲利浦・萊因斯（Philippe Reines）之間多次出現緊張[150]，最後萊因斯說他是「無可救藥的王八蛋」，並「祝他愉快……我說愉快，意思是滾吧」。兩人的衝突就此畫下句點。

「他們連自己衝撞了什麼規則都不知道[151]。」史密斯這樣對我說，而他也比較喜歡這樣。身為總編，史密斯偏好讓讀者自行決定對什麼內容感興趣，而不把決定權交到政治人物或編輯手上。當要他判定出版的哪一邊比較重要，他寧願犯錯。

在《商業週刊》報導過伊拉克戰爭的哈斯汀斯[152]，因為針對麥克克里斯托所做的調查報導而拿下喬治柏克獎（George Polk Award），還出過兩本書，是一個反傳統的人。二〇一二年的美國總統大選對他來說，是一場長達一年的歡樂派對，他大大方方什麼都說，鉅細靡遺。坦白說，他有一些不良習性：他曾因為吸毒而遭到大學退學，並進了勒戒所。清醒十年之後[153]，替BuzzFeed盯著政治脈動，似乎又把他逼入絕境。

哈斯汀斯招認：「競選活動引發了十足的毀滅力道，又把我逼瘋[154]。」他寫道，在其中一段行程中，他在五個州都把五個迷你吧裡的所有東西都喝完。這些事，再加上其他驚人之舉，都在他為了本次總統大選而寫下的書《驚恐二〇一二》（*Panic 2012*）裡面，書中煞費苦心講到他的藥物酒精濫用問題，讀起來有點像《大選路上的恐懼與憎恨》（*Fear and Loathing on the Campaign Trail*）復刻版；一九七二年的《大選路上的恐懼與憎恨》是杭特・湯普森（Hunter S. Thompson）所寫，以他替《滾石》雜誌寫的報導集結而成。哈斯汀斯在書中細數他造成的傷害，他寫到，光是從賭城到洛杉磯這段旅程，「這段路上有的就是發生在內華達州各處的完全無法解釋信用卡費、海邊小屋費用、洛城一家有地牢的女同性戀酒吧，以及賭城一場不幸的宿醉事件……我還在賭城用最有畫面、最冒犯的詞句侮辱了《華爾街日報》的記者，讓我的家族蒙羞，我也必須向她道歉。」

然而，BuzzFeed多數的作品都很精簡，絕對不是長篇累牘。史密斯對新聞編輯室發布的挑戰[155]，是要把報導精煉到最極致的核心。他們會避免寫出陳腐、平鋪直敘的文章，報導競選新聞時採取快攻戰術，什麼都報。就像BuzzFeed本身一樣，新聞部的報導也表露出新創公司企業文化中常有的危險心態，樂於同一時間什麼都嘗試。

史密斯團隊擅長的不是產出穩定的可靠新聞、從事冒險行動，或投入有時能扭轉選舉結果的調查性報導；他們的專長是搶報競選團隊的內部消息，在某一個新聞週期中引發話題，但還未到下一個週期就被大部分的人遺忘了。史密斯習慣了小報推陳出新的速度，在《紐約日報新聞》時也學會如何主導新聞週期。在「政客網」，記者受到的訓練是要以小篇幅的獨家新聞「在當天早上取勝」[156]。有一位政治專家說這些報導是「新聞的中式快餐」，借用這個老掉牙的玩笑話，餐點固然美味，但讓人很快就餓了。

史密斯深深受到裴瑞帝所說的前景激勵，他把自己的新職當成一個契機，重新思考長久以來主導新聞報導的慣例。他的挑戰，是在做報導時要擺脫權威、超然的語調，因為現代讀者（尤其是年輕的那一群）認為那太過迂腐沉悶。他用裴瑞帝可能會採取的作法來處理問題，從重視讀者的樂趣高於一切考量的觀點切入。這種思維，是矽谷各家公司的明確特質，矽谷把這叫做「使用者體驗」（User Experience，簡稱ＵＸ），算是老派銷售理論「顧客永遠都對」的數位表親。

即便已經來到二〇一一年，多數大型新聞機構都把數位營運和網站畫上等號，網站也只比十幾年前稍微精緻一些而已。新聞網站仍然只是報紙的數位分身。對史密斯來說，這也代表了大量的商業機會。他在一次接受尼曼實驗室專訪時說：「大致上，我認為一篇八百到一千兩百字的新聞報導是寫壞了的作品[157]。」這番結論的依據是：「你不會看到有誰分享這類文章。」

BuzzFeed明確宣示的目標[158]，是要「替社交網站重新發明外電報導」。史密斯叫一位內部人員去做這件事，一個星期之內，BuzzFeed發出的一篇貼文讓他洋洋得意，主題是北韓最高領袖金正恩（Kim Jong-un）成為國家軍事統帥。貼文的標題是「金正恩升職了」（Kim Jong Un Gets a Promotion）[159]，文章摘自於美聯社一篇外電報導的前四句，貼文上方放了這位獨裁者的照片，是從路透社（Reuters）偷過來的。文本下方有六張金正恩的舊照片，後面附上九張人們和動物拍手叫好的動態圖檔。新聞編輯室洗手間外面一幅標語清楚說出了基本理念：「別再推無聊的廢話」（STOP TWEETING BORING SHIT）。

如果報導的主角是一般人，比方說，二〇一二年七月科羅拉多州奧羅拉市一家擁擠的戲院遭人持槍開火，BuzzFeed更是擁有獨一無二的優勢地位。這家公司的強項是掌握了幾個重要的社交媒體管道，每當發生突發悲劇（或好事），這些就是最多用戶會跑上來貼文的地方。BuzzFeed的記者可以坐在自己的旋轉辦公椅上[160]，機靈地瀏覽親眼見證事發當時的用戶所發的推文以及其他線上文章。重複幾次「複製貼上」之後，BuzzFeed就能做出一篇很有吸引力的個人報導，隨時可供發布。文章裡甚至會登出一位去看電影的人的自拍，此人的身體也中了槍。最棒的一點是這個：讀完這篇貼文只需四十五秒。這種取得資料來源的方法[161]，源自於史密斯在《紐約觀察家報》率先採行的作法之一。他在網路即時通上和政治人物以及助理們交換簡短訊息，然後把謄本發布到自己的部落格上。這樣的捷徑有利於快速報導，但史密斯也遭受批評，說他毀了報導流程。《新共和》雜誌的內部作家馬克・崔西（Marc Tracy）就撰文，指史密斯的「即時通採訪」（IMterview）格式到頭來根本沒什麼用，只不過是給政治公關人員「一個平台，讓他們吐露純粹、未經編輯的論點。」

歷經六個月，新部門的運作讓裴瑞帝很滿意。二〇一二年七月，他發了一份備忘錄給全體員工[162]，標題是「證明BuzzFeed做的太棒了的七大理由」（The Top 7 Reasons BuzzFeed Is Killing It），他在文中宣稱BuzzFeed的政治組「已經成為二〇一二總統大選的『那家』關鍵媒體管道」。這話太過頭了，但是裴瑞帝這麼說主要是為了激勵公司的士氣。

BuzzFeed的業務也一如裴瑞帝的預期，享有新聞資訊帶來的榮景。營收很上軌道[163]，比前一年高了三倍，全職員工則比二〇一一年初時多了快四倍，現在共有一百一十七人，至於政治新聞報導，一個月也可引來好幾百萬的人點閱。在財務壓力沉重的新聞界裡，BuzzFeed的成功非常亮眼。這份工作做了八個月之後[164]，史密斯贏得了《紐約時報》的認可：這家報社宣布要和史密斯的團隊合作，在共和黨與民主黨全國代表大會上進行線上新聞串流直播。讓《紐約時報》某些人很訝異的是，提議進行本次合作的人，是該報的助理編輯主任吉姆・羅伯斯（Jim Roberts），不久前他才慶祝過在《紐約時報》任職二十五周年。他說：「我們一定能從BuzzFeed學到寶貴心得[165]。」BuzzFeed在自家網站上做過的影片直播比《紐約時報》多太多，後者只在奧斯卡頒獎典禮期間做過唯一一次的實驗。

當斯托培拉鬍子沒刮、穿著T恤出現在《紐約時報》網站首頁，現場直播「大老黨」（GOP；譯註：共和黨的別稱）全國代表大會來賓的時尚裝扮，BuzzFeed總裁史坦柏格發出貼文說：「我們確實大有進步！」斯托培拉替與會者的牛仔裝、閃閃發光的胸針以及上面有共和黨吉祥物大象的帽飾打分數，評為「好讚」或「好爛」。斯托培拉著眼的輕鬆花絮，剛好和澤克・米勒的報導形成對比，米勒和《紐約時報》的新聞副主編梅根・李柏曼（Megan Liberman）一起現身，討論比較枯燥的話題，例如天氣預報以及代表大會的應變計畫。但是，總體而言，BuzzFeed創造出來的話題，核心都是他們帶來了很多樂趣，讓無聊乏味的大選報導增色。

在共和黨全國代表會之前，BuzzFeed耗時數月針對政治媒體規劃了一場派對，藉此宣告他們已經走上了美國媒體的主舞台，場面生動地體現了這家公司渴望成為的「真正社交新聞機構」。派對日期訂在羅姆尼上台接受共和黨提名的前夕，主題是「派對動物」，貨真價實反映了BuzzFeed的品牌認同（斯托培拉解釋說：「我們是親動物派[166]。」）會場在坦帕市世界級的水族館，出席的人在落地式大型水族箱邊交換小道消息與詼諧笑話，水族箱裡則有一群年輕又有魅力的專業潛水員扮成美人魚，接上了金光閃閃的機械魚尾，在各種魚類、魟魚群裡優雅地擺尾優游。新聞界裡某些最知名的大人物（比方說莫琳・道得、恰克・陶德〔Chuck Todd〕、克瑞格・烏恩格〔Craig Unger〕以及幾個史密斯之前在「政客網」工作時的前任主管）也來了[167]，一邊看美人魚、一邊讓路給被人放在推車上到處逛的企鵝，更把氣氛炒到高點。BuzzFeed為了躋身華盛頓媒體機構而辦的初登場派對可說是大為成功，同時也花了很多錢。

羅姆尼與歐巴馬這兩位候選人一直纏鬥到秋天[168]，民調顯示兩人勢均力敵，二〇〇八年時憑著線上競選活動優勢勝出的歐巴馬，此時決定接受BuzzFeed提供的協助，由他們將這位現任總統推成「超級病毒」。十月，他的競選團隊成為第一個付錢給BuzzFeed做原生競選廣告的政治組織[169]，瞄準的對象是攸關勝敗的首投族，對這群年輕人來說，這個網站的可信度無庸置疑。

原生廣告小組替歐巴馬做的套裝方案內有六支影片[170]，其中一部由饒舌歌手傑斯（Jay-Z）發表演說力挺歐巴馬[171]，並剪輯他在造勢大會上的片段編製成演唱會影片，兩個畫面同時併陳。另一部嘲弄羅姆尼[172]，拿他在辯論會上被大家取笑的說法來做文章；他說他當麻州州長時，為了處理職場性別不公，他曾經命人找來「夾滿（人事資料）活頁夾的女性（履歷）」。這些廣告影片的外觀、調性和多數BuzzFeed的社論文相同，這一點至為重要，讓這些影片能和其他無贊助的內容走上同樣的瘋傳路徑。

廣告內容看起來像事實，是讓BuzzFeed的原生廣告模式威力無窮的原因，但是，當這個網站試著建立自身地位、要成為值得信賴的客觀報導時，內部有廣告公司支撐業務這件事，反而成了扣分項。推出歐巴馬競選影片之後，羅姆尼的選舉團隊也決定插上一腳，BuzzFeed樂於幫忙。BuzzFeed這家雙軌系統出版商的優勢是設計廣告與報導輕鬆的政治新聞，傳播政治訊息自然是可以合作的項目。

BuzzFeed遊走於灰色地帶，規範企業訊息傳播的美國聯邦貿易署（Federal Trade Commission）對這個領域還不熟悉。一年之後[173]，署長才對BuzzFeed以及其他機構發出正式警告。「呈現與社論內容相似的廣告，」她指控，「廣告主就要承擔以欺騙手段暗示其資訊來自於公正來源的相關風險。」各家公民監督機構比較早發現這股讓人憂心的趨勢。在歐巴馬二度宣誓就職之後[174]，知名的政治部落客兼媒體評論家安德魯・蘇利文斷定BuzzFeed的宣傳推銷違反新聞道德。「一旦你掉入Buzzfeed的廣告漩渦，」他在自家讀者眾多的部落格「一碟大菜網」（The Dish）裡說，「所有的廣告都變成了非廣告。」

史密斯對蘇利文下戰帖[175]，約在紐約的年度社交媒體週（Social Media Week）上好好辯論一番，蘇利文在場上指控：「你顯然是要愚弄大家。新聞從來不會在文本中置入產品。」史密斯怒不可遏地否認指控[176]。「我們的技巧，」他反駁道，「我們在業務面的技巧，是嘗試把事情做好，為人們提供出色的內容。」蘇利文的回應指史密斯所稱的「出色內容」意味的就是廣告。他問：「那種內容和你的內容有什麼不同？」史密斯回答：「標示不同。」

但是，他們也玩弄策略偽裝標示。BuzzFeed上出現的廣告[177]，和社論貼文的大小以及型態是一樣的，上面會加一層淡淡的文字標示，說明這是由某某品牌「提供」，品牌名稱會出現在貼文的署名處，就在「贊助廠商」（featured partner）字樣旁邊。到了二〇一三年，BuzzFeed和全美半數以上的大品牌結盟，包括奇異（GE）、維京（Virgin）、百事可樂（Pepsi）、Google、蓋可（Geico）和英特爾（Intel）。等到讀者看來已經懂了這是怎麼一回事之後，BuzzFeed就用長篇大論和視覺圖像模糊標示[178]。

裴瑞帝堅持，區分廣告與BuzzFeed自有內容已經不合時宜，對讀者來說也不重要。如果做的是甜甜圈或可樂廣告，輕佻的態度並無關緊要；然而，一旦BuzzFeed開始收錢，美化妝點本來他們應該要客觀報導的政治人物，這樣的道德觀根本是混淆視聽。

二〇一三年，BuzzFeed推出一系列的現場直播[179]，名為BuzzFeed精釀（BuzzFeed Brews），地點就在紐約總部。全國各地的政治人物來這裡和史密斯喝點啤酒、聊聊天，焦點極少放在政策上。他們招待過盧比歐參議員、紐約市長候選人安東尼・韋納以及眾議員南西・裴洛西（Nancy Pelosi），而且，為了確保能有樂子，隔週還會邀請好萊塢的演員明星。九月，裴瑞帝吹捧這個系列是「一流的場合，讓新聞工作者能接觸到精通網路的年輕群眾」[180]。來過這個辦公室的各式各樣名人都在臉書或Instagram上貼出自己的照片，BuzzFeed成為眾人眼中很酷的一個平台。

社論部門的員工想出另一項對政治人物極有吸引力的產品。為了回報這些政治人物願意坐下來接受BuzzFeed簡短、半嚴肅的訪談，這家公司要和這些人合作，拍攝裝瘋賣傻、毫無內容的影片，但求瘋傳。當二〇一六年美國總統大選期開跑時，他們就先推出了這套兩部分套裝產品[181]，發現許多政治人物都樂於參加。總統候選人泰德・克魯茲（Ted Cruz）帶來他最得意的派對花招[182]：模仿《辛普森家庭》（*The Simpsons*）裡的人物。之後是他在共和黨內的對手卡莉・費奧莉娜（Carly Fiorina）[183]，BuzzFeed的製作人團隊為了她寫了一個劇本，演出一部對千禧世代來說很親切的影片：「女性在職場上說話像男性，那又如何？」（What If Women Talked Like Men in the Workplace?）。再來是路易斯安那州州長鮑比・金達爾（Bobby Jindal）[184]，他講了罐頭笑話，也參加了一場伏地挺身比賽（劇透警語：這場比賽是「美國贏了」）。「高客網」的漢米頓・諾蘭（Hamilton Nolan）說這種作法叫「去賣淫」和「洗形象」[185]。

對於BuzzFeed裡熱愛玩樂的團隊來說，褒貶不一毫無威脅性，甚至很讓人亢奮。「早在史密斯來到這裡之前，就是什麼都可以了，」斯托培拉告訴我，「等他來之後也是一樣啦。」到了那個時候，史密斯明白，要把傳統價值移植到全新、步調快速但鬆散的企業，並不容易。裴瑞帝堅守自己的願景，認定BuzzFeed對不同的人來說是不一樣的東西，史密斯必須接受，無論是明文規定還是約定俗成的新聞標準，在這裡不見得可以套用。但他繼續替BuzzFeed的記者團隊補充人力，這也代表他接下了一份艱鉅的清掃工作，要好好整頓這個網站。

史密斯的整頓工作在四個月內都沒有明顯成效[186]，在這之後，則要感謝「高客網」幾個競爭對手部落客的努力挖掘，揭發了一段醜聞：BuzzFeed不聲不響地刪掉了網站上超過四千篇貼文。這是前所未見的大規模編修[187]，網站裡的編輯群沒多看一眼就刪掉了。他們這麼做，是為了消除早年某些不宜、不得體的痕跡，但這只是其中一個理由。這項大規模消滅行動起於另一個更嚴重的麻煩：編輯群知道網站裡剽竊來的貼文沒有幾千篇也有幾百篇，抄襲的人包括斯托培拉的幾個兄弟、佩姬・王和傑克・薛菲爾，他們很急著把這些都掩藏起來。「這些人在做出這些內容時並不認為自己在做新聞[188]，」史密斯在一次專訪中解釋，「他們自認為在實驗室工作。」而且，也沒有什麼因素能阻礙他把這個老地方改頭換面。其他機構的新聞編輯室基本上都會要求員工遵循一套內部規則[189]，但BuzzFeed不同，在二〇一五年之前，這裡沒有一套雙方同意的準則與道德。

即便到了二〇一五年，也不一定每個人都遵守規定。他們後來制定公司的道德守則，這本規範小冊子明白宣示「社論貼文絕不可因為任何和內容有關、或因為主角或利害關係人的要求而刪除」，但四個月之後，史密斯又按下了刪除鍵。三篇貼文無聲無息消失（同樣的，完全沒有知會編輯）[190]，但這一次的理由不同。這三篇貼文批評了三家企業品牌[191]，但他們都是BuzzFeed極力留住廣告業務的目標：一篇抱怨大富翁（Monopoly）的遊戲步調太慢，另外一篇拿多芬（Dove）新的肥皂電視廣告做文章，這則廣告羞辱了身材「普通」的女性。這些貼文的問題不在於內容真不真實，而是觸怒了廣告主。當史密斯發現自己陷入的難題時[192]，他就重寫了這些貼文，並用電子郵件怯懦地道了歉：「我的反應太衝動了，」他承認，「我錯了。」

BuzzFeed神聖的指導方針並非嚴格區分新聞與廣告，那是老掉牙的基本規則；他們的重點是要創作可分享（不同於僅是讓人喜歡）的內容。史密斯的新聞部幫助BuzzFeed畫出了界線，脫離只靠騙點閱賺錢的厚顏無恥流量工廠行列。史密斯劍指《新共和》，問道如果說目的僅是要迎合人們的渴望[193]，「為何要做政治議題？為什麼不做色情？我可是認真的。」在BuzzFeed，支持公司作法的人常說，他們的商業模式是除了讓人點標題之外，還會讓人重視與分享點進來看到的內容。裴瑞帝和史密斯相信，這個條件可以控制品質。

史密斯貫徹他給裴瑞帝第一封備忘錄裡提到的想法[194]：「BuzzFeed有些公式好讓內容『瘋傳』這一點，對於政治階級來說極具吸引力。」現在，他們還可以回頭來利用這股吸引力。

BuzzFeed靠著成為不同的人眼中不同的事物而成為業界領導者。其他出版商內部的行家也指出，這家年輕的公司擁有一股值得注目的破壞力量，有些人很憎惡這股趨勢，但也不敢小覷BuzzFeed。BuzzFeed還被受人敬重的《哈佛商業評論》（*Harvard Business Review*）列為案例研究。裴瑞帝發明了這家擁有變身大法的公司，他很樂於拿自家公司和其他媒體帝國的黃金時代相提並論。如今的BuzzFeed比較不像「一個用研發態度來創作內容的實驗室」[195]，反而可能是一次重大的突破，由於培養出一群知情大眾而改變了歷史軌跡。「BuzzFeed在未來幾年要扮演的一大角色[196]，要填補平面報紙雜誌持續衰退遺留下來的空缺。」他在二〇一三年初秋時給員工的信中寫道，「這個世界需要由一心奉獻的專業人士組成的可長久、能獲利且有活力的內容公司，特別是，要為在網路成長的人提供內容，因為電視和報紙嚴重地忽略了他們的娛樂與新聞興趣。」

問題是，BuzzFeed是互動式的，其核心創新是能快速且精準判斷出讀者的渴望，並據此創作以迎合他們的需求。這套機制非常先進，繼續發展下去，就成為回應讀者的同溫層。

「冷硬新聞」之所以得到冷硬之名，是因為這類新聞刺激了讀者，擴展他們的知識，開拓他們的視野，提供資訊的根據是外面的世界正在發生的事情，而不是他們想要什麼。BuzzFeed知道，刺激讀者就要冒上失去讀者忠誠度的風險，因此，當他們在擴大新聞報導時，總是審慎地投入他們知道已成為穩定商品的領域。政治性別議題和同性戀、雙性戀和跨性別（LGBT）議題可以帶來穩定流量，因此裴瑞帝也允許BuzzFeed強調這類主題。他也同意史密斯聘用克里斯・蓋德納（Chris Geidner），此人是一位律師，也是華盛頓地區出色的部落客。

蓋納德在「政客網」時代就引起史密斯的注意；史密斯幾乎可以說是「政客網」上壟斷同性婚姻話題的人，他算是兼著報導這個主題，某一天有一名新的挑戰者闖進來。史密斯回憶道，蓋納德「就這樣冒出頭來[197]，偷走了我全部的消息來源，並且在每一次報導時打敗我。」其他的出版商認為這是一股小眾風潮[198]，但BuzzFeed知道，同性戀、雙性戀和跨性別議題，尤其是婚姻平權議題，是「我們那一群十八到三十五歲核心群眾很在乎的事」。

「我們認為，這絕對是需要首先關注的領域，要像追逐政治一樣強力追逐[199]。」史密斯對波因特學院說，「甚至是像對待動物話題一樣費心。」史密斯說，此主題涉及的「智慧與情緒組合，正是我們所作所為的核心」[200]。藉由選邊站並強勢出擊，BuzzFeed在這個話題上迎合了年輕世代。史密斯在一份正式公告中指出，BuzzFeed的報導會拋棄過時的虛假平等與客觀。他宣布，公司的內部政策是「沒有雙邊觀點」[201]。斯托培拉解釋，他們也曾經考量過其他主題。他們很清楚，在辯證中持支持態度的讀者群，分享同性戀、雙性戀和跨性別議題貼文的次數一直很高，這是一個好機會，可鞏固這群興趣相投群眾的信任。「我想要得到這些美妙的流量[202]。」斯托培拉對他的高階主管們如是說。

裴瑞帝在新聞部門投入更多資金[203]，史密斯聘來在《紐約時報》有十三年資歷的麗莎・托西（Lisa Tozzi）擔任新聞總編。這個出人意表的行動，在BuzzFeed尋求獲得更多傳統媒體機構尊重的過程中是一個轉捩點[204]。托西如果留在《紐約時報》，她的編輯晉升之路前途未卜。她的新聞實務經驗相對之下極少，並不是大家眼中有資格擔任《紐約時報》新聞編輯室裡任何資深職務的人，但她極精通培養線上群眾。BuzzFeed對她來說是一條可以發展職涯的康莊大道。史密斯在托西上班第一天就對她說[205]，她應該從先聘用十個員工開始，他會轉一些履歷給她。

史密斯也和另一位來自老派報社的米瑞恩・艾兒德（Miriam Elder）談；她是《衛報》莫斯科通訊處的主管。他希望艾兒德帶領BuzzFeed跨入海外報導領域[206]。她收到他一封電子郵件[207]：「我希望開辦海外辦事處，你想聊聊嗎？我愛貓。」這封信太古怪了，弄得艾兒德不確定該如何回應。她和一位朋友去哥斯大黎加做瑜珈修行，希望這可以讓她心思清明。她說：「我把所有時間都花在拿事業問題自我折磨。」她注意到史密斯對於她放到Instagram上、在沿海地帶綠洲拍的照片很感興趣。一個朋友幫她拍了一張她神采奕奕衝進清澈水中的快照，放到Instagram上，旁邊加註標題：「新世界。」她下定決心，她說：「這是要我去班恩（史密斯）那裡的預兆。」

一年內[208]，史密斯善用了「親愛的貓咪」等原生廣告、可愛動物照片貼文與測驗創造的營收，打造出「政客網」（這裡是他過去呼風喚雨之地）所說的「大型報導引擎」。他說服裴瑞帝接著再踏出一大步，仿效《紐約時報》、《華盛頓郵報》以及「挺公民網」的全數位調查性報導新聞編輯室，打造一個調查報告小組，二〇〇六年時，由曾在《華爾街日報》與《紐約時報》任職的老將聯手推出。

調查性報導確實是一大步。記者通常要費時數月的時間採訪與挖掘毫無收穫的資訊來源，才能得到一篇可刊出的報導。但是，以水門事件的傳統來看，這很可能是一種影響力最高的新聞。即使BuzzFeed的年輕群眾對於長篇、複雜的調查報導可能不太有興趣，但裴瑞帝同意再度掏錢。史密斯聘用馬克・史庫佛斯（Mark Schoofs）來領導這個單位，後者曾是「挺公民網」的編輯，之前在《鄉村之聲》雜誌任職時，曾經寫了一系列八篇的非洲愛滋病相關報導，並因此拿到普立茲獎。但他沒這麼容易就轉換跑道，裴瑞帝和他談了三次，才說服他BuzzFeed是認真想做這項業務。

鼓舞人心的信號出現了[209]，他們早期最重要的幾篇報導中，有一篇吸引了三十萬次的點閱，主題談的是德州政府把沒有付停車費的人關進監獄。儀表板顯示，這篇報導的完讀數字極高，這指的是讀完整篇報導的讀者。刊出這篇報導後的第二天[210]，記者群爬梳出報導中最吸引人的幾個重點，去蕪存菁變成精簡瘋傳版，吸引了百萬讀者點閱。

一年內，史庫佛斯的單位做出的深度調查報導幾乎和《紐約時報》的調查報導小組一樣多。他的副手艾麗兒・凱米娜（Ariel Kaminer）之前就是《紐約時報》的編輯。兩年之內，這支特種部隊壯大到十九名成員[211]，而且持續擴張中。其中一位編輯俏皮地說：「這就像美國的國債鐘一樣，你離開一下子，再回來的時候，數字又往上跳了！」能夠成長，有一部分是因為新興的全數位新聞編輯室（比方說，「撐公民網」）又讓調查性報告捲土重來，而BuzzFeed的採訪人員也善用科技幫忙調查性報導。

沒有任何跡象指出BuzzFeed的欣欣向榮會煙消雲散。史密斯上任之後，他們搬到了市中心[212]，如今，經過十五個月後，他們打算把空間擴大兩倍，在第五大道上蒂芙尼（Tiffany）公司擁有的大樓租下一整層樓，租約兩年。

對於被網路養大的千禧世代來說[213]，BuzzFeed新總部所在區域，就像是仙境一樣。助理們腳踏可接上藍牙的懸浮滑板，遞送包裹與外燴食物。萬一網路上所有消遣娛樂都用完了，他們隨時都找的到玩具和小玩意兒，替自己找樂趣：填充動物、以最高法院大法官露絲・拜德・金斯伯格（Ruth Bader Ginsburg）為主角的著色本、外型為唐納・川普的皮納塔玩具（piñata；譯註：紙糊的容器，內裝滿玩具與糖果，懸掛起來用棍棒打破讓裡面的東西掉落下來，是一種聚會餘興節目）、「好好笑」和「我的天啊」的貼紙以及香檳。亦如矽谷的新創企業，這裡也到處都是免費的點心。某幾天會有外燴墨西哥式午餐，每個人都吃得肚子鼓鼓的，就連嚴肅的調查報導記者也不例外。史密斯的副手夏妮・希爾頓（Shani Hilton）負責確定員工的組成夠多元；這位黑人女性的存在，馬上與其他少有少數族裔或女性擔任高階人員的傳統派新聞編輯室形成強烈對比。

這裡的員工穿著BuzzFeed的紅色連帽衫，黏在他們的雙螢幕電腦旁，頭戴耳機，透過線上聊天室聊著辦公室裡的八卦。常常會有某一群人感受到手腕在震動，他們會一起伸展手臂，並檢查一下公司統一分發的蘋果智慧手錶（Apple Watch）上最新的數據。整個辦公室瀰漫的氣氛，和黑客松（hackathon）活動上大腦不停轉動發出的無聲呼嘯很像。他們一心想的或許是寵物照片或派對丟臉事件，但是員工仍以銳利如刀鋒的專注力來面對自己的領域。

艾兒德發現，看著員工追蹤事件深入網路最黑暗的角落，她也可以從他們身上學到一點東西。她看到光憑網路就能找到的素材有多驚人。她手下的記者跟蹤一名俄羅斯士兵的Instagram檔案[214]，確認對方拍的照片地點在烏克蘭。他們登出的報導標題是「這位士兵的Instagram帳戶能否證明俄羅斯正在烏克蘭從事祕密行動？」（Does This Soldier's Instagram Account Prove Russia Is Covertly Operating in Ukraine?）證據指向肯定。「BuzzFeed知道線上人生並非次要人生[215]，」艾兒德告訴我，「那就是真實人生。」

凱特・奧瑟兒（Kate Aurthur）在《洛杉磯時報》與「每日野獸網報」（Daily Beast）的資歷很深，四十三歲時加入BuzzFeed[216]，她覺得自己變成一條離水的魚。她說BuzzFeed的新聞編輯室是兒童兵團，但也說她可以跟他們學到很多。

肯恩・班辛格（Ken Bensinger）是另一位《洛杉磯時報》的老員工[217]，他的座位安排在一群喧囂吵嚷的年輕人旁邊，他們因為看到他的電腦螢幕上出現放大字型而替他覺得悲哀。他用愉快的幽默感接受了，因為他知道這些孩子都沒惡意。他尤其喜歡一位名叫艾麗・霍爾（Ellie Hall），班辛格發現她堅持不懈追蹤消息來源的行動很讓人感動。有一次，霍爾靠著網路追出一個飛到西班牙的惡名昭彰比利時戀童癖。她將網路技能和傳統的強力堅持報導態度結合在一起。「她能和一直躲她的消息來源通上電話，並突破對方的心防，她會說：『你這是在羞辱你的家人。你要開口說出來。』」她沒有完整的傳統記者背景。小時候，霍爾會在網路上緊緊追蹤她著迷的對象，比方說英國明星班奈狄克・康柏拜區（Benedict Cumberbatch）。「如果你想成為畢卡索，可能就會想去學透視、色彩理論等等的，」班辛格說，「但對艾麗（霍爾），這可能不是正確的方法。」

到了二〇一四年二月[218]，BuzzFeed擁有超過一百五十名的記者、一個不斷壯大的調查性報告單位、在澳洲與英國成立的辦事處，以及派駐在奈洛比與中東各地的海外特派記者。他們正在轉型，成為能給讀者除了娛樂之外更多內容的公司。看來，裴瑞帝在做導引公司發展方向的決策時，已經開始納入上善之道。

讓他有所遲疑的是，關於新聞部門有什麼價值，除了高談公共利益之外，他說不出其他東西。二〇一二年時他曾說，新聞記者「並不只是為網站增添名聲的徽章」[219]。三年之後，他發現要對抗數據、捍衛自己進軍新聞界的決策時，他的立場仍不是太自信堅定。「政客網」二〇一五年報導[220]，BuzzFeed全部三百名編輯人員當中將近一半隸屬於新聞部門，但是他們創造的流量在總量當中佔比甚低。裴瑞帝迎擊這篇報導[221]，以免傷害到這個資歷尚淺的新聞編輯的脆弱自尊，他發出另一篇聲明，題為「為何BuzzFeed從事新聞報導」（Why BuzzFeed Does News）。「新聞是任何偉大媒體公司的心臟與靈魂，」他侃侃而談，但是他的立論看來是期望的成分比較大，「新聞的業務量可能不像娛樂這麼大，但是新聞是對這個世界造成重大影響的最佳管道。」

他不喜歡像「影響力」這種沒什麼說服力的指標，但此時此刻，這是能發揮作用的詞彙。以他偏好量化的心智來說，新聞的實務價值太過含糊攏統。就在此時，他收到一份阮濤和他的數據科學家團隊送來的大禮[222]。他們在儀表板中嵌入了一套新的工具，命名為「熱圖」（Heat Map）。這套軟體可以知道讀者把某個頁面捲到什麼位置，然後把這些數據整理成一個簡單的圖示，顯示特定報導是否讓讀者失去興趣以及在什麼地方失去興趣。這正是BuzzFeed需要的，將其本來的嚴謹分析套用到篇幅更長且範疇更廣的報導上。利用判讀「熱圖」，BuzzFeed的記者與編輯就可以確定導言是否夠犀利、群眾是否認為報導的某個主題無法激起熱情。之後阮濤的團隊又加了另一項新工具，可以根據一篇報導在社交層級展現的影響力發出不同燈號，這個裝置查核有多少人分享某一篇文章，同時也去追蹤分享的人是誰。如果分享某一篇揭露南非種族歧視文章的人是非營利機構貧困南方法律中心（Southern Poverty Law Center）的主任，這就是很重要的資料點。

但是，在處理多數BuzzFeed內容時，少有人去想某一篇文章是否能引起政治菁英的共鳴。若要迎合他們自詡高素養的品味，就像是參與一場瞬息萬變的競賽，但他們人數很少，就算能讓這群貴賓瘋傳，但是從整體文化之下來看也不過是一個小點。

新聞會在熱門話題的支持下增強，統御前者的是史密斯，主導後者的是斯托培拉，在這裡沒什麼新聞與廣告之分[223]，對裴瑞帝來說，重點是兩邊有著共同的文化。但是，他希望兩者快樂共存的想法並無法長久。在踏入新聞領域的初期，一邊的凱旋同時也讓另一邊成為贏家，雖然新聞編輯室的勝利範疇相對較小，但記者同事所做的工作，卻讓製造話題的團隊覺得自己是正當合宜的。支撐這兩支團隊的是一股意氣風發的信心，認為只要兩邊合體，無論是多麼微不足道，都可以做成「一件事」。BuzzFeed的線上優勢很強，新聞小組與製造話題小組都可以拾起任何掉下來的好東西，然後蓋上自家的認證。BuzzFeed的長處是無所不在，而不是權威。讀者不在乎一開始創作貼文的是公司裡的哪一個部門。此外，BuzzFeed在呈現熱門話題時，就像對待突發焦點新聞報導一樣急切。他們有技術先進的發報器，可以將熱門話題大力推廣到社交媒體的每一個角落，等到每個人都在談特定話題時，這也很可能已經變成焦點新聞。

因此，二〇一五年二月時，一篇被編輯當成恐怖攻擊新聞一般重要的熱門話題引發一次超級大瘋傳，為BuzzFeed創下破紀錄的成績[224]。讓網路全面熱議、並在BuzzFeed基於追求樂趣和利潤之下推波助瀾而引燃狂熱的，是一張禮服照片。事情起因於一位即將成為新人的蘇格蘭女子在臉書上貼出許多禮服照片，她母親考慮穿著其中一件出席婚禮。她把照片給未婚夫看，對方說那是一件黑藍色的禮服，但新娘看到的是白金色。在臉書上，他們的朋友同樣意見分歧。他們要解決的，是過去從未經歷過的視錯覺（optical illusion）現象。新娘一位臉書上的朋友把照片貼到Tumblr網站上，在她的追蹤者之間馬上引起話題，大家七嘴八舌爭論禮服到底是黑藍色還是白金色。看起來，每個看到照片的人對於這件衣服的顏色都有意見。

BuzzFeed的員工凱特思・霍德娜斯（Cates Holderness）的工作，就是去爬梳Tumblr與其他網站尋找值得關注的內容，她要去度週末之前發現了這張照片[225]，發文到BuzzFeed的推特帳號上，並加了一個問題：「這件禮服是什麼顏色？」（What colors are this dress?）等她出了布魯克林區朋友家附近的地鐵站，她發現她的手機裡已經塞滿了答案[226]。霍德娜斯嚇壞了。她還沒到紐約來BuzzFeed工作之前[227]，是北卡羅來納家鄉的一名無薪特稿撰稿人，替一家狗舍與遛狗公司工作。現在，網路就在她的股掌之間。

推特上熱烈討論，創造出#dressgate這個標籤，黑藍陣營（#blueandblack）對上的白金陣營（#whiteandgold），BuzzFeed則開始動員所有瘋傳業務小組。他們注意到禮服這件事的軌跡和他們過去所見完全不同[228]，公關部門開始在晨間談話節目上推銷這個故事，希望繼續搧風點火。BuzzFeed的系統管理員（這些人負責確保網路不會塞車，什麼都可以快速且順利地上傳下載）發現自己陷入到目前為止年輕生命中最大的挑戰。前所未見的湧入流量，完全超過BuzzFeed伺服器的負荷量。他們需要加大容量並加快速度，要比現在多百分之四十。「我正把伺服器丟進網路裡！」有人聽到公司裡的伺服器管理員在辦公室裡大吼。到了晚上九點，禮服故事在BuzzFeed創下新紀錄：進來的有效訪客有四十五萬人，他們全都在同一個時間過來。一個小時之後，高峰值達到六十七萬三千人。

BuzzFeed就是打造成能在這樣的條件下蓬勃發展。他們的「（系）統管（理）人員」操演過這種情境的狀況[229]。其中一人叫傑伊・德斯綽（Jay Destro），舒舒服服坐在自家的客廳指揮大局，他的兩隻哈巴狗坐在他的膝上「鼓舞士氣」。BuzzFeed用各式各樣和禮服事件相關的補充資訊接續原始貼文：科學家對於視錯覺的解釋、最早把照片貼在網路上的女性速寫、加入戰局名人的綜合報導，以及一場有兩百七十萬人參與的網路投票。隔天早上，《早安美國》（*Good Morning, America*）和《今日》等電視節目都用了完整的一段來談這件事。霍德娜斯最初的貼文，到隔天早上已經有兩千八百萬次的點閱數。

史密斯是最驕傲的人。那個禮服事件（禮服實際上是黑藍色）並非冷硬新聞，這對他來說並不重要；重點是現象本身成了新聞[230]，並為BuzzFeed引來了破紀錄的群眾。他主持了一場公宴[231]，開了香檳還買來草莓，讚頌當年度最重要的一條新聞。

第六章
從眾——VICE媒體，之二

Vice媒體跳入紀實新聞時，不太在乎也不太清楚長久以來區分無線電視與有線電視之間的道德標準。這家公司完全不去思考新聞和娛樂之間有何差異。公司的創辦人說，他們很酷地融合了兩者。他們的經營用詞就是「酷」。

Vice媒體的酷，一向和賈文・麥金尼斯的挑釁和誇張賣弄大有關係。有一個名叫湯瑪斯・莫頓（Thomas Morton）的年輕人大學剛畢業，順利完成實習之後加入Vice媒體，他說他無法想像這裡沒了麥金尼斯會變成怎樣。莫頓最初遞給麥金尼斯的申請表，讀來像小粉絲的熱情來函，細數他對*Vice*雜誌的崇拜❶，這本雜誌裡充滿了他邪惡的禁忌幻想，很多時候，在*Vice*雜誌登出來之前，從來不曾有人用白紙黑字說出來。

結實瘦小又帶著眼鏡的莫頓，成長於亞特蘭大的市郊，他很符合*Vice*雜誌的典型讀者模樣，受過良好教育且胸懷大志，希望在美國反主流文化領域中佔有一席之地。他聽龐克搖滾和南方幫派饒舌音樂，穿緊身褲以及印有諷刺性口號的T恤，在網路上買迷幻藥，用中間挖空的假書和CD偽裝以逃避父母的偵測。他得到獎學金進入紐約大學❷，在九一一事件前兩天到校展開大一新生活。他主修英國文學。莫頓總是幻想自己是出色的作家，他也修了幾堂新聞學相關課程，後來才判定這不適合他。

「我超他媽痛恨新聞學院的那些人❸。」他對《故態復萌》（*Relapse*）雜誌的印恩・費瑞西（Ian Frisch）說，「每個人都沒半點幽默感。」那裡就職準備氣氛太濃厚，學生們也太精雕細琢了。「走無線電視廣播路線的比其他人更糟。」他一邊補充，一邊說他們是心智全無火力、一心只想成為名記者安德森・古柏（Anderson Cooper）的人。這些傢伙會錯失報導。慣用流暢的新聞文體對他們造成阻礙，他們也太過沉迷於追逐更高的權力，講起話來彷彿提詞機器。他們誤把冗長生僻的詞彙當成智慧，把清醒節制當成認真嚴肅。至於什麼叫「酷」，他們完全摸不著頭緒。

莫頓完全不假裝自己很酷，但是至少他看到很酷的事物時他懂。他在紐約拉法葉街、春街上一家他鍾愛的街頭穿搭店面看到了很酷的東西，新一期的*Vice*雜誌堆成一疊，每個月都可免費索取。他說：「你可以去那裡拿，前提是要手腳夠快。」莫頓看得出來，對這本雜誌著迷的人不只有他，還有其他很了解最新潮流的紐約潮人。「*Vice*雜誌明智地結合了幽默和寫作，」他說，「風趣聰明的人在酒吧就是這麼說話的。」

麥金尼斯居然肯花時間回覆他的來信，讓他受寵若驚，有機會來Vice媒體實習更讓他興奮，他完全沒花半點時間去講薪水的事。此時二十一歲的莫頓，很樂於無償工作。他告訴費瑞西，二〇〇四年秋天，他第一天來到布魯克林區時看到前面的人行道上有一堆箱子，最新一期的*Vice*雜誌「派對專刊」已經送到，莫頓翻開其中一本❹，讀到一篇題為「Vice派對指南」（The Vice Guide to Partying）的文章，裡面搭配了顯然沒經過審查的全版照片頁面，照片中有一位上空的變性人用手挑逗一個全裸的男子，另一名年輕女性則吸食一管從他的生殖器裡伸出來的古柯鹼。

他說：「那可是一篇好文章。」

從踏入的那一刻開始，莫頓就覺得布魯克林這間辦公室讓他好像回到家一樣，每個人都擠在一起，洗手間的牆面上裝飾著已故藝術家戴許・史諾（Dash Snow）風格的拍立得照片（譯註：其主題多半為性、毒品與暴力），還有一台老錄音室裡丟棄的管風琴，隨意放在地上。除了陰暗濕黏的地下室演唱會之外，他從來不曾待過身邊有這麼多刺青潮人的環境，和他去過的無聊新聞研討會大相逕庭。這些人既酷又有趣，而且還難以預測。他們基本上很難現身在文明社會的大環境下。

禮教很無趣；只要有可能，就要推翻禮教。Vice媒體的名聲，就來自於這是一股永不平息的顛覆力量。自一九九四年創辦算起已經過了十年，這家公司仍努力顛覆每一條慣例，想辦法盡量觸怒每一個人、每個地方、每一件事。如今到了歡慶的時刻，而且要用典型的Vice媒體風格。他們把公司的週年慶稱為「史上最糟的派對」（THE WORST PARTY EVER）❺。這裡變身成一處喧鬧的小棚屋，或多或少重現了當一個人進入麥金尼斯扭曲的心靈時會有的體驗。賓客一來就先接過能量飲料火花（Sparks），然後開始狂歡，朝著一字排開的興奮熱烈龐克樂團熱舞。Vice媒體還在牆上投影播放「嘔吐類日本色情片」，這類影片在很多時候都極具感染力。他日後在回憶錄中寫道：「那是我們的巔峰。」

麥金尼斯用快速但鬆散的態度來做編輯決策，讓這份雜誌具有一股魯莽輕率的氣質。判斷宣傳用語的標準不是明智與否，而是能否引發牽動情緒的效果。莫頓回述道，這裡常有的對話是❻：「當然好啊，何不試試看？你手上有什麼？什麼東西這麼有趣？」

對莫頓來說，這裡的環境自由解放，同樣也很讓人困惑。他覺得自己加入的彷彿是大學的兄弟會。Vice媒體的人可以從他眼皮緊張地抽動當中看出這一點，忍不住不停地捉弄他。他上班不到一個星期，就跟辦公室的人去附近的露天酒吧享受現實歡樂時光，這一群人仰仗著有希恩•史密斯和瑟什•阿爾維請客大口喝酒，對話也一下子轉向要如何膽大妄為。有一位同事跟莫頓打賭❼，說他不敢用番茄醬的瓶子敲頭。他一邊倒啤酒一邊想要不要接受挑戰，等他下定決心要做時，對方卻撤回了。「沒機會了，你這個小娘砲！」一位同事對他大喊。這個綽號難聽死了。莫頓說：「我就好像被閃電打到，額頭上就被刻下了這個綽號。」

他知道這樣的刺激意在讓他整理好自己以適應Vice，也就是說，要他不要太嚴肅正經。莫頓注意到同事之間很流行伐木工人風格的打扮，於是他努力留起鬍子。但是他的鬍子長成東一撮、西一撮，又讓麥金尼斯等人嘲弄他，對他們來說，莫頓像是他們的弟弟一樣。身高五呎六吋（約一百六十七公分）、體重一百二十磅（約五十四公斤）的他，看起來還真的蠻像小男孩的。「我有很多頭皮屑，頭髮也亂糟糟❽，」他說，「如果你看到當時的我，我自己都不覺得這樣的人應該被別人看到。」但是，在鎂光燈下顯得不自在正是他的魅力所在：看到一個自認為其貌不揚的人出現在螢光幕上，是一件蠻有意思的事。幾年後，等到莫頓已經把自己培養成Vice媒體裡的明星人物❾，一位評論家寫說他「承襲了艾拉•格拉斯（Ira Glass；譯註：美國公共電台主持人）」。他想，至少比安德森•古柏好。

莫頓的投入讓史密斯刮目相看。第一個里程碑，是後來離職的麥金尼斯交付給他的任務。麥金尼斯認為，很適合把Vice蒙特婁時代他最愛的發明交託給小娘砲：噁爛罐（Gross Jar）。將近十年期間，這個噁爛罐裡每個月都會加一點他手邊能找到最惹人厭的東西：用過的衛生棉條、雞血、尿液，諸如此類。當莫頓擔下保管噁爛罐的責任，他更強化了其中的下流粗鄙。他放進了死老鼠❿、一個得流感同仁的口水、從醉到不省人事的編輯臉上剝下的五個疥癬以及他養的貓的大便，而這隻貓剛剛才被獸醫注射滿滿的放射性藥物。

遵循Vice媒體的慣例⓫，莫頓前幾篇專欄也用假名發表，其中一個叫勒洛伊．甘普宣（Leroy Gumption；譯註：Leroy的字源有「君王」之意，gumption意為「進取心」）。他和Vice媒體團隊裡的其他人，從不曾錯把自己在做的事當成嚴正的新聞。「我們大多數是為自己而寫⓬，」他回憶道，「當『高客網』注意到我們時，可是一件大事。」莫頓比較關心的是要能逗同事發笑，比較沒那麼在乎雜誌的讀者，但這群讀者的成長力道勢不可擋。在他於Vice媒體任職的前三年裡⓭，發行量成長近三倍，公司也在十二國衍生出不同版本。Vice也有自己的唱片公司、出版書籍的分支機構以及一些販售滑板裝備等酷玩意兒的零售店面。他們一開始是一份只有十六頁的加拿大男性雜誌，這可是走了很長的一段路。

但莫頓開始發現，這場盛宴不會永遠繼續，基石已經出現裂縫。隨著麥金尼斯和史密斯、阿爾維之間的關係愈來愈緊張，他的職責一點一滴落到這個小娘砲頭上，如今的莫頓，儼然成為麥金尼斯寫作職務的法定繼承人。其中的工作包括「可與不可」（Dos and Don'ts）專欄，這是麥金尼斯一手打造的街頭時尚穿搭毒舌綜合報導。對編輯群來說，讓莫頓成為雜誌的風格仲裁人，當中的諷刺性荒謬到難以抗拒。他們甚至專門針對「可與不可」設計了玩具人偶⓮，其中有一個是小娘砲穿著亮藍色的高爾夫球條紋衫搭配貼身保暖燈芯絨褲，他的塑膠掌心還抓著一瓶啤酒。包裝背後的說明寫著：「他臉上的表情，是迷惑又堅定的經典模樣。」這個小人偶在分類上設定為「可」。

當Vice媒體需要一名網路編輯，史密斯就直接跑到莫頓的辦公桌前，恭喜他升官。但莫頓主修英國作家喬叟，可沒學過電腦科技。此時，他的新職務主要是把雜誌上的文章抓下來，複製貼上到網站。他快速學會必要技能，沒多久，他就重新設計Vice公司官網，把這個品牌帶進光明新紀元。史密斯向他保證，他還是可以繼續保有現在做的寫作工作。

Vice媒體剛要踏入第二個十年，他們最擅長的就是特有的無禮不遜惡搞姿態，現在準備好要拓展範疇了。這份雜誌其他的編輯和作家也很認同必要的成長，他們知道讀者不會永遠年輕，他們也知道自己必須跟上熱情粉絲群的步調。

一點一點的，有點像是真正新聞的內容，開始出現在Vice媒體的雜誌和網站上。新的東西仍然有老內容的樂子和遊戲，但雜誌的資訊價值愈來愈高，講到更多和外面的世界有關的事。雜誌演變的分水嶺出現在二〇〇五年十一月[15]，當月的主題是沉浸主義（Immersionism）。這個新詞彙濃縮了編輯群尋求的轉型：不再用吸毒吸壞腦子的譁眾取寵表演來展現自己墮落的蠻勇行徑與奇特幻想，現在要轉向外面的大世界。

這一期的特色是莫頓第一次用真名署名，預示著他在Vice媒體的未來將扮演的嚴肅角色。他打包了一個過夜包[16]，坐上地鐵前往西哈林區的北邊，在華盛頓高地下了車，一戶一戶敲門尋找願意收留他住幾天的「西班牙裔」家庭。他在一八一街找到人接待，一個多明尼加裔的家庭很大方，願意把成年女兒小時候住的房間借他用。他的報導講來講去就是他完全沒有能力融入當地的笑話，反映的不是多明尼加人的缺點，而是特派記者因為自身背景條件造成的某個無法避免的事實。不管如何，他仍投入沉浸式的長住，探訪結束之前，莫頓已經成為接待家庭的忠實友人，他們一起烹飪，他也幫助他們籌組聖經讀書會，儼然像是這家人的養子。他的紀實報導聚焦在文化鴻溝，而且差一點變成嘲弄，兩者都非政治正確。這篇文章的標題是「西班牙恐慌」（Hispanic Panic），文中寫出莫頓自己對於拉丁裔美國人的觀察。「他們好愛好愛看電視。」他若有所思地說，把重點放在一些小細節上，比方說他們會把垃圾郵件浸在洗碗槽裡，之後才丟進垃圾桶。他欣賞他們的社區意識，他總結這叫「你的房子也是整個該死社區的房子」（SU CASA ES THE WHOLE DAMN BUILDING'S CASA）。這是一種嘲諷。更值得注意的是，莫頓的編輯群覺得這超棒。

小娘砲撐過了他身為記者的第一次「嵌入」。他繼續管理官網，但是心裡想著要進行其他的沉浸式體驗。隔年，他加入了三個宗教組織⓱，分別是阿帝當教（Adidam）、統一教（Moonies）和阿雷夫教（Aleph），並在十月號的雜誌詳細報導相關經歷。

一年後，他又推動另一次的沉浸體驗。他放眼一場奇特的白人饒舌樂團音樂節⓲：在南伊利諾舉辦的「賈嘉洛人大會師」（Gathering of the Juggalos）活動（在BuzzFeed，斯托培拉後來也針對這場音樂節活動做了報導）。文章一開頭就很震撼：「沒有任何一群人會像賈嘉洛人一樣，在活著的時候吃掉這麼大量的大便，可能猶太人除外吧。」他的導言永遠也無法通過《紐約時報》吹毛求疵的審稿編輯；在《紐約時報》，這份嚴謹寫作風格手冊的執行官正是手冊作者本人艾爾・席格（Al Siegal），他是一位強力、矮胖又讓人敬畏的編輯。前執行總編約瑟夫・萊利維爾德說過，席格是《紐約時報》唯一真正無可取代的記者。髒話一個字都逃不過他的法眼；如果藝術版裡翻拍的畫作出現胸部，他會大筆一揮。莫頓的報導搭配的照片，是一個肥胖又蓄鬍的白人男子穿著一件T恤，上面寫著「露個奶頭吧」（Show Us Ur Tits）。

「我認為我們是地下文化裡最重要的媒體，」莫頓說，「我對主流媒體界發生的事沒什麼興趣，我們自有一個很舒服的小天地。」

這和史派克・瓊斯希望把「打游擊的影片」灌注到Vice媒體的道理是一樣的。這些報導都綜合了新聞與旅遊誌紀實報導。所有特派記者、攝影師和製作人都很年輕。他們不跳脫自己做的報導，以評論者的觀點切入；他們是實際參與行動的人，這是保有權威的方法。莫頓同意史密斯說的，年輕一代被人推銷「到死」，唯有不說廢話才能通過他們偵測廢話的雷達。

在此同時，CNN也培養出多元的節目製作與表演新星，例如美食作家安東尼・波登（Anthony Bourdain），讓他去做沉浸式的旅遊誌。但是有線電視的節目製作還是會修飾，不像Vice媒體的影片特意保持質樸原始的模樣。打游擊式的影片不會有頭髮吹得整整齊齊、說話彷彿如上帝的主播或特派員。攝影機帶領觀眾貼近去看發生在難得一見的地點、第三世界國家以及交戰地區正在發生的事。這是他們《Vice旅遊指南》前幾個案子其中之一的提案，地點在非洲與波蘭；史密斯則被派到北韓。Vice媒體的特派員僅與一位攝影師配合，他們的目標是要讓自己的影片在一天左右就能放上網路。他們可能叫公司內某些現有的員工上鏡亮相。史密斯有一天突發奇想，決定要叫典型的後台辦公室雜務總管小娘砲站到攝影機前面來。

但不是每一件事都可以自己動手做，他們需要真金白銀。湯姆・佛瑞斯頓正是通往投資世界的橋樑。從他還在MTV電視台的時候開始，他就對年輕人文化有很強的直覺，和瓊斯一起合作過，這兩個人合力把《無厘取鬧》節目搬上MTV電視台。在佛瑞斯頓的領導之下，MTV電視台從音樂錄影帶發表之地變成了年輕取向節目的歸處，比方說其中一部最早的實境節目《真實世界》（*The Real World*），就是在一個新的城市追蹤一群住在一起的年輕男女。MTV也是卡通節目《癟四與大頭蛋》（*Beavis and Butt-Head*）的母台。

MTV和Vice媒體同樣都有著一股局外人的感性，也嘗試著走同一條危險鋼索：想要把地下文化商業化。這涉及要展現真實真確，但要以大眾為對象進行包裝加工、又不能讓群眾發現這就是另一種行銷型式。MTV和Vice媒體靠的是訴諸愚鈍的男性幽默，這是普世語言，不管是柏林還是洛杉磯，所有年輕人都會覺得很好玩。而且，利用影片而非平面傳播，語言的隔閡也不再重要。要行銷一個能用看的全球品牌，比一個得用讀的品牌輕鬆多了。

史密斯已經為雜誌規劃好一套全球策略，他的影片新創公司會更積極進攻國際。Vice媒體的倫敦辦事處正在成長，公司最近也買下自己的酒吧：老藍最後的酒吧（The Old Blue Last）。酒吧的天花板塌過三次，但是由於這家酒吧在音樂界甚有名氣，Vice媒體引來很多知名人物表演，例如北極潑猴樂團（Arctic Monkeys）和艾美・懷絲（Amy Winehouse）。撐過一次瀕死局面之後，身為行銷大師的史密斯，不想再看到自家公司再度成為受害者，屈服於奧地利學派經濟學家熊彼得（Joseph Schumpeter）所說的「創造性破壞」（creative destruction）之下；「創造性破壞」是指產業從內部出現革新、新經濟模式毀掉舊模式的過程。過去二十五年，無線電視台新聞的觀眾已經少了一半。至於剩下哪些人，則從假牙、成人紙尿布和治療勃起障礙藥物的廣告中可見一斑。福斯、CNN和MSNBC等有線新聞台也無法吸引多少年輕觀眾[19]，福斯觀眾群的年齡中位數接近七十歲[20]。老牌的夜間新聞節目用很弱的招式爭取年輕觀眾，開始以名人消息與生活風格花絮等內容來妝點自己，但這樣做只是降低品質，還促使核心觀眾不信任新聞媒體，根本培養不出新一代的觀眾。

二〇〇六年春天[21]，瓊斯將他這位身材魁梧還刺了青的朋友史密斯介紹給佛瑞斯頓，就在百老匯上維亞康姆大樓他的大辦公室裡碰面。雖然佛瑞斯頓是「穿西裝」的，但並非一般的商界人士。他曾經在阿富汗經營過一家製衣廠，在當地住過幾年。他熱愛有異國風情的地方，和史密斯一拍即合。佛瑞斯頓也很欣賞善用YouTube的概念；早期，對一般業餘人士來說，YouTube不過就是有畫面的布告欄。

Google二〇〇六年收購YouTube時[22]，後者有五千萬用戶，正迅速成為分享更專業精緻影片與電視預告片的平台。YouTube和Vice媒體的關係，與BuzzFeed和臉書的關係類似。網路本來就會分成內容供應商與傳播商，這一點和老式的報紙大不相同，平面媒體和記者總是為同一家公司效命，讓雇主獲得有利可圖的獨佔地位。

臉書和Google在設計上是中性平台，供用戶發布自創內容，他們不聘用編輯人員，也自認為並非出版商。這套架構糾結多年（在這套架構下，平台商就無須為自家平台上的任何特定內容承擔責任），多數時候他們都無法限制色情圖片、激發暴力的內容以及其他公然造成冒犯的素材；而且，由於廣告和群眾的成長速度飛快，他們也沒什麼誘因去限制內容。隨著整個網路上到處都是線上霸凌、網路酸民以及「假消息」，臉書和Google都面臨愈來愈高漲的批評，指責他們並沒有好好控管平台上的內容。

史密斯的重點不在於平台業務，他看到的是Vice媒體在網路出版內容端這一邊的機會。「我們看到大家都有YouTube、葫蘆（Hulu）或臉書的帳號[23]，」他說，「大家都把錢花在平台上，但都沒有花在有用的東西上。所以我們說，好的，市場終究會追上來，到時候大家都會需要內容。」Vice媒體很快就和MTV達成合作，成立了一家叫VBS的子公司，負責製作影片。維亞康姆佔百分之五十的股權[24]，史密斯、瓊斯、阿爾維和艾迪・莫瑞提用維亞康姆提供的資金製作並提供影片。這家雜誌公司幾乎是在一夜之間就轉型成製作公司。

也就在此時，佛瑞斯頓被維亞康姆開除了，這可以說是薩文斯基命運瞬時大逆轉的情境又重新上演。維亞康姆公司反覆無常的董事長薩默・雷石東（Sumner Redstone）開除他，是因為他任由魯波特・梅鐸出價高過維亞康姆以五・八億美元收購MySpace，導致維亞康姆的股價下滑將近百分之二十。但是，和薩文斯基不同的是[25]，佛瑞斯頓有幾百萬美元的退職金作為離職期間的緩衝，並且利用空下來的大把時間引進其他投資人，替Vice媒體敲開更多大門。沒多久之後，佛瑞斯頓應史密斯之邀成為Vice媒體的全職顧問，也是第一位外部董事。佛瑞斯頓離開後[26]，維亞康姆公司拋下其認為毫無價值的Vice媒體股權，用三百萬美元賣回給史密斯。史密斯現在可以掌控公司的多數股權了。Vice媒體後來變成一座金礦，MySpace反倒成為最大的網路敗犬，是梅鐸的一大恥辱。

佛瑞斯頓透過一位之前在高盛（Goldman Sachs）任職、後來轉戰萊恩集團（Raine Group）的私募股權界友人喬伊・雷維區（Joe Ravitch），快速替Vice媒體募得三千萬美元新資金。這很像早期在加拿大時的歲月，當時有薩文斯基為雜誌注入足夠的現金，讓他們得以擴張並搬到紐約。差別在於，憑藉著曾在MTV任職的背景，佛瑞斯頓在商業很有信用，他個人也身家雄厚，是一個可靠的贊助人。佛瑞斯頓認為史密斯是很出色的經理人，很佩服他能把這家小公司從蒙特婁的地下室拉了出來，如果他們能心想事成，未來將會成為下一個MTV（短短十年內，史密斯有了一個更大的抱負：要成為下一個CNN）。

他們開始創作的影片本質上並非新聞，而是不同版本的在地拍攝沉浸式報導，帶領觀眾前往遙遠、危險之地，見識音樂與毒品的次文化，這些是無線電視廣播新聞的特派員絕少觸及的領域。「我們秉持的美學是質樸。」一位VBS的編輯如此表示，而這句話也適用於主播的外表，「就算衣衫襤褸、就算宿醉，也都會拍進來。」現場的製作人會指導Vice媒體要上鏡頭的人，引出他們內在的桀驁不遜，提供用其他髒話換句話說的台詞，慫恿他們狂歡作樂，並敦促他們以最煽動的詞彙開講。他們的影片是專為網路而創作，本質完全不同：這裡有的是一股質樸，讓人覺得像所謂的真實電影（cinéma vérité，譯註：一種源於紀錄片的寫實主義電影類型）。有一部短片的主題，是莫頓回到故鄉喬治亞州[27]，去見一位喬治亞州亞特蘭大市的幫派饒舌歌手楊・吉茲（Young Jeezy）。他們倆在一張會議桌旁並肩坐下，這樣的搭配是絕佳的對照研究；這正是Vice媒體挑選莫頓擔任採訪人而不選其他比較老練人員的原因。短短兩分半鐘，小娘砲在椅子上坐立不安，試著想出一些值得聊的話題。找了半天什麼都沒有，於是他問道：「你會吃煮花生嗎？」這種問題就連吉茲也受不了。當這段訪問放上網路，有一位媒體評論家認證這是「有史以來最詭異的饒舌歌手訪問」。

當然，光是這句話就很有說服力，足以引人去看。這是莫頓現身螢光幕前的主要功能。「一開始[28]，」史密斯說，「是因為湯瑪斯（莫頓）是我們見過最不善交際的人，因此我們說：『應該要把他變成這些紀實報導的明星，因為這看起來很突兀。』我們知道，不一定要用超人來當主持人，五十公斤的典型萬事通書呆子也很適合。人們會對他起共鳴。」

在這場嚴重失誤的吉茲訪談之後，莫頓下定決心要變得更強大。他提案去做以古拉人（Gullah）為題的報導；古拉人住在南卡羅萊納海之群島（Sea Islands）上，有著洋涇濱語的文化，這群人脫離赤貧的唯一方法，就是靠他們著名的私釀酒祕方。莫頓開始尋找古拉人以及他們的非法私酒。如果只有這樣，還不夠切合Vice的品牌形象，於是莫頓再丟出另一個亮點：他會請最近加入Vice唱片公司的龐克搖滾樂團（Black Lips）和他同行。「太棒了，」他記得編輯群這麼對他說[29]，「你一定得做。帶個攝影師一起去。你有一個週末的時間。」

接下來這個週末，就是一連串的狂歡作樂與高潮迭起。莫頓到了當地，一副城市佬的樣子[30]，塞進了樂團搖搖晃晃的廂型車，要在這個與世隔絕的地方待一陣子；在這裡，他看到了「有一百萬年老的蒸餾器」，還被「叫去森林深處找一種很可怕的成分，那裡有一個黑人版的水牛比爾（Buffalo Bill）正在釀自己的私酒」，之後又「被一卡車的憤怒農民追到一座農莊，最後還被當地導遊拋棄」。但他時來運轉僥倖脫困，和當地一群滑板運動愛好者（還能有誰呢？）建立起特殊情誼，他們帶他去看一處祕密的私酒釀酒坊。「我們離開小島時喝個爛醉，喝到這輩子誰都沒喝過的粗劣烈酒。」對莫頓來說，這件事的寓意就是他沒有劇本可循；他不受新聞專業的束縛是一大優勢。至於他的受訪者，他說：「和我們在一起時，他們多數人都比和那些坐在主播椅上、打著領帶的人相處起來更自在。他們比較容易和我們有共鳴。」

Vice媒體的人認為[31]，新策略顯然奏效。「影片正如我們的期望，成為帶來現金的金牛。」莫頓說，「這也是雜誌社的優勢，因為當時世界已經很厭倦平面內容了。」

莫頓帶著攝影師，讓自己親身沉浸在生存主義文化（survivalist culture）當中。莫頓奉命去拍攝一對夫婦，他花了幾天才在北阿拉斯加找人，他們住在一個完全與世隔絕的地方，以他們找到或獵捕的東西維生。晚上，黑暗和動物發出的聲音讓莫頓害怕不已。有一頭大熊靠得太近，招待他的主人對著妻子大叫：「拿槍來！」她拿來了，大熊一槍斃命。莫頓幫忙取下熊皮，以報答對方願意協助拍攝，他的東道主則送給他熊皮當成紀念品。史密斯聽到這件事，他善用機會，用熊皮填充回原來的熊並送回布魯克林，變成公司的幸運物，惡狠狠地端坐在主會議室的角落。大家叫他「果汁盒」（Juicebox）。

莫頓是橫掃新聞界大革命中的一股力量。隨著發行量與廣告收益萎縮，報紙的新聞編輯室也一縮再縮。在報社任職的人，常會發現身邊的同事忽然間就沒來上班了。報紙適應影片時代的速度很慢，而且新聞記者也看不起報社聘用的攝影師，認為他們「不是真正的新聞工作者」。史密斯才不在乎這種區分方法。如果同一個人可以寫文章也可以做廣告，當然也可以替Vice網站拍攝游擊式紀實紀錄片。

莫頓的行事曆很快就排滿這類沉浸式體驗活動。他被派往迦納去看一家棺材工廠[32]，這家工廠專門把棺木外觀設計成飛機、鋼琴、椰子或板手的趣味笑鬧產品，莫頓自己也試躺了一副，而且還蠻喜歡的。他去了墨西哥阿貝多，試試看這個小鎮的一大觀光賣點：這裡有一處園區可讓人模擬非法越過美墨邊界是什麼感覺。他也去了茅利塔尼亞[33]，體驗當地強迫餵食新娘讓新娘快速增胖的傳統，兩天內靠著富含脂肪的飲食增重十磅（約四・五公斤）。在中國，他親身參與國家贊助的相親，並去了一處製造充氣娃娃的工廠。

他主持了一系列的幾集節目，探討太平洋的有毒垃圾已經可以堆滿整個德州了。他和一群保育人士一起去探險，前往一處垃圾聚集的大型漩渦。他幫忙捕捉水母以及其他海生動物以研究負面效應，然後把牠們切片變成壽司，親口吃下有毒物質。

他的任務逐漸變得嚴肅。他在寮國溜進一艘救生艇，體驗從北韓逃脫的人祕密冒險征途，迂迴繞道以求得能平安抵達泰國；他遠征哈薩克偏遠地區，俄羅斯核子試驗的效應在當地仍未消失，導致新生兒出現嚴重缺陷。在哥倫比亞波哥大（Bogota），住在下水道的孩子逃離巡查的暗殺小隊，他們正在清理城市，以迎接美國小布希總統到訪；這些人把汽油倒進下水道然後點火，二十二個人被活活燒死。莫頓帶著一位攝影師，追根究柢調查，穿上防水高筒靴下到下水道，和當地一位運動人士舉步維艱「深入人類的穢物」。親身來到污穢惡臭當中，莫頓見到了孕婦、寶寶、賣毒品的人以及在他們藏身的狹小空間煮食的人。攝影機在拍攝主角的同時，也把焦點放在莫頓身上。這是Vice的風格，親身投入危險的情境，在當地展現大膽之舉。「我怕死了。」莫頓直接對著攝影師這麼說，完全是這家公司的風格。

煽動和新聞之間的界線，會因報導不同而改變。莫頓很受歡迎且引起轟動的報導包括「海洛因假期」（Heroin Holiday），他和一群毒蟲在布拉格附近的罌粟花田紮營。他在敘利亞內戰中在庫德人（Kurdish）的前線待了一小時。最奇特的，可能是他親自去了一個主張有末日的基督教社區。他對自己去的地方實際上根本一無所知，但這根本不重要。在《紐約時報》，這種衝進衝出某些地方做出的表面報導，被人們嘲弄說成「沾醬油」；這家老報社的海外報導主要仰賴的是住在當地，並研究相關文化多年、經驗豐富的外國特派員。

莫頓的報導達成了預定目標：吸引了會花好幾個小時瀏覽YouTube的年輕人來點閱。Vice是最早一批將報導放進YouTube頻道並要求觀眾註冊訂閱的公司之一。雖然這些頻道免費，但是註冊讓Vice以及YouTube的東家Google得到寶貴的數據以了解年輕人，數據有助於帶來廣告營收。很快的，Vice的內容就展現出價值，YouTube為了他們的沉浸式紀實報導影片支付了幾千萬美元給這家公司。Vice

的短片有很多頻道，主題包括科技、音樂，最後是美食和毒品。到了二〇〇九年，這些小型的紀實報導影片每個月可以吸引三百五十萬不重複的訪客，這些人平均在網站上花十五分鐘。

Vice讓人瞠目結舌的譁眾取寵之舉，以及他們採取新潮的立場對媒體傳統嗤之以鼻，引來了注意力但不足以讓這家公司取得正統的新聞品牌地位。就像裴瑞帝對BuzzFeed有所期待，史密斯也希望世人認真看待Vice。Vice廣被世人當成酷的來源，很值得任何在乎酷玩意兒的人去追蹤。當這家公司成長進入青春期，史密斯開始善用他們對千禧世代的掌控，讓Vice轉型成實質內容供應商的角色。這是一種上鉤後轉換的策略。Vice的熱情支持者會一直等著他們提供新貨[34]，比方說，專門想看重金屬音樂相關影片的人，會眼巴巴期待他們放上最新一集在巴格達拍攝的重金屬音樂短片。他們會一直回來看莫頓如何度過下一趟刺激旅程[35]，並發現他愈來愈常出現在有新聞價值的處境，例如和庫德族軍人站在一起對敘利亞的聖戰士開戰，或者在太平洋報導環境問題。有些家長會拿湯匙裝著蔬菜假裝飛機，一圈飛過一圈之後降落在寶寶嘴裡，Vice的策略有異曲同工之妙。

隨著讀者長大，曾經投資營養豐富內容餵養他們成長的Vice，也需要得到回報，因為這些東西比他們早期提供的草秣昂貴得多。史密斯看得出，Vice媒體的壞男孩調性在處理有新聞價值的主題時是很好的引線，他在想，如果要處理的是裹上糖衣、讓他的銀行帳戶有價值的主題，不知道是不是同樣有效？Vice壟斷了以模擬真實體現文化叛逆的市場，一開始是在雜誌界，接下來則獨霸網路影片領域。如今這家公司大有立場運用這樣的地位，他們能讓廣告主變得很酷，並能因此收費。因此，史密斯開始創辦自有的廣告公司，就設在公司位在布魯克林區的辦公室。新的廣告公司名為「Ad-Vice」（與英語中的建議〔advice〕同音），然而，這個名字一語雙關，暗示著建議客戶墮落（譯註：

「vice」一詞在英語裡有「邪惡」之義），讓潛在廣告主卻步，於是他們更名為美善公司（Virtue）。美善製作出來的品牌置入廣告（branded ad），看起來、感覺起來都和Vice的報導如出一轍，這一點很重要，能讓廣告偽裝成事實。這和BuzzFeed的策略相似，廣告與新聞之間的一致性是刻意設計出來的：Vice鼓勵記者替美善公司撰寫文案，文案作家也會去做編輯工作。

Vice並沒有嚴格要求自己成為新聞供應商，因此，公司裡根本沒有人在思考廣告與新聞之間要有界限這個問題，也不介意讓廣告主影響報導內容。Vice甚至把和廣告主的關係拉得更緊，邀請他們合作，一起構思節目並提供贊助，多數新聞機構根本把這種事當成禁忌，一直到他們面臨財務壓力之後才會開始招攬贊助商。Vice的廣告部門逐漸壯大，提供的服務幾乎和正規的廣告公司沒有差別，連購買其他網站上的廣告投放位置業務也包辦。這個叛逆的反體制者，如今看來毫不遲疑收緊他們的壟斷控制權，用來塞滿廣告的媒體大餐餵養又酷又容易相信別人的年輕人。

「每跨足一個新領域，我們就掌握到更多神祕罕見的『品味創造者』。」Vice在對廣告主推銷的媒體套件當中如此自誇，「攜手合作，我們可以大幅成長、力量大增。」

史密斯眼光遠大，那時候已經重達兩百三十磅（約一〇四公斤）的他，胃口同樣也很大。他某一次說過他的生活方式是：「晚餐我們喝個十四瓶酒、烤隻乳豬，吃甜點時來談如何砍人頭的報導[36]。」他自認是「享樂分子、說故事的人、酒鬼」。員工把巡視辦公室的他比喻成羅斯福總統（Teddy Roosevelt），但他比較喜歡自比為Vice的史達林。史密斯看來樂於和老派的新聞捍衛者對抗，以鞏固他一直期待Vice未來能成就的「媒體帝國」。佛瑞斯頓說，當Vice開始推出第一部影片報導[37]，史密斯就帶他去巡視簡樸的辦公室，對他說：「有一天，我們的剪輯房會多到可以裝滿一個足球場。」新的影片事業有一句口號：「十年內，我們將成主流」（In ten years, we'll be the mainstream）。史密斯啟動了這家公司貧窮的起點，現在，輪到Vice踩在過去握有權力的機構頭上盡情享受了。「我每天都打仗，」他對《華爾街日報》說，「我和大機構對抗，他們對著我擲矛，而我要把他們的午餐吃掉。」

「讀者正在擺脫報紙[38]，其他人很難掌握我們手上的這一群人。」二〇〇九年時史密斯對《紐約時報》這麼說。廣告主最大的問題，是在網路上長大的年輕一輩早就培養出分辨廢話的能力。史密斯說，Vice就是「品牌尋求諮詢時的解決方案」。他沾沾自喜，說的好像是因為他有寶貴的洞見，才讓他有別於老派的競爭對手，但實際上，他們避之唯恐不及的主要是他的建議：他說他們應該把社論和廣告弄得混淆不清，以愚弄讀者。我還是《紐約時報》的編輯主任時，我向我們的數位廣告主管請教過原生廣告的問題，她畏縮了一下，說：「《紐約時報》絕對不會這樣做，這太低級了。」

數位時代把一套新的商業模式奉為產業標準：像Vice和BuzzFeed這類公司免費放送新聞內容，用出版商的品牌身分贏得追隨者，之後把群眾當成籌碼，對贊助商業務員大力推銷宣傳，低調地將他們帶到這群已經交出忠誠度、深信不疑的讀者眼前。他們的非贊助社論內容賣點，是讓讀者知道自己有多出色、多麼不容妥協，他們賣給廣告主的，則是和讀者之間的深刻關係；賣廣告可能會損害他們與讀者之間的關係，因此要向廣告主收費。「特別是，」這家在法定文件中大膽揭露[39]，「美善全球（Virtue Worldwide）利用Vice的群眾以及Vice對於市場的理解，把如何接觸消費大眾的專業和其他服務賣給廣告主、企業及／或消費者。」

Vice的「創意」部門主管莫瑞提點出美善公司最重要的資產。「我們擁有的就是我們的聲音[40]。」

他對《華爾街日報》這麼說。Vice的另一位創意部門主管湯姆・潘奇（Tom Punch）則說，該公司的主要商品可以進一步去蕪存菁、直指精髓；他說，廣告主對公司提出的要求中，每一項都有「真實」這個字眼。對他們來說，真實很可能就像任何珍貴的天然資源一樣，最終都會耗盡。但是，湧入的現金很容易讓這個「最終」暫時消失無蹤。他們的計畫，是盡量榨出Vice的街頭親和力，發揮最大價值。如果枯竭了，他們會找到新的方針。

美善公司不做網路上到處都是的廉價點選廣告，他們產出製作精美、可供預覽的廣告，在Vice網站上播放沉浸式的紀實紀錄片之前先行播放——這樣的安排也可以讓人對廣告產生誤會。Vice已經有一位早期的原生廣告格式大師史派克・瓊斯，他執導的作品包括他替宜家家居、愛迪達和蓋璞（The Gap）拍出的極受歡迎廣告短片。他的廣告訴說動人的故事，大家都想看，其中某些甚至已經成為受人崇拜的經典，一如他拍攝的電影。

著名的宜家家居廣告經常出現在永恆的偉大廣告清單中，這則廣告說的是一盞被主人丟棄、孤零零留在街頭的紅色燈具。當悲傷的音樂響起，這盞燈遭到風雨吹拂打擊，窗邊出現燈具舊主人的身影，在新燈具的溫暖燈光下顯得明亮。結尾時，一個帶有北歐口音的陌生男子不知道從哪裡冒出來，渾身都被雨淋濕了，他說：「你們有許多人替這盞燈覺得難過，那是因為你們都瘋了。燈根本沒有感覺！新的燈確實好得多。」鏡頭切換到宜家家居黃藍色的企業標誌。

另外一支替絕對伏特加（Absolut）拍的影片[41]，推銷時用的技巧更奸巧：在這部三十一分鐘的影片裡，瓊斯寫了機器人在洛杉磯陷入愛河的故事。影片的主題曲是正在流行的獨立樂團雪橇鈴（Sleigh Bells）作品，服裝設計團隊則是替電音樂團傻瓜龐克（Daft Punk）打造行頭的同一批人，這部影片在辛丹斯電影節（Sundance）首映，廣獲好評。這裡面沒有講到任何和伏特加有關的東西，而且，除了一開始在致謝名單上有跑過一下「絕對伏特加隆重獻映」之外，也都沒有提到贊助商。

原生廣告是一種隱藏的銷售。要能收效，廣告在風格上必須和核心內容協調一致。推銷說詞很微妙，在整個報導中佔次要地位。觀眾與讀者很容易就會把真實報導與廣告混為一談，而這也就是重點所在。許多有品牌商贊助的短片隨附的標示很小甚至根本沒有，有些影片播放時僅有Vice的浮水印。

除了短片廣告之外，Vice也允許客戶贊助包裝成系列、打著新聞名號的影片。品牌商會支付高達五百萬美元的費用，購買「量身打造的聯合品牌置入內容活動」。比方說，Vice就替戶外運動用品商北面（The North Face）公司製作了一系列名為「遠方先鋒」（Far Out）的長片[42]，「帶領觀眾透視真正體現北面公司哲學理念的人過著怎樣的生活，他們是一群『永不停止探險』（Never Stop Exploring）的人。」至於想強化對於年輕騎士吸引力的哈雷機車（Harley-Davidson），Vice製作了六支影片，主角是一群騎著車去墨西哥各地滑板的滑板愛好者，順勢展現了哈雷的產品線。美善公司的公關團隊之後宣稱，購買哈雷機車的年輕人增加了百分之二十三是他們的功勞。

這個團隊也替富豪汽車（Volvo）製作了一部世界性更濃厚的影片。Vice炮製了三十部影片側寫三十位成功的年輕「創意人」，這些人都是抽樣富豪汽車的目標市場精挑細選後的對象：雕塑家、攝影師、化學家、蛋糕裝飾師。「生態想像」（Ecomagination）是奇異公司的能源系列影片，剛好和該公司長期操作的廣告活動名稱相同，當然這是精心安排的結果。在此同時，《紐約時報》和《華盛頓郵報》則不容許廣告主贊助特定內容，因為他們認為這樣的安排逾越了新聞與廣告之間的界線。當Vice開闢專以健康為題的縱向頻道「通寧客」（Tonic），有兩大醫療保健公司贊助系列影片，這些醫療市場巡禮影片提出的建議居然還非常中立。《紐約時報》苦惱著是否要讓非營利的醫療保健基金會付錢贊助某些健康議題相關報導，最後否決，因為這家基金會有營利性的捐助人。

只要支付高達八位數的價格，品牌商也可以從Vice手中買下整個自有縱向頻道。行銷高階主管善用這樣的機會，希望被視為與Vice平起平坐的合作者。在這些極具野心的廣告合作事業（稱「廣告活動」已不足以完整描述Vice推動的事業）當中，有一項名為創意家專案（Creators Project），這是Vice一個配有完整人力的網站，於二〇〇七年推出，是專為英特爾打造的永久性網站。這個點子，是史密斯和瓊斯在吃晚餐時想出來的[43]。瓊斯問，如果沒有財務限制，你要做什麼都可以，那你會做什麼？如果早幾年，這個話頭可能會因為假設成分太高而被忽略，但如今是一個很務實的問題。史密斯的答案一反常態，非常高雅。他說他會想要成立一個機構，類似一九二〇年代巴黎的沙龍那樣，成為孕育藝術、音樂、戲劇、文學之地，成為「文化交叉授粉」的綜合之地。口袋飽飽的英特爾是最適合的贊助商；該公司的晶片四處都有卻又看不見，這代表幾乎沒有品牌識別度。若能成為世人眼中的創意支持者，將可以營造出識別度。

史密斯亟欲在英特爾高達三·二七億美元的行銷預算中分得一大杯羹[44]，他在第一次和客戶會面之前，先設法併吞隔壁一家建築公司的辦公室，因為他覺得玻璃牆面比較能留下好印象。員工收到指示，必須打扮整齊並帶上筆記型電腦，最後關頭叫來一名水電工，替這次的會面安裝一套最時髦的日式廁所。史密斯希望散發出聰明科技新創公司的氣質，而不是披薩盒子到處亂丟的粗魯兄弟會派對。根據《紐約客》雜誌的說法，史密斯要吸引客戶時，有時候會命令員工出現在他要敲定交易的酒吧，營造出很潮、很有活力的氣氛。「去跳舞。」他會這樣對他們悄聲說。

他的三寸不爛之舌在英特爾身上奏效了，替史密斯拿下一次決定Vice日後成長軌跡的大勝利。Vice和英特爾聯合製作的節目，是以音樂家與其他藝術家為主角，表演或討論他們的工作與文化、科技的連結。這家本來面貌模糊不清的晶片製造商花了四千萬美元[45]，買到了露臉的權利。打動他們的理由，是這樣做可以在都會年輕人心中潛意識裡植入正面的品牌聯想。當Vice在紐約、倫敦、首爾和北京的各音樂節系列上播放影片、大肆宣傳推出「創意人專案」，他們的企業標誌會在舞台上閃耀，也會出現在Vice員工發布在網站的文章與影片上。但是，對英特爾來說，這種合作關係的用處並不限於潛意識。英特爾在Vice買下一整個組，不管內容最後有沒有展現在世人眼前，英特爾都買下了掌控的發言權；這就是史密斯夢想中的「文化的交叉授粉」。也就是說，作家和編輯被派去撰寫以光明面來勾畫這家晶片製造商的文章。有一篇文章吹捧英特爾的科技專家有多麼巧妙[46]，他們創造出一個全像投影（hologram）的角色，在英國亞芬河畔史特拉福上演的莎士比亞戲劇《暴風雨》（*Tempest*）中插上一腳。另一篇報導題為「探索我們與電腦的關係」（Exploring Our Relationship to Our Computers）[47]，一開始就直接了當推銷英特爾的產品，犯下了品牌置入內容最基本的「不可做之事」。

大部分的贊助內容比較巧妙迂迴，因此更隱晦。這套推銷術非常軟性[48]，讀者在創意人專案網站上瀏覽時，很可能會看到一篇題為「品牌商會成為新的梅狄奇家族嗎？」（Are Brands the New Medicis?）的文章，而且渾然不覺英特爾或其他品牌影響了文中的主張論據，作者的說法是：「在藝術世界裡，有品牌置入的案子經常被污名化，被視為毫無創意與道德可言；但是，隨著引人注目的品牌合作案愈來愈常見，看起來，藝術與廣告之間的交叉授粉也不再像過去那樣讓人反感了。」

在許多傳統新聞記者眼中，美善公司本身就是一樁醜聞。隨著這部引擎帶動了公司百分之九十的營收[49]，不管稱之為原生廣告也好，還是所謂的品牌置入內容，都成為了不可忽視的一塊，但模糊了新聞和廣告界線引發的道德污點，仍讓《紐約時報》和《華盛頓郵報》等傳統新聞機構不安。之後，當他們看到史密斯贏得可口可樂、安布集團（Anheuser-Busch）、耐吉、戴爾（Dell）、美國電話與電報（AT&T）、放款公司、包裝消費商品大型集團等等客戶，這些報社也放下了良心。二〇一四年，《廣告週刊》（*AdWeek*）稱史密斯是「品牌才子」[50]。

史密斯說，創意人專案是「哇靠」的大突破[51]。「這套方案打造出了整個公司。」方案給的範本，重點都在於調和Vice內容和客戶的目標，這和社論獨立論恰恰相反。他毫無愧色地說：「我們不切分創意和業務[52]。」

老牌的雜誌急需營收，因此《大西洋》和《富比士》（*Forbes*）等很快就注意到史密斯用來解決業界問題的「方案」，紛紛搶著在內部成立自有廣告公司。短短幾年，《紐約時報》和《華盛頓郵報》也有了製作原生廣告的內部廣告公司。《紐約時報》搶走《富比士》的營收長與廣告總監（此人是最積極的原生廣告愛用者之一）[53]，成立了自己的公司。但Vice的營運睥睨其他人，客戶捧著幾百萬美元上門，搶著要購買該公司新潮、前衛的廣告活動，並用和該公司紀實紀錄片相同的沉浸式風格來說故事。

史密斯堅持，Vice在這些廣告合作關係中必須保有「創意控制權」，而且不會為了贊助商編輯任何內容。但他也說[54]：「所有品牌商都應把自己當成媒體公司。」他發動攻勢，挑戰一般認為Vice已在妥協的認知。「我們不做品牌置入內容[55]，」他大聲宣告，只承認：「我們只做品牌贊助的內容。」他認為，兩者之間的差別，是Vice得以保有向來宣稱的真實真確，但，實際上這是沒有真實差別的分法。

雖然史密斯把假話喊得很大聲[56]，力主Vice的企業客戶「沒有下指導棋」，但是他私底下在編輯流程中仍把客戶說的話奉為聖旨。漢米頓‧諾蘭是「高客網」的記者兼自封的Vice新聞公評人[57]，只要到Vice網站扼殺哪一則觸怒贊助商的報導，他就捉住機會。諾蘭聯絡查爾斯‧大衛斯（Charles Davis），他之前是Vice的編輯，對這家公司的審查政策吹哨示警後就被開除了。大衛斯編輯一篇自由作家的稿子[58]，標題是「此時該開始抵制全美足聯了」（It's Time to Start Boycotting the NFL），主管還來不及代表潛在業務客戶全美足聯伸手干預，他就先核可發布文章。後來有一位更資深的編輯不斷譴責並訓斥他，此人在一封電子郵件裡對大衛斯清楚說明Vice的標準作業程序：「提及『任何』品牌時，此處指的基本上是提及任何我們可能和對方做成大筆生意的任何大機構時，都應該清楚呈現給何西（賽門）檢視。」何西‧賽門（Hosi Simon）是Vice的全球總經理。大衛斯指出：「根據我的經驗，每一次，我說的就是每一次，當我『清楚呈現』報導時，都會被扼殺。」

這類爭議，和班恩‧史密斯刪掉某些可能會觸怒BuzzFeed廣告主的內容雷同。這兩個明顯向廣告客戶低頭的例子，如果是在《紐約時報》和《華盛頓郵報》這兩家早就已經築起分隔牆的報社，必會引發重大醜聞。BuzzFeed和Vice無法謹慎擋開廣告主，證明了他們仍是不成熟的新聞品牌。

Vice內部其他吹哨者發出的文章開始湧進諾蘭的收件匣。「他們持續地為了討好品牌商而編輯[59]，」一位化名為「海尼根」（Heineken）、在網站的音樂縱向頻道中工作的編輯寫道，他指出Vice制定了「冗長且惱人的核准流程，所有影片都要等通過後才能放到網站上」。另一位作家說，在飲料大廠布瑞斯克（Brisk）贊助的縱向頻道上，他提到某些該品牌覺得很反感的地名和人名，因此遭到處置。另一位說，有一位編輯因為發布批評耐吉的文章而「被釘」。這家運動服飾公司的代表反對Vice針對三K黨（Ku Klux Klan）所做的一系列報導，因為裡面有一個主角穿著耐吉的T恤。當安布集團抱怨螢幕上出現的三K黨人帶著百威（Budweiser）的帽子、喝著美樂啤酒（Miller Lite），Vice很聽話的刪掉了畫面。

Vice早年在加拿大的苦澀經歷，讓史密斯學到不要觸怒廣告主。他試了又試，希望時代華納（Time Warner）能到他的雜誌上來買廣告。等到他終於成功，公司卻把時代華納的廣告放在麥金尼斯所寫的老男人與性的淫穢文章旁邊。雖然多年後時代華納的子公司HBO和Vice成了夥伴，但時代華納從此之後沒再買過廣告。

因此，當美國銀行（Bank of America）拿出五百萬美元買下個人金融系列「人生這一行」（The Business of Life），這家銀行知道Vice絕對不會有關於銀行詐欺的報導。贊助商永遠都能在播出之前先看到節目，他們提出的更改要求也永遠都會有人照辦，每個參與製作節目的都心知肚明。因此，當節目的創作者介紹說「這是Vice新聞（Vice News）的新型態談話性節目，有精選的作家、引領思潮人士、政策專家和學者一起追根究柢，帶領你洞悉在這個世代需要理解的最複雜議題」，這些話並非完全出於真心[60]。節目談的話題包括如何替你一直想要拍的電影籌得資金、你的所得水準如何決定你獲得的健康有機食物等等。主題多半不太重要。有一大群多元化程度高到無可挑剔的千禧世代，拿到錢後來到某個倉庫成為「金融」小組，他們負責微笑點頭，什麼也不想。在螢幕的右上角，會打出明顯的Vice新聞字樣，彷彿把所有新聞名聲都賭在這篇報導的公正性上。這是一場表演，妥善安排真實與事實精確度的美學，但這些話術當中沒有任何實質的內涵。

Vice要魚與熊掌兼得[61]：一方面，他們瞧不起完全被收買的企業媒體；一方面，他們在公司同一棟大樓內又另找地方製作置入型專案，保證不碰會害主流新聞報導惹上麻煩的「譏諷與負面」，只採用偏樂觀、光明面的取向。美善公司為了名叫「集體共同」（Collectively）的專案製作、策劃了很多報導，有許多大企業聯名，包括可口可樂和聯合利華（Unilever）。「集體共同」專案的推廣文宣提出了極荒謬的承諾，指出本身是廣告公司的美善在為網站編製素材時享有「完整的編輯評論獨立性」。

Vice的品牌置入內容營造出來的形象，通常都與其自有內容相反。到了二〇一〇年，Vice的自有內容描繪出的世界樣貌更加黑暗，紀實報導開始更著重戰爭、環保、犯罪與監獄；但「集體共同」專案仍不厭其煩地走正向樂觀路線。「現今的媒體執著於製造恐懼的戰術[62]，四處瀰漫的悲觀主義讓我們相信『什麼事都他媽的糟透了，而且全是我們的錯』。」「集體共同」專案對群眾這麼說，並承諾「幫助人們理解他們如何能幫上忙，採取有益的行動，選擇創造出不同的局面」。

史密斯開心地在兩個世界之間穿梭，和企業客戶閒談並主持關於戰爭與氣候變遷的紀實報導，同時維持他的壞男孩形象。這樣的組合必然會走歪。有一次Vice把討論芝加哥暴力問題的紀實報導搭配銷售以復仇為主題的電玩，引爆了最嚴重的問題[63]。這部紀錄片「芝加哥中斷了」（Chicago Interrupted）有兩集節目，由電玩製造商貝塞斯達軟體公司（Bethesda Softworks）冠名贊助。影片的目的是要強化人們對於「冤罪殺機」（Dishonored）電玩遊戲的興趣，但觀眾並不知道當中的關聯，媒體評論家也大肆批評。

評論家對於其他影片友善多了，尤其是瑟什・阿爾維製作、談伊拉克重金屬樂團的旅遊指南和紀錄片。阿爾維在大轟炸之後前往巴格達，試著尋找他在戰前就已經在追蹤的一支樂團。他拍的紀實報導影片叫「重金屬在巴格達」（Heavy Metal in Baghdad），追蹤這個樂團如何奮鬥、以求在瓦礫堆中仍能相守，之後他們被迫流放到敘利亞。對於厭戰的美國年輕觀眾來說，從一群伊拉克重金屬樂團人的觀點來講故事，會勾起他們的興趣。

音樂是阿爾維在Vice的專屬通道，他開設了Vice的音樂YouTube頻道「吵喔」（Noisey），這個頻道有很多的企業贊助商，包括百威。他看起來像是年輕的研究生或是矽谷怪才，帶著眼鏡留著鬍子。在某一集的旅遊指南中，他返回父母的故鄉巴基斯坦，去探訪開伯爾山口（Khyber Pass）附近一處槍枝市場，小時候媽媽帶他來過這裡。他打扮得像個當地人，戴上太陽眼鏡，走到用融掉蘇維埃坦克的金屬做出子彈的地方，攝影機跟著他，當他擊發一枝卡拉什尼科夫自動步槍（Kalashnikov）時，鏡頭拉近。槍砲和危險常是Vice紀錄片中的明顯標誌。

史密斯和一小群人從中國溜進北韓[64]，以顛覆性、揭示性的觀點來看這個遁世之國。這系列的節目分為三集，包括前往一座完全沒有書本的國家圖書館，並去了一座運動場，觀賞軍隊儀隊為了迎接他們而表演的操演隊形。然而，北韓被奉若神明的「親愛的領袖」金正日（Kim Jong-il）從頭到尾沒有出現過。史密斯和攝影師不斷被警告在北韓拍攝影片是非法行為，但是他們仍祕密進行，挾著可證明北韓生活荒謬與恐怖之處的影片返國，也拍到史密斯喝醉與尋歡作樂的鏡頭。他出現在攝影機前也自有其吸引力，比方說，他會和飯店一位女服務生玩撞球和桌球，史密斯宣稱，這名女子過去十個月從未見過有其他顧客。

當金正日之子接班，Vice有一個團隊開始規劃重回平壤之事，這一次，主辦的是一個意欲對北韓專制體制表達友善的代表團。為了贏得獲取超級領導者金正恩（Kim Jong-un）的歡心，Vice選擇一位他最愛的美國名人，請對方加入拍攝：素以狂野知名的退休美國職籃超級巨星丹尼斯・羅德曼（Dennis Rodman）。羅德曼的魅力確實足以讓Vice進入這個封閉的帝國，而且，在大家都還不知情時，羅德曼和一位Vice的團隊成員已經受邀，前往皇宮和金正恩共進有十道菜的宴席。他們也帶領三名哈林籃球隊（Harlem Globetrotters）的隊員過來，在一座體育館裡為這位獨裁君王以及他滿場的子民表演，人們服從的掌聲在非正式比賽期間不絕於耳。羅德曼從看台上觀賞，他在場邊坐在金正恩身旁，之後替Vice總結了這段旅程的精神：「我要跟大家說一件事！我還蠻喜歡他的[65]。」他說，完全沒提到他侵犯人權的犯行，「這人真的太棒了。」

Vice的報導標題為「北韓有個朋友叫羅德曼和VICE」（North Korea Has a Friend in Dennis Rodman and VICE）[66]，吹捧史密斯勇敢無懼的代表團寫下的歷史新頁，創造了地緣政治的大突破。報導實際上在兩個星期後才出現，而此時Vice的工作人員已經平安穩當地返回布魯克林。這篇報導引發其他國際媒體機構開始報導北韓，包括北韓退出一項六十年的停戰協議，以及該國宣稱「好戰的」美國可以期待受到核武攻擊的「無情報復」。讓人尷尬的是，羅德曼似乎還為了美國與北韓之間關係不佳而道歉。雖然某些媒體評論家嘖嘖不滿，但是並沒有太多人注意。採名人策略贏得了大量的群眾，為Vice跨入主流後創下有史以來最重大的突破。

Vice努力贏得「酷」積分，彷彿公司的業務都靠「酷不酷」來決定，事實上也是這樣。史密斯除了把焦點放在每個星期HBO的節目之外，他還多元拓展Vice提供的產品與服務，在網站上設立很多新的主題時段或是縱向頻道，希望能贏得顯性潮人的忠誠度，因為Vice發現這類人的數量愈來愈多。

縱向頻道包括音樂、科技、美食與健康，這些頻道都有著很新潮的名稱，比方說「吵喔」、「主機板」（Motherboard）、「饞饞的」（Munchies）和「通寧客」。這些節目都受到廣告牽動，也根據廣告做最佳化調整。品牌商偏好買下特定設定的群眾，而不是一群一般大眾，Vice則希望取悅客戶。長期下來，縱向頻道的目標愈來愈特定：「吵喔」帶起了另一個頻道「砰響」（Thump），後者專門經營電子音樂的樂迷；運動類衍生出一個縱向頻道名為「戰鬥之地」（Fightland），專門報導職業綜合格鬥，冠名的是終極格鬥冠軍賽（Ultimate Fighting Championship），這家公司負責籌組、主辦格鬥並從中獲利。

《紐約時報》和《華盛頓郵報》等傳統新聞機構擁有的是一般性的群眾，他們靠設立時尚風格與美食等版面來吸引特定廣告。但是廣告主認為，平面廣告已經不再有效，忽然之間都轉而對影片狂熱了起來。《紐約時報》和《華盛頓郵報》只能慢慢擴充影片能力，因為他們內部根本沒有像瓊斯這種具備獨創導演專業的人才。他們跨入影片領域，不是因為想用畫面說故事來深化自家的新聞，而是考量到經濟。只要是觀眾會點來看的影片，廣告主就願意支付比較高的價錢買進影片開頭的時段，用來播放自家廣告。主節目還沒開始之前，先讓已經準備好的群眾看廣告短片，這可說是一扇希望之窗；這種商品比塞滿橫幅廣告的網站上的單純螢幕空間更寶貴。虛擬布告欄擠滿、甚至是擠爆網路，讓每個網站的外觀都變得很低俗，大家一起沉淪，也讓網友將所有廣告都當成華萊士所說的「全然的噪音」。攔截廣告的應用程式也因此很受人歡迎。

新聞機構已經習慣在靜態版面的限制之下運作，某種程度上，他們請來的視覺思考人才專精的都是如何使用照片、地圖和圖表來傳達文本無法傳達的資訊。他們的設計總監對影片還不熟悉，也無法整合在BuzzFeed和Vice很能吸引目光的動畫和動態圖像。《紐約時報》和《華盛頓郵報》聘用一些攝影師，要他們跟著平面記者，將報導的影片版貼上網站。但是主導的總是平面記者，也不知道如何使用新的數位工具來強化他們的新聞。在他們身後，還有更年長的記者抱怨新聞編輯室裡的數位專才並非「真正的記者」。

報社仿效無線電視廣播，打造昂貴的攝影棚，指派平面記者也開始擔任主播與訪談來賓。但是複製一種已經也在走下坡的類型，也無助於找到出路。他們的影片新聞報導大多很糟糕，只是浪費錢而已。幾年間，《紐約時報》聘用過六位影片導演，然後又打發他們離開。廣告部門仍在抱怨新聞編輯室有錢不會賺，不願意製作更多影片。但是，就算薩斯柏格放手，由廣告總監選擇下一任的新聞編輯室影片主管（此舉打破了廣告與新聞之別），她也失敗了。

為了吸引創投和新企業夥伴投資，Vice必須拿出群眾一年比一年還多的成績。生產線上產出更多新節目與新影片，瑕疵開始出現。史密斯曾經不太巧妙地模仿馬丁・辛（Martin Sheen），試著重現這位演員在導演法蘭西斯・卡波拉（Francis Coppola）的電影《現代啟示錄》（*Apocalypse Now*）裡的角色，穿過賴比瑞亞一處瘧疾肆虐的沼澤地去側寫一位反抗軍領袖，此人有著威震八方的名號：光屁股大將軍（General Butt Naked）。聽說大將軍在戰鬥前都要先吃小孩並喝他們的血[67]，但Vice並沒有去證實這件事。拍攝的焦點是一處堆滿人類排泄物的海灘。史密斯在攝影機前的對話極簡短也很刻板，而且充滿誇張的說法。賴比瑞亞「根本被搞爛了」，他大吼，「這是打了類固醇的強化版內戰，這裡根本是想像中歷經世界末日之後的末日戰場。」

某些經驗豐富的海外特派員與國際政策專家批評史密斯的賴比瑞亞之旅，部落格世界也開始咆嘯。「你的影片讓許多關心賴比瑞亞情勢的人激烈爭辯[68]，」有一位評論家寫到，「這些賴比瑞亞通的共識是，你的危言聳聽、天真無知和狹隘的拍攝視角，都是被人誤導。」另一位指控這個節目把片中的主角「當成動物園裡的動物一般」。影片播出不到一星期[69]，《紐約時報》也推出自有的旅遊影片，展現了一個已成絕佳衝浪聖地的平靜賴比瑞亞。

史密斯持續批評傳統媒體「沒有講出全部的故事」，他在賴比瑞亞影片中也講了這句指控。他在挑起反擊[70]，最後也真的被人打臉，就在《紐約時報》的媒體專欄作家大衛・卡爾（David Carr）採訪Vice三位創辦人時；卡爾帶著一部攝影機前往威廉斯堡，和這三人組會面。訪談中有一段影片後來瘋傳，被剪入了以《紐約時報》為主角的紀錄片《頭版》（*Page One*），史密斯在影片中以典型的離經叛道與慷慨激昂獨白直接控訴：

史密斯：嗯，我要說一件事：我是個普通人，我去了這些地方，到當地時我說：「來吧，各位來跟我談談人吃人這件事，好嗎？大家都跑來跟我講了。」然後我就有很多材料可以來談一談人吃人。就這樣了。大家都和我談人吃人！簡直是他媽的瘋透了！真的也是——我們的觀眾說：「那真是他媽的發神經，真的是腦殘了！」而在此時，《紐約時報》報導的是衝浪，我坐在那裡，心裡想著：「跟你們說一件事，我不要談衝浪，我要談人吃人，因為這種事讓我太氣了。」

卡爾：等一等——暫停一下。你去賴比瑞亞之前，我們就已經派記者報導過一場又一場種族大屠殺。就算你戴上他媽的健行遮陽帽、盯著大便橋，也不代表你有資格污辱我們做的事。好，繼續。

史密斯：——我只是要說，我不是新聞記者，我去那裡不是要去做報導——

卡爾：顯而易見。

史密斯：我只是在說我在當地看到了什麼。

即便史密斯振振有詞[71]，但他最終還是覺得必須道歉，因此在Vice貼出啟事：

我們近期的《Vice賴比瑞亞指南》節目引發了諸多爭議，有些人誤解了我們說故事的方法。我們對於爭議並不陌生，但這次不同，我們願意藉此機會就我們可能對賴比瑞亞的形象造成的任何損害致歉。這並非我們的本意。我們的《Vice旅遊指南》系列並非一般的旅遊指南，《Vice賴比瑞亞指南》旨在檢視過去的兒童兵、過去的將軍以及沒有跟上人類社會大規模發展的人們如今安在。一如我們所有的旅遊系列產品，我們的焦點是要穿過首都蒙羅維亞去面對嚴峻的挑戰，我們最終的產品也反映出這樣的經驗。我們明白任何發展與復甦都無法一蹴可幾，在任何經歷過衝突的國家都一樣。賴比瑞亞已經走了很長的一段路，但仍面對許多挑戰，而這正是我們想要呈現的。雖然我們達成了此一目的，但很多人反映——尤其是來自賴比瑞亞社群——他們很失望，指出我們本來可以把重點放在現今賴比瑞亞更積極正面的各個面向。即便賴比瑞亞人民經歷了諸多暴力與不公，國際社會在過去十四年來，沒有太多作為以阻止該國的內戰，但和我們合作及對談的賴比瑞亞人民仍是如此友善、溫情且關心別人。若對各位的國家形象造成任何損害與冒犯了任何人，我們要向賴比瑞亞人民致上深切的歉意。

敬祝平安

Vice 敬上

這不是Vice第一次批評自家特派員用浮誇之詞搬弄是非，顯然也不會是最後一次，但這引來了一些問題，讓人想弄清楚到底是什麼理由激發Vice把重點放在遠方。如果異域發生的事件本質並非重點，很可能是因為事發地點是如此的……異鄉。俄羅斯龐克樂團暴動小貓（Pussy Riot）的團員被控引發反總統普丁（Putin）的「球場暴亂」，因此鋃鐺入獄，Vice刊出一篇報導作為回應，文中說到他們的特派員坐在辦公室裡，聊到俄國政府的統治也讓他們同感沮喪，他們自覺「做的不夠，無法展現我們對這種事情的感受，沒有表現出我們的在乎」。暴動小貓樂團入獄讓他們內疚到難以承受，他們決定採取行動。「他媽的，」他們決定，「我們去刺青吧。」這篇報導名為「我們，也是，球場暴亂份子」（We, Too, Are Hooligans），記錄了這些員工「前往附近刺青店的旅程，在那裡，當他們上完麻醉之後，就刻下了俄文版的『球場暴動份子』一詞」。

Vice的問題，有一部分在於他們的新聞部門已經壯大，不再僅是為了排遣史密斯個人的無聊而已。「我聽到很多廢話，說什麼以前我愛古柯鹼、超級名模和性愛，現在改成愛做新聞。」他對著無數想要側寫他的新聞記者這麼說。這話說得好像他需要避嫌，不想被人當成太嚴肅的人。Vice新聞的原創報導，聽起來像是電影《醉後大丈夫2》（*The Hangover Part II*）裡的獨白。引用史密斯對「連線網」（Wired）所說的話，他說：「我們剛開始成立Vice，做的是時尚、音樂、生活風格和各式各樣的胡說廢話，忽然間，我們進到了高級時尚派對，身邊都是模特兒，有吸到飽的古柯鹼，在這樣的漩渦之中，人也就迷失了。但隨著我們跨足國際，開始看到更多這個世界正在發生的事，政治、經濟不平等以及環保問題才真的開始惹毛我。我說：『這些狗屁倒灶的事持續發生，我們卻什麼都沒做，我們是有能力去做點什麼的。』」他對《衛報》說：「一九九〇年代，我們的人生曾有某個時候以古柯鹼和不對稱拉鍊為重心。我們嗑很多藥、去了很多派對、和很多超級名模上床。但是你會明白，外面還有一整個世界。」

然而，在他們突然轉向去做新聞之際，有很多工作卻付之闕如，比方說，發展標準、道德指引、保全與安全規範、事實查核系統和訓練新進記者等等。各電視新聞網和CNN都聘用了高階編輯強化新聞標準，也會發給每一位員工內部規範手冊。但是，就算這麼做，也不必然每次都能避免失誤與違反道德之事發生。

在此同時，莫頓仍然低調，繼續沉浸。如果他人在布魯克林，他就是Vice各辦公室亟需的良知。公司同仁會找他談文學評論、坐下來和名聲響亮的電影導演對談，並評議媒體界，比方說，如何看待主流媒體過度剝削凋零的底特律。雖則如此，他也和上司一樣在判斷上犯了錯，同樣要負起責任，而且，在缺乏真正的訓練也沒有資深新聞編輯的帶領之下，他很快也陷入犯下基本錯誤的泥淖。

二〇一二年他前往烏干達，以用香蕉為原料的私釀烈酒為題拍攝紀錄片，他自己也喝了這種酒。喝酒不是問題，問題在於紀錄片的整個主軸[72]：核心是莫頓對於烏干達的觀點，他宣稱，雖然當地因為「沒有嚴重的內戰，過去二十五年來已經有了一段蠻美好的時光」，但是「仍是全世界喝得最兇的地方」。這種主張經不起事實查核，但是他根本沒有查核就先發布了；而且，在某位獨立記者執行查核之後，都覺得有必要叫Vice負起責任。首先，烏干達仍處於多重衝突的劇烈動盪之中，據稱自一九九八年開戰以來約有五百萬人喪生、兩百萬人流離失所。其次，麻省理工學院有一位叫伊桑・朱克曼（Ethan Zuckerman）的人在部落格裡指出，有超過二十國（分布在非洲、亞洲和歐洲各地）的人均飲用酒精量超過烏干達。

不管從莫頓個人還是從組織面來看，這是新手才會犯的錯誤。莫頓顯然對於他報導的某些地方與人物一無所知，而且，多數時候他的通訊報導中心思想就是這樣的無知。然而，當他把自己毫不周全的評論意見當成基本事實傳達出去，Vice也沒有制定任何可以查核他的標準化措施，甚至，公司根本也不太想這麼做，怕折損了好故事。當主題是驢子性愛或充氣娃娃時，這沒什麼關係；一旦涉及國際政治，事情可就嚴重了。

《紐約時報》和《華盛頓郵報》的海外特派員都要通過嚴格的訓練，他們派駐到某個國家或地區的任期通常都是四年。有人會替他們支付學習外語的學費，讓他們不需要當地的開路者、也就是所謂的「中間人」也可以做報導，Vice倒是固定要借重這類人。克里夫・李維（Cliff Levy）四十歲的時候派駐俄羅斯，他在《紐約時報》的國際部門來說算年輕的了；在這之前，他先花了六個月學語言，並浸淫在俄羅斯的歷史與文學當中。九一一事件之後，所有通訊記者都要接受詳盡的人身安全與保全訓練以因應緊急狀況，例如綁架。Vice認為應該把這些麻煩的權變規劃流程擱在一旁，向記者保證光靠膽量也可以很順利。

以莫頓來說，他坦承用新的新聞管道來取代舊的時[73]，有些東西不見了。「如果人們是從我們這裡得到新聞，」他說，「那就證明了新聞界陷入了多大的麻煩。」二〇一四年春天，他被派往敘利亞內戰前線[74]，即便在內戰的狀況下，Vice還是想辦法替他的報導找出一個滑稽的角度。小娘砲被安排要和一隊由青少女組成的庫德族部隊過一夜。當他和她們一起行軍並因為模擬交戰而臥倒在地時，他居然對鏡頭談到隊上有一個女孩戴著粉紅色髮圈。「我以前當過幼童軍。」他對我這麼說。Vice認定，他在這個角色上的不稱職反而讓報導更有吸引力。他召喚出自己內在那個虛張聲勢、魯莽大膽的人[75]，仿效Vice幾位前輩的行徑，選擇不穿防護衣。「我們用聰明且敏捷的方法保安全。」他說，但他也承認他可能安心過頭了。「休息時，有一顆子彈擦過我們身邊[76]。」

我二〇一一年時前往阿富汗，之前我先去上了人身安全的相關課程，包括急迫情境應變訓練，比方說綁架。等我到了當地，喀布爾通訊處的全職安全顧問會詳細說明更多細節，並給我防護衣，不過我其實沒有要到交戰地區，最後也並沒有用上。但我在當地時，我們所在的社區確實發生了轟炸。

Vice的實地報導向來標榜的就是「來自前線的新聞」（News from the edge），該公司的特派記者也總是像馬戲團表演者般盡力拿出表演技巧，對於自嘔爛罐以來一脈相承的被虐狂特意表達適當的敬意。他們因為不惜賭上自己去報導廢棄物、伊波拉病毒、恐怖分子開火而成名，但是他們的重點並非緊追著事件，而是成為事件本身。

「這很冒險、很危險。大家都說我們真的是笨死了才這麼做。」阿爾維在Vice第一部紀錄片的一開場時對著攝影機這麼說，「但，嗯，大家都知道啦，重金屬就是一切的規則。」這就是「重金屬在巴格達」的第一個場景。在這之前，影片最上方出現動畫插圖，介紹這是Vice製作的影片，描繪的是一個帶著魔鬼面具的劊子手斬掉一個無助的人的頭，當頭掉下來、血噴出拼出「ＶＢＳ」的字樣時，他著迷地大笑。

冒險、危險常是Vice沉浸式風格中的正字標記。去賴比瑞亞、獅子山和其他非洲國家報導伊波拉病毒大爆發，對攝影師和錄影師來說都極危險，但Vice還是去了賴比瑞亞貼近現場以捕捉那股恐怖感，當地病患躺在街道上，等著已經太過擁擠的治療中心收治。

當自家記者陷入麻煩時，Vice通常也沒準備好要出手幫忙[77]，比方說有一次一位記者在土耳其被監禁。他們有很多特派記者都是自由工作者，如果陷入危險，Vice在法律上並無責任協助他們。然而，他們有一位較資深的特派記者西蒙・奧斯卓夫斯基（Simon Ostrovsky），在烏克蘭被親俄羅斯的分離主義份子綁架，Vice聘用一位顧問幫忙解救他，也開始費盡心力去找華府的政治人物幫忙救援。奧斯卓夫斯基三天後獲釋。其他機構的記者紛紛指責Vice的牛仔莽撞風格及承擔不必要風險的名聲，但該公司的領導者否認。他們說，要真的沉浸其中，通訊記者必須在戰區現身。

儘管有這些風險，Vice仍毫不費力就可以招募人員。當新聞界裡歷史更悠久的機構都在縮減甚至關門大吉時，這家公司反而擴充全球布局。優質報社過去會派自家通訊記者駐守倫敦、巴黎、俄羅斯、中國、耶路薩冷和開羅，但現在幾乎都沒了，連曾經享有高額經費、可以請每個人吃飯的電視新聞網的記者也撤離了。即便是CNN，都減少了實地報導，因為請所謂的專家和各黨政治人物來攝影棚裡暢談便宜得多。伊拉克戰爭剛開打時，成千上百的美國記者湧入巴格達，但隨著戰事持續，兩年後，當地還留有全職員工的新聞機構僅剩幾家通訊社、CNN、BBC、《洛杉磯時報》、《華盛頓郵報》，當然，還有《紐約時報》；《紐約時報》一年要花幾百萬美元維護通訊處周圍的安全，並確保補齊人員。這家報社沒有裁撤國際部，但這是例外。

二〇一三年，Vice指派電影製片兼半島電視台（Al Jazeera）前任特派記者梅迪安・戴利（Medyan Dairieh）調查伊斯蘭國（Isis），此時冒險便帶來回報[78]。雖然據說敘利亞對新聞記者來說是最危險的地方，但是戴利曾在當地做過其他報導，有可信任的中間人和接頭人聯絡網。他從伊斯蘭國一位媒體官員口中得到訊息，受邀去拉卡拍攝這個反抗恐怖組織；這個地方曾是敘利亞最西化的城市之一。

戴利和攝影師被幾個伊斯蘭國領袖帶在身邊兩個星期，拍攝戰鬥和集合的畫面並採訪成員，其中包括很多受訓為了哈里發（caliphate；譯註：伊斯蘭教王國之意）而戰的小孩。在某個淒冷的地方，他和這團體所屬的「道德警察」共乘，因緣際會看到一個男人在拉卡被擋了下來，並被警告要他的妻子更換面罩的材質，因為原來這副太透明了，露出了她的臉部特徵。

雖然敘利亞並沒有發生類似記者詹姆斯・佛利（James Foley）被斬首的暴行，但是很多通訊記者因為太多人死去而不再進入該國。當戴利拍攝的四十二分鐘類紀錄片「伊斯蘭國」（The Islamic State）在Vice播出，所有電視新聞網節目都用了其中的畫面，將功勞歸於Vice，並為其提供了無價的新聞支援。有超過三百萬人點閱「伊斯蘭國」。

Vice靠著便宜行事與選擇性報導，到此時都很成功。以戴利和其他自由工作者來說，公司給的薪資報酬完全和無線、有線電視台不能相比。數位新聞興起時也剛好碰上勞工運動疲弱之時，包括BuzzFeed、Vice和「赫芬頓郵報網」在內，多數數位新創公司的新聞編輯室都沒有工會。史密斯說他的公司是「靠信託基金過活的富二代血汗工廠」。八卦網站「高客網」曾公布該公司的薪資，低薪戳到了他們的痛處。全職編輯和製作人的平均年薪稍高於兩萬八千美元，在布魯克林區僅夠支應很陽春的潮人生活風格。有一位資深的Vice員工對「高客網」說，低薪的人薪水低到必須兼差，但對他們來說，「工作的吸引力在於街頭親和力、很多免費的派對和酒，以及希望能夠得到夢寐以求的Vice環。」這是一件飾品，環上有鍍金的「V-I-C-E」字母。

薪資微薄並不是因為Vice財務拮据而不得不然，史密斯和他的幹部群分配資金的方式才是問題所在。有一位製作人對「高客網」說，他在Vice工作超過一年，他要求加薪到三萬美元遭拒，卻看到公司花錢買毒品讓大家在年度派對上吸到飽，他辭職了。隔年的派對更浪費[79]，公司找來一群更耀眼的音樂明星，包括饒舌歌手小韋恩（Lil Wayne）。史密斯當晚帶了一百萬美元現金上了舞台，發給每位全職員一千五百美元的獎金。這種表演又再次凸顯了Vice根本不缺錢。

最後有些員工拿到股票，如果Vice被收購或公開上市，股票會值點錢。新聞編輯室裡共七百名員工，其中七十位的記者最終投票決定要籌組工會，多數都得以加薪幾乎百分之三十。但自由工作者抱怨他們做了事卻很晚才收到錢或是根本沒收到。某家疲弱不振的全國性報社新聞記者的平均年薪是七萬五千美元，Vice根本都還摸不到邊。反之，史密斯的身家預估有十億美元，他浪擲千金時從不皺一下眉頭。他曾和Vice董事一起去賭城，在百樂宮（Bellagio）牛排館吃頓晚餐就花掉了五十萬美元。當媒體界紛紛聽到風聲，史密斯也不反駁，甚至很得意。「我破了賭城的小費紀錄。」史密斯後來規劃要搬到洛杉磯，以便更聚焦在Vice的電視與影片業務[80]，他豪擲兩千三百萬美元在聖他蒙尼卡買下一處西班牙殖民風格豪宅，但一步也沒有踏進去過。這棟房子在多部好萊塢電影中露臉，成為超級大壞蛋的老巢，特色是有一間用瑪瑙磁磚為牆的隱藏式「飲酒屋」，要透過假的書櫃才能進入。後院有一片蔓生的棕櫚林，遮掩了一座七十二英尺（約二十二公尺）長的游泳池，露台上有很多羅馬女神雕像作為裝飾。《綜藝》（*Variety*）雜誌報導了史密斯置產的消息，又讓本已後繼無力的Vice員工有了動力籌組工會，幫助他們在隔天拿到必要的票數。

除了員工的雇用契約問題之外，Vice還有甩不開的約定俗成性別歧視問題。他們的年輕女性員工不到三分之一，這群人抱怨老是被分配到很沒意思的工作。有一位女性說，她升了職，要做更多工作，但是沒有加薪。另一位被要求替一篇報導假扮妓女擔任臥底，她拒絕了。Vice聘用的知名攝影師泰瑞‧李察森，他曾被控性虐待多名女性採訪對象。

艾麗絲‧鍾絲（Ellis Jones）是一位說起話來很溫柔的女性，也是雜誌第一位女性編輯，她試著把問題向上提報給史密斯，但根據她一位同事的說法，最後也無疾而終。沒多久，當Vice在YouTube上的訂閱人數達到兩百萬時，史密斯脫個精光在辦公室裡四處跑來跑去，看到他欣賞的男性同事就拍拍背，引得女同事覺得十分反感。這種文化可以追溯回到早期，當時的*Vice*雜誌描繪的女性類型就只有脫衣舞孃和裸體模特兒。二〇一七年《紐約時報》和《華盛頓郵報》揭露一系列的性暴力醜聞，在此之前，史密斯很滿意自家公司的文化，他曾經說過這「就像一個亂倫的大家庭」。

有一位曾在某新聞電視台部門工作過的資深記者二〇一三年時加入Vice，她泣訴史密斯與其他男性製作人如何駁斥她的構想。「總是要有取捨，」她說，「一是在媒體業最酷的地方工作並容忍性別歧視，要不然就是離開。」等到後來如「精煉二九網」（Refinery 29）等其他以女性為導向的網站開始吸走廣告營收，Vice才開闢女性專屬頻道「好寬廣」（Broadly），設定的目標是「有趣且親女權主義」，主打題材如「大姨媽找麻煩」（Ovary Action）。Vice替「好寬廣」頻道選了一句非常適合的標語：「獻給清楚自身位置的女性」（For women who know their place）。

有些員工很怕公開討論這些議題，因為他們都簽了保密協定，以新聞機構來說很少見。他們收到的警告是：這是一種「非傳統職場協定」，而「VICE辦公室裡經常會出現性挑逗和其他明顯性成分的畫面、影片和錄音」。知識性的政治與文化分析雜誌《異見者》（*Baffler*）便稱Vice是「垂直整合的強暴笑話」

他們根深蒂固的厭女文化是一大問題，另一個則是失控的擴張。史密斯不斷不斷地加東西進來。「成長變成像癌症一樣擴散。」莫頓如是說。NBC聘用了提姆・拉瑟特（Tim Russert）[81]、ABC找來了喬治・史蒂芬諾伯羅斯（George Stephanopoulos），這些人都是知名記者，而Vice則請來歐巴馬政府的老將，包括前總統的貼身保鑣瑞吉・勒夫（Reggie Love），以及自二〇〇五年就在歐巴馬手下工作的副幕僚長阿麗莎・瑪斯卓莫娜可（Alyssa Mastromonaco）。瑪斯卓莫娜可被任命擔任高階的營運長職務[82]，負責打造管理架構，史密斯說這個工作「對多數慣於維持現狀的經理人來說是一場惡夢」。他說，她之所以有資格接下這份職務，是因為「這個世界裡如今只有一件事比Vice更瘋狂、更詭異，那就是美國政府」。即便由她督導，這裡還是一團亂。Vice的客戶包括臉書、Google、戴爾和其他新經濟巨頭，營收和授權費不斷高漲，但是費用同樣也失控，媒體分析師很懷疑這家公司到底有沒有獲利。這是一家私人股權公司（史密斯掌握九成股份），因此不需要公開提交財務資訊。但不管怎樣，投資人還是絡繹不絕搭著自家的長禮車來到布魯克林。

梅鐸也在二〇一三年來拜訪史密斯，史密斯帶著這位八旬大亨去附近一處他最愛的小酒館。「誰聽過Vice媒體？」梅鐸之後在推特上發文，「用狂野又有趣的方法努力引起千禧世代的興趣，這些人不讀也不看傳統的體制派媒體。全球性的成就。」這則推文之後帶來了一筆七千萬美元的交易[83]，二十一世紀福斯公司（21st Century Fox）用這筆錢買下了該公司百分之五的股權，換算下來，該公司的價值達十四億美元。梅鐸之後又有迪士尼（Disney）和赫斯特集團（Hearst）合夥的A+E電視網（A&E）投資兩億五千萬美元[84]、迪士尼再投資兩億美元，還有一家創投資本公司也投資兩億五千萬美元。隨著公司成長壯大，Vice的價值飛漲到二十五億美元，然後又再成長到四十五億美元。史密斯想過有一天要把公司賣掉或上市，但公司的估值太高，根本沒有人要碰。這家公司變得比較像時代華納，而不再是史密斯過去一直希望的「街頭的時代華納」。美善公司仍是一大恥辱，史密斯自己也開始說他希望能減少對原生廣告的依賴。「你們相信嗎？這些公司居然花大錢買我們做的垃圾。」有人聽到他在一家布魯克林的酒吧裡如是說。

史密斯創業的時機點抓得真是太好了。他一直在每一個視覺平台傳播的最前線：一開始是YouTube，再來是Snapchat。Snapchat一開始是一套應用程式，傳送各式各樣的圖片，看完後就銷毀。Vice是第一批在Snapchat平台得到專屬位置的媒體公司之一。在這之後，Vice征服了另一個社交網路平台Pinterest，這個平台很受女性歡迎，這裡的用戶貼出的都是要讓人開心的圖片。除了廣告營收之外，這些合作案也替Vice帶來了授權內容的相關營收，全世界都有。

但史密斯希望在新聞領域也能成名，就像他在業務面的名氣這麼響亮。二〇一三年，在超級經紀人阿里・伊曼紐（Ari Emanuel）穿針引線之下，史密斯和優質有線頻道ＨＢＯ的合作案，讓他希望在新聞界插上一腳的夢想實現了；伊曼紐是HBO的自製節目《我家也有大明星》（*Entourage*）的靈感來源之一。他將ＨＢＯ的執行長李察・普萊普勒（Richard Plepler）引介給史密斯。

普萊普勒就像佛瑞斯頓一樣，也在尋找年輕的有線電視群眾，但是ＨＢＯ是訂閱制，對千禧世代來說太貴了。在席拉・奈文絲（Sheila Nevins）的管理之下，ＨＢＯ擁有一個備受肯定的紀錄片部門。那，何不試著和Vice一起開發個節目呢？普萊普勒相信史密斯確實有企圖心。

同年，Vice另創獨立的新聞部門「Vice新聞」，這表示，這家公司在做一些純新聞，再也沒有鬆散的道德政策，因此寫手再也不能同時寫廣告和新聞。這個部門也納入了調查性報導，請來了傑森・里歐普（Jason Leopold），他最知名的是利用「資訊自由法案」（Freedom of Information Act）來突破醜聞。里歐普根據資訊自由法案提出的要求[85]，導引出希拉蕊私人電郵伺服器的醜聞。

HBO星期五深夜空出一個時段，緊接在比爾・馬厄的節目之後；比爾・馬厄的左傾政治傾向打動了年輕族群。Vice每個星期在這裡播出影片，HBO則提供大筆資金，要讓這半小時節目的標準與製作價值高於Vice平常打游擊的內容。

節目的概念很簡單：「來自前線的新聞」。報導會「揭發現代社會的荒謬」。如果這個節目太過前衛或品味太糟糕，HBO就會冒上自毀品牌的災難。但是就像支持自家公司和Vice合作的英特爾高階主管黛博拉・康芮德（Deborah Conrad）所說的，對這個電視台來說也有好處：「和史密斯或Vice站在一起會有一些風險，也有一些讓人興奮之處。」HBO希望降低風險因素並拉抬Vice的新聞聲譽，因此，交遊廣闊的普萊普勒請法里德・扎卡利亞（Fareed Zakaria）擔任節目的執行製作；此人是外交事務專欄作家兼名嘴，星期天在CNN有自己的節目暢談公共事務。扎卡利亞正是擲地有聲的電視「權威」人物類型，莫頓還在紐約大學修讀新聞時就痛罵過他。現在，莫頓是HBO這個節目的明星之一，而扎卡利亞則負責監督。聘用扎卡利亞是為了讓Vice增光、多添一些正統性，但是，他很快就在一樁剽竊醜聞中受傷；雖則如此，HBO還是留下他。

節目第一季，多數節目製作人都在HBO曼哈頓辦公室工作，被就近看管。節目在二〇一三年四月首播[86]，在這之前，史密斯先去了阿富汗，報導塔利班（Taliban）招募小孩培養成為自殺炸彈客。這一集名「小孩殺手」（Killer Kids），重點有很多放在史密斯穿著當地服飾大放厥詞，也有大量的血腥場面，包括支離破碎的人體。莫頓被指派負責報導逃離北韓、後來在寮國被賣身從事性交易的女性。體制派媒體的批評指教好壞參半。《華盛頓郵報》的評論員寫道，這個節目「極具熱誠但警覺性不足，偏好義憤和衝擊勝過脈絡與深度。這是給潮人看的旅遊報導，做報導的態度有時候讓人很難去欣賞報導本身的價值」。

HBO是優質的訂閱服務，因此沒有廣告也不太需要評鑑，這是史密斯渴望的自由度。第一季播出節目中的通訊記者都是白人男性，但是報導中出現的棕色、黑色與亞洲面孔比無線電視台更多。前十集結束時[87]，這個節目獲得艾美獎（Emmy）的最佳紀錄片系列提名，雖然最後沒有得獎，但是史密斯大為振奮，寫了一封信給員工：「當我聽到我們被提名了，我第一個想到的就是：大家拉肚子的痛苦都值得了；第二個想到的是：布魯克林的一群渾蛋現在可了不起了。第一季節目就獲得提名，我們非常開心也有點嚇到，我非常感謝HBO給予我們創意的自由，讓我們製作想做的節目。」

普萊普勒續約繼續做這個節目，隔年拿下三座艾美獎，其中一個頒給奧斯卓夫斯基的烏克蘭報導，也拿走了兩座皮博迪獎。第三季一開始，史密斯專訪歐巴馬總統，莫頓則利用視訊和蜜雪兒・歐巴馬（Michelle Obama）對談，她在電視機前面自承是「熱情粉絲」。Vice從白宮聘來的重量級民主黨人，他們證明了自己的價值。

即便新掙來了名聲，但成長的壓力也未見放鬆，尤其是史密斯和阿爾維想要靠著公開上市或收購大賺一筆。因此，雖然HBO支付一大筆授權費用給Vice買進每週的節目，但史密斯還是跟迪士尼的另一個事業體A+E電視台繼續協商，考慮要收購對方其中一個頻道來播放Vice的娛樂性節目，例如《他媽的，這也太好吃了》（*Fuck, That's Delicious*），主角是一個體重過重的饒舌歌手，有點像潮人版的安東尼・波登。其他節目還有專門以同性戀為對象的旅遊節目《同志假期》（*Gaycation*），以及大麻鑑賞節目《大麻的世界》（*Weediquette*）。瓊斯接下新頻道的創作控制權。

二〇一五年時，終於出現Vice獲得主流接納的信號[88]，史密斯贏得法蘭克史丹頓大獎（Frank Stanton Award）的通訊傑出獎（Excellence in Communication），領獎儀式是要到皮耶飯店（Pierre Hotel）接受大家的吐槽，一群媒體大亨上台嘻笑怒罵。佛瑞斯頓細數史密斯的公司迄今的成就，對觀眾說Vice「目前的估值就和希恩（史密斯）一樣有分量」。普萊普勒則觀察到：「眨眼之間，我們的男孩已經從受壓迫者的代言人搖身一變成為了高高在上的一員。」提到史密斯最近採訪歐巴馬一事，他補充：「總統打電話給希恩（史密斯），感謝他來採訪，以及他帶來讓人愉快的接觸性吸毒快感體驗（contact high；譯註：指因為和吸毒者接觸而引發的間接吸毒快感）。」史密斯其他沒那麼讓人望之彌高的朋友說的更過分。「希恩之於新聞，」《無厘取鬧》的創作者兼演員強尼・諾克斯威爾說，「就好比賽百味（Subway）的賈瑞德・佛格（Jared Fogle）之於救助兒童會（Save the Children）（譯註：佛格曾是賽百味的發言人，曾與未成年兒童發生性關係）。」為了到最後還能博君一笑，史密斯特別穿上正式的藍色西裝襯衫、配上穩重的黑色西裝，還打了領帶。

莫頓也累積出一些明星光環。如今已經有支持者在機場和紐約超市認出他，但他不讓自己沖昏了頭。他來Vice是為了革命情誼和兄弟義氣，為了追求那個環。他為了共事的兄弟什麼都肯做，到了二〇一六年，他真的已經做了他能想到的每一件事。他們一直支持他。

莫頓結婚三年後離婚，之後他搬去和朋友漢米頓・莫里斯（Hamilton Morris）同住，莫里斯也是Vice的寫手兼節目主持人，他的父親是知名的紀錄片製作人埃洛爾・莫里斯（Errol Morris）；莫頓的這位新室友兼做兩份工作，把時間分配給Vice的報導和實驗室。這兩人合租一個閣樓，住在很小的薄板牆房裡，共用一間浴室，就像《紐約時報》星期二生活風格版登出的側寫所說的，他們在這裡展示了跑遍全世界採集得來的戰利品：莫里斯有他的偶像化學家亞歷山大・舒爾金（Dr. Alexander Shulgin）的家人贈送的仙人掌，這位博士是科學界早期推廣亞甲二氧甲基苯丙胺藥物（譯註：搖頭丸等毒品的主成分）的人。牆面上也掛滿了各種含有賽洛西賓成分的魔幻蘑菇毒品照片。莫頓在房裡的床頭櫃上放著飾有巨嘴鳥羽毛的亞馬遜鱷魚頭骨、田鼠頭骨和橡膠胎兒。莫頓一直在對抗他在委內瑞拉染上的鉤端螺旋體病，但是他很樂於和《紐約時報》的記者分享和噁爛罐有關的故事。

仍住在布魯克林附近的賈文・麥金尼斯仍在插科打諢，他和阿爾維、史密斯的決裂，仍讓他隱隱作痛。

第七章 掙扎——《紐約時報》，之二

焦慮仍瀰漫在《紐約時報》第八大道新大樓的內部。其他報社如同秋風掃落葉般地消失，速度之快讓人倒抽一口氣[1]。論壇媒體公司的所有權移轉給一位名叫山姆・澤爾（Sam Zell）的芝加哥地產大亨，這個集團曾經擁有《洛杉磯時報》、《芝加哥論壇報》、《巴爾的摩太陽報》等備受尊崇的大報以及其他報社，在債務累積到一百三十億美元時陷入破產，整個報業失去了一萬個相關職務[2]。平面廣告營收下滑三成[3]，全美前二十五大報中，有二十三家的發行量下滑百分之七到百分之二十不等。甘尼特（Gannett）集團第四季的獲利下滑了百分之三十一。

皮尤基金會發布一份深具影響力的新聞環境狀態年度評估報告，報告的引言如下：「報業撐過了空洞的二〇〇八年，以非常接近自由落體的下滑速度邁向二〇〇九年。」數位新創公司商業內幕（Business Insider）發出預告（語氣中可能帶著歡樂），二〇〇九年會是「報紙的死亡年」。

接下來五年，《紐約時報》公司領導階層會出現混亂與動盪，危機恆常存在，讓很多人受傷，包括我。

除了報業大環境的變動之外，《紐約時報》還有一筆四・五億美元的貸款即將到期，銀行不肯借錢了。一個星期以來，發不出薪水的謠言傳遍整棟大樓。最後證明這不是真的，但是沉重的氣氛瀰漫在《紐約時報》花了大錢蓋起來的光鮮亮麗大樓裡；這棟樓本來應該是要用來炫耀數位時代裡打造出來的繁榮昌盛多媒體公司。風向出現了一百八十度的大轉變嗎？折磨人的問題是，數位營收何時能開始抵銷平面的虧損？但這個問題尚無答案。報社每天都要為生存而戰，讓領導階層頻頻分心，無法去做必要的創新。如今大家會用手機讀報，但《紐約時報》還沒有針對iPhone推出應用程式。寶庫裡有很多好貨，但是因為還沒有數位化，可能沒有辦法換成錢。業務面最優先的待辦事項裡就還有五十個專案堆著還沒做。用來想出辦法修正破敗不堪業務模式的創意思考，也被喊停。《紐約時報》最需要的，就是能用來還債的錢。在這場風暴結束之前，報社都在破產邊緣搖搖欲墜；後來去找了一位海外投資人，給了他可掌握公司未來的大量股權，並做出一個風險很高的決定：針對數位新聞報導收費，而每一位網路專家都預言這將失敗。在這段期間，報社的文化與領導都發生了深遠的變化。

第三件煩惱來自於《紐約時報》的宿敵：《華爾街日報》。梅鐸在二〇〇七年收購了《華爾街日報》，將這份報紙轉型，迫使報紙走向一般性，增加了更多和商業財經關係不大的美國國內與國際新聞。他下定決心要搶下《紐約時報》的寶座，成為美國最具影響力且最多人閱讀的日報，而且他也很痛恨《紐約時報》輕率的自由放任派立場。當《紐約時報》思考要縮減時，《華爾街日報》反而新增了紐約本地新聞版、週末特別版以及訴諸女性的奢華雜誌《*WSJ*》。雜誌封面是一位年輕金髮女子，穿的很輕鬆要去上班，手裡拎著一個公事包。這些新增版面都是抄《紐約時報》的版面設計，但做了精心的編輯，梅鐸也找來在其他地方表現出色的人才負責。《紐約時報》很怕他也把讀者偷走了。

薩斯柏格嚴正看待攻擊，他的業務團隊緊盯著《華爾街日報》的一舉一動，後者有一項《紐約時報》沒有的優勢：他們的網站上有人付錢。由於《華爾街日報》和《金融時報》的商業焦點與新聞，是交易員和商界人士工作所需，所以他們可以蔑視一般的「新聞免費才是王道」主張，要求讀者上網付錢。《華爾街日報》也去接觸《紐約時報》的廣告主，《紐約郵報》也這麼做；由於經濟衰退，某些《紐約時報》的廣告主跑到比較便宜的那一邊去。歸類為小報的《紐約郵報》也屬於梅鐸❹，其惡名昭彰的第六版，專門報導薩斯柏格的八卦流言（他老是被修理得鼻青臉腫），二〇〇八年時，他和結縭三十三年的妻子蓋兒．葛瑞格離婚。

用最犀利的筆觸記錄這場危機的人是大衛．卡爾，他的專欄「媒體等式」（The Media Equation）通常是星期一時在《紐約時報》商業版的上半版刊出。這位削瘦、駝背的老菸槍是一位帶頭的吹笛手，他身後有一群常報導東家艱苦局面的媒體記者。卡爾帶著刺耳的明尼蘇達口音，人看起來有點凌亂，最早在一家雙週報擔任記者；他的履歷和多數系出名門的《紐約時報》同仁很不一樣。他希望年輕一輩和他一起狩獵，幫忙找來布萊恩．施泰爾特（Brian Stelter）並親自指導；施泰爾特是一位二十多歲、專門挖掘內幕消息的電視部落客，他在《紐約時報》很快成為出色的署名撰稿人。

網路時代之前的《紐約時報》記者很自滿。多數人都享有他們設想中的終生工作保障。《紐約時報》的聘僱流程很冗長，然而，一旦被錄用，不管記者或編輯，就等於進入世人認為新聞界最好的公司；而且，即便大環境嚴峻，這裡仍是少數幾個能做出具有一貫價值觀作品的地方。當新進記者做的報導登上頭版，就會得到當天頭版的印製板。報社培養出很多傳奇作家，例如大衛．哈伯斯坦和安東尼．盧卡斯（Anthony Lukas）。當然，這裡也出過專做怪奇報導的記者杭特．湯普森以及小說家大衛．福斯特．華萊士，讓外界譏諷這家報社記者散發出來的優越氣質。

此地仍充滿著舊式傳統，但是比起輝煌的過去，能讓人津津樂道的人物少了許多。編輯有誘因逼迫老記者離職，把職缺空出來給年輕一點、生產力高一點的新手。有些老前輩懇求退休後仍能保留辦公桌，讓他們每天都能過來一下，他們的人生如果沒了《紐約時報》，將會是一場空。也有些人帶著威風離去。體育專欄作家戴夫・安德森（Dave Anderson）是第一位拿到普立茲獎的體育作家，大名鼎鼎，在《紐約時報》服務四十年。二〇〇七年底，他特地為離職那天做了一套新西裝和新領帶，並信誓旦旦對比爾・凱勒保證，只要報社需要長期的體育觀點，他隨時都可提供。新聞編輯室的平均年齡接近六十歲，因為很少有人瀟灑離職。

《紐約時報》偶爾會被人挫挫銳氣，比方說《華盛頓郵報》在水門事件上搶盡了鋒頭；有時會蒙羞，比方說伊拉克戰爭之前的相關報導；也會有窘迫的時候，比方說豪爾・萊恩斯和傑拉德・波依德在傑森・布萊爾醜聞中被開除，但，每一次都能拿回寶座，重新成為美國新聞界的榮光。雖然報紙的發行量下降，仍有八十萬穩固讀者群，這些人的訂閱期間都達兩年以上，重點是他們很可能會訂一輩子。賣報紙的營收可是支撐起整家公司的基石。

《紐約時報》自認是為讀者決定何謂美好、高文化水準生活的權威，這裡有最好的書，最重要的想法，最棒的派對，諸如此類。就算電視和網路評論家、戲劇相關部落格正在取而代之，《紐約時報》不再是唯一重要的聲音，但知名評論家班恩・布蘭特利（Ben Brantley）一句負評就能讓百老匯的一檔戲謝幕。旅遊版隨口一提某家新精品旅館，也能讓這家店爆滿。最重要的是，這裡的編輯心中有一把尺，會決定什麼樣的新聞才重要，只是，這一點要面對網路競爭對手與變幻莫測世界帶來的挑戰。有些人已經不再信任「主流媒體」或不知名編輯所選出的新聞。

《紐約時報》主要代表美國東岸菁英的聲音，反映他們的興趣與價值觀。自由放任派意見的文章會觸怒某些非城市的讀者，新聞版面也左傾，映照出的是國際性的價值觀，大幅報導如同性婚姻運動這類主題。報社的新聞編輯室到處都是常春藤名校畢業生，哈佛、耶魯和普林斯頓校友尤為大宗。這些人和前輩不同，以前多數人都沒有大學文憑，要不然就是市立學院（City College）畢業，該校的校友如傳奇編輯亞伯・羅森索和亞瑟・基爾博。基爾博剛來那幾年時新聞編輯室很喧鬧，現在已經被沉穩的電腦打字聲以及下午四點的免費咖啡推車聲所取代。全年無休的數位新聞週期毀了過去的習慣，比方說，再也沒有晚上九點印刷機開動後去附近的酒吧放鬆一下這種事。

由更富裕、受過更高教育的人組成的新聞編輯室，到處都是積極進取、成就非凡的人。雖然這些記者已經爬到了頂峰，但是這裡是一個讓人很不開心的地方，而且在還沒崩壞之前就已經如此。報導沒有被選為當天最佳作品的人會滿懷忌妒。他們身邊的危機一層一層堆疊起來，壓在一個就算最輝煌之時也充滿緊張的新聞編輯室。在金融危機期間與之後，兩個原本負責做出最重要新聞決策的人（執行總編與編輯主任），工作也變成要把重點放在報社的財務問題上。通常，著名的頭版會議上會讓這些編輯挑出六篇報導作為隔天的頭版，並選出摺頁上半版的照片，之後會和一些焦慮的記者會談，向他們保證工作安全無虞。每個人最掛念的就是被裁員的可能性，很奇怪的是，通常最需要聽別人掛保證的是那些大牌明星記者，他們會開玩笑說自己丟了飯碗之後得住到廉價的六號汽車旅館（Motel 6）。事實上，削減費用的命令不算太嚴苛，和其他報社相比之下更是如此，但是記者還是會發牢騷，特別是，新的規定說他們以後跟彼此出去用餐時不能再指望報公帳。就算《紐約時報》新的挑高員工餐廳提供壽司和琳瑯滿目的沙拉吧，編輯仍把附近如艾斯卡（Esca）等市中心高價餐廳當食堂。

二〇〇九年初，有兩件事震撼了新聞編輯室。二月十八日《紐約時報》的股價掉到每股三・七七美元❺，比星期天一份報紙四美元還便宜。《大西洋》雜誌登出一篇文章，宣稱《紐約時報》可能破產，而且預測五月之前就會停止出刊報紙（有一部分是為了效果而誇大其詞）。文章說，數位營收本身僅能支撐起五分之一的新聞編輯室，約有一千一百名記者要靠報紙的營收養活。雖然《紐約時報》的發言人戳破了這篇報導，但是大家都不知該相信什麼；珍娜・羅蘋森私下對我說，如果我們要做到僅能靠數位營收生存，新聞編輯室規模必須縮減一半。在每天下午的頭版會議上，同仁會判讀各主編的臉色，根據憂心程度來評分。

薩斯柏格和羅蘋森大砍業務端的人力，以保護新聞編輯室免於大幅縮減、導致優質報紙變成稀有品。樓上業務部門的人沒有人質疑過做好一篇報導要花多少錢。新聞編輯室的預算仍支應好幾批的政治記者，讓他們全時搭上總統候選人的競選專機。總統出訪時，《紐約時報》也派人全程跟著。發生大新聞時，《紐約時報》會盡可能派出必要的記者，借用豪爾・萊恩斯最愛說的一句話，這叫做「淹沒那個區域」。海外與國內的各通訊處也都還在，沒有關門大吉。美國新聞領域限縮到只剩幾家報社、通訊社，以及像CNN等請得起全球特派記者的國際無線電視廣播。《紐約時報》在非洲不同區域仍設有三位全職的通訊處長，也是唯一有獨立星期天書評的報紙。雖然報社官網到處都是網路上的垃圾廣告，以及其他不會再出現在昂貴報紙版面上的廣告，但是其數位設計仍維持著優雅與精緻的氣息。

《紐約時報》有一位記者丹尼斯・奧弗比（Dennis Overbye）專攻物理與數學，科學版也有三位醫師記者。這家報社會審閱最重要的書籍（每天會有三篇書評，還會有自由工作者替獨立專刊《書評》〔*Book Review*〕撰文）、每一部全面放映的電影，以及不論是在百老匯或外百老匯的幾乎每一部劇作。這份報紙沒有涵蓋到的文化智性活動極少。還有一位專責記者負責知識領域。《紐約時報》在網路上最大的吸引力、同時也是能賺到錢的項目，是每天的填字遊戲。

但是某些成本已經撐不住了。報社每個月的數位群眾在所有日報中獨佔鰲頭，但數位廣告營收不足，連支應網站運作都不夠。而且，當網路部門的員工愈來愈多，加入更多以網站為優先的編輯、製作人、設計師和技術人員，他們的薪水也要由報紙的營收來付。報紙的營收仍佔八成以上❻。數位營收的成長，完全不足以抵銷報紙廣告的嚴重下跌。

薩斯柏格採取愈來愈嚴格的手段，要讓報社活下去，他在動刀時就像是外科醫生想著要救命一樣，他的打算是要保住新聞報導的品質。《紐約時報》停發年度股利，又看到道瓊公司的班克羅夫特家族分崩離析，薩斯柏格和戈登不敢把信託基金視為理所當然，努力讓家族知道報社的績效。全公司都減薪百分之五，薩斯柏格並宣布業務面再解聘一百名員工。他仍然樂於帶領賓客走訪羅倫佐・皮亞諾蓋的五十二層新大樓，但這棟建築已不再屬於他。《大西洋》雜誌文章刊出之前，報社才敲定一筆出售後租回的交易❼，薩斯柏格賣掉公司使用並擁有的二十層樓面，拿回二・二五億美元急用現金。《紐約時報》變成了自家大樓的租客。

薩斯柏格知道，《紐約時報》的記者洩漏了很多資訊，和某些消息人士不相上下，他懷疑《浮華世界》和《紐約客》雜誌刊出對他造成傷害的報導，新聞編輯室也暗助了一臂之力。有時候他會怒氣沖沖地踏進執行總編比爾・凱勒的辦公室，關上玻璃拉門，發洩他的挫折。公司裡新聞與業務兩邊彼此不信任，已經變成了冷漠的憤恨。廣告部門與發行部門的主管，抱怨新聞記者就像被寵壞的小孩一樣不食人間煙火。新聞編輯室的藝術總監斷然拒絕用奇特的形式做平面廣告，因為這些東西「很不紐約時報」，廣告部門的業務人員得要為了達成目標拚了命。當這類爭議傳到薩斯柏格眼前，他幾乎都會判定有沒有營收比廣告醜不醜來得更重要。

一方面，薩斯柏格要管新聞編輯室，這裡的員工把《紐約時報》當成神聖使命，而非事業。新聞記者排斥新創舉，例如舉辦旅遊展和收費的大型研討會，但是他認為他們憑恃的道德衝突主張並不重要。另一方面，他要管業務面的同仁，這些人不斷地為同事辦餞別會，每個月還要面對可怕的財務報表。公司有十一億美元的債務❽，幾乎和目前的公司估值相當。五月份要償還四億美元信貸的日期逐漸逼近，而這是兩筆債務中的第一筆。大樓出售後租回的交易讓薩斯柏格離目標更近了一點，但是他需要更多錢。

他非常需要貸款。

幾個月前，墨西哥人卡洛斯・史林買下大量的《紐約時報》A股；史林是全球相當富有的人之一，但在美國相對少有人知。隨著股價大跌，他持股的價值很快損失超過了一半，但是他可能有意再買進更多。他最有名之處，就是他會投資他認為價值遭到低估的品牌。《紐約時報》的債券逼近垃圾等級，符合他的標準。讓外國大亨變成這家報社最大債權人，這件事用想的就覺得很危險；《紐約時報》很可能輕易就被人利用，在美國境內發揮影響力。但是史林的意圖看來是良善的。

史林幾乎涉入了墨西哥各行各業。他的身家據估計有六百億美元，多數來自他掌握的墨西哥主要電訊公司獨佔所有權，但他也擁有銀行和百貨公司，他並未大量持有其他媒體。史林是一個說起話來很坦率的人，黑頭髮、留著小鬍子，還有雙下巴，總是避開媒體的關注，經常自己開著福特的休旅車去參加商業會議。有一位代表《紐約時報》的銀行家去找他，問他能不能借兩億美元給報社。

羅蘋森和這位墨西哥大亨在曼哈頓的義大利餐廳畢斯（Bice）碰面。面對這麼大筆金額的貸款，史林要求的條件很嚴苛，由於其他的信貸市場都已經凍結，他的優勢地位讓他得以用這些條件成交。雙方的協商一直到感恩節才結束，他把錢拿出來，但是利率高達百分之十四。他磋商的條件中包括要求要有憑證，六年內能以每股六・三六美元的價格買下一千六百萬股的《紐約時報》股票，這樣他就能拿下百分之十七的股權。這麼一來，他成為報社的大股東之一，也是最大的債權人。對史林來說，憑證是交易中最重要的部分。對《紐約時報》來說，面對可能破產的局面，六年看起來像永恆。他們同意發出憑證。

達成交易之前，半路突然殺出好萊塢的製作人兼慈善家大衛・葛芬，他去找薩斯柏格的摯友史蒂文・拉特納，提出反要約，願意用同樣的利率出借這筆錢。而史林保證他不會干涉報社的事務，甚至不想加入董事會。薩斯柏格不信任自尊過度膨脹的人，比方說葛芬；他不認為身為民主黨大金主的葛芬會像史林一樣保持距離。因此，報社和史林達成交易。拿到救命錢的消息曝光後，《紐約郵報》又登出鼻青臉腫的薩斯柏格漫畫，這一次讓他戴上墨西哥草帽。要駁斥《紐約郵報》的惡質報導易如反掌，但要否定緊急貸款暴露的財務問題就沒這麼簡單。

提出更多能帶來營收構想的壓力，開始從高階主管樓層落到了三樓凱勒的辦公室。薩斯柏格希望新聞編輯室考慮一項提案，由時報公司接手舉辦大型研討會，這本來是拉特納的投資公司四方集團（Quadrangle Group）經營的部分業務。凱勒主張，讓《紐約時報》記者邀請他們報導的重要人物參與和賺錢有關的現場活動，而且還要支付高額的入場費，實在有損道德，因此這個案子遭到擱置。但看到《華爾街日報》的大型研討會業務賺大錢，薩斯柏格試著繼續協商，然而終究沒什麼效果。

凱勒也否決《紐約時報》品酒俱樂部的構想，計畫中每個月要送會員一箱精選酒品。薩斯柏格堅持要做，凱勒在道德上讓步的前提，是薩斯柏格要答應俱樂部絕對不能和酒評家艾瑞克・阿西莫夫（Eric Asimov）專欄中推薦的酒有關係，不然的話，會打破新聞與廣告之間的界限。然而，這條規則限制了俱樂部的績效：人們會加入《紐約時報》的品酒俱樂部，正是衝著被阿西莫夫視為精品的美酒而來。

業務面推動的副業本質上並非新聞，但是必須讓《紐約時報》的記者參與，才能做出財務成績。在數位領域，商業和新聞不一定能分開；從科技與設計來看，也無法明顯區分出哪一邊是新聞哪一邊是商業。然而，新聞與業務之間的壁壘仍是《紐約時報》文化中很神聖的部分，若有人想要偷雞摸狗，負責維持標準的編輯艾爾・席格會把一切都整頓到各安其位。這些標準還來不及重新套入數位時代，席格已經先在二〇〇六年退休。

發行人對於新聞編輯室緩慢、小心翼翼的態度愈來愈沒耐心。他主張，一定有辦法可以從《紐約時報》最知名的記者身上擠出更多營收與更高價值。他開始推銷一套他稱為「商客網」（Biznico）的案子，要以「政客網」的成績為模範；隨著《紐約時報》的報導因為縮減成本而減少，這個網站正在主導政治新聞場域。他認為，商業新聞也適合同樣的快速步調，也同樣有所謂內部人士不為人知的糾葛。

假設《華盛頓郵報》沒有放掉「政客網」，這個網站會成為公司另一個獨立的營收來源，這就是薩斯柏格在架設新商業網站時打的算盤。「商客網」後來重新命名為「商戰手冊網」（DealBook），謀的是商業群眾可能願意多付點錢，購買和交易有關的內部消息加值產品。薩斯柏格設想出眾多能同時適用於平面與網路的加值產品，這是第一項。

「商戰手冊網」的門面是安德魯・羅斯・索爾金（Andrew Ross Sorkin）之手，他三十歲時就已經是一個地位穩固的明星了。索爾金從高中就開始替《紐約時報》寫稿，之後踏入購併領域，經營一個專欄，也寫出一本以金融危機為主題的暢銷書《大到不能倒》（*Too Big to Fail*），後來被ＨＢＯ拍成電影。他也是有線電視台商業節目的常客。他的新事業是播報華爾街的最新快訊，由他集結而成的一個團隊負責製作。

他絕少聘用經驗豐富的記者。資深的商業記者多半出身於規模比較小的報社和雜誌，花了幾十年才爬到《紐約時報》，因此，愈是資深，就愈痛恨扁平式的運作。普立茲獎得主兼商業專欄作家格蕾琴・茉金森（Gretchen Morgenson）認為，索爾金對他的消息來源太放心了，比方說摩根大通（J.P. Morgan Chase）的執行長傑米・戴蒙（Jamie Dimon）。她主張，金融危機過後，《紐約時報》最不需要的就是對華爾街放軟態度。雖然茉金森以及很多人都大力反對，他們認為這項業務背後的帶動因素主要是財務性而非新聞性的目的，但是「商戰手冊網」（裡面有一場以索爾金為標題的大型研討會）還是在發行人積極的支持之下開張了。

一手打造出「五三八」（FiveThirtyEight）的知名政治領域部落客奈特・席佛（Nate Silver），將他的網站授權給《紐約時報》，再加上索爾金，代表了一種新類型的記者，個人的名氣大過於所屬機構。這兩大明星談妥了特殊的按績效敘薪方案，適用薩斯柏格和羅蘋森新設立的系統。索爾金在ＣＮＢＣ有線電視台早上有節目《財經論壇》（*Squawk Box*），加上《紐約時報》的專欄和「商戰手冊」，他賺了一大筆錢，很讓人眼紅。

席佛不是記者，他是統計學家，也是定選舉結果賠率的專家，他最早從預測性的棒球統計數值開始磨練技巧，然後把同一套技術應用到政治上。他從來沒做過任何實地報導，也沒有採訪過任何選民。他相信重要的是數據，而不是和人有關的傳聞證據。這位邋遢的學究在紐約自家工作，深夜通常是他最活躍的時刻。雖然他經常以分析師的身分上電視，但多數的《紐約時報》政治記者從來沒見過他，也批評他的方法。他覺得被排斥，其他人則覺得他拉低了《紐約時報》的新聞標準，屈服於預測選舉結果。但是，到了二〇一〇年他立刻就吸引了讀者的目光，他正確預測出三十七席改選參議員席次中的三十四席當選人、共和黨能增加在眾議院的席次以及三十七個州長選舉中的三十六位贏家。

薩斯柏格在新聞編輯室之外做了諸多精心投資，在此同時，他也必須下令首度大規模裁減新聞記者。二〇〇九年凱勒收到命令要縮減一百個職務❾。報社的優離方案很慷慨，某些年資很深的記者拿到幾乎兩年的應計薪資，有八十人接受了。雖然真正被開除的僅有二十人，但是新聞編輯室陷入一片愁雲慘霧之中。

我看著萊利維爾德和凱勒熱烈奮戰、努力捍衛新聞編輯室的獨立性，但我們已經走到不管怎麼反擊都沒有用的地步了。

有些縮減勢不可免，但要對年資很深的記者說他們的工作沒了，絕對是最糟糕的事，如果面對的是曾經報導過戰爭或是為了報社犧牲家庭生活的記者，尤其難過。自願離職名單送出去之後，為了達到薩斯柏格規定新聞編輯室要達成的目標值，通常都需要再資遣一些人。這個時候，就輪到我和另外兩位主要負責新聞編輯室行政事務的資深編輯負責報告壞消息（凱勒處理特殊案例以及訴訟）。我們有人力資源部門擬好的劇本，要在樓上業務部樓層無人使用、有著玻璃牆面、像兔子籠一樣的辦公室裡傳達壞消息，裡面通常只有一張辦公桌和一張小茶几，放了兩瓶水和一盒沒開過的面紙。進行這些會談讓我在生理上很不舒服，對話在腦海裡不斷重複播放，一而再、再而三，就像恐怖電影一樣揮之不去，持續好幾個月，有時候甚至在事發後好幾年都歷歷在目。我曾在電話上迫使兩位在華盛頓通訊處做過重要作品的女性接受自願離職方案，當我掛上電話時覺得自己像個叛徒。薩斯柏格和羅蘋森負責砍業務面這邊，情況更慘烈。

除了人力，其他部分也緊縮，包括實體報紙。隨著報紙縮減尺寸，一星期裡多數日子都會版和運動版都要放在一起，紐約各地區的獨立版面也沒了。這表示要減少紐澤西和威斯卻斯特、長島某些地方的新聞報導，但這樣的縮減並沒有引發訂戶出走潮。《紐約時報》給讀者的內容變少了，向讀者收取的費用卻大幅提高。薩斯柏格知道，和競爭對手不同的是，他不能自斷獲利之路。品質是他的核心產品，雖然他裁掉三分之二以上的業務端員工，但仍不願去干預新聞編輯室裡最昂貴的部分，例如海外與調查性報導。當競爭對手垮台，他拿錢給凱勒挖走對方最亮眼的明星，比方說《洛杉磯時報》的艾莉莎・魯蘋（Alissa Rubin）和愛倫・貝莉（Ellen Barry），以及《華盛頓郵報》的安東尼・夏迪德和彼得・貝克（Peter Baker）。

雖然經濟衰退開始緩解，但業務並沒有復甦，如今唯一的解決方案，只有不斷地從錯中學，比方說利用《紐約時報》在網路上收取費用。「紐約時報精選網」（Times Select）是一次讓人難堪的失敗，收到的費用不到一千三百萬美元。《華爾街日報》和《金融時報》仍是唯二擁有可觀付費數位讀者的報紙。當羅蘋森面對不斷惡化的預測數據，向來支持「紐約時報精選網」的她，開始相信必須試著再把目標轉向讀者。但是，第二次又失敗的風險很大，她在內部也面對激烈的反彈，主要來自她在公司階級中主要的對頭馬丁・尼森霍茲。

迥異的背景讓這兩人涇渭分明。尼森霍茲堅守主流的數位信念，認為網路上的新聞應該免費。就算《紐約時報》的品質比任何其他新聞網站好太多，但是，從CNN到幾乎所有其他網路電子報，有這麼多免費的選擇，誰會付錢？他主張，《紐約時報》的成長之路應該是打造規模，而不是樹立付費關卡。他也主張（通常是在和以平面報紙為重的羅蘋森較勁時），珍貴的資源應該用最好的數位設計與科技傳達。這麼一來，人們最終會看到更高的價值，然後付費。

薩斯柏格很不安。他痛恨在下屬爭執時擔任仲裁的角色，因此，他指派內部委員會研究各種提案，並聘用外部顧問為他提供建議。他過去招待名人用餐的地方叫雄鷹廳（Eagle Room），這位發行人請新聞與業務各部門最資深的高級主管來到這個氣派的房間，一起圍著大桌子坐下來談。他會在房間裡走來走去，讓每個人提出自己的主張。羅蘋森和尼森霍茲會簡短發言，讓其他人闡述主要論點。有點出人意表的是，凱勒居然和羅蘋森同一陣線，他也因此槓上了他最鍾愛的一位夥伴鍾恩・藍德曼（Jon Landman）；藍德曼是負責網站的編輯，他大力主張網站應該免費，讓報紙的數位讀者群繼續成長。技術總監馬可・法榮斯（Marc Frons）支持藍德曼。我投凱勒一票，我認為讀者應該付錢購買新聞編輯室創作出來的獨一無二報導。

此時角落響起了一個聲音，那裡坐了一個開始禿頭、留著大鬍子、長的像演員約翰・馬克維奇（John Malkovich）的人。他是報社總裁兼總經理史考特・希金―卡內迪（Scott Heekin-Canedy），為人莊重，說起話來溫文儒雅。「以我們的歷史來說，」他開始說，「向來都靠兩種營收來源支應。」他的聲音有點顫抖（他很少在群組會議上滔滔不絕），但他繼續說下去：「廣告受阻時，報紙的發行營收有助於拯救報社。」他流暢地說了十分鐘。之後發言的是社論版的編輯安德魯・羅森索，他處理「紐約時報精選網」裡專欄作家的憤怒以及最終把網站收掉的工作，他偏向再試一次數位付費方案。他的話帶有威嚴，部分理由是因為他和薩斯柏格一樣，都是《紐約時報》裡的皇親國戚，他是傳奇編輯亞伯・羅森索的兒子。最後，整個房間的人轉頭看發行人，他認同兩方主張都對，然後把他的票投給了羅蘋森和凱勒。

《紐約時報》花了一年的時間以及兩千五百萬美元設計數位訂閱系統，在麥肯錫設計的訂價方案中針對不同的裝置分不同的層級。二〇一一年三月二十八日[10]，每個人屏息以待，看著付費計數器開始計算人們讀了多少文章、又有多少人註冊為用戶。多數媒體名嘴預測，這會變成另一顆炸彈。傑夫・賈維斯在他的部落格「宣傳機器網」（BuzzMachine）裡斷定[11]，《紐約時報》患上健忘症，忘了「紐約時報精選網」失敗的教訓：「如果紐約時報公司在我們身上放個計數器，只會看到一件事，那就是數值不斷變小。」另一位社交媒體的支持者克雷・薛基主張[12]，設立收費閘口是自毀長城，因為這是把「大眾鎖在外面」，讓他們不得參與重要的新聞對話。

新系統推出幾個星期後就證明這些大師錯了。雖然網路將免費新聞奉為正道，但有三十二萬四千位讀者註冊成為數位用戶，遠高於《紐約時報》的預期。薩斯柏格在附近的旅館替團隊開了一個小型的香檳慶功宴，早期的成績顯示線上流量並未因為新設的付費閘口而下跌，讓眾人大受鼓舞。這番意外的亮麗成績讓大衛・普比奇（David Perpich）引以為傲，他是薩斯柏格的外甥，是開發付費模式的團隊共同負責人。薩斯柏格退休時，《紐約時報》家族內第五代有三人角逐發行人職務，普比奇是其中一人，另外兩個是小薩斯柏格和山姆・多尼克（Sam Dolnick），多尼克是一位編輯，屬於家族中戈登這一系。

為何「紐約時報精選網」嚴重慘敗、但新的數位訂閱方案會成功？原因之一是最初的付費機制完全無法打動讀者；其次，彈性更高的付費模式不會對一般隨意讀讀的讀者收費，這些人偶爾因為點選在其他網站上找到的連結連到《紐約時報》文章，這讓《紐約時報》有機會贏得他們的忠誠度，讀完二十篇免費報導之後，網站會請已經養成習慣的讀者付費。但是，真正的答案很可能是充斥著免費內容的網路已成為新聞污水下水道，某些比較挑剔的顧客如今願意付錢，向有信用的來源購買極優質的新聞。

對薩斯柏格來說，這是一項大膽的決定，眾目睽睽之下的成功，剛好出現在他極需之時。如果家族開始質疑他的領導，這項大膽的先發勝利有助於穩住他們的信任。付費模式帶來了第二項可以支應未來營運的數位營收來源。預言報社會倒閉的說法，霎時間聽起來很愚蠢。雖然這個商業模式還沒有完全穩定下來，但危機過去了。薩斯柏格做了一個大膽、挽救全公司的決定。

成功應有助於凝聚他的領導團隊，但現存的對立更加惡化。尼森霍茲覺得困在死胡同裡，他想盡辦法管理不斷燒錢的「關於網」，這個《紐約時報》的子公司已經成為沉重的負荷。他很確定羅蘋森會把公司失敗的責任推到他身上，他判定此時應該要退休。他成為哥倫比亞新聞學院的教授，後來又轉任波士頓大學（Boston University）。送別會上，羅蘋森發表精心準備的祝詞舉杯致意，也給了這位被她擊退的對手一個擁抱。他的離去並沒有鞏固她的權力，後來反而造成了傷害。

薩斯柏格、羅蘋森、財務問題以及積極轉型到數位新聞，讓凱勒覺得整個人精疲力竭。他現在不再全神貫注於處理最初讓他進入編輯這一行的新聞與專案，大多數的工作都在應付業務。二〇一〇年的裁員顯然不是最後一次。他愈來愈難得見到兩個還在學的女兒⓭，週末時累得像條狗。這個過去看起來像大男孩的編輯坐上這個位置八年了，在任時間和總裁差不多，八年來蒼老不少。夏天時，他告知妻子愛瑪（Emma）說他打算隔年放下這份工作，回歸寫作人生。

二〇一〇年八月，他請我一起去格林威治村一家餐廳共進晚餐，喝了很多酒之後，他坦白跟我說他的離職計畫。我已經有一點醉了，但還是聽懂了這個意外的祕密，了解這很快就會影響到我自己的未來。雖然我也看到他在這份工作上遭受沉重如山的挫折，但我認為他太早退休了。根據《紐約時報》的傳統⓮，總編級的人通常都會留到年滿六十五歲那年的年底，凱勒那時才六十一歲。我無法壓抑住自己的急迫，忍不住問他認為我有沒有機會坐上他的位置，他回答：「我認為你很棒。」他計畫要薩斯柏格替他開一個社論專欄，他過去某些前輩也都享有這樣的待遇。也因此，發行人面前又多了一個重要的待決議題。

任何敘事的性質都是主觀的，就算是單純的事實、值得新聞史學家用全知的第三者角度來說的內容亦不例外。透過人的眼光來看事件，必然會影響到事件的解讀與呈現方式。我努力用事實與歷史的角度來呈現整件事，以報導和重要參與者的說法作為導引。

但由於我和《紐約時報》的關係錯綜複雜，並在此時擔任編輯主任，是新聞編輯室裡的二號指揮官，以下的事件和我個人直接相關，根本無法切割，因此也不可能有超然的權威。而且，用第三人的角度來敘述我在故事裡的角色，也不真誠。新聞是一門充滿人性弱點的專業，沒有完全的客觀，我不能假裝客觀看待我在《紐約時報》的所有經驗。

當然，我可以盡量輕描淡寫跳過。雖然我很想記錄一場社會的根本面與科技面轉型，但我並非史學家亨利・亞當斯（Henry Adams），無法像他一樣把自己的人生快轉二十年，刪掉他的婚姻和妻子讓人痛徹心扉的自殘。我接下來要寫的期間，也為我自己的人生帶來許多挑戰與劇痛。但是，就像亞當斯在一個科學與技術大幅變革的世界裡經歷的震撼教育一樣，我受到的數位教育也帶有啟發性，但同樣也很折磨人。我去比對我留存的文件，並問過相關的同事和人士，以覆核我的記憶，我也為了這本書訪談過其中許多人。《紐約時報》對以下的部分說法有所質疑，我也知道這些事。

我和凱勒變成親密且相輔相成的戰友。我在做新聞報導時他給了我極高的自由度。他的強項是海外報導，我是長期調查貪污案。新聞編輯室的記者講到「比爾（凱勒）和吉兒（艾布蘭森）」時，就好像在講「老爸和老媽」。我們被視為同一個組。我們一整天都在和彼此商討與開玩笑。我會仔細向他彙報任何重要的事；他讓我一起參與帶有敏感性的內部事務，包括他和薩斯柏格的週會。通常我們僅會把事情交託給對方。在成為團隊的八年期間，我們相處得很好，而且愈來愈親近。

他在二〇〇三年選我擔任編輯主任之前，我們不算熟識。當時我在《紐約時報》的資歷還不算長，我一九九七年進入華盛頓通訊處，剛好就趕在露文絲姬醜聞案爆發之前。凱勒當時是編輯主任。和我爭奪凱勒這個位置的狄恩・巴奎（Dean Baquet），當時是負責全國性新聞的編輯。馬帝・拜倫（Marty Baron）是第三個可能繼凱勒之位的人選，我剛進報社時他是夜間編輯。

在《紐約時報》的事業生涯通常都要包括幾次外派，或做過全國性的報導工作與負責過幾個重要版面的編輯工作，比方說商業版或全國版，我升遷的速度算很快了。我在《華爾街日報》待過十年（也是在華盛頓），憑著我犀利的財經與政治報導贏得口碑。艾爾・杭特（Al Hunt）是帶領我的恩師，他曾經集結出一支強大的政治報導團隊，讓我敢於揭發有權有勢人物的背德行為。杭特有一次和一位記者聊天時說我「很帶種，卵蛋像鐵做的一樣」，這是衷心的讚美，但也反映出媒體世界普遍存在的性別不平等。

我曾報導一位參議員得到的個人貸款和立法上的施惠有關，讓對方丟了飯碗。我揭發給民主黨的非法海外捐款。我調查獨立顧問肯尼斯・史塔（Kenneth Starr）和一小群暱稱「小精靈」（the elves）的保守派律師之間的關係，這一群人圖謀要毀了柯林頓總統。我最自豪的作品，是我和《紐約客》雜誌的珍・梅耶（Jane Mayer）合寫一本書（梅耶和我是密友，我們年少時就認識了），談安妮塔・希爾（Anita Hill）與克拉倫斯・湯瑪斯（Clarence Thomas）在大法官同意程序中的攻防戰。挖掘三年之後，我們可以證明希爾說遭到湯瑪斯性騷擾一事是真話。這本書是一本暢銷書，也入圍全美好書獎（National Book Award），還被秀泰電視網（Showtime）拍成電影。

為了熟悉數位新聞的運作，我花了六個月待在當時仍稱為「網路新聞編輯室」的地方。這裡有獨立的編輯和製作人，他們制定報導的層級，完全和報紙切開。有很多事都是浪費時間的重複工作。記者常抗拒「網路編輯」分派的任務，這些編輯在他人眼中少有權威可言。要在新聞發生時就做出最新的報導，很難。多數資深的網路編輯很享受他們擁有的自主性，很懷疑我來這裡要做什麼。

我算不上是在數位環境下成長的人，凱勒也不是，他很早就開始在週日的雜誌上寫專欄，把推特批的一文不值。《紐約時報》的生理節奏仍依循著印刷機律動，但是，讀者早已經轉向電腦和手機了。《紐約時報》每個月的不重複用戶群數量多過任何報社，首頁變成更寬廣的報導發表舞台，但記者在意的還是自己的報導能否登上頭版。看來，只有很難見到報紙的海外特派記者，才能完全了解首頁的價值。

我後來轉變想法，認同網路的力量能讓資訊更加民主且更加透明。凱勒二〇〇九年去伊朗報導失敗的綠色革命（Green Revolution），當地的街道對西方人來說危險之至，由抗議學生在推特與臉書等社交媒體平台貼出的照片與評論，是追蹤事態發展的最好管道。群眾外包與公民新聞開始結出重要的果實。

克雷・薛基對我有很大影響；他是《鄉民都來了》（*Here Comes Everybody*）這本書的作者，他也提出警告，認為眷戀報紙毫無道理，報紙終將消失。重點是，優質的新聞能活下來，網路上有大量的群眾參與其中，是非常健康的發展。我同意他指出的要維持「不挑平台」的方向，薩斯柏格也認同。但那早就是老掉牙的論調了。我們需要的，是一個以數位為先的新聞機構，而且不可讓報紙或是新聞的品質下滑。

多媒體科技可大大強化說故事的能力，讓人嘆為觀止。我和多媒體編輯安德魯・德維嘉（Andrew DeVigal）以及艾隆・皮何佛（Aron Pilhofer）密切合作，他們兩人負責數據和社交媒體，但兩人都覺得被迫要靠向新聞運作的那一邊。如今的我，已經親眼見識到影片和數據如何賦予新聞活力，阿富汗戰爭返國軍人的系列報導尤其讓我開了眼界。在波士頓大學舉辦的一場敘事新聞研討會上，我播放一段短片，講述一位士兵請假帶著幾個兒子去理髮店，都理成和他一樣的小平頭，觀眾席上堅毅強悍的編輯都哭了。《紐約時報》收到大量的維基解密檔案，為了讓別人能搜尋這些資料，我第一位求教的編輯就是皮何佛，他是儲藏存放數據的專家。浸淫於數位環境期間，我下定決心要把網路新聞編輯室和平面營運整合起來。兩邊各自召開新聞會議、分別設置編輯系統，荒謬又所費不貲。新聞編輯室的行政權不在我手裡，我必須和兩位編輯合作，落實合併營運的計畫，這個案子在我六個月的見習期內完成。某種程度上，兩邊合而為一，不再想要壓垮對方。

另外一個讓我轉向數位的動機，是為了準備接下凱勒的位置。他會是最後一位先想到報紙而非網站的執行總編。當我完成數位見習之旅時，《紐約時報》還沒有行動應用程式，但是當時智慧型手機已經成為我們讀者鍾愛的裝置。而我也花很多時間待在BuzzFeed、「政客網」以及「赫芬頓郵報網」的編輯室，因為我知道我們在某些領域落後了，尤其是社交媒體。隨著臉書成為Google的競爭對手，數位生活也從搜尋模式轉變成社交分享模式。

在我管理新聞報導的八年內，我試著和薩斯柏格培養關係，但是我不太確定自己和他之間的距離。他和凱勒之間關係冷淡，有時候會問我要怎樣跟凱勒講話。他交代我招募他的兒子小薩斯柏格進來《紐約時報》當記者⓯，之後又找來他的外甥山姆．多尼克。小薩斯柏格在《波特蘭俄勒岡人報》時扳倒了當地一名警長，多尼克則在美聯社工作，駐守印度。他們都是第一流的記者，很容易適應《紐約時報》大都會報社編輯部的風格，很多記者都以這裡為起點。但這兩人都非常擔心明顯的裙帶關係。

薩斯柏格可以算是和藹又體貼，但有時候會說一些讓我聽來很困惑的話。在報導「滑板車」．利比（Scooter Libby）事件期間，有一天我從華盛頓回來，精疲力竭，要趕去開一個正在進行中的會議，當時他正在講一個笑話，提到和這場審判有關的一則八卦，當中講到我。之後，我跟著他進他的辦公室，對他說他傷了我的心。隔天早上，我在我的鍵盤上看到他用手寫的致歉函，說他把我當成真正的朋友。我等著他任命我，後來我問他認為我的表現好不好；他在這方面從來沒有說過什麼。「喔，你知道的，」他說，「你就是幫我搞定一切的好女孩。」這句話我聽起來像是在打發我。

二〇〇七年，我在時報廣場要過馬路時被一輛貨車撞到，住院好幾個星期，有嚴重的內出血問題，還有多處骨折。我將近兩個月沒上班，必須從頭開始學走路。載著我的救護車還沒到，凱勒已經和我的丈夫等在貝勒維醫院（Bellevue Hospital），隔天薩斯柏格也來了。我服用了高劑量的止痛藥，等著醫生替撞斷的股骨動手術，我看到薩斯柏格時，唯一記得的是他去翻了《紐約時報》為了搬進新大樓而整理的紀念品，幫我帶來一座紐約樂觀主義者俱樂部（Optimist Club of New York）致贈《紐約時報》的裱框大獎狀。他這次的探病過程很奇特，但我知道他是好意。隔年我就完全康復了。

二〇一一年公告凱勒要退休，我顯然是競爭者中的領先人選。羅蘋森答應我她會盡力將結果導向我這邊，她是我的支持者，而且顯然對於我成為首位女性執行總編這件事深感興奮。其他兩位競爭對手一是巴奎，他在華盛頓通訊處處長職務上表現很好；另一位是拜倫，當時他是《波士頓環球報》的編輯，他在《波士頓環球報》時將調查的矛頭指向天主教教會的戀童癖問題，作品贏得普立茲獎中的公共服務獎，也是得到奧斯卡獎的電影《驚爆焦點》（*Spotlight*）靈感來源。

我是薩斯柏格所知最無所顧忌的人。我是一個穩定的經理人，撐過了幾次裁員以及其他挫折。他信任我對新聞的判斷。我很容易就生出道德義憤，這一點讓他很煩惱，他在業務端的某些同事覺得我很粗魯；引發更大衝突的種子就此種下。

數位領域是一個可以把新產品換成營收的地方，需要有團隊負責開發出這些可獲利的產品。不管是烹飪應用程式還是新聞應用程式，每一種都是為年輕讀者而打造，需要有科技專家、設計師和新聞記者參與，傳統的新聞／業務之分、舊有的牆垣，在這裡完全不適用。但我很小心，謹防業務端過度涉入我們選擇報導主題時的相關決策。數位專案能動用不只是新加的資源；當某個案子通過審核，還會把其他正在做的事先緩一緩或是完全放下。如果要我替報紙新增版面，星期四的時尚風格版不會是我的首選，同樣的，我也不希望群眾數據或能帶來新訂戶的流行主題成為報社的新聞首選。我習慣在擔心平衡出現偏頗時去找羅蘋森商量，因此，在她離去之前，這兩邊並沒有變得劍拔弩張。我這話是跳過過程、先把結論講出來了。

雖然新聞編輯室裡很多人看到第一次有女性擔任執行總編而大感興奮，但我也很清楚不是大家都喜歡我。有人認為我是偏心的人，而且對於自己的想法太有自信。我有一個壞習慣，會打斷別人，傾聽做的不夠。簡而言之，我在別人眼中「很咄咄逼人」。最後的這種認知，對於位高權重的女性而言是很熟悉的桎梏。許多研究顯示，以女性來說，可親與成功兩者呈負相關。某些在男性身上被視為代表領導力的人格特質，出現在女性身上則變成負面意義，代表此女太有野心了。

我從未受過任何正式的管理訓練，本應開口提出培訓要求的。我在《紐約時報》只做過一次主管，就是擔任華盛頓通訊處的處長，為時不到三年。那時我並沒有打造出新的領導團隊，都是由人在紐約的編輯做大部分的決定。報社曾經分別送凱勒和萊恩斯去達茲茅斯（Dartmouth）和華頓（Wharton）學院，正式進修管理課程。從來沒有人要我去上這類的培訓方案，連提出建議都沒有。

薩斯柏格也看到了巴奎和拜倫的缺點。巴奎曾在二〇〇〇年離開《紐約時報》。他是一位出色的全國版編輯與調查報導記者，幾家報紙都以高階職務向他招手，包括《邁阿密先驅報》（*Miami Herald*）。《洛杉磯時報》的新聞編輯室管理階層在史泰博醜聞之後大換血，新來的總編約翰・卡洛爾（John Carroll）給了巴奎一份工作，成為那裡的第二把交椅。我知道他左右為難。後來他和薩斯柏格共進午餐，這位發行人讓他覺得傑拉德・波依德可能會比他先升職，之後他馬上打電話告訴我他要走。他到了洛杉磯，後來接替了卡洛爾的位置成為總編，多次贏得普立茲獎，也贏得員工的忠心耿耿，我們一直保持聯絡。他一直都面臨要裁減新聞編輯室的壓力，我去探望過他兩次，要他思考是不是要回來。他後來因為拒絕裁員被《洛杉磯時報》的發行人開除⑯，我去遊說凱勒，希望由巴奎擔任華盛頓通訊處的處長，這份職務向來握有極大的權力，而他在這方面掌握得很好。他是第一位成為執行總編的黑人記者，這也是一次讓人興奮的選擇。薩斯柏格出售《波士頓環球報》前曾先下令裁員，拜倫同樣也奮力保護他在波士頓的新聞編輯室同仁。他也是一位絕佳的編輯。

這兩位編輯展現的風骨，讓他們成為記者眼中的英雄，但是對發行人來說可不是這麼一回事。薩斯柏格排定時程和我們三人開會，要我們寫下備忘錄，列出如果我們接下這份工作後會做什麼。我的清單主要著重在數位挑戰上。我事後才知道，幾位和我發生過一些小摩擦的編輯去找薩斯柏格，懇求他不要選我。薩斯柏格在思考人選時，他請我去拉柏納丁（Le Bernardin）共進午餐，他在這家昂貴的市中心餐廳的後面定了一張安靜的桌子。我點了魚，但沒怎麼動。

「每個人都知道有好吉兒也有壞吉兒，」他開始說，「對我來說，重要的是，如果你成為執行總編，我們會看到哪一個吉兒。」當他在列舉我犯的錯時，我試著解釋我認為當中的誤會之處。我承認某些抱怨確有其事：當我覺得別人都講不聽時我可能會自以為是、自覺高人一等，我會打斷別人，我傾聽做的不夠。我對他說，我很努力克服這些缺點。我離開餐廳時覺得有點反胃，人也垂頭喪氣。這次對話很少著重在「好吉兒」身上，讓我大受打擊。我中餐時沒吃多少東西，因此在街上買了一個熱狗，從第七大道（Seventh Avenue）和四十四街（44th Street）的路口過馬路，我就是在這裡被卡車撞上的。我領悟到一件事，我在這場車禍中活了下來，但活下來的我不會成為執行總編。

狄恩・巴奎天性快活，幾乎每個人都喜歡他。他是我進入《紐約時報》以後第一個讓我真正覺得自在的編輯。我和他愈來愈親近，我們兩人都愛調查性報導和生動的敘事。我們初見時，發現兩人居然都鍾愛相同的報導：一九八一年《華盛頓郵報》刊出的文章，報導史壯・瑟蒙（Strom Thurmond）在南卡羅萊納州擔任法官時處死四個人的始末。我們也常讀同樣的小說。我們之間的關係經常會有些緊張，但這是華盛頓通訊處處長與紐約編輯之間的常態，我不認為這有礙兩人之間基本的信任關係。他是很友善的人，但我也覺得他有點讓人捉摸不定。還有，有時候他會逃避麻煩的衝突和決策。他成長於紐奧良[17]，他家在當地有一間餐廳，巴奎放學後就負責擦地。他是家裡出的第一代大學生[18]，但是他從哥倫比亞大學輟學，返回家鄉擔任記者展開人生。

馬帝・拜倫是一流的新聞記者。他擔任夜間編輯時很挑剔，有時候我會在深夜和他抗爭，討論變更報導的問題。他成長於坦帕市，讀里海大學（Lehigh University），取得新聞與商業的學位，離開《紐約時報》後成為《邁阿密先驅報》的總編，在這裡任職時獲得多座普立茲獎。他聰明靈活又沉靜，還有一種冷嘲熱諷式的幽默感，是有話直說的人。我們可以開誠布公地聊我們面對羅蘋森和薩斯柏格時感受到的挫折。

五月過了，進入六月。薩斯柏格去倫敦出差。我不知道他何時會拍板，但我不想再煩擾永遠謹慎行事的凱勒。有一天早上，我計畫要和凱勒以及他的妻子在大都會博物館碰面，《紐約時報》的藝評家霍藍德・卡特（Holland Carter）要替我們導覽，在開放公眾參觀之前先帶我們看看亞歷山大・麥坤（Alexander McQueen）的展覽。

我正在穿外套時，電話響了。「我希望你成為下一任的執行總編。」薩斯柏格對我說。「這是我畢生的光榮。」我回答。我覺得輕飄飄的，以為對話這樣就結束了。「你覺得誰適合擔任編輯主任？」薩斯柏格問我。我對他說，我和瑞克・柏克（Rick Berke）配合得很好，他是編輯副主任，也是我在華盛頓時的副手。聽到他的名字之後，薩斯柏格沉默很久。「我不確定他已經準備好接這個位置。」薩斯柏格只說了這句話。雖然我已經跟柏克說過，如果我升職我希望他能當我的副手，但我沒有想到要準備好一個馬上可以說出口的答案來回答這個問題。

「狄恩（巴奎）怎麼樣？」他繼續問。「我也欣賞狄恩。」我支支吾吾地說。那個週末我會和他碰面，一起參加一場黑人學生記者研討會。我們也講好要一起吃晚餐。「你何不和他討論一下？」薩斯柏格這樣建議。他沒有明白要求我選巴奎，但就是這麼做了。

這通電話，是我和薩斯柏格唯一一次針對我成為執行總編的對話。我沒有問他我的薪水多少，我假設我會拿到和凱勒相同的數字。後來我才明白，很多女性在攀爬企業晉升階梯時都會犯下這個嚴重的錯誤。一項又一項的研究顯示，男性和女性不同，男性通常毫不遲疑去談自己的薪資或直接要求分紅或加薪。

薩斯柏格正式任命我為執行總編時，我的丈夫、孩子以及姊姊都在我身邊，所有記者圍在旁邊看這一幕並為我祝賀，就像他們在普利茲獎發表日時的表現。我多希望我的父母也能見證。演說時我談到一些女性前輩[19]，有她們才讓我能站在更高的地方，其中包括娜恩・蘿柏森（Nan Robertson），她是一九七〇年代控訴《紐約時報》性別歧視的記者之一，讓報社感受到壓力、聘用並提拔更多女性。

公關部門安排了無窮無盡的採訪。有太多人對於「第一位如何如何的女性」觀點很有興趣，而我非常樂意談談這個主題。演講邀約多到讓我應接不暇。羅蘋森鼓勵我盡量接下來。「《紐約時報》有改變是一則好新聞。」她對我說。

九月底，薩斯柏格歡度六十歲生日，生日宴上同時也正式發布他和克勞蒂亞・岡莎勒絲（Claudia Gonzalez）在一起的消息；他和這位墨西哥女子在達沃斯一場研討會中相遇，之後墜入愛河。她和兩個孩子住在瑞士，任職於世界衛生組織（World Health Organization），但計畫搬進薩斯柏格位在西區的公寓。薩斯柏格已經在公寓裡裝潢了一間遊樂室給她的孩子使用。

我聽說他的家族並不認同，羅蘋森則抱怨他總是出國去找岡莎勒絲，總是不在《紐約時報》，岡莎勒絲的怨言卻剛好相反。這場生日宴辦在時報廣場一家奢華的迪斯可晚宴俱樂部，以她的名義發出邀請函。

薩斯柏格的孩子、老姑媽以及其他親戚在這家名為柯帕柯巴納（Copacabana）的夜店裡看來拘謹又不安，他的父親老薩斯柏格，習慣在大都會博物館這類優雅的地方招待賓客，由一位照護人員推著輪椅進來待了一會兒；一年後，他的兒子會在博物館裡舉辦的一場莊重追思禮拜上頌揚他。薩斯柏格和岡莎勒絲（她穿起高跟鞋之後比他高）共舞一整晚。羅蘋森在祝酒慶賀之後就早早離去，其他賓客也開始去衣帽間拿外套。

那是羅蘋森擔任執行長的最後一段日子，但我當時完全看不出來。十二月中她就離職了，薩斯柏格突然開除她，而且倉促神祕到根本毫無必要。他走進她的辦公室，給她一個裡面有一些離職文件的文件夾，並說：「我們做好準備，條件很優厚。」他口中的優厚讓整個新聞編輯室倒抽一口冷氣：她拿到的配套接近兩千五百萬美元。薩斯柏格事前並未告知董事會說要開除羅蘋森，有些董事很憤怒。謠傳她想要逼走他的表親副董事長麥可・戈登但失敗了，除此之外，沒有人聽到其他理由。還有，沒有人準備好接任她的位置。

薩斯柏格把我拉到一旁，告訴我開除羅蘋森的消息，此時她還在她的辦公室裡打電話。「這應該不會影響到你。」他很努力地要讓我安心。但事實上是，業務端一直大力支持我、並指點我如何面對辦公室政治的人，如今離去了。至於在新聞編輯室支持我的凱勒，如今也在好幾層樓外的社論部門。

我在挑選名列報頭欄各主編、也就是我手下的資深編輯團隊時，很多選擇都聽從巴奎的建議。他負責每天的新聞報導，這過去是我擔任編輯主任時的工作，看到凱勒，我知道以後我能投入在這部分的時間會愈來愈少。這表示，很多主編要和巴奎密切合作，而不是我。

現有的主編群裡有些出色的人才，但不是我需要的團隊。更重要的是，裡面少了一個能在我手下領導數位策略的人。我一直未能真正把這個空缺補上，這也是我一直擔心的事。這件事變得愈來愈急迫，因為薩斯柏格在羅蘋森最終閃電離職之後積極找人頂替她的位置，二〇一二年底聘用來自ＢＢＣ的馬克・湯普森（Mark Thompson）擔任新執行長，而他更積極因應創造新產品和營收的必要性。從那時候起，我幾乎把所有時間都花在業務相關的會議上，身邊完全沒有真正的數位夥伴。相關爭議變得非常讓人憂心，困擾著每一個人；主要的問題就在於報導路線之爭，還要重新設計新聞編輯室職務，以便讓我和湯普森兩人共擔責任。

我為何擔心？我知道的是，身為ＢＢＣ新聞兼業務主管的湯普森，習慣主導兩方。他曾對人說過，他相信《紐約時報》沒有什麼工作是他做不來的，包括我的職務。發行人顯然很聽他的話。我非常希望《紐約時報》能存活下來、能賺到錢，但我不相信業務端應該影響新聞報導，也不接受某些新聞相關位置有聯合負責這種事。無論是擔任編輯主任或執行總編時，我從沒看過有人逾越哪一條明文規定，但我一直都在邊緣，覺得快要越界了。薩斯柏格和《紐約時報》的發言人伊琳・莫妃（Eileen Murphy）都不同意，說我的憂慮毫無來由。

為了對湯普森、薩斯柏格和新聞編輯室發送出強烈訊息，讓他們明白我在推動數位化並把這件事視為優先要務，我不再參與下午的頭版會議，改在當天清早聚焦於網路新聞和影片的會議上提出我的意見。巴奎負責去開頭版會議，這馬上讓他變成極具影響力的人。之後他會在我辦公室和我一起審查他選的頭版報導。

萊絲・曼蘭（Lexi Mainland）和麗茲・何蓉（Liz Herron）這兩位女性教我如何使用社交媒體和讀者培養關係。我早期發的一則推文後來爆紅，內容是對喜劇明星、同時也是知名的饕客阿里茲・安薩瑞（Aziz Ansari）發出邀請，要他在出缺時來應徵《紐約時報》的餐廳食評家（我兒子推薦他）。發出這則貼文之後，我在推特上的追蹤者馬上大增，但我並未及時領會社交媒體（尤其是臉書）正在革新人們取得新聞的方法。我去了Google，為了開發最新焦點新聞報導的新範例做實驗，並因為大吃各式各樣免費的點心而發胖。我試戴Google眼鏡，這種裝置讓我頭暈；我在街上走路的時候一點也不想查我的電子郵件。

《紐約時報》每天登出兩百篇不同的報導，只要讀者一打開報紙、翻開頁面就可以讀到。網路上比較難找到這些報導；網路世界裡爭奪以分秒來計算的讀者注意力，不保證他們點開報導之後會讀完、然後再讀下一篇；實際上更有可能的情況是，讀者就跳到另外一個網站去了。網路上吸引人的東西無窮無盡，要做到裴瑞帝在BuzzFeed精於操作的「黏著力」，困難度極高。我此時還不懂，在臉書上分享《紐約時報》的文章會成為數位出版流程中極重要的部分。臉書的推波助瀾，可以拉抬報導一把，吸引幾百萬讀者。這能帶來更多流量，流量則能引來廣告。

讓我徹底轉變的原因，是我看到數位變革強化了新聞。我看到《紐約時報》的圖像主編史特夫・杜伊尼斯（Steve Duenes）帶領部門轉型，從老派的地圖繪圖員變成動畫與動態圖的魔法師。杜伊尼斯是一位寡言又固執的編輯，但他成為新聞編輯室的創新長。他是帶動體育版一項多媒體大型專案的力量。這篇報導名為「落雪」（Snow Fall），記錄華盛頓州一處滑雪度假村附近發生的致命雪崩，讓三名山岳滑雪者死於非命。讓「落雪」充滿戲劇性的因素，是這個報導裡把精緻的多媒體元素變成說故事與閱讀體驗的基本部分。當讀者一路往下捲動閱讀整個報導時，會有三度空間圖顯示滑雪者從山上滑下來的路線。文中相關人士提供證詞的影片，會在讀者讀到他們的那個部分時跳出來。有些滑雪者的頭盔上配有攝影機，因此有他們往山下滑時的即時影像，裡面也有他們瘋狂求救的聲音。當中的設計以及完美的契合[20]，讓讀者讚嘆。一個星期內，有三百萬人看過這篇報導，為數位敘事立下了新的標準。這個案子也所費不貲，編輯室裡超過一打的人投入，少有新聞機構能集結像這樣的大動員。「成為落雪」變成了新術語，用來講有很多華而不實小玩意的數位報導，但其他網站很少有出色的模仿者。

我擔任編輯主任時和兩位編輯走得特別近，一是負責調查報導的編輯麥特・珀帝（Matt Purdy），一是商業編輯賴瑞・印格拉西亞（Larry Ingrassia），這兩人都帶領了我極想做的調查。印格拉西亞有一隊人，仔細審閱蘋果公司如何以及在何處製造產品，最後指向多半在中國。這家總部在加州酷柏提諾的公司在美國的產品銷量達幾十億美元，但並沒有為美國創造太多就業機會。報社的上海特派記者張大衛（David Barboza）曾經對我說過，中國統治階層的家族成員私底下累積了龐大的財富。金錢加政治，這根本是我的菜；當他和我談起時，我許了他動手去做。至於珀帝這邊，記者大衛・巴斯多（David Barstow）拿到了一些文件，指向沃爾瑪超市（Wal-Mart）靠著賄賂進入墨西哥，成為該國第二大的超市。在都會版，山姆・多尼克到處刺探，向克里斯・克里斯提州長（Governor Chris Christie）在紐澤西的親信圈問消息。我負責確保這些記者不用去管其他任務，讓他們有需要就盡量去挖掘。我下定決心，要讓《紐約時報》深植在調查性新聞領域裡，很多新聞編輯室裡早就不做調查性報導了，因為相關工作曠日廢時、成本又高。調查性報導專案大多要花一年的時間，甚至更久。做出來的報導也會招來爭議和訴訟，陷入發行人想要避免的錢坑。

張大衛針對高官後代所作的報導，凸顯了調查性報導兩個最重要的部分：即便在最高壓的國家也能做出調查性報導；以及，調查性報導很可能會損害報社的商業利益。在中國政府的核准之下，《紐約時報》新近推出一個獨立的中文網站，為一群龐大的潛在群眾提供新聞，條件是要接受該國嚴格的審查。這個網站有《紐約時報》報紙上登過的報導，以及約三十名中國員工所做的原創報導。網站才架好幾個月，便已經有亟欲進入中國消費市場的品牌商貢獻穩健的廣告營收。《紐約時報》在這個專案上花了兩千萬美元，希望能成為國際擴張的範本，用當地的母語設立其他網站。下一個是巴西。

張大衛成長於麻州紐貝佛的勞工階級家庭[21]，從波士頓大學畢業後進入《紐約時報》，從小職員做起，之後又去耶魯讀研究所。這位削瘦、戴著眼鏡的記者一路耕耘商業版，後來外派上海。我擔任編輯主任時在上海和他見過面，看到他在蓬勃的中國經濟體中認識這麼多菁英階層的人，讓我大為嘆服。他的妻子張琳（Lynn Zhang）是華人，擁有商業學位，他們兩人煞費苦心地從中國各省級基層辦公室收集文件，追根究柢找出真正擁有該國最大型企業並從中獲利的人到底是誰。這把他帶向中國總理溫家寶的家族[22]，包括他那位因為家族投資珠寶而獲得「鑽石女王」（Diamond Queen）稱號的妻子。張大衛默默地繼續整合他收集到的各種極為關鍵文件，讓空殼公司、插乾股投資人以及其他偽裝手法一一現形。當他聯繫政府官員請他們回應時，他們對於《紐約時報》即將爆出大新聞大表憤怒，因為當時中國共產黨正要選任新的領導人習近平。由於擔心張大衛和張琳會遭遇險境，我們讓他們兩人轉往日本，完成他們的大製作。

就在我們要發表之際，中國大使要求和薩斯柏格會面，設法破壞張大衛的報導並阻止刊登。我參加了這場會議，地點在一處名叫邱吉爾廳（Churchill Room）的狹小無窗辦公室。大使並未提出任何證據證明張大衛的報導不正確，但威脅說如果我們發表的話將會有「嚴重後果」。薩斯柏格擔心這代表中國的審查人員會阻斷我們的網站，但在讀完初稿之後，他做出了正確的決定，儘管在中國遭禁會招致財務損失，但我們還是要刊登。他僅承諾在出刊前會先告知大使。

之後，報導出現在我們的中國網站上，也有一篇中文版。一個小時之內，中國就把這篇報導從網路上撤下。中國的審查人員實現了大使的警告。登出張大衛的報導，證明了調查性新聞在全球布局上又攻下一城，但是《紐約時報》付出了沉重代價。張大衛的報導是在中國可以公開取得的最後一篇《紐約時報》報導，之後多年完全無法發表任何形式的報導。《紐約時報》的通用官方網站和在中國的新網站自此被阻斷，至今依然如此。在中國想要存取《紐約時報》，讀者需要虛擬私人網路（VPN），這是一種意在避開審查人員的技術。

這件事也引發了除了財務之外的其他後果。《紐約時報》的記者再也拿不到新簽證，我也擔心特派記者現有的簽證無法延展。中國籍員工被人跟蹤，有些還被拘留。我抵達北京辦事處當天，中國當局就審訊一位年輕的職員派崔克・羅（Patrick Luo）達十小時，他從這場折磨中脫身之後居然毫不以為意。他和中國通訊處其他記者一樣，對於自己能在少數幾家拒絕向審查人員低頭的新聞機構工作感到自豪。

員工不知道的是，我收到指示要縮減人力規模；《紐約時報》的中國網站被阻絕，繼續聘用記者導致虧損，我要負責止血。戈登希望完全關閉中國網站，我則主張這麼做看起來就像是向審查人員低頭。因此，我受命必須把虧損限縮一半，這一半代表了好幾百萬美元。然而，一到當地我根本沒辦法報告壞消息。中國記者對於《紐約時報》有著理想性的情懷，他們為了繼續發表文章的所作所為，非常勇敢。我必須在新聞部門的預算中另找地方把錢省出來。

彭博社（Bloomberg）也刊出新總理與其家族隱藏財富的相關報導，之後網站也被阻斷。但彭博社扼殺了另一篇政治貪污的報導，屈服於中國的壓力，期望網站能夠開放。我從彭博社某位記者口中得知了彭博社的行動，親自針對那一篇被扼殺的新聞寫了一則報導，並登在頭版；我也聘用了被懷疑洩漏這次丟臉事件的彭博社記者。薩斯柏格前往中國遊說該國政府重開網站，並未成功，但他也沒有反對登出更多張大衛挖到的消息。然而，到此時我卻發現，我們的共同立場並不像我想的那麼堅定。在我不知情之下，薩斯柏格接受了中國大使館的提議，以《紐約時報》的名義草擬一封信函給中國政府，為了我們的原創報導致歉。我會知道這件事，是因為某個局內人給了我一份草稿；他很擔心《紐約時報》會有任何讓人難堪的舉動。我認為我看到的草稿很讓人反感，裡面說到我們對於報導營造出來的「認知」感到抱歉。我一邊讀，血壓一邊跟著飆高。我拿給巴奎看，他也同意這是一場大災難。他鼓勵我當面和發行人對質，我也打算這麼做。

我對薩斯柏格說我需要私下和他談談，於是我們一起去一家星巴克。我把手伸進包包裡，拿出我手上的草稿副本。他看到我居然有這封信嚇了一大跳，他一直說：「我又沒做錯事。」他試著把信塞回他的檔案夾，但是我抓了回來。他同意先不發函，先修改遣詞用字再說，而這一次要有我和巴奎提供意見。就我來看，說到底，這封信還是很讓人厭惡。即便有我和巴奎抗議，但在我看到的定稿上仍保留了「抱歉」一詞。不管怎樣，網站還是被阻斷了。這段插曲讓我們之間的關係劍拔弩張。

當選擇辭彙的爭議變成了攸關生死的決策，雙方的不信任感更加擴大。涉及生死是報導戰事的本質，雖然我很清楚風險，但是我從未曾真正體會這有多沉重，一直到我接到一通電話，告知我安東尼・夏迪德的狀況；夏迪德得過普立茲獎，我們從《華盛頓郵報》把他挖過來。夏迪德被派往敘利亞，當地已經有不少記者死傷。他和泰勒・希克斯（Tyler Hicks）一起出任務，希克斯是我非常崇拜的一位戰地攝影師。我跟夏迪德不算熟，但我讀過他從前線所做的報導，也敬佩萬分。他和希克斯以及《紐約時報》另外兩位記者曾在利比亞被綁架，這可是一場讓人毛骨悚然的經歷。讓人難過的是，我必須習慣這類可怕的事件。幾年前，又有兩位特派記者在利比亞被綁架，還有一人被塔利班挾持七個月之後才得以逃跑。二〇〇二年在巴基斯坦被綁架並遭殺害的丹尼・培爾，是我在《華爾街日報》時代就認識的好友。

夏迪德進入敘利亞時我並不知情，但我知道他對這項任務很猶豫。夏迪德駐守貝魯特，他和紐約海外部的編輯討論這趟旅程時，感到很苦惱。他和希克斯的調查報導之行很有斬獲，正要返家，前往土耳其邊境時，夏迪德出現致命的氣喘反應，因為陪伴記者的嚮導所騎的馬匹讓他出現急性過敏。希克斯必須載著他的屍體進入土耳其。夜半無人時，另一名趕來幫忙的記者實際上必須去偷一副棺木，把他運回貝魯特；夏迪德和妻子以及幼子住在貝魯特。希克斯打電話給《紐約時報》的照片編輯，大叫安東尼（夏迪德）死了。他的妻子在邊界附近一家小旅館裡等著和丈夫團聚，我必須打電話給她，說出讓人傷心欲絕的消息，告知她丈夫已經死亡。

幾個小時內，我就和新任的海外部主編喬・卡恩（Joe Kahn）飛往貝魯特。我們一見到夏迪德的家屬就感受到一股緊張氣氛，他們質疑為何要派夏迪德去敘利亞，尤其是他一位堂表親，在我們抵達當晚，怒氣沖沖對著希克斯連珠砲似地提問。希克斯疲憊不堪，支支吾吾說不出話來。他盡力了，他很努力試著營救夏迪德，但失敗了。我試著撫慰夏迪德的雙親和其他家人；他們從奧克拉荷馬遠道飛過來。我要希克斯去接受諮商，也想辦法安撫在貝魯特的其他記者。

但顯然訴訟是躲不掉的。這家人裡有人在華盛頓知名的威康事務所（Williams & Connolly）任職，事務所試著達成和解。賠償金額是一場漫長而緊繃的談判。

我的朋友、同時也是《華盛頓郵報》資深記者打電話給我說：「《紐約時報》在這件事情上看起來表現得很糟，你們會照顧下屬的名聲已經蕩然無存了，你得做點什麼。」我要《紐約時報》律師和我一起去見薩斯柏格，薩斯柏格則把戈登叫進來。我對他們說我聽到外面怎麼傳的。這個案子很快達成和解，但我覺得這樁悲劇已經毀了報社的名聲，這裡不再是會關懷生病員工並顧及員工私人重災大難的地方。從那時候起，要去敘利亞報導，我僅允許最短的行程。雖然沒有《紐約時報》的人受害，但死在當地的記者更多了。每一次有人死亡，我總記得《華爾街日報》的編輯主任保羅・史泰格（Paul Steiger）對我說出難以啟齒的丹尼・培爾斬首事件。一想到我要打電話給夏迪德的妻子，我都快喘不過氣了。

很多人問我，身為女性對於我擔任執行總編有何影響，我從來不知道該怎麼回答。我只知道，成為執行總編之後，我更像一名戰士，為了一切而戰，從特派記者的安全到《紐約時報》的財務問題，無一不管。我憂心，而憂心干擾了我的領導風格。我討厭被關在業務會議上，每個人都沉默地坐在位置上聽著簡報，手上拿著厚重文件，看著各式圖表摘要出相同的資訊。我和凱勒討論這件事；外界看他一直都很穩定，就連發生綁架事件期間也一樣。「我把每一件事劃分開來，」他告訴我，「你也必須學著做到這一點，只有這樣你才能生存下去。」顯然，這是男性習以為常的作法，我做不到。我不知道把每一件事都當成是衝著我來、為了一場又一場終會平息的風波憂心忡忡，和我的性別到底有沒有關係。

但有一件事我很確定，那就是新聞編輯室領導群必須更多元。雖然頭版欄上很少有清一色都是男性的時候，而且，與其他出版品相比，《紐約時報》仍有更多的女性明星作家，但在頭版列名的女性太少（當我看到老友大衛．雷姆尼克的雜誌目次表上全是男性時，我叨唸過他幾次）。擔任最資深編輯職務的女性少之又少。在我結束第一年任期時，史上第一次報頭欄主編群裡有一半都是女性。非裔、亞裔、拉丁裔的記者紛紛受到拔擢，但不管是《紐約時報》還是其他機構，新聞編輯室裡的種族多元化程度仍然不夠。我持續施壓。我們還沒有達成目標，但已漸漸靠近。

我們的報導也要更多元。我們的版面上要反映更多女性的人生。在喀布爾時，我把頭包起來，和當地的通訊處長以及我的老友艾莉莎•魯蘋一同前往一處婦女庇護所。雖然我僅看得到她們的臉，但顯然那裡有很多女子其實都還是小女孩，就連有寶寶的也不例外。透過口譯，我才知道她們只有十七歲、十四歲、十二歲。有一個女孩被關在自家廚房的籠子裡，另一個被迫嫁給六十歲的叔叔。她們都逃離家庭，如果被捕，就會被處死刑。我要魯蘋替阿富汗的女性寫一系列的報導。拯救身陷塔利班恐怖世界的女子，是美國在九一一事件後引起公眾關注的大事，但後來民眾對這個議題的興趣就消退了。魯蘋出色的系列報導在我離開後登出，贏得了普立茲獎。

我很欣賞裘蒂・康朵（Jodi Kantor）這位記者的作品，我鼓勵她花一年的時間專門撰寫性別相關的報導。她調查哈佛商學院，發現該校並未努力讓女性覺得見容於該校高度競爭的環境。在另一次的深入追查行動中，她描述大型連鎖店使用的自動排程如何對員工的生活造成重大麻煩，尤其是那些有孩子的母親。由於不知道自己哪幾天的什麼時候要工作，因此他們無法安排托兒。她把重點放在星巴克一位咖啡師每天的掙扎。這篇報導每天每天在流傳，最後讓星巴克更改政策。後來康朵憑著調查哈維・溫斯坦的性侵事件（後來帶動了「Me Too」運動）拿下普立茲獎。我當初從文化部門把她挑出來報導二〇〇八年美國總統大選時，其他的政治記者一開始大為反彈。但她幾乎馬上就成為挖掘獨家新聞的機器，報導了歐巴馬備受爭議的牧師傑里邁亞・萊特（Jeremiah Wright）以及其他事件。

年輕的記者莎拉・瑪斯琳・倪兒（Sarah Maslin Nir），有天深夜去辦公室附近一家二十四小時服務的沙龍做美甲。她問她的美甲師：「你什麼時候睡覺？」就這樣揭發了一個亞洲女性多以無保障契約工身分工作的地下世界。紐約的檢察總長馬上啟動調查。這個大型的調查性報導系列，在首頁上引發了強烈的迴響。露易絲・史多莉（Louise Story）是一名商業調查報導記者，她大學時就來這裡實習，她做了許多以最富裕的紐約人為題的報導，影響力極大。

擔任編輯主任時，我就開始鼓勵比較沒那麼嚴肅的版面上多做一些性別議題報導。時尚主編有個想法，開一個專欄由自由作家談兩性關係，後來變成摩登愛情專欄（Modern Love）。二〇〇六年《紐約時報》上最多人閱讀的文章不是哪一篇獨家新聞，而是摩登愛情專欄裡的一篇文章「虎鯨教我的婚姻祕訣」（What Shamu Taught Me about My Marriage），來自大海的祕訣就是：少嘮叨。我和時尚作家一起出席時尚展，以證明我對他們的工作很有興趣（我父親是時裝師傅），也會參加時尚部門的報導會議，從沒有任何執行總編踏進過這道門。我從《華爾街日報》聘來黛博拉・妮德曼（Deborah Needleman）以重振星期天的時尚雜誌*T*，她的努力帶來回報，這份雜誌在奢華品牌的廣告滋養下發展得很好。

我飛去巴黎找我們的國際時尚評論家蘇西・曼奇絲（Suzy Menkes），她覺得她的專題報導沒有得到應有的關注。曼奇絲是老派的報社明星，往上翹的瀏海是她的專屬標誌。我畫了一幅她的漫畫，希望能增加她的文章能見度。她見多識廣，是一座奇特的寶庫，也是其他新聞機構棄之如敝屣的老學究。我陪她去巴黎皇家宮殿（Palais Royale）參加香奈兒（Chanel）高級訂製服秀，那裡展現了瑪麗皇后（Marie Antoinette）金光閃閃的巨量財富。戈登告訴我，《紐約時報國際版》（*International New York Times*）的廣告營收中有百分之二十五都是曼奇絲的貢獻，但是沒有任何一位編輯向她致意。我把這部分的工作稱為「天后管理學」，我很快發現，我們必須要照料天后，也得招呼天王。

但我還沒有完全體會其中三昧，「政客網」就對我的個性和我的管理發表一篇深入且刺耳的批評，斷言我已經失去部屬的支持。這篇文章老話重提，說我出差回來之後讓巴奎大發脾氣，因為我對他說在他監督之下的新聞報導很無聊。文中說巴奎一掌重重地拍在樓梯間牆上，然後離開了大樓，這是真的，而且完全不符合《紐約時報》是一部運作順暢新聞機器的形象。有些詆毀我的話，出自於匿名消息人士。

薩斯柏格安慰我：「這不是你的錯，就只是輪到你要忍受這些事情了。」他看來不太擔心，而巴奎則是一副怯懦的模樣。但有一些女性（當中的許多人都和我個人沒有交情）提出抗議，指這篇文章是性別歧視加刻板印象的誹謗。此事過了不久之後，我去華府演講，有兩位之前我沒見過的編輯走上前來獻花給我。我把這當成一個信號，代表女性在背後撐住我，把她們的希望繫於我的成功上。這對我來說極為重要。

普立茲獎發表日就快到了，我擔任執行總編也滿一年了，我知道這次的成績很重要。公開發表之前，幾乎每個人都知道我們拿下了四座普立茲獎，因為普立茲獎的評審團洩漏的訊息已經在網路上傳得沸沸揚揚。但是，自古以來《紐約時報》就有個傳統，只有在通訊社第一次發出即時消息時，包括發行人在內的所有記者才會聚集在新聞編輯室的主樓梯間，看著美聯社逐一報導每一個獎項。當美聯社報出好消息（「落雪」以及張大衛揭發中國官二代的祕密財富、還有沃爾瑪超市以及蘋果經濟的調查報導贏得獎座），薩斯柏格得意洋洋地比出四根手指頭。

慶功宴上出現新聞警訊：波士頓馬拉松發生爆炸。在得獎者發表歡快喜悅的演說時，我衝進全國版編輯部，確認我們在波士頓有足夠的記者。「紐約時報網」已經刊出一篇概要報導，但是現場沒有幾位《紐約時報》的記者，其中一個是很出色的自由作家，另外一位則是去跑馬拉松。我派了一隊記者和攝影師過去，有些攝影師也負責拍影片。

這件事佔據新聞版面好幾天，是我最初次和「假新聞」交手的經驗之一。最早發出的新聞有很多錯得離譜[23]，包括有一篇CNN的報導說要進行逮捕，Reddit等社交網站上傳出錯誤的疑犯姓名，記者蜂湧到此人父母家門口。新聞以飛快的速度出現，而數位新聞網站只負責選用報導卻不做獨立查核，雪球也愈滾愈大。我強調，在自家記者無法確認之前，我們不能貼出任何內容。

普立茲獎慶功宴和波士頓馬拉松爆炸案，在我記憶中的分割畫面中不停重播。科技正在破壞我們過去做事的方法，但也讓我們能把報導做到最好，比方說「落雪」。科技讓我們幾乎能在事發當時馬上把新聞帶到讀者眼前，但我們也背負著期待，在講求速度的同時避免犧牲報導的準確與威信。我的工作，是要確保報導工作的任何部分都不能妥協，雖然有時候我會覺得這根本是不可能的事。

幾天後的深夜一點鐘，才冒出關於嫌犯下落的可信報導。我一得到消息，幾乎是馬上跑回《紐約時報》，確認夜班的同仁沒有將未經驗證的資訊當做真相，逕自發布。如今新聞報導以驚人的速度傳播，有時候需要機敏的防禦。這是新聞運作在數位新陳代謝率之下努力維持價值的黑暗面。

另一件大事，是美國最高法院對歐巴馬健保（Obamacare）的決定，我指示每一位主編不可發表任何訊息，必須等到我選任的新任華盛頓通訊處處長大衛・萊恩哈特（David Leonhardt）打電話給我，交出針對裁決做過完整查核的報導。我的謹慎帶來回報。福斯和CNN爭相搶先播報錯誤的內容，說最高法院駁回了歐巴馬健保法案。

普立茲慶功宴上有一位新的主事者站在薩斯柏格身邊，那是新來的執行長馬克・湯普森。為了找到自己的「數位願景」，我們的發行人有了大膽的行動，他跑到外面的世界去繞了一繞，飄洋過海請來一位大名鼎鼎、用新的影片科技將老貝姨（Auntie Beeb；譯註：英國人對BBC的暱稱）推入數位時代的人。雖然我幾乎不認識他，但我們之間已經出現緊張。

湯普森有著牛津男孩的聰明，而且對此深感自豪。他的臉上有一片短鬍渣，還有著一頭紅髮，他隨興的穿著抵銷了統御掌控的猛爆。薩斯柏格很讚嘆湯普森的英國口音，每次聽到時都會豎起耳朵認真聽。

我擔任新職還不滿一年，發行人和新任執行長就下令要大幅裁減新聞預算，相當於要裁掉一百名員工，這是我們有史以來面對最嚴重的裁減。數位訂閱量已經來到平緩的高原期，好幾類的平面廣告也消失不見，就連《紐約時報》在紐約經營有道的房地產廣告，也都跑到網路上去了。我幾乎把所有時間都花在思考如何用損傷最小的方式去緊縮。受到工會保護的記者已經在無勞動契約的條件下工作了，有謠言說他們將發動罷工。

湯普森隨即做出的決定，我認為根本是掠食之舉。他要求在我手下工作多年的藝術總監向我和他聯合彙報，這樣的改變對藝術總監來說很困擾，對我來說也是。在湯普森還沒上任之前，影片部門的新主管已經適用新的工作架構，向我和業務端的高階主管聯合彙報，對於負責製作新聞的人來說這已經是一種不尋常的安排了（之前由向我彙報的新聞主編督導影片部分。我大力反對這項麥可・戈登遊說出來的新安排，但我輸了）。湯普森主張，在數位領域裡，設計和科技都是使用者體驗的一部分，而使用者體驗是這項業務的核心。影片帶來了最豐厚的數位廣告，這是我們公司最需要的。廣告影片總監也必須對營收有所貢獻。

湯普森的策略涉及開發出一套新的付費「套裝」產品，附加在《紐約時報》主要新聞報導的基本訂閱方案之上，裡面包括了一系列用於不同類別的智慧型手機應用程式，例如雜誌性長篇報導、烹飪、社論，或是瞄準不同的讀者群，比方說千禧世代。麥肯錫的顧問挑出了幾個有望能帶來最大財務掲注的類別，湯普森希望用最快的時間發展出套裝產品。我急急忙忙從和業務端一起合作的團隊中尋找適合的編輯，來進行這些專案。

我邀請湯普森和我一起去矽谷出差。我受邀去舊金山的聯邦俱樂部（Commonwealth Club）演說，也成為雪柔・桑德伯格（Sheryl Sandberg）的賓客，參加她每月邀請科技業最有影響力女性在她家舉行的聚會，並和蘋果公司的執行長提姆・庫克（Tim Cook）共進午餐，在他對於《紐約時報》針對蘋果公司所做的系列報導大發雷霆之後，我試著和他建立起比較通暢的溝通管道。我們在這趟三天的旅程中暢談了很多，湯普森對我說了好幾次，他正在發展一套重新建構《紐約時報》領導階層的計畫，恐怕這對於新聞編輯室的獨立性來說不是好兆頭。

很快的，另一個議題又讓我們的關係緊張起來，他捲入ＢＢＣ一樁大醜聞，而我認為《紐約時報》必須積極報導此事。這件事牽涉到幾個節目的前主持人吉米・薩維爾（Jimmy Savile），他最近過世，被人爆出他是戀童癖，關鍵問題是湯普森知不知情，又是何時知道的。這樁醜聞在美國吸引了很多人報導，我派大衛・卡爾以及其他人開始對著湯普森丟出問題。他否認知道ＢＢＣ內部有任何犯罪情事，但是各式要命的報導不斷提出新的問題。薩斯柏格希望先看過我們針對這件事所做的每一篇報導，之後才放上網路。他從來沒叫我改什麼，但是這樣的要求讓我很不安。董事會也很擔心，他選的執行長看來就要搞砸了。

但湯普森最終在國會調查中證明清白，得以全身而退，這樁醜聞也逐漸平息。他繼續把全副精力放在開發新產品與創造新的數位營收上。就算他對於《紐約時報》報導他的ＢＢＣ事件感到憤怒，他也沒有表現出來。他後來決定，我們要有一套穩健的方案，舉辦由大企業贊助的付費大型研討會。他把我拉到一旁，要求我不要站出來阻擋原生廣告，但我仍在正式場合表達我認為這很糟。「我需要你的支持。」他對我說，說的好像我如果表達任何反對就會變成叛徒。

在工作上，我覺得孤獨又憂鬱，什麼事都和省錢或賺錢有關。為了保住記者的工作，我對某些最資深的編輯施壓，包括某些會出現在報頭欄的主編，要求他們接受自願離職方案或退休。這表示我會失去一些老戰友。我縮減了自己當編輯主任時建立的報導分組，比方說環保組，他們針對全球暖化所做的報導非常重要。這並不表示我們就不能做這個主題的新聞，只代表我們再也無力投入一個專責團隊。我痛恨要發布這類公告。

二〇一三年是我最困難的一年。歐巴馬政府發動更多洩密事件刑事調查，我則捲入對抗白宮的鬥爭，因為我公布了政府認為不負責任的情報報導。有人指我說歐巴馬政府是我報導過最遮遮掩掩的政府，總統的新聞祕書傑伊・卡內（Jay Carney）則指控我濫權。

接著，出現一份偷來的文件揭露美國國安局到處竊聽，而我們在這個議題上遭受《華盛頓郵報》以及《衛報》重擊。揭露這次美國國內全面監聽事件的人叫愛德華・史諾登，年輕的他是國安局外包商，偷出大量記載著美國政府機構和英國對應單位政府通訊總部（Government Communications Headquarters）最敏感方案的文件。史諾登知道，我們八年前把詹姆士・萊森和艾瑞克・李區布勞（Eric Lichtblau）做的國安局監聽報導壓了下來，他不信任《紐約時報》。看到《華盛頓郵報》每天耀武揚威登出獨家新聞，挫折感真的很深。雖然我們最後也拿到了多數的文件，但《華盛頓郵報》和《衛報》之後會共享眾人渴望的普立茲獎，一起獲頒公共服務獎。

同樣也在二〇一三年，廣告與業務之間又出現一連串的衝突，並未如我所願地化解。第一次發生時，我因為女婿突然生病而必須離開辦公室幾天。等我回來，我發現巴奎已經同意湯普森的要求，讓聘進來寫原生廣告的作家也能寫新聞報導，條件是要先度過一年的冷卻期。我相信新聞記者不應包括曾經撰寫過廣告文案的人，我希望日後完全禁絕廣告寫手出現在《紐約時報》。開完晨間的新聞會議之後，我對巴奎說我打算推翻他的決定。我在主張論點時可能太過堅持、太自以為是，他對我大吼說：「對於不認同你的人，你連聽都不聽。」然後就走出去了。

我覺得很孤單。我想要和可以同甘共苦的編輯主任去打一場我認為很值得打的仗，像我跟凱勒那樣。我並沒有投入太多時間去打造一個支持我的主編團隊，這一群人反而向薩斯柏格抱怨我。他們不會質疑我的新聞切入角度，也相信我非常關心記者，但是少了管理方面的訓練，我無法同時妥善處理這麼多的問題和衝突。

第二次的衝突發生在某一次我和發行人共進午餐時。餐桌上鋪著白色亞麻桌巾，桌旁坐著社論版主編羅森索、數位營運主管丹妮絲・瓦倫（Denise Warren）、湯普森和我。某個時候，湯普森對我說他希望新聞編輯室能提供一些嶄新、能創造營收的產品概念。我相信，《紐約時報》最不需要的，就是叫旗下最出色的新聞記者從工作中分神，去和向湯普森彙報的產品經理開沒完沒了的會議。這項任務是我的工作本質。在我擔任執行總編的第一年，我知道沒有半點優勢，必須花時間去開毫無生產力的會議，討論我最討厭交付給新聞記者的任務。我把全副精力投入推動專門瞄準千禧世代的應用程式，因為我擔心這無法達到《紐約時報》的品質標準。我認為開發烹飪應用程式很重要，因為我很確定我們可以把《紐約時報》幾十年來發表過的絕妙食譜換成錢。但是，這些事把我從核心新聞領域拉走。

「如果這是你的期望，」我隔著桌子厲聲對湯普森說，「那你就選錯執行總編了。」完全是把話挑明了說，用憤怒的語氣吼出來；我們每個星期三都會和發行人好好吃一頓午餐，在每一間高階主管用餐的小包廂裡，從來沒有人說過這種話。我還來不及修一修內容或語調，事實就從我嘴裡飛出去了。當我說話時，一位服務我們的服務生正在倒水，水潑出來了。有好幾分鐘都沒有人開口。

第三件事本來是絕對不應該發生的。紐約車展（New York Auto Show）期間，新任的廣告總監請幾家車廠的行銷總監參加頭版會議。這位總監來自於《富比士》雜誌，這家原生廣告製造廠或許容許這麼做，但在《紐約時報》絕對是大地震，我希望把話說清楚。

雖然我們私下一個星期會見一次面，但薩斯柏格對這些事隻字未提。我誤以為這代表他默默支持我反擊。他知道我當記者時把所有時間都花在揭露道德缺失與利益衝突，就算是蛛絲馬跡都會讓我冒火。還有，雖然他對我提過「好吉兒和壞吉兒」的警告，但是他還是選我坐上這個位置。二〇一四年一月時他給了我一份非常糟糕的書面考評，我覺醒了。我讀這份考評時，他一直在我的辦公室裡。這份文件裡的用語非常對人不對事，指稱我喜怒無常，還說和我最密切合作的同仁們講我是一個很難相處的主管。通篇沒有提到我的工作本質或品質。如果要我把這份文件濃縮成一句話，那就是「大家覺得你是王八蛋」。

「亞瑟，」我問他，「你希望別人來接這個位置嗎？」

「沒有，」他回答，「但我希望你認真看待這些問題。」

他有些評語是對的，比方說我真的太常出差了。

我常出差的理由有二：我想認識報社的海外特派記者，以及我想親自去感受一下世界上現正發生的事情。凱勒也常到遠地出差，他說這是讓他保持清醒的方法。雖然我也需要這樣的管道，但我認為要改變這一點、不再惹人非議，很容易就能做到。

有些批評我認為是出於性別歧視，比方說，薩斯柏格說我的堅毅是專橫而非領導，還有一句現在我已經聽習慣的話：我這個人不太「可親」。我認為，顯然有人在我背後跟他說三道四，我懷疑必然是巴奎。

我當時還是不了解我個人處於怎樣的險境。我對自己說，在萊恩斯一敗塗地之後，發行人不會再度開除另一個他親自挑選的執行總編，尤其是第一個擔任這個職務的女性。身為女性開路先鋒，每一個已被當成理所當然的性別失衡和歧視也都讓我憤怒。之前我曾要報頭欄主編群裡的一位編輯研究新聞編輯室裡的薪資平等問題，她做完時來到我辦公室，丟了一張試算表在我桌上並說：「你就是一號證據。」數據顯示，在我擔任編輯主任的八年期間，我的薪資低於一位同屬主編群但比我低階的男性主編。當我以編輯主任身分名列報頭欄主編群的那一年，報社提供一項特別的年金方案遭到凍結，原方案會終身給付最資深的高階主管與編輯接近一半的薪資，我適用的方案則差得多了。我目前的薪資是凱勒二〇〇三年開始任職時的薪資，那是整整十年前。當我在接下凱勒的位置時，我笨到沒問薩斯柏格凱勒的薪資與福利有多高。《紐約時報》後來辯稱我沒有薪資過低的問題，我的整個配套（反映公司在獎勵股票與分紅上的變革）和我的前輩們一樣好。

我拿著手上的考評表，去一家知名且讓人膽寒的專攻性別歧視事務所諮詢，主事者是安・佛拉德可（Anne C. Vladeck），她最有名的是在所謂「就業離婚」（employment divorce）類案例上的表現。

她的一位合夥人認為，根據性別而做出的批評與同工不同酬這兩個問題看起來很嚴重，但說到底，我並不想用麻煩的訴訟對抗我深愛的新聞機構，藉此終結我的事業。雖然我在「劃分」這方面不像凱勒做的那麼好，但我努力學習。我可以把我對薩斯柏格、湯普森等人的挫折感切開來，無損於我對新聞的熱愛以及我對《紐約時報》的奉獻，我看重這個機構，也珍視它是美國民主無可取代的元素。這仍是我的信念。

新來的影片主管蕾貝卡・豪爾（Rebecca Howard）來自「赫芬頓郵報網」[24]，她向我吐露她也遭遇類似的難題。她要向湯普森和我聯合彙報，還要承擔極大壓力，努力增加影片的數量以吸引廣告。身為她的第二主管，我堅持影片一定要符合《紐約時報》的品質標準，要達此目的，在製作上需要抱持最佳的價值觀，也要有最好的劇本；這表示會拖慢速度。我和她在權衡標準和速度、數量時，同樣都在「高一點、低一點」的兩難困境中掙扎。她告訴我，《紐約時報》付費聘請高階主管教練，他們在她處理問題時幫了大忙。當時負責公司人力資源部門的人是戈登，我要求他也替我請這樣的教練，並開始一個星期和教練見一次面。

這位教練過去是CBS的高階主管，她也認同薩斯柏格的考評結果和薪資問題都是性別歧視。她推薦我聯繫一位律師，對方替很多CBS高階人員談判薪資。「你不應該自己去談，應該交給律師。」她這樣指示。雖然我知道薩斯柏格和湯普森收到律師函可能會嚇壞了，而不是和我達成君子協議，但我還是請律師代表我重新商議薪資問題。現在回頭去看，我這麼做很可能是自毀前程。律師從沒收到薩斯柏格或湯普森的回應（《紐約時報》提出異議，說我根本沒有薪資過低的問題）。

接著，著名的「紐約時報創新報告」（Times Innovation Report）出爐，告訴全世界我們在網路領域遠遠落後競爭對手。一波未平，一波又起，快要把我逼到崩潰邊緣了。對我來說，這是一次大失敗。之前我是那麼堅定、那麼努力想要成為成功轉型的總編，希望讓新聞編輯室順利轉以數位為先，但又不至於讓整個文化崩潰或導致最優良的傳統消失，比方說保護新聞不被粗糙的商業主義沾染。我們要帶領自己走進數位世界，不降格去運用BuzzFeed所使的招數。任何指標圖表都不能讓編輯根據流量來推廣報導，我們也不用誘人點閱的標題，哄騙讀者點開報導卻看不到或少有標題所指的內容。我們要經營的是一個值得付費的網站，品質是我們能成功的商業模式。但是，我在這份「創新報告」中得到的數字顯示我們落後了。這是戰鬥的號角，也大聲疾呼要趕快實現湯普森非常想看到的結果：新聞與業務端更密切的合作。這份報告的結論是，那堵牆擋住了我們的路。

事情並非衝著我來，但是我忍不住這麼想。我覺得被自己六個月之前一手創立的創新委員會出賣了。小薩斯柏格需要新任務，而湯普森繼續施壓，要求新聞編輯室提出更多產品構想。小薩斯柏格是可能接替他父親職位的人選，他很可能很快就會轉到業務端先預作準備，因此我認為讓他領導一個全心投入打造新產品的委員會，是最適合的工作。我讓他從新聞編輯室中挑人，他挑了最好的商業記者與多媒體編輯，委員會裡另外還有兩位業務端的顧問。這些人都暫時把手邊的工作放在一邊，而且他們還有專屬的祕密會議室。

這個案子進行到一半時，小薩斯柏格來辦公室找我，他想要改變委員會的使命。「我覺得我們不應該把重點放在新產品，」他說，「我認為應該聚焦在核心。」他這話指的就是《紐約時報》的新聞報導。我認為有理，因為那些由顧問引導的焦點團體會議歷歷在目，這些會議結論指出讀者不想要更多，他們只要主要的新聞套裝產品。「從核心成長」是《紐約時報》的箴言。十年內，這家公司從擁有大大小小子公司的六十億美元帝國瘦身，變成一家估值約十億美元的公司。若再考慮到最近又以小錢（七千萬美元）賣掉了《波士頓環球報》，公司確實已經只剩下核心[25]。

我還沒有意會到小薩斯柏格打開了潘朵拉的盒子。他利用委員會，全面剖析新聞編輯室的每一個部分，檢視我們如何對抗新的數位競爭對手。他也去拜訪裴瑞帝、「赫芬頓郵報網」和其他衝出比《紐約時報》更高流量的機構，不在乎他們沒什麼品質可言。小薩斯柏格向我保證，這份報告只會給主編群過目。我很快速、很天真地核可了他的改弦易轍，完全沒有想到他所寫的報告將會引發過多的關注，因為他是發行人之子，也是可能的繼承人選。

後來有一位委員告訴我，小薩斯柏格花了很多時間待在上面的業務部門，他去的時候會換掉牛仔褲改穿西裝。有時候他回到新聞編輯室這邊的會議室，完全推翻自己之前說過的話，或是不知道從哪裡冒出一個全新的想法，他們認為一定是出自於他父親或湯普森。之後小薩斯柏格就閉關，獨力寫出他的委員會報告。他交了一份研究報告草稿給我和巴奎，文長超過百頁。我很快就明白報告中的發現與批評都很有殺傷力：新聞編輯室的轉型幅度不夠大、速度也不夠快。報告批評報社太過注重頭版的僵固文化，要求要更密切和業務端合作，並更強調「培養群眾」，意指在社交媒體上自我推廣。

報告說，像BuzzFeed和《衛報》這些數位創新者（《衛報》積極運用社交媒體，在美國培養出龐大的數位群眾），正「逐步逼近」《紐約時報》。報告中用了很大的篇幅描述新聞端和業務端之間缺乏溝通的情況，包括業務團隊成員的匿名評論：他們認為被新聞編輯室裡的編輯輕視忽略，並舉出很多範例，證明記者和業務同仁講話時有多粗魯、多勢利。報告宣稱：「新聞編輯室有一股普遍的顧慮，認為和業務端的員工交談是不當的行為，此舉直接違反最佳實務操作。」另一項要命的結論指出，新聞編輯室通常認為各項數位創新行動是「不符合紐約時報的風格」，而這也呼應了《華盛頓郵報》也出現某些嫌隙愈來愈明顯的現象。

報告中引用一位資深新聞編輯的話：「究竟何謂紐約時報風格，這個問題既是新聞編輯室的光環，也是人為的限制式。」此外，報告也強調數位導向的人才紛紛出走新聞編輯室，因為《紐約時報》的記者輕視這些負責網路的人，認為他們是職員、而非共同創作者。報告完全沒有提到我自認的最重大成就：二〇一二年時，我將網路和主新聞編輯室整合在一起。

「創新報告」讓發行人和湯普森見獵心喜，安排小薩斯柏格和他在委員會中的一位副手做簡報，向全公司的幾個小組說明他們的發現。這或許是一種愛之深、責之切，只為了讓新聞編輯室蛻變成更以數位為導向，卻未認可我相信我們已經完成的進展。我發出一份有點虛偽的備忘錄，要新聞編輯室接受報告的發現並承諾會舉辦相關的說明會。

此時，我去參加替《衛報》的珍妮・姬布森（Janine Gibson）辦的送別會，她升了職，被召回倫敦。我很欽佩她在編輯史諾登相關報導時的膽量與嚴謹，她也因為替《衛報》擴展了美國群眾而備受肯定。她的數位才智名聞遐邇。我曾聽她說她寧願留在紐約陪孩子，並不想回到英國，因此我把她拉到一旁，問她有沒有興趣來《紐約時報》。她告訴我，她被調回去，是因為她成為高階編輯職務的候選人，我從中得出結論，我提的職位必須很高，而且要有往上爬的空間。

有個真正的夥伴，有另一位做出大膽新聞決策並努力為自己的前途開路的女性在身邊，讓我非常心動。隔天我和薩斯柏格、湯普森如常共進午餐，他們對我施壓，要我說明打算如何落實「創新報告」的建議並重新建構數位業務。我說我沒有強而有力的數位夥伴，我知道他們會叫我趕快去找個人，我就提了姬布森。湯普森在英國時便認識姬布森，欣然接受這個提議。他們強力敦促我趕快把她挖來《紐約時報》。

事實上，我們有一個資深職務出缺。凱勒還是執行總編時，他在主編群中加了一個新職務叫行政編輯主任，並指派極出色的經理人約翰・紀狄斯（John Geddes）出任此職。我也留住他，但二〇一三年他接受自願離職方案。

我知道巴奎喜歡身為唯一的編輯主任附帶而來的權威感，絕對不歡迎外人來和他共享職稱。我不知道的是，他在編輯史諾登事件素材時已經和姬布森有所衝突。我去問湯普森，問問他對於處理巴奎有何建議。

「告訴他你們兩人都需要一位新的數位主管，」他說，「不要直接跟他說你想要姬布森，告訴他你正在考慮幾個人選。」我或多或少跟著他這套劇本走，我知道誤導巴奎是錯的，但是我不希望發生更多憤怒的對質。他冷淡地接受這個消息，沒有抗拒，至少一開始是這樣。

我假設湯普森（他否認自己慫恿我刻意模糊焦點）有向薩斯柏格報告。我繼續大力遊說姬布森，並整合出一套方案請她擔任第二編輯主任。我全程都問過湯普森，還請他致電姬布森，因為他在英國時就已經認識她。我邀請她和薩斯柏格碰頭，並和巴奎碰面。我讓巴奎覺得我在找的是別人，當姬布森把她的貓抱出包包、告訴他我大概會把這份工作交給她時，他很有理由大發雷霆。幾小時後他跑進我辦公室，大罵我一頓。他說我沒有當他是我的編輯主任，我沒有與他坦誠相待。這是真的；我遵循湯普森的建議，把我真正的目標先藏起來。我本來應該對巴奎有話直說的。我最後一次看到他，就是他在我辦公室裡狂罵。他不再來我辦公室，宣稱他要去盡義務當陪審員。我留了訊息給他，但沒有收到他的回音。

我知道我很笨拙。我去找薩斯柏格，請他邀巴奎共進晚餐並讓巴奎安心，告訴巴奎他很可能有一天會接我的位置。我沒有講我誤導巴奎以為我考慮讓別人擔任數位編輯主任的事，我錯誤地假設他知道初選的來龍去脈。我請薩斯柏格在他們星期三晚上吃過晚飯後打電話給我。

薩斯柏格打電話給我時聲音冷淡之至。他說這是一場「非常困難」的對話。他很快掛了電話，沒有講到任何細節。後來有人告訴我，巴奎對他下了最後通牒，「她和我只能留一個。」星期五早上我到辦公室時，薩斯柏格傳來訊息說要我去他辦公室一見。等我到了，他說：「我決定做個改變，以後改由狄恩擔任執行總編。」然後他交給我一份新聞稿，上面聲明是我決定離開《紐約時報》。我問他我為何被開除。「因為你處理珍妮・姬布森這件事處理得很糟。」他說。之後我直盯著他看，並說：「亞瑟，我整個事業生涯都花在說實話，我不同意這篇新聞稿，我會說我是被開除的。」

「我們會替你說。」他說。

「亞瑟，我想這會讓大家很難過。」

「不，我想不會。」他說，「我想趕快解決這個問題，你這個週末就會拿到條件。」

我搭電梯直接到大廳，然後離開這棟樓。等我走到街上，我才發現我居然覺得異常平靜。我走了很長一段路，走到中央公園。我跟我的丈夫和孩子們說這件事。我或許震驚，但並不覺得難過。我憤怒。我打電話給姬布森，對她說她應該留在《衛報》，反正她本來也是這樣打算。

週末時沒人對我說什麼條件。星期一和星期二我如常上班，因為巴奎還是沒進來，而我希望最後能在那裡監督新聞的運作。有一位律師敲定我的條件：沒有多到萊恩斯或羅蘋森拿到的幾百萬美元，但也夠我享有自由，好好想想接下來一、兩年要做什麼。

通知新聞編輯室的公告預訂在星期三發布。我提出我要在場，因為我想感謝所有記者，因為有他們努力自我激勵，才讓我有了非凡的成就。他們支持著我撐過所有生死交關的時刻。星期二晚上，薩斯柏格打電話給我說：「你明天不用來了。」就連萊恩斯都可以發表再見演說。

星期三早上，嚇壞了的新聞編輯室聽到了消息。《紐約時報》立刻取消了我的電子郵件，我所有的聯絡人和訊息都不見了（還好，我想到要把湯普森以及所有和我的薪資有關的電子郵件留副本）。協助我十一年的助理收到指示打包我的辦公室，把所有東西都送到我家。

很多人送花來，《紐約時報》裡的朋友們也來了，他們希望確認我沒事。我那間小小的工業風公寓外面聚集了一群狗仔隊。我遛狗時，有一名記者和一名攝影師跟著我。每個電視節目的主持人都想採訪我，部落客開始爭論我是否為性別歧視下的犧牲者，其中有些男性寫到我時說我咄咄逼人。薩斯柏格公開說他對我的「管理風格」有意見，後來發展成一篇很大的報導。我要親友去看報導，因為我自己根本讀不下去。

我的姊姊幫忙把我從消沉當中拉回來。當我成為執行總編時她在我身邊，如今她打電話給我說：「爸媽今天仍會以你為榮，就像你成為執行總編那天一樣。」我記得我父親總是對我說，挫折給你機會「讓別人看看你是什麼做的」。

星期四通常我會去家附近的健身房，和教練吉恩•薛佛（Gene Schafer）一起運動。在那個星期四，當我人到了健身房，他戴好拳擊手套，並拿出一副紅色的給我。「你今天會用到。」他說。我之前只上過一堂拳擊課，但他是對的。擊打他的手套一小時之後，我出拳愈來愈猛，真的非常療癒。上完課前，我請他跟我一起拍張照，這樣我就可以讓我的孩子們知道我沒事。我女兒自認是我的公關經理，她把這張照片貼在Instagram上，並附上說明：「媽最新的為非作歹興趣」，並加上的標籤「#pushy」（譯註：咄咄逼人之義）。兩小時後她打電話給我：「我在Instagram上的發文正在瘋傳。」星期五時，戴著拳擊手套等全副武裝的我，上了《紐約郵報》的封面。我被開除，對《紐約郵報》來說顯然是追打他們最愛的沙袋薩斯柏格的大好機會。

忽然之間，我成為反擊的象徵，為每一個曾經被開除或被人罵咄咄逼人的女性出一口氣。我的朋友保羅・史泰格的妻子溫蒂（Wendy）是一位珠寶設計師，她設計了一個「咄咄逼人」系列項鍊，送了我一條。《華盛頓郵報》前任全國版編輯蘇珊・葛拉瑟（Susan Glasser）寫了一篇文章「是女性，也做編輯」（Editing While Female），揭露了她在二〇〇八年也被迫離職前，同樣遭遇性別歧視的傷人細節。

我公開說我是被開除的，這一點看來讓其他女性擺脫束縛。在那個週末，有更多女性在社交媒體上對《紐約時報》對待我的方式表達憤怒，報社本身也沒有太多反駁的說法。BuzzFeed寫道：「艾布蘭森基本上已經成為世人眼中的鬥士，而且，在公關領域她絕對是勝出的贏家。」薩斯柏格努力扭轉輿論，他接受《浮華世界》雜誌的採訪並大力批評我，而他的話只是引發了更多反彈而已。

我沒有接受任何採訪，也不想和《紐約時報》開戰，但我無法控制局面的發展。我決定履行我的承諾，擔任威克森林大學（Wake Forest University）的畢業典禮演講人，並接受榮譽學位。超過一百名記者飛來這個位在北卡羅萊納州的蓊鬱校園報導我。他們認為我會用譴責薩斯柏格來激勵畢業生嗎？但我沒有，我重述了我對於《紐約時報》的愛，並向學生承認我可能像他們當中的很多人一樣，都很惶恐，我也不知道接下來我要做什麼。媒體就此冷卻，關注也淡了。

我是經典的迷因範例；網路時代迷因會偽裝成新聞。我被開除這件事，在乎的人可能只有一小群新聞界業內菁英人士以及關注《紐約時報》的人，但是這卻變成了一個全國性的新聞，CNN還有現場報導。

我被開除難以歸咎於某個簡單的理由。我絕非閃亮耀眼的經理人，但我也被放在不公平的雙重標準下批判，而很多女性領導者都被套上這個標準。最重要的是，我在新聞界時機很糟糕時成為第一位女性執行總編，已經失效的業務模式引發問題，我三十多年來在這一行學到的每一條新聞原則幾乎都失效。我不願意為了度過業務的危急關頭而犧牲道德操守，我的良知根植於報紙的黃金時代，而那是很久以前的事了。我不認為科技變革應該勝過道德變革。我反擊。可能我的原則太固執了，也可能如果要拯救《紐約時報》，就必須放開舊有的批判標準。

說到底，和我同時代的所有新聞記者都在扮演轉型期的角色，大家都矇著眼睛捉迷藏。創作出HBO熱門影集《女孩我最大》（*Girls*）的女性主義作家麗娜・丹恩（Lena Dunham），曾經寫信給她的朋友《紐約時報》媒體專欄作家大衛・卡爾，問他對於我被開除一事有何想法。卡爾洞悉《紐約時報》內部的政治[26]，也很保護這個機構，他對於我被開除一事表達了很坦誠的見解，很可能比任何人的評論更透徹：「你應該會覺得這很糟糕，也會替我們這家報社感到害怕。我們一直都在想辦法把成功輾得面目全非。就算你同意吉兒是個難纏人物（但對我以及報社裡許多我喜歡的人來說並不是），也不能忽略一些事，我指的是……業務很好，新聞很好，文化很嚴謹。報社所有編輯都變成怪獸，而她是成效最好的那一頭。請容許我說一句，她是很出色的新聞人。不管怎樣，她應該被拖進公共領域，被人當成王八蛋丟石頭到死嗎？當然不。」

幾個星期後我接下一份工作，去哈佛大學部教授寫作與新聞。我無法坐在那裡看著二〇一六年的美國總統大選乾瞪眼，於是我開始替《衛報》寫專欄，大部分都在線上作業。到頭來，珍妮・姬布森沒有成為《衛報》的編輯，加入了班恩・史密斯的BuzzFeed，負責經營該公司的英國網站。在川普當選之後，我在《紐約時報》的特稿社論專欄版開了一個專欄，談川普女婿兼白宮顧問傑拉德・庫許納（Jared Kushner）的作為，他和張大衛筆下的官二代如出一轍。

我和大衛・卡爾一直保持聯繫，直到他在二〇一五年英年早逝。我曾經發電子郵件恭維他星期一專欄中的某一篇文章，他回了我，寫道：「頭兒，我想念你的卵蛋。」

第八章
改變——《華盛頓郵報》，之二

金融危機讓《華盛頓郵報》雪上加霜，造成的後果暴露了這家報社著重在地業務策略與缺乏願景的致命缺點，也帶來之前沒有想過的問題：葛蘭姆家族是不是這家公司的合格領導人？

凱薩琳．葛蘭姆頑強奮戰以繼續握有掌控權，在她極富吸引力但患有躁鬱症的丈夫去世後，家族差一點丟了這家報社；她的父親把報社交託給女婿，他想要把她踢開，但之後她的丈夫開槍自殺。她的軍師是華盛頓知名的訴訟律師艾德華．班奈特．威廉斯（Edward Bennett Williams），多年來俠義地保護她的利益不受他人侵害。儘管困難重重，她仍然成為勇敢的傳奇發行人，成為甘冒風險的女性，在公司上市的同一個星期登出五角大廈文件，也因為刊出伍華德和柏恩斯坦的水門事件報導而被尼克森政府恐嚇。她甚至贏得一座普立茲獎；卸下發行人一職後，她寫了一本非常坦白的回憶錄。她的兒子唐納（葛蘭姆）知道，接下《華盛頓郵報》，代表他要扮演重要角色滿足社會知的權力，同時也要維繫他母親的優良傳統。當他坐上發行人之位時，他說：「我母親給了我一切，就是沒有留給我可以輕鬆仿效的行事風格。」

在二十世紀泰半時候，最成功、影響力最大的報社都是家族企業，其中有些家族主導他們所在城市的政治與文化生活，尤其是洛杉磯的錢德勒家族（Chandler）；另外就是葛蘭姆家族，某種程度上，除了總統之外，只剩下葛蘭姆家族能掌控華盛頓。當時的報社已經習慣了利潤能達到百分之二十或更高，整個報業也期待高利潤是常態。在理論上和實務上，家族所有權保護報社不受經濟與股市變幻莫測的影響。比方說，在一九七〇年代經濟下滑之時，薩斯柏格就自己投資《紐約時報》，並新開文化與美食版，同時強化報紙的品質和財務。世人皆知，葛蘭姆家族經營的是一家股價可靠健全、管理完善的公司，明智地分散投資電視、教育與其他新業務線。報紙是他們皇冠上的珍寶與實質影響力的來源，因此，這些報業裡的第一批家族很有動機保護報紙的品質、聘用最好的新聞記者、把最多普立茲獎抱回家。

但隨著新世紀到來，由家族擁有的出色報社，其黃金時代也告終。二〇〇〇年，《洛杉磯時報》被錢德勒家族賣給論壇媒體公司，報社成為某個公開上市連鎖企業旗下的一環。瑞德家族（Ridder）將奈特瑞德報業賣給連鎖企業麥克拉奇。班克羅夫特家族力保《華爾街日報》，二〇〇七年時以驚人的五十億美元高價賣給魯波特・梅鐸。摧毀廣告利潤和發行量營收的數位轉型，讓新聞品質付出慘重代價，新聞編輯室被大刀闊斧地砍，調查性報導與海外報導等成本最高的新聞，也被縮小規模。連鎖企業仍堅持利潤要高於百分之十五才能讓華爾街驚豔，砍得最賣力。這麼一來，就只剩薩斯柏格和葛蘭姆家族，是負責任新聞最可靠的管理人。美國前總統尼克森測試過他們的毅力，很快的，會有其他人再接再厲。

三十年來，唐納・葛蘭姆竭盡全力延續母親的使命，經營出一家獲利極豐厚的公司，也是對抗聯邦政府貪污與過度熱衷權力的堡壘，還全心投入捍衛美國憲法第一修正案。時序來到二〇〇八年，又到了傳遞聖火的時候了。葛蘭姆六十三歲了，遺憾的是，他的四個孩子全都不想為報社奉獻人生。雖然他的外甥女凱薩琳・葳默思在《華盛頓郵報》新聞編輯室的名氣不算響亮，也從來沒有在這裡工作過，但葛蘭姆與董事會還是覺得她準備好了。八年來，身為廣告主管的她向來是風暴的中心，在這之前則在法務部門任職。

就像《華盛頓郵報》第十五街大樓裡的每位員工一樣，葳默思每天早上一進大廳，就會看到她外祖母和班恩・布萊德利的大幅照片，每天提醒著大家報社的使命。之後，由於自願離職與強迫性的縮減人力，《華盛頓郵報》會失去昔日在五角大廈文件和水門事件等輝煌歲月時有過的高度。其商業模式崩潰了。四十一歲的葳默思繼承了一家疲弱不振的機構，看著平面廣告營收的嚴重下滑，她很清楚現實是什麼。

光是這一點，對任何發行人來說就是一大挑戰了。但在短短幾個月內，全美的經濟在大蕭條（Great Depression）以來最糟糕的金融危機裡炸出一個大坑。她後來譏諷地開自己玩笑，說她「挑時機的敏感度也太好了」。但是，她或她舅舅一點都沒有感覺到，他們正在面對的是八十年的家族朝代可能終結。

葳默思沒有舅舅殷勤熱切的風度，也少有外祖母女王般的氣勢❶。她過的是很務實的生活，身為一個單親媽媽，在馬里蘭州吉維蔡斯一棟有四個房間的房子裡扶養三個孩子。她開一部家族的豪華休旅車，但也有一部寶馬敞篷車。葳默思不奉承外祖母身邊的達官顯要，離了婚的她，主要和一群非常親近的女性友人往來，這些是她的好姊妹。她金髮、打扮入時，一開始新聞編輯室裡年長、有權勢的男性常誤判，對她不屑一顧；這些人認為自己才是傳遞水門之火的繼承人。

她外祖母接手報社時面對過粗魯的性別歧視，雖然已經過了一個世代，但是葳默思還是因為性別被貶低。在早期一場簡報上，因為她的襯衫沒有紮好，而且她還到處走，她的上半身因此隱隱可見。會後，她的女性朋友聽到某些男同事說到葳默思的穿著打扮有多「淫蕩」。

柯芮・海伊可（Cory Haik）是新聞編輯室數位事務的主管，她很仰慕葳默思，不敢相信《華盛頓郵報》的男同事居然用這種貶低的話來講自己的新主管。海伊可說：「這些男人走進她辦公室，用男性的觀點告訴她應該如何做這份工作，那種高傲的態度真是不可思議。」他們看來都聽不懂別人說的話，也不知道他們的建議充滿了性別歧視，這和凱薩琳・葛蘭姆接手時面對的公開敵意不同，但絕對是互相呼應。他們不太在乎她從哈佛以及史丹佛法學院畢業，她曾面對透過《華盛頓郵報》廣告部門反映出的報業困境，也知道新聞的未來就在數位上。此時，她必須停損，讓報社活下來。她已經判定《華盛頓郵報》需要由新的編輯領導群帶領進入數位時代，她也必須快速修正舅舅將報紙和網路分開的錯誤。

她接掌大位的時間時機正巧，此時正是有史以來第一次，讀者從網路得到的新聞多於報紙，這種長期性的改變，一旦完整成形後將會扼殺成千上百家報社。《華盛頓郵報》在網站方面已經落後《紐約時報》；《華盛頓郵報》的網路讀者少很多，網站也沒有一些基本的功能，例如即時新聞通知。網路的編輯仍然在深夜裡等著報紙的截稿期限，好把最新的報導放到「華盛頓郵報網」上，但到了那個時候，多數的新聞都成了舊聞。記者和編輯把網站當成沒什麼用處的遠親，認為網站太快發布新聞，害得他們來不及完整檢查或再潤稿，而且居然還有「跳舞小熊」的報導，這種騙人點閱的手段比較適合想要累積群眾的BuzzFeed或「赫芬頓郵報網」。當班恩・布萊德利說他想要「棒透了的」報導時，可不是指這種內容。

《華盛頓郵報》的報社文化比《紐約時報》更一脈相承，也更壓抑。近五十年來，這裡只有兩位總編：先有衝勁十足的班恩・布萊德利，接下來則是淡漠冷靜的李奧納德・唐尼（在同一段期間，《紐約時報》有過五名不同的執行總編）。葳默思加入董事會時唐尼擔任執行總編已經十七年，他對數位一竅不通，他說他期待能再多待幾年到他滿七十歲，就像布萊德利一樣。但對葳默思來說，他太過偏重平面世界，而且講究新聞和廣告壁壘分明，在這個議題上是個棘手的人物。有一次，當她請他核可某個不常見的廣告版面設計時，他厲聲訓斥，控訴她這個葛蘭姆家族的人在「玷污這個品牌」。

她的外祖母能和布萊德利共事，是她的幸運，他們是完美的組合，他稱她為「老媽」。她的舅舅葛蘭姆選了唐尼，讓唐尼成為他可完全信賴又低調的分身。要拔掉唐尼，將會是一項微妙的挑戰。唐尼是新聞良心的靈魂，新聞編輯室百分之百信賴他。但他不是能替《華盛頓郵報》調和平面和數位雙翼的領導者，而葳默思認為這是她最重要的使命，報社的存亡就看這一點了。

雖然《華盛頓郵報》不曾從外面聘來執行總編，但是葳默思在新聞編輯室找了一遍之後，找不到適合的人選，於是她開始和多位其他報社的編輯會面，很快把重點放在馬庫斯・鮑偉傑（Marcus Brauchli）身上，這位外向的編輯來自《華爾街日報》。他順利整合《華爾街日報》的平面和數位內容，有多年為兩邊操作新聞的經驗。他的強項是財務領域，這剛好是《華盛頓郵報》的弱點，當時金融危機愈演愈烈，這是很大的加分優勢。《華盛頓郵報》的核心報導是全國性政治與都會新聞，他在兩個領域上都沒有相關經驗，但據說他學得很快。葳默思親自用她的寶馬去機場接他，在開回辦公室的路上，鮑偉傑豪不畏縮地處置了一隻大蜘蛛，讓她印象深刻。對於需要做些什麼，他們看來想法類似。

能找來鮑偉傑，是因為梅鐸；梅鐸拿出幾十億美元買下《華爾街日報》和其母公司道瓊公司，他想用自家人（一位澳洲人）擔任總編。關於離職一事❷，鮑偉傑聘用了超級經紀人鮑伯・巴奈特（Bob Barnett）替他談判離職協議（巴奈特也是威康法律事務所的律師），拿到超過五百萬美元的離職金。他的一些同事很不認同這麼豐厚的配套方案，說這叫「封口費」，讓他不再批評梅鐸在《華爾街日報》快速推動的變革。

鮑偉傑極擅長於向上管理，是道瓊公司掌權者最喜歡的人，但卻不受新東家新聞集團的青睞。他在《華爾街日報》爬得很快，這個開始禿頭的五十歲編輯愛穿西裝，跟他報導的投資銀行家對象很像，他很快就創下功績，遠離失敗，而他也很少踩在其他比他更資深的編輯背上往上爬。他曾是很出色的海外特派記者，派駐中國，他投資過上海一家很潮的夜店，似乎也認識難以滲透的中國統治與商業菁英階級中的每一個人。他有很多長處，但不諳《華盛頓郵報》內部的辦公室政治，也傾向於獨善其身，他很可能不是最適合替這位新任發行人穩住局面的人。七月，唐尼繃著臉清空辦公室，搬到樓上某張辦公桌，讓全棟大樓都知道他對於自身命運很不滿，然後鮑偉傑搬了進來。葳默思選了鮑偉傑，跳過了編輯主任菲爾・班奈特（Phil Bennett），這位出色的新聞記者廣受員工信任，最後他也離職了。這個向來由穩定、內部自家人領導的新聞編輯室，就這樣陷入不確定的局面。

葳默思希望馬上提出新的業務計畫。矽谷發展出毀了報紙的科技，但即便是最出色的矽谷人，也設計不出新模式支撐《華盛頓郵報》和《紐約時報》等報社，繼續從事龐大且昂貴的新聞收集運作。葳默思一開始先管理公司內部一個龐大的委員會，裡面有四十位解決問題的專家。她帶領這個策略小組中的某些人去哈佛商學院參加訓練營，爬梳新構想。之後，委員會向她和鮑偉傑提交最好的想法。

核心小組由十五人組成，這十五人做了無數次的腦力激盪。

這個策略小組陷入了冗長的會議，讓每個人都頭痛。在此同時，新聞記者正翹首盼望，希望新計畫能保住他們的飯碗。新聞編輯室已經縮減到剩七百名記者，高峰時則有將近一千名。最近一次裁員更是大刀闊斧：總共裁了一百人。有這麼多人接受自願離職方案，要向他們一一舉杯祝福說再見（這要花好幾個小時）簡直是折磨，因此只辦了一場大型的惜別會。邀請函上寫著：「他們拿了錢，現在來看他們喝個爛醉。」在這些離開的人當中，有些是很重要的關鍵人物：國安專家湯瑪斯・瑞克斯（Thomas Ricks），他的書《慘敗》（*Fiasco*）是慘痛伊拉克戰爭的終極研究；逐漸衰老的政治新聞記者兵團大長老大衛・布洛德（David Broder）；還有經驗豐富的海外特派記者諾拉・波絲塔妮（Nora Boustany）。優厚自願離職方案很吸引人，資深員工拿到整整兩年的薪資。

員工人數減少，反映出這家一度光輝耀眼的報社被捻熄的企圖心。《華盛頓郵報》將商業版併入頭版的要聞版，刪掉了書評，很快也關閉所有國內的通訊處。鮑伯・伍華德為了表現出他也和大家共患難，把自己的薪水減為一個月一百美元（他的書已經讓他成為百萬富翁了），但有任務仍能隨傳隨到，並不時還做出轟動一時的大新聞。《華盛頓郵報》的衰退變成一個很多人討論的主題，至少在新聞記者之間是如此。《紐約時報》的華盛頓通訊處經常打敗《華盛頓郵報》，也搶走後者一些最出色的政治記者，包括白宮新聞的老將彼得・貝克。《華盛頓郵報》出身的記者經營「政客網」，讓這家報社在選舉新聞報導中相形見絀。這林林總總都打擊了士氣。

梅鐸的《華爾街日報》對於政治新聞報導沒什麼企圖心，多多少少把關鍵的國家安全新聞領域讓給了《華盛頓郵報》和《紐約時報》。發生九一一事件之後，再加上布希政府入侵公民自由，針對祕密反情報計畫與執法情況所做的調查，變得空前重要。即便《華盛頓郵報》疲弱不振，他們做出來的新聞仍非常重要。《華盛頓郵報》報導了美國中央情報局用於監禁恐怖份子嫌犯、刑求和供政府外包商使用的祕密監獄，出色且無可取代。

自願離職方案加上新的發行人與總編，讓每個人都戰戰兢兢。葳默思做了一件讓他們更訝異的事，她要求在主新聞編輯室所在的五樓加一張桌子給她。鮑偉傑的回應是最終的定案：「沒有這種事。」然而，光是提出這個想法就讓新聞記者發狂，擔心新聞與業務之間的那道牆（這是唐尼大力捍衛的區分原則）要塌了。

最終，十二月時，策略備忘錄出爐了，報告名為「未來之路」（The Road Forward），內容滿是媒體業的術語以及泛泛之論，被報社裡裡外外大肆嘲弄。在類似全員大會的員工會議上，葳默思靠著一張類似於林肯紀念館（Lincoln Memorial）廊柱的圖表，提出導引《華盛頓郵報》前行的三大中流砥柱。

第一，《華盛頓郵報》將維持在地性，「服務華盛頓，放眼華盛頓」（For and about Washington）。這涉及的是平常就有的幾項因素，例如「強力的新聞、企業與調查性報導」，葳默思的員工認為他們在這方面已經做得很好。之後會有更多服務性的新聞，比方說天氣、交通、娛樂，以及導引讀者做出「購買決策」的報導。少有新聞記者認為服務性新聞是他們的天命，但葳默思的備忘錄駁斥了這種自以為高尚的勢利。「我們必須更聚焦在消費者指名想要的內容上，不要這麼快強調只有我們的想法才重要。」

第二根中流砥柱（這在葳默思的領導之下很快就垮了），是要提供「新產品」以創造營收，尤其偏重「商業與政策交會」的領域。這些新產品包括為了「與華盛頓決策利益攸關的商業決策者」所舉辦的付費大型研討會，講白了就是以說客為對象。

第三根柱涉及「重新調整我們的成本結構」，意指還要繼續刪減。

這篇備忘錄的標題意在讓人聽來覺得很有遠見、從而定下心來，實際上全沒有任何規劃路線。此外，後來變成新口號的「服務華盛頓，放眼華盛頓」，聽起來根本就是抄唐納・葛蘭姆的老劇本。如果用意是在提振士氣，結果剛好相反。有一位媒體評論家說，在備忘錄流出之後，該報社新聞編輯室充滿「自我毀滅」的氣氛。一位廣告部門的老員工說：「我痛恨這套策略。」他認為《華盛頓郵報》若要活下去，需要的是全國性與國際性的企圖心。葳默思沒有把重點放在全球知名的品牌上，念茲在茲的反而是要贏回在地的廣告主，比方說在平面報紙時代支持《華盛頓郵報》的汽車經銷商。

在她擔任發行人的全部時間裡，平面報紙仍是《華盛頓郵報》最大的營收來源，這樣的現實抑制了葳默思的選項。每個人都說，這家報社的文化仍以報紙為中心。在葳默思的高階領導團隊裡，連她的主業務顧問總經理史帝夫・希爾斯算進去，幾乎沒有數位時代裡土生土長的原住民[3]。她遭遇極大壓力，必須確保報社能再度獲利，因此新投資就不用討論了。她的外祖母有巴菲特，唐納・葛蘭姆也有信賴的商業顧問如艾倫・斯普恩（Alan Spoon）和克里斯多福・馬，葳默思則有史帝夫・希爾斯。希爾斯是新聞編輯室裡人人鄙夷的角色，因為大家都把他當成無情的劊子手。他不認為數位有未來，他常引用一個殘酷的統計數據：一個日報訂戶代表五百美元的營收，一個網路讀者只能拿回六美元。當智慧型手機變成眾人熱愛的新聞平台，比較之下的數據更難看。「她真的把希爾斯講的話聽進去了，」一位業務端的經理說，「他總是提醒她我們能做的很有限。」

在此同時，鮑偉傑開始動手融合平面和數位，二〇〇九年時，人在維吉尼亞的數位部門員工回到華盛頓的《華盛頓郵報》大樓工作，這項大工程就告了一個段落。但為此花了很多錢重新裝修市中心的大樓，還讓新聞記者離開他們習慣的工作空間，這可是完全不受歡迎的改變。他為了拯救報紙，取消了報紙上的五個漫畫版面，包括版面很小但有很多人追著看的《帕克法官》（*Judge Parker*），因此面對很多抗拒變革讀者群起騷動；在抗議之後，這個版面留下來了。

融合平面與數位是很複雜的工作，不單單是把兩邊都放在同一個地方工作就算了。身為「華盛頓郵報網」明燈的凱薩琳．莎勒思琪（Katharine Zaleski）說，第十五街大樓裡的老員工經常講，她和她的數位部門員工「不是真正的新聞記者」。實際上，這裡有著一套印度的種姓制度，最上方的是花幾十年爭奪報紙頭版位置的男性，對他們來說，在最好的情況下，網站也不過是有空想起來才會去做的東西。這種文化上的分歧，讓葳默思很難招募與保住數位人才。她設計了附股票的特殊薪酬配套，以便把數位總編柯芮．海伊可留在董事會裡。

唐納．葛蘭姆曾為臉書提供顧問建議，因此，他堅持要做的數位實驗領域之一，就是社交媒體的互動。雖然他錯失機會、未成為臉書的原始投資人❹，但他後來也加入該公司的董事會，他的女兒茉莉（Molly）則在臉書任職。因此，《華盛頓郵報》的腳步比其他報社稍微快了一點，很早就讓記者和讀者溝通，並刊出貼文下方的所有讀者留言。反之，《紐約時報》僅開放極少數文章供留言，而且，即便開放，編輯也會在刊登之前先審閱每一則留言，確保就連讀者也堅守《紐約時報》的標準。

馬克．祖克伯很確定，臉書用戶可以在他們的動態消息上分享新聞。臉書給了《華盛頓郵報》大量的新群眾，回過頭來幫助「華盛頓郵報網」引來更多尋求擴大規模的廣告主。葛蘭姆也把和臉書結盟視為激發與匯聚年輕一代讀者的好方法。《華盛頓郵報》做了幾項社交媒體實驗[5]，最重大的一項叫「社交閱讀器」（Social Reader），是一套連到臉書的應用程式，《華盛頓郵報》的讀者可用這套應用程式和臉書上的朋友分享自己讀到的文章。「社交閱讀器」上的文章，在讀者的動態消息中會有較高的排名。在最高峰的時候，這套應用程式可說是大大成功，每個月的用戶達到一千七百萬人。但是，當臉書修改演算法，群眾幾乎是一夜之間就少了一半。最終，《華盛頓郵報》把「社交閱讀器」移出臉書，然後完全放棄這項實驗。這次的失敗，證明了電腦演算法大有力量決定新聞相關新作為的成敗。

雖然《華盛頓郵報》的每日新聞參差不齊，但仍偶有極優質的佳作。某些長篇的企業報導、原創調查以及精心編寫的專題報導，可以達到水門事件的高規格標準。二〇〇八年，對企業來說是可怕的一年，這也是葳默思就任第一年，《華盛頓郵報》贏得六項普立茲獎，是收穫最多的一年。得獎的作品有黛娜・普瑞絲和安・胡爾（Anne Hull）針對瓦特瑞德（Walter Reed）軍醫院的惡劣環境所做的調查；在伊拉克與阿富汗戰爭中受傷的退伍軍人在這裡受苦好幾個月，得不到適當的醫療照護。普瑞絲是這一行最出色的調查報導記者之一，她用自己的方法進到醫院，私下採訪病患。另一項得獎作品，是深入探查狄克・錢尼（Dick Cheney）在小布希政府裡極高張的影響力，但其中一位作者調查記者喬・貝克（Jo Becker）在宣布得獎名單時已經離開《華盛頓郵報》，轉往《紐約時報》。

《華盛頓郵報》的正字標記就是這類調查性報導，這也是讓報社成為吸引出色人才大磁鐵的因素，特別是，後來很多報社已經放棄這一塊，導致大眾只能仰賴一些可靠的媒體守門人得知消息。調查組的記者通常要花好幾個月去追一個特定的議題，有時候甚至會做白工。主編傑夫・李恩（Jeff

Leen）是少見的人才，他能在記者迷失方向時引導他們得出豐碩成果。他的辦公室牆面上貼滿了地圖，以及針對報導所寫的精心策劃大綱。很多比較小型的報社都完全退出調查性工作，只剩極少數看守者監督國家與在地層級的貪污腐敗問題。

老牌記者兼編輯瑪麗蓮・湯普森（Marilyn Thompson）將這類調查稱為「慢新聞」（slow journalism）❻，能做這類工作也是她渴望在《華盛頓郵報》任職的一個理由。她初試啼聲時是每天跑固定路線的記者，之後她去《費城每日新聞》（*Philadelphia Daily News*）工作，在這家小報登出報導，揭發黑道掌控美東海岸賭場業的內幕；之後她轉往《紐約日報新聞》，調查政治貪污和企業不當行為。她的報導造成重大衝擊，有一次，導致政府起訴二十名白領罪犯。因此，當她一九九〇年來到《華盛頓郵報》，她認為此地對她多年來演練的專精技巧來說正是應許之地。她在這裡工作十四年，用自己的方法從在地鄉村報導轉做城市專案，再到調查全國性的議題；到了二〇〇四年，她已經負責監督調查報導小組，創作出經常贏得最高榮譽的作品。

瑪麗蓮・湯普森個子嬌小，帶有南卡羅萊納州內陸口音，是格林維爾本地人，就讀克萊門森大學（Clemson University）時愛上新聞學，成為真正的新聞人。雖然她出身於南方，年輕的她當記者時卻很善於挖掘大城市、都會區的貪污案，等到她搬到華盛頓，就轉攻政治貪污案。從雷根政府時代的維德科技公司（Wedtech）等醜聞，到九一一事件之後的炭疽熱攻擊，她參與過許多全國性爭議話題的相關報導。然而，她對於老家的一樁新聞一直耿耿於懷，她自一九八四年起就開始追逐這件事的蛛絲馬跡。這是她熱愛的事件種類，這一個埋在歷史裡的祕密，她後來在《華盛頓郵報》揭開此事，這樁祕密定義了她的事業生涯。不管是經歷家庭危機還是她自己罹患癌症，她仍繼續追下去。

湯普森初出茅廬在《哥倫比亞紀錄報》（*Columbia Record*）當記者時，聽說一度成為總統候選人的種族隔離主義者、同時也是南卡羅來納州資深參議員的史壯・瑟蒙，有一個黑人私生女。家鄉的虛偽盲從以及領導者，刺傷了她的良心與道德感。一九八四年，湯普森發現一條線索指向一位洛杉磯的老師艾希・梅・威廉絲（Essie Mae Williams）。「我知道艾希的祕密，」湯普森之後寫道，「她的父親就是史壯・瑟蒙，他曾是全美最惡毒的種族隔離主義者，是一個政治投機分子，一九四八年時把握時機，支持美國深南方狄克西黨（Dixiecrat）反民權的叛亂。」這是一種「帶有福克納式諷刺」的局面，但在美國南方並不罕見；瑟蒙二十二歲時讓一名在他家幫傭的十六歲黑人女僕懷了孕，之後他有拿錢給女兒，甚至還付學費讓她去上全黑人的學院，一切都是祕密進行。

對湯普森來說，這個來自過去的幽魂揭露了某些種族議題的重要面向，而且，這件事牽涉的不僅是過去，因為瑟蒙試著改頭換面，營造自己支持州內黑人的形象。她最後設法找到一些泛黃的信件，指向瑟蒙曾經在財務上資助威廉絲並帶他們到洛杉磯；她不請自來，去洛杉磯威廉絲的辦公室，出示一些塵封已久的文件。一開始威廉絲否認瑟蒙是她父親。湯普森知道，雖然耐心和急切的執著相衝突，卻是調查報導中非常重要的部分。她把調查過程比擬成拼出五百片的拼圖，而且這些拼圖塊還隨意散落在桌上。「如果記者的運氣好，」她寫道，「很快就會找到角落那一塊，為整個搜尋工作找出邏輯和對稱性。」有時候可能要花好幾年才能找出角落那一塊，陷入現金短缺泥淖的報社沒有這麼多時間。

她在《華盛頓郵報》工作時還有其他大案子要忙，只能找空檔繼續追這件事，到了一九九二年，她已經收集到足夠的文件，可以針對瑟蒙的黑人私生女傳聞寫一篇長篇報導。但是，就算到了這時候，她都不覺得自己手裡的證據夠充分，因此她繼續追。她一邊處理每天的工作，公餘時則搜尋和瑟蒙的祕密有關的新線索，就這樣又過了十年。二〇〇三年，瑟蒙逝世，享壽百歲，在湯普森堅持不懈的鼓勵之下，威廉絲終於準備好承認父親的真實身分。到了這個時候，湯普森也病重必須接受化療，無法回到洛杉磯；因此，為了完成報導，她再度採訪了威廉絲，這次是用電話。

沒有人比我更敬佩湯普森如此勇敢報導這件事。我曾在南卡羅來納州住過幾年，在《華爾街日報》工作時也側寫過瑟蒙，我也聽過傳聞。我記得我拜訪過南卡羅萊納州有色人種協進會（NAACP）前任州祕書莫德絲卡・席姆金絲（Modjeska Simkins），九十歲的她是民權運動傳奇人物，也是瑟蒙一輩子的死對頭，我們坐在她家吱嘎作響的木製前廊，她拿出一碗秋葵招待我，一邊說起這位參議員的私生女。

「她讀大學時，州警會載著他去和她會面。」席姆金斯對我說。一九八〇年代末期，我追這件事追到瑟蒙的出生地艾吉菲爾，當地週報的主編古怪又年邁，他挖出一張已經磨損的一九四〇年代週報頭版，標題大聲嚷嚷著「史壯・瑟蒙有個有色人種女兒」（Strom Thurmond Has a Colored Daughter）。但是他沒有確實的證據，再加上我必須在期限之前回到華盛頓，我只能放下這條很撥撩人的線索。等到湯普森終於破解這個案子，我很忌妒，也很敬佩。

湯普森二〇〇四年離開《華盛頓郵報》，因為《萊克星頓先驅領袖報》（*Lexington Herald-Leader*）給了她一份高階編輯的工作，這是肯塔基州一家很優質的地區性報社。她想醞釀在地與地區性的調查報導，而且，能夠獨當一面是她不能錯過的一大挑戰，尤其是，考量到當時報社幾乎沒有女性主編。《萊克星頓先驅領袖報》屬於奈特瑞德報業連鎖集團，看來很穩健也很受尊重。因此，儘管很痛苦，她還是離開了《華盛頓郵報》。

從這時候開始，她的事業也反映出她身處產業遭受的動盪麻煩。她很快就要處理財務緊縮的問題，許多報社都因此裁掉了很多記者。奈特瑞德報業這家家族經營的優質帝國，一度獲利豐厚，但現在實際上已經到了崩潰邊緣，然而，她搬到萊克星頓市時一無所悉。她是公司的副總裁之一，有一天突然被叫到這家連鎖報業的基地加州，處理一項緊急的五年專案。專案還沒做完，奈特瑞德報業就被賣給了麥克拉奇報業。

湯普森以為，換了新東家就安心了，她決定調查肯塔基州另一位公眾人物：該州的資深參議員米契・麥康諾（Mitch McConnell）；他有靠著偏頗的立法立場作為募款誘因的前科，但到目前為止都沒有人去查核，也沒有人質疑。《萊克星頓先驅領袖報》的資深政治特派記者一直很想要調查麥柯諾，但是要做好需要好幾個月，而且報社也不想再派人手支援。湯普森下定決心做下去，她發現自己處於一種很不尋常的處境，她這個副總裁任職的是一家本應具償付能力的營利企業，卻得向非營利機構請求捐助。總部在加州的調查報導中心（Center for Investigative Reporting），過去曾和各家報社的新聞編輯室在類似的報導案上結盟，同意支付記者六個月的薪水、約三萬七千五百美元，助她完成調查。奈特瑞德報業很讚賞湯普森懂得善用資源。

之後，在將要登出新聞之時，一個代表權勢的聲音響起，扼殺了報導。麥康諾的辦公室宣稱報社的調查有瑕疵：他們指控，提供贊助的基金會背後金主是自由放任派的利益團體，包括支持競選財務改革的團體，而麥康諾這位肯塔基共和黨員剛好反對本項改革方案。麥康諾宣稱，湯普森是在左翼資助之下帶頭去做攻擊中傷的事。面對參議員的反彈施壓，她的發行人麥克拉奇妥協了。他們把錢退回給調查報導中心，然後重新編輯，不願意效法《華盛頓郵報》一貫支持記者的態度。這場大敗讓湯普森另謀他就，找一個可以讓她捍衛自己的招牌慢新聞之處。

她回到華盛頓，這一次的身分是《洛杉磯時報》華盛頓通訊處副處長，之後再轉到《紐約時報》華盛頓通訊處，二〇〇八年回歸《華盛頓郵報》。這些曾經偉大的報社向來以人員穩定、少有流動著稱，但如今報業更是淪為大風吹搶椅子的遊戲。《洛杉磯時報》不復當年，而她後來回鍋《紐約時報》做調查性報導，在這裡又和編輯群起了衝突。

雖然《華盛頓郵報》也受傷，但仍出面給了她一份工作要她回來。此時還是葳默思—鮑偉傑體制下的早期，財務前景正在惡化，全國版（湯普森很快就被任命為全國版的主編）也動盪不安。回到《華盛頓郵報》三年後，她離職去了路透社（Reuters），這是一家全球性的機構，但也非讓她安身立命之地。離開路透社之後，她接下「政客網」副總編輯一職，那個網站的新聞步調完全和慢沒有關係；後來，她去了一家由凱澤基金會（Kaiser Foundation）贊助、以健康為主題的數位新聞新創公司。她希望，沒有費用問題以及老報社文化負累的數位新聞新平台，或許可以成為培養調查性新聞的基地，但是這些地方也並不適合她。

過去，像湯普森這麼出色的調查性報導編輯與記者，大可在單一家報社享有穩定的職場生涯。她為了擇良木而棲，從一地到另一地，從在地報社到數位新創公司，這段旅程剛好是媒體企業環境不穩定的寫照。一位以長篇報導見長的編輯和作家，很難找到一個如魚得水的地方。當時還有「挺公民網」，這是一家完全從事調查性新聞的非營利團體，會和大型的新聞機構結盟，並做了一些品質能拿到普立茲獎的作品。比爾・凱勒卸下《紐約時報》執行總編一職後，創辦了一家負責任新聞非營利機構，名叫馬歇爾專案（Marshall Project），重點放在執法濫權和相關的主題上，但這家機構的規模相對小，開放的職缺更少。最後，湯普森接受了一年期的哈佛研究員職務，負責研究總統大選的財務，並在《大西洋》雜誌的網站上發表報告，之後又短暫回到「政客網」，隨後又整整兜了一圈，三度回到《華盛頓郵報》。

宣布湯普森回歸的消息時，《華盛頓郵報》提到：「瑪麗蓮（湯普森）貢獻良多，而且她也可能是美國機動性最高的編輯了。」她負責星期天的全國性新聞報導，週間日則把重點放在深入挖掘政治祕辛。但是，新聞發生的速度比過去更快速，力道也更強烈，而且突發新聞總是這麼多，她幾乎只能找空檔才溜去做她的調查性報導專案，使得她幾乎沒辦法休假。推特變成永不飽和的政治新聞市場，這個平台的速度決定了新聞週期。二〇一八年年底，她三度離開《華盛頓郵報》、轉到「挺公民網」，網站選她擔任專案領導人，重啟一項全國層級的調查報導案；在這個層次的調查性報導需求殷切，但是愈來愈少見。

湯普森的職涯路線，反映出在數位帶來破壞的時代要保有新聞最重要的部分（即調查性報導）有多麼困難。梅麗莎・貝爾（Melissa Bell）是另一位任職於《華盛頓郵報》的出色女性，她的職涯發展說的又是另一番故事：對於在新資訊生態系統受過訓練的編輯來說，他們眼前開啟的是讓人興奮的新路線。貝爾一開始的想法和湯普森很類似，她也想深入追查，成為一位出色的雜誌記者。如果說科技是破壞湯普森事業的力量，對貝爾來說，科技卻是一盞明燈。貝爾二〇一二年進入《華盛頓郵報》任職，替著名的時尚版寫文章，很快的，拉胡・納利塞提（Raju Narisetti）就要她去經營《華盛頓郵報》的新聞部落格；納利塞提是鮑偉傑的編輯主任，從《華爾街日報》時代就和鮑偉傑密切合作。

這是部落格的時代。部落格是一種網路專欄，可聚焦在專門性的主題，例如科技；也可以是通俗話題，好比報社要求貝爾主持的焦點新聞部落格。部落格通常以個人的立場撰寫，不遵循新聞報導分成人事時地物等的金字塔式老架構。部落格都是即時性的，短短時間內就會放上網，強調的是剛剛發生的事，而不是最重要的事。從技術面來說，使用網路範本「WordPress」可以加快刊出的速度，這和《華盛頓郵報》的常規數位出版系統很不一樣。「WordPress」免費，也開放原始碼，任何人與任何新聞機構都可以用此來經營部落格，而且速度很快。部落格不用在《華盛頓郵報》層層疊疊的編輯體系中慢慢爬，幾乎是寫完馬上就可發布，編輯和事實查核的相關作業少很多。

「這是最高層級的毫無限制❼。」貝爾回憶道；她發現，從阿拉伯之春到當地的謀殺案，她什麼都寫。她很快就忘記她想要的是替雜誌寫長篇報導。追求速度就像是吸毒一樣。《華盛頓郵報》很幸運，貝爾是一個堅持準確性的人，而且她發現，只要她願意長時工作到精疲力竭，就可以在快速之下達成準確度；然而，在其他地方，準確度往往是追求快速之下的犧牲品。

讓她煩惱的，是過去報社同事在她成為部落客後，就改變了看待與對待她的方式。「忽然之間，」她回憶道，「我就再也不是貨真價實的新聞記者了。」但是，她並未因此後悔轉換跑道。她坦承：「我愛上了網路。」對多數《華盛頓郵報》的記者來說，編輯和科技是完全不同的兩個領域，但對她而言，兩者共存於美好的和諧當中。

貝爾和一些數位部門同仁（多數都年輕、聰明，而且是女性）的辦公室空間就在鮑偉傑和納利塞提附近，他們鼓勵這些部落客大力拓展。很快的，貝爾就帶領了一個部落格王國，裡面有一百一十三個部落格，其中有一個專門談美國的南北戰爭。能賺到可觀（廣告）營收的部落格少之又少（很特別的是，談南北戰爭那個部落格是個例外）。

「當我在部落格裡談埃及選舉，」她說道，「我就像置身天堂。」那是二〇一二年的事，她三十三歲。但是，負責報紙的同仁從來不曾表示任何敬意。貝爾的部落格貼文常是《華盛頓郵報》讀者最先讀的重要主題報導，但報紙的員工對這一點完全視而不見。貝爾說，只有每天早上登在報紙上、經過完整編輯的報導版本，才會評為是「真正的《華盛頓郵報》新聞」。

她擔負的職責愈來愈多，《華盛頓郵報》有兩個聚焦在政策與政治的部落格，分別是以斯拉•克萊因（Ezra Klein）的「萬客部落格」（Wonkblog）和克里斯•西里札（Chris Cillizza）的「彌補」（The Fix）。他們想要和「政客網」競爭，網路的流量愈來愈大。貝爾負責這全部事務，但鮑偉傑和他的副手納利塞提不願給她想要的職稱：主編。他們跟她說，如果她掛上「主編」之名，資深的平面報紙記者可能會誤以為她是他們的主管，這讓人難以想像。她得到的是一個語意不清的職稱，叫平台總監。莎勒思琪也有一個很多同事都不太理解的隱諱職稱，叫做：數位新聞產品執行製作兼主管。

不太重要的職稱之戰，向來困擾美國各新聞編輯室，但要費力替數位相關職務找到職稱，代表事情很嚴重。這凸顯出想像力的缺乏，沒有能力看出編輯與科技必須要有同樣的品質，才能在數位時代贏得受過高等教育且富裕的讀者忠心投靠。《華盛頓郵報》和《紐約時報》永遠以編輯為先，無須多言，這必會讓科技人才感到氣餒，他們在科技公司可以賺更多錢，但是因為他們想投身於新聞使命，所以選擇報社。貝爾最後和《華盛頓郵報》的同事以斯拉•克萊因聯手，推出一個專門瞄準年輕群眾的數位新聞新創公司沃克斯（Vox），大大成功。

在此同時，網路的新聞週期全年無休，帶動過度活躍的新聞生理節奏，新聞記者必須彼此為了一點小東西相爭。渲染醜聞是帶動點擊率很好用的招數，淹沒了早已被貪污和醜聞新聞強力轟炸的記者和讀者。然而，這些就是拉抬點閱率的主題而已。網路時代少有時間留給湯普森慣用的長期歷史觀點，沉浸在她熱愛的豐富寫作風格裡進行查訪探問。網路新聞寫作正好相反，過度使用了「利益攸關」以及「前所未見」等陳腐字眼，求的是把氣氛帶進報導當中卻不重事實，然後包裝成「世紀超級大醜聞」推銷給讀者。

露文絲姬醜聞案推了一把，導引報導改變了主題和標準。值得注意的是，最先報導柯林頓總統婚外情事件的是「卓基報告」，之後所有傳統媒體都跟著緊緊追蹤。雖然《華盛頓郵報》跟其姊妹刊物《新聞週刊》手上也有相關的線索，但是他們先擱下，先做了事實查核並等白宮回應。偏右派的卓基一拿到相關訊息，馬上貼出去，之後《華盛頓郵報》也依樣畫葫蘆。有好幾個月這件事都佔住有線電視新聞台，也高掛《華盛頓郵報》和《紐約時報》的頭版。

接下來的是小布希和歐巴馬政府，更大的新聞爆了出來，數位的週期也愈來愈短。

葳默思的目標是要完全消弭平面和數位之間的歧異，但她的注意力永遠放在獲利上，這股財務壓力很快就讓她在道德面模稜兩可。她計畫要在她家舉辦一個小型的政策沙龍聚會，說客付一大筆錢就可以去葳默思宅赴宴，和國會議員以及《華盛頓郵報》的記者交流。這類聚會很私人，也都不列入正式紀錄。「政客網」爆出這件事（報導的記者是《華盛頓郵報》的前員工麥克・艾倫），吸引了很多人的關注與報導，部分理由是因為許多人樂見以揭發水門案件而聞名的報社自毀長城，尤其是媒體業內人士。這件事被戲稱為「沙龍門事件」（Salongate），這段痛苦的插曲顯示，葳默思與鮑偉傑組成的新領導團隊出現嫌隙，也指出一家報社在無情的財務壓力下，有多容易就放棄規範原則。

就像薩斯柏格一樣，葳默思同樣認為大型研討會和現場活動可以成為賺錢的項目，兩位發行人都把這類業務叫做「活新聞」（live journalism）。在《華爾街日報》時，鮑偉傑親見兩位科技領域的記者瓦特·摩斯柏格（Walt Mossberg）和卡拉·史威薛爾（Kara Swisher）大展身手，把一場年度研討會「一切皆數位」（All Things Digital）變成印鈔機，幾乎矽谷每個有頭有臉的人都來了，還引來眾多付錢的贊助商。葳默思急著想自己做實驗。

華盛頓每晚都有幾十場的晚宴，葳默思的沙龍差別之處❽，是說客要付錢成為沙龍的贊助者，一場兩萬五千美元（前十一場活動的贊助費用可以有折扣，總共二十五萬美元）。這種不太名譽的新招數，讓說客有機會付錢接近《華盛頓郵報》的編輯和記者，這些人會坐在桌旁，參與非正式的討論。這類活動明顯不當，讓人很難相信《華盛頓郵報》有誰會接受這樣的概念。雖然葳默思本人不處理這件事❾，但是第一場沙龍（以醫療健康政策為主題）的精美宣傳單，就出自《華盛頓郵報》的行銷部門。有些給立法相關人士的邀請函直接由葳默思的電子郵件發出，文中沒有提到贊助這場醫療健康沙龍論壇正是業界的某些說客，明顯是刻意忽略。

《華盛頓郵報》保證這是「私人且僅限貴賓參與的聚會」❿，對話也會「熱烈」但不「咄咄逼人」。賓客包括葳默思、鮑偉傑以及負責報導任何要拿來討論的主題的記者。主辦方對說客信誓旦旦，說他們可以「在資訊豐富的中立環境下和《華盛頓郵報》新聞高階主管培養重要關係」。他們毫不低調地推銷可以和《華盛頓郵報》記者交流這個賣點。

艾倫找到一張邀請函⓫，當「政客網」報導這件事時，葳默思就陷入公關的大麻煩。第一場醫療健康沙龍取消。鮑偉傑從不斷擴大的污點當中抽身，發了一個訊息給他的新聞編輯室，寫道：「任何承諾用錢換取和《華盛頓郵報》新聞編輯室人員交流的活動，或是不讓我們提出任何反對質疑意見的活動，我們都不會參與。」他營造出一種印象，舉辦這類沙龍活動絕對不會是他的主意。這讓葳默思要獨自扛下責任，在「政客網」刊出新聞的當天下午，她就發了一封通告員工函，用意在於「重申我們的最首要且最重要的承諾，就是要堅守新聞與正直。沒有什麼比這更重要，不管多少錢，我們都不會去傷害這一點」。她甚至必須明講說出這種事很可悲。

她說，她本人或新聞編輯室都沒有審查過推廣宣傳素材⓬，如果她有的話，她一定會阻止。她在備忘錄中把矛頭指向行銷部門，但她還是再提了必須「不斷尋找新營收來源」的需求，並堅持新的創舉將會「發揚我們的新聞高標準」。記者都不相信舉辦沙龍的想法會從此一筆勾銷。新發行人和總編滿口談著新的出版方式與創造營收⓭，但幾乎是馬上就造成了一場全面性的醜聞，讀者對報社的信任已經動搖。

這段插曲損傷了葳默思的信譽。對她的盟友們（包括貝爾在內）來說，這件事造成的最大打擊是揭露了關於《華盛頓郵報》的醜陋事實：新的行事作法和新的領導者宣告失敗，卻讓報社裡很多第一流的新聞記者幸災樂禍。「忽然之間，」很敬佩葳默思也和貝爾密切合作的莎勒思琪說，「有一件事再明顯不過，《華盛頓郵報》內部有某些人其實暗自希望這些行動失敗。這是很悲哀的體會。」

葳默思從未完全從這次的打擊以及新聞編輯室對她的愈發不信任中走出來。之後，在新聞編輯室的眼中，她做什麼都是錯的。十一月底，星期日隨附的《華盛頓郵報雜誌》（*Washington Post Magazine*）講到一個讓人揪心的青少女故事，她天生就是侏儒，想要把腿弄得更長一點以求長高。這個報導詳述了她經歷的痛苦手術，腿上要打釘子，每天還要用扳手扭緊。她本來高約四英尺二英寸（約一百二十七公分），手術幫她長高了六英寸（約十五公分）。葳默思發現，另外一位記者（這位記者也是她的朋友）也正在做一篇關於手腳截肢者的報導。她在沒有多想之下隨口評論，對記者提到廣告主可能會讓報社報導太多這類「讓人沮喪」的報導，記者把這句話當成高層布達的命令。星期天的《華盛頓郵報雜誌》最終拿掉了他的報導，傳言四起，指葳默思堅持要「開心的新聞」，想辦法把手伸進新聞內容。這段因為評論有欠考慮而引發的小事件，說明了本來就因為裁員而士氣低落的新聞編輯室有多麼惶惶不安。

這也讓新聞編輯室裡充滿焦慮，擔心《華盛頓郵報》會因為想要賺錢而拉低標準，改報動物、天氣、約會等流行的主題。他們還真的有一位氣象版主編。被保守份子認為輕浮的新人，進來報社時剛好碰到很多長期受到敬重的記者離職，因此他們特別不受歡迎。

凡此種種，都讓整合平面與數位的任務徒增緊張，而整合又剛好是葳默思和鮑偉傑最重視的項目。納利塞提成為下一個引爆點。他聰明、有創意，曾在印度自行辦一份名為《鑄報》（*Mint*）的報紙。任職於《華盛頓郵報》時，他站在尖端引領潮流，將數據帶進編輯流程；「高客網」和「赫芬頓郵報網」等網站早就這樣做，但是幾家最傳統的報社對這套方法還很陌生。然而，讓《華盛頓郵報》的記者憤怒的是，他在辦公室外面掛了一個流量板，螢幕上會顯示每篇報導吸引了多少讀者⓮。主導每一篇報導該放在哪裡、何時應該刊出以及如何展現的，是編輯的判斷，而不是一般人的看法。曾有人問凱勒為何《紐約時報》不透過讀者數據來做編輯決策，他的回答很簡單⓯：「我們又不是《美國偶像》（*American Idol*）。」讀者付錢買的，實際上正是編輯的判斷。當然，在裴瑞帝和BuzzFeed帶頭之下，指標很快地就成為各個數位新聞機構都習以為常的部分了。

四十五歲的納利塞提，憑藉著他所謂的「衡量文化」，去檢視讀者在「華盛頓郵報網」上瀏覽網頁數、來訪次數以及來訪時間等數值⑯。超過百位編輯與記者每天很快會收到報告⑰，顯示《華盛頓郵報》在各個不同指標上的表現，大大小小算起來約有五十種，如果流量變小，納利塞提就會發送通知給編輯，要他們把新的報導、照片或影片放到網站上。他要求記者找出他們報導中的搜尋關鍵字，讓編輯可以在標題上以及報導一開始的地方加以發揮，強化在Google搜尋上的地位。這就是裴瑞帝多年前引進「赫芬頓郵報網」的搜尋引擎最佳化，在那裡沒有引起反彈，但是傳統新聞編輯室並不習慣這種回饋系統。

當《紐約時報》刊出一張照片，微笑的納利塞提站在他的流量板旁，還附上一篇和報紙指標有關的文章，《華盛頓郵報》新聞編輯室裡的牢騷聲清晰可聞⑱。後來，納利塞提縮減新聞編輯室人力時，開始把新聞記者的流量當成部分理由，白眼就變成了抗拒。有人偷聽到他自吹自擂，說他裁掉了新聞編輯室裡兩百個職務、卻未讓報紙的品質出現任何明顯的下滑（不管數據怎麼說，反正這不是真的）。績效考核時也用上了流量指標。到了二〇一二年，新聞編輯室的人員已經少於六百人，留下來的人學到了一件事，那就是他們對新聞使命的貢獻只有出現在統計試算表上時才算數。比方說，和國防部預算有關的報導不太可能有很多人點閱，但是，對於很多在這個產業工作的《華盛頓郵報》讀者來說，這是非常重要的主題。鮑偉傑試著安撫新聞編輯室，他說指標並非評量記者所做報導的唯一標準，但是他也堅持這些數據有意義，不可忽視。

同樣惹人厭的是，納利塞提會用充滿術語的科技業語言說話⑲，宣稱新聞編輯室應該處於「永久性的貝塔測試版狀態」，並派遣「創新」編輯去各大新聞版，比方說體育版和政治版。他也聘用了一群精通科技的其他類編輯。對葳默思和飽偉傑來說，納利塞提正是將《華盛頓郵報》推向未來必要的改變觸媒。

納利塞提運用的指標[20]，來自於一家查比公司（Chartbeat），該公司自詡為一股強大的力量，帶動了美國數據導向的新聞編輯室。尼爾森公司（Nielsen）調查電視收視率，查比公司則衡量網路流量；尼爾森的收視率數字可以提高節目廣告的價格，查比的數據也可以用來吸引廣告主。在平面報紙時代，推出廣告時設定的對象是全體讀者，在網路時代，廣告可以瞄準特定的群眾，也可以放在報導附近或嵌入其中，以吸引到品牌的理想顧客。大致上來說，這些情報大部分來自查比公司以及一些其他資料收集商。

編輯們很快就開始利用查比公司的數據，根據流量的表現來決定要指定與展示哪些報導。有些記者的報導流量表現老是很難看，這些人就非常想要知道評價他們報導的標準內涵是什麼；BuzzFeed有專屬的系統來評估群眾，他們會真的把數據列出來發布在文章上方。為了刺激流量，有時候會寫出和內容不太相干的標題，這些標題就是所謂的「騙點閱」誘餌。

這家侵入新聞產業的小型科技公司，位居於一個讓人意想不到的地方：紐約思存書店（Strand Bookstore）的樓上；思存書店是印刷文字的聖地，是藏書人皆知的二手書天堂。查比公司是湯尼・亥勒（Tony Haile）的心血結晶[21]（也有人說這是他創造出來的科學怪人），亥勒不是新聞記者，他曾經去北極探險，回來之後就創辦了這家新創公司。亥勒的公司最大的突破，是他們的軟體可以提供即時的客觀答案，回答一個老問題：如何讓一篇文章「有效」、亦即如何讓「讀者去讀這篇文章」。如今，報導重不重要是其次，要先看受不受歡迎。

查比公司出現之前，新聞媒體圈大致上不去碰自己的恐懼，不想根據冷硬的數據做出改變。亥勒看到了機會，要創辦一家公司來挑戰新聞記者狹隘又根深蒂固的觀點：在他們眼中，科學方法在新聞編輯室無立足之地。他認為，事實剛好相反，如果選對了，數據可以完全翻轉編輯流程，變得更好；過去，由於不知道有誰會看，報導世間新聞只好亂槍打鳥什麼都報，但現在就可以更有效率。

查比公司的賣點是即時追蹤數據。查比的競爭對手是Google的分析方案；網路編輯若想知道自家網站內容過去的表現如何，這個市場由Google一家獨大。當然，這是很有用的情報，但也只能為猜測、回溯性的編輯策略提供協助，因為背後的根據是過去的表現。Google服務的缺點是留下了一個仍無法解答的問題：要做些什麼，才能讓報導更有機會在一登出來時就有很多人讀？

有了查比，編輯就再也不需要等到讀者登出後才知道哪些內容擄獲人心、哪些又錯失目標。查比可以讓編輯隨時隨地知道自家網站上有多少人，他們又在讀那些文章。這是一個數位儀表板，可以將網站流量數據萃取之後變成三個指標：「同時指標」（concurrent）、「再循環指標」（recirculation）和「投入時間指標」（engaged time）。同時指標衡量客戶的網站或特定文章當下有多少讀者（或稱為「動心者」〔heartbeat〕），再循環指標計算來到網站上的某個人是留下來閱讀一篇文章以上，還是又跑到另一個網路角落去了。最重要的是投入時間：這個指標得出了特定內容得到了多少注意力。要得出這個數值，查比在電腦中套入一些程式，去擷取一套很周密的讀者線索，比方說滑鼠的動作、捲動方向是往上還是往下、游標懸停在某個畫面或句子的時間等等，藉以判定讀者是否已經失去興趣。查比公司除了能顯示有多少使用者開啟某個網頁之外，也能指出開啟之後，使用者在這裡投入了多少時間。

查比的演算法讓程式的威力大增，編輯可以替特定的報導下任何想到的標題，程式可以顯示哪一種最能吸引人。而且，查比提供的情報不只能應用在標題上。亥勒說，查比的數據是「描繪讀者心智的地圖集」[22]。過去新聞記者習慣信任編輯，由編輯代表形形色色的讀者展現最佳判斷；現在，這一行再也不需要靠沒有根據的信心了，他們可以點選查比的按鈕，進行亥勒所說的「第二輪編輯」。亥勒把這套流程稱之為「關鍵」，不僅可以創作更優質的內容，還可以用內容去賺錢。

這番革命性的變化，讓某些編輯非常不安，比方說《紐約時報》的凱勒。在某個關鍵點之前，他欣然接受數據導向的變革，比方說搜尋引擎優化。但是，查比公司導引出他所恐懼的事物：只根據受不受歡迎來編輯。《紐約時報》的讀者一年付八百美元，購買送報到家的服務以及完整的數位配套，他們要的是報社編輯判斷什麼事重要、什麼不重要，而不是由查比公司定奪。但即便是《紐約時報》，也會在網路上列出當天最多人用電子郵件傳送的報導[23]，記者就把這張清單當成衡量重要性的指標，完全不管凱勒多次苦口婆心叫他們不要這麼做。

在《華盛頓郵報》，某些記者感受到變化，而他們很確定源頭就來自於查比公司和納利塞提的流量板。少有新聞價值、但讓一般人很感興趣的報導得分很高，會被放在首頁的上方。聳動一時的消息[24]，比方說歐巴馬政府早期有不速之客擅闖白宮晚宴，就被日夜不停報導。新聞記者發牢騷，說很快就會有人要他們報導卡戴珊家族（Kardashian）了，然而，查比公司鍛造出來的變革更細緻隱晦，新聞記者開始把數據的回饋內化到自己身上。

查比公司的第一家客戶是「時代雜誌網」（Time.com），第二家則是《華爾街日報》。查比公司給他們的結果非常讓人氣餒。不管是哪一個網頁，點進來的讀者整整有一半只待了不到十五秒鐘就轉往他處[25]。「撰寫重要報導的人面對的挑戰，」亥勒提出忠告，「是要用無孔不入的方式去寫。」比方說，從無關緊要的小事開始鋪陳是大家長久以來遵循的公理，但查比公司建議不要這麼做；該公司進一步說明，力主不要使用任何會讓讀者把背景、脈絡或簡介弄錯的寫作風格。

殘酷的現實還不只這樣。亥勒對於商業模式仰賴讀者在線上分享報導的發行商（比方說BuzzFeed）提出見解：「我們發現，社交媒體上的分享和人們實際上有沒有讀（分享的文章），兩者之間並無相關性。」如果他們不讀文章，也就不太可能會關注旁邊出現的廣告。

在其他產業，企業早就利用網路來監督自家產品的相對成敗，但很多傳統媒體拒絕聽從市場的需求。然而，隨著這些機構的現金以危及生存的速度流失[26]，向來主張人類判斷優於電腦的守舊派人士，立場可能也開始鬆動。他們的抗拒要不了多久就崩潰了。查比公司的前提是顧客永遠是對的，這在真實世界裡幾乎沒有人敢反對。這和BuzzFeed受歡迎程度競賽的策略很雷同。

此外，平面記者也渴望能得到回饋，這是一種留下紀錄的方法。報導沒有像電視收視率的那種指標，就算用大幅版面登出，也不會得到任何回饋，除非有些讀者來函或線上留言，或是同業的認可，所以新聞記者對於獎項很執著。也因為這樣，編輯和記者都迷上了統計數字。二〇一四年發佈的一項研究發現[27]，整體來說，讀者點選次數的多寡，會大大影響線上新聞的位置，超過報導所在位置對讀者點選行為的影響力。這是很大的改變。新聞可以量測，這個新議題席捲整個新聞業，基本上幾乎每一家機構都發現優先順序重新排列了。在《紐約時報》的新聞會議上，大家會熱烈討論網站上哪些報導登上了「最多人以電子郵件傳送」的清單。

查比公司很快就拿到高達一年百萬美元的委任契約書[28]，對象從《紐約時報》這等全球性公司到《波特蘭俄勒岡人報》這種在地層級報社皆有，查比公司的程式成了大批發產品，也翻轉了獎酬系統，編輯和記者要根據他們的查比分數敘薪。

特別值得注意的案例是「高客網」[29]；這個以部落格組成的集團，被視為線上八卦新聞的先鋒，創辦人尼克・丹頓（Nick Denton）早就預見了可量測性領域的革命，現在決定要從中獲利。在查比公司的協助下，「高客網」設計出了自有的「大看板」（Big Board），是《華盛頓郵報》儀表板的放大螢幕板，但有很明顯的個人化色彩：這個版面會不斷更新排行榜，顯示網站上最受歡迎的內容。螢幕上也會顯示員工的排名，個人的名字旁邊會有綠色的「往上」箭頭，以及紅色的「往下」箭頭，就好像是公開交易的大宗商品一樣；從某種意義上來說，的確也是。這個排名也會放到「高客網」的網站，讓每個人都看得見。在丹頓的新架構下，每一位員工的相對價值都由一條簡潔明確的函數決定：他們寫出的內容能把多少讀者帶進網站來。丹頓借用查比公司的數據，想出一個指標叫「CPM」，這個數值用一個員工的薪水與他帶來的點閱率相比，兩者都是用錢來衡量。在評估該留誰、該裁誰的時候，他就只看每一個員工頭上隨附的標價而已。

亥勒說，新聞記者利用他的數據可以做的事，堪比演講者會做的事[30]：「你看到台下群眾的眼神，有人打呵欠、有人在傳訊息，你知道你得講個笑話，或者更深入討論某些重點。」他對我說，「你把這些招數組合在一起，強化互動。」對某些記者來說，他們一整天心心念念的就是自己的查比得分。他們說，這就像一種癮頭，和古柯鹼一樣糟糕。有一位記者說這「毀了理智」，另一位說他跟他的心理醫師談到他要面對的指標。亥勒油腔滑調地告訴我，喬納・裴瑞帝說亥勒是軍火販子[31]；搞不好還真的是。實際上，亥勒所做的事，實際上是賣軍火給衝突的每一方，因此，到了二〇一四年，在美國五十家讀者最多的出版機構中，有四十家的領導階層都緊緊跟隨亥勒的指標和圖表，重新打造自家的新聞編輯室，希望能更貼近機器回饋的意見，以贏得優勢超越其他機構。在此同時，新聞編輯室也運用相同的工具，同樣快速且冷靜地朝向同樣的目標邁進。當我看著《紐約時報》裡大家排排站好，擠在負責首頁的編輯印恩・費雪（Ian Fisher）辦公桌後方（費雪是少數可以存取查比指標的人），我擔心我們也加入了這場沉淪競賽。

有趣的是，亥勒對於自己打造出來的受歡迎程度衡量機制另有想法㉜，二〇一六年時離開查比，另開了一家滾動公司（Scroll），把重點放在協助出版商把內容較豐富的報導換成營收利潤；查比公司向來鼓勵減少這類報導。如果讀者只是瞥一下然後又點去看其他網路的內容，那麼，這個點閱對於新聞網站本身或廣告主來說就沒有這麼有價值。點閱並不能衡量投入㉝，投入是讀者實際上花在一篇文章、一部影片或是任何其他類型報導上的時間。投入是更好的賣點。亥勒判定，他想要重新教育廣告主，把投入變成最重要的指標，而不是點閱。

納利塞提來到《華盛頓郵報》協助鮑偉傑贏得點閱㉞，也和讀者積極互動，從極競爭的數位新聞領域中走出一條路。他能做到這一點，是因為他叫其他新聞記者自願離職以騰出職缺，招聘了一群數位經驗豐富的編輯和部落客。自然，這在老派守舊人士之間引發了更多的憤恨㉟。

在他聘來的出色人才當中，有一位是二十八歲的加州人以斯拉・克萊因，他之前替一家小眾精品政策雜誌《美國展望》（*American Prospect*）經營部落格。克萊因在二〇〇九年應納利塞提之聘㊱，他和貝爾密切合作，負責撰寫「萬客部落格」，主要是在闡述新聞，而不是呈現新聞。貝爾用最出色的科技替「萬客部落格」加柴添薪[37]，他們兩人合力開發出一套新的視覺系統，用來解釋手上的資訊和政策細節。他們會編輯資訊，並在個別的「卡片」上呈現條理分明的資訊要點。讀者很愛他們[38]。許多人認為，克萊因做的歐巴馬總統複雜醫療保險大改革報導做得最好[39]。克萊因流暢的寫作風格與原創的觀點[40]，很快就讓「萬客部落格」成為「華盛頓郵報網」上的一大賣點。

一如奈特・席佛（他加入《紐約時報》之前曾創辦知名部落格「五三八」）之於《紐約時報》，克萊因也替《華盛頓郵報》引來了一群不同的群眾；同樣的，一如席佛[41]，克萊因也想要成為自己的品牌。當《華盛頓郵報》其他部門人力很吃緊的時候，他獲得許可能聘用八名員工。隨著他的部落格名氣愈來愈響亮，他也出現在《紐約客》雜誌以及CNN上。隨著數位新聞新創公司遍地開花，任何擁有個人品牌與可靠群眾的人都很搶手[42]，不管是左傾還是右傾；「布瑞巴特新聞網」就是在右翼這一端站穩腳步。

《華盛頓郵報》只能留住克萊因三年，之後便放他和貝爾離開創辦沃克斯公司，這一點也不讓人意外[43]。他們也把群眾一起帶走了。《紐約時報》因為席佛去了ESPN而失去他[44]，後來用另一個名為「結局」（Upshot）的數據導向部落格取代席佛，多半沿用克萊因的觀點來解釋新聞。

《華盛頓郵報》其他領域的員額不斷縮編，顯示編輯系統出現破口，系統當中的準確性岌岌可危。「郵報部落格」（BlogPOST）是網站上另一個新聞報導的總集，有一位二十多歲的記者負責重新評註新聞報導，並加一點她自己的報導和事實查核。她每天要處理與發布的報導多達七篇，在匆匆忙忙之間總共得寫下三千字。這類總集一定會有問題[45]，就像《衛報》的專欄作家班恩・戈達卡（Ben Goldacre）說的，這種工作就是「替新聞漢堡翻面」罷了。「郵報部落格」曾回收改造後再登出一篇文章[46]，然而原本講參議員米特・羅姆尼用了三K黨口號的新聞是假消息，使得《華盛頓郵報》新聞公評人只好發出難堪的編輯啟事與評論。這件事導致納利塞提和鮑偉傑關起門來爭辯，但很多記者都聽到了。接下來，這個部落格沒有註明原始登出某篇報導的新聞機構，這一次，年輕的部落客辭職了[47]。新聞公評人說，該受責的不是年輕的新聞記者，而是編輯，因為編輯沒有訓練與監督部落客[48]。

貝爾早期很樂於把部落格經營的有聲有色，但這項工作對很多年輕新聞記者來說已經成為無聊苦工，這些人從未出門報導過真正的新聞事件，生活就是打字和改寫網路上已經登過的新聞。「錐子雜誌」（Awl）是一份報導小型危機的小型線上雜誌，心領神會寫出一段話[49]：「只要擔任部落客的新聞記者不出錯，整個運作功能就會很順暢，因為錯誤會讓人注意到這項產品天生的粗糙廉價，以及整套流程中的道德疑慮。請看，《華盛頓郵報》想要自己的蛋糕也想要別人的蛋糕，而且還希望這麼做不會損害自身的原創蛋糕供應商品牌。」

納利塞提的團隊裡有海伊可[50]，她是另外一位副主編，職稱叫新聞創新與策略性專案執行製作人，新聞記者和編輯都摸不著她在新聞編輯室的階級中到底屬於哪一層，在看重報頭欄主編群的報社裡，這是很大的隱憂。海伊可是原生數位菁英，在《華盛頓郵報》新聞編輯室裡獨樹一格。原因之一，是因為她年輕[51]，頭髮染成兩種顏色（有一種是紅色挑染），還穿著恨天高的高跟鞋搭配很酷的豹紋洋裝。她甚至穿過一件用報紙做成的洋裝，去參加葳默思的員工大會簡報。她的外表非常符合她身為獨攬大權數位創新者的角色，她在這份工作上也有很敏銳的技術敏感度。當老牌政治新聞記者丹恩・巴爾斯（Dan Balz）決定嘗試把他做的選舉報導放上Snapchat時，她興奮不已[52]。

我第一次見到巴爾斯是在一九八〇年代末期時，當時網路尚未普及，他是一個嚴守只用紙筆的人。這位極出色的記者，全心致力於傳遞全國性政治議題的相關內容與其重要性。我和海伊可喝咖啡時，忍不住去想海倫・杜瓦（Helen Dewar）會如何看待Snapchat上的海伊可或巴爾斯？海倫・杜瓦一輩子都是《華盛頓郵報》人，幾十年來負責報導參議院，鄙視任何流行事物。

海伊可贏得尊重，有一部分是因為她出身於《西雅圖時報》（*Seattle Times*），她曾是該報社的網頁主編。然而，在數位創新上，幾乎都是進一步、退兩步。二〇一二年時，她開發出自己的數據收集器[53]，衡量推特上提到各總統候選人的次數，把這當成他們各人創造網路聲量的指標。這套程式名為「提及機器」（MentionMachine）[54]，新聞報導結束時跑一跑程式，可得出和候選人有關的數據。一位資深政治記者凱倫・杜穆蒂（Karen Tumulty）告訴海伊可說她認為這套工具太酷了，海伊可認為這是一大勝利[55]。但其他人認為這貶低了他們的報導，是微不足道的候選人指標[56]。

《華盛頓郵報》在數位時代必須變得更酷、要更加創新，這份壓力讓員工漸漸分心，脫離他們過去視為唯一的焦點[57]：報導本身。葳默思手下的鮑偉傑和納利提斯團隊，努力從新聞編輯室裡擠出新構想，希望把錢帶進來。他們會定期暫停常態的報導職責[58]，安排新聞編輯室全體人員參加「黑客松」，希望透過這種腦力激盪時段得出創新；麻省理工學院證明這麼做效果很好，最終催生出「新聞未來」創舉方案。強迫記者和編輯參與這項任務，是因為相信自家人的想法會比高價顧問更好，後者收了顧問費，但到頭來只能承認自己也被難倒了。

到了此時[59]，報業的新聞與業務端高階主管通常攜手合作，大家都想一勞永逸，用魔法子彈一槍解決新聞業務模式崩潰的問題。許多發行機構得出結論[60]，認為追尋新方法遠比嚴守新聞業務有別的舊概念更急迫。事實是，沒有任何模式能拯救正在衰敗的報業。讀者偏好從電腦、手機和平板電腦上找新聞，他們再也不希望手指被報紙的墨水印染。這樣的現實不會改變。

但是，人還是需要故事說得好、權威性高的報導，這也不會改變。拯救報紙無用，但拯救新聞很重要。當然，難題仍是：在數位小錢變成大錢之前，要如何才能找到錢，來支付最優質的新聞收集工作。黑客松從來沒找到任何萬靈丹，但是，許多小方案加總起來或許可以變成大解答。

《華盛頓郵報》的員工被分組，編入各個夢想找出新產品的創新團隊。有一個好一點的構想來自海伊可和時尚版的奈德・馬泰爾（Ned Martel），做個專題提供幕後花絮，讓讀者知道《華盛頓郵報》的記者如何得到並做出這些報導。這種作法就跟部落客一樣，是把新聞個人化，同時也能打響記者的名號（《紐約時報》日後也提出相同的概念，當作網站上的加值產品，名稱叫「紐約時報內幕消息」〔Times Insider〕）。但另一個從黑客松裡得出的概念更勝一籌：根據讀者所在區域，利用應用程式為他們提供高中運動比賽的分數；這是《華盛頓郵報》常見的在地化焦點，很難找到大批的數位群眾。

對葳默思和鮑偉傑而言，構想是什麼不重要，重點是要讓每個人都從數位觀點思考，去尋找新的營收來源。雖然過程很痛苦、而且有時候很笨拙粗陋，但是這些領導人確實成功強化了網站。唐納・葛蘭姆說，《華盛頓郵報》內部的創意讓他很訝異。然而，帶來的新營收並不夠多。

納利塞提順利達成初步目標，提高了「華盛頓郵報網」的流量。在他任職的前兩年，流量提高了近三成，在美國各大報網站中居於第二，僅次於《紐約時報》。二〇一一年，《華盛頓郵報》的網頁點閱次數勇奪第一。過去數量低到可被忽略的行動流量，則提高了七成。然而，看在某些資深的新聞記者眼中，認為更好看的數值花掉太高的代價：部分的新聞報導因此變得通俗簡化。

公司內部不滿聲浪四起，認為有必要撤換主事者。納利塞提打包走人，鮑偉傑孤身奮戰，常常一個人在辦公室裡、在業務策略會議上變成透明人，或是和希爾斯爭執縮減的問題。他常常錯過下午的新聞會議；此時是編輯選出頭版和網站首頁報導的時刻。編輯商議之後，會把新聞設定送交鮑偉傑由他核定，有時候他會撕掉，害得編輯很晚才能重組頁面和方案。「沙龍門」的污點已經淡去，很多人對裁減感到憤怒，拂袖而去，鮑偉傑站出來對抗希爾斯，贏得更多同仁的愛戴；希爾斯是新聞編輯室的大惡人，因為多數自願離職都是他發動的。

另一次的自願離職近在眼前，這是《華盛頓郵報》自二〇〇四年以來的第五度，本次料將大減新聞編輯室人力。鮑偉傑寫了一封備忘錄，盡力強調好的一面，說[61]：「有限的縮減人力並不會影響我們的新聞品質、企圖心與權威。」他繼續說道：「從我們改變工作方式以及近期在數位領域累積出來的領導地位來看，我們相信這是有可能的。」但是，這些多多少少老掉牙的陳腔濫調，並不是新聞編輯室想聽的話。

鮑偉傑和葳默思接棒時，已經面臨堪憂的財務狀況，但是他們也要為了不斷虛耗一家已經縮小的報社負責。她舅舅堅持要為股東守住獲利率，做出必要投資以維持堪與《紐約時報》相爭的能力，看來不在考慮之列。二〇〇九年，極出色的中東記者兼兩項普立茲獎得主夏迪德改投靠《紐約時報》，士氣更是一蹶不振。和布洛德同為政治新聞圈響叮噹人物的巴爾斯，二〇一一年考慮轉移陣地到路透社，一位更年輕的《華盛頓郵報》政治記者趕緊飛到愛荷華哀求他留下，他才同意重新考慮。報社也有一些新進人員，比方說因為《時代雜誌》的企圖心偃旗息鼓而離開的杜穆蒂；尤金・羅賓森（Eugene Robinson）和鮑伯・伍華德等明星記者仍發光發熱。然而，華盛頓地區其他的發行人卻很成功，比方說買下《大西洋》雜誌並擴大其數位部門人力的大衛・布拉德利（David Bradley），以及「高客網」的業主奧布里頓。名嘴評論家熱烈討論，有時幸災樂禍、有時語帶憐憫，斷言身為美國第一流報社的《華盛頓郵報》，屬於它的時代終將結束。記者詹姆斯・法洛斯（James Fallows）在《大西洋》雜誌上寫道，這家報社已經走下坡，「在人才層面、報導的深度與廣度、國際新聞報導、精緻度以及以一個具備全國性企圖心機構的所有其他指標來看，皆是如此。」而他是尊敬這家報社的人。

報業其他人仍敬重葛蘭姆家族，華盛頓郵報公司也讓人眼紅，因為看來這家公司已經藉由楷博公司找到了維生方法；楷博公司本來是一家專營準備考試業務的公司，後來已經壯大到成為教育事業集團。但是，二〇一一年歐巴馬政府啟動一系列的新規範，國會也核可通過，衝擊了營利性教育事業，扭轉了楷博公司的命運；楷博是營利性教育事業領域的佼佼者。在當年的第三季，史丹利楷博的營收大跌百分之七十九，商譽也一落千丈。這條救命索斷了。

如今，楷博公司幾乎只能賺到公家的錢，超過百分之九十的營收來自聯邦政府獎助金，例如佩爾（Pell）獎助金和史塔福（Stafford）貸款方案，以及「美國軍人權利法案」（GI Bill）下的相關資金。營利性教育機構（楷博公司是這個領域裡最大型的企業之一）最大的問題，是學生拿走大量的政府補助貸款，在畢業之後或是從學校輟學時常常違約，沒有還款。

歐巴馬總統指派羅伯・薛若曼（Robert Shireman）接下教育部副次長一職，他曾在一家業界監督團體擔任主管；當天股市收盤時，教育事業類股的指數跌了將近七點。薛若曼成功推動的其中一條規定是，若某家教育機構強要學生背債、而且不指導他們改善財務狀況，政府就要削減聯邦資金。

當新規定生效，華爾街裡敏銳的分析師已經嗅出教育事業的災難將至，放空的人也開始蠢蠢欲動。在此同時，美國政府問責辦公室（Government Accountability Office）的探員正在進行一項臥底調查，對象是營利性教育產業。這些探員在棒球帽上裝上隱藏式攝影機，假裝是有意就讀的學生，和全美各地的招生人員洽談，其中包括兩位楷博公司的員工，一在佛羅里達分部，一在加州分部。他們拍到的影片非常讓人氣結。楷博公司的代表向毫無戒心的學生大力推銷負擔沉重的貸款，他們根本還不起；這些教育機構的人用很卑鄙的戰術引誘學生。

招生人員為了推銷什麼都說得出口。舉例來說，正在考慮去楷博加州分校就讀按摩治療學程的學生，得到校方保證拿到楷博授予的學位後，能找到時薪一百美元的工作，根本不管實際上美國的按摩治療師九成以上時薪都不到三十四美元。當學生對於要背負這麼大筆的債務才能入學表達疑惑時，楷博的代表會要他們安心，說根本沒有人會還助學貸款。有一位招生人員對臥底探員說，他自己就不打算償還欠下的八萬五千美元學貸，他說：「誰能保證明天會怎樣。」

葛蘭姆積極面對打擊，急切地捍衛楷博公司。當證據提交給參議院的健康、教育、勞工與年金委員會（Committee on Health, Education, Labor, and Pensions）、以證明確實有些爛蘋果時，他也出席了。他力主楷博替低收入學生打開了高等教育的大門，不然的話，這些人將無法就學，而這些人都是他在華府當警察時他所要保護的人民。

在他大力捍衛楷博公司時，一群該公司過去的代表正在側翼等待，走上前來證實那些足以定罪的影片所言不虛。一位楷博過去的註冊處員工說：「這些人並非特例。」，其他幾十位員工也說出同樣的證詞。有四個州的吹哨者根據「虛假陳述法案」（False Claims Act）提出控告，楷博公司也很快地面對遭訟的處境。

美國教育部總結，楷博公司有整整三分之二學生在畢業前輟學，有將近三分之一的助學貸款在三年內違約。楷博公司並非唯一設下財務陷阱的機構，但它是最大的一家，《華盛頓郵報》把自己的命運寄望在這裡，自然也損失最大。

參議院考慮採取法律行動時，葛蘭姆為自家公司的訴訟問題大力遊說，比業界的任何人都更急切。他寫了一篇特稿社論登在《華爾街日報》上，懇求立法者高抬貴手不要實施更多的規範，以免「為低收入學生引發大災難」。他就像自家報社有時大加譏諷的說客一樣，在國會山莊的大理石走道上來來去去。他後來停止動作，改聘其他說客，包括一位歐巴馬總統的前任侍從，安排他們為了他的事業而戰。

當然，在華盛頓郵報公司的寶庫裡還有另一項武器，那就是《華盛頓郵報》。《華盛頓郵報》多數針對此議題所做的報導都很謹慎揭露利益衝突，但他們飽受批評，因為在一開始只做了很有限的報導（然而，二〇一一年時該報做了完整的調查，問道：「我們怎麼會落入這番田地？」〔How did we get here?〕）。《華盛頓郵報》登出社論時，站在支持葛蘭姆的立場。有些員工建議由一群獨立記者組成團隊，調查營利教育事業領域，但是這個構想沒有任何結果。

從某種意義上來說，《華盛頓郵報》在這個當口不管做什麼都不重要了。楷博公司讓《華盛頓郵報》撐過很多年，如今，這家身為救生圈的教育事業也嚴重受創。在經歷痛苦的調查之後，楷博公司的新生人數大幅減少將近一半，股價則掉了近四分之一。失利讓《華盛頓郵報》的高階主管清醒了，體會到必須改革楷博公司的經營方式，但是，需要動用國會調查與臥底行動才能實現變革，也讓外界大感驚愕。

隨著楷博公司這條救生艇也隨水漂走，葛蘭姆的事業如今真的要沉了。報社正在擴大數位規模，但是數位廣告空間還未能帶來夠高的營收，客戶愈來愈有計畫地向網路空間大亨Google和臉書購買廣告投放。《華盛頓郵報》的工會代表駁斥了公司的數位策略，他說：「看來我們被推進了雜亂無章的交易裡。」

沒有任何跡象顯示擴大群眾的數位策略帶來了回報。葛蘭姆和葳默思多年來都反對設立付費閘口，如今決定要架起來，開始爭取數位訂戶。但付費閘口很容易闖過，少有讀者被擋下，有人甚至根本不知道還有個付費閘口，更少人覺得有動機付錢購買不設限的存取權限。薩斯柏格採行的策略是拒絕大量裁員，以求保留品質，然後要求讀者付費；《華盛頓日報》不同，要求讀者付錢購買縮水的產品，是很難的事。

在此同時，新聞編輯室反對任何進一步的裁員。二〇一二年四月，幾年前離開《華盛頓郵報》、和希爾斯走得很近的前國家安全線記者布萊德利・葛蘭姆（Bradley Graham），試著推動緩和戰術（此人和唐納・葛蘭姆無親戚關係）。他邀請十幾位前任同事和希爾斯共進晚餐，包括受人尊重的老派人士黛娜・普瑞絲、卡蘿・麗歐寧（Carol Leonnig）和大衛・芬克（David Finkel）。鮑偉傑沒有出席，他和希爾斯之間關係形同水火。

很不幸的，討論很快就變成爭論[62]，記者們質疑《華盛頓郵報》是否仍能守住嚴謹的新聞，尤其是其招牌調查性報導。報社其中一位最擅於挖資料的記者吉姆・格利馬迪（Jim Grimaldi）最近跳槽，去了《華爾街日報》。希爾斯宣稱，他對於贏得獎項沒什麼興趣，當他講到報社的在地策略，場面又更讓人不快了，因為他把《華盛頓郵報》和《戴頓每日新聞》（*Dayton Daily News*）相提並論，後者是一份很小型的報紙，出了俄亥俄州根本沒有人讀過，而且這家報社也倒了。危機點終於到來，葳默思必須面對殘酷的事實，她選錯了局外人鮑偉傑來領導她搖搖欲墜的報社。到了二〇一二年十月，謠言四起，指稱鮑偉傑去職之日不遠了。雖然希爾斯講得很明白必須再縮減人力，但鮑偉傑堅持反對繼續裁員，這讓他贏得新聞編輯室的同情與支持；一開始，他們當他是惡意收購下的勝利者。但如今，他基本上算是和希爾斯開戰了，葳默思知道她需要新總編了。說到要承認錯誤並勇敢改弦易轍，她可是很清醒的。當她對舅舅說她要換將時，葛蘭姆的反應是「第二次別搞砸了」。鮑偉傑得到和唐尼一樣的待遇，換成去做一份輕鬆的差事，在樓上和葛蘭姆一起做數位收購的業務。四年內，這是他第二次得到優厚的離職方案。

有了二度嘗試的機會，葳默思必須做出最好的決策，不僅要穩下來，更要強化報社，才有本錢和白宮交手；新政府對社會需要自由媒體這件事視而不見。歐巴馬順利連任之後的第二天，葳默思才宣布她的總編人選：《波士頓環球報》的總編馬帝・拜倫。拜倫含蓄又深思熟慮，人盡皆知他是一位具備完美無缺新聞判斷能力的領導者。在《波士頓環球報》時，他拒絕了紐約時報公司業主提議的殘酷裁員方案，同時負責監督在「波士頓網」（Boston.com）上架設一個財務上可行的網站。《波士頓環球報》曾有過員工嚴重衝突的時期，業主基本上沒有給他任何支援。但是波士頓地區的記者都很尊敬他。

《波士頓環球報》千辛萬苦爆出波士頓天主教神職人員之間猖獗的戀童癖問題，讓拜倫聲名大噪，這是調查團隊所執行的勇敢任務，贏得普立茲獎中的公共服務獎，也是電影《驚爆焦點》的主題。《華盛頓郵報》的守舊派對這個選擇感到十分興奮。

葳默思沒什麼機會認識他。拜倫來到《華盛頓郵報》固然讓她的新聞編輯室安定軍心，業務面卻大大失敗。拜倫在那年的秋天安頓下來，此時葳默思則正在檢視來年悲慘的預估數據，接下來的幾年情況也未見好轉。雖然網路流量提高，且新的數位產品看來前景大好，但向下沉淪的軌跡似乎已經不可逆轉。

在一次定期的檢討會上，葳默思和她舅舅討論了一個很激進的想法：如果他們再也無法帶領《華盛頓郵報》走向穩定的未來，那何不考慮把公司賣掉？她從小到大聽到都會背的話是，葛蘭姆家族要擁有《華盛頓郵報》的理由，是因為要去做對報社來說最好的事並服務顧客。她和葛蘭姆在一家餐廳對坐，她說：「我看到的這個世界，已經變成一個永無止盡削減成本的世界，到了某個時候，這將不再是我們所熟知且熱愛的《華盛頓郵報》。」這話讓人揪心，但他必須認同。他們以前從來沒想過要把報社賣掉，但就像葛蘭姆後來常說的，連續七年營收下跌之後會讓人「集中精神」。沒有任何能啟動成長的解決方案，進一步的下滑勢不可免。他們已經在用更少的資源做更多事了，尤其是大力推動新的數位方案。創新的成果讓他大為讚嘆，但是仍然無法補上平面報紙虧損的窟窿。雖然葳默思為《華盛頓郵報》帶回正值的現金流，但是能有這份成果的主要方式還是靠緊縮，報社面對的是長期性、而非週期性的問題。她對舅舅說，只要他想，不管什麼事她都願意做，但她知道，再繼續裁員也會讓他很傷心。她看來已經很憔悴，她的女性密友都很擔心她背負的壓力。

就算報業面對的是很嚴重的破壞，但在葛蘭姆和葳默思領導下，《華盛頓郵報》表現得非常糟糕，連很多沒這麼知名的競爭對手都比不上，這是不爭的事實。葛蘭姆家族身為發行人經營這家報社將近八十年，一直以來他們都是很好的管理人，但現在已經不行了，該由別人來想辦法修正這套商業模式，新的所有權也能帶來新的投資。然而，就算每一條理性的論據都偏向出售報社，這樣的前景仍讓人難以想像。就像一位《華盛頓郵報》記者寫的：「從尤金・梅耶、菲利普・葛蘭姆、凱薩琳・葛蘭姆、唐納・葛蘭姆到凱薩琳・葳默思，問題一向是權力何時會從一代傳下去給下一代，而不是會不會。」家族所有權是既定的。連同薩斯柏格家族，葛蘭姆家族是新聞界僅存的貴族。

葳默思想到了她的外曾祖父。《華盛頓郵報》現在最需要的，或許和一九三三年報社破產時一樣：一位可以私人買下公司的富有新業主，讓公司有時間休養生息。如果能找到這個人，華盛頓郵報公司就不用每季看獲利和股東的臉色了。

一旦出售公司的想法端上檯面，葛蘭姆家族就不能回頭了。家族裡只有另一個人和公司有著深厚的感情，那就是葛蘭姆的姊姊、葳默思的媽媽拉莉・葳默思（Lally Weymouth），這位紐約客會針對外國領導者寫一些文章，偶爾會出現在社會版面，不時也會登在頭版。她在家族中擔任閒差年領三十萬美元，對於在紐約與南漢普敦過著奢華生活的人不算太高，但是已經足以引起《華盛頓郵報》記者的抱怨。她支持出售報社的決定。就算低價賣出報社，他們的財富也可以永保安康。

十二月，葛蘭姆告知董事會此一決定。他也通知了巴菲特；巴菲特仍是大股東，如果他們能找到承諾讓報社長期生存下去並維護社論獨立性的買主，那他也贊成。有些報社已經被當地的億萬富翁納入囊中，這些人要不是在經歷多年虧損之後放手，就是利用報社來推動自己的盤算。

開始審慎尋找適當的白衣騎士時，葛蘭姆家族找來艾倫公司的南西・裴瑞絲曼（Nancy Peretsman），她是華爾街的頂尖銀行家，也是網路與媒體交易的專家。巴菲特對裴瑞絲曼評價很高，裴瑞絲曼曾是索羅門兄弟銀行（Salomon Brothers）的明日之星（巴菲特是這家投資銀行的大型投資人），之前她則任職於賀伯艾倫公司（Herbert Allen）。裴瑞絲曼首先致電亞馬遜的執行長傑夫・貝佐斯，告訴他《華盛頓郵報》正待價而沽；貝佐斯和葛蘭姆是普通朋友，相識十五年。

裴瑞絲曼和葛蘭姆共找了約十二個人，貝佐斯是其中之一。「唐納在找對的人，」她對貝佐斯說，「他不要梅鐸，不要柯漢家族（Koch），不要意識形態。」還有，葛蘭姆對她說，不要找私募股權業的人，因為他不能忍受看著家族的珍寶被人買下後掏空，然後棄之如敝屣。

葛蘭姆很早就向浸淫在數位科技裡的人尋求建議，從一九九〇年初由比爾・蓋茲（Bill Gates）開始。這個顧問圈後來擴大到包含美國線上前任執行長史蒂夫・凱斯（Steve Case）、美國線上前任高階主管泰德・里昂西斯（Ted Leonsis）、史蒂夫・賈伯斯、LinkedIn共同創辦人萊德・霍夫曼（Reid Hoffman）、雪柔・桑德伯格、桑德柏格的丈夫戴夫・戈德堡（Dave Goldberg），當然，還有祖克伯。葛蘭姆也是因為這樣才認識貝佐斯。

這通電話讓貝佐斯很訝異。「為什麼我會成為《華盛頓郵報》的買主候選人？」他問裴瑞絲曼，「我根本不懂報業。」他看來對這個想法不為所動。但是，他從小就知道《華盛頓郵報》，也躺在客廳地板上緊挨著祖父，在電視上看著水門案的聽證會。這位頭頂已禿、但看起來仍一臉孩子氣的四十九歲男子，是好勝出了名的生意人，和他很親近的人說，他對於崩壞的業務模式特別著迷。這通電話勾起了他的興趣，他開始檢視一些針對報紙衰退所作的相關研究，並在想已經遍體鱗傷的《華盛頓郵報》是否能完全康復。另一方面，他從亞馬遜賣書的經驗以及他自己的Kindle閱讀器成功當中得知，現在一般人閱讀的東西其實比以前更多。

貝佐斯是出了名的迴避媒體。多數人都不知道他長得什麼樣，針對他的零售帝國所做的相關報導，幾乎都包括「亞馬遜拒絕評論」這句話。但是，他很積極捍衛美國憲法第一修正案，為了公共圖書館禁止收藏某些備受爭議的書而大力奮戰，比方說希特勒的《我的奮鬥》（*Mein Kampf*）。追求媒體自由也和他的自由意志主義者立場一致。以政黨的概念來說的話，貝佐斯沒有什麼政治偏好，他會捐錢給一些民主黨的候選人，也會贊助自由意志主義黨（Libertarian Party）的總統候選人蓋瑞・強生（Gary Johnson），以及崇尚自由意志主義的理性研究院（Reason Institute）。他最在乎幾個議題，比方說同性婚姻，花了幾百萬美元幫忙在華盛頓州通過同性婚姻立法創制。他不是會干預報社社論獨立性的人，或者說，至少他看起來不會。因此，他符合葛蘭姆的要求。

貝佐斯說，他必須回答三個基本問題，之後才會考慮要不要買；他說這是他必須打開的「閘口」。首先，《華盛頓郵報》還是一家能找回失去榮光的嚴正、重要機構嗎？第二，在網路已經差不多摧毀《華盛頓郵報》的業務之時，他還能樂觀看待這家報社的未來嗎？第三，他個人能否帶來必要的價值與科技知識以扭轉向下沉淪的趨勢？

他和巴菲特一樣，也著眼於長期投資。他十分狂熱聚焦於客戶服務。除了龐大的零售服務之外，亞馬遜也因為提供雲端計算而賺了幾十億美元。在這兩個領域，貝佐斯的重點都是提供美好且零摩擦的使用者體驗。他的策略是要累積出龐大的客戶群與巨大的規模。亞馬遜的利潤率很微薄，但是當貝佐斯在擴大規模時，他會耐心面對獲利這件事。這些方法或許有助於活化《華盛頓郵報》。

打造出亞馬遜是了不起的大成就。人稱亞馬遜是「什麼都賣的那家店」（Everything Store），如今，人們在線上每花掉一塊錢，就差不多有一半是花在這裡。亞馬遜的市值超過三千億美元，是全世界最有價值的公司之一（二〇一八年時，亞馬遜的市場估值已經上看一兆美元），其中有超過百分之九十的價值來自預期會在約十年後才發生的利潤。

貝佐斯的投資並非樣樣都成功，但大部分都是。在他熱情投入的專案中，最知名的是太空旅遊公司藍色起源（Blue Origin），預計在二〇一九年之前將可把付費顧客送往次軌道太空（貝佐斯本人在二〇〇三年一場直升機失事事件中差點喪命，當時他正在西德州地區替公司的發射台尋找合適地點）。他也投資地底時鐘，打算要持續計時萬年。

貝佐斯向來是終極破壞者，《華盛頓郵報》則自有根深蒂固的行事方法，很可能很棘手。在春夏之時，他又和裴瑞絲曼討論，後來又和葛蘭姆長談，但是每次討論之間的空檔太長，葛蘭姆不知道貝佐斯到底有多認真。他已經說服貝佐斯，指出經營報社時報業的知識沒那麼重要，了解網路才是王道，人們說網路是貝佐斯擅長的面向，或者，至少說他能從中賺到錢，而且比任何人都出色。

貝佐斯有著工程師的理性和冒險家的感性。到最後，貝佐斯認同《華盛頓郵報》對於Kindle和亞馬遜尊榮服務（Prime）來說是很好的加值賣點，找回報社過去的榮光也是對民主的一大貢獻。

葛蘭姆和貝佐斯同意，在太陽谷媒體年度峰會上進一步詳談，他倆都會出席這場盛會，媒體產業中多數其他高層也將共襄盛舉。沒有太多人窺見葛蘭姆已經決定要賣掉報社，也沒有太多人知道貝佐斯很可能就是他的白衣騎士。這場年會上有大量可能會出高價的人，要進行這種敏感對話，可能很難找到比這裡更讓人不安的場合了。

這場菁英群集的會議中，還有來自波士頓的約翰與琳達・亨利（John and Linda Henry）夫婦，在薩斯柏格大拍賣期間，他們已經買下《紐約時報》手上的波士頓紅襪隊（Boston Red Sox）的股份，現在則想著要從他手上買下賤價求售的《波士頓環球報》。亨利私下請教葛蘭姆，問他認為買下《波士頓環球報》是否是合理之舉。葛蘭姆回答：「嗯，這端看你們想付多少錢。」他不認為這是好投資。亨利私下表示，他的出價大約是七千萬美元，這和《紐約時報》最初支付的價格相比簡直是九牛一毛。葛蘭姆希望《華盛頓郵報》能賣到至少二・五億美元，但也只是十年前售價的零頭。一旦這對波士頓夫婦出的低價傳開，很可能也把葛蘭姆想要的賣價壓低，因此他請亨利夫婦不要聲張他們的計畫。結果，他們公開買下《波士頓環球報》的消息三天後，貝佐斯才宣布收購《華盛頓郵報》，但價格對貝佐斯來說從不是問題（葛蘭姆認為亨利夫婦的收購行動將會導致財務上經歷一段動盪，他是對的）。

兩場會議之後，葛蘭姆讓貝佐斯有時間審視一下財務報表。當葛蘭姆回來，提出他認為公允的賣價時，貝佐斯眉頭都沒皺一下。貝佐斯個人身家有兩百五十二億美元，買價不過是他淨財富的百分之一而已，對這位全世界排名十九的有錢人來說，這個數值只是四捨五入的誤差值（當時，全世界最有錢的人是卡洛斯・史林）。貝佐斯沒有還價，也沒有請自己的銀行家和律師做實地審查。他用個人名義買下《華盛頓郵報》，沒有透過亞馬遜，部分原因是想避免利益衝突。等到他判定自己已經清空三個閘口，就沒有什麼需要談判的了。

交易即將拍板定案時，《華盛頓郵報》挖出了自水門案以來最大的獨家新聞，看來是個好兆頭。巴頓・蓋爾曼（Barton Gellman）是高知名度的國安專家，也是報社最出色的人才之一，二〇一〇年時離職，後來以自由記者的身分回鍋，替馬帝・拜倫帶來大消息。他在國安局有線人，對方希望全世界都知道他服務的機構私下在美國國內進行廣泛監聽，而且還有最大型的科技公司助其一臂之力，這些企業把私人通訊交給政府。這項行動的規模大到任何人都無法想像。蓋爾曼的線人（正是史諾登）決定不要把他偷來的文件交給《紐約時報》，因為他知道《紐約時報》早先把國家安全局的相關報導壓了很長一段時間。史諾登也透過同樣是國安專家的電影製作人蘿拉・柏翠絲（Laura Poitras），找上英國的《衛報》，《衛報》曾經發表過維基解密的相關報導。蓋爾曼希望得到美國的機構支持，把這件事帶回給前東家對他來說合情合理。

當蓋爾曼帶來所有總編夢寐以求的報導時，拜倫才剛到《華盛頓郵報》幾個月。蓋爾曼帶著一箱機密文件過來，把詳情說給新任執行總編聽，並說他會利用這些素材寫一篇驚天動地的報導，但條件是他有權決定哪些文件要公諸於世以及他要和哪些編輯合作。拜倫的反應就像貝佐斯一樣，沒有請律師進來，他只是告訴蓋爾曼：「這樣可行。」很快的，他就看到國安局國內監聽的範圍有多驚人，還有後門可進入臉書、電話營運商，以及其他消費者根本不知道政府居然可以看到個人資訊的地方。史諾登的國安局相關報導，讓貝佐斯確信他已經通過了自己的第一個閘口：《華盛頓郵報》仍是一家很重要的機構。史諾登的獨家新聞，以及另一件逼退維吉尼亞州長的大消息，在在顯示如果對的編輯用對的方式善用記者，這家報社仍然能渾身是勁。

交易過了好幾個星期才公諸於世。很有紳士風度的葛蘭姆，在他準備發布之前先致電薩斯柏格，告知對方這個消息。之後，他去報社的印刷廠，親自對印刷工人說這件事，並向他們致謝。有些人在這家公司已經待了好幾十年了。

二〇一三年八月五號傍晚[63]，葛蘭姆召集《華盛頓郵報》的每一個人，發布他稱之為「最讓人意外也最讓人震驚的公告」。他穿著灰色西裝、打上鼓舞人心的紅色領帶，用平穩的聲音開始他九分鐘的演說，但到最後因為說到激動處而沙啞。他三歲時第一次進來這棟大樓看杜魯門總統（Harry

Truman）就職遊行，他從沒想像過有一天他會站在這裡道別。他說明為何他要出售報社，以及為何貝佐斯是適合帶領報社走向未來的人。

《華盛頓郵報》再無家族所有權。他和葳默思都得面對一些問題，他坦誠，他們對這些問題「都沒有答案」。營收連續下滑七年之後，必須不斷地精簡裁員，但他已經不相信這些方法能讓《華盛頓郵報》繼續成為過去的那家報社。他向大家保證，雖然技術上來說不賣報社也能活，但是「我們希望能為《華盛頓郵報》做更多，我們希望報社成功」。他提醒每個人，巴菲特認為貝佐斯是全美最出色的執行長，眾所周知，他投資時也很有耐性，可以花好幾年解決問題。當他說到這句話時，大家都聽得出來他的顫抖：「今天對《華盛頓郵報》來說，或許是非常重要的好日子。」他點名許多記者，一一感謝他們，也向他的外甥女致意，他稱讚她把報社帶回「現金流可獲利」的局面，比他替她定下的三年期限更早達標。他沒有提到他的母親，可能是因為這會讓他更激動。他宣布，貝佐斯打算留下團隊中的葳默思、史帝夫・希爾斯、馬帝・拜倫以及社論版主編佛瑞德・海亞特。

接著，葳默思站出來讀貝佐斯發出的聲明；貝佐斯已經決定當天不現身，但會在幾個星期內和他的新員工會面。他自己寫了這篇稿子，用安定人心的話開場：「《華盛頓郵報》的價值觀無須改變，報社的責任仍是服務讀者，而非業主的私人利益。」水門案是一定要提的：「我但願再沒有人會威脅要把我身體的任何一部分放進絞肉機裡，但如果還有的話，感謝葛蘭姆女士作出的好榜樣，我也會做好準備。」（檢察總長約翰・米契〔John Mitchell〕曾威脅說如果報社繼續報導水門案，凱薩琳・葛蘭姆的「奶頭會被放進絞肉機裡」。後來有一名牙醫送她一個他自己親手打造的黃金絞肉機幸運符，記者包可華〔Art Buchwald〕則附上一個小型的乳房）。由於科技變遷十分快速，扭轉了業界的一切，他強調作實驗的必要。

媒體分析家約翰・莫頓（John Morton）總結世人對於出售《華盛頓郵報》的錯愕，說這完全難以想像：「這家報社不僅是那家公司的基礎，也是那個家族的基礎。唯一更不可能出售家族主要資產的家族，就只剩《紐約時報》的薩斯柏格家族了。」確實，幾天內，薩斯柏格發出一封給員工的信，向他們保證他的家族並無意出售《紐約時報》。

當貝佐斯九月初踏入報社，花兩天參加一場又一場的會議，他知道要說什麼話。在一場全員大會裡，他講了很久，而且事先都沒有準備稿子。音響系統出了一些問題，但是他看來信心十足且愉快友善，有時候還對自己講的笑話大笑。九十二歲的班恩・布萊德利、羅伯・凱瑟、李奧納德・唐尼和鮑伯・伍華德連袂出席，讓這場初會充滿歷史感與莊重氣氛。貝佐斯了解他們象徵《華盛頓郵報》的光榮，但也讓報社抗拒改變。

「你們必須找出一個答案：我們如何才能創造新事物？因為各位都必須承認，平面實體業務已經處於結構性的衰退中。」他說，「各位不能假裝事實並非如此，你們必須接受，然後繼續向前邁進。不管過去有多美好，老提當年勇對任何企業來說都是死亡的喪鐘，對於像《華盛頓郵報》這樣擁有光輝歷史的機構來說，尤其如此。」貝佐斯常說，任何沉浸於過往的企業，都會重蹈沃爾沃斯超市（Woolworth's）的覆轍（譯註：這是一家有百年歷史的英國零售業，二〇〇八年破產）。他補充說，所有公司都應「永保年輕」，並哼起鮑伯・狄倫（Bob Dylan）的同名歌。他強調調查性報導的重要性。雖然他沒有說會給新聞編輯室新的資源以利成長，但他指出幾年來的縮減行動就此畫下句點。他不會從他的華盛頓搬到他們的華盛頓（譯註：亞馬遜總部在華盛頓州另一個城市），也不想成為一個

「青出於藍的唐納（葛蘭姆）」，他「要用傑夫（貝佐斯）的身分來管理好這間報社」。

在召開全員大會之前，貝佐斯邀請伍華德和他一起去曾經屬於唐納・葛蘭姆的豪華古樸用餐室，一對一共進早餐。這位記者給了他一張列了十四條重點的清單，紙本列印。這些要點代表了他對全新走向的建議。

第一條很坦白，也說清楚了他本人無意來光復前朝：「葛蘭姆家族對大家的要求從來就不夠，請多要求。」

第三條：「駕馭報導能力，尤其是針對白宮、中央情報局、國家安全局以及國防機構的報導。」

第十三條在網路時代乍聽之下有點不敬：「對記者來說，我們最初的顧客是線人。」這是指，要讓提供資訊的人完全相信《華盛頓郵報》不會被收買。這不僅是新聞編輯室應該堅守的使命，同時也是明智的商業原則，顯示出色的新聞和在財務上要能活下去這兩件事是彼此相連的。對貝佐斯這位客戶服務大師來說，他很能理解這句箴言，而且他很可能早就超越了。這和查比學派的想法相左，後者只把讀者、或者說「用戶」當成唯一值得服務的顧客，這損害了內容的品質和公民意識。

第五條是一條比較能有所行動的建議：「請參考巴菲特針對凱薩琳・葳默思此人所做的建議。」白話來說，這是建議應該撤換葳默思。巴菲特二〇一一年離開董事會之後，他發表了他的專業意見，指出為了《華盛頓郵報》著想，如果她的家族出售報社，她應該下台。這不是因為巴菲特或伍華德認為她是糟糕的發行人，而是因為她象徵過去，因此，不是最適合服務新東家的人選。貝佐斯決定給她一個機會讓她證明自己，而且，為了維持連貫性，承諾在他買下報社第一年都會保住她的工作。

這一年葳默思顯得虎虎生風。貝佐斯完全扭轉她的在地策略，並決定《華盛頓郵報》和亞馬遜一樣，都需要有規模才能成功，還要有足夠的人才來面對真實的挑戰，在全國性與國際性報導範疇上和《紐約時報》一決高下，她也不抗拒。事實上，貝佐斯為報社規劃的宏圖似乎解放了葳默思。《華盛頓郵報》不再只是「服務華盛頓，放眼華盛頓」。貝佐斯深不見底的口袋，也讓這位發行人輕鬆多了。

貝佐斯邀請她、希爾斯、拜倫和沙雷斯・帕拉卡希（Shailesh Prakash）同行（帕拉卡希是報社裡才華洋溢的科技長，貝佐斯一見到他便惺惺相惜），到他位在華盛頓麥地那與世獨立的超富貴區域，他的私人莊園佔地達兩萬九千平方英尺（約八百一十五坪）；《華盛頓郵報》代表團在豪華的船屋裡露營，可觀賞兩百碼（約一百八十公尺）的海岸線景致。他們在主屋吃早餐，貝佐斯負責翻煎餅，他的一個孩子（他有四個）用新鮮莓果做抹醬。這一群人戲稱自己為「煎餅小組」（Pancake Group），葳默思看來很融入其中。

接著，在二〇一四年八月十八日，貝佐斯來到華府，參加排定的例行預算會議。葳默思的團隊向來會為這類會議準備得很周到，寫出六頁的備忘錄，因為貝佐斯對他們說，他喜歡希爾斯向來要求要有的圖表。審查完預算之後，貝佐斯要求葳默思到她辦公室私下一談。他對她說，「政客網」的發行人佛瑞德・萊恩會取代她的位置；這個星聞網站在政治新聞領域偷走了很多《華盛頓郵報》的人才與威望。雷根總統（Ronald Reagan）離開白宮後，萊恩是他的幕僚長，凱薩琳・葛蘭姆那時候就認識他了。

有些人認為萊恩向來是政治人物，並非背後真正帶動「政客網」的那股力量；某些人期待貝佐斯任命有數位遠見的人來領導這個機構，對他們來說，選擇萊恩既叫人意外又讓人失望。貝佐斯和萊恩僅是泛泛之交，最近才由珍・凱斯（Jean Case）介紹認識（她是美國線上共同創辦人史帝夫・凱斯的妻子），他們一起去參加一場正式宴會，會上萊恩問起這個職務。

萊恩徹頭徹尾都是雷根的人馬，雷根主政期間他在白宮擔任助理，團隊返回加州之後他則是幕僚長。自雷根總統圖書館（Reagan Presidential Library）開幕以來，他就是名義上的館長，他也是二〇一一年雷根百歲生日宴時的宴會籌辦人。雖然他和「政客網」有淵源，但是他的名字都出現在數位之前的時代。離開雷根團隊之後，他多半時間都在奧布里頓媒體帝國負責經營無線電視廣播這一端，直到他把重點轉移到「政客網」。他人很好，愛逗大家開心，華盛頓兩大黨的人都喜歡他，是愈來愈罕見的一種人。

萊恩得到發行人一職的原因，是因為他和《華盛頓郵報》這家傳統媒體淵源很深，幾乎堪比葛蘭姆家族。貝佐斯要從西雅圖管理他的新產業，他和華盛頓的其他人沒有什麼交流。萊恩管理過白宮歷史協會（White House Historical Association）和福特劇院（Ford's Theater），也擔任冠蓋雲集的苜蓿草俱樂部（Alfalfa Club）祕書長，可以說幾乎認得華府每一個人。貝佐斯拒絕了葛蘭姆家族為《華盛頓郵報》設定的在地策略，拓展全國性與全球性布局，他需要能替他打理自家後院的人。萊恩根本天生就適合這類工作。而且，雖然貝佐斯聘用他成為《華盛頓郵報》的門面是在民主黨的歐巴馬主政時期，等到川普與共和黨重新奪回白宮，萊恩的共和黨血統可有用了。

貝佐斯願意由葳默思掌控這件事的時間點，並讓她說她早就決定下台。她在九月二日早上九點鐘發出一封信給員工[64]，細節含糊帶過，只說她在《華盛頓郵報》工作了十七年，其中七年擔任發行人，現在她該「去探索別的機會了」。她特別點出，她非常自豪能帶領報社轉向數位。「我們完成了過渡到數位時代的工作，在許多媒體公司準備撤守時，我們卻做得十分成功，並打下了可善用機會的優勢地位。」她在信中這麼寫，並以典型的葛蘭姆家風格懇切地補充：「這是我們所有人都引以為傲的事，少了各位當中的任何一人，都不可能辦到。」

葳默思很受傷，但是她絕口不提。葳默思的母親也在同一個辦公室工作，是《華盛頓郵報》的廣告資深高階主管，她就沒這麼克制了，憤怒明顯可見。葳默思被辭退之後，去了醫院探視柯芮・海伊可的女兒，她在煙火大會上被嚴重燒傷。葳默思自己的女兒（年紀比海伊可的女兒小）也出了車禍受傷，一隻手臂重傷，必須動手術與接受其他治療。這次的受傷事件讓葳默思遠離辦公室好幾天。不管她覺得有多痛苦，對她來說，重要的是要展現對朋友的支持。「這已經超越本分了。」多年後，海伊可的聲音顫抖著把這句話說出口。

班恩・布萊德利當年十月過世，伍華德發電子郵件給貝佐斯，讓他理解這場喪禮是報社歷史上很重要的一刻。「我出門了。」貝佐斯馬上回覆郵件。當華盛頓國家座堂（Washington National Cathedral）的新歌德式塔樓傳出輓歌，貝佐斯人已經到了，正和重要人物握手致意，包括副總統喬・拜登、最高法院大法官史蒂芬・布雷耶（Stephen Breyer），以及他的新競爭對手薩斯柏格和巴奎。唐納・葛蘭姆首先致詞，他盛讚布萊德利是偉大的人，他享有的盛譽絕對實至名歸。葳默思在追思會上明顯情緒激動，對她、唐納以及追思會上幾乎每一個人來說，布萊德利的逝去也就代表著葛蘭姆時代的完結。

貝佐斯答應拜倫和萊恩，說他會替《華盛頓郵報》提供舞台以復興新聞，他也可以加入最出色的科技，真正完成報社的數位轉型。然而，他從不把買下報社當成是做慈善，他參與賽局是為了賺錢，雖然不是馬上，但也要快。但他知道，你必須花錢才能賺錢，這是基本的商業原則。因此，拜倫繼續大張旗鼓聘用新人，在最初的一年半新增了七十名人力，讓新聞編輯室的編制重回七百人。他聘用了五位新的政治記者，不僅是要和「政客網」競爭，也為了要證明他們已經回來、仍是選舉報導的佼佼者，藉此重振士氣。但他無論如何都無法全數找回過去失去的東西。美國國內的各通訊處仍關閉，拜倫在沒有通訊處的條件下擴張了《華盛頓郵報》在全美的布局，聘用專業人士經營重要領域，比方說聘用了一位新的科技記者駐守矽谷。

報社新聞編輯室裡的記者之前花了太多時間揣測，擔心下一個要走的會不會是自己，辦公室裡的新人新氣象不啻是一劑強心針。他們在貝佐斯的帶領之下看到了流量大幅成長，主要歸功於網站在清晨發布內容的新作法，那時候讀者的注意力剛好處於高峰期。二〇一五年十月，貝佐斯正式接下報社整整一年後，《華盛頓郵報》的每月不重複用戶已經超越了《紐約時報》。根據一家分析公司康斯廓（comScore）的數據顯示，該報贏的並不多，兩邊分別為六千六百九十萬人與六千五百八十萬人，倘若以《華盛頓郵報》自比，則較前一年成長將近六成。下一個月《華盛頓郵報》又再拉大領先幅度，甚至贏過流量怪獸BuzzFeed。唯一比《華盛頓郵報》吸引到更多群眾的美國新聞網站是CNN[65]，後者的網頁點閱次數達十四億次[66]。

貝佐斯厚顏登出廣告，宣稱《華盛頓郵報》是「新的最佳出版品」。這話誇大了，但《紐約時報》了解，這樣的訊息是吹響的開戰號角，老派報社又要開始競爭了，最後會讓兩家報社都變得更強大，重新確立重要性。就像部落客克里斯・西里札在推文裡講的，能量又回來了，而「如今再沒有比這更讓人興奮的新聞職場」了。雖然其他人都宣稱《華盛頓郵報》品牌已經強勢回歸，但拜倫寧願想成重返榮光的是報社的靈魂。

拜倫也失去一些人才，他們的跳槽單純是反映出生氣勃發數位新聞世界的自然動盪，新創事業如雨後春筍一般，到處都有。沃克斯公司帶走了克萊因和貝爾，另一個鎖定大學畢業生的新聞網站「麥克風網」（Mic），挖走了海伊可。還有一位數位編輯回鍋「赫芬頓郵報網」（在此同時，《紐約時報》的創新委員會幾乎全數走人）。

拜倫出差到亞馬遜位於華盛頓州貝勒維市的總部時（這是他許多「第一次」經歷中的其中一項），貝佐斯強調要聘用最出色的工程師，並把他們安排在新聞記者身邊。因此，三十五位新的工程師進來了。這讓葛蘭姆時代的老臣帕拉卡希如虎添翼，身為資訊長的他在貝佐斯時代得到了新的能量。他努力推動，要讓新聞編輯室具備他所謂的「產品心態」。他相信內容為王，但是，有了好內容卻不去設計光鮮亮麗且能快速加載的網站，完全沒有道理。拜倫不喜歡業界慣用的術語，尤其是「內容」一詞，他都用「報導」取而代之，或是直接講「新聞」，他得到了完美的夥伴帕拉卡希，可以把新聞和產品設計融合在一起。

新工程團隊的進駐，改變了身為《華盛頓郵報》記者的做事方式，在整個過程中卻極少見反彈。記者學會把照片和影片嵌入報導中，並開始利用超連結引用其他文章。他們變得慣於使用帕拉卡希團隊開發出來的新工具「惡寇」（Bandito），這讓他們可以測試不同的標題選項、宣傳簡介和圖像，以判定哪一種最能帶動報導在社交媒體上瘋傳。查比公司的標題自動化工具，可以在事後判斷哪一種標題的配套效果最好，「惡寇」的功能遠遠超越，可以自動套用洞見，不需要先經由真人編輯認可。

拜倫和帕拉卡希很容易就建立起夥伴關係，這是因為他們都有使命感。「其一，我認為有一件事很重要，那就是經營新聞要靠理想。」帕拉卡希主張，「多數人都相信，如果哪一天《華盛頓郵報》消失了，對整個社會來說是一件壞事。這樣的志業理想很重要。」貝佐斯也認同。

納利塞提引發的反彈抗議證明了一件事，指標本身並不代表使命。反之，大家之所以接受帕拉卡希的「惡寇」，是因為他把這當成使命的一部分。這套工具讓世人在充滿新聞的環境當中讀文章。時機也有利於帕拉卡希。到了二〇一五年，就連《紐約時報》都用每天的指標報告作為獎勵記者的根據；保有好成績如今是新聞編輯室的現實生活。

雖然《華盛頓郵報》在數位領域大步向前走，報紙發行量還是持續下滑。如今大部分日子的發行量約為四十三萬兩千份，是一九九三年日發行量高峰期的一半。貝佐斯認為報紙的下滑無論如何無可避免，只要報社能快速開拓數位讀者就好，他說他認為有一天報紙會成為奇特的奢侈品，就像馬匹一樣。

他希望《華盛頓郵報》能吸引到最多讀者，但他不相信「新聞應該免費」這條數位時代名言。他認為人應該付費讀新聞，但是或許不是每個人都付，也可能他們只是還沒付罷了。貝佐斯對《華盛頓郵報》的基本構想，和導引亞馬遜的概念是一樣的：快速壯大。正因如此，他才放棄葛蘭姆堅持的在地理念。在網路上，讀新聞的人會希望從全國性或國際性的管道讀到全國性的報導。

在德州奧斯丁熱門的西南之南（South by Southwest）科技大會上，帕拉卡希和拜倫預告他們有一套新的指標工具「羅剎度」（Loxodo）。這是一個大型的指標板，新聞記者可以看到他們的報導和競爭對手針對同一事件所寫報導的比較，而且多多少少算是即時反應。如果《華盛頓郵報》的報導落後，新聞編輯室很快就能找出理由並據此做出調整。

貝佐斯、拜倫和帕拉卡希決定使用臉書即時文章（Facebook Instant article）功能，在臉書上發布《華盛頓郵報》報導的快速上傳版本。他們仿效《紐約時報》，為臉書提供數量有限的報導，供用戶在社交媒體上免費分享（《紐約時報》認為臉書什麼都免費分享有損報社的威信，也會激怒付費讀者）。《華盛頓郵報》的新內容管理系統「弧形」（Arc）功能太好用了，好用到讓他們也能把這套系統賣給其他新聞機構。

帕拉卡希幫忙設計的新應用程式極具吸引力，當讀者下拉行動裝置的螢幕上，大照片可以放大更多。除了視覺效果（BuzzFeed很早就發現，這是吸引年輕讀者的要項）之外，裡面的報導也明顯多更多，而不是只有讓新聞編輯室裡的某些人憂心的騙點閱而已；當中一篇報導的標題是：「醫師很震驚地找出這位二十四歲年輕人疼痛難耐的原因」（Doctors Were Startled to Find the Cause of This 24-Year-Old's Excruciating Pain）。很多標題直接出自於麥特・斯托培拉替BuzzFeed撰寫的架構手冊，並留有伏筆：「接下來將會如此這般」（This Is What Happened Next）。但是，再也沒有人抱怨跳舞小熊了。《華盛頓郵報》需要一些騙點閱的手段，才能放大規模並讓貝佐斯開心。拜倫只要仍能拿到資源從事出色的調查與政治報導，他就可以容忍騙點閱這種事。

每一次《華盛頓郵報》在每月流量競賽中勝過《紐約時報》，報社內總會一片歡騰。在二〇一三年的普立茲獎中，《紐約時報》只抱回了最佳攝影獎，《華盛頓郵報》則因為史諾登報導和《衛報》共享公共服務大獎。很快的，拜倫就成為電影《驚爆焦點》裡的人物，由李佛・薛伯（Liev Schreiber）飾演；這位有著堅毅下巴、出身於音樂劇的演員，多半都飾演超級英雄的角色。薛伯跟上跟下，看著拜倫執行公務，編輯這份據稱的「新的最佳出版品」，仔細研究拜倫的動作和神態。《驚爆焦點》贏得奧斯卡最佳影片，好萊塢再一次讓《華盛頓郵報》的領導人成為美國最有名的總編。《君子》（*Esquire*）雜誌說他是他那一代最出色的總編，是最有資格的班恩・布萊德利接班人。

第三部分

W. Hunt
course.
the surveys might be
your direct reports to
and peers. So, in
terms, a complete circle
peer, and
hence 360° – is
You would
the survey as a
to compare your
those of the others.
financial institution
probably never
360° feedback
The outcome
was shattering
the external consultant or
school has processed the
they are likely to compare your
with those of much larger
of managers, in your
in the
the
for years.
I know of
that will
feedback again
sold the top
method was to

第九章 臉書

一如貝佐斯，馬克・祖克伯也洞悉網路用戶與顧客看得見與看不見的渴望並持續服務他們，藉此打造出線上王國。企業時時戒慎恐懼，已經不再是什麼奇聞怪事了。貝佐斯買下《華盛頓郵報》時，網友大致上已經不再質疑，相信美國西岸的超級電腦庫房已經操弄過他們看到的資訊。

臉書就像亞馬遜，憑藉的也是電腦科技的優勢，過濾廣大的世界之後排列呈現，在簾幕後面操縱，想辦法讓人們留在網路上點一下這裡、看一下那裡、分享這個、看看他們相不相信那個、回答這些問題以了解真正的自己（臉書的演算法早就知道真正的他們是什麼樣了），以及，買下這個或那個必買好貨，盼望能就此成為心中理想的那個自己（臉書也知道你的理想形象是什麼模樣）。

這套系統裡套入了群體心態。群體心態很複雜，但能有效凸顯已經在流行的事物：讓報導、鞋子或指尖陀螺更快速塞滿一般人的想像力，排擠掉其他更有價值的對話。諷刺的是，這些搭載演算法的平台鎖定的對象，基本上是加入相同誇張潮流與喧鬧騷動隊伍中的每一個人，卻假裝成要讓個別的使用者享有個人化的使用體驗。

臉書的演算法讓讀者無須背負做選擇的責任，毫不費力地為用戶提供他們最喜歡、最樂於分享的素材。過往報紙編輯扮演的角色已經弱化；報紙編輯像策展人，要決定公眾在某個特定日子需要看到什麼訊息，臉書上的受歡迎排行榜以及查比公司的內容表現指標衡量數值，取代了報紙編輯的功能。能否流行，是最重要的新聞基準。如今的新聞已經是獨立的篇章，脫離了發行機構提供的套裝新聞。一篇報導會沉入網海還是泅泳出頭，都要由偉大的演算法決定。

電腦做出來的情緒模擬導引編輯的方向，偏重確實會或可能會讓群眾起反應、心有戚戚焉或契合他們的素材，以便和群眾搭上線。臉書的預測能力是一大進展，大大強化媒體提供讓人著迷體驗的能力；然而，這常會犧牲資訊性質的新聞內容。報業面對了危險的兩難局面：如果人工智慧繼續增強，讀者很可能會習慣了外界總是會一再支持、確認他們的世界觀，對於未經客製化的想法概念，他們就沒興趣了。

隨著公司裡的數據科學家不斷磨練自己的創造力，利用演算法做到完美的個人化，臉書對於每一位用戶的體驗擁有愈來愈大的影響力，在此同時，又大力把自己介入對話的手隱藏起來。二〇〇九年，臉書在動態消息裡加上第一套編輯判斷核心元件❶，由機器選擇應該讓用戶看到哪些貼文，替這個正在經歷牙牙學語時期的成長中網站強加微妙的秩序。演算法會評估最近分享到特定用戶網絡中的每則貼文，並多多少少根據受歡迎的程度排名（受歡迎與否的基準，是按讚和留言的數量），在這套演算法加持下的動態消息更有智慧。排名會決定動態消息頁面上會出現哪些項目；在這之前，動態消息是根據時間來排列貼文，因此，往下捲動頁面時，每個人都可以看到任何人在他們的網頁上分享的所有內容，任何項目都沒有特別的權重或優先性。如今，比較受歡迎的貼文就會先出現，代表有更多用戶會看見。

排名系統也搭出了競爭的舞台：發表人的貼文就必須受歡迎，別人才能看見。隨著臉書的演算法愈來愈聰明，也愈來愈能分出哪些貼文值得用戶花時間去讀，哪些則否。到了二〇一三年八月[2]，一般用戶的朋友圈或其他管道每天平均發出的貼文是一千五百則，但是他們捲動螢幕與瀏覽的時間僅足以看到其中的一百則，有時候只會花幾秒鐘瞄一眼標題然後就跳到別的地方去了。臉書的演算法要因應的挑戰，是要想盡辦法讓這一百則貼文盡可能引發「互動」；只是讀一讀或是吸收資訊（以及廣告）、然後又跳到下一篇文章，是不夠的。要有人在用戶的網路上分享這些內容，要有人點讚或留言。BuzzFeed會確保自家的貼文排在前一百名內。

最初少有人會去想到臉書如何影響人們吸收新聞的方式。然而，從《衛報》到《紐約時報》，這些過去不願意將得獎內容免費贈予其他網站的發行機構，忽然之間發現社交媒體很可能是萬靈丹，可以拯救他們遭毀的業務模式。除了魯波特・梅鐸之外[3]，其他人都開始把報導放上臉書，希望能在臉書的大量用戶中分得一杯羹。在此同時，廣告主也成群結隊而來，他們回應了臉書的承諾：可精準瞄準一大群的群眾。

早期支持祖克伯的人是彼得・提爾（Peter Thiel）[4]，他是哲學家勒內・吉拉爾（René Girard）的學生；吉拉爾提出模擬慾望（mimetic desire）的概念，用這來解釋臉書的本質。「人類並不知道自己渴望什麼，會轉頭參考其他人然後做出決定。」吉拉爾寫道，「我們渴望別人的渴望，我們會模擬他們的渴望。」換言之，人會有樣學樣。吉拉爾二〇一五年過世[5]，《紐約時報》登出的訃聞提到他的想法影響了提爾，促成提爾一開始投資臉書：「（他）看到社交媒體的概念驗證了吉拉爾教授的理論。」

「臉書最初靠口碑傳開，口碑變成重點，因此是雙重模仿。」提爾說，「後來證明社交媒體比乍看之下更來得重要，因為那和人性有關。」

打頭陣的新媒體公司，就是把這個前提當成自己的基本命題，藉以做出區隔。BuzzFeed和同類型的公司無視由時事決定編輯議程的傳統，反而根據讀者偏好發布經過最佳化處理的內容。

BuzzFeed的報導充滿高情緒張力的言詞，在撰寫與編輯時著重引發情感上的共鳴，讓讀者去感受某些事，而不單純只是告知他們訊息，非常適合饋送，大致上符合臉書強調的調性和主題重點，就好像是讀者的親友自己寫的東西一樣。這是一大創舉，在簡潔流暢的捲動之間濃縮了讀者的社交生活，把新聞變成個人專屬，並用讀者的方式與他們搭上線。一如亞馬遜的推薦引擎（頁面上會展示「買了此產品的人，也買了……」），BuzzFeed的帝國也以電腦流程為基礎（當中由真人提供的意見少之又少），成功營造出「很懂你」的假象。

到了二〇一六年，臉書已經比任何國家都大了，這是由人（朋友、讀者、顧客、選民）所組成的最大型且最集中的集團，全世界獨一無二。但是，當年春天，隨著美國陷入一場尖酸刻薄的總統選舉，祖克伯也憂心忡忡。他環顧四周，看著他一手打造的脫序線上世界，看到人們基於黨派和意識型態產生深不可見的嫌隙，國家層級的對話也粗魯無禮。他的助理們都擋著他公開處理愈來愈激烈的激化對立❻，怕他替美國、替他自己招惹上政治危機。

臉書二〇一二年十月喜迎第十億名用戶❼，當中有一半的人至少每天會登入一次。等到二〇一七年用戶達到二十億人，有三分之二每天會過來看一次，美國用戶每天平均會花一小時瀏覽、捲動朋友的對話，並看看他們追蹤的新聞管道最新訊息。百分之六十二的美國用戶自述❽，說社交媒體網站（尤其是臉書）是他們主要的新聞來源。基本上，他們想不起自己在社交媒體上讀到或看到的新聞出自何處，他們只會注意到臉書把哪些新聞放進他們的動態消息裡。

臉書讓年輕人可以在網路上連結、對話，是個人化、社交性又輕鬆隨意的管道，也成為科技中關鍵的一塊，使用的人很多，許多用戶因此停下來，從臉書這個實體本身來思考。臉書包羅萬象，對於很少登出的用戶來說，臉書就等於是整個網路，而且，不管是聲譽卓著的、身居主流的、邊緣的、新的、舊的，幾乎每一家新聞機構都在這裡貼出幾乎全部的自家文章。短短八年，這個網站顛覆了出版事業，並讓它自己成為網路的實質重心。臉書突破了國界與文化的分野，把網路的互相連結帶到世上許多全新角落。

祖克伯仍堅持臉書是一個中性平台，除了禁止色情、招募恐怖分子這類訊息之外，不應為了人們張貼內容的品質或準確度擔負太多責任。到了二〇一六年，有大批臉書用戶覺醒，發現這個圍起來的烏托邦雖然帶來連結的便利，但要付出代價：一直以來，在幾乎隱而不見之處，臉書強加了標準與優先順序，透過與用戶之間的非公開契約干預對話，從用戶身上收集大量數據然後賣給廣告主。

雖然為時已晚，但人們發現，把媒體放進一部機器裡、根據每一篇文章能否帶動點閱、留言與分享來分類與推廣，不必然優於老派、緩慢的真人編輯判斷模式。即便線上資訊的數量、多元性和立即性都大增，但與百花齊放之前的時代相較，人與社會結構並未更穩定，也沒有得到更完整的資訊。臉書的價值是讓人們完完全全相連，這是祖克伯的主要目標，但造成了一個更各自為政的媒體世界，而且以光速的速度運作。

很多年輕的媒體公司在處理自家資訊主題時不僅當成時事，也視為「社交媒體新聞」，是人們想要聽到的報導，而且，他們會根據數據提供的持續回饋圈來調整成果，希望有一天能替現代讀者找到完美的黃金比例。比方說，裴瑞帝由業餘行為心理學家和數據專家組成的實驗室就曾採行實證方法，以找出能帶來最多互動的標題調性。就算他們達成共識，同意某些語彙或公式效果最好，但是公司還是會要寫手繼續腦力激盪，替每篇報導列出大量標題，透過A／B測試系統，讓最有可能表現亮眼的選項浮出檯面（有些出版機構跟著他們的腳步，又進一步發揚光大，比方說，沃克斯公司和「麥克風網」就要求寫手要提出十五到二十條標題選項）。

但是，即使是他們，做實驗時也必須受到臉書的條件限制，而臉書的工程師總是把相關條件一改再改。

老派的出版機構很慢才注意到，放上臉書時必須在風格和調性上裝模作樣，才能從用戶在動態消息中看到的靜態與大量資訊中殺出一條路。他們還沒學聰明，BuzzFeed這類新媒體管道已經忙著劫掠他們的報導成果，並調整成符合臉書群眾頻率的內容。《紐約時報》和《華盛頓郵報》這類老報社沒有這麼多天生就能在臉書上吸引人的內容，然而，一旦他們追上來，雖然還不到和BuzzFeed出品內容同調的程度，較輕鬆且顯然流行的文章也隨之爆出大量。無論如何，顯然老報社也感受到了BuzzFeed的影響力，這兩家都聘用了社交媒體主編，以求產生必能在臉書上打動群眾的內容。

很快的，每個人都用同樣的追求簡化策略，極力想在競爭中取得優勢。老派的媒體看得出來，BuzzFeed受歡迎的原因是這個網站很重視要認同讀者的情緒傾向，並加以反應。BuzzFeed率先示範[9]，把重點放在能騙點閱的金礦，比方說塞希爾獅王（Cecil the Lion），這頭獅子二〇一五年時死於王牌獵人之手，牠的死亡導引出三百二十萬篇報導，從《紐約時報》到各小報，無處不登。

願意把重點放在有實質內容報導的新聞編輯室，就算點閱率較低，顯然能為讀者提供比較好的服務。網路上隨便找，到處有針對臉書做過最佳化調整的免費塞希爾獅王與同類型相關報導，而這也正是重點：新聞機構不再賣出人們想買的報導，而是變成免費提供人們會想看的新聞。在這套免費模式下，讀者才是產品，為了能獲利，出版機構必須吸引到千百萬的讀者。數量和普遍性都是很客觀的數據。

二〇一三年時，臉書無疑已經確立地位，成為新聞媒體產業的矚目焦點。臉書能做到這一點，是因為他們先用難以抗拒的流量誘因引誘媒體來到這個平台，然後設下圈套，只需要加上一層新的程式碼重新設定排序，讓出版機構的貼文優於用戶親友的貼文。相關的效應在媒體產業中激起漣漪。到了十月[10]，從臉書連到媒體的流量幾乎比前一年高了三倍，BuzzFeed的流量則暴增近十倍。這就是所謂的獎品。

至於懲罰，則是臉書內建演算法中的新條件：如今會挑出最值得用戶花時間關注的出版機構。其中一項改變是重視「優質」內容[11]。演算法會綜觀貼出貼文的發行機構頁面，審查貼文的品質。如果那個頁面的互動紀錄很亮眼，亦即有很多人分享、留言與按讚，臉書就會推斷這確實是最初創作出熱門貼文的機構，因此值得多多關注。但用這樣的標準來判斷新聞內容，完全無涉報導的真實性或深度。臉書定義的品質，完全用參與度來衡量，是讀者和一篇報導之間的互動數量。點開讀一篇報導，並不見得代表參與度高；用戶如果留言並和臉書上的朋友分享，就比較有可能和放在報導旁邊的廣告互動。

內容持續被評為高度互動的網頁，長期下來會在臉書的排名系統中不斷往前跑，確保日後的貼文會盡量出現在追蹤者眼前。然而，如果這個網頁登出次級品，臉書就會質疑這家出版機構是否真的這麼「優質」。臉書用嶄新、全面性的方法來評估自家網站上分享出來的文章，達不到標準的就要承擔後果。現在，分享者有可能要面對損失了。一篇次級品會造成一些長期效應，讓原出處的網頁未來發出的貼文少掉很多潛在群眾；這表示，如果一家發行機構要擴大布局，如今要比以前更聽命於顧客群，只貼出很可能瘋傳的內容。對BuzzFeed等免費網站來說，這一點至為重要。《紐約時報》也渴望擁有群眾，但該報二〇一一年已經制訂彈性更高的數位訂閱方案，點閱數的重要性，比不上拿出信用卡刷卡的人數。

這類系統很有可能遭人操弄，但臉書或推特皆無誘因聘用一群真人編輯來過濾素材的品質或真實性。他們不想受制於傳統發行機構、新聞機構以及無線電視廣播業者適用的法規限制，也不想擔負聘用一大群編輯的成本。然而，在川普當選之後，因為當時有人揭發臉書傳播假新聞以及俄羅斯炮製的反希拉蕊失真訊息給千百萬用戶，累積出嚴重的反彈。在政府規範的審查與威脅之下，二〇一八年時，祖克伯向華府的立法諸公致歉，指稱臉書沒有更盡責地監督網站上的內容，也沒有保護用戶的隱私。但臉書到底做出哪些實質改變，則不得而知了。

前幾年、也就是二〇一四年年底時[12]，祖克伯說他對動態消息的期許是：「為世界上每一個人打造個人化的報紙。我們試著把這變成個人專屬，給各位看到你最有興趣的內容。」臉書愈來愈聰明，可以辨識出諸如BuzzFeed等新聞媒體管道為了培養出最多讀者而耍弄的花招；抑制這類行為是很重要的事。

因此臉書集公司內部之力改造動態消息[13]，以創作者克里斯・考克斯的話來說，要讓這個功能

「根本上就是真人」。為了達成此一目標，臉書的工程師讓真人進入實驗室，進行更密切的檢視。

臉書為此審慎地在田納西州諾斯維爾市打造了一處園區⓮，從附近找來三十位能代表多元性的男男女女，由他們擔任「動態品質座談」（Feed Quality Panel）的全職內容審查員。臉書在二〇一六年二月推出這套方案時⓯，已經納入全美一千位座談人，他們領薪水替內容評分，在臉書的數據專家監督之下，以一到五分的標準給分。臉書強化動態消息的益處很簡單，該公司希望大家盡可能長期留在平台上，在這裡滿足所有的生活需求，還有，看到動態消息裡的廣告。

臉書自二〇〇七年起，就讓廣告主可以瞄準用戶，而且為達商業目的，不斷重新劃出界線，改變臉書對於心理以及下意識層面的影響範圍。當年十一月開始採取行動瞄準特定用戶，祖克伯推出了臉書廣告（Facebook Ads），後來的進展是一波接著一波⓰。當時這位二十三歲的共同創辦人說：「接下來的一百年對廣告來說，將會是一個大不相同的局面，而今天就是序幕。」臉書廣告的模式是賣管道給企業或其他有利益關係的人，讓他們把訊息嵌入看起來是有機自發的社交情境當中，「進入人們的對話裡面。」他這麼說，「忠實友人的建議最具影響力，可靠的推薦者對人的影響程度遠高於無線電視廣播訊息。可靠的推薦者便是廣告的聖杯。」

企業品牌首先端起聖杯暢飲，政治活動隨後緊緊跟上。二〇一〇年，佛羅里達有一項投票議案⓱，要決定是否擴大公立學校的班級規模，便用上了臉書的廣告工具，僅靠著從這個社交網站取得的背景資訊情報，瞄準有可能被說服的選民。本項政治活動鎖定檔案中有某些特點的佛羅里達人民，比方說「是數學老師」或是和某個家長教師聯誼會有關係；最重要的是，用戶有某些特定的關注重點，比方說宣告「我愛我女兒」。

一直以來，臉書都把用戶離線生活的相關資訊放入系統當中，以強化勸說機制。約在二〇一二年時，該公司找上收集電話號碼之後賣給電話行銷商的外部廠商，買進大量數據[18]。臉書的資料庫大幅擴增，裡面有用戶的所得水準、信用評等和購買紀錄、居住地點、學歷等等。所有數據都可以輕輕鬆鬆和用戶早已充滿其他數據的檔案和活動歷程搭配起來，這樣的組合讓廣告主獲得前所未有且全方位的觀點，知道瞄準哪些人以及如何瞄準。這已近乎全知，而現在，不僅是零售商，連想要培養群眾的媒體公司，動一動手指便可以擁有，政治人物當然也一樣。

在此同時，在劍橋大學迴廊裡，一位名叫麥可・柯辛斯基（Michal Kosinski）的心理學家正要獲得突破性的成果[19]，找出可以量化社交媒體領域的因素，大大提高臉書影響全球政治的可能性。他做的研究，是替新興的心理計量學（psychometrics）、又稱為心理圖像（psychographics）領域打造基石。這可以說是有史以來第一次有人繪製出美國社會政治基因圖譜。柯辛斯基對照他向臉書用戶收集而來的調查答案，與他們在網站檔案中的基本細節交叉比對，得出非常具體的相關性，讓他可以根據小指標推論出和某個人有關的資訊。比方說，他知道在臉書上替「女神卡卡」（Lady Gaga）按讚的人大致上是外向的人[20]，在「雷暴」和「捲薯」貼文按讚的人多半顯得很有智慧，在「哈雷—大衛森」機車貼文上按讚的，則比較沒那麼聰明。替「普拉達」（Prada）或「孫子兵法」相關貼文按讚的人可能很好勝，「剪報」迷多半有交往對象，田徑明星「尤塞恩・博爾特」（Usain Bolt）的支持者則應該是單身。其他的興趣會和開放程度、藥物濫用、政黨關係或帶子離婚有相關性。這個資料庫為他提供基礎，在這之上，面對某個只掌握到少量看似不相關資訊的對象時，他也能做出各式各樣的情報預測。

「只要給他十個『讚』的資訊，他的模型就能評估出一個人的個性[21]，比對方的點頭之交同事還精準。」蘇黎世的《雜誌》（*Das Magazine*）報導，「如果能提供七十個，就能比他的朋友更『了解』這個人；再增加到一百五十個，就會比人家的父母更清楚了。如果有三百個「讚」可以參考，柯辛斯基的機器就能預測此人的行為，比枕邊人更心有靈犀。能用到的「讚」更多的話，很可能會超越一個人對自己的了解。」這樣的架構，讓分析師能了解大量的人，而且是在極深入的個人層面。卡辛斯基提出用來了解大量人群的基本因素，超越了人口統計的分類。心理圖像揭開了壓力點的整套系統，對任何想要贏得公眾注意力的人來說，可以說是名副其實的巫毒娃娃，扎哪裡痛哪裡。

在二〇一六年的英國脫歐公投以及美國選舉等政治大災難之後，臉書是怎樣（不）謹慎捍衛手上的用戶情報，變成了一個爆炸性的議題。二〇一八年，臉書終於承認該公司容許劍橋分析收集網站上超過八千萬名用戶的資訊[22]；這家政治顧問公司背後的金主是默瑟家族（Mercer），他們是超保守的美國政治家族。劍橋分析公司和默瑟家族都為川普陣營效命。

在這之前，臉書背後決定應該提供哪些內容以及該提供給誰的科學，非常隱晦。多年來，臉書默默地提供轉換機制，讓企業界（尤其是廣告主）和新聞媒體操弄用戶的情緒，現在連政治人物都在用了。有了臉書精準的美國心理圖像圖譜，他們釋出內容，當成是熱追蹤飛彈來用。具有政黨傾向或強烈意識形態的人，會穩定接收到他們多半會喜歡的內容，分享給臉書上志同道合的朋友。

新聞變成一種賽局，各家機構針對相同的日常事件呈現不同的版本，設法在社交媒體臉書網站上觸動對話，這裡也成為一個廣開大門的場域，進入門檻完全被推倒，新參與者隨意進來。瞄準是十分容易的事。網路是效率極高的市集，只要出現情緒群眾效應（比方說，以主題標籤「#NeverTrump」

為中心反川普，或是以「#DeepState」表達對深層政府惡勢力的厭惡），就能在線上匯集群眾。讀者會發現，隨著國家兩極化的情況愈來愈嚴重，自己的臉書動態消息上也充滿著粗糙挑釁的評論和熱門當紅的話題。臉書想要強化社交聯繫的這場聖戰，非常成功。臉書宣稱，人和人之間最多相隔六人就能搭上線的長期基本法則如今已打破，根據其內部研究指出，這個數值實際上已經下降到三・五七[23]。

可以看到哪種類型與主題的內容在哪裡有用、又對誰有用，這種能力代表著向前邁進的一大步。這帶來了讓人樂見的預測力，可以提供助力，讓追蹤群眾稀奇古怪想法的工作不再那麼累人。一篇報導能發揮作用，無關乎範疇或內容；BuzzFeed早已做過實證，證明重點在於這篇內容有多少力量能讓讀者有所感。

各地的新聞選單都變了。《紐約時報》如今放上來的影片[24]，是人和山羊一起做瑜珈、獸醫院的象寶寶、喜劇演員吉米・金摩（Jimmy Kimmel）說笑話、假日自己動手做的小祕訣，以及凱薩琳・赫本（Katherine Hepburn）的布朗尼食譜。他們使用臉書的直播工具，把大眾帶進編輯的主題甄選會議，請觀眾一起投票決定應該播哪些影片。在此同時，《華盛頓郵報》則要一名備受尊敬的作家在臉書直播時，在觀眾眼前吃掉報紙，該報的應用程式上充斥著絕對是因為可能騙到點閱才中選的標題。我每天都進行分類，但這項任務很快就讓人受不了。一群素食主義者在多倫多一家餐廳外抗議，憤怒的餐廳老闆揮舞著血淋淋的鹿腿作為回應，這真的是新聞嗎？對素食主義者來說的確是，他們群起分享這則報導。簡而言之，是臉書對於新聞造成的影響。

臉書是流量的來源，此一無與倫比的地位，讓該公司很有籌碼和出版機構討價還價。二〇一五年五月，臉書首次推出新功能即時文章，新聞機構可以透過這個功能把新聞報導交給臉書，臉書會在自家的網站與應用程式中代管，用戶點選時就不用花時間加載、可直接閱讀，並承襲臉書網頁光鮮、一致的設計。這種報導顯然會在網站上獲得更多關注，臉書也可以在報導旁邊賣廣告，回饋百分之三十的收益給新聞機構（如果新聞機構自行賣廣告，會得到全數的收益）。

幫忙設計這套方案的BuzzFeed，自然全心投入。這家公司早已把臉書當成主要的新聞傳播平台，發布其他類型的內容時也大多透過臉書。讓人意外的是，《紐約時報》向來猶豫、不情願免費放送任何珍貴、創作成本高昂的內容，竟然也成為共推方案的夥伴。《紐約時報》決定給臉書數量有限的報導，足以讓臉書的用戶群看到其高品質的報導，或許也誘惑一些人加入訂閱行列。報社的顧問群做了各種不同的內部研究，指出長期的報紙與數位訂戶（他們一年大約支付一千美元）並不在乎其他人是否可以免費讀到文章。

很快的，《華盛頓郵報》也和BuzzFeed一樣完全跟進了，每天把全部的新聞報導都交給臉書。接下來，其他人也跟著參與，只有梅鐸的《華爾街日報》例外。一個月下來，數據顯示，參與的媒體機構在即時文章中發布的報導帶動群眾大幅成長。以BuzzFeed來說，與正常連結相比，專為臉書打造的版本得到的互動多了將近兩倍半[25]；以《紐約時報》來說，這類文章的表現比一般文章好九倍。

二〇一二到二〇一六年期間，這場讓權力從個別發行機構轉向臉書的強烈變動，局面已成。這是一場和新聞傳遞有關的寧靜革命，在新聞媒體世界裡即時地悄悄進行，等到成形時已經來不及了。美國選民也剛好在這幾年愈偏兩極。臉書並沒有挑起美國的政治分裂，但由於該公司的演算法為讀者提供的是愈分愈細的新聞內容，讓他們認同、要他們受到感動分享出去，確實也有火上澆油的作用。

臉書上的群眾，繼續基於意識形態劃分出同溫層。一路走來，網站提供內容的演算法負擔愈來愈大，要把各種觀點的報導配上對的使用者，好讓網站上的每個人都開心，或者說，至少要有互動，這段期間後來發展成痛苦撕裂的二〇一六年美國總統大選。隨著全國性對話陷入各說各話的僵局，臉書讓提供新聞機構更有能力迎合已經接受其新聞觀點的陣營。這就是伊萊・帕瑞薩（Eli Pariser）警示過的過濾泡泡（filter bubble）。過濾泡泡導致常識與真相消亡，取而代之的是各行其是且經過炮製的特定資訊區塊，旨在訴諸意識形態傾向，因此會削弱民主。

一直以來，臉書都設法讓新聞機構之間的競爭愈演愈烈。網站先利用即時文章和直播等新產品來引誘機構，然後忽然之間開始阻斷流量甜頭，迫使他們為了失去的關注而奮戰。二〇一五年四月，動態消息的演算法取消對發行機構的優待，回到過去的優先排序，讓用戶親友的貼文權重更勝於其追蹤的頁面。但這裡有個問題。

到了二〇一五年，臉書的個人用戶在網站上分享的內容比過去少了很多[26]。資訊公司（Information）報導，與前一年相比，個人用戶在二〇一五年年中時，分享的貼文數量少了百分之二十一。BuzzFeed的科技記者亞力士・坎特拉維茨（Alex Kantrowitz）指出[27]，「隨著用戶分享的貼文數減少，出自名人、候選人與新聞網站的內容開始填補這個空缺。」平台上能自然而然呈現出多元觀點的貼文少了，這表示，為了維持對話的力道，讀者會逐漸發現自己的動態上都是出版商在放送既有觀點。當年夏天，臉書新增了控制項[28]，讓用戶有更多權力決定他們在動態消息中要先看到誰的貼文。

二〇一六年一月，臉書為發行機構引進新的群眾最佳化工具（Audience Optimization Tool）[29]，讓他們貼出的所有內容都可以一一打入目標讀者群；他們可以根據興趣、人口統計特性與地理區域來過濾讀者。二月，臉書在演算法中加入一個功能，更增添預測的能力[30]：演算法會檢視用戶過去的活動，看看他們想要從哪些類型的來源看到哪些貼文。演算法判定用戶會有興趣的內容，會出現在動態消息的上方。四月，他們進一步朝這個方向推展[31]，讓演算法也去檢視分享特定文章的源頭，做預測時也考量資料來源過去的表現。換言之，現在也會去評估出版機構的頁面，看看他們長期下來和讀者的互動程度有多高。

一次又一次的改變，都對政治立場已經極端化的選民造成影響。在右翼端，不同的群體自行組成向心力很高的意識形態陣營，有些群體以國家主義思潮為核心，有些則成為事實上的資訊交流中心，匯聚了反移民的運動人士或是憎恨本來在主流媒體中恣意發展的自由放任傾向的人們。有些很擔心他們在左派有權勢者身上看出的反烏托邦陰謀，有些則偏好把對話的主旨放在捍衛警察機關的名譽上，因為他們認為不愛國的抗議者以不公平的手段玷污了警方。有些甚至是新納粹。當每一個社群各自凝聚出核心認同，同時也成為強大的機制，大力傳播認同他們所愛志業的報導。人分成一群群意識形態上互不交流的狂熱群眾，但他們同樣渴望看到支持自身觀點的內容，這股共同渴望是一股強烈的誘因，讓某些人去曲意逢迎。這就是「流量農場」（traffic farm）背後的完整盤算。他們促進需求，因為知道之後就需要大量提高供給。

當BuzzFeed和Upworthy等新媒體開路先鋒創作「好好笑」類型的內容、並針對可憐的塞希爾獅王之死醞釀虛假的憤怒之時，第二批新媒體發行機構則開始攻掠另一塊美國心理圖像領域，要在那裡培養出忠誠度；落在後面這個領域的人，不滿的情緒遠遠超過無聊。新一波攻勢採用的是BuzzFeed開創出來的方法，但利用對政黨的憤怒當做點燃讀者情緒反應的引子。

只要是支持時下陰謀論的報導，就能瘋傳。部落客麥克・切諾維奇（Mike Cernovich）和「四頻網」（4chan）上的人，就是專門在迎合這群人，逐漸受到歡迎。所謂「被污名化的知識」開始風行，「布瑞巴特新聞網」受惠最深，其在臉書上的追蹤者人數呈指數成長，到了二〇一六年，得到的讀者互動還多過《紐約時報》。二〇一六年五、六月時[32]，布瑞巴特透過臉書與推特激發廣大的讀者互動，將其他政治新聞管道拋在身後，大幅領先第二名的左傾「赫芬頓郵報網」。根據追蹤社交媒體表現的「新聞之鞭網」（NewsWhip），「布瑞巴特新聞網」的互動數比第六名的《華盛頓郵報》多三倍。BuzzFeed和《紐約時報》連前十名都擠不進去。

二〇一六年讓右派在網路上大大成功的推手，是BuzzFeed創辦人裴瑞帝的好友，有時還是夥伴，這並非巧合。但是，由於他在新媒體生態圈中扮演的角色，使得他和偏自由放任主義、自由意志主義的裴瑞帝立場相左。安德魯・布瑞巴特是裴瑞帝在「赫芬頓郵報網」的老同事，他很愛說自己的使命是要發動一場文化戰爭。「市場迫使我想出能引人注意的技巧[33]，」布瑞巴特二〇一〇年時對「連線網」說，「如今我有了這些工作，我覺得，哇，真是太棒了。這很好玩。」

布瑞巴特和裴瑞帝一樣，童年時期也很辛苦，讓他覺得自己格格不入。他成長於富裕的布萊頓伍德，有嚴重的注意力缺失症，大家都覺得治不好了。「你的大腦運作方式跟大部分的人不一樣[34]，」有個朋友這麼對他說，「有一種東西跟你的腦子很像，叫做網路。」當天晚上，他就買了六瓶啤酒和一隻烤雞，準備探索這個新世界。他回憶道，當他連上網路「彷彿得到神啟」。

「這有如把自己發射到外太空，試著抓住已經在那裡的某個人。我還記得我找到氣象網站，和能夠即時監測地震的地震網站，讓人超級興奮。」網路讓他覺得自己好像成為人生這場演出的指揮。

「我需要這樣的環境，才能成為我想成為的人。有了網路，我可以和很多人溝通，而且永不停休。永遠都有新戰爭、新戰役。」

他本來是披薩外送員[35]，並在「E！」網站打工，一九九五年時，他偶然之間看到一個設計粗糙、蒐羅當天有新聞價值且值得注意短片的網站，網站剛剛成立，營運總部在好萊塢一棟很普通的公寓，屬於一個名不見經傳的娛樂圈人物麥特・卓基。布瑞巴特第一次瀏覽「卓基報告網」，就愛上了這個網站。網站上有各式各樣荒誕不經的短片，有柯林頓政府的小缺點、值得好好觀看的自然災難，也有電影業的內部謠言，各種主題無所不包。他說：「新聞和資訊的綜合體最是性感，讓人難以招架。」他發了電子郵件給二十九歲的卓基，問問能不能去上班，答案是好，他馬上動身。

布瑞巴特很驕傲地自稱「麥特・卓基的走狗」[36]。「卓基報告網」是第一個出色的整合型網站範例，巧妙地安排呈現從網路各處收集而來的新聞和八卦片段，每一則會附上連結連回原始出處。在這兩位數位媒體專家推動之下，「卓基報告網」累積出地位，二人組也在新聞業界培養出廣大的人脈關係網絡，而且還無須離開他們在好萊塢的窩。他們善用電腦的便利，挖出大大小小、出現在任何地方的報導。到最後，全美各地新聞編輯室裡勤勉的記者也養成了習慣，每次他們釣到大「魚」時，就會通知卓基和布瑞巴特一聲（當我擔任《紐約時報》華盛頓通訊處處長時，我也這麼做）。記者認為，在「卓基報告網」上出了名能大大提高他們的能見度，從而推進他們的事業發展。

一九九〇年代即將結束時[37]，布瑞巴特的主導性愈來愈強，這表示，政治人物和媒體常請託他多多強調自家最新的報導。布瑞巴特本來完全是主流媒體權位的局外人，現在卻成為有能力在新聞週期中擁立霸主的人。一九九八年，這處只有兩人的新聞編輯室，在事發現場三個時區以外爆出柯林頓總統和露文絲姬的婚外情，提到白宮橢圓辦公室裡活色生香的幽會細節，還揭露《新聞週刊》已經刪掉這條獨家新聞。這雙重的致命打擊：可能讓一位民主黨總統垮台，也是自由放任派媒體串通政府的鐵證，這應該是最高層級的共謀了。

進入新的千禧年，布瑞巴特被視為右翼小神童，數位敏感度非常精準。他透過卓基認識雅莉安娜・赫芬頓（當時，赫芬頓是很知名的新保守主義名嘴），針對政治的「表演藝術」為她提供建議。二〇〇五年時他休長假暫別卓基，幫忙推出「赫芬頓郵報網」[38]，在這裡和裴瑞帝（雖然裴瑞帝當時已經開始和布瑞巴特成為對手）並肩作戰，日後裴瑞帝回憶往事，認為布瑞巴特的主要資產是他的政治挑釁本能。布瑞巴特和「赫芬頓郵報網」這群意識形態對立的人結盟的時間甚短。

他又再度轉換陣營，重回卓基的老窩，開始醞釀計畫要創辦自己的事業。也就在此時，裴瑞帝想到了一種新類型的媒體公司，一種不敬、定義不明但極具傳染性的媒體公司，他大膽作夢，認為由他的實驗室創造出來的怪物，有一天會成長到又大又強壯，超越媒體界的各大巨頭，重整這個產業同時重新定義新聞。

此時的布瑞巴特，則執著於用一種更暴力、更直接的方法推翻主流媒體，比較像政變而非改革。他的抱負沾染著他的耿耿於懷，他用的方法也帶著敵意。「概念是，」他對《連線》雜誌說[39]，「我必須玩弄媒體，而且我必須玩弄左派媒體，這樣才能擴大正派報導的傳播範圍，達到該有的水準。」這是一個能賺大錢的概念。「整個媒體界的架構，都是在攻擊保守派與共和黨，此時切入並反制這種情況，可以變成一個很大的商業模式。」

他在二〇〇五年底創辦看起來很像「卓基報告網」的「布瑞巴特網」（Breitbart.com），「赫芬頓郵報網」剛剛成立半年，BuzzFeed則還在裴瑞帝腦子裡。然而，布瑞巴特並不確定自己想利用這個網站做些什麼。

當年十二月，布瑞巴特參加利柏提電影節（Liberty Film Festival）[40]，一部名為《雷根之戰》（*Reagan's War*）的電影要在這個活動上舉辦首映會。布瑞巴特這位年輕部落客正在尋找志同道合的文化戰士，他在導演史蒂芬・班農身上看到了同樣的精神。當群眾在問答時間結束後魚貫出場，布瑞巴特則去找班農。「兄弟，我們得改革文化。」他說，「就你跟我。」布瑞巴特很喜歡說政治是文化的下游（作家約書亞・格林〔Joshua Green〕在《惡魔的交易》〔*Devil's Bargain*〕也講過這句話），此時的他和班農則處於文化的上游位置，蓄勢待發，要在新的右翼媒體浪潮中心展現自己。班農之前是華爾街的金融家，他看到了「赫芬頓郵報網」的實驗，想起他稱為「天才」的裴瑞帝說過的一句名言，引領他去思考未來的媒體：裴瑞帝說：「你真正要想的不是流量，你要想的是社群。」

布瑞巴特的計畫不斷變形幻化，一直到二〇〇八年時，他決定這要成為一家新聞公司，而且不止是做彙整而已。這位創辦人之後鄭重告白，說「布瑞巴特新聞網」打從一開始就「投身於摧毀守舊派媒體」[41]。這個網站的前身，是布瑞巴特之前成立並短暫經營過的三個網站：「大好萊塢網」（BigHollywood.com）、「大政府網」（BigGovernment.com）以及「大新聞網」（BigJournalism.com），彙總改造後的「布瑞巴特新聞網」，專門製造能激起情緒共鳴的內容，提供給一群覺得被主流媒體「文化菁英主義」揚棄的人們，這種心態很常見，而且愈來愈多。他宣稱：「媒體階級是我們必須翻越的高牆，這樣才能讓別人聽到我們的心聲。」

「布瑞巴特新聞網」代言的對象是社會中一群潛藏的人們，他從事相關工作的同時，也推助了一場本來也正方興未艾的運動。這個網站仿效BuzzFeed、Upworthy和其他非政治性社交內容發行機構，用高張力的情緒調味，但拉高好幾個等級。而且，就像BuzzFeed一樣，這個網站的成功也是靠著打動特定的讀者；他們跟著心理圖像的線索，定義出這群讀者的自我認同。「布瑞巴特新聞網」的源頭以及服務對象，是一種型態不固定的反體制思考，以及一種主要由要反抗的對象來定義的身分認同。

這對不同的人來說有不同的內涵[42]，然而，基底就是班農所說的「為另類右派打造的平台」。英國記者米羅・雅諾波魯斯（Milo Yiannopoulos）號稱未來的布瑞巴特[43]，他說另類右翼是一群「年輕叛逆份子」組成的隨興團體，他們專門挑釁，因為「這很有樂趣，是違法犯紀的行為，也是對社會慣例的挑戰」。

二〇〇九年，布瑞巴特仍在他位於洛杉磯的地下室經營網站，此時他聽說了詹姆士・奧克費（James O'Keefe）；奧克費是個年輕、想要暴紅的煽動者，最近他又有脫序行為，拍了一些珍貴又辛辣的畫面，飛過大半個美國親自拿給布瑞巴特。這部經過修改的影片，目的是要顯示社區型組織「即時改革社區組織協會」（ACORN）員工的工作情形，指稱該協會大力推動美國選民去做投票登記，支持提供可負擔的住所，卻參與一些罪大惡極的活動。布瑞巴特知道，這會是讓他的新網站躍上檯面的大新聞。他對部落客發出召集令[44]，很快徵集到兩百名熱心的幫手，他要他們大量報導這件事，讓主流社會察覺到。馬上就有了回響，雖然是人工的，但這些經過大量編修的報導還是受到廣泛的報導。這樁假造的醜聞變成了大新聞，也讓運作四十年的即時改革社區組織協會失去資金來源，最後消失。

即時改革社區組織協會一案，證明布瑞巴特的直覺很準，他知道什麼因素會助長怒火，也知道該如何導引這樣的憤怒，以呼應他的聖戰。他替即時改革社區組織協會事件的影片下的標題叫「偉大美國社會中的巴格達中央監獄」[45]（the Abu Ghraib of the Great Society；譯註：美軍曾在此監獄中虐待伊拉克戰俘）。

當時還在拍電影的班農，很樂於聽聞這類消息。他十分佩服，因此在聖他蒙尼卡找了一處適當的辦公空間讓布瑞巴特安頓下來。布瑞巴特和剛出加州大學洛杉磯分校（UCLA）的年輕編輯亞力士・馬洛（Alex Marlow），就坐鎮在這些小隔間裡[46]，強徵了一批免費出力的部落客，他們認為文章能登上這個網站已經是莫大的光榮，足以彌補付出的工時。

二〇一一年五月，該網站又一次成功逆襲，登出另一則打敗強大對手的消息：眾議員安東尼・韋納（Anthony Weiner）在推特上貼出一張照片，他穿著內褲勃起，為了一位年輕的情婦蓄勢待發。他還來不及刪掉證據，就有一名推特用戶截圖轉發給布瑞巴特，後者便發布了。當韋納宣稱自己被駭客入侵時，布瑞巴特就發出另一張他拿到的照片，照片中這位眾議員裸著上身，這也證明了另外還有一樁婚外情，韋納招認他丟人現眼的不忠，並且辭職。

這號稱「韋納門」（Weinergate）的事件，在二〇一六年美國大選即將結束時又重回新聞版面，嚴重打擊希拉蕊的選情；而這也證明了布瑞巴特有能力創造新聞，不光只會引發一時風潮。他是新媒體中的一股新興勢力，是非常危險的帶動瘋傳指揮。在即時改革社區組織協會與「韋納門」事件中，他製作出熱門新聞，完美包裝以迎合事件發生當下的媒體動態。這些是會讓人好奇想看、甚至不得不看的災難，是會傳遍全美各地、聽起來像是下流八卦的驚人消息。最重要的是，這些新聞引發了爭議，導致布瑞巴特痛恨的主流媒體不得不報導。在即時改革社區組織協會的事件中，整場醜聞根本是布瑞巴特的團隊一手導演，但這一點變得無關緊要。毀了這個非營利機構，讓布瑞巴特證明自己可以在BuzzFeed訂下的賽局裡和這家公司平起平坐，他可以「把一件事做成大事」。

BuzzFeed的麥特・斯托培拉也對我說過[47]，他也是靠著這樣做出了名。「你可以把一件事做成大事。」他詳加解釋，並舉了個例子：「比方說吧，你可以貼出大量和柯基有關的貼文。」但為什麼要這麼做？「因為我最愛的就是柯基犬了。」

布瑞巴特會為了達成意識形態目的而特別去設計他做大事的花招。他很清楚他準備扮演的角色在政治上非常重要。二〇一〇年《紐約客》雜誌刊出一篇側寫[48]，寫到在黑人眾議員示威過後的某天早上，布瑞巴特懶洋洋地躺在洛杉磯家中，他決定要對這些國會議員挑起一場戰爭。他上了推特，發表一篇編造出來的報導，指稱國會議院黑人黨團（Congressional Black Caucus）在他家外面聚集，並喊著「N開頭的詞」（譯註：nigger，黑鬼，帶有貶義）。「我的天啊！民主黨人居然在我家外面大喊那個詞。我對天發誓，這是真的，相信我，確有其事。」他發了推文，之後還補了：「為什麼民主黨的黨團黨鞭會來洛杉磯，在我家外面叉著雙臂、大喊著有種族歧視與反同性戀的字眼？」然後又發了：「為什麼史丹尼・霍耶（Steny Hoyer）跑來加州，跨在安東尼・韋納肩上對著我家大喊那個詞？好詭異。」布瑞巴特的幽默感就像他爆出的新聞一樣，依附在能讓人震驚的價值上面，但也因此而消亡。《紐約客》雜誌說他在兩種不同的調性之間擺盪，用他自己的話來說，是介於「義憤填膺和天真詼諧」當中[49]。事實上，很難去明確區分這兩者，因為他是同時在兩種模式下運作，通常會讓他的群眾去猜想他的不同行為舉止屬於哪一邊。布瑞巴特和BuzzFeed皆利用編造與誇張的伎倆來吸引群眾，這和《國家詢問報》（*National Enquirer*）等老派小報大為風行的理由大同小異。這和斯托培拉的貼文是一樣的，比方說，他二〇一一年有一篇的標題是「開會期間想來點毒品的參議員」（Senator Sessions Wants Some Crack），或是二〇一一年列出清單寫「安東尼・韋納最棒的十大怒吼」（Top 10 Most Badass Anthony Weiner Rants），這位稱韋納是「BuzzFeed的英雄」的作者，下筆完全不帶諷刺意味，替「一位最難纏、最直言不諱的眾議員」列出他「最好、最棒的時刻」。

布瑞巴特也和裴瑞帝一樣，都認為在以注意力為重的新經濟裡，娛樂價值很重要。「我認為唐納・川普就是為了塑造唐納・川普這個人[50]，我這麼說完全沒有負面意思，現在的他做的是一件很了不起的工作，就是推廣自己這個品牌。他整個人都充滿了娛樂性。」早在二〇一一年，布瑞巴特接受採訪時他就對喜劇演員喬伊・貝哈爾（Joy Behar）這麼說，「你也知道的，他按照查理・辛（Charlie Sheen）的模式贏了，以媒體的本質來玩弄媒體。這很明顯。」他的想法很值得完整引述：「嗯，其他的候選人現在才開始體會到他們早就該有的體會，我不確定，可能是四、五十年前艾德・蘇利文（Ed Sullivan）還在主持節目時就該知道的事，那就是媒體便是一切，這些人都不知道那裡可能跑出一個唐納・川普，兩年前他支持南西・裴洛西（Nancy Pelosi）時，就知道如何玩弄媒體與步步高升。」他繼續大放厥詞：「看，娛樂至高無上。他很有娛樂性，你很享受、我也很享受，以前我聽到右翼人士這麼做時我不喜歡，但現在這就好像是馬戲團的中心舞台，我舒舒服服地坐著，好好享受。」

但他也沒享受多久。隔年，布瑞巴特四十三歲時死於心臟衰竭。

晚至二〇一四年二月，川普都好像還沒有意識到自己的命運，曾經鋪陳一番（現在也正在鋪陳其他路線）、暗示他走上美國政治舞台的流行文化前導者，好像已經有點忘了他。

美國爆發的資訊戰非常血腥，免不了引來外國權力人士的關注，他們認為這是一大機會。BuzzFeed和布瑞巴特非凡的成就，向投機的旁觀者（包括遠至莫斯科的人）證明，長久以來被假定為反覆無常、晦澀難懂或模糊不清的公眾氛圍，事實上是可以根據投入系統的輸入變數預測出結果。數位企業有策略地傳播經過設計、能引發情緒反應的內容，改變了公眾意見的狀態，而且範疇廣及全球。

在莫斯科，支撐起普丁權力的技術性官僚，善用美國政治光譜兩端的歧異漸深，動員祕密行動擴大嫌隙。俄羅斯的情報機構使用一種名為「稜鏡計畫」（Prism）的工具[51]，有效監督社交網站，查核是否有反莫斯科當局的不滿氛圍，若有的話就會試著壓制。其他機構則聘用忠實的克里姆林宮（Kremlin）支持者，在美國大選對話中尋找裂口，讓他們可以插入親俄羅斯的觀點，出現在真實的美國愛國人士臉書檔案中。

臉書一直到二〇一七年春天才承認確有此事，但俄羅斯的探員早就在使用廣告投放軟體，暗中把激烈的分裂觀點插進美國早已經如火如荼的全國性對話當中。臉書最終以防衛性、照本宣科的用詞承認平台確實有深遠的政治影響，迫使國會調查人員與新聞記者更深入挖掘，看看他們到底要掩蓋什麼。

在此同時，華府這邊，班農接下安德魯・布瑞巴特的棒子，順利將「布瑞巴特新聞網」轉型成川普陣營的非官方發言人。班農後來接掌團隊爭取共和黨提名，早在之前他領導「布瑞巴特新聞網」時就有跡象顯示[52]，班農和布瑞巴特這兩位文化戰士的結合水乳交融。二〇一五年八月，班農正式加入川普競選團隊即將滿一年，他發了電子郵件給一位前同事，自誇把「布瑞巴特新聞網」變成「以川普為中心」，並配置相關內容以拉抬川普的聲勢，他說這叫做「班農特餐」（Bannon Specials）。班農自己也說，他這根本就已經是競選總幹事的角色了。

當川普逐漸成為領先群，「布瑞巴特新聞網」成為他在臉書上最重要的政治管道。班農聘用了七十五人組成編輯發稿部隊，駐守「布瑞巴特新聞網」華府總部；這棟裝潢豪華、有四個房間的排屋被他稱為「大使館」，距離最高法院只有半條街，這一群人竭盡全力把這位房地產大亨捧為美國人民企盼已久能肅清政治生態的人，化身成「候選人史密斯」（Candidate Smith；譯註：這是一個專案計畫的代碼，詳見下文）。

為了在臉書上求勝，「布瑞巴特新聞網」踩穩之前無人佔據的右翼媒體中心。《哥倫比亞新聞評論期刊》（*Columbia Journalism Review*）在研究選前十九個月發布的超過百萬篇報導[53]，顯示了以統計數據來看，班農的機構主導了保守派之間的對話。然而，當「布瑞巴特新聞網」從激進邊緣躍入前線與中心位置時，在自家人這邊也出現了一些麻煩。二〇一六年三月時，該網站的發言人辭職[54]，公開反對網站變成「川普陣營事實上的快打部隊」。

「安德魯（布瑞巴特）的人生使命已經遭到背叛[55]，」網站一位資深編輯班恩・夏匹洛（Ben Shapiro）幾天後在辭呈上這麼寫，「確實，在史蒂芬・班農領導下的『布瑞巴特新聞網』，已經讓安德魯留下來的價值觀一槍斃命。」

隨著初選即將結束，美國的全國性對話品質已經逼近賽馬經的水準，關注重點很短視，只有輸贏的差距以及可能性推估，妨害了進一步的追查探究。原本屬於專門性質的資料新聞學（data journalism），已經被奈特・席佛變成一門通俗業務，遍地開花，新聞領域裡處處可見模仿席佛的人，比方說《華盛頓郵報》的「萬客部落格」和《紐約時報》的「結局」。賽馬式的報導，幾乎完全取代了過去闡述候選人政策的版面。

哈佛蕭文斯坦中心（Shorenstein Center）在選前登出一篇報導[56]，結論是在二〇一六年的前幾個月，這種讓人窒息、毫無內容的報導主導了整個初選階段。一個星期、一個星期過去，和川普有關的報導，遠高於其他所有共和黨對手的總和，而且得到的媒體關注更高於希拉蕊。媒體大致用正面的方式來描寫他的軌跡動態：他努力鴨子划水有所進展，表現超乎預期，希拉蕊卻無法達成期待。三月一日超級星期二前約兩星期，賽馬式的報導來到高峰；蕭文斯坦中心報告，這段期間裡，媒體的焦點大致上只有百分之五放在候選人的「人格特質與政策」。總計來說，川普在此期間獲得了價值三十億美元的免費報導。

在此同時，臉書於六月再度調整控制安排用戶動態消息的演算法[57]。工程師發布公告，指本次的新改變將能讓演算法更先進。處理發行機構的貼文時，演算法會讓契合臉書「核心價值觀」的優先，高於「資訊性」和「娛樂性」。「我們的目的，是要回應我們收到的回饋，傳播用戶說他們最想看到的報導類型。」

這次的變更移除了一個重要的因素，不再針對任何貼文的可能群眾設限，這表示，不管任何時候，當某個管道分享一篇在臉書上展現高互動的貼文時，平台現在不僅會對同意主動追蹤此管道的人推廣這篇推文，也會擴及他們在臉書上的朋友。這擴大了臉書演算法的力量，讓即時新聞報導與其他有時間性的貼文不僅在現有的社交圈內瘋傳，還可以在不同的圈圈之間流動。

臉書向來希望遠離布瑞巴特樂在其中的文化與政治戰爭，卻成為二〇一六年美國大選的中心。把臉書捲進政治的爭議，是動態消息中有一個很隱諱的部分，這裡會加強顯示最流行的新聞報導內容。這套方案可回溯到二〇一四年，臉書當時低調推出，目的是為了協助平台挑戰推特，以成為網路新聞的集散地。新的「趨勢話題」（Trending）在臉書首頁的右上方，這裡彙整出相關的報導連結，連到平台上用戶間互動性最高的新聞事件。在二〇一六年春天浮出檯面之前，沒有人確實知道「趨勢話題」如何運作；一直以來，臉書聘用了一群真人編輯，挑選出網站上最多人在談論的事件，摘要之後提供給一般大眾。

有一位消息人士對《紐約時報》說，編輯群的工作是「修正調整演算法」，並對自己的所作所為祕而不宣[58]。種種作法使得這項方案聽起來更不正當，但讓人混淆難辨的因素，在於這個角色跨越了界線，管理平台的人同時也是為平台提供內容的人。一般人向來把臉書想像成由資訊科技專家操縱的非真人機器，專家在扮演自身的角色時，沒有偷渡個人判斷的餘地。「趨勢話題」的編輯群不是資訊專才，但是，他們是記者嗎？從技術面來講，他們編製的內容是給群眾看的報導，所以答案為是。但是，他們也是這個科技機制的一部份，因此也應成為剛正不阿的電腦，或者，至少要像臉書所宣稱的那麼公平才行。

臉書招募的編輯群主要都出自於新聞學院，公司會提供一本詳盡的手冊，寫明他們做好這份工作需要用到的所有詳細資料。一到班，每個人就會分到一張大約列出兩百篇左右報導的清單[59]，這些都是臉書的機制找出來最多人討論的話題。他們看不到和他們配合的演算法內涵；演算法負責生成一張又一張的列表。他們的任務，是把主題放入特製的資料庫裡，以判定是否有任何聲譽卓著的新聞管道也做了相關的報導，如果沒有，這一條就會被刪掉；但如果有，他們得到的指示是要做上標記，之後，臉書就會給這個主題較高的優先順序，放在「趨勢話題」清單上。編輯群去查臉書認為最值得信任的十個新聞管道，以判斷這些話題的新聞價值，清單上BuzzFeed赫然在列。如果某個話題出現在其中五家的首頁（也就是捲軸上方），就會受到推廣；如果其中八家都有，就會被大力推廣；如果十家都報了這條新聞，就會獲得臉書竭盡全力的推廣。編輯會用新聞體寫一段簡短概要，然後再發送給其他人審核與發布。

編輯每天大約要檢查兩百個話題，通過審核、找得到報導的大約有十五到二十項，如果上班時火力全開的話，可能可以達到三十。編輯說，高層有交代目標，要他們每天能驗證到五十條。他們每天找到多少篇報導，辦公室裡的所有員工都可以清楚看到，他們也經常因為這個數值和主管討論。每個月驗證數目與找出報導最少的編輯，下個月就要等到最後才能選排班時段，這代表他們週末時得熬夜，週間日得上下午四點到半夜的晚班。表現最好的人則可以賺到「點數」，能用來買臉書的週邊商品，如T恤。

這是沒有人會注意但無庸置疑極有影響力的工作。「編輯群」出手干預，替非常多人決定了時事的縮影。《時代》雜誌指派員工監看「趨勢話題」中出現的項目，然後針對新的話題快速出稿。

BuzzFeed名列臉書十大最受信賴資料來源（它是唯一上榜的新媒體機構）之後，過了幾個星期，「趨勢話題」被人掀開了面紗。「吉茲摩多網」（Gizmodo）報導[60]，臉書的「趨勢話題」編輯「經常壓下保守派讀者有興趣的新聞報導」，並引用一位自稱前編輯的吹哨者言論。對於川普手下忠心耿耿的部屬來說，這很說得過去，因為他們沒看到在「布瑞巴特新聞網」與其他右翼網站上瘋傳的報導帶來意料中的益處。許多忿忿不平的新聞管道搭上這篇報導的順風車，嚴詞批評祖克伯的自由放任派政黨傾向以及不公平的手段。少有證據支持這種說法，但這並不重要。真正的新聞機構不會這麼容易搖擺變形；臉書以新聞出版機構之姿握有大權，這是其中的一項危險

南達科他州的民主黨參議員約翰・涂恩（Senator John Thune）提出正式質詢[61]，要求臉書回答「趨勢話題」究竟如何運作。他說：「一個中性、廣納眾人的社交媒體嘗試檢查或操縱政治討論，都是濫用信任，而且不符合開放網路的價值觀。」祖克伯捍衛自家公司，先主動邀請一群保守派的領導者到總部與他會面，包括電視製作人葛蘭・貝克（Glenn Beck）和福斯新聞台的挑釁專家塔克・卡森（Tucker Carlson）。會議中場休息時，他寫了一篇尋求和解的摘要，貼在自己的臉書專頁上。

「我們將臉書打造成容納所有想法的平台[62]，」文中寫道，「這個社群的成功，靠的是每個人都能自在地分享任何他們想分享的內容。」他需要找回世人對臉書的信心，確立這裡是政治對話的中心，他也想先發制人，擋下國會想要制定規範的任何想法。他的企業是生是死，就在此一役。「我們的使命或業務，沒有道理去壓制任何政治性內容或妨礙任何人看到對他們很重要的資訊。」這篇文章不足以減緩世人的審視，而臉書也進行內部調查，尋找行為不當的證據。

保守派的觀察者密切觀察，而且不只是看臉書最近做錯的事而已。他們一年到頭都在找動機，懷疑祖克伯很可能密謀要利用自己在臉書這個資訊交流中心的地位，中傷他們支持的候選人。川普提出築邊境牆的概念之後[63]，臉書的創辦人就決定要公開批評這位候選人，但是他的顧問團建議他別這麼做，勸他最好隔岸觀火。那年春天，他又必須去滅另一把火解決公關危機，因為有一位「趨勢話題」的編輯不小心洩漏了重要資訊，讓外人一窺該公司的文化：祖克伯在主持定期的全員會議之前，會讓員工提出一些問題，然後投票決定他要處理哪幾項。外洩的問題勾勒出一幅很可怕的景象[64]，顯現出

他這個社交媒體網站的勢力有多大：「臉書在二〇一七年應該擔負哪些責任，出手幫忙阻止川普總統？」洩密者把他的螢幕截圖分享給「吉茲摩多網」，這事就瘋狂傳開。隔天，此人發現，臉書監看他和「吉茲摩多網」互傳的訊息[65]，逮到就是他洩密。他接到電話，說他被公司開除。公司的代表下令：「請關閉你的筆記型電腦，不可再打開。」

網路上有一個新興類別，他們是謹慎經營臉書社群、專門發布瘋傳內容的單打獨鬥人士，人生就是盯著網路看然後等。這一群人，佔據著演算法／平台權力傾軋的血腥前線。現在他們都守著，要等臉書宣告判定「趨勢話題」編輯的命運，因為這些真人編輯就好比是偵測系統，預告了他們瘋狂還常虛假的點閱率未來將會如何。

社交媒體上的誇張素材，不會吸引主流媒體深入報導，但BuzzFeed的記者克瑞格・席佛曼（Craig Silverman）會密切觀察發展[66]。他最有興趣的，是一種很新的網路假消息（online misinformation），擺明了針對社交媒體做過最佳化處理，有著BuzzFeed瘋傳貼文中的所有陷阱。

早在二〇一四年秋天，席佛曼就發現這種新的麻煩出現在他眼皮底下。他很清楚各種經常冒出來、形式各有不同的詐騙與惡作劇，辨識愚弄和戲謔內容的能力不遜於任何人，而且一眼就能看出宣傳鼓動的資訊；但是，網路假消息以上皆非。這種內容假裝成真正的新聞現身，因此更隱晦、更邪惡。網路假消息偽裝成有確切資料來源的文章，但又無需承擔英美法理的非小說出版品行為準則。內容可能提及真實事件（比方說，伊波拉病毒大爆發），但這麼做只是為了強化錯誤的真實性。這類文章出現在網路上時經過巧妙的設計，會被讀者錯認為來自正統的新聞管道，其根本目的不是為了說服讀者或要讓人改變想法，而是想要用偽裝成事實的爆炸性謊言贏得「互動」。這些報導的目的就是為了欺騙。他很早就喊出「假新聞」一詞，川普後來才拿去用。

假新聞的風味和之前的虛構內容大不相同，這是特殊環境下的獨有產物。當新聞業的中心移轉到社交媒體時，業界經歷了一場徹底的變革，其一，由於臉書上的朋友會分享連結，代表讀者讀到由陌生發行機構登載的文章愈來愈多。報導本身是獨立的物件，和過去賴以觸及群眾的報紙或網頁脫鉤。發布內容的管道有多少信譽與可信度，愈來愈不重要。這打開了一道門，讓讀者接觸到過去可能會隨意忽略的沒沒無聞新品牌。臉書還為假新聞的興起鋪好了另一個前提條件，那就是這個平台把所有可能的讀者集結在同一個地方，而且人數多到過去難以想像。有史以來第一次，新創網站有可能只要有一篇報導大為轟動就有優勢賺得獲利，這樣的創新事業已經不需要打持久戰，不用贏得讀者的信任以擴大訂戶的基礎。如果能在臉書上拿出正確的誘餌，這些發行機構靠著在網站上放廣告，就能順順利利把必會流入網頁的流量換成錢。

在席佛曼眼中，假新聞網站有雙重定義：第一，這種網站會盜用正統新聞權威的外觀；其次，他們的所作所為都是為了錢。假新聞的特色是直接和真新聞競爭，在這種一對一的單挑當中，假新聞具有天生的優勢。席佛曼注意到，從伊波拉病毒大爆發的事件開始，瘋傳的騙人新聞，比破解假新聞的導正視聽訊息更多。「我的天啊，」他對自己說，「我們被打個落花流水。」臉書指派的監督員有動機放任謊言，這一點也無益於解決問題；他們靠點選和互動賺取佣金，騙人新聞通常非常熱門。

席佛曼解釋，透過「群眾糾結」（CrowdTangle）等分析工具來檢視臉書，就會痛苦地看到最成功的貼文多半是玩弄偏見與情緒的內容。向來如此。然而，另一個能讓發行機構得到或失去群眾的基本因素，是臉書會在社交對話當中伸進一隻看不見的手；當這個網站在某個競爭愈發激烈的領域吹捧贏家、踩下輸家，就更凸顯出這隻手的存在。一家企業要在臉書網站上獲利，就是要在眾多的發行機構當中脫穎而出，快速且毫不遲疑適應臉書不斷演變的演算法。仰賴臉書擴大流量的發行機構，要推廣想法時只能淪落到「判讀臉書的茶渣」來算命。席佛曼認為，即便大如BuzzFeed，由於規模要靠臉書平台維持，它得努力經營臉書專頁、設法受人歡迎，常常也顯得「卑躬屈膝」。

有一大半美國的用戶很可能拋下臉書，永遠不再信任這個平台，因此臉書內部加緊審查「趨勢話題」的編輯群。祖克伯以及其他高階主管知道，編輯流程很封閉，少有真人判斷可以發揮的空間，這些編輯被交付的工作，是查核一張由演算法根據預先決定來源而預先決定的主題，然後再簡短地寫下匹配的文字。這裡確實沒有複雜的左翼陰謀在運作，但臉書沒辦法只是單純要求世人相信平台。愈來愈多人在政治上提出尖酸批評並進行檢驗，壓力從四面八方而來，祖克伯只希望能在盡量少添爭議的情況下，從這場極近災難的困境中解套。

基本上，他在右派的施壓行動中屈服。在顧問團隊的支持下[67]，八月時，他決定，為了盡量降低「趨勢話題」的爭議性，臉書要撤除流程中的所有真人編輯，以一套演算法取而代之，複製原來編輯承擔的雙重任務：首先，驗證某個話題是否受到前十大可信機構大量報導；以及，第二，針對挑選出來的新聞事件編纂簡短、客觀的摘要。讓人工智慧機器負責找出一個最基本的共同值，滿足臉書全部用戶的政治口味。現在，捍衛真相的責任就落在一套演算法身上，並由一群駐守西雅圖的工程師負責監督。

離職編輯的座位還沒冷下來，一群機會主義者就蜂擁而來，設法突破已經被拉低的障礙，把他們自己（或他們的連結）插入前所未有的激昂、全球性對話當中。編輯群被開除當天[68]，「趨勢話題」的邊欄就出現一則假消息，宣稱福斯新聞台的招牌主播梅根・凱利（Megyn Kelly）陷入戰局，「因為支持希拉蕊」而被公司開除。造假的作品出自「終結聯準會網」（EndingTheFed.com）之手，這是一家新進廠商，剛剛加入這個順勢崛起的新產業，成為其中一個親川普的投機網站；這類網站在沒有相關媒體經驗的人看來就像是真正的新聞網站。接著在「趨勢話題」中跳出來的是一套陰謀論，指稱美國政府共謀九一一恐怖攻擊。然後還有其他的[69]：小布希和歐巴馬聯手操縱二〇〇八年總統大選；數位助理Siri會從iPhone裡跳出來；全世界將歷經六天的黑暗。

這又讓臉書陷入難堪，平台的先進科技居然被憤世嫉俗者的巧妙詭計打敗了。祖克伯終於決定要承認假消息對臉書來說是一大問題，九月初他有了行動[70]，很諷刺的是，他在一篇慶賀動態消息十週年的貼文裡坦誠告白。讚揚自家公司的大小成就之後，他話鋒一轉：「但，我們可以把過濾機制做得更好，找出假資訊或騙點閱率的內容，藉此幫上忙。」

然而，事實更簡單，也更可怕。臉書沒有護欄，無法阻擋另類右派的假陰謀論和俄羅斯機器人在臉書上拼命放消息。一場災難正在醞釀中。

有些記者決定不要讓祖克伯輕易脫身，席佛曼是其中之一。他追蹤騙徒，並請科學專家提供意見，請他們判斷演算法是否能完成臉書交付的挑戰，他們得到的共識顯然是否定的，人工智慧還沒有演化到這種程度。每當有任何誇張無度的內容騙過了臉書的偵測器並開始傳播，席佛曼就會急著破解，但他知道他的速度追不上，他在想，他這麼做是不是只有杯水車薪之功。他十月底登出一篇文章，標題是「臉書的『趨勢話題』演算法不斷推動假消息的原因」[71]（Here's Why Facebook's Trending

Algorithm Keeps Promoting Fake News）。答案追根究柢是：因為平台的用戶這麼做。臉書失敗，因為它用自由放任的態度來處理全球用戶愈來愈常被誤導這件事，導致用戶完全不想使用這個平台。臉書不干預，就相當於讓這些病原體更有能力。如果臉書的機制只是衡量讓報導長存的聲量，而不去看批評其真實性的相對聲量，那麼，危言聳聽必定會排擠掉理性。

十一月，席佛曼找到破口[72]，切入他到目前為止看到最重大、最讓人憂心的案例。在世界的另一端，馬其頓一個小鎮偉萊斯，有一群年輕的網路行銷人員發展出一個活躍的在地產業，他們在臉書上培養出熱情群眾的親川普假消息網站，把這變成了有利可圖的事業。

席佛曼後來一探偉萊斯鎮[73]，和指揮這些孩子的網路行銷大師碰面。他對這位BuzzFeed記者說，這些是他最出色的學徒，他深感驕傲。他沒有明確教他們發布假消息，而是實際做給他們看怎麼樣有用。他看到他們找到非常有用的內容。有很多假消息傑作都出自他們的手筆，例如教宗替川普背書，以及指稱麥可・彭斯（Mike Pence）說蜜雪兒・歐巴馬是有史以來「最惡毒的第一夫人」的文章。他們的某些貼文在網路上獲得將近五十萬人次的互動，這代表他們會出現在幾百萬用戶的動態消息上。

他們做這份工作沒什麼意識形態[74]，只不過是為了討生活。「關於這些馬其頓年輕人，最美妙之處，」席佛曼解釋[75]，「在於他們完美演繹了社交媒體出版經濟。」編造假新聞的青少年，每個月從引來的廣告當中可賺得多達一萬美元。

這些馬其頓人可以成功，是因為他們找出了讀者的渴望並直接因應。他們評估市場，看到了超大的需求，然後緊抓住機會。席佛曼說，這個前南斯拉夫（Yugoslav Republic）政府幾十年來都在傷害與收買當地媒體，因此，談到新聞的角色時，馬其頓人大致上都覺得很空虛、很懷疑。對他們來說，新聞不過是一個可堪利用的經濟產業。席佛曼說，這些就是佔據社交媒體網站出版領域「血腥前線」的人。他們所用的工具，最好的也不過是一些很基本的方法，從這一點來看，他們能打敗市場更顯得了不起。一年多後[76]，聯邦調查員揭露馬其頓青少年的手工業背後有俄羅斯的操弄力量，席佛曼搶先報導了這個消息。BuzzFeed指派他去查探濫用新聞這個基本上尚無人揭露的世界，是明智之舉，但他也無力阻止。

史蒂芬・班農八月時登上川普陣營總幹事的大位，準備全面開戰。「如果我不知道他們正在打造這套大型的臉書數據引擎，就算為了川普，我也不會走馬上任[77]。」十月時班農對彭博社這麼說，「把『布瑞巴特新聞網』推給大批群眾的平台就是臉書，我們知道它的力量有多大。」

川普的競選活動一路善用這股力量[78]。川普的數位主任利用臉書「自訂受眾」（Custom Audiences）的功能，彙整團隊中每一個人的臉書檔案電子郵件清單，然後利用另一套程式「類似受眾」（Lookalike Audiences），得出另一群觀點和興趣相似的用戶。默瑟家族支持的劍橋分析公司，讓他們可以運用這一群可能的選民，根據各自獨立的心理圖像類別把這些選民加以分類。他們利用這項數據，專門針對每一個人、每一種觀點量身打造他們聽到後會信服的訊息。利用臉書的A／B測試系統工具「提升品牌」（Brand Lift），他們可以不斷琢磨精進這些訊息。在瞄準理想目標投放客製化訊息時，臉書為客戶提供的複雜資訊交換系統讓他們能非常具體明確，精準度驚人。根據《衛報》的一篇報導[79]，在最後衝刺階段，川普陣營每天投放超過五萬種不同版本的廣告。競選團隊會監看人們如何回應每一個廣告版本，並有系統地強化表現最好的廣告，在這個過程中，他們替候選人營造出來的形象，很神奇的成為多數美國人認為值得投他一票的人。臉書把這套流程變得很容易管理，川普挑選出來負責競選活動經營社交媒體的人，以前是他的桿弟。

他的團隊能打動選民，有一項很重要的工具，那就是臉書提供的廣告投放產品「隱藏貼文」（Dark Post）。廣告可以投放到應該會應和訊息的用戶動態消息上，其他非屬目標群眾的人並不會看到。這是在人們不知情的情況下把他們劃歸於不同區塊，這種方法讓資訊不對稱的狀態一直延續下去，可以用來分化與混淆。

這是川普陣營所謂「鎮壓選民行動」（voter suppression operation）當中一個很重要的元素[80]。此行動組成要素至少有三項，目標是壓制幾個民主黨鐵票集團冒出頭來：理想主義的白人自由放任派、年輕女性和非裔美國人。舉例來說，為了勸阻非裔美國人出來投票，川普陣營大量放送隱藏貼文，提醒他們希拉蕊在一九九六年時用過的惡名昭彰名言，她說黑人未成年罪犯是「超級掠食者」（super-predator）；BuzzFeed的安德魯・卡辛斯基在選舉早期早就得意地把這件事翻出來講。這句名言還配上一幅漫畫，畫著希拉蕊和螢幕上一句斷章取義的話：「希拉蕊認為非裔美國人是超級掠食者」（Hillary Thinks African Americans are Super Predators）。研究川普爆冷門獲勝的美國選舉人團（Electoral College）專家[81]，得出結論認為這套策略有用。以底特律和密爾瓦基兩個城市為例，希拉蕊都以些微之差輸給歐巴馬，但大大影響到誰能拿下密西根州與威斯康辛州。

川普的策略專家描繪出各種交錯的現實，將選民導引到最符合他們個人偏好的說法，席佛曼監督的網路假消息領域，則仍不斷出現不知從何而來的劇情新發展。

選舉前十天，身為少數監督此一新聞事件媒體人的席佛曼忙著四處奔波，忙著在新的謊言跑出來淹沒一般讀者時加以阻擋。「四頻網」和「八頻網」（8chan）等另類右翼圈內人聚集的小眾網站[82]，在整個選舉季都在編造親川普的言論以影響選舉，論壇上會出現最後攻擊的聲音甚囂塵上。他們不是正式的政治策略專家，都是志願的游擊隊員，因此，他們醞釀的壓制選民行動不需要像「超級掠食者」廣告一樣有所本。BuzzFeed有另外一位出色的記者喬瑟夫・柏恩斯坦（Joseph Bernstein），他在另類右翼陣營有很多線人，揭露了一群駭客主義者編造了假廣告、弄得好像出於希拉蕊陣營，藉此誤導民主黨的支持者否定希拉蕊、不要投票給她。有一則似乎是出於部落客麥克・切諾維奇之後，盜用了希拉蕊的正式品牌標誌套用在廣告上，謊稱在推廣一項假造行動「徵召我們的女兒」（#DraftOurDaughters），還附上雖非自願但看來很樂於加入軍隊的年輕女性照片。其他同伴則假造希拉蕊的競選廣告，請她的支持者發送文字簡訊到一個假的熱線，並說這樣就可以「完成投票」了。

「忘了新聞媒體[83]，」川普在一場關鍵時刻的造勢大會上對群眾說，「讀網路上的東西就好。」一旦他傳出去的說法證明是假的（比方說，去他某場競選活動上示威的人「和伊斯蘭國有關係」），記者會請他回應，他就只是左閃右躲。「這事我怎麼知道？」他聳聳肩，「我只知道網路上發生的事。」

「丹佛衛報網」（Denver Guardian）是一個聽起來像新聞機構、但顯然不是的網站，在網路上報導了一件事，指稱調查希拉蕊電子郵件伺服器的聯邦調查局探員遭到謀殺。約有五十萬人在臉書上分享這則假報導，把這段虛構情節帶入動態消息的「趨勢話題」排行榜。歐巴馬總統在人民要選出繼任總統前一天為了希拉蕊奔波造勢，他提到這件事與其他惡意的假消息，在安納堡對一群民眾感嘆：「只要放上臉書……大家就開始相信了。」結果是：「造出一朵裡面全是胡鬧蠢事的塵雲。」這也讓席佛曼寫出一篇又一篇報導，但是多數BuzzFeed的讀者一開始就是會投給希拉蕊，所以他的報導到底有多少影響力，不得而知。川普的支持者則根本看不到。

第十章 突破——BUZZFEED，之三

不斷成長的新聞部門讓班恩・史密斯燒掉大把銀子。雖然康卡斯特（Comcast）集團／NBC環球（NBC Universal）在二〇一六年挹注資金[1]，支援其影片事業並製作電視節目風格的內容，但裴瑞帝表面風光的公司花的錢比賺的錢多，而且強力成長的年頭似乎也正在告終。無論新舊，幾乎所有競爭對手都在搶奪十八到三十四歲這一群人。

最大的問題，是代管平台臉書的規模與貪婪；臉書正在瓜分高比例廣告。還有，到了二〇一六年，二〇〇八年又酷又新的話題已經開始過時，在此同時，史密斯打造了一支超過二十名新聞記者的大型調查團隊，由他從《衛報》禮聘過來的珍妮・姬布森負責，目前正支援倫敦的重大報導行動。

他們正在報導的熱門新聞都造成很大迴響，包括暴力問題孳生的精神病院內部報導、美國最大型的按摩服務連鎖店發生性侵、職業網球界的腐敗墮落，以及俄羅斯的刺殺行動。BuzzFeed的調查讓芝加哥的囚犯獲釋，他們也比傳統新聞機構的競爭對手更早針對大學的性侵犯與性騷擾做報導，並讓許多知名的教授和研究人員丟了飯碗。BuzzFeed入圍許多頂尖的報導獎項。

支應新聞運作財務需求的單位，是位在好萊塢的BuzzFeed動畫（BuzzFeed Motion Pictures），這裡號稱迷你派拉蒙（Paramount），專做網路影片，成立的目的是為了大量生產能在臉書上瘋傳的系列短

片與單集影片。但是，這也要花好幾百萬美元。整體來說，十歲的BuzzFeed是又龐大又昂貴的營運組織。

《紐約時報》和《華盛頓郵報》都有明確使命（那就是報導新聞），但BuzzFeed基本上仍非新聞機構。裴瑞帝的關注焦點大致上全放在影片製片廠。他的公司分成新聞和娛樂兩個部分，但並未在和諧共生之下壯大。裴瑞帝的解決方案，是把公司一分為二，讓新聞部門脫離獲利能力較佳的娛樂部門，這讓人在紐約的史密斯和他的手下擔心，他的新聞部門（虧損最嚴重），會得不到資源。但裴瑞帝承諾會為了二〇一六年的大選通過合理的預算，讓史密斯和BuzzFeed記者在選舉報導上能有所發揮。事實上，BuzzFeed成為共和黨領先候選人唐納・川普陣營的心頭大患；川普非常適合真人實境節目的人格特質和競選過程的滑稽突梯，看來像是專門為BuzzFeed量身打造的劇本。

BuzzFeed在二〇一二年跨入嚴肅新聞之列，他們的編輯群在呈現標題與新聞報導時放入高度的情緒張力，就連BuzzFeed成立、交由馬克・史庫佛斯負責的嚴肅調查性報導也不例外。調查性報導的標題，也要經過A／B測試。史庫佛斯的團隊早期做過一篇調查性報導，流傳的版本有各種不同的標題與兩種不同篇幅的報導，一種長篇、一種摘要。這麼做全是為了迎合臉書上的群眾。這篇報導追查的是受暴婦女如何被當成罪犯對待，成功獲得幾百萬次的點閱。

二〇一一年時，臉書調整動態消息，增加視覺性的內容、減少只有文字的貼文或連結，BuzzFeed很快跟上，並把視覺圖像的製作列為優先要項。這可以說明為何「二〇一一年四十五張最強而有力的照片」（The 45 Most Powerful Photos of 2011）、「最能捕捉一九九〇年代的四十八張照片」（48 Pictures That Perfectly Capture the ’90s）、「會讓你大喊哇哇哇的三十二張照片」（32 Pictures That Will

Make You Say Awwwwwww）之類的貼文佔據版面。他們還操作一種新類型的出版駭客行為。當BuzzFeed發現其他不太精通網路操作的管道登出的報導中藏有某些有意思的資訊，比方說某個特別的細節或是某人說了某句蠢話，就會截圖截取這個片段，然後貼在自家的臉書專頁上，由於這是圖片而非連結，臉書就會推廣給更多用戶。有時候BuzzFeed會盜用其他管道的照片，或和競爭對手共享流量，只要BuzzFeed能在臉書上得到互動，什麼都可以。

二〇一二年初❷，BuzzFeed引進一項新功能，希望刺激臉書上的追蹤者更主動回應。工程師設計了一套工具，讓瀏覽BuzzFeed臉書專頁的用戶可以有更多按鍵可按，不再光只有「讚」。新的選項更吸引人，目的是要打動新的群眾，包括：「大笑一下」、「天啊」、「他媽的」。BuzzFeed分享的貼文，會播放這些預先設定的罐頭反應。裴瑞帝在一場發布新回應按鍵的記者會上說：「在社交世界裡，回應和分享媒體是表達自我以及和朋友保持聯繫最好的方法。」這些按鍵也很快成為社交媒體時代的代表圖像。《紐約時報》的記者對這些東西嗤之以鼻，認為這是貶低讀者。但裴瑞帝理直氣壯：「透過結合BuzzFeed和臉書的時間軸，我們讓讀者以及他們的朋友能輕鬆表達各種人類的情緒。」

用數字來看，BuzzFeed已經成為祖克伯所期望「完美報紙」當中很穩固的基礎。在二〇一三年的高峰期時，由兩百個臉書大型夥伴網站發出來的二十篇瘋傳貼文中，十五篇出自BuzzFeed，其中只有三篇看來有類新聞的價值：「過世兩年後，女子給了家人一個難忘的聖誕節」（Two Years after She Passed Away, a Woman Gives Her Family an Unforgettable Christmas）、「印度裔美籍女子贏得美國小姐頭銜很多人很傷心」（A Lot of People Are Very Upset That an Indian-American Woman Won the Miss America Pageant），以及一部剪自接受福斯新聞台採訪影片的片段，BuzzFeed說這可能是網站有史以來做過「最讓人難堪的事」。在這一年以及隔年大多數時間，BuzzFeed一直都是臉書這套有史以來最大型、成長最快速的溝通系統中最頂尖的角色。

二〇一四年十一月❸，期中選舉剛剛結束沒多久，史密斯發表一篇論文，他在文中預測二〇一六年將會成為他所說的「臉書選舉年」，但他沒想到這個詞會有黑暗的一面。他估計，到那時，臉書將會跨過門檻，成為新聞媒體的中心，也是「美國選舉開打與取勝的地方。社交媒體很可能取代電視長久以來獨霸美國政治的局面，並開啟一道門迎接新類型的平民主義。」這番未來的現實當時已經在醞釀中。

證據很明確。兩年前，臉書曾針對用戶私下做過實驗。二〇一二年美國大選日當天❹，網站在兩百萬用戶的動態消息上方放上紅色、白色和藍色的「投票」（VOTE）圖示，結果發現樣本群中的投票人口也隨之增加，這番結果揭開了臉書讓人恐懼的力量。臉書在二〇一四年時又做了一項實驗❺：這個網站找出六十八萬九千零三人，修改他們動態消息中會出現的報導特性，比平常稍偏正面或負面，從這裡追蹤所謂的「社交傳染」（social contagion）傳播情況。研究的計畫主持人寫道：「結果指出，他人在臉書上表現出來的情緒會影響我們自身的情緒，這項實驗性證據證明可以透過社交網站進行大規模社交傳染。」

史密斯宣布BuzzFeed和臉書之間締結強大的新結盟關係❻，他的新聞編輯室（以及「ABC新聞網」）將可獨家存取臉書的專有分析工具，揭露美國用戶對各政治人物、政策和事件有什麼感受。此「情緒數據」讓BuzzFeed可以深入探索資訊庫，在選舉期間即時了解美國的情緒與意識形態狀態，並在非常分散的層面審視出現的變化。這樣一來BuzzFeed就有了更好的情報系統，用以輔助甚至取代各網站與報社愛用的傳統意見調查數據，來權衡各種不同的主題。臉書根據主題內容分析用戶的貼文，然後給每一篇貼文標上正面、負面或中性，史密斯的團隊從中可以找出「愛荷華州選民覺得希拉蕊如何」或「女性最喜歡哪一位共和黨選民」。他們可以從小至一千人的群體中得出有意義的數據，史密斯稱之為「透視美國最重要政治對話的強力新視窗」。

有些評論家認為，這可能太強大了，他們看到平台與出版機構的兩相勾結很可能造成毀滅，他們擔心這會替BuzzFeed帶來不公平的優勢，不僅有利於報導選民的感受，更重要的是他們可以保有資訊，拿來當成「群眾糾結」使用，去判斷什麼內容在特定的群眾裡表現最好。他們提出警告，這可能昭示著新聞的理想客觀距離就這樣消失。即便「情緒氛圍分析」是一門很不周延的科學，但BuzzFeed還是把臉書的數據奉為美國政治氣氛的重要地圖，假設他們爬梳出來的任何線索都反映了實際的民情，但他們實際上找到的，很可能是臉書在打造自家機制時留下的痕跡，是一種自我實現的預言，反映了臉書把手伸進對話中。BuzzFeed預告他們要放大這股不可說的影響力；臉書本來應該是中立網站，卻影響了公眾意見。這個情緒性很明顯的新模型，很可能粉碎了老派人士對於新聞報導、編輯和呈現方式所抱持的理想距離。

裴瑞帝認為，這番轉變明顯是創造性破壞的範例，但最後變成為人所不樂見的那一種。不管怎樣，史密斯還是樂昏了頭。他主掌的這個組織，在挖掘內幕上無懈可擊，他得意洋洋，很享受有機會打發掉和現實脫節的新聞從業人員，如今他正頂上他們曾有的位置。「未來兩年裡❼，」史密斯寫道，「影響美國總統選舉的民調機構與廣告商將會陷入困境：夜間民調顯示，選民的意見正出現劇烈搖擺，無法用候選人大買新聞或廣告這兩個常見的因素來解釋。最終他們會明白，臉書以及其他平台上針對選舉火熱瘋傳的大眾對話，終將出現成為政治核心業務的第三力量：這叫做大眾說服。」

在裴瑞帝的支持下，史密斯聘用八位年輕政治記者並加以訓練，組成一支一流的團隊，領頭的是一位二十多歲的年經編輯凱薩琳・米勒（Katherine Miller）。米勒有很紮實的背景，來自於保守派新媒體世界，比同輩更早認定川普是一位認真的總統候選人。

在此同時，史密斯熱情預測的「臉書選戰」，到頭來並不符合他樂觀的期待。

BuzzFeed理解川普參選的威力，因為這家公司也用過某些相同的品牌打造策略。從許多方面來說，川普成為BuzzFeed的完美化身，但是方向剛好相反：多數時候川普以政黨為門面，支持後面的企業。他主演了十五季的《誰是接班人》（*The Apprentice*），他知道如何辦派對、成為娛樂大家的主人。BuzzFeed也覺得傳統新聞機構的觀點很讓人厭煩，每當有什麼事情認真過了頭，他們就會拿出自己表達不敬的本事。這位候選人和這個網站都靠著訴說「你們一定不相信」的故事而強化自身地位。

很多新聞機構直指川普是活寶，根本不值得認真報導他參選。BuzzFeed沒有這種標準。「赫芬頓郵報網」比較過分[8]，把川普的競選報導放在娛樂版而不是政治版。史密斯的新聞編輯室雖會報導川普在政治上的一步一步往上爬[9]，但等到他選上之後變成一面大型照妖鏡，因為這個網站片面刊登一個惡名昭彰卷宗，內含未經查核的精彩內容，包括宣稱川普與俄羅斯妓女尋歡作樂，但未獲證實。

早在二〇一四年一月[10]，有少數幾家媒體報導川布出現在新罕布夏州曼徹斯特市「政治與蛋論壇」（Politics & Eggs forum）上，BuzzFeed便是其中之一；對所有可能的候選人來說，這場活動是一種非正式但行之有年的「試鏡」。這位房地產大亨隨口說過想參選紐約州長，但他的政治抱負的有效期限很快就到了。然而此時時機正好，這位演藝人員的政治影響力本來已來到歷史新低點，但BuzzFeed挖到這條消息，反而讓他重回新聞版面。

BuzzFeed的記者麥凱・卡平斯（他是史密斯培養的其中一名政治新聞後輩）為了當天早上的活動前往新罕布夏州⓫，在這位生意人對著一大群沒什麼反應的群眾演講之後，跟他聊了一下。「他們完全沒問我關於我要參選州長的事，」川普對他的助理抱怨，「他們根本就不在乎。」

卡平斯看來很掙扎⓬，不知道要不要提自己其實在看好戲。他寫道：「今天早上之後，川普再也無法逃避事實，他的政治生涯已經接近垮台邊緣；這位愛敲鑼打鼓的億萬富翁二十五年來在美國玩弄一場長期騙局，不斷假意要選這選那，然而，等到他製造出千百條新聞之後，就只是拍拍屁股跑了。」他的報導放肆地配上一張修圖之後的照片，川普就坐在白宮橢圓辦公室的書桌旁邊，彷彿蔑視命運（到頭來，「把一件事做成大事」很可能有反效果）。

BuzzFeed把重點放在其他同業根本不認為該注意的事，把原本一段十五分鐘的問答時間變成長達三十六小時的冒險故事，成為後來一篇多采多姿側寫的根據，而一切都起於川普覺得很無聊，非常希望有人注意他。卡平斯說，川普根本上是懇求他多花一點時間。他邀請這位年輕記者搭上他的私人飛機，給了他一袋椒鹽脆餅，招待他去知名渡假村海湖莊園（Mar-a-Lago）過夜，親自指示自家渡假村服務生替卡平斯上午餐，並為他穿上浴袍。這篇側寫揭露了一個心煩意亂的川普，非常擔憂自己的明星地位正在消退。報導中說，新媒體比老媒體對他更感興趣，這讓他很困擾。「以前是《紐約時報》，現在是BuzzFeed。」他的坦白當中有一股卡平斯可以感受到的渴望，「這個世界真是變了。」

讓川普怎麼樣也想不通的是，媒體權力的轉變竟成為他能成功的先決條件。雖然讓他扭轉乾坤的條件到此時還沒有完全備齊，但已經開始逐步就位。卡平斯的報導刊出當天[13]，允許卡平斯進行報導的川普操盤手山姆・努柏（Sam Nunberg）辭職，他說這篇報導「是非常貶損人的文章」，並宣稱希望這位BuzzFeed記者「專業聲譽……完全破產」。川普將這個網站列入黑名單。

川普準備反擊，找來了一位新盟友，此人躍躍欲試，想要善用一個萬物俱備的軍火庫做一番事業。川普找來了班農，班農已經站好自己的位置，要利用羅伯・默瑟（Robert Mercer）的資金在政治上大展拳腳。默瑟想要擴大「布瑞巴特新聞網」，班農從中看到自己的機會，代表他的朋友布瑞巴特寫了一份業務計畫。那年夏天，默瑟拿出一千萬美元，讓班農成為這家公司的共同業主與董事[14]。

卡平斯的文章刊出之後，班農的「布瑞巴特新聞網」馬上安排了一場出色的多管齊下行動，壓制BuzzFeed的記者。「布瑞巴特新聞網」登出六篇報導，每一篇都在首頁上佔有明顯篇幅，駁斥BuzzFeed的中傷誹謗之作。舉例來說，其中一篇引用海湖莊園女服務生的話[15]，說卡平斯造訪此地時「盯著我看，彷彿我是可口的美食」。另一篇則引說川普稱卡平斯是「卑鄙小人」，還說這位身為摩門教徒的BuzzFeed記者，用淫蕩態度對待渡假村裡的女客。在另一篇反擊文中[16]，「布瑞巴特新聞網」去找了阿拉斯加前州長兼茶黨（Tea Party）精神領袖莎拉・裴琳（Sarah Palin），這位根本與卡平斯素未謀面的政治人物說：「這個神經質的怪人替唐納（川普）綁鞋帶都不配。」「布瑞巴特新聞網」和BuzzFeed之間的戰爭於焉開打。

二〇一四年初，就在卡平斯的文章出現在網路上不久之後，身兼劍橋分析公司業主的默瑟私下和班農討論，急著要找一名總統候選人，善加利用全美高漲的不滿聲浪。《紐約時報》的珍・梅耶在說明默瑟的政治影響力興起時⓱，詳述了一個代碼為「候選人史密斯」的專案；專案名稱是向電影《華府風雲》（*Mr. Smith Goes to Washington*）裡的原型任務史密斯先生致意。但在這個時候，班農和默瑟都不知道誰該扮演「候選人史密斯」的角色。早期，他們支持的是泰德・克魯茲。

就在此時，BuzzFeed的史密斯觀察到⓲：「競選活動中正出現一種現象，利用分享進行的說服能產生不同效果。政治上不變的真理是，人比較傾向相信朋友和鄰居所說的話……而社交對話的傾向，反而是一代代政治人物被告誡要避免的東西：發自內心、意外、真實真確、幽默、隨興不修飾以及偶爾犯一點凡人都會犯的錯。」他繼續寫道：「一些現代政治人物會真實感受到原始的情感，有時候也會展現（明顯的）發自內心的感慨，人們會想分享這些東西。」史密斯的觀察太對了，但是他在選擇對象時卻失了準頭。他指出，喬・拜登的率性不修飾或可在社交網站上吹皺一池春水，出頭的也可能是「直率」伊麗莎白・華倫（Elizabeth Warren）或「愛演」泰德・克魯茲。

二〇一五年六月十六日，川普在曼哈頓川普大廈（Trump Tower）富麗堂皇的大廳正式宣布，他要參選總統。隔天，卡平斯在BuzzFeed出的文章標題是〈唐納・川普，美國酸民，被騙去參選總統〉（Donald Trump, America's Troll, Gets Tricked into Running for President）⓳，副標題則是〈唐納要的只是政治世界再度聽他說話，但值得為此在二〇一六年經歷羞辱的大敗嗎？〉（All The Donald wants is for the political world to listen to him again. But is it worth a humiliating 2016 defeat?）。卡平斯很快就被川普聯盟拒之於門外，是第一批被列入黑名單的政治記者；後來清單上的記者大排長龍，川普痛斥他們是「人民的敵人」。到了夏天，連《華盛頓郵報》也被踢出去了。川普一開始似乎比較容忍《紐約時報》，他總是渴望獲得該報的報導與認可。

「布瑞巴特新聞網」的群眾樂見川普反擊媒體，網路上一群自封文化戰士的人也是，另外還要加上保守派聊天版上的守舊人士和名嘴（這一群人長久被邊緣化，躲在網路上孤立的角落），他們全都活躍了起來，認為川普可能是他們盼望有一天會出現的反傳統政治家。這些人大致上偏向反政府意識形態，樂於看到川普搗壞菁英，尤其是主流媒體。

川普具備很多適用於這類時機的技能：精通推特、上電視時從容自在、有能力娛樂他人、會釋放出對的訊息以引發右翼的憤怒，以及敢說無恥的謊言。他根本就是天生適合社交媒體和電視。

選舉前有很多人提出警告，指出有高到不成比例的報導將川普塑造成綜藝活寶，少有人把注意力放在他提出的看法以及他抱持的極端主義政策立場，給了他價值數十億的免費媒體關注，讓他在美國媒體上自由奔放並得到競選資本。選前哈佛大學有一場選舉報導研討會[20]，《華盛頓郵報》的馬帝．拜倫大發雷霆，對皮尤研調機構一篇調查報告深感不以為然，報告指稱膚淺的賽馬式報導給了川普優勢。CNN的主管傑夫．蘇可（Jeff Zucker）出席一場同樣在哈佛舉行的選後研討會，有一群人當眾奚落他，裡面就有川普在共和黨初選時對手陣營的選舉總幹事。蘇可捍衛網站、指稱有做到「平衡」報導，有一位出席者咆嘯，指稱CNN「竟然播出講台一片空空蕩蕩的畫面」，只為了預告川普即將出場。但是，在這段空白的播出時間裡，其他參選人都在舉行活動，CNN或任何其他媒體都隻字未提。這些共和黨的對手抗議蘇可讓川普獨佔版面。

BuzzFeed的政治主編凱薩琳．米勒也出席了這場在哈佛的研討會。她和史密斯聯手，用很不同於主流新聞媒體競爭對手的角度量身訂製BuzzFeed的報導。米勒本身的背景就和一般人大不相同。她快三十歲時，從范德堡大學（Vanderbilt University）畢業後在《華盛頓時報》（*Washington Times*）

實習；這家報社的業主是文鮮明（Sun Myung Moon）的統一教，以極保守的立場聞名。之後她成為另一份保守派出版品《華盛頓自由燈塔報》（*Washington Free Beacon*）的「作戰室主任」與數位執行總編。她和右派的關係對BuzzFeed來說很有用，BuzzFeed比其他人更早且更完整報導了另類右派的興起。

史密斯很早就決定，要求自家記者在他們的社交媒體饋送內容中稱川普為種族主義者和煽動者，但米勒在共和黨初選期間避免在BuzzFeed的實際報導中使用這些字眼。無論如何，BuzzFeed是一個年輕導向品牌，在報導候選人時總是比較肆無忌憚，也讓記者可以用更自由的風格撰稿。反之，《紐約時報》一直到了二〇一六年九月才在頭版標題用上「說謊」一詞[21]，來描述川普對於歐巴馬總統以及指稱其出生地非美國的不實說法。《華盛頓郵報》與《華爾街日報》則選用「不實」或「謬誤」來指稱川普的謊言。拜倫在一次採訪中解釋[22]：「我認為當我們知道這些事不實時，就應該直稱不實……我們也確實這麼做了。」但是，使用「說謊」一詞「代表你知道（對方）知道此事不實」而且還把話說出口。「少了後面這項證據，」拜倫補充說明，「別指望《華盛頓郵報》在報導現任政府時會用到『謊』這個字。」這家老派報社對於是否要拋開傳統新聞外交辭令而感到苦惱，BuzzFeed則是只要詞彙精準的話就大量使用。

事實、謊言與各式各樣的灰色地帶在臉書上混在一起，此時BuzzFeed最迫切該報導的，是臉書對政治愈來愈大的影響力；這家公司可能是對臉書運作最熟悉的團隊。團隊的關鍵人物是席佛曼，他是媒體業最重量級的假新聞議題專家，不斷搶在其他管道之前先發動攻勢。

席佛曼在BuzzFeed所做的事是終極的諷刺。他進來BuzzFeed前幾個月，這位媒體觀察員曾在

BuzzFeed的「洋裝顏色」貼文瘋傳之後對讀者提出警訊。席佛曼曾經是哥倫比亞大學杜氏數位新聞中心（Tow Center for Digital Journalism）的研究員[23]，他為波因特學院寫過一篇論文，題為〈所有新聞記者從洋裝顏色辯論當中都應該學到的新聞〉（The Lesson from the Dress Color Debate That Every Journalist Needs to Know），詳細闡述了大行其道的逃避主義與無處可逃的新時代帶來的危險。

「我們都受大腦以及認知過程掌控，」席佛曼寫道，「我們的眼睛接收眼前的資訊，大腦負責處理，很多時候給出了錯誤的答案，但因為是來自大腦，因此看起來像是正確的答案。很多人堅持眼見為憑，因為那就是他們實際上看到的。」這是他在最近發表的報告中總結的心得，報告主題是假消息的狀態以及新聞記者如何努力去應對。注重瘋傳的發布訊息體系裡，充滿了席佛曼認為同業應該謹慎面對的心理困境。他把重心放在五點：反彈效應（backfire effect）、確認偏誤（confirmation bias）、動機性推論（motivated reasoning）、偏見童話（biased assimilation）以及群體極化（group polarization）。

席佛曼不只說明實際的認知過程，他也做了價值判斷。「現今的新聞記者肩負一項使命，也享有一個機會，」他寫道，「從人們創作與分享出來的大量內容當中篩選、明辨真假，協助真相傳播出去。」

進入BuzzFeed之前[24]，席佛曼曾出於非關私人的好奇觀察班恩・史密斯。史密斯的計畫是一項實驗，想看看在不顧新聞道德（例如歸功、問責等等）、逕自嫁接新聞性組織之下就開始經營新聞，是否行得通。席佛曼看到史密斯早期的失誤，在適當時提出批評。回過頭來，史密斯也理解席佛曼是努力要他誠實。史密斯刪除BuzzFeed檔案中幾千篇舊貼文，引發了一段醜聞，之後有一天他寫信給席佛曼；BuzzFeed網站的主編居然徵詢自己的專業建議，讓席佛曼受寵若驚。史密斯希望席佛曼替他正在起草的矯正政策提供意見。「喔，天啊，」席佛曼還記得他對自己這麼說，「他們可能是認真的。」

在這個時候，席佛曼早已經累積起信用[25]，十幾年來都是網路媒體的監察員。二〇〇四年，住在蒙特婁的他架起了一個部落格叫「追悔錯誤」（Regret the Error），報導報社在報導或編輯出錯時登出的修正啟示。他彙整了抄襲和假造資料來源的範例，還有出於善意的錯誤。他發現，網路和平面世界一樣，假資訊有時候都是因為新聞記者搞錯了，但是，兩者的差別在於社交媒體網站會加速錯誤發生與傳播的速度。他經營這個部落格十一年，二〇一五年時由波因特學院收購。在這段時間，他的焦點從新聞界例行的修正規範轉向更高階的重點：新聞記者一開始如何驗證資訊。他研究常見的錯誤與業界最佳實務操作，編纂出一份全面性的驗證手冊。

席佛曼在一個重要性快速提高的領域中培養出大量的專業，他認為，這當中或許有商業機會。他和一位合夥人成立了一家新創事業出線公司（Emergent），專門提供外包的事實查核與驗證服務，對象是不斷成長的數位發行機構產業，他們無力在企業內部管理這方面的流程。出線公司的事實查核系統很簡單：席佛曼會針對要查核的事項做基本的報導，以找出真假。

臉書很感興趣，詢問他如何查核。席佛曼告訴他們，只有他和另一位審核人員在做，但他們解決的每一個案例都給了他們非常有用的情報，指出哪些資料來源值得信賴、哪些不可信。他們的想法是，長期下來他們的資料庫會很健全，讓他們可以把查核流程自動化，或者至少讓電腦處理一部分的工作。短期來說，出線公司的目標不見得是提出真假判斷的速度，但一定要確認。

史密斯二〇一五年時邀請席佛曼加入BuzzFeed，他很動心[26]。這裡可以提供更廣泛的新聞性觀點，以利調查並揭露假資訊如何透過數位管道傳播到他追蹤的新領域：假新聞。但是，在他深入鑽研之前，史密斯要他擔任另一個截然不同的職務。BuzzFeed正在擴大國際布局，需要他帶領這個品牌進入他的母國加拿大。席佛曼接下了這項任務。

雖然他在多倫多一處很沉穩的辦公室工作，但他發現自己罹患了BuzzFeed精神分裂症。資訊環境愈趨惡化，他握有必要的技能，足以成為公司急需的數位真相獵人。但是，身為BuzzFeed加拿大分處的主編，他肩負的期待是督導一群年輕的非新聞科班記者，要他們為自拍世代大量製造瘋傳的出錯搞笑內容、假性科學資訊和讓人上癮的消遣娛樂之作。在他早期聘用的員工中，有一位專門設計測驗的人叫莎拉・艾絲裴勒（Sarah Aspler）[27]，總結了她在BuzzFeed任職的意義：「網路上有很多胡說八道，有些東西就只是有趣，比方說『我是哪一種三明治？』」她繼續說，「人們想知道自己會怎樣，他們想要有人幫忙確認他們的信念。我們很精確時大家都愛，我們不怎麼精確時他們也愛。如果這看起來像科學，大家都會喜歡。」

席佛曼之前才批評過發布「洋裝顏色」這類瘋傳貼文的問題，八個月後[28]，他卻坐在BuzzFeed的紐約總部，和網站的各國際主編圍坐圓桌旁，設法振衰起弊，擺脫「流量爛透了的那個月」；英國主編路克・路易斯（Luke Lewis）把這個結果怪到「臉書眾神」頭上。會議的重點在於提出輕鬆的解決方案。能勾起讀者回想大學時代的貼文「每次都見效」；讀者喜歡BuzzFeed的檢查清單，因為他們能從中得到控制感；宣傳社會正義的話題必會受歡迎，因為讀者「認為分享這類貼文就是在做好事」。至於照片，少一點浮誇與光澤會營造出真實的感覺。席佛曼還徵詢與會者，問道：「我們應不應該惡搞圖像？」

討論到最後變成管理建議。各國際通訊處主管希望有一些新想法，看看如何讓員工穩定產出大量的創意作品。有一個建議，是讓各部門人員短暫轉換角色，由新聞記者編寫熱門話題，負責創造話題的人去做新聞報導，說的好像他們的技能可以隨便交換替代。印度通訊處的重心是要創造宣傳話題以快速擴大國內的群眾，負責的處長表達了焦慮，說每當她指派員工負責有實質新聞價值的報導時，員工就會覺得很恐懼。要安撫他們，辦法就是在說明這些工作時不要用到「新聞」一詞。

BuzzFeed的員工並不像其他新聞機構一樣全都偏自由放任。負責製作影片並監督BuzzFeed社交媒體布局的提姆・吉歐內（Tim Gionet），淡金色的頭髮留成前短後長的穆勒頭加飛機頭綜合體，同事說他極愛開玩笑、極誇張，而且「他媽的擅長社交媒體」[29]。但他和這一群只想瘋傳的輕浮團體之間有鴻溝，他很討厭這些人讓人倒足胃口的政治正確。

他之所以大爆發[30]，是因為有一天他們譴責他把一篇對小賈斯汀的評論傳出去。「他可是我的精神圖騰耶！」吉歐內打趣地回應，但又被一個同事罵了回來：「嘿，老兄，你不能說精神圖騰，這是在文化上剝削美國原住民，而且一點也不酷。」這番反駁只是把吉歐內推往更極端之處。「我開始在BuzzFeed工作時，拍的是貓和啤酒乒乓球的影片。」他對「商業內幕網」說，「結束時，變成了女性主義和白人特權。」他離開這家公司時已變成川普的支持者，頭戴「讓美國再度偉大」（Make America Great Again）的棒球帽，手臂上還刺上了這位候選人的臉。

一群支持川普的操作瘋傳人士開始出現，「用非常黑暗的方式行事」。吉歐內認為自己和米羅・雅諾波魯斯懷抱相同的志業，靠著BuzzFeed的文化資本以及其瘋傳影響力的戰術獲利，為自己在另類右翼陣營中累積出名氣。他把自身的才華投入「匯聚迷因陣容」以擴大川普的聲勢，他後來詳細寫出整個過程，集結成一本書《揭露迷因神奇祕密》（*Meme Magic Secrets Revealed*）。

這個時候的BuzzFeed，有席佛曼和查理·瓦爾茲（Charlie Warzel）報導臉書正在成為戰區，左派和右派在這個平台上大量拋出兩種不同版本的新聞。瓦爾茲最初是網站的科技記者[31]，負責挖掘業界新產品的獨家消息。由於巨型企業對公眾的影響力，以及存取和交換資訊的能力倍數成長，長期下來，他在負責的路線中變成了監督人的角色。像臉書這類平台必須負起責任，有些壞傢伙在某些地方運作時確實別有用心。瓦爾茲把探查「網路上最新穎、最古怪的部分」當成自己的事，他說BuzzFeed特別有資格追查這部分。「BuzzFeed知道網路上有很多雜音，但也有一些訊號。」

他把「四頻網」和Reddit這類網站上對話版裡沸沸揚揚的陰謀稱為徹底的「反新聞」，這些東西成為他的主要焦點。他經常在社交網路中更粗魯、更下流的角落出沒，看到了人們訴說、分享與傳播種種讓人目瞪口呆的種族歧視言論。最讓他吃驚的，是可怕的言論愈來愈多，不再僅限於這些狹隘保守的聊天室裡。他看到他們破壞力強大、充滿辱罵誹謗的意識形態「變成政治的論據」。他們的迷因開始一圈一圈擴散出去，強化了牽引力道：記者的照片遭後製加工成被送進毒氣室的人，不斷流傳。「要註銷種族主義之類的聊天室很容易，」他對我說，「但這些東西掀起各類事件的序曲，比方說夏洛特茲維爾事件（Charlottesville；譯註：極右派份子在當地示威，後來演變成暴力事件，參見後文）。」

BuzzFeed透視網路的底層以尋找新聞，在所有面向上迎戰選舉。麥凱·卡平斯和兩位同仁蘿西·格蕾、露比·克拉瑪做出的政治報導，每一篇都和《紐約時報》與《華盛頓郵報》比肩。在整個二〇一六年上半年，BuzzFeed的新聞編輯室都奮力保持清醒，不要迷失在選舉中。

超級星期二當天傍晚[32]，安德魯・卡辛斯基和其他三名記者組成的團隊（他們在BuzzFeed被稱為「卡組」）坐在新聞編輯室的角落裡，每個人盯著眼前的雙螢幕，戴上耳罩式耳機，努力挖掘各總統參選人的過去，看看他們之前在眾目睽睽之下有過哪些最丟臉的時刻。卡辛斯基用Google聊天軟體和屬下交談，指派他們去做一些小型的調查。他丟出一段川普競爭對手約翰・凱克希（John Kasich）的電台訪談給一位記者，唐納・川普之子艾瑞克・川普（Eric Trump）的訪談資料給一名記者，唐納・川普另一個兒子小唐納・川普（Donald Trump Jr.）的公開露面紀錄給另一名記者。雖然「卡組」記者的座位距離近在咫尺，但他們的多數溝通都是透過線上聊天軟體。如果有誰想親自來講個什麼，他們會把一邊的耳機稍稍拿下來。

他們的辦公桌上放著一顆籃球、一頂繡有小貓的棒球帽、一頂貼有全美步槍協會（NRA）貼紙的安全頭盔、一頂「讓美國再度偉大」的棒球帽，以及一個唐納・川普造型的皮納塔玩具。

在編輯建議之下，卡辛斯基指示旗下記者克里斯・馬希（Chris Massie）去翻警察部門發出的新聞稿紀錄，看看有沒有川普幾個兒子的名字。沒有，但是卡組向來是晚一點才會好運連連，挖出大量其他很有意思的結果，卡辛斯基最新的發現是「唐納・川普在二〇〇五年之前都不知道什麼是工作服」[33]（Donald Trump Had No Idea What Overalls Were until 2005）。卡辛斯基發過三十篇貼文，有二十五篇都圍著川普打轉。他揭露了很多資訊，包括這位參選人「不肛交」、他的太太不上大號，以及他曾經對電台主持人豪爾・史丹（Howard Stern）說過，如果黛安娜王妃（Princess Diana）仍在世，他很可能會和她上床。

「安德魯（卡辛斯基）的團隊，連同《紐約時報》的梅姬・哈柏曼（Maggie Haberman）[34]，在這個選舉週期中爆出了約一半的新聞。」班恩・史密斯有一天很得意的告訴我，「他們帶動選舉報導到這個地步，真是很了不起。」但是被追問到卡辛斯基的團隊最近爆出了哪些新聞，他卻完全想不起來，只記得川普的對手班恩・卡森（Ben Carson）的失態，和川普的幾個兒子不替白人至上主義者的眾議員大衛・杜克（David Duke）背書。「政治報導的生命都極短，真是太有意思了。」他若有所思，「在這一行，一年後就想不起來最重大的消息是什麼。」也可能一天後就忘了。

「BuzzFeed新聞網」（BuzzFeed News）必會記得超級星期二[35]，因為這是他們第一次嘗試用臉書的新現場直播串流工具轉播當晚的活動。這場直播節目的設定，是網站的新聞副主任兼頭版主編賈方・拉席格（Gavon Laessig）坐鎮場邊一處辦公室，前面會有一塊白板顯示美國地圖，讓拉席格填入各州宣布的結果。他們腦力激盪替拉席格的報導想出幾個吊人胃口的玄機，但最後決定簡單就好：主持人身邊有可以塞滿一整個儲物櫃的垃圾食物和酒，例如Ben & Jerry冰淇淋、一罐又一罐的花生醬、棉花軟糖、Oreo夾心餅、糖果、啤酒以及南方安逸利口酒，然後拍攝拉席格和一大群其他BuzzFeed記者一起笑鬧，有些甚至戴上狗面具，最後歡迎他進入為了轉播放送臨時搭建的攝影棚。兩位員工拿著他們的iPhone對準現場，一部直立畫面，一部水平，即時播出拉席格和同事笑鬧的場面。當天傍晚，他有很多時間都戴著一頂國會議員風格的假髮。每次點到某個州時，他就喝一杯酒，和特派記者一起乾杯。BuzzFeed在臉書上宣傳這場直播[36]，催促用戶「來看超級星期二如何毀了這個男人的夜晚」。

隨著初選結果慢慢進來，「卡組」的人從辦公桌前起身，溜進走廊走進休息室，就像他們的編輯凱爾・布萊恩（Kyle Blaine）說的，「去做他們平常會做的事。」他們打開經典的任天堂六四（Nintendo 64）遊戲機，興致高昂地打一輪「明星大亂鬥」（Super Smash Bros.）遊戲，盡情胡說八道一些關於選舉的廢話。卡辛斯基（CNN在大選前挖走他整個團隊）把對戰敵人捲進火球裡，讓他們「感受柏尼的炙燒」（feel the Bern!，譯註：這是二〇一四年美國民主黨參選人桑德斯支持者的口號）。馬希一開始被排除在混戰之外，他把這件事歸因於其他人之間「肆無忌憚的勾結」。

現場直播過了兩小時之後，BuzzFeed從《紐約時報》聘來擔任新聞總監的編輯麗莎．托絲（Lisa Tozzi），從她的無座椅直立式辦公桌旁看著直播，最後她對拉席格愈來愈不濟的狀態表達憂心：「我怕我們可能需要減少酒精了，我聽到他在說醉話了。」她從冰箱裡抓了一瓶氣泡水，拿給顯然已經喝醉的拉席格。在桌子下鏡頭照不到的地方，主持人已經在兩腿之間夾著垃圾桶。他似乎愈來愈失序，當他說到無話可說時，居然宣布約翰．凱利贏了。為了營造最後的笑料，有一位製作人給了他一瓶可口可樂和一條曼陀珠，這是經典自己動手做化學實驗裡的兩個元素，而拉席格把兩者一起倒進嘴裡，造成爆炸，吐的他滿嘴都是，整個會議室也未能倖免。

在此同時，卡辛斯基拿編輯布萊恩開玩笑，在推特上發布一位同事的影片，這位「卡組」組長在影片裡用川普造型的皮納塔玩具痛毆這位編輯。他大笑道：「凱爾（布萊恩）被川普皮納塔雞姦！」

大約十點時，隨著川普即將拿下關鍵票數，他們決定將直播做個總結。新聞編輯室的共識是，無論誰贏得初選，這晚都大大成功，不重覆訪客的人數衝到很高，不僅和有線電視或大型報社的直播點閱數相近，而且還很有特色。最後拉席格從直播室裡走出來時，同事們用歡呼迎接他，他們大喊「賈——文，賈——文，賈——文」。拉席格驕傲地微笑，宣稱「我讓這一行蒙羞了」。

拉席格把那一晚當成娛樂節目，呼應「赫芬頓郵報網」把和川普有關的報導放在娛樂版面。卡辛斯基的報導也比較偏向把這場選舉當成流行文化的大場面，而非攸關美國走向的生死存亡選舉。「卡組」提供了一些很不錯的獨家消息，二、三月時，他們找到的資訊登上中心舞台，因為當時主持總統參選人辯論會的CNN幾位主播提到了BuzzFeed新聞單位的報導。安德森・古柏關心的是，「卡組」拿出影片證明川普支持二〇〇二年入侵伊拉克的行動，與他本人在整個競選期間主張自己反對到底的說法衝突。唐恩・雷蒙（Don Lemon）對希拉蕊施加壓力[37]，引用「卡組」拿出的影片，片中她說加入幫派的年輕人是「超級掠食者」。「超級掠食者」一詞列入俄羅斯打擊希拉蕊的行動計畫中，也被各種打著「黑人的命也是命」運動的假網站拿來回收利用，在密西根州等戰況激烈地區用來阻止黑人投票。

為了共和黨二〇一六年七月要在克里夫蘭舉行全國代表大會，BuzzFeed計畫了另一場派對，要比該黨二〇一二年大會上的第一版美人魚派對更勝一籌。這場屋頂晚宴，專門招待被共和黨禁止入場的同病相憐發行機構，派對名稱為「紅的，白的以及黑名單上的」，讓新媒體先鋒中的領頭羊齊聚一堂，人在會場的「高客網」特派記者就說了：「我覺得我在推特上追蹤的每一個人好像都到了同一個地方。」為了替整場派對定調，牆上先以投影播放眾議院非美活動調查委員會（House Un-American Activities Committee）的會議影片，搭上嘻哈混搭配樂和免費暢飲的露天吧檯。當魯迪・朱利安尼在保鑣簇擁之下穿著防彈背心走進來，自行慶祝的放縱氛圍戛然而止。這位紐約前市長點了一杯威士忌，不加水，逕自啜飲，抽著雪茄，看著身邊一群千禧世代媒體人在這十二樓的大廳裡來來去去。他待了一會兒，然後就跟著隨從往出口走去。就在這時候，BuzzFeed華盛頓通訊處處長約翰・史丹頓（John Stanton）追到這位一度想要選總統的人身邊，想要提問。史丹頓高大結實，手臂上有刺青，理著小平頭，蓄著山羊鬍，和來自環狀線中心地帶大型企業媒體的從業人員相較之下，他顯得像是前科犯。走沒多遠，他就被一名在電梯口附近的保全壓制在地，朱利安尼也順利走了出去。BuzzFeed的發言人把這件事解釋為「誤解」。記者遭毆或被人大聲譏諷，已經愈來愈平常。

那廂的億萬富翁生意人川普和家族友人湯姆・巴拉克（Tom Barrack），一起站上全國代表大會舞台，他一開始就先講了一句玩笑話，提到川普大廈的菜單：「我覺得自己好像是我女兒伊凡卡（Ivanka）凱薩沙拉裡的鯷魚。」所有的「卡組」同事都在玩電玩，二十四歲克里斯・馬希則按下了暫停。他花了好幾個月的時間搜尋網路，尋找任何有貼文價值的資料，不放過任何和這場政治競賽沾得上邊的小事，就是為了這一刻而準備。「伊凡卡都吃希臘沙拉！」他一邊大喊，一邊抓起筆記型電腦在Google搜尋菜單。「是希臘沙拉，裡面有切片番茄、小黃瓜、紅洋蔥、地中海醃橄欖，以及他媽的羊奶起司！」他高喊，知道自己是對的，趕快在推特上發出正確的內容，以防有任何人真的想知道。

川普的演說是無趣的長篇大論，卡辛斯基和「卡組」人員覺得沒什麼新聞價值。他們把希望寄託在傍晚。但是，他們還來不及關上電腦，就收到政治主編米勒發出的訊息，要他們去找移民政策的強硬派人士（她提供了一份名單），請對方評論他們對於川普的演說有何看法。馬希最先看到，並叫卡辛斯基看一下。馬希說：「這些人我一個也不認識。」

「你可以不用管那封電子郵件。」卡辛斯基回答。

「她從Google聊天室發訊。」馬希糾正他。

卡辛斯基打開自己的收件匣，發現米勒也寫了電子郵件給他。「真是胡搞！」他大吼，「我們幹嘛要搞這種事？」那時是晚上十一點半，卡辛斯基覺得受夠了。「真是有夠扯的。」他低聲抱怨，為了米勒根本沒有告訴他如何聯絡名單上的人而感到灰心。「我才不要打電話給任何人。」

布萊恩也加入：「這聽起來像是班恩・史密斯的點子。」（確實是）。怒氣沖沖幾分鐘之後，卡辛斯基把清單分下去，「卡組」的每個人回家前快快打了兩通電話。

BuzzFeed在臉書上的表現經常勝過競爭對手，但是，就算如此，這家公司還是必須做足該做的事，想辦法讓祖克伯的平台開心。如果是BuzzFeed招牌的毛茸茸小動物可愛風素材，要引發瘋傳很容易，但臉書的用戶沒這麼愛新聞報導和政治內容。確實，如果不是裴瑞帝看到臉書強烈的暗示，因此認為轉進新聞領域可能會帶來好處，BuzzFeed很可能根本不會踏進這個圈子。「BuzzFeed新聞網」仍是該公司虧損最嚴重的單位，卻是裴瑞帝長期策略中的一環，他希望能在廣告主和線上平台眼前為網站累積聲譽。裴瑞帝告訴我，投入新聞領域，BuzzFeed可以討好臉書和推特，這兩個平台都仰賴網站上分享的新聞內容，但兩者都沒有能力或意願自行去做新聞。如果裴瑞帝能證明BuzzFeed可在這兩個平台的資訊生態系統中扮演要角，那他們必定會給他好條件。

二〇一六年五月，臉書決定要將BuzzFeed納入內部十大新聞管道清單，供監察人在查核詐騙時參考，代表裴瑞帝的策略看來確實有用。名列臉書前十大最受信賴新聞管道的清單，意味著BuzzFeed已經今非昔比，前一年，皮尤研調機構有一份以讀者的信任為標準的研究，還把這家公司列在新聞機構的末段班。但BuzzFeed上榜的時間不長；兩個星期之後，臉書有一群「趨勢話題」編輯在運作的事爆發出來，這些人隨之被遣散，打開了防洪閘門讓假新聞湧了進來。

就在選舉之前，BuzzFeed和史密斯遭受嚴重打擊。贖罪日（Yom Kippur）是猶太教習俗中用來補償贖過的日子，那天史密斯留在家中，不讓人打擾。卡辛斯基和兩位副手善用這個機緣，宣布他們要離開BuzzFeed、改投CNN。傳統媒體挖走新媒體的引領潮流者，這又是一個範例。

BuzzFeed也投入資源報導希拉蕊。網站群眾很年輕，他們不像年長的選民這麼熟悉希拉蕊，對她也沒這麼不耐，史密斯覺得有責任讓他們看見全貌。希拉蕊的競選活動大力阻止來自非全國性新聞機構的記者，但沒有誰比露比・克拉瑪更密切報導相關消息；克拉瑪是BuzzFeed年輕政治記者群中的佼佼者，她從二〇一三年起就追蹤希拉蕊，透過基金會的各種活動與各站的簽書會來追查非正式的競選行動[38]。那個時候，克拉瑪和《紐約時報》的艾美・珂琪克（Amy Chozick）有時候會和另外兩位記者共乘汽車，這兩人被指派的任務是全時負責選舉報導。克拉瑪大概每天列出一、兩件事，慢慢探查這位美國現代能見度極高的政治人物不為人知的個性。「她像是一項挑戰。」克拉瑪這樣告訴我。當希拉蕊的競選活動起跑，跟著她的媒體群就愈來愈大，克拉瑪得到一個難得的機會，能和這位候選人單獨相處做一篇側寫。她說：「我和她一起走進新罕布夏一處圖釘工廠，其他記者看著我，他們恨死我了。」這位BuzzFeed的特派記者必須讓這次的機會發揮最大用處，因此，很快的，在柏尼・桑德斯（Bernie Sanders）贏得愛荷華州的初選之後，希拉蕊陣營急速切斷了所有聯繫機會。他們認為，只有在電視上播出訪談，才值得冒著可能遭到負面報導的風險。

克拉瑪想報導希拉蕊，是因為她的父親在他的經典大作《代價》一書中，解析了一九八八年總統大選的各個候選人，很多人將這本書視為有史以來最出色的選舉故事。理查・班恩・克拉瑪二〇一三年過世，從某個方面來說，他的報導風格也隨風而逝，深入探討候選人的生平、他們對知識份子的影響力等等，如今很稀有。希拉蕊在這些面向上的相關資料很難找，因此幾乎無法下筆寫她。新聞花絮、選舉留言以及最新的民調數據，自然是更適合網路快速節奏的素材。雖然克拉瑪大致上屈服於網路不斷催促要有新素材的要求，而且每天還必須和其他報導希拉蕊的記者一爭長短，但她成功從同業當中脫穎而出，針對這位候選人寫了幾篇絕佳的側寫，包括其中一篇寫她的信仰。

克拉瑪和珂琪克都渴望寫出一些深入的希拉蕊側寫，讓讀者知道激勵她的因素是什麼。但這位候選人總是拉下簾幕，兩位記者幾乎不曾在沒有護衛之下近距離看過她。競選期間，她每一分每一秒都像照著劇本在舞台上演出。同時間，這兩位記者的編輯都殷殷盼望哪天能爆出當天大新聞：和電子郵件調查有關的任何新發展，或是選舉幹部出現任何衝突。全國代表大會民主黨電子郵件遭駭，以及之後希拉蕊重要助手約翰・波德斯塔（John Podesta）郵件遭人入侵，這些事件的相關報導成為餵養狂熱的素材，少有人深入追查洩密事件背後俄羅斯的操弄力量。他們的編輯想看到的，是在這類報導上能勝出，而不是深入挖掘候選人的生活與人格。新的選舉報導風格一定會讓克拉瑪的父親很難過。

二〇〇八年時，我負責督導《紐約時報》的選舉報導，《代價》這本書在當時仍是理想典範。我指定了一個「長跑」（The Long Run）系列，要《紐約時報》負責大選的記者深入探究候選人的某些人生大事與轉捩點。我們發表了許多很有啟發性的報導，講述了歐巴馬和母親之間的關係，以及米特・羅姆尼年輕時在巴黎服事摩門教會的那些年。《紐約時報》二〇一六年時雖然也有佳作，但珂琪克少有時間可以做這類報導，讓她很沮喪。她不管同行，以希拉蕊年輕時在南方從事民權運動所做的事為題寫成一篇報導，即便內容很捧希拉蕊，但這位候選人仍無論如何也不願意和她談談。

克拉瑪也有相同的挫折。選舉只剩一星期時，她因為終點在望而覺得輕鬆不少。她在最後五天加足馬力，幾乎沒怎麼睡，忍著不斷上升的體溫和支氣管炎發作，從被歌手布魯斯．史普林斯汀動搖選情的費城，搭機飛往北卡羅萊納州的羅里市參加女神卡卡的慈善演唱會。媒體專家在選舉日前的凌晨三點降落在紐約州白原市，四點半之前克拉瑪已經在曼哈頓中城的旅館登記入住，終於可以上床了。她一直睡到隔天早上，她醒來檢查電子郵件時，看到素未謀面的裴瑞帝發給她一封很溫暖的郵件，稱讚她三年來的努力。她覺得自豪，充滿希望。

晚上大約七點時，她設法來到了賈維茲中心，投票差不多要結束了，希拉蕊的派對也正要開始熱鬧。她已經預先寫好了報導，預期宣布最後贏得選舉的人會是希拉蕊，其中包括一篇要登上BuzzFeed首頁的主文，標題以勝利的姿態宣告：「她是總統」（She's President）。和她一起的媒體圈同業每個人都在撰寫同樣的報告（確實，當時我也在賈維茲中心，修修改改我替《衛報》寫的一篇七千字文章，想要添一些臨場感和繽紛色彩，報導主題是第一位女性當選美國總統）。但是，這一切還來不及實現，歷史就轉了個大彎。

在此同時，在紐約市另一頭的BuzzFeed總部，史密斯的新聞編輯室喧鬧狂歡。當天傍晚的慶祝活動可以用兩款主題雞尾酒來點出特色：「下流女子」柯夢波丹（"Nasty Woman" cosmo）和「壞傢伙」瑪格麗特（"Bad Hombre" margarita）。主要的活動是透過推特現場直播影片；史密斯和他的編輯群之前已經花了好幾個月策劃。整個構想是要讓一群BuzzFeed員工負責報導，他們不僅要自行回報選舉結果，也要播報有線電視新聞網如何報導這些結果。除了事後的評論之外，他們也會分析與解讀社交媒體上的數據，期望他們的預測到頭來比別人都精準。每一位意見值得一聽的分析師基本上已經達成共識，認為希拉蕊會贏。

「從來沒出過唐納・川普這種人[39]，」史密斯在大約晚上七點時對一名記者說，「如果他當選，馬上就會出現全球危機。」

BuzzFeed的與談人組合代表擺脫傳統，不像有線電視找來的是名嘴和專業分析人員。場上的人凸顯了BuzzFeed是「生氣勃勃的通才人才庫」，現場有兼談品酒與潮流相關事務的播客節目《再來一輪》（*Another Round*）主持人崔西・克萊頓（Tracy Clayton），還有網路喜劇團體嘗試小子（Try Guys）的成員尤金・李・楊（Eugene Lee Yang），搭配網站兩位年輕政治記者一同主持，將BuzzFeed的娛樂面和新聞面結合在一起，就像廣受歡迎的美食台（Tasty）影片將雞尾酒的廣告贊助商和食材搭在一起一樣。這四人組負責一邊喝酒、一邊講述當晚的發展，攝影棚還有現場觀眾替他們歡呼。這些主持人為了搞笑，經常在現場插播垃圾場起大火的影片（dumpster fire；譯註：字面意思為垃圾場大火，二〇一六年美國大選期間狀況不斷，許多名嘴常用這個詞來形容種種失控，引申為重大災難之義）。每段節目會有其他BuzzFeed特派記者加入播報陣容，稍微表達他們的個人意見。

此時，在多倫多，席佛曼正加緊處理最後關頭湧出來的大量假消息報導，他覺得自己好像在玩打地鼠。事實是：嘻哈歌手小韋恩（Lil Wayne）實際上並沒有投川普，朱利安尼的推特帳號是別人假冒的，CNN的推特帳號所發的佛羅里達票數是假的，伊凡卡沒有背棄她的父親，金融大亨喬治・索羅斯（George Soros）並沒有為了不利於共和黨候選人而操弄電子計票機。

隨著當晚時間一分一秒過去[40]，克拉瑪感受到賈維茲中心的氣氛漸漸凝重。「她會贏，但會是慘勝。」她心想。但這時大螢幕顯示了佛羅里達回報的票數，情況並不樂觀。克拉瑪注意到，前一刻還站在看板前的希拉蕊助理，現在全不見人影。她用Google聊天軟體傳訊息給其中一位中階助理，對方之前幫她很多忙。「你們知道發生什麼事了嗎？」她一邊打字，一邊焦急地等回應，這位助理的回應簡潔扼要：「這方面恕我無可奉告。」

鏡頭拉回BuzzFeed總部[41]，瓦爾茲加入攝影機前的團隊，一起熱烈討論福斯新聞台可笑的「拍影片專用吊燈」。當他離開舞台返回控制室，他撞到了史密斯，史密斯剛剛得知佛羅里達州的意外消息。「下一段，我們就以這件事為主軸，」他的主編建議，「不要有其他不相干的東西。」

人在賈維茲中心的克拉瑪頭昏眼花[42]。「我又病又累，」她對我說，「在某個時候，我曾經問過（我的主編）凱薩琳（米勒）：『如果一路這樣下去，我要不要寫點什麼？』我做不到。我精疲力竭，我沒有辦法應付這個局面。我不想『重寫一篇』她的失敗。我甚至不想讀到這種報導。我根本不想知道。」

瓦爾茲回想著[43]，當出口民調顯示川普拉大領先幅度，他收到一封電子郵件，是他的某位編輯發給全體員工的信。那位編輯懇求大家：不管你跑哪一條線，都花點時間想一想，現在想一想會發生什麼樣的改變。整間新聞編輯室都被暗算了。無論如何，這裡還是新聞編輯室，他們也自認為是新聞編輯室人員，最重要的就是要分擔讀者的問題和疑慮。瓦爾茲記得，困惑過後，接著，組織面默默出現了轉折。讀者需要他們，而且如今比以往更殷切，看來川普就要當上總統了，他們下定決心要做出回應。「重點就是適應，」瓦爾茲說，「典範已經移轉成為既定事實，要早一點找到新的做事方法。」

隨著競選失利的現實漸漸浮現[44]，此時的克拉瑪眼看希拉蕊團隊由嚇到目瞪口呆變成了心痛心碎。人們掛著淚癱坐在地上，擠在一起哭了又哭。她離開時大約凌晨三點半，步出賈維茲中心時剛好看到川普開心的臉龐讓螢幕熠熠生輝，他正準備發表勝選演說。她會想念過去幾年來感受到的共同奮鬥情誼。「你會覺得自己好像要跟整艘船一起沉沒了。」她告訴我，「這是一個有機體。你身邊的人一直都是和她同一邊、和你同一邊的人。我覺得自己失去了什麼。我有一種失落感，就像看到什麼東西死掉時會有的感受。」最讓人難過的是，她必須一路步履維艱才能回到位於威斯卻斯特才能上床睡覺，親希拉蕊陣營的媒體入住的旅館都在這一區。克拉瑪已經退掉布魯克林區的租屋，她的設定是，如果希拉蕊贏了，她應該會搬到華府去。

克拉瑪一直想花幾年時間了解希拉蕊，就像她的父親一九八八年時探究各總統候選人的心理與抱負。她一直覺得自己沒有機會報導了，這種痛苦糾纏著他，選舉結束後好幾個星期都揮之不去。「我們應該要理解這個國家。」她這麼說，聲音仍然很低落。等到希拉蕊發表敗選演說之後，她就離開了紐約，試著釐清自己的想法。

在BuzzFeed總部[45]，其他人用自己所知的最佳方法趕走憂鬱：加倍的可愛。公司裡的員工體驗兼文化事務主管法拉・絲莊瓦特（Farra Strongwater）告知全體同仁，「有一小群小狗」當天下午會來辦公室「讓我們開心」。這些小狗會在十六樓一間取名為「親親抱抱」（XOXO）的會議室，可供大家撫弄擁抱。

「如果川普輸了[46]，」一位馬其頓少年對席佛曼說，「我計畫改變我的網站設定標的，轉向體育運動。」但川普贏了，並將迎來一個特別的紀元，在這個時代，有一股新興的力量專門敵視「客觀的新聞」這個概念，如今這股力量不僅成為承擔人民交付責任的力量，如今更是手握大權者的盟友。BuzzFeed是臉書可信賴資料來源列表中，最普及且數位化能力最強的機構之一，這樣的地位促使這家公司繼續進行破解假消息的行動；如今策劃的人是坐進白宮政府的那一群人。史密斯派了更多記者去報導席佛曼不斷擴大的路線。

這個網站決定，現在正是改頭換面的時候，提出了一條新口號：「向你報告」（Reporting to You）。在BuzzFeed紐約總部的大廳裡。有一個落地式的大型螢幕歡迎訪客到來，搭配各種會讓人抓狂的表情符號宣告著「向你報告」，這些符號之後淡去，好讓另一句話跳出來：「但先讓我們來個自拍吧」（But First Let's Take a Selfi）。這兩個畫面完美反映出BuzzFeed與其群眾。

針對大選結果編纂事後分析報導時，席佛曼發現，其一，在之前的十個月，真相支離破碎。他的分析顯示，那段期間假新聞從小問題變成了無可忽視的大災難。臉書上最多人傳的前二十條假新聞，在衡量數值上的表現優於前二十條真實新聞。人們覺得這些假報導更引人入勝。更糟的是，純粹的騙子現在已經不再是唯一的問題了。如今另有一群新的發行商正在興起，他們大量傳播大致上以實際事件為本、但經過編造或「扭曲」的文章，曲解出偏頗的觀點，讓事實與虛構之間的差異更模糊。

未來的新政府和媒體界的關係很緊張；媒體圈裡有很多人仍對於川普勝選的正當性懷有疑慮，在過渡期間更加嚴重，因為在這位當選人發布的內閣名單裡，有各種特異獨行人士和官員，一心想要毀棄傳統上人民託付給政府的責任，比方說，他們想要廢止環保規範。川普宣誓就職前九天，由於看到造成美國分裂的傷口仍在淌血，BuzzFeed決定丟下一顆震撼彈。自九月以來，有人向史密斯和他的團隊、以及眾多其他主流媒體管道人士傳達過一份三十五頁的文件，內容充滿下流軼聞，強力指控川普可能和俄羅斯之間有著不當的關係和牽扯。就連在政府部門內部，情報機關的官員和相關的國會議員也在流傳這份所謂的「史帝爾卷宗」（Steele dossier），編製者是曾在英國軍情六處（MI6）任職的間諜克里斯多福・史帝爾（Christopher Steele）。他曾受雇於復興全球定位公司（Fusion GPS）調查川普的商業交易和俄羅斯的關係；這家公司的業主，是我在《華爾街日報》的舊同事葛倫・辛普森（Glenn Simpson）。復興全球定位公司一開始和克魯茲的競選團隊簽約，後來受聘於一家和希拉蕊競選團隊有關係的民主黨法律事務所，這家事務所想要他們手上可用來反川普的資料。

一月初，有人向歐巴馬總統和川普報告這份卷宗；在這之前全美各新聞編輯室早已投入不知多少人力，追蹤裡面所說的事，但是少有具體成果可茲證明他們的努力。在此同時，情報圈裡特定的官員和領袖早已經傳得沸沸揚揚，私下討論卷宗內的內容。CNN認為高階官員都收到相關訊息，代表很有新聞價值，於是播出了一則報導，但沒有發布卷宗內容。在此同時，BuzzFeed手握卷宗，史密斯決定他不應該再堅持了。即便大眾無法一窺，但這份卷宗影響了最高階政府的決策，也製造了新聞。史密斯想著：「我憑什麼有資格說大眾還沒準備好接受這件事[47]？」沒錯，過去有很長一段時間都由編輯扮演守門員的角色，當時他讓步了，決定最適合的作法是壓下這份卷宗並告訴讀者：「我們手握這份有新聞價值的材料，但我們認為各位不應該看到，請相信我們。」但如今時機不同了，人民對媒體的不信任來到高點，史密斯如今的理由是：「你必須證明你做了什麼。」雖然史帝爾卷宗內有部分內容未經驗證而且有錯，但是歐巴馬和川普都已經聽過相關的彙報，這份卷宗想必非同小可。重要性的考量，勝過了謹慎或確認卷宗內容真實性的必要性，BuzzFeed也在新聞報導明說某些說法尚未經證實。

史密斯把調查性報導主編史庫佛斯從洗手間裡叫出來，並找來記者肯恩・班辛爾（Ken Bensinger）和BuzzFeed的內部律師娜碧哈・席伊德（Nabiha Syed），還要求裴瑞帝用電話參與會議。每個人都傾向發布。他又找了夏妮・希爾頓和米瑞恩・艾兒德這兩位資深編輯商討。他們都知道會因此飽受指責，但是只要對這個決定有信心，他們也很樂意面對。如果BuzzFeed是真的看重新口號「向你報告」，那麼，他們就沒有權力擋下讀者，不向他們報告爆炸性這麼強的資訊。每個人都有同樣的想法，史密斯做出了「發布」的決定，這份三十五頁的文件也因此公諸於世。爆開後的結果也如預期出現。

「這看來十分荒謬、駭人、投機[48]，而且從每一個層面來說都不顧基本的倫理道德。」媒體專欄作家麥可・沃爾夫（Michael Wolff）發推文這麼寫，「倫理道德很簡單：你不應發布你不知道是否為真的內容。」；沃爾夫自己出了一本書《火與怒》（*Fire and Fury*）描寫川普政府，隔年也面對同樣的指控。

「發布謠言和諷刺永遠都是不可接受的行為[49]。」《華盛頓郵報》的瑪格麗特・莎莉文（Margaret Sullivan）也同意。

「就算是唐納・川普，也應該享有新聞的公平性[50]。」一位替《瓊斯夫人》（*Mother Jones*）雜誌寫稿的記者這麼寫；此人早在十月就已經透露有這樣一份卷宗。

川普個人對於BuzzFeed登出「史帝爾卷宗」的反應，就像平常一樣快速又憤怒。「我認為這很丟臉、很丟臉[51]，情報機構居然允許任何根本虛假錯誤的資訊流出去。我認為這很丟臉，我要說，我要說，這是納粹德國才會做也做過的事。」川普說，「我認為這很丟臉。這些資訊虛偽錯誤而且從未發生，居然發布給一般大眾。至於BuzzFeed，他們是一堆沒用的垃圾，寫這些東西，我一定要他們自嘗苦果。」

此時，成功把川普送進白宮的媒體界最近有很多重要人物加官晉爵，他們馬上出來捍衛新老闆。

亞力斯・瓊斯（Alex Jones）是一位陰謀論者，他主持電台談話節目「資訊戰」（InfoWars）兼用來影響輿論，向來惡意攻擊比較偏主流的媒體管道，他就把打擊BuzzFeed當成己任。他說，這個網站的編輯群「完全讓自己信用掃地」。部落客麥克・切諾維奇也發聲，宣稱BuzzFeed發布這份卷宗是一種墮落，集體創作出一樁騙局。川普火上加油，發了一則推文，引用一家由父子聯手經營的新企業「一個美國新聞網」（One America News Network）的消息：「情報單位內線人士如今宣稱，川普卷宗『完全是騙局』！」（INTELLIGENCE INSIDERS NOW CLAIM THE TRUMP DOSSIER IS 'A COMPLETE FRAUD!'）但是，到了這個時候，卷宗內未經證實、聳人聽聞的內容（包括據稱川普付錢給妓女，要對方在歐巴馬於莫斯科麗池卡爾頓飯店〔Ritz Carlton Hotel〕睡過的床上小便），已經在這個新聞週期成為焦點所在。BuzzFeed把川普的侮辱轉化為優勢：這個網站在賣一款T恤，上面印著「沒用的垃圾堆」，幾個垃圾桶驕傲地標示著「BuzzFeed」的字樣。

史密斯從不浪費任何關注，他在媒體上採取閃電攻勢捍衛自己的決策，上遍所有發聲管道，不管是「一個美國新聞網」還是MSNBC，全不放過。

「史帝爾卷宗」給了川普一根棍子，挑起新舊媒體的分裂。CNN的蘇可公開說過[52]，他不認為BuzzFeed和Vice是真正的新聞機構。就蘇可來看，BuzzFeed發布未經驗證情報卷宗，就好比排放未經處理的污水，是不負責任之舉，也坐實了川普說新媒體傳播假新聞的粗魯指控。CNN以及「失勢的《紐約時報》」向來是川普總統最明顯也最常見的照妖鏡，但如今，被蘇可貶抑的公司BuzzFeed，也加入這兩家的行列，成為總統的箭靶。這或許有助於BuzzFeed的聲譽，但蘇可擔心會波及CNN的可信度。CNN電視台發出一篇聲明[53]，尖銳地和BuzzFeed切割，文中說：「CNN在報導政府運作、刊登經過審慎驗證的資料時所做的決策，和BuzzFeed決意發布毫無根據的備忘錄時所做的決策大不相同。川普團隊也了解這番道理，但他們以BuzzFeed的決定為藉口，歪曲CNN所做、和其他大型新聞機構相符的報導。」

CNN主播傑克・塔波（Jake Tapper）通常是最大力批評川普與其部屬群的人之一[54]，他用更嚴厲的言詞譴責BuzzFeed。他在CNN的同事吉姆・阿可斯塔（Jim Acosta），是第一批遭到新總統川普人身攻擊的新聞記者之一，川普當選後第一場新聞記者會上直指他是提供假新聞的人。在塔波眼中，BuzzFeed只是給了川普理由，唯一的貢獻只是讓川普有了防護罩。塔波堅稱：「在網路上提出未經證實的消息很不負責任，我理解為何總統當選人川普會這麼生氣，我也很生氣。我們正是基於這個原因才不發布，才不提其中任何細節，因為那未經驗證，我們不做這種事。我們所處的這一行，要查清楚什麼是真、什麼是假。」

有很多人捍衛史密斯[55]，包括《哥倫比亞新聞評論期刊》的總編、「挺公民網」的一位高階主管和我。我的理由是，如果總統和總統當選人認為這份卷宗很可信，因此他們聽取簡報，那麼，這份文件必有新聞價值，大眾有權一讀。

「諷刺的是[56]，」史密斯對我說，「我們揭發假新聞，但現在卻被人反控是假新聞。」但他仍相信新聞界是透明的，發布消息幾個星期後他告訴我，他認為名嘴輿論回到他這一邊了。但是，有利局面真正形成之前，BuzzFeed又被開槍攻擊：該公司因為發布「史密爾卷宗」而遭訟。對方法律上的主張一旦成立，很可能導致公司破產，面對這種狀況，BuzzFeed將自己的命運交給公司年輕的法務長碧哈・席伊德，她必須證明卷宗說的確實是事實，或者，至少很大一部分都是真的。從法律觀點來看，她的任務直接了當，但是需要大量投資，做好最出色的情報收集。

彼得・提爾曾提供金援，幫忙控告媒體公司「高客網」，讓這家一度成功的八卦新聞網站基本上算是破產了，最後賣給另一家媒體公司。支持川普的銀行家顯然也用同樣的策略在法律上下注，想要踢走BuzzFeed。突然站上公司法務策略前線的席伊德，聘用了一批調查人員，領軍的是前聯邦調查局網路安全主管安東尼・費蘭提（Anthony Ferrante），他在調查局任職的最後一年時，都在應美國政府要求查探俄羅斯對二〇一六年大選的干預。

耶魯法學院畢業的席伊德，曾經是《紐約時報》的基層律師，二〇一五年時冒了一次險，進入BuzzFeed成為公司的副法務長。如今的她已經備受認可，是法律界年輕的超級巨星，也是激辯美國憲法第一修正案法庭裡的重要人物；長久以來，這個戰場都由年長白人男性獨霸，例如在指標性的五角大廈文件案裡代表《紐約時報》的弗洛伊德・艾布拉姆斯（Floyd Abrams）。她離開《紐約時報》之後，曾經加入一家專門代表媒體機構的小型事務所。她某些耶魯的同學以為，法學院畢業後拿到馬歇爾獎學金（Marshall Scholarship）去牛津念書的席伊德會去最高法院任職，以此作為光彩學術生涯的高峰。但席伊德沒有，反而愛上了新聞媒體，以及當中蘊藏的創造性正向改變潛力；她的祖母是一位巴基斯坦的法官，當地的媒體深受政府控制。歷經《紐約時報》之後，替一家全數位新興媒體工作的想法讓她很心動，而她也是班恩・史密斯和喬納・裴瑞帝最需要的人才。二十八歲的她和公司很多記者同齡，雖然每天一上班看到的是輕鬆的「好好笑」標誌，但她很愛這份工作，總是認真審查報導以避免誹謗官司。一開始案例很少，但隨著史密斯不斷壯大調查報告小組，尤其是英國分部，當地對於面對誹謗指控的媒體防護不像美國這麼強，她的工作負擔比過去在事務所時更重。

席伊德已經見慣爭議。二〇一六年九月，就在大選之前，她和迦納男友納納・阿炎蘇（Nana Ayensu）結婚。他們還來不及從川普當選的驚嚇中恢復，就出發前往非洲度蜜月。這對新婚夫婦希望完全不受打擾，因此關掉了手機和電腦，直到他們從田園之旅返回美國，才發現新總統下令對穆斯林國家實施旅遊禁令。當他們結束長途飛行、降落紐約甘迺迪國際機場，席伊德和阿炎蘇兩人被拉出隊伍，接受詢問。席伊德帶著旅途上的髒污與疲累，還被拘留訊問將近八小時，要她說明護照上的各個戳印，裡面包括進出巴基斯坦的紀錄；巴基斯坦是伊斯蘭恐怖份子的溫床。她終於獲釋，找到了丈夫，他被詢問的問題多半和她的活動有關；她看到機場外面有一群示威者，為了這道違憲的禁制令呼喊各種反川普口號。她雖然疲憊不堪，但馬上加入一些她認識的專攻第一憲法修正案的律師行列；這些人會在緊急時代表機場的被留置者。又過了好幾個小時，她才回到布魯克林的家中。這個在政治上極具爆炸性的議題，也正是她渴望接觸的法律議題。很快的，隨著「史帝爾卷宗」公諸於世，她又站在另一場憲政風暴的前端。

席伊德過沒多久就得到聲譽卓著的新聞自由記者委員會（Reporters Committee for Freedom of the Press）頒發的特別獎[57]，她堅信BuzzFeed絕對有權公布卷宗，這甚至不是一個正反兩方有拉距空間的問題。一九七一年的五角大廈文件判決指出，媒體發布有新聞價值的素材是很重要的事，無須經過發布前的審查。席伊德一想到要在法庭上捍衛這項權利，就覺得興奮莫名。

BuzzFeed面對許多訴訟案，其中一起是由俄羅斯阿爾發銀行（Alfa Bank）業主在紐約提告[58]。「史帝爾卷宗」指控這家銀行和新總統家族的房地產帝國川普集團（Trump Organization）關係可疑。第二起訴訟提出的時間比較早，由俄羅斯的網路創業家阿列克謝・古巴瑞夫（Aleksej Gubarev）在佛羅里達提出，他反駁的是卷宗指稱他和他的公司利用「網路機器人和色情流量」玩弄各種網路花招，對付民主黨的各個領導者。大約就在他提訟之時，BuzzFeed在席伊德的建議下，針對網站上發布卷宗裡和古巴瑞夫及其公司相關的資訊道歉，並做了編修。但她無法完全撤銷這樁訴訟。川普的私人律師麥可・科恩（Michael Cohen）也加入混戰[59]，涉及其中一件訴訟，但最後撤案了。二〇一八年四月，另一項訴案也撤銷，BuzzFeed贏了。

席伊德還是希望能上法庭[60]，為她心目中這一代的五角大廈文件案一拚。《紐約時報》和《華盛頓郵報》過去挑起的憲政之戰裡也有同樣的利害關係。席伊德認為自己是最適合努力保護傳統的傳人兼法律管理人。

在此同時，裴瑞帝樂見這種大場面。問過席伊德和史密斯之後，他一躍而起加入團隊的防禦行動。他早期寫過一封雖是寄給員工、但顯然有意公諸於世的電子郵件[61]，文中寫道：「我們支持班恩（史密斯）發布具新聞價值文件的決策，各家媒體都會報導這個消息，政府高階官員也會看到，包括現任總統與下任總統當選人。」這位BuzzFeed的創辦人繼續快活地說下去，「由於這個決定，我們受到即將上任政府的批評。我們不會回應這些分裂性的言論，順帶一提，這也讓我們晉身偉大企業之列：《紐約時報》、CNN和《華盛頓郵報》也全都受到攻擊。」

「史帝爾卷宗」是一場橫生枝節，在許多方面凸顯了新舊媒體新聞道德之間的根本差異。裴瑞帝與史密斯相信，透明度是如今的新秩序，原本負責決定何謂新聞的仲裁者，已經從專業新聞記者移轉到一般人，人們已經不再信任編輯，也不想由編輯來決定他們應該看什麼、讀什麼。網路無遠弗屆，裴瑞帝和史密斯相信，重點是把文件「擺出來」交由民意進行真相測試，讓千百萬人分享。這就是社交媒體時代新聞傳播的方式，真假皆然。

裴瑞帝最憂心的不是卷宗也不是川普政府。他移居洛杉磯，就是為了聚焦在打造BuzzFeed的影片部門：BuzzFeed動畫，這是位在好萊塢的完整動畫製作單位。他重組了公司，把雖然享有盛名、但一直處於虧損的新聞部門區分出來，並將製造熱門話題的部門和他不斷拓展的影片王國結合在一起。

創辦一個等同於迷你派拉蒙影業的單位來專責製作影片，是非常昂貴的議案。製片廠的成敗非常重要，這個部門要支援新聞單位愈發高漲的雄心壯志。雖然NBC環球集團已經注資四億美元[62]，但快速聘用新員工與擴大營運已經花掉了一大筆錢。BuzzFeed在二〇一六與二〇一七年連續兩年無法達成營收目標[63]。投資人肯尼斯・勒爾宣稱自己不擔心，並決心要管控二〇一八年的支出。裴瑞帝認為，把製作與出售影片變成BuzzFeed主力產出，是回歸獲利的方法。

影片是所有數位發行機構念茲在茲的項目，連《紐約時報》和《華盛頓郵報》都一樣。Vice媒體多年前已經轉向影片，該公司誇張的估值（很多人認為高到太誇張了），大部分憑恃的是影片內容和廣告遠比以文字形式呈現的素材更有價值。每個人都想辦法塞滿自家的影片庫，絕大部分的理由是因為影片廣告的溢價高於平面廣告。由Netflix領軍的大型平台，也渴求原創節目以供播放，並樂意付出高價購買。

「轉向影片」（pivot to video）成為媒體業的流行語。影片是少數幾個臉書沒有領先優勢的領域，對於落後YouTube這件事，祖克伯大為光火。二〇一四年，廣告界的聖經《廣告時代》（*Ad Age*）雜誌細數臉書迎擊影片主要對手的策略，祖克伯的第一步是模仿。BuzzFeed和YouTube上都有一個很受歡迎的功能，就是顯示某一部影片有多少人看過。觀眾喜歡看流量高的影片，認為流行的品味透露了群眾的智慧。臉書宣布，他們也要在每一支影片上納入觀看次數的數據，並給使用臉書自家數位播放器呈現的影片較高的分數，同時讓觀眾要在臉書上看YouTube的影片變得很麻煩。YouTube已經和Vice媒體等內容創作商建立起可獲利的結盟關係，把部分廣告營收分給他們，臉書一直抗拒這麼做，到後來才和《紐約時報》以及BuzzFeed結盟（這兩家也是臉書付費的新聞供應商，每年金額達三百萬美元），現場影片直播新聞、噱頭花招以及其他活動，替臉書的應用程式帶來大量群眾，因此還特別劃出影片專區。

回到二〇一二年，當時祖克伯感嘆他的網站在新聞媒體間居於劣勢，據說，他認為其他在影片領域的競爭對手都是既存的威脅，尤其是YouTube、Netflix以及新的社交平台Snapchat。所有媒體預測專家和數據都說，年輕的讀者喜歡看、不喜歡讀。

臉書力推影片，代表BuzzFeed也必須轉向。裴瑞帝在這方面已經落後，他偏愛用照片和接續、直立的投影片闡述BuzzFeed的報導。但是，臉書一有任何變動，BuzzFeed就要快速重新調整位置，才能跟上。

祖克伯每次擔心落後時，他就會重新設定動態消息的演算法，改變權重偏袒某些類型的貼文和文章連結，然後靜待會出現什麼變化。很快的，這些變化就擴及其他媒體。推特大受歡迎讓他很擔心，尤其是新聞記者和決策者都忠心耿耿亦步亦趨跟著。但是，臉書為發行機構帶來的流量比平常高了兩倍。到了二〇一五年中，就在即時文章推出後沒多久，臉書就讓推特顯得像殘羹剩菜[64]；臉書為發行機構帶來的流量，比這家前對手高了十三倍。

裴瑞帝公司內部有近千名員工，他並未把他們當成一群寫手、編輯和一般性內容的製作人，而是一個投身於打造完美機器的技術團隊。理想上，這部機器有一天會自動運作，需投入的人力少之又少，BuzzFeed的員工則要往上提升擔任監督的角色。這是裴瑞帝在二〇一五年十二月對員工擘畫的願景[65]，就在此時，他提出了一個話題性十足的用語，說盡他的公司要成為的模樣。他說，BuzzFeed將會成為一個「跨界平台，全球網絡」（cross-platform, global network）。

當中的意涵很模糊，就連對裴瑞帝來說亦然。這是對分散式出版的新承諾，重中之重是要在人們的社交媒體饋送當中留下印象。除此之外，新的角色認同反映出裴瑞帝想要強化回饋圈的渴望：BuzzFeed利用回饋圈收集數據，並以數據提供的洞見行動，讓內容可以吸引到更多人。他發表BuzzFeed工程師為了協助回饋流程而開發的最新、最出色工具「蜂巢」（HIVE）[66]，BuzzFeed裡每個人都可以透過「蜂巢」系統從公司裡所有檔案中抽取洞見，判斷哪種類型的內容在哪個網路平台的效果最好。公司每一次在社交媒體網站上發布或推廣內容時，可收集到大量雜亂無章的數據，「蜂巢」系統可以整理出秩序。裴瑞帝說，「蜂巢」讓BuzzFeed的寫手可以即時做實驗，利用過去作品的大量數據來檢視社交網站的偏好。「你輸入『披薩』，然後看看BuzzFeed過去以這個主題創作出來的全部作品以及各個平台上的表現如何，你可以在創作自己的披薩內容之前先適應舊作品、從中學習、和原作者談談並尋求建議。」這套系統讓BuzzFeed各部門的創作成果同步，因此，當新聞團隊在做主題週時（例如心理健康週），在BuzzFeed好萊塢製片廠製作瘋傳影片的人員，就可以替對話找到一些笑點當作點綴。

推出「蜂巢」系統供員工使用之後[67]，裴瑞帝不急著行動，他想先解釋新工具如何融入他心目中

BuzzFeed的高遠願景，他用比喻來說：「自動駕駛汽車慢慢開始優於人類駕駛。人經常會碰撞，原因是你開車時只有自身的經驗可以依靠，如果你從不曾上過路，也沒有在冰天雪地中開過車，你不會知道該怎麼辦。」人類的經驗有侷限性：必定僅限於一個人有過的經歷。在一個如裴瑞帝允諾集眾人智慧創造的科技烏托邦裡，這個限制將成為過去式。「如果你是一部Google自駕車，」他說，「你會擁有其他每一部Google自駕車的經驗，任何曾經駛過冰天雪地路面的車子都會傳送知識到中心，每一部車子都能取得，並從中受益。」

台下的史密斯、也是他的總編大笑，並插嘴說：「你知道你是人吧？」

「大部分時候各位都是人，」裴瑞帝同意，「但當你登入『蜂巢』系統，各位就變成看見整體並從中學習的人。」他描述這個可能性時，說的好像是超強力系統一樣，某種程度上也沒錯。「蜂巢」系統，或者更廣義來說其他類似的所有新工具，都有能力扭轉媒體業，從原本仰賴偏狹、局部的真人專業，轉變成依附於一套能替人們愈做愈多的超智慧系統，讓通才同樣能以高效率運作。

「這會很棒，」裴瑞帝繼續說，「如果我們能擁有一個生氣勃勃的通才庫，BuzzFeed就能有很多創作範疇不僅限於某個狹隘主題領域的人。」然而，以新聞領域來說，此一概念的危險之處在於，這可能代表了報導流於膚淺。未來若由靠數據強化的通才主導，專業將被逐步淘汰。除了提供讀者要求的內容之外，出版機構還要擔負其他責任，但裴瑞帝否決了這個想法。他告訴我，他看到的是，像BuzzFeed這樣的新品牌和看重相關性勝過權威性的消費者合作之下，有一股新趨勢正應運而生。他認為，這就是他的作法和其他機構不同之處，比方說《紐約時報》。BuzzFeed更注重和人們的聯繫，比較不看重高遠的目標、理想和「應做之事」。這套方法一看之下就和美國憲法第一修正案扮演的新聞監督角色相左，這一條指出新聞要為大眾提供重要、真實的資訊，還要保護大眾免於遭權力施暴。

為了領導BuzzFeed動畫，裴瑞帝去找了他的老友兼製造瘋傳的魔法師澤・法蘭克。他藉由早期的「親愛的貓咪」原生廣告培養起名氣，成為一位獨創影片導演。到了二〇一六年春天[68]，我去好萊塢拜訪他，製片廠一片忙碌，有三百名員工分散在綿延廣闊的園區各處。除了辦公大樓主建築以外，這個地方還有一處多棟公寓聚集的社區叫屋舍（The Bungalows），一處很大的攝影棚空間名叫立方體（The Cube），一處兼做布景的功能性酒吧，一棟到處都是拍片攝影棚與剪接室的大樓塔樓（The Towers），還有一處昂貴的樓頂露台，看得到知名地標國會唱片大樓（Capitol Records building）和「Hollywood」（好萊塢）的標誌。當天稍晚，我參觀各處，四樓有一個留著大鬍子的男子坐在他的辦公桌旁，用筷子吃著洋芋片。

「這裡的界線很模糊[69]，」BuzzFeed動畫公關宣傳主管凱特・芭托賽維琪（Cat Bartosevich）一邊領著我一邊說，「沒有什麼新聞和廣告之分，這是澤（法蘭克）信奉的哲學。」好萊塢營運分部的品牌置入廣告策略主管珍恩・懷特（Jen White）仔細說明模糊到什麼程度[70]。她說，製作娛樂性內容時，創作人知道他們必須在某些參數限制內操作，以保障和某些品牌合作的機會。為了盡量不讓內容帶有任何冒犯意味，她喜歡把BuzzFeed有一天可能有機會合作的各跨國企業想成是人。在發布內容之前，標準作業程序是要消除任何可能會（對任何群體的人或利益團體來說）構成「恨意」的部分。該內容的編輯必須自問：「這會讓任何人覺得不舒服嗎？」舉例來說，有一部BuzzFeed影片主角試吃了六種很受歡迎的玉米片，但由於BuzzFeed正在和這六家玉米片製造商接觸，想簽下獲利豐厚的品牌置入內容合作案，因此必須改掉這個情節。這是娛樂、不是新聞，因此沒有道德規範。

到了二〇一六年三月，公司聘用法蘭克來經營這個部門不到三年，影片在BuzzFeed的營收中的佔比已經超過一半。又過了一個月，公司宣布影片點閱率與前一年相比成長了八十倍[71]。夏妮・希爾頓不想抹煞法蘭克的聰明能幹[72]，但她對我說，他的成就有一大部分歸功於裴瑞帝做決定的時機點抓得很好。她解釋，促成BuzzFeed轉向影片的理由，是社交網站平台上多了一項功能，當用戶捲動他們的饋送時看到的影片會自動播放，無須他們動手點選「播放」按鍵。這股趨勢始於如今已經不存在的Vine平台，該平台將影片的時間限縮在六秒內。Instagram接著跟上，將Vine的限制延長到十五秒，後來又延長為整整一分鐘。不限影片長度的臉書，改變了動態消息的演算法，偏袒影片貼文，把捲動過程中影片播放的次數也列入計算，並且顯示在「點閱次數」總數上。當其他人還摸不著這套新的計數系統之前，如果能讓自家影片看起來的瘋傳點閱次數高於實際的情況，自有優勢。另一項很重要的因素，是隨著手機數據網路改善，人們每個月的智慧型手機數據方案限制愈來愈鬆，平均來說，他們就算看更多影片，也不會超過資費限制。

塔樓裡有一群影片創作人聚在一起，齊力埋頭想出「比短片形式更短」的內容，限縮在三到五秒之內。但其他大部分的地方，都投入製作BuzzFeed最成功的影片事業，也是裴瑞帝的公司創業前十年最熱烈瘋傳的構想，那就是BuzzFeed發布到臉書專頁「美食台」上三十六到十秒的烹飪影片。「美食台」於二〇一五年年中開台，只花了一個月就累積到第一百萬名的臉書追蹤者；短期內，成為臉書上獲得最多「讚」的專頁。臉書沒看過任何在這麼短時間就爆紅的專頁。在發布第一份影片食譜之後，「美食台」專頁引來的用戶流量和按「讚」數字極高，連臉書的安全系統都以為這個帳號屬於某個駭客或詐騙高手，因此暫時停權。

「美食台」的短片僅拍攝烹調者的手部，以飛快的速度完成食譜上的烹調流程。臉書式網路史上用戶最多的平台，上面最受歡迎的專頁是一系列示範如何用手工製作沾醬和披薩餅皮的短片，看來是偶然。「美食台」也是老天爺給品牌置入廣告的禮物，卡夫食品（Kraft）、億滋國際（Mondelez）和許多食品廠商都是贊助商。

「美食台」的簡潔扼要，加上用的是任何千禧世代都買得起的便宜食材是其優勢；法蘭克說，要讓內容更紮實，必須犧牲暴起性的成長。「這是美食劇場[73]，」法蘭克對我說，「不是食譜服務。這是魔術。」想出這種形式的亞當・畢恩區（Adam Bianchi）指出，「美食台」影片十分流暢，因此讓這些影片十分容易分享出去[74]。他認真看了這個類別的各種數位影片，拿掉每一個徒增複雜的多餘元素。

畢恩區沒有料理的背景，他只是熱愛美食，包括垃圾食物，多數「美食台」的製作人也是這樣，但他們認為這是一項優勢：這讓他們和觀眾之間有了最大公約數，確保他們創作出來的食譜不會太過高階。相關性是暗號，在新聞編輯室如是，在廚房裡亦如是。

「美食台」是法蘭克所養大一頭最肥美的「金牛」，更讓他的主管樂開懷。裴瑞帝聘用法蘭克時[75]，對這位友人下達的是「成長任務」，而非「內容任務」。法蘭克可賣力了。他把所有的工作時間都花在製作意在培養群眾的影片，影片點閱數字展現了他亮麗的成功紀錄。他對我說，指數型的成長「是美好的事，很接近我所知的上帝」。

四十四歲的法蘭克，金髮快要轉成灰髮，留著小平頭，藍色的雙眼分得很開，鬍子亂糟糟，幾乎看不到上鬍。他有兩隻貓，最近又收養了兩個小孩：七個月的蘿絲（Rose）和兩歲的喬納（Jonah）。

他的辦公桌上放了兩隻招財貓，旁邊則放了一張家庭照，和演員丹尼・葛洛夫（Danny Glover）的簽名照，架上有一本書《一秒半生》（*Life in Half a Second*）。

不管從哪方面來說，他都不是新聞記者，反而是數位原生種的縮影，YouTube剛開始的時候他就拍攝自己跳舞的影片上傳。到了今天，他還是運用這種即興的精神；他不會叫大家去做太多事前工作加重手下員工的負擔，反而會在他們還來不及想太多時就開拍。有幾部短篇戲劇正在製作中，其中一部講的是一群同住少女的故事「你做你自己」（You Do You），演出的年輕女性是在BuzzFeed從網路製作人做起的女孩們。他選擇她們，是因為，說到底，她們在真實人生裡的模樣和典型的好萊塢樣版大不相同。法蘭克告訴我，他指導她們把自己的角色想成和她們一樣，同樣都有一個「很過不去的情緒空間」，然後集中精神，不管找到那個的情緒特色是什麼，都努力放大表現出來。法蘭克說：「她們都成為增強版的自己。」舉例來說，有一個名叫莎拉（Sarah）角色，她演的角色反映出演員心中害羞內向的自己。這個系列吸引到忠實影迷群，BuzzFeed的群眾分析師注意到有很多人喜歡莎拉的個性。很多女性影迷寫信給她，在網路上留言讚美她，寫的內容如：「莎拉很美，莎拉就是我。」

鋪陳情節長久以來都是演藝事業很重要的部分，也讓法蘭克勞心費力。他認為，一部電影、一場節目或是一個故事之所以偉大，通常都因為可以濃縮到最好的幾個時刻。他猜測，娛樂表演最好的時刻，是反映出觀眾人生的真實體驗、能引發共鳴的時刻。就像裴瑞帝說的，這些時刻的魔力，在於這些東西放諸四海皆準：「這就好比某個東西你認為很個人，但實際上卻放在某個網絡層次上也都成立。」法蘭克則說，這就像你在讀一本好書，當作者觸及某個你想過、但從來沒有說出口的想法，這就變成了一本偉大的書。而他說，此時此刻，「那本書就成了一個入口，導引出一段陪伴。」

法蘭克有條有理地收集整理這類時刻。他的計畫是，要讓這種時刻決定BuzzFeed動畫的走向，而不著重於整體架構的敘事，這麼一來，就會比電影院中播放的老式新聞宣導短片更短。當英國歌手艾黛兒（Adele）發表新專輯，BuzzFeed就會推出適當的影片，來體現最好聽聽那首歌所描繪的心情。這種片段式的取向很契合網路的步調，以及熱情網友極短暫的注意力。

尋找新機會時[76]，BuzzFeed的影片創作人會徵詢「臉書運作部」（Facebook Ops）同事的意見；這個部門的員工，負責分析臉書上傳的最熱烈的是哪一類型的影片，BuzzFeed用這些勝出的類型拿來做二次創作。有一天，臉書運作部注意到男扮女裝成為臉書上很成功的一個主題。他們從人才庫裡找來四個人，要他們穿上名牌維多利亞的祕密（Victoria's Secret）內衣。正如預期，這大為轟動。這一群人在萬聖節時再度用性感道具服變裝，又讓觀眾為之瘋狂。美國主打時尚文化的《紙》（*Paper*）雜誌有一期的封面是金・卡黛珊的裸體照，浸在一道香檳噴泉裡。這張照片暴紅，瘋傳到大家說「網路都被傳爆了」。此時，變裝四人組也倉促買了一瓶廉價香檳來開，在身上塗一點潤膚油讓皮膚油亮，還弄來一塊帆布，再開一瓶香檳壯膽，鼓起勇氣全裸上陣。拍這張照片並把這些男子拱成網路明星的成本是二十美元，喜劇團體嘗試小子就這麼誕生了。

當我見到嘗試小子的門面人物尤金・李・楊時[77]，馬上就明白當裴瑞帝提議BuzzFeed應該成為「一個生氣勃勃的通才庫」時他看見的是什麼了。楊的眉毛修剪得無懈可擊，往後反戴的帽子下方露出髮鬟，穿著一件緊貼著腰的扣領襯衫，他告訴我他過去做過音樂錄影帶，但是他在美容以及「身體的正面性」領域中找到屬於自己的聲音。他講到自己突然在極年輕群眾眼中成為名人，湧出一種奇特感，但他說得很清楚，他的名氣本質上和好萊塢捧出來的那種不同。他告訴我，和他同齡的人常在街上過來跟他講話，把他當自己的朋友或兄弟就開始講起話來。他找到一股新趨勢，並歸諸於社交媒體：如今明星變得更像一般人，沒那麼處處雕琢、照著劇本演；在此同時，善用新興可用媒體管道的一般人，變成明星。他說這就是大家所謂的「珍妮佛・勞倫斯效應」（Jennifer Lawrence effect）；以珍妮佛・勞倫斯為名，是向這位影迷鍾愛的女明星致敬，她的行為舉止會讓喜歡她的人覺得「如果是我，我也會這樣做！」

我見到楊時，他正在立方體拍攝現場，BuzzFeed和人生時光（Lifetime）有線電視網結盟合拍影片，楊正在拍攝其中的片段。這個節目名為《人體變形》（*Mansformation*），探索男性造型大改造的世界。我到的時候，他正在採訪一名染髮師。「當一個人改變髮色，就是用最快的方式改變自己、自己的信心以及自己這個人。」這位造型師說，「會不斷出現快樂。」他說，這一點解釋了為何最近一群又一群男士選擇「人魚獨角獸彩虹屁股髮色」。楊充滿熱情地頻頻點頭。「我愛這種顏色，」他大喊，「多談一點這部分，拜託。」

當天稍後[78]，約有二十幾位BuzzFeed員工來到頂樓露台，貢獻自己的創意能量，替新影片想出一些構想，建議包括「從歷史看化妝」、「從歷史看眉毛」、「你的名字嘗起來是什麼滋味？」還有一個人提出一招，說想要看看當他和別人握手時，對方肯握多久不會覺得怪怪地而抽手縮回去。有個人提議，拿山寨版的穀片冒充別人最愛的品牌，再叫對方吃吃看，看看會怎樣。或者，「幾個你不想聽到『喔，糟了』這句話的時刻」怎麼樣？「太棒了！」一個同事歡呼。「你可以用十句話做十個類似的影片！」正當大家努力想出更好的點子之時，另外一位成員開口說話了：「我想和海獺一起游泳。我們能不能去拍我和海獺一起游泳的影片？」當然了，陪著眾人一起腦力激盪的，是啤酒。

製片廠製造出來的所有歡笑和遊戲，都用來支撐起新聞部門愈來愈認真的企圖心。在我拜訪BuzzFeed好萊塢分部一個月之後[79]，《金融時報》報導BuzzFeed並非事事順心，不像公司裡面歡樂的瘋傳專家想的這麼美好。金融時報的文件，揭露了該公司前一年的表現大幅低於預期，比二〇一五年時的營收預測值少了百分之三十二，幅度驚人。裴瑞帝在回應時調降了自己對二〇一六年會計年度的展望，將原新預測的營收從五億美元降為二億五千萬美元。

五月，又出現另一批報告[80]，引用公司內部消息人士的說法，指BuzzFeed的新聞編輯室岌岌可危。匿名員工說，由於出版方針正在轉向影片的過程，再加上新聞團隊在財務上無法養活自己（廣告主仍不認為社交媒體新聞有什麼必要），導致史密斯的這個部門「正勒緊褲帶」。

BuzzFeed參加紐約長達一星期的「新前線」（NewFronts）展覽活動，製作精心簡報，展望數位媒體來年的發展，但沒講到太多他們為了重返獲利規劃了哪些路線。計畫中說要做的事情是倍增該公司的招牌愚蠢搞笑內容，那是他們一貫的手法[81]。他們會在背後做這些事，呈現在人前的則是高遠又洋洋得意的辭令，大談他們如何帶動了媒體革命，他們影片系列中的角色如何納入了過去向來被排除在外的群體。BuzzFeed的行銷主管法蘭克・庫柏（Frank Cooper）跳出來詳細闡述，指稱這些系列對於想要「進入故事線之內」的廣告主來說是很便利的工具。每多一位年輕明星躍上舞台讓廣告主開心，就愈是證明這套策略可行，澤・法蘭克也決定把他手下過著斜槓人生的明星都拿出來推銷。

「美食台」成功之後，BuzzFeed動畫推出了「絕妙好台」（Nifty），這是一個在臉書上的頻道，提供和「美食台」類似的簡短影片，訴諸後文字時代，不談食物，示範如何自己動手居家改造與製作手工藝品。他們也推出以調酒為主題的「美食台歡樂時光」（Tasty Happy Hour），以及替父母提供小兒食譜的「小美食台」（Tasty Jr.）。計畫中的專案還有「絕妙好小孩」（Nifty Kids）、「絕妙好寵物」（Nifty Pets）以及「絕妙好廚房」（Nifty Kitchen）。

庫柏指出，當讀者和觀眾看到內容後說出「BuzzFeed很懂我」時，BuzzFeed就知道成功了。他說，這就是BuzzFeed希望代表廣告客戶達成的目標。「這就是進入流行文化的通道。」

BuzzFeed已經帶領許多全球的大型品牌走向這條通路，然而，由於無法達成預期的營收目標，公司下定決心，要多加把勁善用自家在原生廣告上的超能力。在此同時，有一股對抗的力量現身在新聞領域，正蓄勢待發。

當媒體產業心不甘情不願地移往臉書，同時有試著保住部分的自身命運話語權時，裴瑞帝和他同時代的人相信，有一種方法能保住他們辛辛苦苦培養出來的群眾，不會因為臉書改變演算法便遭受威脅，全部歸零。解決方案基本上是要打造出多元化的臉書專頁組合，每一個專頁都有獨特的主題和認同，這樣一來，發行機構就可以避險，免得臉書調降主企業的優先順序、讓所有業務模式陷入毀滅的向下循環之中。

BuzzFeed以特定社群為導向的多角化經營，一開始是為了讓意氣相投的人聚集在同一個地方，但後來成為一場測試社交網站異質性的實驗。到了二〇一六年二月，這家公司推出並維持高達九十個不同的臉書專頁，每一個都有不同的風味，以特定的心理圖像在浩瀚的網路中串連起某一群網友。到了二〇一七年中，這個數字增生到一百五十個。某些專頁，例如「美食台」，以主題性領域為核心，是一種路線導向的縱向安排，帶領觀眾進入多數發行商已經規劃好的網站呈現方式：這些包括強調讓人眼睛一亮，以度假勝地為主題的「帶著我」（Bring Me），還有「動物」（Animals）、「健康」

（Health）、「婚禮」（Weddings）等等。然而，除了這些一眼就能看出的明顯架構之外，BuzzFeed經營的另一類專頁，不僅以主題領域區分，更會加上每一個專頁的目標群眾具備的隱性特質。比方說，「汗淋淋」（Sweaty）是專為所有年齡層的兄弟情誼而設的專頁，「怪傑」（Geeky）的對象是怪才，「癡迷」（Obsessed）瞄準熱愛到流行文化場景朝聖的人以及熱愛迪士尼的女孩，「一如裴洛」（Pero Like）吸引混用英文與西班牙文的年輕女性，「可可脂」（Cocoa Butter）則主要訴諸對自己的傳承甚感驕傲的有色人種女性。BuzzFeed打造的第三類專頁，核心是更難以捉摸的特質或觀點，以調性作為差異化因素。舉例來說，「SOML」（這是「Story of My Life」的縮寫，意為：我的人生故事）結合了網路迷因和BuzzFeed一般用來講述人們處境的列表式文章。「好淘氣」（Cheeky）的頭像是一個桃子表情符號，專門彙整「帶有刺激性的溫馨新聞」。

至於新聞部門，隨著身後的法律戰沸沸揚揚，當新政府上台，BuzzFeed有很急迫的事要辦。為了就職典禮[82]，史密斯要瓦爾茲鼓起勇氣前往華府，參加由親川普的新派數位媒體出版商的派對，頌揚他們非凡的成就。這場宴會被稱為「可悲派對」（DeploraBall），為的是「歡慶靠著傳播迷因拱出一位總統」。

「我們一天有一百萬讀者進來，」身為「通往智者之路網」（Gateway Pundit）主編（他為了「揭穿左派的邪惡」而設立這個網站）的吉姆・霍夫特（Jim Hoft）如是說，「這是因為我說實話，主流媒體講的卻都是他媽的假新聞！」他振奮人心的演說，促使群眾大聲高呼：「真新聞！真新聞！真新聞！」其他新近被塑造成運動英雄的人，在霍夫特之後也紛紛慷慨陳詞。穿針引線籌劃「即時改革社區組織協會」攻擊事件的詹姆士・奧克費，站上講台宣稱：「一個人就可以比《紐約時報》更強大，房間裡的各位卻比《紐約時報》強大一千倍。」瓦爾茲說，這一群人裡有一個叫查克・強森（Chuck Johnson），他是群眾募資網「我們找找網」（WeSearchr）的創辦人，用戶可以在這個網站上貼文「懸賞」捉拿主流媒體的記者和政治對手。

瓦爾茲也和部落客切諾維奇聊聊[83]，他對於親川普媒體運動的解釋可謂駭人。「我們確實打造出併行的機構，」他對這位BuzzFeed特派記者解釋，「川普的支持者認為並沒有得到媒體公平、適當的對待，因此很多人都不確定是否能相信新聞界裡所報導的基本事實，我們才自己創作答案，這就是我所謂的『實境新聞』。」

電視實境節目明星參選後遭遇嚴酷考驗，導致「實境新聞」形成，這也配得太好了；這兩者和實境的關係，只比藝術多一點點。「實境新聞」看起來像調查性報導（調查性報導的目的，是要挖掘出和政府以及社會有關的不堪事實），但超現實主義的主持人在敘事時會大力加工、加油添醋。這種手法借用了BuzzFeed證明有效的數位出版新手法，但用幾乎完全不同的前題來處理，相同的內容敘述出另一個完全不同的世界。瓦爾茲捕捉到新的先鋒部隊這個面向，把這個平行的產業稱之為「顛倒是非的新媒體」（New Media Upside Down）。

這些人是新聞的敵人，他們共聚一堂，舉杯祝賀新紀元到來，再也不會有人把他們信奉的反事實條件主義（counterfactualism）驅趕至陰暗處。一月二十一日，新政府召開第一次正式記者會，會中川普的新聞祕書尚恩・史派瑟（Sean Spicer）明講了白宮會站在哪一邊。史派瑟不顧傳統，走上講台[84]，完全不浪費時間馬上開始訓斥一群特派記者，他指控這群人合謀傷害民眾對於新總統的熱情。史派瑟明確說到要處理假說法，他指的是前BuzzFeeder、之後跳槽《紐約時報》的記者澤克・米勒，米勒報導馬丁・路德・金恩的胸像被移出白宮橢圓辦公室；之後，他又把矛頭對準另一條對川普不友善的新聞，完全不管擺在眼前的事實確實不利於川普。他堅稱（顯然是在總統的敦促之下），川普的就職典禮吸引到的群眾，超越美國史上其他任何總統。相反的說法很多，而且照片證據和大眾交通系統數據也提供了強力佐證，但史派瑟說這些是「故意的假報導」，譴責發布這類文章的新聞管道「丟臉又錯誤百出」。史派瑟發表這些聲明時，會讓人誤以為在讀政黨路線宣示，他堅稱：「這是有史以來最大一批見證就職活動的人群，沒什麼好說的；而且，不管從親自到場還是在全球各地參與來說，同樣都創紀錄。」這完全不是事實，這位新聞祕書繃著臉的演說，讓信奉媒體獨立性的人為了他的謊言感到焦慮不安。史派瑟拒絕接受記者提問，新政府也沒有任何要低頭認輸的跡象。

隔天早上，在《會見媒體》（*Meet the Press*）節目上[85]，川普的民調專家兼顧問凱莉安・康威（Kellyanne Conway）替明顯荒謬的主張辯護。主持人恰克・陶德對康威施壓，請她「回答為何總統要白宮新聞祕書第一次出來就站在講台前說謊」。

「查克（陶德），不要對這件事反應過度，」康威回答。「你說那是謊言，」她說，但「我們的新聞祕書尚恩・史派瑟對此提出了另類事實」。對很多看新政府門道的人來說，此時代表了一個分水嶺：從第一天開始，川普政府就特意駁斥且惡意對待任何可能會反映出政府不得體之處的報導，完全不管事實內容為何。我馬上買了一件上面印有「Alternative Facts Are Lies」（另類事實就是謊言）字樣的T恤。

席佛曼也看出，新政府將成為媒體人的困境。他曾經攤開假新聞的背信忘義，讓美國人看個清楚，如今他卻要看著國家最高統帥成為主犯，打破假新聞一詞的意涵然後再自行定義，使得真正的新聞記者（他們是川普口中的「人民敵人」）變成了提供假新聞的人。席佛曼更加努力要把事實和虛假分開，但他覺得自己的勤勉是傻瓜的徒勞。網路上有一個熱門迷因[86]：照片上有一位住在鄉村的人夫悠閒地除著自家的草地，近處有一個規模大到讓人瞠目結舌的龍捲風正在逼近。席佛曼有時候覺得自己就和這個人一樣。

但他能怎麼辦？不要鋤草了？認輸不在考慮之列。因此，席佛曼和值得信賴的副手珍・麗特維娜可（Jane Lytvynenko）聯手，繼續埋頭苦幹，不斷挖出假消息。人在多倫多北方基地的他們，利用社交媒體監督科技，幫忙維持秩序讓對話盡可能真實。借「群眾糾結」等工具之助，他們監看社交媒體上的政治區塊醞釀出各種不同的理論（有些完全沒有來由，也有些比較惡質，混合了事實和去除脈絡的謠言），並到處傳播、不斷變形，準備潛入一般人的意識。他們編製相關列表羅列行為不當的人，並記錄每一個人編了什麼謊。他們會上網瀏覽大量為黨派護航的言論，並深入探究「顛倒是非的新媒體」週期；在這些地方，他們看到自己的實境彷彿被放在哈哈鏡前，遭到失真折射與扭曲。他們會沉默地併肩坐在一起幾個小時[87]，然後某個人忽然之間叫罵。「喔，真該死。」他或她會說，「我追進這個兔子洞裡，最底下的東西實在太詭異了。」

他們就像拆彈部隊，勇敢走過這些讓人緊張憂慮的地帶，讓一般不具備專門知識的大眾不用經歷這些。BuzzFeed的企業新口號是「向你報告」，他們代表讀者做這些工作。也因此，他們發表的許多文章都很有說教意味。他們的貼文標題如「善用這份查核表核對你是否在讀假新聞」（Use This Checklist to Find Out If You're Looking at Fake News）、「簡單（如上床）的六步驟讓你如專家一般偵測出假新聞」（6 Easy [as Fuck] Steps to Detect Fake News Like a Pro）以及「你可以這麼做以阻止假新聞在臉書上傳播」[88]（This Is How You Can Stop Fake News from Spreading on Facebook）。

任務的急迫性並無礙他們享受工作，但做這件事自有其職業傷害。麗特維娜可說工作害她做惡夢。她在BuzzFeed寫的第一篇報導，是關於一個德國人建置了一個假消息網站，網站的訴求是反移民、散播恐懼，騙到了兩倍的點閱率，帶動人潮來到他開設的網路商店，這裡賣的是武器。「當傳播的假消息是『李奧納多・狄卡皮歐要來我們這裡了』，那是鬧著好玩，」麗特維娜可提到比較沒什麼意義的假新聞[89]，「但是如果你發現假消息足以動員很多人，那就會讓人做惡夢了。」為了緩和恐懼，她試著在工作裡加入一些良性的幽默感。她不久前發表一篇文章「如果你在這個七道題的測驗裡答對三題，代表你正被假新聞意外猛攻」[90]（If You Get 3/7 on This Quiz, You're Getting Sucker Punched by Fake News），雖然結果指出我也被意外猛攻，但她安撫我，說就連席佛曼都無法百分之百看出騙局。行騙的人愈來愈聰明，根本不在乎說出真相的人對他們大喊大叫，整個對話愈來愈大聲；但於此同時，事實也愈來愈混沌。

「眼下有一場爭奪注意力的戰事[91]，爭的是對新聞與政治的關注，」她對我說，「在這場戰役裡，瘋傳的通常會贏，而且會扭曲事實。」BuzzFeed必須接受一個讓人不安的事實，那就是這家公司驚人成長背後的力量變化莫測、難以掌握。以BuzzFeed來說，他們能讓內容瘋傳，靠的不是什麼內在美德。BuzzFeed代表的是一種量化評量標準，而非質化標準，就算這家公司已經把通常坦率表達的大眾喜怒哀樂造冊列表，但還是會因為同一群人的變幻莫測而受到影響。她的顧慮，呼應了席佛曼選前所寫某篇報導中直指核心的幾句話：「臉書很樂觀，認為總體來說人們找到事實並分享事實，但這只有在人數很多的時候才成立。」

愈來愈多美國人體會到，臉書並非超連結烏托邦，而是一家賺了幾十億的大公司，他們靠的就是讓廣告主能用更精準且不知不覺的方法瞄準他們。戒慎恐懼的人民嘆息著動態消息上都是操弄平台的政治化粧師發動的攻勢以及業務人員的打擾，不爭的事實是，川流不息的新媒體世界裡，真實新聞與企業宣傳訊息持續混雜在一起。

川普當選的隔年，有了一次層面廣泛的行動，參與的對象包括臉書員工、立法委員、情報局調查員與新聞記者，找出純粹政治宣傳裡面的善意內容（包括直接明講和間接衍生）並加以剖析。深入調查俄羅斯的干預之後，更確認了臉書網站確實成了對方的武器。這個社交網站最後提出證據[92]，證明俄羅斯給了臉書十萬美元，用出自莫斯科的大量錯誤資訊轟炸容易受影響的目標用戶。而這些不過是前菜而已。普丁的手下根本不需要用到這類場外交易就完成了大部分的任務，達標靠的是裴瑞帝那一套不斷精益求精的瘋傳科學。總部位在聖彼得堡的網路研究機構（Internet Research Agency），資助一群臉書上的利益團體，策略性地利用心理圖像情報，擴大美國政治團體間早已存在的歧見。對各團體的貼文進行抽樣，就可以看出定向瞄準科技蘊藏的惡意潛力。舉例來說，有一個俄羅斯假造的臉書團體名叫「黑人主義者」（Blacktivist）[93]，意在喬裝成「黑人的命也是命」團體，他們培養出來的追蹤者群眾還比正統團體更多。而且，成立第十一個小時後，就鼓動支持者與希拉蕊陣營撕破臉，轉投第三黨候選人吉爾・史坦（Jill Stein）。

隨著國會山莊一一揭露真相，祖克伯在電話法說會上宣布，他會投資網站的安全機制，以作為彌補。接下來幾個月，就看到他揭曉臉書如何嘗試修正系統，然而，由於網站已經站穩線上資訊中心論壇的地位，不管它做什麼，都一定會引發附帶傷害。祖克伯二〇一八年許了一個新年新希望[94]，他宣布，要把動態消息變成「有意義交流」的殿堂，這代表網站偏愛親友的貼文勝過發行機構的貼文。對祖克伯而言，要下這個決定並不容易：在推出新系統的前一個月，數據顯示用戶每天花在網站上的時間大幅減少了百分之五，而且數值還持續下降。七月，數據指這一季的表現讓人失望，使得臉書的股價下跌百分之十八。但是，更多不利的資訊不斷出爐。《紐約時報》揭發一件事，指臉書聘用一家專做對手研究的公司，要他們叫批評者噤聲。

BuzzFeed同樣面對壓力，要努力穩住可靠的現金流來源。二〇一七年，這家公司邁進純粹的電子商務領域[95]，推出一個基本上由捲動式折價券列表構成的購物區，並在公司內部成立一個負責開發產品的單位，助瘋傳行銷活動一臂之力：可以自動烹調「美食台」影片食譜的藍牙啟動火鍋；一種名叫「時尚陀螺」（GlamSpin）的指尖陀螺，內藏三種唇彩；一種有辛辣與香草氣味的南瓜蠟燭，標籤上寫著：「此蠟燭聞起來的味道，叫做：我很自豪我是一個隨波逐流的賤人。」

當年春天，史密斯開設一個播客，由他「主持對話，探討政治、媒體和科技的交會，以及所有二〇一七年的瘋狂事物」。他的節目名為《動態消息》（*NewsFeed*），名字取的甚好。

夏天時，BuzzFeed 又開闢了一個新區塊，專門用於表達意見，主編是湯姆・賈拉（Tom Gara）。賈拉希望，這個空間能展現非常多元的政治觀點；這本是自由發展的選舉活動中應該出現的產物。他要處理的難題，是如何在政治共識嚴重不足之下導引出平衡的討論：「你要如何用理智上誠實而且不做酸民的態度來表述親川普的論據？身為觀察家，看到現在各地絕少出現有意思的親川普言論，而且也很難找到這類有意思的支持者，真是覺得很妙。布瑞巴特根本把新聞和意見混為一談了。」

秋天，BuzzFeed第一次推出晨間新聞和脫口秀節目，每天早上十點鐘在推特開播。節目叫《一早就私訊》（*AM to DM*），名稱是拿用戶私下互傳的私密訊息做文章；開播的用意，是要讓觀眾享受半小時BuzzFeed的甜蜜美好招牌內容，當然也包括適量的贊助內容。社論部門「BuzzFeed新聞網」（而不是廣告部門）會和企業夥伴合作，比方說溫蒂漢堡（Wendy's），編製聯合品牌置入的節目片段，BuzzFeed可從中收取五十萬美元。這個推特上的晨間節目，就像很多無線與有線電視台的同類節目一樣，是一種奇特的新聞與娛樂混合體，因此新聞與廣告之間的界線更加模糊，也更無意義。人們會用智慧型手機透過Snapchat或Instagram瀏覽新聞，但不見得會注意或在乎。

這些改變一度帶來了領先優勢與獲利，但BuzzFeed悄悄陷入了財務吃緊的困境裡。公司二〇一六年沒有達成營收目標[96]，二〇一七年又再度失敗（這一次差了約百分之二十），並宣告將會裁撤約一百名美國員工。他們再度轉向，更進一步投向必能帶來獲利的項目（隨便舉兩個例子，比方說，贊助系列與廣告產品），最後更開始把網站上的空白空間賣給廣告主。裴瑞帝接受專訪以安撫有疑慮的人，並頻頻抱怨臉書，主張祖克伯應該付錢給BuzzFeed和其他公司，因為他們帶來的流量有助於強化這個社交網站的力量。他甚至開始提到公開發行的可能性。

BuzzFeed仍仰賴廣告營收，但臉書和Google等科技巨型公司侵蝕了這個部分，留下來的新聞部門從來沒替BuzzFeed賺過半個子兒，反而不斷花錢。原生廣告曾經是仙丹妙藥，但如今新聞媒體裡的每一個人都在這個領域搶奪廣告費用。曾是純正原生廣告主義者的裴瑞帝，宣布BuzzFeed也接受程式化廣告（programmatic ad），過去他認為這些東西亂七八糟。

彼得・拉特曼（Peter Lattman）看的是數字。他是蘋果公司創辦人賈伯斯的遺孀羅琳・鮑威爾・賈伯斯（Laurene Powell Jobs）的高級媒體顧問[97]，她經營的事業艾默生聯合基金會（Emerson Collective），之前收購了《大西洋》雜誌。（羅琳）賈伯斯也考慮收購其他媒體事業，曾經督導《紐約時報》媒體領域報導的拉特曼，則對史密斯甚為了解。裴瑞帝切出來的獨立單位BuzzFeed新聞分部，或許會是一項很有意思的投資，如果裴瑞帝想要拋下這個無法獲利且規模龐大、員工多達三百人的新聞事業，可以考慮以少數股權入主或是全部買下。由於成本甚高，而且廣告前景愈來愈黯淡，如果裴瑞帝有意的話，這個新聞部門很可能賤賣。BuzzFeed就像Vice一樣，因為錯誤相信新的數位公司將會隨著年輕群眾以及廣告商一起持續飛快成長，價值都遭到了高估[98]。

裴瑞帝甚至有一個想法，要讓BuzzFeed和其他萎靡不振的新媒體公司合併，比方說Vice媒體和沃克斯。他相信，大家團結起來，財務上會更健全。也有更多籌碼可以和臉書談判，以分得廣告營收並要臉書支付更多錢購買內容。在此同時，BuzzFeed必須裁掉更多人，也不清楚裴瑞帝的合併想法會發展到什麼地步。

拉特曼和史密斯很快就在新潮時尚的諾瑪德旅館（Nomad Hotel）酒吧見面；拉特曼的辦公室位在曼哈頓的科技中心麥迪遜公園區，與此地相距不遠。兩人間的對話並非承諾。裴瑞帝深信「BuzzFeed新聞網」有其使命，很享受這項業務替整個品牌帶來的聲譽。新聞業務拉抬了BuzzFeed的層級，一旦數位廣告回來，這家公司將能擁有優勢地位並從中獲益。拉特曼和史密斯之間的私人密談上了媒體，很可能是肯尼斯・勒爾洩漏出去的，他幾乎和媒體業的每個人都有淵源。賈伯斯想要收購的謠言快速傳了出去，但是他們沒有任何行動。是否因為賈伯斯夫人表達興趣而讓其他出價者裹足不前，無人知曉。裴瑞帝也在尋找其他可能的合併對象。

裴瑞帝和史密斯承受壓力，要替新聞業務找到新的營收來源，並降低BuzzFeed對廣告的依賴。一開始，BuzzFeed開立了很多播客，並成立一個音訊部門。後來播客出局，這個單位被裁掉，影片又成為首要項目。BuzzFeed替Netflix製作一個系列影片「跟著來」（Follow This），帶著觀眾跟著他們的新聞記者一起做報導，主題從跨性別者到黑人生存主義者都有。這個節目有點像Vice的風格，但加上了女性主義色彩。大型的社交平台也和老式的電視台一樣，渴望原創節目。把追逐與收集報導的過程拍成個人化、戲劇化的新聞節目，非常受歡迎，大家都看得很投入。當員工和投資人都很擔心達不到營收目標時，史密斯則開心看著各平台支付高達七位數美元的價格，購買這些新的串流播放影片節目。

社論意見是另一個潛在的賺錢領域，但賈拉的社論專頁實驗只維持了幾個星期，然後就替BuzzFeed引來一場認同危機[99]。他努力納入親川普陣營的聲音，卻因為登出一篇專欄而引發反彈，共和黨內提出「右轉策略」（Right Turn Strategies）的同性戀、雙性戀和跨性別權利運動人士克里斯多福．巴隆（Christopher Barron）寫了一篇文章，文中根據薄弱的論據宣稱，惡名昭彰的政治人物羅傑．史東（Roger Stone）以及他的盟友唐納．川普有一共同點，那就是「長期以來都是同性戀、雙性戀和跨性別社群的盟友」。BuzzFeed員工上推特發文，譴責這篇文章，並質疑自家主管居然決定發布在他們看來顯然是政治牛皮的不實謊言。史密斯判定，最好的因應之道就是去上推特的晨間節目，誠實回答主持人薩伊德．瓊斯（Saeed Jones）的問題，其中有些是觀眾的提問，包括他手下員工發的推文，他們用了很多難聽的話來指稱這篇文章，比方說「丟臉」。史密斯捍衛這篇文章，說明文章作者所做工作的脈絡：「克里斯多福．巴隆，不管你喜歡他或痛恨他，他在推特上都是一個引發分裂的人物，但這就是他，正因如此，我們才認為他的聲音很有意思，值得一聽。」他繼續解釋，指BuzzFeed發布巴隆的文章，並不會提高他本人或這篇文章的可信度。

瓊斯讚賞自家主管很坦蕩，替這次專訪做了總結，史密斯則感謝他的讚美。之後，史密斯拿下耳機，走出現場，去巡視新聞編輯室的狀況。在短暫的廣告之後，節目繼續，在史密斯的訪談之後是BuzzFeed的常態節目「大巨人小故事」（Giant Little Story），由溫蒂小巨人培根起司堡贊助。

BuzzFeed仍是奇特的內容大雜燴，但是這家公司充滿野心，想要成為嚴肅新聞的供應商以及《紐約時報》和《華盛頓郵報》的可敬對手，這份壯志比以往更有可能實現。該公司調查連續幾個俄羅斯人在倫敦的可疑死亡事件，成為二〇一八年普立茲獎國際報導的入圍者之一。駐守倫敦的出色調查報導記者海蒂・布拉克（Heidi Blake）[100]，之後取代史庫佛斯成為調查性報導主編，領導一個團隊（裡面有一位從Vice新聞跳槽過來的記者里歐普），將這十四起可疑死亡事件連上了普丁。雖然「來自俄羅斯的血腥」（From Russia with Blood）標題聳動駭人，還附上很有煽動效果的俄羅斯美女照片，但調查做得很完整，也很讓人欽佩。這篇報導打敗了《紐約時報》送出的參選作品，在三個入圍名額中佔掉一個。最後獎落公認的守舊派路透社。史密斯暫時很失望，但總是有下一次，他終會品嘗到勝利滋味。

第十一章
轉型——VICE媒體，之三

當二〇一三年希恩・史密斯決定全速衝進新聞界，他一如往常渾身是膽，很確定憑著他從美國各大品牌手上拿到的好幾百萬廣告交易，必能輕鬆橫掃守舊派媒體。

「就讓我們幹爆新聞的爛屁股吧！」他用一貫的風格發推文。史密斯有一套為何Vice新聞會成功的操作性理論，他指出年輕人拒絕電視新聞並不是因為這些人對這個世界不感興趣，而是對電視新聞呈現的方式有意見。少有主流媒體管道報導他們感興趣的議題：全球的年輕人反法西斯主義運動與學生抗議活動、前衛的新藝術形式、大麻、新時代健康議題、受壓迫人民的世界以及同性戀、雙性戀和跨性別文化。檯面上多數的特派記者都是年長的白人，就和愛看他們的觀眾一樣。

瑟什・阿爾維、史派克・瓊斯和史密斯很有信心，相信不管是滑板國際交流還是驢子性愛，他們的拍攝手法適用所有影片，這種深度沉浸式風格必能打敗CNN。他們的作品不需主播，交由在現場拍攝的人導引。攝影機前的每個人都很年輕，可以和觀眾搭上線。

一如BuzzFeed，Vice也自豪於能反映出其年輕群眾的特定政治興趣，而且，一如BuzzFeed的新聞記者走上最前線，報導臉書上的假消息這類主題，Vice也深入另類右翼的地下世界，時間早過許多傳統競爭對手。

Vice也是少數幾家找出必勝業務模式的媒體公司之一：大量用別人的錢創作內容，包括紀實報導和廣告。該公司有一個內容農場❶，一天的產出量高達七千篇（對照之下，《紐約時報》一天發布兩百到三百篇文章）。多數內容都不是傳統的新聞，而是Vice奇特的綜合體，是充滿冒險、危機和沉浸式情節的娛樂性紀實內容。

所有內容都會放上每一個可能的平台，隨時隨地讓每個人都看得到。Vice和BuzzFeed一樣，目標都是要創造出極大的規模，好讓廣告營收源源不絕，但是Vice加了一點巧妙：他們的內容並非免費。這家公司在全球積極成長，對海外夥伴收取高昂的授權費。因此，公司不僅從品牌置入廣告活動中賺到大錢，而且幾乎所有創作成果都可拿出去銷售與授權。史密斯的推銷話術很簡單：只有Vice才能和極有價值的十八到二十四歲年輕群眾對話（事實上，《紐約時報》的千禧世代讀者群更大）。

Vice除了賺到上述的現金之外，還有另一項收入：他們把內容拆分切割變成不同版本，賣給海外的媒體公司。公司要養的人力相對少，他們只需要三千名二十三歲很潮的低薪年輕人，再加上一些編輯室就夠了，沒有印刷機，也不用負擔曼哈頓昂貴的辦公室。他們是布魯克林的媒體之王；手捧艾美獎，他們也成為HBO的好夥伴，靠著《權力遊戲》（*Game of Thrones*）節目的成功，幫忙這個頻道爭取到年輕群眾。幾位和Vice合作的HBO的明星也很推崇這家公司，例如比爾・馬厄和法里德・扎卡利亞。

投入影片是很明智的賭注。史密斯對此洋洋得意，因為他比BuzzFeed等競爭對手更早就下了重注。他預測（但錯了）文本導向的新聞將會死亡（他容許《紐約時報》存活下來，因為這家報社具備品牌優勢）。Vice的廣告機構美善公司收取高昂的費用，但員工人數甚少，僅有三百位寫手、演員和製作人，安身於布魯克林區幾條街外的另一個總部，替酒類以及其他消費性商品大量寫作品牌置入廣告。在創意家專案（這個專案從英特爾手上拿到超過五千萬美元）中已經成型的節目與網頁區塊的贊助模式，持續運作。其他文本導向的數位對手，都還辛辛苦苦在影片領域打造品牌知名度，連BuzzFeed也不例外。雅莉安娜・赫芬頓二十四小時現場直播新聞影片的構想失敗，導致「赫芬頓郵報網」有一億美元付諸流水。她嘗試以新鮮、多元的面孔來做節目，但總是不見觀眾。至於包括《紐約時報》和《華盛頓郵報》在內的傳統媒體機構，製作出來的優質影片不夠多，無法滿足廣告主的需求。《紐約時報》的T牌工作室（T Brand Studio）很成功，但規模遠不如美善公司。

「轉向影片」是在忽然之間就成為新聞界的流行口號，但Vice早在十年前就轉向了，如今這家公司正在進行第二次轉向，這一次要轉往優質新聞，而這家公司內部少有這方面的專業，也沒什麼標準。CNN有三十年的新聞資歷，也已訂出了道德標準，當中有些是從錯誤中學習的心得。一九九八年，早在Vice還沒開始做新聞或影片時❷，CNN就被迫做出一次冗長且痛苦的撤回行動，收回一條大獨家消息，他們在新聞中宣稱一九七〇年代美軍在寮國的祕密「順風任務」（Tailwind mission）使用致命的沙林神經毒氣，用於殺死變節的美國人。這家頻道花了幾年的時間改革並謹慎琢磨新聞，以挽回可信度。

希恩・史密斯可以挑戰CNN，這個想法聽來很荒謬。這家有線電視巨人鉅細靡遺報導第一次波斯灣戰爭以及之後的九一一事件，為自家新聞電視台贏得大批觀眾。到了二〇一五年七月，美國有九千六百三十萬戶人家都有CNN❸，在全美擁有電視的家戶中佔比超過百分之八十二。超過兩百一十二國的觀眾都看得到CNN國際台（CNN International）。

由於CNN和HBO之間的關係，很奇特的是，Vice打擊CNN的作為居然有一部分是透過兩個頻道同屬的時代華納企業集團發揮作用（到了二〇一八年時❹，AT&T以八百五十億美元收購時代華納，達成史上最大型的媒體交易案之一，兩家公司都歸於AT&T）。媒體界很多作家出言批評，指時代華納身為這些重要有線電視控股公司管理人卻處理不當，但無論這個集團的企業治理有多糟糕，與Vice的翻天覆地相比，都是小巫見大巫。

Vice公司內部一團亂。即便成長快速，但Vice從未真正凝聚成一個機構，員工也沒有職涯發展的明確路線。這個品牌比較像是節目與產品的集合，共有的是一種感受，而非一份使命。這裡的員工，不太清楚、甚至根本不知道身邊的其他人在做什麼，公司也幾乎不提供培訓。史密斯很痛恨Vice背負廉價的名聲，他就像矽谷的新創公司一樣，給了幾百名Vice早期員工大量的股票，讓他們成為百萬富翁（至少帳面上如此），但沒有人讚賞他。「高客網」的漢米頓・諾蘭經常報導Vice的低薪、惡劣工作條件以及公司內部的其他騷亂。很多員工的年薪一直在兩萬八千美元附近打轉❺，一直到投票通過籌組工會，才把大多數新聞部門員工的薪資拉到接近四萬美元，但仍低於業界標準。史密斯試著訂出一些規矩，請來阿麗莎・瑪斯卓莫娜可擔任營運長，但兩年後她就跳槽到A+E電視網，讓那些被她拋下的女性員工希望破滅；她們原本期待她可以調和公司裡的兄弟文化，保護她們免於遭受公然的職場性騷擾。雖然史密斯成功從《紐約時報》和《六十分鐘》請來第一流的人才，但都無法讓人久留。

員工會投票通過籌組工會，毫不讓人意外❻，特別是，他們之前發現史密斯花了兩千三百萬美元在聖他蒙尼卡購買豪宅。工會的第一場戰役是要爭取加薪，但還有其他問題。這裡有一個長期的特色❼，就是員工進公司之前，一定要簽署嚴苛的保密協定與非傳統職場協議，公司要求「Vice聘用的員工在任職期間必須了解Vice的非傳統環境，並能自在地接觸以及參與自然出現的情境」。這些情境包括接觸「煽動性很高的素材，有些可能包含極明顯的性意涵和有爭議的內容」，而且拍攝地點會涉及「其他人可能會認為唐突、不當或無法接受的獨特且非比尋常的情況」。員工認為，雖然沒有白紙黑字寫出來，但這份協議是為了便於阻擋他們申訴主管的猥褻之舉和勾引行為。

主管幾乎清一色是男性，主管與年輕製作助理之間的私情時有所聞（史密斯的妻子譚蜜卡也曾是Vice的初級製作人）。性騷擾也是一大問題，事件通常都在下班後在酒吧喝一杯時上演，通常是爛醉之後。

種種混亂並未阻止創投業者和其他大型媒體公司挹注資金給Vice。二〇一七年，史密斯又拿到德太投資公司（TPG Capital）的四・五億美元❽，他吹噓自家公司價值六十億美元，比BuzzFeed的價值高三倍，比貝佐斯買下《華盛頓郵報》的價格高了二十倍有餘。同一年，史密斯終於和這位亞馬遜的創辦人比肩❾，同登《富比士》的億萬富翁排行榜。他的公司估值華而不實，這是恩賜，但也是詛咒❿。如果他和其他創辦人理解，自己有一天終究要真的掏錢買單，就知道Vice需要上市或是賣給另一家更大型的公司。六十億美元的身家，不會有太多人願意接手。迪士尼看過帳冊之後就打消念頭，二〇一七年時改收購另一個科技平台「班特」（Bamtech）。德太投資公司和其他私募股權一樣，想的都是公司在某個時候能賣掉或公開發行，他們投資Vice的條件很嚴苛，如果Vice無法達成目標，就必須出讓公司更多部分。Vice並未達成二〇一七年的營收目標八・〇五億美元，而且整整少了一億，但沒有人太過意外。《華爾街日報》的標題聽來不祥⓫：「Vice營收嚴重低於目標讓投資人愈發焦慮」（Vice Just Had a Big Revenue Miss and Investors Are Getting Antsy）。要替史密斯的帝國定價，是一項少有佐證可依憑且難以確認的任務。而史密斯持續像玩拋球雜耍，不斷推出新項目。星期五晚上在有線頻道播出的一週一次節目大為成功，讓HBO的李察・普萊普勒很滿意，這位新聞狂熱分子想要開一個夜間的新聞節目，其他人則懷疑年輕群眾會收看這種老式的形式。年輕人多半不喜歡收看「指定時段」的電視節目，偏愛網路上的串流播放影片與節目，因為他們可以決定何時看、在哪裡看。焦點新聞是很容易過時消亡的產品，新聞節目下載一次之後，也沒什麼理由讓人重複一看再看。但是，一旦普萊普勒有了什麼構想，他就會堅持到底。

這位HBO的大總管有很多新聞記者朋友⓬，他常邀請他們共進午餐，幾乎每天都訂下時報廣場附近羊排俱樂部（Lamb's Club）餐廳的隱密角落桌。他請過的其中一位貴賓，是《彭博社商業週刊》（*Bloomberg Businessweek*）的總編賈許・帝藍吉爾（Josh Tyrangiel）。麥可・彭博買下這份古板的刊物，二〇〇九年時，誘惑帝藍吉爾從時代公司跳槽（時代公司視他為數位神童），後者把這份雜誌辦得有聲有色⓭。憑藉強大的調查性報導並改變設計，帝藍吉爾把《彭博社商業週刊》變成大家會一提再提的一本雜誌。但是帝藍吉爾愈來愈不安。彭博當了十二年紐約市長，卸任回到公司之後，他很快就提醒每個人這是他的公司，擋下帝藍吉爾正在推動的拓展電視新聞業務行動；他的職務範圍太大了。普萊普勒認為，帝藍吉爾很可能是適當人選，可以幫他實現夜間新聞節目。接下來幾個月，他忙著對史密斯洗腦這件事。

幾個月後，Vice宣布帝藍吉爾要開一個夜間新聞節目⓮，美東時間晚上七點半到八點在HBO播出，二〇一六年二月首播。史密斯也同意帝藍吉爾出類拔萃，他進公司沒多久就讓他擔負更多職責，包括負責Vice新聞的每個面向。

史密斯有一個他喜好的工作模式：靠著一時心血來潮。他真的沒有什麼概念，不知道開一個掌握每天新聞並呈現長篇、沉浸式報導的節目成本有多高。製作優質每日新聞報導的前置時間很短，和製作每週一次節目的時限根本不能比，而且，他在首播前四個月對節目也只有粗略的概念。史密斯把預算交給有點驚慌的帝藍吉爾，要他開始找人。

帝藍吉爾必須快速行動。能在Vice節目中露臉⓯，是很多年輕記者夢寐以求的工作，他從一個求職庫中篩選，最後請一百六十位應徵者來威廉斯堡，競逐十八個特派記者的職位。他仔細研究他們的背景與喜愛的電視節目，要他們針對不熟悉的議題即興報導，他拍下來，並評估應徵者如何因應Vice節目三大提問主軸：「是什麼？又怎樣？現在怎麼了？」他帶他們見一位製作助理，由這位助理在假訪談中扮演政府官員或位高權重的商業領袖⓰。

「表現最差的（應徵者）有些來自網站，」帝藍吉爾告訴我，「他們所受的訓練是用手寫。」有一些是經驗豐富的新聞記者和採訪人員，比方說麥克・莫伊尼漢（Michael Moynihan）。艾拉・莉薇（Elle Reeve）曾在《大西洋》與《新共和》兩家雜誌社工作過，但是擔任比較資淺的職務。過了幾個月，帝藍吉爾聘用來自NBC新聞、專業備受肯定的莎娜・湯瑪絲（Shawna Thomas），擔任華盛頓通訊處的處長。和父親希摩・赫許（Seymour Hersh）一樣都是調查性報導記者的賈許・赫許（Josh Hersh），也過來這裡（Vice也聘用前任《六十分鐘》執行製作傑夫・法格〔Jeff Fager〕和知名作家兼主編蒂娜・布朗〔Tina Brown〕的子女）。很快的，帝藍吉爾手下就有了二十名員工。有些新進員工年薪達六位數，讓坐領信託基金的浪蕩子欣羨。「但多數露臉的人才都非常年輕，而且之前從未在電視圈工作過，只有三個人曾經在攝影機前播報過。這些人和老派的電視台新聞特派記者截然不同。他們的播報方式很新穎，沒有頭髮吹得整整齊齊的特派記者，也沒有宏亮高昂的敘述。他們的組成很多元，包含各種人種、族裔、地區和性別，這一點很重要。他們的時髦以及處理新聞的新手法，打動了*Vice*雜誌的群眾。」

史密斯一如往常，他要的是真實真確，以吸引能嗅出任何造假跡象的新世代。艾莉兒・杜海默－蘿絲（Arielle Duhaime-Ross）受聘來報導科學與氣候變遷。她是一位不符合一般人性別印象的女性，修習動物學，後來進入紐約大學新聞學院。進入Vice之前，她曾任職於「邊際網」（The Verge），主要負責報導健康科技與科學。她很善於將科學和環境議題講得明顯易懂，讓HBO這個節目的年輕觀眾都能理解。我在Vice布魯克林總部和她碰面時，最讓我訝異的，是她和其他網站及有線電視較年長的特派播報員截然不同，她極短的頭髮很俐落，穿著打扮更是時髦。在Vice媒體布魯克林總部訪談中，她講到讓她很自豪的是，報導川普總統退出巴黎協議時，她把重點放在政策與對世界的實質影響，而不像某些傳統的新聞節目一樣，只是強調政治餘波。

另一位新進員工是說起話來很溫柔的金髮艾拉・莉薇。帝藍吉爾還在彭博社時她採訪過他，他主動請她過來面試，他很喜歡她的背景。帝藍吉爾身邊多半是久經世故的布魯克林人，但莉薇不同[17]，她長於南方，曾經在戴爾的電腦工廠裡工作。她沒讀過常春藤聯盟的名校，而是畢業於密蘇里大學哥倫比亞分校（University of Missouri–Columbia）。「我不知道怎麼跟哈佛人來往，」她說道，「午餐時一直有人帶我去吃壽司，我根本不會用筷子。」

面試之後，她很確定自己搞砸了。她沒做過電視，她覺得自己都在閒聊，覆述她的整篇自傳，在攝影機前說了一個古怪的故事，講小時候騷擾她家人多年的鄰居如何如何。但是帝藍吉爾錄取她，到了二〇一六年六月，她就負責報導科技造成的文化衝擊。

冬盡春來，然後又到了夏天，首播日仍然在變動。為了拿到必要的資金以製播好節目與保住員工的忠誠度，帝藍吉爾希望替他的小王國築一條護城河，因此他排擠之前的新聞主管傑森・默吉卡（Jason Mojica）以及他的大多數原始團隊成員。

隨著時程一直延遲，帝藍吉爾看著自己報導二〇一六年大選的機會一直變小，終究消失。這是每個人都想做的報導，但是，沒有節目，帝藍吉爾什麼都不能做。節目終於在十月十日開播，看起來很不錯，有時髦的動畫，庫存影片片段之間的轉換速度也很快，還配上了旁白概述當天的新聞。節目串連幾段五分鐘的報導作為主軸，再加上一段史密斯採訪前眾議院多數黨黨鞭約翰・貝納（John Boehner）的影片。兩人在貝納的陽台上啜飲紅酒[18]，這位已退休的眾議員抽著雪茄，若有所思地講起他離開國會以後的人生開心多了。成為政治圈內人的史密斯看來很自得，這必會讓年輕時的他感到很恐怖。

這是很精緻的二十三分鐘，但不太像史密斯設想的革命。在之後幾個星期、甚至幾個月播放的節目中，也沒有看到革命的腳步到來。雖然這個節目為HBO帶來了可觀的五十萬觀眾，但除了首播時普普通通的評論之外，沒有引起太多的注意。帝藍吉爾很氣自己無法突破。年輕員工在聯邦調查局、司法部或其他國安單位沒有太多人脈，無法為調查川普和俄羅斯之間的牽連有太多貢獻。在選舉夜，每一家媒體機構都因為這場無疑是十年來最重大事件而湧入大量群眾，彷彿是超級盃的場景，但是Vice的觀眾人數很少。隔天夜間節目的主題是選民的反應，內容還算可以，但和其他新聞機構的沒什麼不同。這個節目少了讓人不得不看的動機。帶有距離感的旁白聲音急速地唸出標題，還有，當年輕的特派記者想要投入競爭激烈的報導時，只是凸顯出他們缺乏經驗。

帝藍吉爾背負極大壓力，必須討好史密斯和普萊普勒兩位上司。普萊普勒希望節目的重點放在嚴肅政策上，他和史密斯談過要針對國際經濟製作出極具企圖心的紀實紀錄片，他覺得年輕群眾應該知道這些事。史密斯的想法則很難說，但兩人都不滿意節目中的新聞要素。無線電視台的高階主管很清楚每日播出的節目、晨間節目、談話性節目以及深夜節目都要花很多時間構思，沒有辦法快速轉向，但是，如今的時機容不下耐性。重新打造夜間新聞節目這種老式媒體，比Vice團隊設想的更困難。

人在洛杉磯的史密斯[19]，和ＨＢＯ夜間節目沒有太多聯繫，也和布魯克林的總部距離愈來愈遠。他開始說：「這已經不再是我的品牌了。」他在選舉夜找來朋友同事開了一場派對[20]，請來一位披薩主廚，並從他家的酒窖搬來一些陳年美酒。他心情正好。身為剛剛歸化的美國公民，這是他第一次在美國大選中投票，他特別樂於支持加州的大麻立法投票議案。歐巴馬總統曾在白宮接見他，他也預期會繼續和希拉蕊總統維持友好關係。當男士們圍在披薩烤爐旁並喝著酒，女士們則在另一個房裡看電視。忽然有人大叫：「各位，你們一定要看一下。」選舉結果不如預期。「忽然之間，每個人都像被揍了一拳。」史密斯回憶道。

Vice和新聞界的所有人一樣，全都大為意外。他們的記者雖然幾乎不用傳統的政治報導手法，但會在某些傳統老媒體競爭對手忽略的地方建立人脈。莉薇聰明地利用她跑的科技文化路線培養出一些另類右翼的消息來源，也在「四頻網」與其他網路黑暗角落監督他們的動向。她寫了一篇報導[21]，描述某些另類右翼分子如何利用基因研究公司二三與我（23andMe）來證明白人血統的純正性，她也採訪白人至上主義者李查・史班賽（Richard Spencer），眾人皆知他的支持者會大喊「勝利萬歲」（Sieg

Heil）並做出納粹敬禮手勢。選舉過後[22]，極端右派的把戲移到了中心舞台，Vice也已做好準備，要報導他們的事。

莉薇就像BuzzFeed的席佛曼和瓦爾茲一樣，也被另類右翼份子在網路上建立人脈的手法吸引了。她常常發文反酸[23]，但如今反酸也是報導的一部分了。她的助理製作人發現維吉尼亞州夏洛特茲維爾市將會有一場示威活動，主旨是對抗希望移走當地聯邦國雕像的運動人士，莉薇同意這可能有報導價值，透過電話會議安排好和一位白人至上主義者克里斯多福・肯特威（Christopher Cantwell）見面。由於這是一個政治事件，她要透過Vice的華盛頓通訊處行事。

莉薇在星期五下午抵達夏洛特茲維爾市[24]，隨行的有兩位攝影師和她的製作人。這裡少見全國性的媒體。當晚他們拍到很棒的鏡頭，新納粹主義者高呼「不能讓猶太人取代我們。」有些示威者因為之前的報導而認出莉薇，知道她有一個猶太男友。她說：「他們都認出我，有些人刁難我。」有一個示威者大叫：「你好嗎，艾拉（莉薇）？替我問候你的猶太男友。」當晚，肯特威遭催淚瓦斯攻擊，這個插曲也讓影片更有戲劇性，這場現代三K黨大聚會到處是憤怒的火炬，讓莉薇很震驚，但她知道這會是一部很吸引人的影片，甚至成為星期一節目的開場。

星期六，這些白人主義者與極左派反法西斯運動的成員爆發衝突，有人叫肯特威和他的其他同伴行動。一輛示威者的白色箱型車急駛離開，莉薇和一位攝影師跳進去[25]，這需要勇氣，也帶來了出色的畫面，包括得以採訪到一個新納粹網站「每日風暴網」（Daily Stormer）裡的人。莉薇很安靜，確定攝影機有在拍。雖然她看起來不像，但她確實擁有鋼鐵般的決心。

星期六，有一部車衝撞抗議者，害死一名民權運動人士，莉薇和她的攝影師人就在附近。攝影師拍下這輛車倒車逃逸[26]。莉薇設法不要跟丟肯特威。她的製作人要她慷慨陳詞，對著鏡頭說話，但是她很清楚，畫面會說故事，她自己的評述就不必了。讓這部影片極具張力的，是沒有專業記者來指導觀眾要怎麼思考。

之後，Vice的工作人員跟著肯特威進入旅館房間，他在客房裡藏著武器，宛如小型兵工廠。肯特威一下憤怒、一下害怕，攝影師拍到他毫不後悔的模樣。一直到了這時，莉薇才忍不住開口，要他冷靜下來；她發現有一件事讓她戰慄，那就是肯特威居然認為某個人本來就應該死。

在「夏洛特茲維爾：種族與恐怖」（Charlottesville: Race and Terror）影片中，莉薇幾乎隱形，毫無政治宣傳立場的角度，讓她這部紀實影片更有力量。片中選擇的鏡頭，尤其是大量星期五晚上白人至上主義者拿著火把遊行的畫面，讓這部紀錄片有了道德上的明確位置，而川普總統在一名婦女遭殺害之後發表可恥的騎牆派聲明，指「兩邊」都應該為了暴力行為爆發而譴責，對照之下簡直天淵之別。「這部瘋傳的Vice紀錄片，完美反擊了川普針對夏洛特茲維爾事件所做的發言。」網路雜誌「石板」（Slate）在其中一篇好評裡這麼說。這個節目之後贏得四座艾美獎。

Vice拍到長達十八小時的影片[27]，感覺上要到天荒地老才能完全傳回布魯克林。星期一時，他們還在刪減編輯，替ＨＢＯ做出二十二分鐘的節目。當然，這段影片太長了，對任何其他夜間新聞節目來說都是前所未聞。帝藍吉爾決定「嘗試不可能」，把一整集的節目都用來談夏洛特茲維爾事件。莉薇和她的團隊在飯店酒吧邊看邊喝糟透的瑪格麗特調酒。之後，莉薇回房，在扶手椅上睡著了。

普萊普勒同意也把影片放上YouTube，讓沒有訂閱ＨＢＯ的人也可以看到。觀眾對於這部讓人難忘的紀錄片的反應，讓社交媒體熱鬧了起來。短短三天，點閱率就超過三千六百萬次；兩個星期之後，點閱人次達到五千萬。Vice拍到的畫面，變成定義暴力抗議者的畫面。

挾著熱門的報導，再加上她特出的外表，三十五歲的莉薇成為一個迷你品牌，不斷受邀擔任來賓或接受採訪，談另類右翼與白人至上主義者。莉薇著眼於對主流政治媒體來說很不尋常的路線，因此能滲透「四頻網」以及其他極端主義者出沒的聊天室，是很機靈的布局。這是Vice新聞至今最重要的時刻。

一週一次的節目中有幾位特派記者，也有助於Vice贏得正統新聞來源的稱號。湯瑪斯・莫頓仍在HBO一週一次的節目中露臉，但也開始在Vice媒體下的Vice電視頻道（Viceland）開了自己的節目。班恩・安德森（Ben Anderson）是老練的戰地特派記者[28]，提供了出色的中東地區報導，包括敘利亞內戰和伊拉克的持續傾軋。至於其他的明星，比方說西蒙・奧斯卓夫斯基[29]，他所做的烏克蘭報導讓Vice得以跨出第一步進入新聞領域，在一次厲聲指責史密斯後，他就跳槽到了CNN。

Vice也反過頭來聘用來自CNN的記者[30]，包括凱傑・拉森（Kaj Larsen）。拉森之前是美國海軍海豹部隊，在遭逮捕求生訓練中接受過模擬的折磨虐待，也替時事電視頻道（Current TV）做了一篇讓人記憶深刻的報導，重新改寫沉浸式新聞的定義：他親自在節目中「坐水凳」（waterboard；譯註：一種水刑），讓觀眾知道這有多恐怖。他在CNN任職時，覺得受傳統電視新聞規則的束縛，規範要求他要和消息來源保持新聞記者該有的距離，也不可以參與他要報導的事件。他說，他在CNN時受到懲戒，因為他拿了幾袋米給挨餓的非洲農民。Vice當然不管這些規則，但是，後來拉森捲入一樁全公司性的性騷擾醜聞，也損及他的事業。

傑森・默吉卡是帝藍吉爾前一任的Vice新聞主管，二〇一六年冬天，他出席了在瑞士達沃斯舉辦的世界經濟論壇年度大會（World Economic Forum Conference）。他打扮得清清爽爽，穿上俐落的西裝[31]，打上領帶，帶著一副黑色牛角框眼鏡，配上正要轉灰的短髮，這位四十二歲的Vice高階主管看來像年輕的銀行家，完全可以代表齊聚達沃斯的全球金融菁英。他出席是為了主持一個談政府保密的小組，成員包括國會議員達雷爾・伊薩（Darrell Issa），他是來自加州的保守派民主黨人，也是中傷希拉蕊的要角之一，另外還有比利時以及其他亞洲國家的官員。舞台最邊邊是小組裡唯一的女性（這是達沃斯的常態），她是一位迷人的年輕女駭客。當默吉卡介紹到她時，整個人都亮了起來。就像拉森一樣，他很快也陷入性騷擾醜聞中。然而，二〇一六年時Vice新聞很成功，默吉卡顯然也很高興能站在這個全球層級的頂峰代表公司。

手握艾美獎、皮博迪獎和杜邦獎（DuPont award）的Vice進入了媒體菁英之列，這正是史密斯、阿爾維和瓊斯二〇〇七年創辦VBS時要消滅的一群。默吉卡是當年幫忙讓史密斯進入北韓和非洲各地的少年神童，他本人活生生地說明了什麼叫「《無厘取鬧》加上《六十分鐘》」，也成功做出嚴肅的紀實報導，打動了Vice年輕、男性居多的群眾。Vice贏得的獎有很多都是靠著默吉卡衝鋒陷陣去拍的影片，比方說去烏克蘭和伊斯蘭國拍的內容。

默吉卡還不完全算是達沃斯人，但他是徹徹底底的Vice人。他的背景比典型的達沃斯人更多彩多姿。《出走芝加哥》（*Time Out Chicago*）雜誌二〇一〇年登出一篇側寫，說他曾在龐克搖滾樂團演唱、經營過一家唱片公司、有過一家咖啡廳和錄影帶出租店。「二〇〇六年十二月，他和兩名友人去查德旅行，帶著一部攝影機去探究為何救不了達佛地區（Darfur；譯註：此地與查德接壤，由於民族矛盾錯綜複雜，因此暴力衝突不斷，二〇〇三年起發生嚴重的人道危機），」作者傑克•馬羅萊（Jake Malooley）寫道，「這段經歷後來拍成二〇〇八年的紀錄片《達佛的聖誕節》（*Christmas in Darfur*）。」到了二〇一六年，默吉卡仍是Vice高階主管中，唯一擁有新聞直覺與新聞聲望的人。他曾在半島電視台做過幾個備受讚賞的節目，在戰區拍過影片。然而，他個人的影響力主要還是來自於他是一個能言善道的時髦潮人。還在喬治華盛頓大學（George Washington University）念書時[32]，他就幫忙成立了一個團體現代主義社（Modernist Society），每個月一次在波本酒吧（Bourbon）舉行沙龍聚會，他說這是「各學科的快樂主義者共聚一堂的慶典」。聚會上會有講者、問答時間以及很多的威士忌樣品酒。默吉卡說，「搞笑不正經的做作」是這個社團的指引方針。他把這樣的感知帶入了Vice的工作中。

默吉卡和史密斯一起工作，他會僱用中間人，前往網路和有線電視節目罕至的遙遠危險之地。他很善於招募人才。憑著街頭聲望和新聞聲望，他有最好的人才可挑，每個都是擠破頭才進入新聞學院且極度渴望在Vice工作的年輕人。他出力最甚，發展出Vice的招牌風格：不配旁白描述、少做剪輯、多留粗製鏡頭，以及持續不斷爆出迫在眉睫的危機，讓年輕的觀眾黏著螢幕不放。最重要的是，他是負責HBO每週節目的主要人物，確認每一集都達到頂尖品質才罷休。

這個每週一次的節目是史密斯心目中的重大優先事項。他鍾愛HBO為他的公司增添的光彩，主要是因為這讓他能達成規模更大、利潤更豐厚的廣告交易。受人尊敬自有好處，史密斯當然還是史密斯。有一個時刻則很值得他在攝影機前卑躬屈膝[33]，歐巴馬總統曾在白宮接見他並接受專訪，目的是為了一部一小時的紀錄片《分裂之家》（*A House Divided*），而這部片後來獲得艾美獎提名。史密斯穿著合身的西裝，大步走進總統安排的會客室，手裡夾著皮製的文件夾，看起來很認真地扮演好成年人該有的樣子，但是，他提的問題有時候聽起來卻讓人覺得是「切奇和崇遊白宮」（譯註：切奇〔Cheech〕和崇〔Chong〕是雙人搞笑團體）。「當你進來這裡的時候，」他劈頭問總統，「你知道等等會發生哪些經典瘋狂的愚蠢場面嗎？」史密斯熱愛成為盛典的節目主持人，也愛做明星。默吉卡的新聞單位，備齊HBO每週節目需要的所有人力和昂貴設備，是虧損排行榜上的第一名，但這有助於幫公司把餅做大。拍出快速爆紅影片與短片報導的空拍機，塞滿威廉斯堡廣達七萬五千平方英尺（約兩千坪）的總部新辦公室，數目多到史密斯和阿爾圍必須在河邊另外蓋更大的總部。Vice逐漸成熟，但公司裡幾乎每一個面向都還在希恩・史密斯打造出來的模子裡面。

在帝藍吉爾進公司之前，默吉卡的重要性與日俱增。默吉卡創造了Vice新聞的諸多成就，但也要對很多缺失負責，其中有一些還很嚴重。該公司的薪資仍低於業界水準，和CNN等地方相比更是明顯。默吉卡拍的某些紀實影片很棒，但是他都是在極為倉促的情況下去做每一件事。他沒有時間訓練新進員工，他們有些人根本完全沒有新聞相關經驗。這裡工時太長，而且也沒有事業發展管理。

該公司的新聞作業與安全標準，也不必然跟上業界慣例，奧斯卓夫斯基在烏克蘭被綁架，後來一支Vice團隊在土耳其也有同樣遭遇，都是明顯範例。「他們在土耳其找到這個中間人[34]，當他入獄時，他們很慌亂，七手八腳想把他救出來，」Vice一位製作人告訴我，「他們完全沒有標準作業程序。如果是在CNN，任何記者進入衝突區都有一道必要的報平安流程，通常一天一次以上。他們會拿到一張政府官員的名單，知道緊急情況下要找誰。」Vice幾乎什麼都沒有，但公司的發言人對我強調Vice「從來沒有把任何人留在現場」，也非常在乎新聞記者的安全。有幾位製作人對我說，沒有人喪命真是奇蹟。

對於待過CNN或半島電視台（默吉卡自己就是這裡出身）等紀實影片歷史悠久機構的製作人來說，Vice環境的差異很明顯。二〇一五年，Vice從半島電視台請來安卓雅・施蜜德（Andrea Schmidt），接下Vice加拿大分公司的執行製作一職。她進公司的時候，剛好加拿大大型媒體公司羅傑斯通訊集團（Rogers Communications）要拿出一億資金投資[35]。發布合作案時，羅傑斯集團的執行長蓋伊・羅倫斯（Guy Laurence）指出，透過與史密斯合作，這家總部設在多倫多的通訊公司能「打造一座強力發電廠製作屬於加拿大的數位內容，瞄準十八到三十四歲的群眾」。他說，這項交易，必會「以讓人興奮、刺激的內容搖撼加拿大，我們也會出口到全世界」。

施蜜德很開心能參與這場發表會，很快就發現自己要負責幾個野心勃勃的系列，包括一個以恐怖分子網路為主題的節目，由阿爾維主持。這個節目分成六部分，其中一集的重點是阿爾維的故鄉巴基斯坦。阿爾維仍樂於出現在Vice的紀錄片中，但他也慢慢老了，而就像史密斯一樣，他養成的百萬富翁品味已經不適合花幾個星期在荒蕪的地區追逐消息來源。因此，他在現場的時間限縮至幾天，在這之前要做大量的準備工作，才不會浪費他在巴基斯坦的時間。

Vice的某些程序讓施蜜德驚恐[36]。有一天的行程是要在喀拉蚩訪問一對夫婦，他們的兒子被徵召參與聖戰，但阿爾維還在途中，人還遠得很。因此，為了拍到阿爾維，施蜜德的製作團隊還得再製訪談。阿爾維被帶到訪談的原始拍攝地點，入鏡時重複問製作人之前已經問過那對夫婦的問題。經過一些簡單的編輯，畫面看起來像是由阿爾維進行訪談，但實際上他根本沒見過這兩人。

多數新聞頻道並不接受用這種方法編造訪談，這是在愚弄觀眾，觀眾看到實際上並未發生的採訪者與受訪者交流，畫面是演出來的。早期在電視台裡，新聞部門一次只能有一部攝影機從一個角度拍攝，「回頭提問」（reverse questioning）的作法很普遍。第一次先拍採訪者問問題，第二次再拍受訪者重複他們之前的答案。但是，沒有受訪者在場，就連運用倒轉提問的手法拍攝都是不符新聞倫理的作法。

等到錄影技術出現，拍攝流程可以同時拍攝兩邊，變得更有效率。在《六十分鐘》的節目中，初級製作人會負責做預錄採訪，但是即時採訪都會由播報的特派員和受訪者一起進行，可能在攝影棚或是在某個地點。有一家電視台的道德手冊上列出了規定：「可以使用剪輯來縮短受訪者的話或採訪者與受訪者之間的對話，但剪輯時必須公平且準確。例如，如果同時播出問題與答案，答案一定要放在特定的問題之後……回頭提問（這種作法是指回過頭拍攝並重新提問）不管在任何情況下都不可接受。如果特派記者在鏡頭前提問這件事很重要的話，應使用第二部攝影機。」

Vice顯然藐視大家同意的作法，如今，身為主管的施蜜德，陷入了尷尬的局面。Vice將重責大任交付給她，在加拿大替Vice電視頻道製作紀實節目，手握羅傑斯通訊集團挹注的大錢，而阿爾維是她的其中一位頂頭上司。其實緊張局面早已出現[37]：施蜜德經常在視訊會議上對紐約那頭大吼；她認為不過是剪輯和排程議題上的常態性歧異，阿爾維卻對她下達指示要她「不要回擊」他；加拿大一位負責事實性內容的女性總監要她對紐約的男人「和善一點」。為了做出優質的紀實新聞，她很願意忍受這些事，但是假採訪是偽新聞，她決定對加拿大的管理階層示警。製片廠主管的反應，是把她拉進他的辦公室，對她說內容部門的主管認為她是「到處惹事生非的人」，應該開除她。之後，該節目撤掉阿爾維的訪問片段，而且這一段從未播過。在這次經驗之後施蜜德很快辭職，但在這之前她先把自己的名字和整個恐怖分子系列切割。Vice不適合她。

默吉卡雖然在傳統新聞機構工作過，但也並不在乎標準。他開始和手下一位初級製作人打得火熱，這位瑪汀娜・薇綽妮（Martina Veltroni）是年輕的義大利女子，畢業於紐約大學，加入他的製作團隊。她的同事說，美麗又聰明的薇綽妮，是他工作上的好伴侶，甚至能忍受他的言語侮辱。她負責確認該到的攝影人員都在現場，並和史密斯與阿爾維溝通協調，他們能在現場拍攝的時間都很有限。有些和默吉卡密切合作的人，痛恨薇綽妮的地位愈來愈重要，當她獲得拔擢爬到他們頭上時，在私底下頻頻抱怨。每個人都知道她和主管上床，但是這種事在Vice稀鬆平常，也沒有人會皺一下眉頭。

公司裡有人力資源處，至少書面上如此，但是員工將負責的南西・艾許布芮可（Nancy Ashbrooke）當成管理階層的保護者與命令執行者[38]。她從哈維・溫斯坦的電影公司跳槽到Vice。Vice的非傳統職場工作協議多多少少保護了主管，幫他們遠離針對工作條件提出的法律申訴事件，包括在多數其他新聞機構會被界定為不端行為的相關舉動。說到底，史密斯本人就是這麼做的，最後還跟某位員工結了婚。

然而，以薇綽妮的情況來說，和主管的戀情對她的事業來說並不完全都是好事。她是真的愛上了默吉卡，他一度離開了妻子，但之後又決定重回婚姻。薇綽妮必須嚥下自己的苦。她試著不去聽辦公室的流言蜚語，但又聽說默吉卡和Vice另一位年輕女性有牽扯：Vice有一位年輕記者和他一起上阿拉伯文課，課後他請她喝杯酒，在街上他不顧她的意願強吻了她。這名年輕記者說，她必須用自己的傘擋下他。

默吉卡和薇綽妮的戀情變成了公司的問題。從個人面來說，這一對必須分開；但在專業上來說，他們彼此相依。艾許布芮可知道他們之間的事，幫忙把薇綽妮調到新成立的倫敦辦事處，但她的工作內容大致相同。她還是要向默吉卡彙報，他也要打她的年度考績與決定她的調薪，就像他們還在談戀愛時的那幾年一樣。雖然他們相隔一片海，但仍緊緊相繫。薇綽妮一天工作十五小時[39]，從倫敦的上班時間開始，但一直要到布魯克林很晚的時候才下班。她願意忍受默吉卡的言語斥責，是因為她想保住自己的飯碗，但她也發現自己身心俱疲。

默吉卡努力穩固婚姻之時，也發現工作上出現愈來愈多挫折。在帝藍吉爾排擠他之後，史密斯替他設了新職務，一開始是國際新聞的主管，然後是紀實紀錄片的主管。研究過整個態勢之後，塔藍吉爾開除了默吉卡原團隊中的多數員工。默吉卡顯然已經失去自己在Vice兄弟情誼中很吃得開的地位。

這也引發了該如何處置薇綽妮的問題；她後來又被調回紐約。「新前線」是一項業界專為廣告主舉辦的大拜拜式活動，史密斯總會替這場盛會找來優質樂團，也總要喝個爛醉，薇綽妮在場上和艾迪．莫瑞提（莫瑞提是史密斯最早的密友圈成員之一）閒聊時，他一位從奧地利來的朋友向她調情。她斷然拒絕，對此沒有多想；這是在Vice工作的其中一部分。也因此，隔週艾許布芮克找她問話時，薇綽妮很意外[40]。逗弄她的那個人告訴莫瑞提，說她在背後說帝藍吉爾的壞話，說她希望這位新的新聞主管被開除。帝藍吉爾知道了這件事，不僅如此，史密斯也知道了。艾許布芮克在對話中和電子郵件中告訴薇綽妮，說帝藍吉爾已經完全不信任她，不可能再和她一起合作。「你要向賈許（帝藍吉爾）、艾迪（莫瑞提）和希恩（史密斯）道歉。」艾許布芮克在一封電子郵件裡這麼要求。她帶著不祥的口吻說，她要留在新聞部門很難，如果她被革職，他們會「討論資遣費」。她也叫薇綽妮考慮自動請辭。

傷心又害怕的薇綽妮[41]，去找她認識的唯一一位律師，就是幫忙她在紐約買下公寓的律師。律師把她介紹給合夥人，對方專攻勞工法；她對這位合夥人說了她在Vice的事，事業注定無望了。他為她指出一條明確的路[42]，建議她提出不端行為與非法解雇訴訟，她也這麼做了。

薇綽妮在二〇一七年五月從公司離職，接下來幾個月，Vice忙著否認她在訴訟中提出的指控。她和所有Vice員工都簽過保密協定，因此她無法公開表述，他們甚至還說她是騙子。接著，忽然之間，Vice提出和解條件以結束訴訟，支付封口費要她閉嘴。她接受了。Vice針對四樁不端行為訴訟達成和解，她的事是其中之一。

這改變了什麼？《紐約時報》爆出溫斯坦醜聞[43]，導引出「Me Too」運動，並讓幾家公司開始進行性騷擾調查，包括Vice。調查行動最後抓到的不只是各家企業裡的溫斯坦，還有福斯的超級大明星比爾・歐萊利，以及其他媒體界的人物。整個秋天，Vice在威廉斯堡的大樓裡傳得沸沸揚揚，說《紐約時報》本來要爆出的消息被暫時擱下了。

二〇一七年十月[44]，業界女性開始用電子郵件流傳一份「媒體界渣男」（Shitty Media Men）清單，一位Vice前製作人娜塔莎・黎娜德（Natasha Lennard）發推文表達她的驚訝，說「這份清單還不夠淫穢，還少了Vice裡的那些人」。她之後補充：「傑森・默吉卡是我遇過最噁心、最不要臉的男主管[45]。他早就應該被開除，但沒有，反而在公司各處調來調去。」發推文之後，黎娜德馬上對我說她本人並沒有受到性騷擾[46]，但是知道很多人身受其害。她也把默吉卡對待瑪汀娜・薇綽妮的惡劣行徑說給我聽。

我聯絡默吉卡，但他拒絕針對他和薇綽妮的戀情發表正式評論，但他給我一份以下的聲明：

推出「VICE新聞網」是我人生中做過最有收穫、但也是壓力最大的事之一。回顧我人生中的那段時光，我醒悟到我的行為常常像個憤怒的該死王八蛋，在乎報導裡的人勝過新聞編輯室裡的同事。我很快就會發脾氣，也會對於糟糕的決策和其他績效問題大吼大叫表達我的不悅。那並不是針對任何單一個人，而是讓很多人都備感困擾，我對此感到很後悔。

十一月，「每日野獸網報」發布了一篇報導[47]，爆出Vice的性別歧視文化與對性騷擾的容忍。報導的焦點是一名年輕製作人菲碧・芭格蒂（Phoebe Barghouty）描述的可怕經驗；她也把她在Vice遭遇的折磨一五一十告訴我。她說，聘用她的人就是衝勁十足的前海豹部隊成員凱傑・拉森，他在辦公室不當碰觸她，而且在某個工作場合喝個爛醉，她還得開車把醉死的他送回家。另一次，他叫她去他家，她到了之後發現他正在沖澡。她曾向南西・艾許布芮克提出申訴，但全無下文。拉森在「每日野獸網報」發布這篇文章之前就因為其他理由而離職，而巴格蒂以及其他人都知道，所有員工都簽了的Vice非傳統職場環境協議是一種保護男性主管的防護罩，放任他們惡意對待年輕女性，涉入在其他工作會構成解僱理由惡行的不當性關係。

《紐約時報》也追蹤Vice。和其他記者合作寫出歐萊利醜聞報導、讓他丟了工作的艾蜜莉・史蒂爾（Emily Steel），彙編出一幅可怕的Vice職場寫真。但因為《紐約時報》的標準很高，因此進展很慢，史蒂爾的報導一直到十二月二十三日才登出。她本來的獨家新聞被「每日野獸網報」捷足先登。

當帝藍吉爾開除很多默吉卡的舊部屬之時，有一群飽受痛苦的女性跳了出來，就算她們都簽了保密協定，但仍對史蒂爾和我吐露心聲。默吉卡的名字不斷出現，Vice全公司上下都知道薇緯妮提訟的事。有些人對於她和默吉卡正濃情蜜意時享有的特殊待遇感到忿忿不平，但現在她們跟著她走過的路，不管保密協定了。

性騷擾是Vice文化的特色。多年來我和Vice女性員工交流時，幾乎在每一場討論中都會聽到這個主題。史蒂爾在文章登出之前和超過百位Vice員工談過。雖然多數的人都以不具名的方式發言，但有些女性容許自己的名字見光。

史蒂爾的報導很出色[48]，揭露許多不當行為與施暴的案例，包括前述四樁和解案。然而，Vice內部的因應方式仍以補救為主。這篇報導內容不堪入目，但很多員工本來預期應該會更不堪。有些仍在職的員工樂見默吉卡與其他人被寫成連續騷擾犯，其他人則擔心整家公司會隨著這些惡棍而一蹶不振。「我們頭上烏雲罩頂。」一位員工這麼告訴我。

為何性騷擾文化能在Vice爛這麼久？巴格蒂告訴我，默吉卡有一次很荒謬地對她提出以下的解釋[49]：「要在這個產業工作，我們得讓員工進入戰區，願意這麼做的人都是反社會分子。你必須忍受這種事，因為只有這種人才能做報導。」

默吉卡的說法和史密斯長年的態度一致。史密斯曾任命瑪斯卓莫娜可[50]，試著在Vice強加一些管理結構，那時他各處發送一份備忘錄，內容的精神就和默吉卡對巴格蒂所說的話如初一轍：「我們這幾年都用偶然之下出現的自由流動、準階級、非傳統的管理架構運作，基本上這是一種異端，也是多數想維持現狀經理人的噩夢。」

史密斯這幾年大力拓展公司，看來也大大自我改造了一番。某些擔負重責大任、拿過Vice環榮譽的主管，經過樓梯間會對年輕女性頻送秋波，但兩位年輕的女性製作人告訴我，史密斯通常調過頭去。他的行程通常都排在加州的豪宅，很少出現在威廉斯堡的辦公室裡。

如今派對結束了；「什麼都可以」的文化引發了全面性的危機。有一家廣告贊助商離開了，其他的也表達疑慮。史密斯擔心，如果社會大眾對於負面報導的回應夠激烈，Vice的重要夥伴可能會切斷關係，例如娛樂部門的A+E電視網和新聞部門的HBO。預期到會有麻煩之下，艾許布芮克被推出去當擋箭牌[51]，但此時才控制損害已經太遲了（艾許布芮克說，她一直「努力協助各公司打造尊重他人的職場，不容許不當行為」）。「每日野獸網報」的報導登出後[52]，默吉卡與其他經理人被停職，史密斯一如預期，任命一群較年長的女性檢討企業文化並提出變革建議。在「每日野獸網報」報導出爐短短兩天後[53]，Vice就宣布成立一個委員會，Vice內部員工認為根本是遲來的洗白行動。「清理小組」由律師蕾貝卡・卡普蘭（Roberta Kaplan）擔任主席，她曾在美國最高法院上力戰「捍衛婚姻法案」（Defense of Marriage Act），瑪斯卓莫娜可也是委員之一，另外還有為了拍攝「女人」（Woman）系列影片（這部影片獲得艾美獎提名）而和Vice合作的葛洛莉雅・思泰妮姆（Gloria Steinem），以及蜜雪兒・歐巴馬的前幕僚長陳遠美（Tina Tchen）。公司也請來新的人力資源主管，換掉艾許布芮克。但他們做得太少，也做得太晚了。

然而，該負責的那些男人不懂。「每日野獸網報」登出兩天後，史密斯和阿爾維決定繼續召開全體大會，他們透過影片從洛杉磯那端出現時，根本是毫無準備。他們沒有直接提到這篇文章，也沒講到公司裡的性騷擾問題，反而大談薪資和留任等議題。會議室裡一位製作人站起來咆嘯：「他們他媽的到底要怎樣處理性騷擾問題？我們都在等，不是嗎？」群眾大聲鼓掌，有些員工走了出去。

這個問題涉及更大的管理階層問題：幾位極富裕的Vice創辦人已經不再和布魯克林的年輕大眾聲氣相通。曾經受人崇拜的他們，如今成為遙不可及的人物。他們搶著拍HBO的節目，但沒有人想在實地多待幾天。阿爾維已婚，正在裝潢位在東村的公寓，史密斯最近剛生下第三個女兒。他們已經不再是一九九四年和麥金尼斯合作、靠著裸照和讓人作嘔的誇張賣弄賺第一桶金的人了，他們靠這些打造出自己的品牌。現在，即便有HBO和艾美獎加持，他們也要為了不當對待女性面對苦果。

醜聞不斷冒出，其中一件牽涉到安德魯・克萊頓（Andrew Creighton），他早在二〇〇二年就進公司，從倫敦那頭幫忙史密斯處理業務端事務。克萊頓是打造品牌的能手，包括建構健康議題等主題區塊，或是宣布公司推出與老藍最後的酒吧的同名啤酒；Vice早期有很多狂歡派對就在此地舉行，如今已成朝聖觀光客的熱門景點。史密斯非常仰賴克萊頓為他提供業務建議。

克萊頓是英國人，留著鬍子，有時候會穿著時尚品牌湯姆福特（Tom Ford）的外套，以及繪有裸女的拖鞋，身為原始Vice兄弟圈成員的他，據說對待辦公室裡的女性時總認為自己享有初夜權。二〇一六年時，克萊頓私下支付十三萬五千美元[54]，給宣稱自己在拒絕和克萊頓發生親密關係之後就被開除的前任員工。《紐約時報》的史蒂爾聽說和解的事，看了一些法律文件。史蒂爾調查之後揭露了這樁法律和解案，另外還有三件，Vice於是要求克萊頓停職（至於克萊頓自己的說詞，他在一篇聲明中否認涉及這位女性被開除之事，但是「為了這種情況」道歉，並保證「我和其他人會負起責任，打造尊重人的職場環境」）。

克萊頓失去光環的時機也實在太不巧了。史密斯現在比較想留在加州的豪宅悠閒度日，希望減少他身為執行長的工作，本來會由克萊頓補上這個空缺。之後，克萊頓被停職時，公司二〇一七年的財務報表也被人外洩。

《華爾街日報》二〇一七年二月七日爆出無情的消息[55]：「估值高達五十七億美元的Vice，是美國最有價值的新媒體公司，未能達成二〇一七年的八・〇五億美元營收目標，短少超過一億美元，熟悉此事的相關人士指出，Vice費盡心力要滿足投資人的期待，他們賭的是公司能繼續快速擴大其數位群眾與廣告營收，同時用具備財務效率的方法將其前衛、年輕的品牌轉化成電視。投資人包括私募股權業的德太投資公司和科技跨界創投公司（TCV）、迪士尼、赫斯特媒體集團以及二十一世紀福斯，現在都施壓要求公司今年能轉虧為盈，他們說，要做到這一點必須縮減成本。史密斯先生透過擁有超級表決權的股份來控制整家公司。」

Vice和BuzzFeed這兩顆新媒體界的明星都未能達成營收目標，而且差距很大。BuzzFeed的估值僅有十七億美元[56]，但這個數字也遠高於多數財經分析師認為的實際價值。Vice的估值更膨脹到五十七億美元[57]。羅傑斯通訊集團的新管理階層對數位平台沒這麼有興趣[58]，已經撤回對加拿大Vice電視頻道的投資，少了一億美元絕對會讓Vice的美國利害關係人警鈴大作，包括投資人和廣告主。根據《華爾街日報》的消息指出，二〇一七年Vice虧損一億美元，一定要大量裁員與在其他方面精簡成本。

二月，一家贊助Vice網站其中一個區塊的廣告主告訴我，說她的公司已經悄悄撤資。理由很複雜，不光只有性行為不端這件事。「那裡的文化讓人覺得是被逼著去複製杭特・湯普森的怪奇報導氛圍。」她說，「後來變得愈來愈刻意，檯面上也沒有女性，這已經不只是厭女主義的問題了。我們大致上算是撤走了，只是，我不知道希恩（史密斯）知不知道這件事。」

一位福斯的高階主管告訴我，魯波特・梅鐸愈來愈不在乎他的投資，樂於放掉他的股權；他手上的持股從原本的七千萬美元增加到超過二億美元。迪士尼最後持有這家公司，當作收購二十一世紀福斯計畫的一部分。詹姆士・梅鐸（James Murdoch）仍是Vice的董事，但他的父親再也不會長途跋涉到布魯克林來和史密斯喝杯雞尾酒了。

這家公司還是有些振奮人心的數字值得一提。分析公司康斯廓指出，二〇一七年時，該公司在美國網站的流量增加了百分之十七，每個月不重複的訪客達七千八百萬人。但是部分網路流量其實應該算是其他網站的。尼爾森公司說，Vice的電視觀眾成長速度不夠快，尤其是Vice電視頻道。每週一次的節目仍然受歡迎，有一百六十萬人收看，對星期五晚上前一個時段比爾・馬厄的節目有很好的導引效果。普萊普勒認為Vice的夜間節目很上軌道，觀眾有七十萬人，雖然不到《權力遊戲》的等級，但以必須密切及時收看的電視節目來說已經很不錯了。

帝藍吉爾每天播出的節目《Vice今夜新聞》（*Vice News Tonight*），二〇一七年時各個平台的觀眾加起來總共增加了百分之十九，共有五十八萬兩千人，沒什麼好誇耀，但是也不差。二〇一八年時節目獲得八項艾美獎提名。有些報導不僅大膽，還引發了實質影響。二十二歲時加入HBO夜間節目的特派記者安東妮亞・希兒敦（Antonia Hylton）花了超過一個月的時間[59]，報導一名和家人離散的瓜地馬拉男孩。她跟著這個年僅七歲的孩子，來到德州和阿拉巴馬，也在瓜地馬拉做了報導。希兒敦的報導中有一份聲音檔[60]，是這個被留置的男孩和他在瓜地馬拉的母親之間的對話，快速瘋傳，而希兒頓針對他和父親「重聚」所做的報導幾乎佔掉了整集節目，內容讓人看得很心碎。希兒敦的另一篇報導，講一個拒絕墮胎的移民女孩，很多主流媒體管道之後也跟著追蹤。然而，帝藍吉爾設計節目時要呈現的年輕加聲望（Vice代表年輕，HBO代表聲望）組合，不見得能調和。他的年輕特派記者跟同時代的人一樣，總是義憤填膺，帝藍吉爾必須敦促他們做出更深入、更細緻的報導。

節目挾著優勢，持續讓特派記者進入實地，融入其中進行拍攝。這是做電視新聞老派且昂貴的方法，但因為Vice不用浪費錢請天價的大明星也不用支付豪華旅館，帝藍吉爾才有辦法支應。容許特派記者花時間待在現場，也幫助他留下人才，讓Vice可以擊退CBS、CNN以及其他地方的搶人行動。

帝藍吉爾不會去追蹤川普的每一則貼文，他堅守策略，除非Vice能提供特殊的角度或更深入的脈絡，不然的話，他不報導當天的政治新聞。他總結道，義憤已經太多了。

在公司的娛樂事業方面，Vice和廣告主的關係愈來愈緊張。Vice電視頻道有一個節目叫《啤酒國》（*Beerland*），贊助商是安布集團，這完全不讓人意外。此節目由主持人梅格・吉兒（Meg Gill）四處尋覓[61]（她經營百威英博集團〔AB InBev〕旗下一家子公司），尋找美國最棒的精釀啤酒廠，勝出者有機會把產品交給這家跨國大型酒品公司經銷。對於Vice的品牌置入節目，除了稍微遮掩贊助商直接傳達的訊息之外，少有人有其他期待。

Z世代的人很少看電視，為了贏得他們的心，Vice必須想出更新穎、更前衛的節目，這是更難辦到的事，因為如今的年輕人更不能容忍大男人主義與對種族議題毫無敏感度，但這兩者都是Vice早期的招牌。原創一直都很難。Vice電視頻道有一個節目《晚餐時間》（*It's Suppertime*），承諾要教觀眾學會做出各種料理。如果不看主廚的頸子上刺滿了刺青，節目的場景看起來就很一般，比較像五十年代，不太前衛。

在當前的媒體環境下要出售公司已經不可能，除非史密斯願意賤價求售。史密斯二〇一六年時曾希望變現[62]，但是迪士尼掉頭離開。同屬新媒體的瑪莎博公司（Mashable）價值一度達二．五億美元[63]，公司內還有一個由《紐約時報》前編輯吉姆．羅伯斯負責的大型新聞部門，後來以五千萬美元賣給齊夫—戴維斯公司（Ziff-Davis），消息一出讓業內的每個人都嚇得直發抖。

根本的問題，是品牌置入廣告業務非常競爭。老派報社也加入戰局，例如《紐約時報》成立的T牌工作室，爭奪Facebook和Google留下的殘羹剩菜；Google擁有YouTube，鯨吞絕大部分的數位廣告營收。Vice的海外授權內容仍有利可圖，但是沒有人知道可以賺多久。

史密斯發現自己來到痛苦的十字路口。他打造出一家聘用三千名員工的公司，一天做出幾千項內容。這是一個數位影片工廠，不斷娛樂年輕群眾，有時也為他們提供詳實的資訊。Vice的營運已經涵蓋四十餘國[64]，然而，這家公司必須成熟。某些重大成果，例如會見普丁和跨足俄羅斯，最近也終究成空。因為醜聞和人員離職而心煩意亂的史密斯，通常人都在加州，看起來還沒有準備好要把公司帶進下一個階段。

史密斯自認為是現代的泰德．透納，很確定不管用任何標準來看，自己必會名列數位媒體大師前十名。他很早就針對臉書的霸權提出警示，比同儕早了好幾步。但是，Vice仍成為Google的囚徒，因為YouTube為Vice帶來了大量的全球群眾，很難衡量這一群人有多少，因為史密斯把公司的內容授權給太多平台。

史密斯強調擴大國際布局。雖然他沒有明說，但海外對於美國發生的性騷擾醜聞反應沒有這麼大。在亞洲某些地方，年輕男子其實會去傳揚Vice對待女性的態度，以及其早期的反女性解放與反政治正確。在坎城一場大型的年度廣告活動上[65]，他宣布和印度時報集團（Times of India Group）結盟，推出充滿活力的社論與廣告製作業務，共分為網路、行動與無線電視廣播三條管道。他也做成另一筆生意，要在中東與北非各地建立在地營運，製作行動與網路內容。Vice在新加坡成立辦事處，並將電視節目授權到馬來西亞和印尼。但這些交易都有風險。雖然他們確定合作夥伴會支付大部分的製作、翻譯和人力成本，但是要維持品質並做出像Vice品牌的節目，幾乎是不可能的任務。比方說，要在馬來西亞做出這種壞男孩品牌，正確的元素是什麼？

Vice這個品牌已蒙塵，但史密斯知道不可放棄自由精神的根。他一直沒有完全擺脫賈文・麥金尼斯的影子。那麼，這個Vice最初的壞男孩如今何在？二〇一六年的大選夜[66]，在紐約地獄廚房餐廳（Hell's Kitchen）酒吧裡一場慶祝川普大勝的喧鬧派對上，麥金尼斯完全失控。他是熱情的川普支持者，如今是「反骨媒體網」（Rebel Media）的名嘴[67]，這個網站正是加拿大版的「布瑞巴特新聞網」。他也是「驕傲男孩組織」（Proud Boys）的創辦人，這是一群白人男子的聯盟，打著的旗幟是「我是西方沙文主義者而且我拒絕為了創造出現代世界道歉」（I Am a Western Chauvinist and I Refuse to Apologize for Creating the Modern World）。雖然他自稱「另類溫和派」（alt-lite），但經常發表煽動性的言論[68]，毫不掩飾他對另類右派的崇敬。貧困南方法律中心將驕傲男孩組織列為仇恨團體，某些成員在麥金尼斯於曼哈頓共和黨俱樂部（Manhattan Republican Club）發表演說之後暴力亂鬥，遭到逮捕。遭到驅逐離開Vice之後，他結了婚，搬到歷史悠久的威斯卻斯特郡市郊，在那裡撫養三個孩子。

剛開始寫這本書時，我在布魯克林一家酒吧和麥金尼斯見面。他仍受制於離開時和Vice簽下協議中的封口條款約束，因此謹言慎行，但是他直接表達對史密斯的怨懟與憤怒。在較近期的二〇一七年八月時，我們找了一家愛爾蘭酒吧併肩坐下來聊，地點選在「反骨媒體網」工作室對面，附近剛好是曼哈頓的美食區。現在他在白宮有了盟友，他自己這個品牌又變得炙手可熱，他看來開心多了。一如以往，他穿著西裝，打扮得整整齊齊[69]，和我在許多影片中看到喝醉打著赤膊、和別人吵個不可開交的模樣大不相同，比方說他最近激烈的演說「我痛恨猶太人的十個理由」（10 Reasons I Hate the Jews）。他看來已經接受他和Vice分道揚鑣的事實，也把這件事放進下流邪惡但偶爾感人的回憶錄《酷之死》（*The Death of Cool*）裡面。雖然他的文字常常讓人憎惡，但此人確實能寫。

史密斯一開始不願見我，因為他發現我和麥金尼斯談過。但在我執行寫書計畫兩年後，終於聽到他的助理說他願意一起吃午飯。我們見面的那家威廉斯堡餐廳，正是十幾年前史派克・瓊斯向他宣傳影片優勢的地方；我們談得很開心。

他對於自己一手打造出來的帝國深感自豪，鼓勵我去看看Vice在丹波區的新辦公室，美善公司也在此處。他自誇，品牌置入廣告業務仍替Vice賺進超過三・五億美元。我任他自圓其說，他說迪士尼並沒有退縮不出價買Vice，而是他拒絕他們。他沒我想像中那麼熱情洋溢。

時代變了。在溫斯坦醜聞爆發與假新聞流竄之前的時代，Vice或許可以逃過懲罰，不用為了職場性騷擾和粗製濫造的標準等種種胡鬧瞎搞負責；但在現在川普時代，新聞媒體要受到更多檢視。在接連爆出行為不當與被指控貪腐之後，新媒體必須嚴守更高的標準。史密斯誇稱，Vice將會取代CNN和《時代》雜誌，進入受人尊敬的新聞機構殿堂。憑著夏洛特茲維爾事件這類影片，他確實也贏得讚揚和名望，但其他的缺失讓世人無法把Vice當成一回事。就像《紐約客》雜誌替他們貼上的著名標籤，這是一個壞男孩品牌，而且他們代表了一直長不大的壞男孩。在布魯克林會面那天，史密斯仍帶著鑲有Vice標誌的金環，這是壞男孩做了好事的象徵。

我們見面後幾個月[70]，他把執行長的職位讓給了A+E電視網的前執行長南希・杜布克（Nancy Dubuc），杜布克本來就是Vice的董事。現在換她要擔起責任，找到可長可久的業務模式，以及可以讓兩種老平台（有線電視頻道和夜間節目）在新媒體時代能成功的節目製作妙方。

第十二章
重生——《紐約時報》，之三

十一月九日凌晨時分，當網站首頁跑出「一場民粹主義對菁英政治的反叛」（Donald Trump Is Elected President in Stunning Repudiation of the Establishment）（譯著：此處中文標題為《紐約時報》中文網站中的標題，與英文原文不完全契合）的標題，用「大為震驚」形容還在《紐約時報》新聞編輯室裡工作的人，是太客氣的說法。

這也包括寫這篇報導的其中一位作者麥可・巴貝洛（Michael Barbaro）；巴貝洛是《紐約時報》的明星政治記者，是第一批調查川普過去不端行為的記者之一。巴貝洛就像鬥牛犬一樣頑強，他找到幾十年間曾和川普約會或在他手下工作過的幾十位女性，設法採訪她們。他在前一年五月登出這篇報導時只引發輕微騷動，但這是巴貝洛寫過的報導中很不一樣的一篇，之前《走進好萊塢》（*Access Hollywood*）節目中播過的惡名昭彰錄音檔（譯註：錄音檔內容為川普污衊女性的言論）才剛剛傳遍全美，又登出這篇文章對川普來說顯然是一次致命的打擊。巴貝洛的報導中兩名女性的證詞直接反擊川普的說法，他宣稱他從未不當抓摟或碰觸女性，川普毫無意外地威脅要提出訴訟。行為如此可鄙的人當選總統，簡直是不可能的事。

選舉當晚，巴貝洛幾乎沒有時間消化川普勝選帶來的衝擊，因為他要先去錄製他很受歡迎的播客節目《前奏》（*The Run-Up*），這是《紐約時報》呈現新聞的另一種方式。他的主管是政治版主編卡洛琳・萊恩（Carolyn Ryan），在當天稍早的新聞會議上安撫大家，說今天晚上的工作應該會很早結束，勝選根本是希拉蕊的囊中物。

通常，《紐約時報》會規劃好，最後不管哪一邊的候選人勝出，都預先寫好了選舉報導，但這一次，編輯群幾乎沒有準備要看到難以想像的結果：川普獲勝。他們反而設了一個特別的選舉專版，要來談美國第一位女性總統蓄勢待發。上個星期天編輯群已經淡化處理自家記者奈特・科恩（Nate Cohn）的報導，他說其實川普有可能勝選。巴奎已經核准選舉過後那天早上的歷史性頭版，橫幅標題以斗大的字體寫著：「總統女士」（Madam President）。

華盛頓的特派記者大衛・桑格認為川普要贏太癡人說夢，因此那天傍晚他大多數時候都在格林威治村看朋友的喜劇表演。當他回到《紐約時報》，發現希拉蕊看來會輸，他直奔辦公桌，開始振筆疾書寫下相關分析，論述這個世界將如何面對川普總統。

大選夜過了幾個小時，《紐約時報》上的記錄器、也就是大家所說的「那根針」、或是偶爾戲稱的「地獄轉盤」，顯示希拉蕊贏的機率有百分之八十五。這根針是最受歡迎的功能之一，在選前的幾個星期，很多讀者都會來點一下，以確保希拉蕊仍然領先。幾個月來，隨著很多人主動參與、提供愈來愈多民調數據指出希拉蕊會贏，這根針也很確定偏向民主黨這邊。

但約到了晚上八點半，在希拉蕊坐等開票回報的曼哈頓半島酒店（Peninsula Hotel）開始傳出風聲，說競選團隊據以得出勝選預測的模型已經崩壞。大約一個小時後，佛羅里達（這裡可能是最關鍵的一州）的票數開出來，大量倒向川普，地獄轉盤也隨之擺盪到川普那側，指向共和黨勝出的機率達百分之六十。晚上九點四十七分，負責希拉蕊這條線的主記者艾美・珂琪克，從賈維茲中心勝選總部打電話給萊恩，告訴她當天早上還沒有人想過的事：希拉蕊要輸了。大約十點半，已經確定希拉蕊在佛羅里達輸得慘不忍睹，巴奎和萊恩開始撤下希拉蕊的報導，以川普為主角整理出新一批文章。某些預定放在希拉蕊專屬版面的素材，之後會重新調整，放入談性別議題的版面；這個主題經常成為焦點，出現在馬克・湯普森的委員會（由一位新聞主編以及業務部門的人聯合主導的委員會）大力支持的報導類型中。委員會的目標，是想辦法引來更多數位訂戶。

當晚稍早，巴貝洛為了創造新營收而出席另一場活動，去新聞編輯室隔壁的時報中心（Times Center）會堂，和報社的明星選舉報導團隊一起看選票回報，這場派對的門票一張要價兩百五十美元。他也出現在《紐約時報》的臉書直播影片。然而，由於投票結果大轉折，他很快回到工作崗位，撰寫總導言；《紐約時報》每四年都要刊登一次極具歷史意義的總統選舉報導，綜合所有主要新聞要素並說明投票的動態。他向來是萊恩的寵兒，是又快又優雅的作家。

在選舉夜撰寫總導言過去是一項神聖的任務，對記者來說是一項帶有嘉許意味的工作。二〇〇〇年時，主政治特派記者李查・博克（Richard Berke）就關在西四十三街三樓新聞編輯室一個無窗的小房間裡，努力寫出報導。那天晚上同樣高潮迭起：佛羅里達州本來由高爾（Gore）勝出，後來變成小布希，到了大約凌晨兩點，陷入僵局，不能繼續計票。當時的執行總編約瑟夫・萊利維爾德衝進衝出博克的寫作室；但大部分時候，博克都是自己一個人在寫他的大作。萊利維爾德不希望記者分心，堅持新聞編輯室內只能開幾部電視。他相信，在雷蒙・沃特・「強尼」・阿爾波（R. W. "Johnny" Apple）的管理之下（提摩西・克魯茲〔Timothy Crouse〕為一九七二年奇特的大選寫過一本書，寫到一群所謂「巴士上的男孩們」（Boys on the Bus），阿爾波就是其中一個原始成員），自家的決策台必能寫出對的報告。到了清晨，佛羅里達的選舉結果仍是兩方互有消長，萊利維爾德大叫：「把印刷機停下來！」這是我第一次聽到他在新聞編輯室裡咆哮，也是唯一一次。當時已經印了一些，來不及改掉宣布小布希贏了的標題，萊利維爾德要從書報攤追回這些報紙並且銷毀（我留了一份當紀念）。所有人的精力，全都放在隔天的報紙上。

二〇一六年，新聞編輯室已經宣布要以網站為先，選舉夜就像是一場在三地同時演出的馬戲，只有一個小團隊專門負責報紙版本。報社上下都把心力投注在快速更新並強化「紐約時報網」，記者背負的期待是要運用所有可用資源來宣傳自己的作品。臉書影片直播團隊在新聞編輯室裡走來走去，請記者談談對混亂結果的看法。隔壁《紐約時報》選舉夜派對上的來賓也會過來插上一腳。

巴貝洛是理想的新一代紐約時報人典型，精通每一種媒體平台，包括他主播的一個新播客。由於當夜太混亂，他的名字沒有出現在隔天頭版的橫幅標題「川普贏了」（Trump Triumphs）之下，因為壓力太大的編輯群犯了一個頭版罕見的錯誤。誤植作者是過去絕對不會發生的錯誤，以前會有層層編輯替頭版把關。《紐約時報》新產品（比方說巴貝洛的播客）的群眾，和現有的讀者不完全重疊，因此，業務端的主管希望新的產品能帶來新的訂戶。他們對巴貝洛的播客有很高的期待，這個網路廣播節目在iTune上已經很熱門。

巴貝洛並非萊恩替這個職務甄選人才時的首選，但另一位政治記者尼克・康費梭（Nick Confessore）拒絕了這份工作[1]。巴貝洛的聽眾很崇拜這位三十七歲的主持人，還有人把他的結尾拿來和美國著名廣播員愛德華・默洛（Edward Murrow）的招牌句「晚安，祝好運」（Good night and good luck）相提並論。

等到巴貝洛直播，幾乎每一位聽友都知道川普贏了，報紙的讀者顯然也早在隔天報紙送到家門口前知道了這件事。《紐約時報》一宣布選舉結果，很多讀者馬上收到智慧型手機上的新聞通知。不到兩個小時，巴貝洛就做好準備，要說明這個前一天大家都認為不可能的結果。這是《紐約時報》的強項：賦予事件意義。

如今世人都期待看到即時新聞，報紙只剩下解釋與提出脈絡的工作，這是報紙失去讀者、電子報反而能累積更多讀者的原因之一。除了星期天之外❷，日報的發行量已經跌到六十萬份以下。新聞編輯室沒有進一步拉高網站的優先性，是基於財務考量。雖然報紙的發行量和頁數都在減少，但仍是撐起公司財務的磐石。日報仍佔營收的一大部分，公司非常需要靠實體報紙來維持生存。但是，報紙在《紐約時報》內部得到的關注愈來愈少。在小薩斯柏格和他的年輕表親（他們是第五代的奧克茲－薩斯柏格家族）領軍之下，這裡瀰漫著一股創新熱潮。

《紐約時報》在網路上每個月有七千萬不重覆訪客❸，多過任何其他日報，但偶有幾個月會被《華盛頓郵報》超越。即便付費訂戶超過一百萬❹，選後還繼續增加，但掏錢支持網路新聞的《紐約時報》讀者僅佔一小部分，其中很多人用的還是折扣很高的訂閱方案，一個月才二十五美元左右。因為大選導致費用大增，新聞編輯室的預算超過二・五億美元，資金非常緊。在大選夜，不管是薩斯柏格或巴奎，沒人想到川普當選最後居然變成報社的救命繩。

巴貝洛的播客節目《前奏》意外大為成功❺，登上蘋果iTune的前十大播客排行榜，選舉夜過後改頭換面以《日常》（*Daily*）為名重新出發，轟動一時，被下載超過一億次。主持人成為名人，雖然這是一個只有聲音的產品，但是大家可以靠他修剪整齊的山羊鬍子、亂蓬蓬的黑髮以及新潮時髦的鏡框認出這位明星主持人。領導新聞編輯室數位創新行動的，是薩斯柏格家中的第五代山姆・多尼克，他非常興奮。他說：「這就好比是一項由我們專營特許業務。」對許多美國年輕人來說，在走路、騎車或搭地鐵上班時聽巴貝洛主持的播客，就是在看《紐約時報》。

大選夜的節目是精心傑作❻，巴貝洛絞盡腦汁，有時候甚至還為難了同事。這場選舉就像是他下的標題一樣，是一場對菁英政治的反叛，當中遭叛的也包括《紐約時報》。這一夜的來賓包括三位政治組的同仁：負責報導希拉蕊和川普的梅姬・哈柏曼、負責報導政治媒體的吉姆・路坦伯（Jim Rutenberg），以及負責報導金錢流向和政治的康費梭。哈柏曼分析為何《紐約時報》沒有看到白人選民一波又一波的憤怒潮，路坦伯指媒體過於仰賴民調。康費梭的重點，放在即便川普根本是紐約的房地產大亨，背後還有默瑟家族等超級富豪支持，但他仍有能力衝撞菁英政治。

哈柏曼一整晚都在部落格上現場直播選舉，並忙著和她在川普與希拉蕊兩方陣營裡的線人傳即時訊息，就算時間已晚，而且當天局勢發展快到瘋狂，她的聲音聽起來仍冷靜而警醒。四十三歲的她，已經習慣精疲力盡然後靠意志力撐下去，她是挖掘獨家新聞的機器，總是抓著手機不放。她有三個孩子，工作的重心放在紐約而非華盛頓，欣賞她的人認為這是她的優勢，這尤其便於理解川普；她在替紐約的小報工作時曾經報導過川普。在巴貝洛的節目上，她說川普自己也沒想過會贏，並提到他的一位資深助理當晚稍早時對她說：「看來不妙。」

她二〇一五年才進《紐約時報》，但她在這家報社其實算貴族階級。她的父親克萊德・哈柏曼（Clyde Haberman）是駐紐約的老牌記者，也曾是出類拔萃的海外特派記者。她在「政客網」任職時爆出的大新聞讓我大為驚豔，當我成為執行總編時曾試著找她過來，當時她被嚴苛的僱傭契約綁住了，等到她約滿時我已經離開。後來萊恩搶到了她，把她納入團隊，裡面還有很多來自「政客網」的其他數位領域新進員工，這和業界一般聘用待過《紐約時報》的資深人員負責總統大選的作法剛好相反。《紐約時報》極具影響力，川普痛恨《紐約時報》的報導、但又渴望得到這家報社的關注，因此，這位總統當選人常和她談、然後轉過頭來又用惡意的推文攻擊她，就像他對待多數「濁流媒體」（lamestream press）的態度。她從容自若，成為報導川普白宮生涯的記者中最重要且最受尊重的一位。她早已是CNN固定的特約撰稿人，很快也拿到一份報酬豐厚的出版合約。她是大家眼中工作最賣力的《紐約時報》記者之一，這是她極度要求工作品質的眾多工作之中，最優先的一項。她也是紀錄片《第四階級》（*The Fourth Estate*）中最動人的角色之一；《紐約時報》在川普就任滿一週年做了專題報導，之後就發表這部影片。

這些額外的東西都是《紐約時報》新文化中的一部分。在電視上露臉和寫書曾經是讓人皺眉的事，應該成為明星的是《紐約時報》，而不是個別記者。但是規則已經鬆動、文化也已改變。我成為執行總編時，我擔心新的明星系統會危害新聞編輯室的文化並引發階級問題。萊利維爾德非常堅持要縮小新聞記者之間的薪資差距，我一九九七年進《紐約時報》時的薪水，還比過去在《華爾街日報》華盛頓通訊處時更低。但現在，為了留住大明星，報社訂出一套「根據績效敘薪」的架構。在新系統之下❼，明星專欄作家安德魯・羅斯・索爾金也可以收取CNBC支付的高額薪資，和他人共同主持晨間節目《財經論壇》。他同時也經營《紐約時報》旗下的「商戰手冊網」以及他自己的財經商業專欄。當奈特・席佛要來談更高額的新契約時，他的律師告訴我，他這位的客戶是「舞會上最美的女孩」，我則對他說（呼應的可能是過去的歲月）：「《紐約時報》才永遠都是最美的女孩。」席佛最後離開了。

《紐約時報》的薪資結構相對低（少有記者年薪超過十五萬美元），「政客網」、BuzzFeed以及其他機構的開價往往高出許多，想要吸引與留住人才，必須要提供額外收入。到了新總統就職時，《紐約時報》華盛頓通訊處已有超過六位記者和CNN以及MSNBC簽下六位數的合約。把平面新聞的記者變成明星，也有助於在社交媒體上培養群眾，讓《紐約時報》更能吸引廣告主。廣告總監梅若狄絲・柯碧特・勒玟恩（Meredith Kopit Levien）喜歡用自家的明星記者迷暈客戶並激勵自己的團隊，這在過去是禁止這麼做的。

《前奏》還在直播，憤怒的電話就開始湧進，《紐約時報》居然信心滿滿預期希拉蕊會贏，讓讀者暴怒。當然，不是只有《紐約時報》這麼做，幾乎每一家新聞媒體都口徑一致，除了福斯以外。

有些《紐約時報》忠實讀者憤怒的理由，是因為他們認為這家報社針對電子郵件醜聞做的報導太過無情，導致希拉蕊意外敗北。也有編輯歸咎於華而不實的新作為，尤其是，居然調了一支人數眾多的團隊專門去做資料新聞學。明顯指向希拉蕊會贏的要命計數器也是共犯，幫忙營造出害人不淺的一般共識。《紐約時報》使用的數據綜合了各種民調，低估了鄉村白人選民的重要性。就連席佛（此時任職於ESPN）都預測希拉蕊會贏❽，但是差距不大。老話一句，讀者對《紐約時報》有更高的期待。

巴奎之後承認，在網站首頁大張旗鼓放上那根針很失策，他手下的記者在傳統的共和黨紅州地盤也沒有做足功夫，用老式腳踏實地方法做出來的報導不夠多。然而，網站、部落格、影片都有時限，還要花時間發推文，政治記者再也沒有時間像《華盛頓郵報》的大衛・布洛德以及強尼・阿爾波那樣，挨家挨戶去敲選民的門。跟著候選人到處去的記者，很難離開這個圈圈去和選民談談。支持川普的群眾常常因為候選人對記者的攻堅而跟著惱火，因此，離開同行的人很可能很危險，至少看起來是這樣，當川普特別指出做「假新聞」的記者是站在哪裡的誰時更是如此。NBC的凱蒂・涂爾（Katy Tur）曾經動用警方戒護，才脫離一群親川普、反媒體的暴民。

有些讀者在選後隔天早上就取消訂閱，這對勒玟恩是一記警鐘；她剛剛才升職，擔任營收長。短短幾天，《紐約時報》就登出一份由薩斯柏格和巴奎發出的不尋常聲明[9]，承認他們多多少少讓讀者失望了，也會讓這份報紙再度為了公平報導這項核心任務而努力奮鬥。他們在思考的是：「這場特異又難以預測的選舉之後，有很多不可逃避的問題要面對：導致我們與其他媒體機構低估美國人民支持度的，是唐納・川普完全不同於傳統的行事風格嗎？」大衛・哈伯斯坦在他的書中談到新媒體，他宣稱《紐約時報》是菁英媒體最終的聲音，《紐約時報》有沒有因為自身的菁英主義、著重（美國）東岸和城市的偏見而盲目？「我們反省了這次的嚴重結果，以及之前幾個月的報導與民調，我們的目標是要再度投身於《紐約時報》新聞的根本使命，」薩斯柏格和巴奎承諾，「坦誠報導美國與全世界，不偏不倚，永遠努力理解並反映出所有政治觀點與生命經驗，為您呈現最好的報導。」

但求「不偏不倚」是阿道夫・奧克茲的信條[10]，凸顯了這篇聲明的力道，川普堅持，這代表《紐約時報》向他道歉，但並不是。薩斯柏格和巴奎承認大選報導有瑕疵，但在同時，更重要的是這篇聲明是一個誓言，要做到更完整報導全美，更要「讓當權者負起責任，公正持平，堅定無畏」。

選舉底定很久之後，《紐約時報》的大選報導仍是引發爭議與不和的主題。編輯群很確定川普會輸，因此，雖然《紐約時報》有發布相關的調查報導，講到他的房地產帝國、他沒有支付稅金也沒有揭露細節、他的競選總幹事保羅・馬納佛（Paul Manafort）為了俄羅斯的利益當說客，凡此種種，但此外根本沒有人像對希拉蕊一樣仔細檢視他。

政治組裡並非每個人都低估川普。跟著川普團隊到處去的記者艾胥麗・帕克（Ashley Parker），大選夜就完全不意外。選舉最後幾個星期，狂熱的群眾把川普當成英雄一般歡迎他，她就從中看出了端倪。每一次他痛責「狡詐的希拉蕊」時，群眾就會鼓譟「把她關起來！」一次比一次更大聲。萊恩與其他編輯認為會讓川普完蛋的《走進好萊塢》錄音帶，美國中部的人民似乎覺得無關緊要。聯邦調查局局長詹姆士・康密（James Comey）針對希拉蕊的電子郵件事件重啟調查，看來讓川普的助理們增添了攻擊火力，帕克在民主黨內的線人掌握到了民調，顯示此時希拉蕊的領先幅度掉了三個百分點。但帕克很難和忙碌的主編萊恩講到話。負責規劃大選報導的智囊團根本不理她，她的看法也常被看輕。大選過後沒多久，她就拿著馬帝・拜倫給的條件跳槽，加入《華盛頓郵報》新成立的白宮線團隊，很快又成為MSNBC的固定來賓；MSNBC夜間節目到處都在談川普的醜聞。

雖然有報社的背書，報導也指向希拉蕊有很大的勝算，但她本人非常不信任《紐約時報》。她認為，該報的新聞編輯在針對她，這個想法可以回溯到《紐約時報》報導白水案（Whitewater）和她交易大宗商品，那是一九九〇年代初期，巴奎還在當記者時所做的報導。她對我也有諸多疑猜，我個人和她的過節可回溯到一九七八年，那時候我甚至還不是記者。她二〇〇八年爭取總統候選人提名，對於我派人報導希拉蕊婚姻狀態一事非常憤怒。雖然最後揭露的消息大抵不出事實，不過就是他們兩人很少同時在同一個城市，她認為這是侵犯她的隱私。此事最古怪之處，在於提議我做這個報導的是萊利維爾德，他絕對是《紐約時報》最不能容忍小報道人長短的記者。「你應該做，」他說，「要比別人快。每個人都會跟上來。如果你光是等，就會換成你去追別人。」

她在回憶錄《何以致敗》（*What Happened*）中寫道：「多年來，當我回頭去看世人如何探究白水案，顯然《紐約時報》很多負責政治報導的人都以敵意和懷疑的眼光看我。」她覺得《紐約時報》報導她的電郵事件時並未公平對待她，也沒有揭露聯邦調查局調查選舉前俄羅斯的出手干預，以及他們和川普陣營的關係。

她說報社以惡意對她，這番指控是錯的。報社的發行人是她的忠實支持者，她二〇〇〇年競選參議員、二〇〇八年參加初選與二〇一六年捲土重來時，《紐約時報》都為她背書。我在督導新聞時，我非常尊敬她。一九七八年時，我在阿肯色州小岩城與她見面，當時她的丈夫首度參選州長，而我替一家打造比爾・柯林頓媒體形象的政治顧問公司撰寫報導。許多年後，我先在《華爾街日報》、後到《紐約時報》，以調查性記者的身分報導柯林頓主持的白宮政府。她討厭我寫的某些報導，尤其是和民主黨濫用募款手段有關的獨家消息。我有些文章把重點放在調查白水案的特別檢察官肯尼斯・史塔（Kenneth Starr）超熱情推崇她，我聽她兩位密友說，這些她很喜歡。她很提防我，但反正我向來避免與華府的政治人物交友，從不因為她的冷漠排拒而感到困擾。我有很多和她很親近的消息來源。擔任執行總編時，我在二〇〇七年指派一位全職記者負責報導她的動向，因為我知道她打算參選總統，並要她的募款人做好準備抓緊捐款人。她覺得太早檢視她很不公平。我也派人調查柯林頓基金會（Clinton Foundation），因為我知道這個組織向海外捐款人募到很多錢；一位前總統與目前還是參議員的前第一夫人擁有一個慈善基金會，算不上坦蕩。根據我多年來報導他們的經驗，我有理由把重點放在柯林頓夫婦的金錢交易上。二〇〇八年，她的新聞祕書告訴我，她覺得《紐約時報》對她比對歐巴馬嚴苛，這或許是真的，但是歐巴馬比較少和大筆金錢扯上關係。

《紐約時報》負責二〇一六年大選報導的人包括萊恩和副執行總編麥特・珀帝，他們兩人都是我拔擢的，也曾和我密切合作。我知道他們對希拉蕊並無惡意。現任華盛頓通訊處處長伊麗莎白・布米勒（Elisabeth Bumiller），是我找進來的，我要她從紐約的《紐約時報》總部報導小布希主掌的白宮，她就非常直言不諱。

然而，《紐約時報》確實做出了一些糟糕的判斷，在報導柯林頓時小題大作。錯誤之一，是和一位保守派的作者彼得・施威澤（Peter Schweizer）達成協議；他寫過一本書《柯林頓的錢》（*Clinton Cash*），二〇一五年時出版，背後的金主是史蒂芬・班農。《紐約時報》利用他書中所寫的柯林頓基金會金錢動向，寫成一篇和一家加拿大鈾礦大亨有關的報導登在頭版。這種事稀鬆平常，但是《紐約時報》做了一些特別安排，提早先看過施威澤的稿子，在衍生出來的報導中多次提到他和他的書，超過平常會有的程度。此舉替這本書大大加分，因為《紐約時報》仍在新聞媒體食物鏈上方扮演設定方針的角色，一旦這家報社替哪一本書蓋上認可的戳記，其他新聞媒體就會跟進。《柯林頓的錢》為川普提供素材，讓他可以大談「狡詐的希拉蕊」。他的競選助理說這本書是「班農的聖經」；知道背後的資金來源後，《紐約時報》本來應該要停下來多想一下的。

當調查性報導小組的喬・貝克和麥可・麥金塔（Mike McIntire）正準備利用《柯林頓的錢》來寫報導時，另一陣要吹向希拉蕊的更強大風暴也正在醞釀中。從運動版過來華盛頓通訊處的新記者麥可・施密特（Michael Schmidt），在報導運動領域時，爆出很多和運動員與禁藥相關的重大新聞，他拿到另外一項反希拉蕊的情報，事關她如何使用私人電子郵件伺服器。施密特具備能在華府成為出色記者的特質，他在司法部和聯邦調查局也已經建立起人脈。一開始他沒太把這項情報放在心上，繼續完成一趟海外出差報導，然後又做完另一件差事，才回到電子郵件這件事上。但隨著他深入調查，他發現希拉蕊僅使用她的私人電子郵件帳號而不用政府給的帳號，顯然，她這麼做是為了萬一收到傳票的話，她可以掌控她自己收發的訊息。

二〇一五年三月二日，紐約時報網站首頁上刊出了施密特的報導[11]：「希拉蕊在國務院任職期間用私人電郵，可能違規」（Hillary Clinton Used Private Email Account at State Dept., Possibly Breaking Rules）。雖然標題避談她僅用私人帳號、不用公務帳號是否有違反道德之嫌，但提到了這是很不尋常的情況。這篇文章裡有一段很要命：「本次揭露的私人電郵事件，呼應了長久以來對這位前任國務卿與其丈夫、前任總統柯林頓的批評，指他們兩人缺乏透明度，行事傾向詭密。」其他報導中一而再、再而三重複提到這一點，就像她的一位競選顧問布萊恩・法隆（Brian Fallon）說的，這營造出一種說法，指希拉蕊「很偏執，想隱藏什麼」。這完完全全套入了川普口中咒罵的「狡詐的希拉蕊」。

之前剛剛報導過聯邦調查局和國土安全局（Department of Homeland Security）的施密特，在政治報導上沒有太多經驗。時任華盛頓通訊處處長的卡洛琳・萊恩，緊咬這件事不放。「萊恩是獵犬，」一位曾在《波士頓環球報》和她共事的《紐約時報》記者說，「她會一直挖下去，直到找到東西為止。」任何和希拉蕊相關的新資訊，就算出自國會山莊內刻意調查希拉蕊、傳喚她交出文件、想扼殺她的政治生涯的強硬派共和黨人，都值得一看。

希拉蕊態度曖昧太久，不肯說她為何使用私人伺服器，也從不坦白為何她想隱藏通訊內容，讓情況更加惡化。她遮遮掩掩到了偏執的地步。然而，報導數量太大，營造出她犯下滔天大錯的印象。有些報導缺少細節，而且偏頗地遮去了可以作為無罪辯解的資訊，比方說，伺服器上標註為「機密」的電子郵件很少，也沒有任何郵件提到敏感資訊。

從施密特最初的報導見光開始，電子郵件議題就像揮之不去的惡臭似的跟著希拉蕊，也讓她四月發布的參選聲明蒙塵；《紐約時報》甚至沒有把這件事放上頭版，讓她更氣餒。巴奎捍衛內部這項特殊的安排，她說因為希拉蕊自己已經先在社交媒體上宣布要參選了，因此正式活動上沒有太多實質新聞。

「在二〇一五年剩下的時間裡我們幾乎完蛋了，」她的通訊事務主任珍妮佛・帕蜜瑞（Jennifer Palmieri）對我說，「什麼事都要扯上電子郵件，根本不管我們努力推動的議題和活動。」當時有很多報導登上了各家的頭版和網站首頁，包括一幅互動性圖說，聚焦在希拉蕊針對電郵伺服器不斷變動的解釋與說法。

一波未平，另一場災難性的風暴又起。

七月二十三日，《紐約時報》網站首頁高調登出一篇文章⓬，後來也放在行動應用程式上，這篇文章成為希拉蕊選舉期間一直糾纏她的鬼魅：「欲針對希拉蕊使用電子郵件問題進行刑事調查」（Criminal Inquiry Sought in Hillary Clinton's Use of Email），隔天早上的頭版上，非常類似的標題佔了三個欄位。她的競選顧問法隆曾任職於司法部，也和施密特相識，他展開反擊。法隆告訴我，《紐約時報》的記者根本沒有看到調查指示函。

希拉蕊陣營質疑報導的真實性之後，《紐約時報》在司法部的主要消息提供人撤回自己的話，不願確認真的有要進行刑事調查。後來這篇報導做了兩處修正，一是拿掉「刑事」一詞，另一次是說調查不是針對希拉蕊個人。然而，包括NBC新聞在內的其他新聞管道已經用了這篇報導，還附上本來的標題。時任《紐約時報》的公眾編輯瑪格麗特・莎莉文說[13]，這種情況是「混亂又讓人遺憾的一章」，她的專欄文章下的標題是「一篇充滿不準確資訊的希拉蕊相關報導：怎麼會這樣與之後會怎樣？」（A Clinton Story Fraught with Inaccuracies: How It Happened and What Next?），二〇一五年七月二十七日刊出。

巴奎自責，承認改標題且多次修正可能會讓讀者覺得「屢次受害」，《紐約時報》原本應該做到更透明，即時針對更動報導提出說明。然而，最後的結果是，原本的報導是對的，司法部真的針對希拉蕊的電子郵件問題展開刑事調查。

希拉蕊的通訊事務主任帕蜜瑞寫了一封尖刻憤恨的信給巴奎[14]，卻寄到《華盛頓郵報》，《華盛頓郵報》全文照登。她去找巴奎，巴奎很親切，也保證會公平報導，但是希拉蕊仍然心焦，認為這次的報導疏失讓她付出極大代價。

「我們對她的電子郵件問題小題大作[15]，」艾美・珂琪克在她的書《追逐希拉蕊》（*Chasing Hillary*）中寫道，「但希拉蕊從來沒有任何扭轉這場對話的策略。」編輯群為自己做的事辯護，說這是針對原始的獨家新聞做盡責的後續追蹤，報社在面對很多最重要的報導時都會這麼做，《華盛頓郵報》在處理水門案時就是這樣。問題是，希拉蕊的電子郵件事件畢竟不是水門案，但《紐約時報》緊迫盯人的檢視卻給出了相反的暗示。二〇一七年初，喬納・裴瑞帝的朋友杜肯・瓦特斯針對《紐約時報》的報導做了完整的研究，發表在《哥倫比亞新聞評論期刊》：「六天內，《紐約時報》以希拉蕊的電子郵件事件為題登出多篇報導，相當於他們在選前六十九天針對所有政策議題所做報導的總和。」有線電視和網路遵循幾十年來的作法，跟著《紐約時報》的路走。

在川普得到共和黨提名之後，帕蜜瑞和希拉蕊的競選總召約翰・波德斯塔回來和巴奎二度會談，這一次懇求《紐約時報》不要每次揭露任何川普內幕消息時也覺得要拖希拉蕊下水，報社調查她已經近兩年，但才剛剛開始挖掘川普和他的過去。

然而，被俄羅斯駭入的大量維基解密文件損及希拉蕊，也引發了一股嗜血狂熱。這些文件從民主黨官員的電腦裡竊出，在民主黨召開全國代表大會時開始洩露，非常尷尬地揭穿了民主黨全國委員會在初選期間與之後都和希拉蕊陣營勾結，以及她的助理電子郵件也遭駭，包括波德斯塔。九月維基解密釋出波德斯塔被駭的電子郵件，裡面有幾篇希拉蕊對華爾街發表的演說，有安撫效果但沒有新聞價值，重點是她收取高額的演講費，而且堅持祕而不宣。珂琪克在她書中坦承，她沒有窮究波德斯塔電子郵件被竊的道德問題是不對的，在知道駭客行動的背後是俄羅斯以及根本是普丁直接下令之後，更應該這麼做。《紐約時報》的專欄作家大衛・萊恩哈特說⓰，對遭駭電子郵件「熱過頭」的報導是媒體在二〇一六年犯下最糟糕的錯誤，包括他所屬的報社在內。巴奎在二〇一六年《紐約時報》登出的專訪上為這些報導辯護⓱：「我聽到一種主張，指如果素材是偷來的，標準應該不同，決策時也應該考量這一點。但說到底，我認為我們有責任盡己所能報導重要人物與重要事件，民主黨內往來的電子郵件具有新聞價值，這點無庸置疑。」

該如何處理這種事沒有明確的指引。但二〇一四年索尼（Sony）內部郵件遭駭，當時巴奎和《紐約時報》決定不用偷來的素材做報導，然而，之前我開過一道門，根據偷來的文件寫出一篇頭版報導，一開始仰賴的是美國大兵雀兒喜・曼寧（Chelsea Manning）偷渡出來的資料，後來是美國國家安全局的包商愛德華・史諾登。這些文件揭露重大消息，點出了伊拉克戰爭失敗的原因，讓政府的窺探曝光，我認為，公諸於世有其價值。新聞價值與《紐約時報》要擔負責任滿足民眾知的權利，是該套用的正確標準，但這些都是很艱難的抉擇。

《紐約時報》確實有深入追查川普涉及的諸多醜聞，尤其是保羅・馬納佛和可疑烏克蘭人之間的交易，二〇一七年時特別檢察官保羅・穆勒（Robert Mueller）依此將他定罪。但是，圍繞在川普身邊的諸多爭議中，沒有一件像希拉蕊的電子郵件問題這樣引發喧然大波。《紐約時報》做了很多值得敬佩的工作，調查川普房地產事業的實務操作，並拿到他一年的聯邦稅收申報紀錄，顯示他大鑽漏洞從中獲得龐大利益，只有支付極低的稅金給政府。大衛・桑格是華盛頓通訊處最強悍的老牌記者，也是網路安全的專家，他告訴我他曾經想說服希拉蕊陣營容許《紐約時報》存取民主黨的電子郵件伺服器，讓他可以評估俄羅斯人駭客行動的範圍，可惜並未成功。《紐約時報雜誌》（*Times Magazine*）很早就追查過網路研究機構⑱，這是一個俄羅斯的網路酸民言論製造工廠，社交媒體上反希拉蕊的機器人假言論都是由這裡發出。

二〇一六年時，我在《衛報》開了一個政治專欄，發現調查性報告與叫賣醜聞之間的界限居然變得這麼模糊，讓我萬分沮喪。《紐約時報》和《華盛頓郵報》每一次選舉期間，針對選民與各場選舉的重要背景議題所做的深入報導，讓身為新聞記者的我成長。這些報導讓我了解這個國家的其他部分。一九七六年的選舉報導激勵了我，讓我在維吉尼亞與南卡羅萊納州工作了好幾年，並在這些地方寫出了有助於孕育出吉米・卡特（Jimmy Carter）的美國南方政治變遷。是亞當・克萊默（Adam

Clymer）、羅賓・透納（Robin Toner）和李查・博克這些政治記者，讓我想要在《紐約時報》工作。一九九〇年代和我一起寫過書的《紐約客》記者珍・梅耶，是調查記者的典範，常常花幾個月時間追根究柢，包括查探柯漢兄弟與默瑟家族。但他們的報導風格已經不再引領風騷，取而代之的是所謂的賽馬式報導，仰賴民調數據。醜聞導向的調查報導，通常要靠黨派立場明顯的對手研究以及流出小道消息的投機分子。這些都不是能為記者提供有新聞價值資訊的消息人士，但是他們主導了二〇一六年，導致報導失衡。然而，最大的問題是，政治新聞週期永無休止的快速步調，必須快速做出決策，不斷提供互動性高的報導。

拿希拉蕊的相關報導與川普的相比，最能明顯看出失衡。《紐約時報》說錯了一件事，那就是政府確實有調查俄羅斯干預二〇一六年大選以及和川普陣營的牽扯。曾靠美國國安局報導拿下二〇〇六年普立茲獎的艾瑞克・李區布勞[19]，調查了川普集團和一家俄羅斯可疑銀行的往來（控制銀行的是俄羅斯寡頭政治統治集團的成員）。在報導中，他寫到了聯邦調查局啟動一場遮遮掩掩的調查，查探川普和俄羅斯之間的聯繫。但是，隨著大選日逐漸逼近，他的報導被壓在紐約總部幾個星期，沒有登出。

《紐約時報》後來憑著調查川普和俄羅斯的關係、以及保羅・馬納佛在烏克蘭所做的齷齪交易寫出的報導拿到普立茲獎，那麼，這家報社為何壓下前述的報導？一位編輯告訴我，李區布勞的原稿把重點放在俄羅斯阿爾發銀行[20]，讀起來讓人困惑混亂，而且，雖然他可以把川普和俄羅斯的伺服器串起來，但是他並沒有拿到兩邊的任何通訊內容。巴奎把李區布勞的報導斥為「胡說八道」，因此紐約總部的其他編輯也戒慎恐懼。然而，李區布勞堅持做下去，在愈來愈深的挫折中重寫一遍又一遍。

我擔任華盛頓通訊處處長時把李區布勞從《洛杉磯時報》挖過來，我知道他敏感易怒，但很可靠。他為了大選報導到處來來去去。在政黨的全國代表大會之後，他連同另外兩名《紐約時報》的記者，去參加專做對手研究的復興全球定位公司舉辦的兩場簡報；該公司收留了拿出史帝爾卷宗的前英國間諜。

李區布勞去華盛頓，找到替阿爾發銀行做說客的公司，要求對方發表評論，結果川普集團關掉了伺服器，他更加確定自己碰上大新聞了，但巴奎並不信服。這些通訊紀錄可能很有意義，也可能什麼都不是，甚至只是一些隨機的垃圾郵件。其他巴奎信任的記者收到某些聯邦調查員消息人士的警告，要他們遠離俄羅斯和川普之間的事；出於某些理由，至今仍不知道這些人是誰，但他們刻意輕描淡寫，誤導記者。在某個時候，司法部要求《紐約時報》壓下報導，因為當局正積極調查阿爾發銀行。之後，政府許可報社做報導，此時已經是十月了。李區布勞也發現，惡名昭彰卷宗的作者克里斯多福・史帝爾也去聯邦調查局做過簡報，報告他找到的川普與俄羅斯之間的某些關聯，以及司法部展開全面性的調查。

但李區布勞的編輯們認為他查得不夠徹底。民主黨的參議院黨鞭哈利・瑞德（Harry Reid）曾致函前局長康密，問他調查局是否壓下了川普和俄羅斯勾結的證據、但同時又用希拉蕊的電子郵件問題來攻擊她，李區布勞在這之後又繼續追下去。

十月三十一日、也就是大選前一個星期[21]，《紐約時報》變成網路雜誌「石板」和《瓊斯夫人》雜誌的大獨家新聞，這兩家報導了阿爾發銀行以及史帝爾私下的發現；《紐約時報》也在同一天登出消息。聯邦調查局仍不肯鬆口說該局在調查俄羅斯與川普之間的關係。《紐約時報》登出的文章，署名作者是李區布勞以及他另一位同事史蒂芬・李・麥耶斯（Steven Lee Myers），文中說聯邦調查局不認為阿爾發銀行有什麼牽連，也沒有發現川普和俄羅斯政府有任何「決定性」的聯繫。

希拉蕊知道這篇被《紐約時報》壓下來的報導。她在康乃狄克州從事競選活動時[22]，曾希望報社把這篇俄羅斯報導推到選舉台前來，當帕蜜瑞給她看三十一號最後登出的頭條時，她氣餒萬分：「聯邦調查局調查唐納・川普後，並未發現與俄羅斯之間的明確關聯」（Investigating Donald Trump, F.B.I. Sees No Clear Link to Russia）。

川普意外獲勝，而且赫然發現調查局確實調查過俄羅斯與川普之間的關係，李區布勞的密友吉姆・萊森（萊森在選後離開了《紐約時報》）說，在這之後，李區布勞覺得很痛苦，和他的編輯們漸行漸遠。巴奎和他手下的編輯們很氣李區布勞沒有交出他們認為有說服力、可以刊登的俄羅斯調查報告。當特別檢察官保羅・穆勒開始更深入挖掘時，巴奎開玩笑說，如果穆勒最後把阿爾發銀行或是銀行業主定罪的話，他就得辭職了。選舉期間取代瑪格麗特・莎莉文成為公眾編輯的麗茲・史佩德（Liz Spayd）[23]，決定檢視報社在選舉之前所做的報導，二〇一七年底時發表她的結論，認為《紐約時報》大可在選舉前針對聯邦調查局的調查行動登出更強烈的報導。史佩德批評巴奎最初的決策；是他依聯邦調查局的要求暫緩登出報導，在得到政府許可後才繼續動作。她指控編輯群太過軟弱。巴奎很激動。

二〇一七年一月二十日深夜，巴奎讀過史佩德的專欄之後，寫了一封電子郵件給李區布勞，他的感受在信中表露無遺。「艾瑞克（李區布勞），」他寫道，「請讀此信。」接下來是一些很傷人的話：「我希望你的同事們好好痛罵你一頓。」他不只對李區布勞感到憤怒，也氣自己的整個團隊；他後來在另一篇備忘錄中又提到了李區布勞，這一次巴奎開炮的對象是布米勒以及其他五位記者，他認為他們都和公眾編輯針對十月三十一日的報導進行過私下的內部討論協商。「各位，」他這樣寫，「那是很糟糕的公眾編輯專欄，屬於最差的那一級。但我必須承認，最讓人困擾的是，裡面有很多的資訊是我們私下討論是否登出非正常途徑取得資訊時的非常機密、非常痛苦的對話。最後在報紙上看到這些內容，我想我很失望。新聞記者很難在機密資訊公諸於世時抱怨什麼，畢竟，這是我們的飯碗。但我承認，你們可能會發現，下一次我們要做什麼艱難決策時，我沒這麼公開、沒這麼願意請大家一起辯論了。」

這是非同小可的指責。發生傑森・布萊爾醜聞事件之後，薩斯柏格要求設立「公眾編輯」這種內部監察人的職務，在《紐約時報》的報導引發質疑時代表讀者，也鼓勵記者和公眾編輯合作。媒體評論家和《紐約時報》的人認為，史佩德（她曾是《華盛頓郵報》的頂尖主編）不如前輩瑪格麗特・莎莉文這麼出色，但是她也展現膽識，直接迎擊俄羅斯議題。薩斯柏格在二〇一七年時完全撤銷這個職務，讓很多人驚訝，也讓某些人憤怒。某些員工主張，在推特盛行的時代，這個職位並不必要，自有讀者接手。

巴奎是我合作過的編輯中最稱不上懦弱的人，他覺得受到公眾編輯的鞭笞，情有可原。在當下，很難去評估聯邦調查局一開始到底有沒有認真調查，他也從手下的記者口中聽到相反的資訊。二〇一八年底，《紐約客》雜誌發表一篇七千字的調查報告，仍然在問：「俄羅斯銀行真的和川普陣營有牽扯嗎？」能讓記者自由地和媒體監察人商談是很重要的事。在豪爾・萊恩斯的執行總編任內，新聞記者很擔心如果他們對某些報導表達不滿，比方說傑森・布萊爾剽竊來的文章或是茱蒂絲・米勒上當而寫出來的大規模毀滅性武器報導，會招致報復。報社之所以設立公眾編輯這樣的職務，部分理由是要營造安全的祕密通道，並解釋為何有時會犯下某些錯誤，幫助《紐約時報》更開誠布公地面對讀者。

巴奎的電子郵件是壓垮李區布勞的最後一根稻草[24]，他在二〇一七年四月時接下CNN的職務，成為新的調查性報導小組華盛頓區主編。但是，這也變成另一次的不幸。他被捲入另一樁爭議性報導之中[25]，這篇刊登在CNN網站上的文章宣稱，川普一位過渡時期的官員安東尼．斯卡拉姆齊（Anthony Scaramucci）曾和俄羅斯投資基金的高階主管會面。斯卡拉姆齊指這篇文章說的是假話，威脅著要提出訴訟。CNN撤回報導，李區布勞和另外兩位同事辭職。CNN說，這些記者在發布前並沒有遵循適當的編輯流程，但從未明說報導內的哪些部分是錯的，而後續的報導大致上也支持這篇文章的說法。CNN曾經直播多場川普的造勢活動，給了他很多免費的報導，這個事件看起來是CNN向川普白宮政府低頭的範例，CNN的母公司時代華納也需要川普核准該公司與AT＆T的合併案，惟政府最後表示反對（聯邦法院最終在二〇一八年年中核可）。

說了這麼多，只是要證明競選報導有多複雜。刑事調查壟罩著兩黨候選人，他們的強硬派支持者急切地將未確認的情報洩漏給記者。負責希拉蕊郵件與川普俄羅斯問題的調查報導記者，是在和假想敵對戰，他們試著把嚴謹且符合道德的標準套用到自己的工作上。認為《紐約時報》為了跑出獨家而拋棄原則，顯然是胡說，但隨著網路上假新聞氾濫，真相愈來愈難辨。

川普勝選後，他每天的推文引發的旋風常佔據版面，讓媒體反應過度。川普咒罵媒體發布「假新聞」當然是一種策略性操作，意在進一步激化與分化。這些都是貶低《紐約時報》報導可信度的廉價方法，將報上的資訊斥為只有大都會城市地區的自由放任派人士才會相信的事實。人民愈是對客觀事實存疑，就讓整個社會更難以出現代表共識的權威聲音。年輕讀者抗拒電視新聞主播與《紐約時報》記者發出的「上帝之聲」，《紐約時報》的社論在網路上也幾乎培養不出讀者。

網路上有很多地方都有免費新聞。社交媒體的崛起，把每個人劃進各個同溫層社群中。對很多人來說，從相信的家人朋友處得到的新聞，會比從新聞網站得到的更安全。臉書二〇一七年決定要讓親友發送的新聞優先性高於發行機構，就反映了這樣的現實面。臉書原本的目的是要讓大家覺得舒服美好，新聞卻會讓人難過傷感，《紐約時報》的成立宗旨也不是要成為散播歡樂、散播愛的機構，但是，就連這家報社也開始強調開心的「好新聞」報導。

自二〇〇八年以來，除了軍隊以外，美國所有機構都一點一滴失去人民的信任和尊重。以新聞機構為例，認為所有新聞來源都有政治偏見的普遍想法，加深了不信任感。監督人民對於新聞媒體信任度的皮尤研調機構，二〇一六年做了一項研究[26]，發現高達百分之八十七的共和黨保守派說新聞媒體的報導明顯有偏差，袒護某一邊。蓋洛普在二〇一八年做過民調[27]，大多數的共和黨人說他們相信「以負面角度呈現某個政治人物或團體的準確詳實新聞報導，絕對是假新聞」。二〇一八年七月，有另一項讓人難過也讓人訝異的民調[28]，指出百分之九十一的共和黨人說川普是他們最信任的資料來源，百分之六十三說是親友，僅有百分之十一說是新聞媒體。

《紐約時報》是「自由放任派新聞媒體」的象徵，雷根政府時代的路什・林博以及尼克森時代的斯匹洛・阿格紐（Spiro Agnew）都嚴詞抨擊過這一點。他們的憤怒如今看來不合時宜了，因為不管政治主張為何，四分之三的人都同意新聞媒體有偏頗；但矛盾的是，同樣也有這麼多人說新聞機構有助於收斂領導者，防止他們做出不該做的事，這顯然看重新聞的監督角色。整體來說，僅有百分之十八的人說他們很相信媒體機構。而即便社交媒體風行，相信親友是良好新聞來源的比例卻愈來愈低，相信由「和自己類似的人」所發新聞的人數，也來到歷史新低。這麼說來，臉書的操作理論有一部分是錯的。

川普總統忙著利用這些趨勢。他和班農說媒體是「反對黨」，通常特別把《紐約時報》挑出來講。川普每天花很多時間看福斯、「布瑞巴特新聞網」，以及各種態度更右傾的新聞彙整平台。班農看到打造「布瑞巴特新聞網」有諸多好處，認為或許可以和比福斯更右派的辛克萊廣播集團（Sinclair Broadcasting）結盟。雖然右派媒體基礎建設快速成長，但是閱聽群眾遠比無線電視廣播電台、有線電視以及《紐約時報》、《華盛頓郵報》等報紙少很多。班農離開白宮並退出「布瑞巴特新聞網」之後，這家公司的影響力也跟著減弱。

《紐約時報》的群眾都偏向自由放任，因此，在做川普的相關報導（大部分是負面的）時，這一點會帶來很多財務上的利益：他們帶動了大量的流量，還有，雖然選後陸陸續續有人取消訂閱，但二〇一八年時訂閱量仍高達四百萬。然而，《紐約時報》愈是成為世人眼中反川普的代表，就愈被人視為報社立場不公而不受信任。奧克茲誓言秉持不偏不倚的原則做報導，在這個「事實」和「真相」的定義備受攻擊的極端化環境下，看來是不可能達成的承諾。

到了選後的星期天早晨[29]，《紐約時報》已經開始從「川普衝擊」當中獲益。這位總統當選人發推文，雖然他謹慎選擇對讀者時的語氣用詞，但他說《紐約時報》「為了他們對我所做的惡劣報導而道歉」。然後是：「哇！紐約時報失去了成千上萬的訂戶[30]，這都是因為他們對於『川普現象』所做的劣質且極不正確的報導。」《紐約時報》的發言人伊琳．莫妃收到指示要她反擊，但必須明智判斷如何以及何時回應。她寫了一封電子郵件給媒體記者，信中強調《紐約時報》的報紙與數位訂戶比平常多了四倍。

川普把他的推特當成與選民對話的直接管道。在之前幾次大選中，各總統候選人會設法在全國性新聞媒體用更直接的方式和人民對話，但無人能敵川普的推文威力。川普在推特上說《紐約時報》「經營不善又管理不當」[31]，是一家「徹底失敗的報社」，還「容許不誠實的新聞記者撰寫完全假造的報導」，裡面的員工「都是很糟糕的人」和「笨蛋」，這些人「明目張膽寫出謊言」並且「不斷登出最不正確的報導」。「失敗」是他最愛拿來形容《紐約時報》的詞彙，入主白宮的第一年，他在三十個不同的情況下發推文講到他認定的《紐約時報》的失敗。根據一則新聞「唐納・川普在推特上侮辱過的四百八十七個人、地、物」（The 487 People, Places and Things Donald Trump Has Insulted on Twitter）統計，被他指名道姓咒罵的《紐約時報》員工多達兩位數。

他習慣刻意針對報社的某些女性記者，罵得特別大聲，比方說，他指實際上受人喜愛也讓人尊敬的梅姬・哈伯曼是「三流記者」，特稿社論專欄作家莫琳・道得是「神經兮兮的笨蛋」。他對準這兩位記者，因為她們報導他幾十年了，比別人都了解他的心態與手法。不讓人意外的是，他讓這兩位可以隨意出入他的競選活動，並在選舉之後跟著他。

川普和《紐約時報》的關係，遠比他在推特上的激烈言論所指稱的更複雜。他是《紐約郵報》和《紐約日報新聞》等紐約小報喜愛的人物，但他渴望只有《紐約時報》才能賦予的正統性和地位。他認識薩斯柏格本人，當他受邀和發行人、編輯委員會以及某些編輯共進午餐時，也是真的受寵若驚。《紐約時報》針對他的房地產交易和破產問題做了一些犀利的調查，他也狀告一位《紐約時報》的記者，說對方在一本書中指控他虛報自己的財富。然而，這些事都無損於他渴望獲得《紐約時報》的關注。當侍者端上瓷器盛裝的餐點並倒出發行人的招牌冰茶時，川普不斷表達他對這份報紙的尊重。為表慎重，他還帶著兒子小唐納一起出席。

然而，當他扮演起新的角色、成為右翼共和黨人時，斥責《紐約時報》以及其他「假新聞媒體」就成為他取悅群眾的終極武器。在他的造勢大會上，這位總統候選人煽動群眾一起加入這股反媒體狂熱，跟著做好準備的支持者一起出手攻擊媒體，更惡劣的行徑是攻擊任何靠近的記者。哈柏曼經常收到各種下流的、反猶太的訊息，其他負責選舉報導的記者也是。但是，一離開了他的造勢大會與推特，狀況完全不同。川普經常打電話給哈柏曼交流政治情報，並評論她寫的文章。就像CNN的新聞記者大衛・葛瑞格利（David Gregory）說的，川普「不能沒有梅姬（哈柏曼）」。川普私底下也和其他記者閒談。這些記者能影響的人，顯然票不會投川普，但是他清楚哈柏曼與《紐約時報》政治組的其他記者很懂政治，也很清楚他的競選團隊內部狀況，堪比他自己的助理與顧問。班農也常常把消息透露給《紐約時報》。川普入主白宮後，班農和其他白宮助理固定會和哈柏曼聯絡，因為她比任何人都更清楚處處有山頭黨派的白宮到底是怎麼一回事。每個人都會和她談談。

選舉過後的星期天晚上[32]，英國喜劇演員約翰・奧利佛（John Oliver）在他的HBO節目《上週今夜秀》（*Last Week Tonight*）上大讚媒體，表揚《紐約時報》、《華盛頓郵報》以及因為調查性報導而贏得普立茲獎的「挺公民網」。這集節目是第三季的最後一集，內容全部都是反川普的言論，名稱叫「去他的二〇一六年」（Fuck 2016）。

「你要支持真正的新聞，訂閱《紐約時報》、《華盛頓郵報》、當地的報紙，或贊助『挺公民網』這類團體，這個非營利組織做了很出色的調查性新聞報導。」奧利佛一邊說，一邊要觀眾遠離虛構網站，如「共和黨笨蛋網」（Republigoofs.redneck）、「民主黨垃圾網」（Democrappy.cuck）等等。奧利佛曾譴責CNN和其他媒體機構在大選期間過度報導川普。奧利佛不斷覆述，隨著川普勝選，時機「很不平常」，能站出來隔開川普與威權主義的，恐怕就只剩下好新聞了。

「挺公民網」的捐款幾乎馬上暴增[33]，《紐約時報》的新訂閱量增加的幅度甚至更誇張。《紐約時報》在選後交出亮麗的財務報告，付費的數位讀者人數大幅成長，大部分都是因為「川普衝擊」。到了第二季末，新訂戶有六十萬人，數位訂戶的總數超過兩百萬。二〇一七年，付費訂戶繼續成長，拉抬了二〇一八年《紐約時報》的營收和股價。新訂戶有助於大幅推高營收，達成執行長馬克・湯普森設定的二〇二〇年八億美元營收目標。一位令人敬畏的調查性報導記者傑夫・葛斯（Jeff Gerth）[34]，寫了一篇周詳的文章刊登在《哥倫比亞新聞評論期刊》上，談川普與《紐約時報》之間的共生關係，他稱這兩方是「利益上的對練搭檔」。他也指出，很諷刺的是，「一個執著的品牌推廣人居然變成非官方行銷長，推銷他公開承認痛恨的家鄉報紙。」

川普讓《紐約時報》的訂閱營收大幅成長，也把股價拉抬到二〇〇八年以來的最高點，除此之外，他還幫忙促成該報進行有益的報導改革。巴奎整備了《紐約時報》有史以來規模最大的白宮小組，有七個專責全職記者，部分經費來自於湯普森在選後替新聞編輯室加了五百萬美元的預算。巴奎讓特派記者駐守美國各個票投川普的區域，以及《紐約時報》之前低估的區域。他也要《紐約時報》的報導更強硬，也強化在華盛頓的調查性報導。

由於川普把炮火對向「假新聞媒體」，這些在華盛頓工作的編輯和記者隨時繃緊神經，知道一且自己犯了錯川普就會大做文章。《華盛頓郵報》的記者曾發推文說川普的場子裡空空蕩蕩一片[35]，卻放錯了前一天活動準備時的照片，這位總統馬上見獵心喜。《紐約時報》曾在頭版登出一大篇已是舊聞的環境研究報導，激起白宮不滿。當晚在手機旁邊睡著的，不僅哈柏曼一個人。《紐約時報》與《華盛頓郵報》之間的競爭，讓兩家報社都更強壯；兩邊的編輯與記者之間沒有憤恨的敵意，反而是共同奮鬥的革命情誼，一起報導一個惡意、說謊成性的總統，以及史上最遮遮掩掩的政府。《紐約時報》的艾瑞克・利普頓（Eric Lipton）瞄準撤銷規範、和業界有密切商業利益關係的聯邦機構[36]，做出很重要的報導，犀利寫出前任環保署（EPA）署長史考特・普魯特（Scott Pruitt）的明顯利益衝突，贏得多個獎項並促成普魯特辭職。

雖然巴奎公開說他不希望《紐約時報》成為「反對黨」，但是他登出的新聞無疑反川普，《華盛頓郵報》也是。有些標題直接了當帶入意見觀感，有些報導則標示為新聞分析。編輯很擔心像利普頓這類記者在社交媒體上太過於踴躍發聲。他和另一位華盛頓通訊處的記者葛倫・索魯胥（Glenn Thrush），兩人針對川普所發的推文有時候極盡挖苦嘲諷之能事（巴奎最終下令索魯胥不准發推文）。哈柏曼比較謹慎，有一陣子不上推特，說這個平台不健康，但後來又回來了。然而，在這個社交媒體無所不在的世界，不可能去監督每一則訊息。

新聞報紙的傳統，就如前執行總編亞伯・羅森索的墓誌銘：「辦正直誠實的報」。巴奎處在一個很微妙的位置，從某方面來說，比起記者反越戰與尼克森總統的羅森索時代，巴奎更為艱辛。

在新聞編輯室內，有一股正在興起的新舊分化潮流，編輯室裡的年輕員工很多人負責純數位性質的工作，不參與傳統的報導作業；比較年長的新聞記者則受到訓練要堅守嚴格的公平指引。比較「覺醒」的員工認為，非常時期要用非常手段，而川普擔任總統的荒唐表現引發危險，導致舊的標準不再適用，他們認為推特、臉書以及其他社交媒體饋送是免費交流的平台，編輯無須監督或查核。他們會去找年輕新編輯尋求靈感，比方說時尚版的柯瑞・希查（Choire Sicha）與《紐約時報雜誌》的編輯傑克・希爾維斯坦（Jake Silverstein）；而不去找遙不可及、明列報頭欄的巴奎、珀帝或編輯主任喬・卡恩。舊的頭版會議室裡用的是木製會議桌，後來被玻璃牆面與休閒沙發的開放空間所取代，這也象徵了文化的變遷（年輕一輩的女性員工抱怨，低矮的沙發會害她們穿裙子時露出太多腿，因此後來也撤掉了）。

其他的改變也反映了新的道德觀點。大選期間[37]，川普否認大力宣傳歐巴馬總統的出生地不在美國的下流傳聞，巴奎否決了較謹慎編輯的考量，九月時堅持《紐約時報》要在兩篇報導以及一則標題上使用「謊言」一詞，來描述川普所說的話：「川普說謊又拒絕懺悔」（Trump Gives Up a Lie but Refuses to Repent）。此舉勇敢又正確。《紐約時報》後來刊出一張長長的川普謊言列表，是寶貴又全面的事實查核。巴奎判定，顧左右而言他、不用「謊言」一詞來描述川普說的話，無法公評對他狂野且連續不斷的粗魯造假說詞。反之，《華盛頓郵報》和《華爾街日報》的編輯則抗拒嚴厲的「謊言」用詞，主張這指向他故意說假話，但報社不是川普肚子裡的蛔蟲，不可能知道他本來在想什麼。

這位美國史上最極端的總統候選人，也改變了新聞其他比較健康的面向。客觀代表要以相等的權重展現不同的觀點，這樣的信念開始消失。「一方面，另一方面」的報導風格製造了損害，因為這是假裝列出對等的主張論據，在川普故意顛倒是非時尤其嚴重。

《紐約時報》要在全國性的報導中納入更多共和黨觀點，但作法上出現一些失誤。該報在夏洛特茲維爾事件後做了一篇側寫，用人情味的角度來描寫一位美國新納粹份子，提到他很愛電視影集《歡樂單身派對》，也讓他解釋他的觀點並不「極端」，這篇報導招來罵聲連連[38]，批評聲浪排山倒海而來。之後，《紐約時報》登出了編輯啟示[39]，對於報社把此人寫成正常人觸怒了某些讀者感到抱歉。川普就任一年後，社論版加入了更保守的特稿社論專欄作家，也讓讀者很惱火。

川普宣誓就職不久之後，《紐約時報》推出了重新打造的品牌識別，以神聖不可侵犯的「終極真相」（capital-T Truth）為核心。二〇一七年，報社在奧斯卡頒獎典禮期間播放電視廣告，這是十餘年以來第一次，「終極真相」一詞出現在螢幕上，用的廣告詞如「終極真相是另類事實即是謊言」（The Truth is alternative facts are lies）、「終極真相很難」（The Truth is hard）、「終極真相很難得知」（The Truth is hard to know）、「如今終極真相比過去更為重要」（The Truth is more important than ever）。觀眾對於「終極真相」廣宣活動的成效褒貶不一，無論如何，當中傳遞讓人警醒的訊息是，在川普的時代，就算以勇敢無畏、不偏不倚的態度來做，新聞已經無法避免失衡。

《紐約時報》的口號象徵了要川普負起責任的決心，報社也刊出一篇又一篇獨家消息，署名記者通常是麥可・施密特，他是調查性報導特別行動小組中的重要成員，這個團隊寫出報導的速度遠遠快過報社常態編制的調查性報導單位，相當於新聞界的迅雷小組。《紐約時報》登出的多數報導都指向川普試圖妨礙司法、對康密施壓，要求他忠誠並不再追查川普的第一國家安全顧問麥可・佛林（Michael Flynn）。報社也投下震撼彈，指康密寫了鉅細靡遺的備忘錄，記下他和川普開過的各種奇怪會議。報導的深度與紮實度都堪稱佳作，多數時候都把《華盛頓郵報》給比了下去。整體的新聞報導空前強大。

華府以外的報導，也同樣極為深入。二〇一七年，《紐約時報》掀開了職場性騷擾普遍氾濫的壓力鍋，最初撂倒了福斯的明星比爾・歐萊利，並繼續磨刀霍霍朝向電影製片家哈維・溫斯坦砍過去。溫斯坦醜聞的相關報導，寫出這位製作人三十年來和不同女性達成的至少八樁和解案，為初興的「Me Too」社會運動注入豐沛的動能，實至名歸拿下普立茲公共服務獎，這是最高榮譽。在溫斯坦黯然退出電影圈之後，同樣被所屬領域掌權男性施暴的幾十名女性也紛紛挺身而出。這些女性指控被媒體界的傑出人才騷擾，新舊企業皆有，左傾、右翼、中間路線也都在其中，報社、雜誌、電台、網站、文學期刊均有涉入；職場性騷擾出現在晨間談話性節目、管弦樂團和歌劇團、時尚攝影和餐飲業、音樂界、喜劇界、藝術界和運動員圈，發生於參議院、法院、白宮和華爾街。

然而，儘管有「川普衝擊」幫忙，《紐約時報》的財務壓力仍在，新聞編輯室也愈來愈甘於從事任何會賺錢的業務。一位資深新聞編輯和一位業務部的高階主管共同管理一個群眾委員會，瞄準很可能提高訂閱的新聞報導領域。另一種受到大力推廣、要用來幫忙扶植新聞的內容，主打能帶動流量的主題，比方說保險套評鑑。為了能讓外界尋求結盟、付費贊助此類專案，還特地在新聞部門開了一個資深職務專門來負責。

很快的，《紐約時報》就像BuzzFeed和Vice一樣，不僅有了一家完整的廣告公司在內部運作，也容許品牌贊助特定的報導路線。平面報紙由道德大總管艾爾・席格裁決，廣告主不得購買相關或特定報導旁邊的空間，但是數位部分就沒有這樣的限制。知名的Oreo餅乾製造商食品大廠億滋國際，旗下有一個做零食的部門威亞（Vea），直接贊助一群旅遊作家，付錢讓他們報導隱蔽、非主流的次文化，例如芝加哥的同性戀高中畢業舞會，以及植入標記生物駭客的一年一度加州大會研磨大典

（Grindfest）。《紐約時報》也對新聞記者打廣告，推出威亞贊助的一年期「駐點」方案，要他們「使用Instagram和Snapchat等工具，寫出以次文化為焦點的影像導向報導」。最後得出的報導會放在「浮出水面」（Surfacing）的橫幅標籤下，但並未向讀者揭露威亞是贊助商。在各篇入選報導裡面，處處可看到威亞的廣告。在此同時，威亞也以獨立的形式說自己的故事，在由T牌工作室製作的贊助廣告中直接帶到食物（比方說「甜蜜番薯的甜蜜故事」）；這些內容的調性都洋溢著樂觀開朗，和「浮出水面」標籤下的新聞報導相似。

廣告在哪裡結束？新聞從哪裡開始？把新聞目標中的財務利益區隔出來的界線又在哪裡？這些都愈來愈難以分辨。

《紐約時報》獲得三星（Samsung）一千兩百萬美元的經費[40]，製作名為「日常三百六十」（The Daily 360）的視覺新聞專題，使用三星全新的三百六十度廣角攝影機製作全景照片，放在紐約時報網站首頁顯眼處。這些大幅照片常常佔掉可以用來放置真正新聞的空間，導致各新聞編輯台的主編抱怨連連。

然而，邁開大步走向數位未來，新聞與業務端的合作愈來愈密切，已經勢不可擋了，要讓「灰女士」煥然一新大致上是小薩斯柏格提出的願景；他甚至在成為副發行人之後，仍在新聞編輯室留了一個辦公室。巴奎對《哥倫比亞新聞評論期刊》說，《紐約時報》需要新的方式才能存活。我認為業務考量對於新聞報導的影響太大，但《紐約時報》極不認同。

小薩斯柏格在三十七歲（大約和他的父親上任時年紀相當）時被任命擔任發行人，整件事的始末也說明了一個新世紀就此展開。最早呼籲《紐約時報》新聞與業務兩邊之間拉近距離的報告，就是出自他的手筆。雖然有些同事認為，他身為發行人之子、又是「創新報告」的作者，大可穩穩坐上發行人的位置，但其實他的表親山姆・多尼克和大衛・普比奇都是很有實力的候選人，傳統上，《紐約時報》的繼位之爭很複雜，會有外部顧問，並組成特殊委員會來挑選繼承人。

他有四十位表親，可想而知薩斯柏格—奧克茲家族裡有很多對立，但任何內部醞釀的緊張，都會謹慎地對外隱藏。家族向來一年聚會兩次，一次是在《紐約時報》開會，一次是比較輕鬆的家族團聚。當然，他們全都對於繼位很有興趣。我擔任執行總編時，薩斯柏格和戈登授意我栽培小薩斯柏格和多尼克，假設這兩人會在極短的時間內從新聞編輯室轉到業務端。

雖然普比奇不歸我負責，但我跟他在數位訂閱方案時合作過，我很欽佩他井然有序的簡報，以及他在高度壓力下做出好作品的能力。他畢業於哈佛商學院，涉獵甚廣，興趣包括音樂；他經營過一所DJ學校。他的優勢在於他曾在業務端工作過，這是他的表親所不熟悉的領域，但他也相對不了解新聞編輯室。

就像普比奇一樣，小薩斯柏格和多尼克也要從學徒開始做，先在新聞編輯室、後轉到業務端，但是，到了應該轉換時，兩人都不想離開核心的新聞事業。兩人雖然擔心躊躇不前的態度對自己不利，然而，憂心還不足以將他們推入廣告、發行或行銷等領域。

兩人都是傑出的記者。多尼克調查克里斯・克里斯提州長的密友經營的紐澤西中途之家貪瀆案，一戰成名[41]，贏得享有盛名的喬治柏克獎，讓他的母親非常欣喜；他母親是家庭信託的成員，希望兒子有機會坐上發行人的位置。小薩斯柏格最快樂的時光，是在堪薩斯市擔任全國版特派記者撰寫多采多姿的專題報告之時，包括用第一人稱描述他這個素食者在這座燒烤之城的經驗。「高客網」經常取笑他寫的文章，但這就是薩斯柏格這個姓氏要付出的代價。他涵蓋的領域甚廣[42]，在《波特蘭俄勒岡人報》工作時，曾打倒一名腐敗的當地警長，也循著槍殺眾議員嘉碧・吉佛絲（Gabby Giffords）的殺手賈里德・李・勞納（Jared Lee Loughner）的腳步，走遍鳳凰城每一家7-Eleven便利商店，贏得《紐約時報》全國版主編的尊重。

我樂於讓他兩人留在新聞編輯室，也盡責地拔擢他們，擔任要領導其他記者的職務：多尼克成為運動版的編輯，小薩斯柏格則成為都會版的編輯。這兩人在我被開除後，都晉升為列名報頭欄的主編群。

小薩斯柏格留著小平頭，戴著深色鏡框，蓄了一片鬍子，三十六歲的他看起來比實際更年輕。他幾乎每天的穿著打扮都一樣，藍色的牛津襯衫配上深色牛仔褲。他很害羞，有一點自貶的幽默感，通常拿自己不斷退後的髮線開玩笑。雖然因為父母離異讓他和父親的關係很緊張，但他們會湊合著就算了，有時也會一起旅行。顯然他會和父親談到報社，就像他會和跟過幾天的湯普森談一樣。

我經常和小薩斯柏格以及多尼克一起吃飯喝酒，樂於回答小薩斯柏格追問我的種種問題，比方說如何經營報社以及如何做出冒險編輯決策。他有旺盛的好奇心，真心想要學習新聞報導。有一次，我們在市中心一家餐廳吃早餐，他還引用了當天早上登出某篇報導中的一整段（作者是芝加哥通訊處的處長莫妮卡・達薇〔Monica Davey〕），而我根本還沒讀。

我很敬重他不是過慣紐約上流社會生活的人。事實上，當他和我去參加一些外部活動，比方說要著正式服裝的大都會歌劇院（Met Opera）首演，他都會有點不自在。我印象很深刻的是，他很愛堪薩斯市的生活。他在工作以外的人生，大致上都是和工作上認識的朋友、或是布朗大學或菲爾史東

（Fieldston）私立高中（我們兩人都讀這一所）的老朋友一起聚聚。二〇一七年，他開始和一名女子同居，隔年他們生了一個女兒。他認真看待調查性報導，這也是他大學時的主修科目。他曾公開承認無意進入新聞界，但還是在羅德島的《普羅維登斯日報》找了一份工作，因為他有一位朋友和老師對他說，如果他從沒試過做新聞，將來一定會後悔。他從不往回看。

多尼克曾經擔任美聯社的駐印度海外特派記者。他已婚，育有一子，比他的表親們都圓滑。然而，在漫長的競爭過程中，小薩斯柏格看來贏得了信心和地位。

最後要決定人選時，多尼克和小薩斯柏格兩人的職稱都是副主編。七人小組委員會花了幾個月的時間和各候選人會談，並要他們各在家族信託面前寫兩篇備忘錄，董事會也通過了委員會的建議。二〇一六年九月，宣布小薩斯柏格成為距離大位僅一步之遙的副發行人時，沒有任何人感到意外。

二〇一七年年底，按照既定時程，在十五樓董事會會議室裡，薩斯柏格以一場簡短、徒具形式的會議將發行人職務移交給兒子。大家為小薩斯柏格起立鼓掌，但《紐約時報》的媒體發言人對一位報導交接的媒體記者發脾氣並起了爭執，因為前者堅持掌聲是給父親的。記者認為，這恰好悲哀地反映出薩斯柏格不確定自己在新聞編輯室裡擁有多少忠誠度與愛戴。

企業的未來，以及家族能否繼續握有《紐約時報》，現在都要看小薩斯柏格了。二〇一七年時，我們相約喝咖啡，他看來很滿意報社的進展，也無畏川普持續的攻擊。他知道我接下了一份《書評》（*Book Review*）的工作；我還在《紐約時報》任職時也常寫書評。他說：「我希望你覺得你在《紐約時報》還有個位置。」這番話感動了我。

小薩斯柏格很快就影響了制度以及新聞記者。不參與新業務的人，無法展現創新的人，都很憂心自己的名字會出現在下一次的自願離職清單中。想要成為編輯的記者更少了，大家都怕成為別人眼中的老派人士。然而，這位年輕的副發行人很堅持推動近乎持續不斷的創新。他對我說，他很擔心員工士氣，由於大力削減成本、尤其是編輯系統，使得每個在永無休止的數位新聞週期裡的人都過度負載，在唐納・川普這部新聞製造機的推波助瀾下，新聞週期又更加磨人。二〇一七年八月，我自被開除以來頭一次重回新聞編輯室。都會版的記者大衛・鄧樂普（David Dunlap）邀我參加他的送別會，我自認已經做好準備再看看這個地方。即便小薩斯柏格沒有出席送別會，家族成員也無一到場，我還是馬上理解為何他會這麼憂心。公司裡瀰漫著一股反動力，任何像鄧樂普這樣受人喜愛的同事要離開便一觸即發，他是一位受人尊崇的老牌記者，比新聞編輯室裡的任何人都了解《紐約時報》的歷史，也寫了很多文章報導老紐約正在消失的地標。發表臨別演說時，鄧樂普懷念起四十四年的《紐約時報》生涯。他回想起一開始自己在詹姆士・瑞斯頓（James Reston）手下的職員，替這位「史考帝的兒子」（Scotty's boys；譯註：「史考帝」是瑞斯頓父親的暱稱，其父也在《紐約時報》工作）代接電話，但前提是來電的人不是阿道夫・奧克茲大名鼎鼎的女兒伊菲格妮・薩斯柏格（Iphigene Sulzberger）；如果生在不同時代，這名女子應該會自己跳下來經營報社。鄧樂普的報導第一次登上頭版那天，他興奮不已，滔滔不絕地對她說起這件事。「年輕人，」一九九二年已經過世的薩斯柏格夫人說，「你找到你的路了。」

他講到報紙落在門前台階上那個讓人安心的聲音，以及這個聲音如何至今仍讓他激動。薩斯柏格家族和湯普森被問到報紙還能活多久時，他們通常回答「至少還有十年」。鄧樂普刻意完全不提數位化的事。

我知道不能盡信大家說的「這裡和你在時完全不一樣了」，然而，一味追求崇拜新穎，勢必會引發反抗。在鄧樂普退休前幾個月，他為了抗議許多報紙編輯遭到開除，帶領了一次員工聯合罷工行動。

出租目前仍可使用的紐約時報大廈樓面，可以從中榨出大量營收，因此湯普森要求把每個人的位子都縮小。他計畫出租八個樓層（我還在報社時，營運使用空間遍及各個樓層，超過二十個樓面），很多記者從此不再擁有固定的辦公桌。

隨著小薩斯柏格接下新的責任，他常常待在三樓的新聞編輯室，而二樓幾乎所有記者都清出自己的東西，回家工作，他們的辦公桌全被擠在一起。重新設計辦公室的費用和離職金都是很高的成本，接近五千萬美元。未來可能還有痛苦的緊縮行動，但是，在小薩斯柏格新任發行人的前幾個月，股票漲到新高，數位訂戶也衝到超過三百萬。川普是帶著《紐約時報》走到重要關頭的最重要人物，讓報社可望達成激進的二〇二〇財務穩定目標。在Google和臉書獨領風騷的局面下，長期來看廣告是不穩定的收入來源，「川普衝擊」則給了未來一個可能性：新聞或許能主要靠著讀者支持數位訂閱與平面報紙發行活下去。

網路出版的蓬勃興盛，讓舊式以廣告和發行量支持新聞的模式無以為繼。要進入千禧年時，《紐約時報》的發行量僅佔了營收的百分之二十六[43]；到了二〇一七年，由於新的數位訂戶大增，再加上某些不離不棄的報紙讀者，佔比增至百分之六十四。

但這樣的成長幅度並不足以安撫《紐約時報》高層心裡的焦慮不安，他們有幹勁多元經營企業，但要靠每個面向都能立即成長才能維持下去。在小薩斯柏格的創新聖戰中，他得到執行長湯普森的協助；湯普森和這家家傳新聞機構保持著客觀距離，他以前在ＢＢＣ的同事（充滿柔情地）說，湯普森是她見過最出色的企業近身肉搏戰戰士。湯普森是很好的行銷人才，善於推銷《紐約時報》和他自己。他在許多新聞大型研討會和各種專訪中吹捧《紐約時報》數位訂閱的成就。他有意扭轉這家公司的形象，從垂垂老矣的貴婦轉變成數位龍頭。湯普森許諾要在二〇二〇年之前讓數位營收翻倍，衝上八億美元大關，要達成目標，年成長率要高達百分之十二・五。

湯普森有時候很得意地自稱是「交響樂團的指揮」。某次討論要再度裁員時，講到他的薪酬方案達八百萬美元，這讓某些記者忿忿不平，但至少他看來有策略以因應未來。他的方法涉及要不斷增加數位訂戶，尤其是在國際市場上，考量到百分之九十的數位營收來自比例相對低的讀者（約百分之十二），這是有可能的。湯普森相信，即便其他刊物，比方說《華爾街日報》，在向外布局這方面已經失敗，但《紐約時報》大有可能在國際上擴大這個忠實讀者群。《紐約時報》也推出五折的新手數位訂閱方案，幾乎是只要點選報導就可以享有折扣優惠。

他也推動《紐約時報》成為創新者，擁抱虛擬實境與其他尖端科技。《紐約時報》主辦的活動賺了不少錢，例如天湖小組裡新聞編輯室代表一直反對的旅遊展。二〇一八年的旅遊展呈現了新聞編輯室不想看到的所有元素：浮華誇張、大力推銷，請來一個墨西哥樂團強力吹奏、大步遊行，促銷墨西哥旅遊，愛參加展覽活動的人湧進賈維茲中心，收集優惠券想要贏得旅遊大獎。在科技面，普比奇接下「鋼絲鉗網」（The Wirecutter），這是《紐約時報》以三千萬美元收購的網站，內容主打科技產品的評鑑，並有聯盟行銷，當《紐約時報》的讀者透過網站買了東西，報社可以分得部分金額。紐約時報網站上有大量的大型研討會、以驚喜或教育為主題的旅遊行程，每個星期還會有新內容。

各種新科技，例如在廣告世界掀起一陣旋風的的虛擬實境，也已應用到某些新聞報導上。Google替《紐約時報》做了一百萬副紙板製的虛擬實境頭戴式裝置，夾入報紙內送給讀者，體驗最新的虛擬實境作品，觀賞一部以難民為題的電影。本項實驗獲得薩斯柏格所樂見的媒體關注。

《紐約客》雜誌負責報導各大媒體公司的記者肯恩・奧勒塔（Ken Auletta）有一次寫道[44]：「想要追求最高利潤的商業文化，與想要做到最多報導的新聞文化，兩者之間天生就有衝突。」這種衝突如今仍在，是一個健全的新聞編輯室會有的徵候，但是，湯普森和小薩斯柏格都認為，兩者之間的牆是一道太厚實的障礙。擔任BBC主管時，湯普森一手負責所有娛樂、新聞和業務等領域，他也偏好這種混合型的模式。

《紐約時報》過去避之唯恐不及的網路慣例，現在也都可接受了。新聞報導增添更多視覺元素，多了很多影片。文章的寫作風格也少了制式、多了閒話家常。「我們的記者很習慣在社交媒體、電視和廣播上使用這種風格，這也和網路的通用型態一致[45]。」一份編輯備忘錄如是說。雖然編輯再三向記者們保證，他們不用參與「衝高網頁瀏覽次數的比賽」，但有一群記者相信，這一切的改變都讓這份報紙變笨，編輯群其實也把注意力放在報導的點閱次數上。《紐約時報》不像《華盛頓郵報》，不會在螢幕上放上不斷變動的點閱數據，但首頁上還是會列出最多人閱讀的報導。

湯普森和小薩斯柏格發出一封信，向員工保證必會留住新聞和廣告之間向來的界線，但是，這無助於安撫擔心業務面會主導新聞報導變革的恐懼，例如用各種工商服務內容塞滿新聞報導，另外又再加了一個新的男性時尚版，裡面包括名錶專欄，這是一個不具實際新聞價值的主題。商業版面則納入了「鋼絲鉗網」的評鑑結果，紐約時報公司擁有這家網路公司，但報導中不一定會揭露這一點。

不斷壯大的T牌工作室，替超過百家客戶提供了兩百三十五項原生廣告宣傳活動，在倫敦和香港也有分支機構。工作室有一百三十名員工，規模比康乃狄克《哈特福新聞報》（*Hartford Courant*）的新聞編輯室還大；該報屬於時代鏡報公司旗下，一度獲利可觀。品牌置入廣告讓某些遭到裁員的記者也有了新的工作路線。二〇一七年時，湯普森說他期待T牌工作室能創造五千萬美元以上的營收。《紐約時報》內部有一家廣告公司在運作，讓某些員工感到不安，但是這也有助於保住工作。巴奎就是用這個理由，來捍衛多數打破舊有業務與網路隔閡的新創舉。

T牌工作室宣傳自家作品的用詞，是「可對有力人士造成影響的報導」；他們像是新聞編輯室版的傭兵，誰都可以請他們寫文章，只要荷包夠深就好：殼牌（Shell）、雪佛龍（Chevron）、高盛、Google，來者不拒。報社的記者努力挖掘出這些巨型企業的不當作為，同公司的廣告部門同事則竭盡所能，用溫馨模糊顧左右而言他來抵銷任何負面新聞。二〇一八年春天《紐約時報》揭露一些內幕，讓讀者看到臉書的無所不知與明顯的違法行為可能造成危險，而這個社交網站輕輕鬆鬆下了單，請T牌工作室撰寫清新、光明的報導，希望能模糊之前造成的傷害。

《衛報》、「截距網」（Intercept）和《紐約時報》都做了調查，揭露臉書無法保護用戶，會讓他們暴露在可辨識身分和影響易動搖選民的幕後操作之下。由於《紐約時報》刊出多篇報導[46]，例如「你在Facebook上點的『讚』是如何被人利用的」（How Researchers Learned to Use Facebook 'Likes' to Sway Your Thinking），某些臉書用戶對於劍橋分析的醜聞一陣譁然。為免情勢愈演愈烈[47]，T牌工作室出手做宣傳以挽救臉書的聲譽，製作一套品牌置入內容套裝產品，訴說臉書如何使用人工智慧，僅強調這種頗具爭議科技中最無傷、最能激發信心的應用。內容指出，利用人工智慧，臉書可以判斷你喜歡的照片是一隻狗，這個情報可以協助臉書以後為你提供更多狗的照片。廣告淡淡地承認，這是還不完美的科技：臉書的電腦仍偶爾會犯錯，把蜷曲的狗的照片當成貝果。然而，這正是代表《紐約時報》具有獨立性的健全象徵，原生廣告客戶和他們的錢無法影響新聞報導。

《紐約時報》也推出其他新產品幫助廣告主，包括一套新的「潛在客戶設定」（perspective targeting）系統，讓廣告能有策略地傳播訊息，瞄準他們認為接受度最高的讀者。這套技術協助《紐約時報》根據內容的主題和情緒將報導分門別類，然後推測哪些讀者會對哪些報導產生共鳴。

湯普森在擔任執行長的三年內，利用「創新報告」和報告中提出要新聞與業務強化合作的呼籲，提高自己的影響力。我離開之後，巴奎幾乎是馬上就任命一名業務端的人（此人曾經負責過新的烹飪應用程式）名列報頭欄的編輯群。他聘用一位做過美國國家公共廣播電台線上業務的人擔任極資深的職務，向他與湯普森聯合彙報；這位新進人員的職稱晦澀難解，叫數位策略主管。資深編輯中也有同樣奇特的職稱，納入了「群眾」一詞。廣告部門本來不應該介入要拍什麼影片的決定，但前任影片新聞編輯說他們通常會這麼做；這位編輯力抗廣告部門，最後被迫離開這份工作。T牌工作室有一位員工做的是影片組的工作，影片組基本上是屬於新聞編輯室的編制。

《紐約時報》的記者，包括華盛頓通訊處的處長、專欄作家和評論家，帶領名為「紐約時報之旅」（Times Journey）的郵輪與高價旅行團。某些刊物經常舉辦這類旅遊，開先鋒的是《國家》（*The Nation*）雜誌。但「紐約時報之旅」比較精緻，在報紙上刊登全版廣告，而且價格更高昂。有一個行程是可以和報社發行人交流[48]。遊客要支付十三萬五千美元的費用，內含搭乘私人七五七客機的來回機票。《紐約時報》的記者也會開設課程與暑期學校。報社過去非常抗拒這種奢華行程，斥為粗糙不入流。

新聞部的編輯全力要達成湯普森雄心萬丈的二〇二〇預算目標，因應之道讓每個人都驚慌。他們要求刪掉「低價值」的編輯工作，並終結讓許多編輯查核審閱相同內容、將報導琢磨到符合《紐約時報》標準的作法。這是把過去多層編修的傳統比擬成只是叫很多隻狗在同一個消防栓上撒尿（負責這類編修工作的編輯稱為後衛）。

新計畫是把一百名審稿編輯全數裁撤。這些編輯永遠都得不到光環，但是他們防著不讓主觀意見流進新聞當中，並免除報紙犯下錯字、錯植標題、文法有誤或其他更嚴重的錯誤。他們在二〇一七年六月離開，之後，讀者不斷抱怨語法混用、出現錯字以及各種錯誤。在「假新聞」以及人們對新聞機構更加不信任的時代，這些讀者仍堅持完全正確的新聞非常重要。負責處理讀者申訴的編輯是葛瑞格・布洛克（Greg Brock），他收到五百封讀者來函抱怨縮減審稿編輯。

有一位離職審稿編輯表達的感受，幾乎每個人都感同身受；這位編輯在送別會上寫道：「我以為自己很特別[49]，但發現她根本不是真的愛我。她每個星期都試新的胭脂花粉，今天是指尖陀螺大會臉書直播，昨天是（三星贊助的）三百六十度寶可夢抓寶影片。她甚至出現在Snapchat。最近讓人心碎的舉動是對著比較年輕的族群開刀：她要裁掉好幾層。有一句話要說給聰明的人聽：要提防，她已經不再像過去那樣忠實了。現在，請容我告退，我將不復存在。」

伴隨著遣散審稿編輯的行動的，是二〇一七年夏天另一輪的自願離職方案。同意自願離職的一百人之中，有鄧樂普和都會版的克萊菲德（N. R. Kleinfield）、華盛頓通訊處的詹姆士・萊森，以及報社某些經驗最豐富的女性記者，包括茱莉亞・普芮絲頓（Julia Preston）、黛柏拉・宋塔格

（Deborah Sontag）和伊麗莎白・羅森索（Elisabeth Rosenthal）。最讓人意外的，是資深書評角谷美智子（Michiko Kakutani）也離職了，這位年資接近四十年的老將，是出版界最畏懼也最尊敬的人之一。一輪又一輪的自願離職方案，蹂躪了新聞編輯室裡愈來愈少數的嚴格傳統主義者，這一群人現在已經到了滅絕的局面了。仍留下來的人，很確定要保住飯碗最好辦法，就是把自己變成獨立於組織之外的明星和「創新者」。

巴奎發出一份公告，鼓勵以比較隨意的調性來寫報導，反映網路比較鬆散的寫作風格。忽然之間，以第一人稱和問答形式撰寫的新聞報導隨處可見，根本不用花太多時間編輯。

《紐約時報》仍維持了品質，而到頭來，能走回財務健全的那條路，仍是這家報社最傳統的優勢：出色的報導。

薩斯柏格從發行人一職卸任之後，他邀請我參加一場晚宴，普立茲獎百年派對之後，他又在華盛頓辦了一場宴會。他在晚宴演說中讚揚我，說我在任內做出的報導替《紐約時報》拿下了多個獎項。和某些我崇敬的新聞記者在同一家報社工作是我的榮幸，當中包括尼爾・胥翰（Neil Sheehan），他就是爆出五角大廈文件案的記者，我總是希望和他再聚聚，可惜總未能如願。胥翰在簡短的對話中告訴我，《紐約時報》在做的是一份很偉大的事業，要讓公眾知道新政府可能掩蓋犯罪行為與說謊，從很多方面來說，這都讓他想起尼克森政府。

隔天，我和薩斯柏格在《華盛頓郵報》的宴會上又見面了。我們都很急著逛一逛《華盛頓郵報》新的新聞編輯室，因此，當我的老朋友洛伊絲・羅瑪諾（Lois Romano）提議帶我走走時，我馬上抓著薩斯柏格和我們同行。我們一邊走著，一邊開心地和洛伊絲以及彼此閒聊，《華盛頓郵報》的記者以奇異的眼光看著我們。畢竟，我這可是跟開除我的人在散步呢。我們兩個人合力登出過許多勇敢無畏的新聞，是這些把我們緊緊拉在一起。說到底，這比讓我們各分東西的議題重要多了。

第十三章
再起──《華盛頓郵報》，之三

《華盛頓郵報》和《紐約時報》一樣，也沒有準備好面對唐納・川普。《華盛頓郵報》的選舉夜派對調性讓某些人覺得很奇異，復古到讓人想起約一九八〇年代時華府的種種。重要的政治人物與一些《華盛頓郵報》的員工陸陸續續過來❶，有一位穿著「餐巾裝」的女子迎接他們，他們從她的緊身上衣抽出餐巾。這樣的穿著打扮非常不適當，這場晚宴就變成大家所說的「抓住她們的餐巾」派對。對於一場沾染了性別歧視的競選活動來說，這是一個很奇特的結尾；對於向來講究政治正確的《華盛頓郵報》來說，更是奇特之奇特。

如果說，這場美高梅國際酒店集團（MGM Resorts）贊助（目的是為了宣傳附近的新旅館開張）的賭場主題選舉夜派對感覺像雷根時代的產物❷，對於曾在雷根政府任職過的新發行人萊恩來說，更像是他意料之外的麻煩頭痛。《華盛頓郵報》的記者跑進跑出，替賓客和電視觀眾更新選舉結果，有些人被浮誇、性感的場面嚇壞了，尤其是女性員工。這本來預期是一場慶祝首度有女性當選美國總統的盛典，但《華盛頓郵報》卻辦出一場比較適合拉斯維加斯風格的派對，還有賭二十一點的桌子跟裝扮不太得體的女性。隔天，就在希拉蕊發表敗選演說時❸，一百五十名職員，有男有女，簽署了一封抗議函並遞交給不太開心的萊恩。大為惱火的員工寫道：「被賓客剝光的餐巾裝女性，簡直不適宜到了極點，冒犯了我們這些痛恨看到女性不斷被貶低以及成為男性性渴望對象的人。」他們說，這錯得離譜，因為「選舉夜是非常嚴肅的，而且這個決策關乎國家未來的方向（更別提其中有一位候選人是一位擁有賭場的大亨，還喜歡抓女性的陰部）」。

萊恩手下負責辦理活動的副總裁道歉了。「未來，一定會更詳細查核贊助商提供的套裝方案，在每一場活動之前、當中與之後都會做。各位不會再碰到這種事。」這場派對是一個「創意性」贊助合作案範例，《華盛頓郵報》和幾乎每一家設法開闢營收來源的新聞機構都嘗試這麼做，《華盛頓郵報》大可把部分的指責轉移到這家以拉斯維加斯為總部的賭場集團。

即便業主身價達數十億美元，萊恩和公司裡的其他業務高階主管仍戰戰兢兢地開拓收益。臉書和Google拿走了大部分的數位廣告營收，贊助和現場活動變成創造現金的沃土。貝佐斯口袋很深，但不是無窮無盡。

二〇一六年，萊恩歡慶《華盛頓郵報》多年來第一次轉虧為盈❹。數位訂閱增加，群眾人數也有成長。對貝佐斯來說，更重要的是，新聞界人人豔羨《華盛頓郵報》擁有的科技，發行人也開始看到把公司內設計出來的科技工具賣給其他報社，創造了不錯的營收。

這家公司正要逐漸回歸正軌。報社已經不再是布萊德利時代的那部機器了❺；在一九九三年的全盛時期，《華盛頓郵報》的新聞編輯室有一千名記者，日報訂戶平均為八十三萬兩千三百二十三。日報目前的發行量已經跌至低於四十萬份，但網站每個月不重複訪客的人數大增，分析公司康斯廓的數據顯示，二〇一三年八月時為一千六百八十萬人，到了二〇一六年已經成長到超過四千萬不重複訪客。之前不斷萎縮的新聞編輯室，在貝佐斯成為業主的第一年期間也增聘超過一百人，如今全職的新聞編輯室員工約為六百五十人。

選舉夜當晚，執行總編馬帝・拜倫忙著拼湊，想要針對川普做出最好的報導，他求教的對象是大衛・法倫梭德（David Fahrenthold）；法倫梭德下筆很快，他可以接收其他記者提供的資料，然後彙整成一篇條理清楚的報導。他是王牌調查性報導記者，挖出一些對川普殺傷力最大的新聞，就像獵犬一樣，追蹤他的慈善捐款（或者說，他沒捐的捐款）。也是他挖到川普惡名昭彰的「抓她們的陰部」（Grab 'em by the pussy）錄音帶獨家新聞。《紐約時報》和其他報社有許多調查性記者都把重點放在川普基金會、希拉蕊的高盛演講費以及她的電子郵件[6]，但法倫梭德寫了一篇又一篇以川普為題的報導，不斷地要他負起責任。

法倫梭德早準備好萬一川普勝選要寫什麼，但他覺得這應該會是有一天拿來唸給孩子聽的好笑故事，然而，忽然之間笑話變成現實。當他坐下來打字，他先查驗川普勝選是否是近幾年來最大的逆轉。全國政治記者丹恩・巴爾斯是在《華盛頓郵報》任職三十年的老記者，他保證絕對是。因此，法倫梭德開始動手寫導言，寫出一篇幾小時前他還很確定不會登出來的報導：「唐納・約翰・川普料將贏得總統大選……星期二他勝選，這會是現代總統選舉中最讓人跌破眼鏡的一次意外。」凌晨兩點三十二分，在美聯社報導川普勝選之後，他發了訊息：「登（出）川普勝選的報導。」

在整場選戰中，《華盛頓郵報》的新聞版面顯而易見偏特定立場。克里斯・西里札在自己很受歡迎的「彌補」部落格中對川普完全不留情面，另一個知名的政治性「萬客」部落格，仍以創辦人斯拉・克萊因的自由放任主義為主流；克萊因二〇一四年離開《華盛頓郵報》，創辦了一家公司沃克斯，經營一個廣受歡迎的全數位網站。克萊茵和他的沃克斯跟BuzzFeed一樣，揚棄沉穩的客觀，嘲弄

「一方面怎樣，另一方面又怎樣」的新聞。這些部落格更多的是對話式的風格和快速編寫，再加上川普說謊成性，帶動了《華盛頓郵報》的報導朝向反川普的路線。

和川普有關的報導主要是針對他的推文和嘲弄他。《華盛頓郵報》有時會陷入川普的推特風暴，二〇一六年夏天，《華盛頓郵報》的媒體信譽遭到川普的選舉團隊大肆撻伐，因為《華盛頓郵報》登出一篇文章（內容是正確的），說這位候選人指歐巴馬總統和佛羅里達奧蘭多大規模槍擊案有關。川普在推文中堅稱這份報紙叫「亞馬遜的《華盛頓郵報》」（#*AmazonWashingtonPost*），但事實上報社的業主是貝佐斯個人，而非亞馬遜。

川普從二〇一五年就開始在推特上攻擊《華盛頓郵報》[7]，當時激怒他的是一篇查核事實的報導揭露他說的假話，指他在二〇〇〇年寫的一本書中宣稱曾「預測賓拉登（會作亂）」，根本是無的放矢。《華盛頓郵報》的事實查核系統名聲響亮，而且有人密切監控。該報會給每一條要查核的訊息「小木偶」，用小木偶的個數來表示謊話和誇張言論的評等。川普很快就獨佔鰲頭，在他各種厚顏無恥與虛偽不實言論旁邊的小木偶個數，到目前為止的紀錄無人能敵。川普痛恨被人戳破他說謊，在整個選舉期間都會用推文反擊，宣稱《華盛頓郵報》正在「虧大錢」，就跟他攻擊「失敗的《紐約時報》」說法一樣。《華盛頓郵報》的讀者很愛小木偶。雖然《華盛頓郵報》的社論立場並未偏左，但他們的讀者和《紐約時報》一樣，比較左傾。史丹佛大學有一項研究指出，《華盛頓郵報》的讀者是全美最偏自由放任的一群，比《紐約時報》的讀者有過之而無不及。

川普的支持者從右翼來源接收新聞，包括一個有五十萬訂戶的網站（或者說一個網路論壇子分類）「/r/The_Donald」。這些網站裡流傳和希拉蕊有關的最瘋狂陰謀論，包括指控她和她的競選總召在華盛頓披薩店經營一家戀童癖色情店。

拜倫是傳統主義者，他希望積極報導兩位候選人，包括透過調查檢驗並彙整他們的政治提案。貝佐斯仔細檢視拜倫為了重振《華盛頓郵報》的政治新聞需要用到的資源；二〇一二年大選時，這個部分可以說是一片荒蕪。巴爾斯很慶幸自己沒有跳槽到路透社；他和凱倫・杜穆蒂是經驗豐富的政治新聞老手。報社也招募了羅柏・柯斯塔（Robert Costa）、菲利浦・盧克（Philip Rucker）、馬提・戈爾德（Matea Gold）和艾胥麗・帕克等年輕新人，以壯大政治組的聲勢。他們讓約翰・哈里斯很忌妒；哈里斯之前是《華盛頓郵報》的新聞記者，主導「政客網」的人就是他，之後又在拜倫擔任資深編輯時轉往《紐約時報》。拜倫目前的新聞編輯室不到七百人，仍遜於《紐約時報》的一千三百五十人，但貝佐斯也遵守承諾，給了他之前應允的「伸展台」。大選系列活動正是《華盛頓郵報》重返榮光的戰場。

貝佐斯一百八十度扭轉《華盛頓郵報》的立場，放棄葛蘭姆的在地策略，敦促報社在全國以及國際都成為《紐約時報》的對手。這種策略對亞馬遜來說非常有用；眾所皆知，他經營亞馬遜時看重成長先於獲利。他相信，《華盛頓郵報》可以觸及全世界每一位英文讀者，可以和《紐約時報》一爭長短，把華倫・巴菲特丟到九霄雲外。在亞馬遜歷練出成功之後，貝佐斯相信規模要大，這表示《華盛頓郵報》在擴大群眾上要更大膽，但這會引來信譽受損的風險，比方說，會讓更多像是騙點閱、讓人眼花撩亂的新聞範例出現在群眾眼前。

有些時候，《華盛頓郵報》還真的如BuzzFeed一樣騙點閱[8]，力推的報導居然是：「她宣稱自己殺了兒子並藏屍肥料堆，但警方說事實更駭人。」（She said she killed her son and hid him in a manure pile. The truth is more sinister, police say）這種聳動的標題，通常放在調查性獨家報導的下方。考量到報紙的讀者年齡層較高，因此會對相同的報導下比較穩重的標題，放在應用程式上的橫幅按鍵騙點閱的成分就比較濃厚。在專為年輕數位世代設計的產品「最郵報網」（The Post Most）中，差異最為明顯，裡面塞滿了BuzzFeed風格的標題。線上讀者的人數很快翻倍。

象徵報社在貝佐斯帶領之下重生的新總部，看起來像是矽谷的新創公司。二〇一六年的開幕慶祝會上[9]，貝佐斯喜氣洋洋，很自豪地炫耀全新的新聞編輯室設計，在這裡，科技專家和新聞記者排排坐。貝佐斯為了這個場合放棄了穿慣的開領衫和卡其褲，改穿格紋西裝，在會場迎接名人到訪，包括薩斯柏格，並開心地聽每個人恭賀他完全找回《華盛頓郵報》的優勢。「太棒了，」他不斷地對每個擠到他身邊感謝他的人說，「太棒了。」

自收購《華盛頓郵報》以來，貝佐斯對於這家報社的感情愈來愈強烈。派對上站在他身邊的是《華盛頓郵報》的記者傑森・雷薩安（Jason Rezaian），過去十八個月都被囚禁在伊朗。新聞變成一項危險行業，遭到殺害與監禁的記者和攝影師人數創下紀錄。就在幾天前，貝佐斯搭乘私人飛機飛到德國，座位上放著「釋放傑森」（#FreeJason）的標語，把雷薩安一家帶回國。這次的經驗看起來真的讓他很感動。

雷薩安平安返家，並不是讓《華盛頓郵報》興高采烈的唯一理由。自從貝佐斯二〇一三年成為拯救報社的白騎士以來，他挹注資金和資源到這個規模已經接近腰斬的新聞編輯室，在看來低調的拜倫管理之下，《華盛頓郵報》重新找回出色和氣魄，聘用了一百位新進記者以及四十五位工程師和科技專家。

貝佐斯和萊恩大力培養與推廣，希望自家記者變成專營特定路線的專家，《華盛頓郵報》還為此打造了兩間設備齊全的影片攝影棚、並繼續興建更多，讓記者無須離開工作環境就可以在遠端做有線電視節目，同時也服務「華盛頓郵報網」。幾位《華盛頓郵報》的政治記者常上CNN和MSNBC節目，包括前《紐約時報》的記者艾胥麗・帕克，她很適合上電視，反應也快。柯斯塔雀屏中選，取代已故的葛雯・艾芙（Gwen Ifill），在美國公共電視台（PBS）主持極具影響力的節目《華盛頓一週》（*Washington Week*），巴爾斯常年擔任節目來賓，節目的製作群希望有新血加入。柯斯塔年方三十。

雖然拜倫出身於商業報導，但他在《波士頓環球報》擔任編輯時對政治很著迷；米特・羅姆尼二〇一二年獲得共和黨提名參選總統，當時《波士頓環球報》對他做了完整的身家調查。拜倫二〇一六年重施故技，組成一支大型團隊，幾乎在川普有望成為共和黨提名人的那一刻就做出了一份調查性傳記。二〇一六年初夏，在他排定要去和「揭穿川普」（Trump Revealed）小組開會之前，我去訪談他，結果我這位說起來有些憂鬱的朋友居然從椅子上跳了起來，因為團隊挖到的內容讓他興奮不已。

對拜倫來說，就算希拉蕊贏了，報社也要徹底調查川普，這是一份責任。就像布萊德利一樣，他也堅持他的記者要持續追蹤一開始挖到的獨家新聞。在擁擠的新聞生態系統裡，有愈來愈多社交媒體進駐，不管新聞做得多好，單一的獨家新聞不一定能讓人們分享、快速流傳，但這又是如今要得到公眾關注所必要的元素。某一天的轟動大新聞，隔天可能就被另一件事取代了。《波士頓環球報》的焦點團隊（Spotlight team）曾經是高手，善於綜合大量素材以追蹤不當行為，然後緊咬不放。調查天主教會的報導就是這樣進行的，發動調查的人正是拜倫。《華盛頓郵報》在水門案上的傑出表現，根植於伍華德和伯恩斯坦堅持不懈的追蹤。那份報導花了好幾個月的時間才成形，能有結果，也是因為布萊德利和凱薩琳・葛蘭姆力促這二人組繼續追查。當兩位記者來找她準備認輸，說他們可能永遠都找不到能把醜聞和尼克森總統連起來的證據時，葛蘭姆女士對他們說：「不要告訴我永遠都找不到。」

做報導的員工愈來愈少，許多報社也再無能力組建記者團隊做長期追蹤的報導。《華爾街日報》前任編輯主任保羅・史泰格說，少了要求掌權者負責的新聞，對國家來說是一場危機。從《華爾街日報》退休之後，史泰格創辦了「挺公民網」，為其他新聞機構提供可供發布的調查，尤其是那些已經無法自行調查的單位。事實上，能做這種政治性調查的，也僅有《紐約時報》和《華盛頓郵報》碩果僅存的兩家了；這需要做兩個層級的報導工作，要有一個「快攻」團隊，還要有一群不用去管其他工作的追蹤者，心無旁鶩查探長遠的目標。在《波士頓環球報》時，拜倫力抗潮流，不願意削減調查性報導的人力，爭奪資金以保住焦點團隊的完整戰力。

拿下二〇一六年普立茲全國報導獎的調查性報導系列，是拜倫和法倫梭德在一次不期而遇之下點燃的火花。法倫梭德之前剛剛發布了幾篇針對川普基金會（Trump Foundation）所做的初期報導，其中一篇直指基金會並未履行唐納・川普曾經應允的慈善承諾。拜倫喜歡這篇報導，在等電梯時兩人談起，他問法倫梭德接下來要做什麼。法倫梭德說還不確定，拜倫建議他繼續追查川普的基金會，看看是否有假捐贈與濫用資金的模式可循。拜倫之前是《紐約時報》的商業版主編，他對川普略有所知，直覺告訴他，川普是會誇大自己有多樂善好施的人。在總編的應許之下，法倫梭德花了一年的時間深入調查川普宣稱的慈善捐贈。

法倫梭德在愛荷華州的黨團會議時開始注意到川普基金會，川普出席會議之前先去滑鐵盧拜會一個退伍軍人團體，承諾會捐助六百萬美元給各式各樣的退伍軍人慈善團體，包括他私人要捐贈超過一百萬美元。在浮誇的電視直播場合上，川普宣布其中一項要致贈給某個退伍軍人團體的禮物時，他站在一張由川普基金會開出的超大型十萬美元支票旁邊。

法倫梭德很好奇，他想知道為何川普基金會要捐贈，以及基金會的錢是否來自川普個人。因此，他打電話給川普的第一競選幹事科瑞・萊萬多夫斯基（Corey Lewandowski），查核川普在滑鐵盧活動舞台上答應要捐的幾百萬美元目前的進度。對方告訴他「已經全數捐贈」，但萊萬多夫斯基拒絕提供任何單據紀錄。

法倫梭德接下來做的事可以變成教科書上的範例，示範如何使用數位科技與社交媒體做報導。在水門案時，伍華德和伯恩斯坦用的是敲門法，小心不讓其他記者知道行蹤，並在提問時把用意隱藏起來。這次查核基金捐款項目時，法倫梭德來到川普最愛的媒體推特，在這裡，他能在媒體世界裡獲得最高的能見度。法倫梭德發了一則推文，詢問有沒有任何退伍軍人團體收到來自川普（@realdonaldtrump）的捐款。他希望川普本人看到他在搜尋，這還真的有用。川普隔天晚上打電話給他，宣稱他剛剛捐出了整整一百萬美元給一個由朋友經營的軍方非營利事業（這表示，萊萬多夫斯基之前說錢已經捐出去了是在說謊）。如果川普沒看到法倫梭德在做事實查核，他還會捐嗎？記者忍不住這麼問。

「你知道嗎，你真是一個很低級的人。」川普說。這話更讓法倫梭德的報導增色。

當法倫梭德的文章見報，川普再度發怒以對。這位候選人舉行一場記者會，譴責媒體刺探他的捐款，而不是讚揚他的慷慨。「我從來不曾因為做好事卻得到這麼糟糕的公開報導過[10]。」他說。

在拜倫鼓勵之下，法倫梭德擴大了查詢範疇，檢核幾年來川普的慈善捐款紀錄，並回頭去找競選團隊要求提供更多資訊。他得到的說法是，除了退伍軍人團體之外，川普過去五年還捐了一・〇二億美元給其他慈善機構。一陣支吾之後，競選團隊終於給了法倫梭德一張清單。「一開始，」法倫梭德回憶到，「我是想要去證明他是對的。」他查遍了清單上大約五千家的慈善機構和捐款項目，發現多數的捐款都非出自川普個人，而是川普基金會。川普基金會到底是什麼機構？他很好奇。和選舉團隊文宣內容不同的是，川普並非這個基金會的捐助人；慈善機基金幾乎完全都來自其他有錢人和商業夥伴。這位候選人在二〇〇九到二〇一四年之間，沒有掏出半毛錢給基金會。事實上，法倫梭德發現，基金會很多支付項目為「實物」形式，例如去川普某家高爾夫球場打一場球，或是在他的某家旅館享受一次有補助的水療。川普提供這些贈禮根本不痛不癢，但是卻替自己賺到捐助千百萬善款的美名。

清單中列出的一項贈禮⓫，致贈對象是一個和網球明星小威廉絲（Serena Williams）有關係的團體，價值一千一百三十六美元又五十六美分。法倫梭德去查，發現根本不是禮物，這是川普估計他載她從佛羅里達去維吉尼亞州參加一場剪綵活動的成本，再加上一幅她和川普合照的裱框照片。另一條，一張價值八百美元贈禮的收據上簽收人僅簡單簽署了「布萊恩」。還有一個，他的基金會付了一小筆錢給童子軍，數字剛剛好和他兒子的年費一模一樣（法倫梭德在推特上針對這一點問過他的追蹤者）。川普基金會愈看愈可疑。法倫梭德花了幾個月的時間，打電話給好幾百家慈善機構，詢問是否有收到川普的捐款。他定期上推特，請他的追蹤者提供相關資訊。他使用數位科技，但是和伍華德、伯恩斯坦實踐的親自跑線報導方式一模一樣。

川普在棕櫚灘海湖莊園會舉辦一些慈善拍賣會，當他贏得提姆・提博（Tim Tebow）戴過的美式足球頭盔以及一位速寫畫家畫的六尺長川普畫像，他會把付的錢列為捐款。他的妻子梅蘭妮亞（Melania）為了這幅畫出了兩萬美元。用來支付畫作的錢來自川普基金會。他也動用基金會的一萬美元買下另一幅畫像。此舉違反國稅局不得將慈善基金用於購買個人物品的規定。而且，到底有哪一家慈善機構會想要懸掛這位誇張大亨的巨幅畫像？這也讓人匪夷所思。

匪夷所思，但未必不可能。為了證明川普違法，法倫梭德得找到這些畫像在哪裡。他使用數位平台找答案，在推特上貼出畫像的照片，問問看有沒有誰見過。大部分的答案都鑽進了死胡同，直到有一個人回推說她很確定她在多拉渡假村（Doral）看過比較小的那一幅，這家位在邁阿密的度假村業主是川普。另一位追蹤者住在那附近，他答應下班時過去看一看。這位先生也是記者同業，他去了那個度假村，問了問清潔人員，對方帶他去運動員廳（Sportsman's Lounge），川普的畫像就掛在那裡，光彩奪目。法倫梭德找到證據了，善用素未謀面的人在他的政治尋寶遊戲中幫他一把。

陸陸續續出現更多報導，最後，紐約的檢察總長（屬民主黨）針對川普基金會啟動調查，提出告訴。在此同時，法倫梭德最後不僅拿下普立茲的全國報導獎，也和MSNBC簽下合約，還得到大量的付費演講邀約。大衛・法倫梭德在二〇一六年大選剛開始時還籍籍無名[12]，如今已經奠定了身為特定領域專家的地位。

當然，問題是，總是會有人來挖走這些特定領域的專家。班恩・史密斯的明星政治記者去了《大西洋》雜誌和CNN，克里斯・西里札轉投靠CNN，讓拜倫失去了寶貴的人才資產，不久之後，另一位出色的調查性報導記者亞當・恩圖斯（Adam Entous）也轉往《紐約客》。凱文・梅睿達（Kevin Merida）曾是拜倫的編輯主任，後來也接下了ESPN的工作。拜倫也反過來挖走了《紐約時報》的二線政治記者艾胥麗・帕克，她很快成為拜倫白宮七人小組中的明星；這個小組是《華盛頓郵報》有史以來規模最大的白宮小組（一般都只有二到三人）。搶位子的賽局是新媒體產業的常態，很少有人預期可以像巴爾茲、伍華德、莫琳・道得和湯姆・費利曼這些人一樣，在一家報社待一輩子，甚至他們也不喜歡這樣。在川普的世界裡擁有豐沛人脈的記者，多多少少都有點自主權。

貝佐斯從一開始就看得很清楚，拜倫不同於葳默思和希爾斯，他是守成的人。除了掏錢之外，貝佐斯並沒有把太多心力放在新聞上，這方面由拜倫負責。貝佐斯能強化《華盛頓郵報》的部分，在於科技。他很執著於改善「管道」，這指的是《華盛頓郵報》大而無當的數位傳達系統，載入文章的時間過長，比臉書以及其他競爭對手要多好幾秒。數位訂戶的登入流程讓人覺得既困惑又麻煩。他希望能做到無縫體驗，就像亞馬遜一樣，點一下就能買。

為了協助《華盛頓郵報》提高流量⓭，因此預先載入亞馬遜的平板電腦「Kindle Fire」裡，讓幾百萬的平板電腦買家都可以讀到報導，之後，在二〇一五年年底時，所有亞馬遜尊榮會員都可以享有六個月的免費電子報。亞馬遜把尊榮會員的人數當成最高機密，一如臉書嚴密保護自家演算法，然而，在二〇一七年的年報中，該公司揭露尊榮會員方案為亞馬遜帶來六十四億美元的營收，換算下來約有六千五百萬名會員⓮，這些都是《華盛頓郵報》可以接觸到的讀者，最後則可以轉化為訂戶。和全世界規模最大的公司綁在一起，老闆又是全世界最富有的人，享有絕對的優勢。

為了拓展全國布局的另一項作為，是將內容提供給許多其他報社。《華盛頓郵報》也把完整內容放到社交媒體上，《紐約時報》則會攔下一部分。在臉書即時文章、臉書直播、Snapchat以及任何可以推出新聞的地方，都會看到全部《華盛頓郵報》的內容。

貝佐斯也施壓，推動重新設計應用程式，與原始系統相較之下視覺效果更好，而且專門為了平板電腦與智慧型手機做了最佳化調整。年輕讀者看來都很喜歡新的版本，多年來擔心報紙訂戶年紀漸長的《華盛頓郵報》，終於開始把讀者群擴大到千禧世代。做實驗和服務顧客是新的箴言，忽然之間，各式各樣的新鮮部落格和通訊刊物百花齊放。報社每天也會整合網路其他地方最受歡迎的報導。

在貝佐斯接手之前，《華盛頓郵報》已經裝設了付費閘口，也推出數位訂閱，但由於葛蘭姆家族要求讀者為新聞付費的時間太晚，而且太過謹慎，同時新聞的品質也已受損，貝佐斯必須從頭開始。數位訂閱的營收一直到了二〇一六年才開始起飛。貝佐斯以私人名義收購公司，因此無須提報財務績效，然而，一位業務端的員工告訴我，《華盛頓郵報》的發行與訂閱月營收在總營收中佔比不到四成，遠低於《紐約時報》。而就像遠在紐約的競爭對手一樣[15]，《華盛頓郵報》也在大選後從「川普衝擊」中獲益，數位訂戶超過一百萬。

貝佐斯很清楚要擴大規模，因此，打從一開始他的《華盛頓郵報》就要用盡每一種可用的工具，想辦法讓人點進來。從二〇一五年十月開始，群眾流量開始超越《紐約時報》[16]，到了隔年六月，更打破自家報社的紀錄，不重覆用戶人數來到八百二十萬。這對廣告主來說是必定極具吸引力。報社自稱「新的最佳報紙」，很得意地讓《紐約時報》芒刺在背。這樣的競爭對《紐約時報》來說是好事。狄恩・巴奎和馬帝・拜倫是老友，而兩人看來都樂於享受這種敵對。《華盛頓郵報》的財務狀況到了二〇一六年中也有好轉。公司的營收長寫信給同仁，提到：「到今年八月，數位廣告整體（年度）成長率達百分之四十八（請記住，我們有很多競爭對手的數位廣告營收今年都下滑）。在這當中，程式化廣告成長百分之九十二，影片廣告成長百分之八十二，品牌工作室則成長百分之兩百七十五。數位廣告營收已經達到穩健的九位數，報紙的成績也優於預期，我們在兩年內便大幅改變了公司的營收狀況。」

品牌工作室的成長一枝獨秀。一如《紐約時報》，《華盛頓郵報》也有製作原生廣告的工作室，這裡所做的事幫忙補貼了新聞編輯室。回過頭來，新聞編輯室則要負責提高讀者人數，藉以協助品牌工作室。關於廣告營收，要擴大群眾與得到點閱，有比較難但比較好的方法，也有比較容易但比較差勁的方法。比較容易但比較差勁的方法是騙點閱，比較難但比較好的方法是爆出重大獨家消息、在社交媒體上形成風潮，並獲得其他大型媒體管道的青睞。拜倫選擇後者。比較難但比較好的方法當中有一條叉路，那就是憑藉優越的科技，打造優於競爭對手的使用者親善環境。這是貝佐斯的領域。

當然，貝佐斯的正職在西雅圖，但是增強《華盛頓郵報》的科技是當務之急。他和新聞編輯室的科技長沙雷斯・帕拉卡希很投契；唐納・葛蘭姆從企業界禮聘帕拉卡希，他曾是西爾斯百貨（Sears）和微軟的一顆明星。他跟拜倫一起，每個月要和貝佐斯開兩次電話會議。

貝佐斯收購《華盛頓郵報》後，短短幾個星期內，帕拉卡希就派科技專家配合編輯，一起坐在新聞編輯台前以及新聞中心工作。高層要傳達的訊息很明確：這些科技專家和「寫文章的人」一樣重要，是「新聞產品」中對等的夥伴。帕拉卡希每天在早上九點半和下午四點都要去開新聞會議。鮑偉傑主政時，網路和新聞文化之間非常緊繃，現在不同了，過渡期很平穩，就算每個人都要擠在老大樓工作時也一樣。

在兩個小時的談話以及一趟參觀寬敞新辦公室的導覽當中，帕拉卡希為我大概說明貝佐斯的願景。顧客已經被這家報社出色的科技產品寵壞了，iPhone就是第一號證據。《華盛頓郵報》必須在新聞、使用者體驗以及顧客介面上做到同樣的水準，唯一的辦法，就是像BuzzFeed一樣，在內部開發所有技術，包括一套內容管理系統。貝佐斯成為《華盛頓郵報》的試用版測試員。帕拉卡希說，貝佐斯喜歡深入探究開發過程。當帕拉卡希和手下的工程師決定要放棄做出的新產品版本，不願公諸於世，貝佐斯也會想要看看這樣的版本，去了解為何產品被否決。在重獲新生的《華盛頓郵報》裡，失敗完全不會招致污名。貝佐斯主義裡有一條原則，就是要試過十次才能找到一套能用的系統。「有很多條路都可以通往正確的目的地。」帕拉卡希重述。他不在乎失敗的代價高，只要能為成功提供線索即可。這表示，現在做的實驗可以比葛蘭姆時代多兩倍，那時候資金很緊，不太適合冒險。

貝佐斯出手相救之前《華盛頓郵報》有哪些失敗之處，帕拉卡希自有一番剖析。《華盛頓郵報》也像其他傳統報社一樣，試著在無損報社資源的前提下，將網站的運作附加在現有的紙本出版系統上，這是報紙優先的取向。報紙不斷衰退，管道也多半過時難用。帕拉卡希認為，《華盛頓郵報》若要在網路上蓬勃發展，就必須將其產品、設計、技術與新聞重新打造為一個無縫系統，專門迎合數位用戶的需求。他和他手下八十名工程師[17]，就是利用一套名為「弧線系統」（Arc）去達成這個目的。

在《紐約時報》和《華盛頓郵報》，要把平面報導、數據和視覺圖像轉換成數位版本，要耗掉大把時間。負責查核報紙上報導的審稿編輯，到時候還要再編一次網路版本。「弧形系統」的用意，就是要把審稿、影片到廣告的所有製作過程調整到最有效率的方式。系統中有十五種基本的發布功能，可供數位與平面版本使用。這是一套數位優先的系統，開發耗時三年。「弧形系統」是一套靈活且設計完善的內容管理系統，好用到貝佐斯決定賣給其他刊物。第一批顧客中有大學報和奧勒岡州波特蘭市的一家小型週刊《威勒米特週刊》（*Willamette Week*）。後來更名為創科（Tronc）的論壇出版公司也加入。帕拉卡希預期「弧形系統」的營業額在未來幾年內可以成為重要的營收來源。

如果說世人對貝佐斯有所期待，那很可惜，這些科技創新都沒有在其他媒體中激盪出火花。帕拉卡希團隊的某些成就有時會登上專業出版品，例如尼曼新聞實驗室的刊物或「數位日常電子雜誌」（Digiday）；但是，他們造成的影響力多半在內部比較有感覺。構想源源不絕、顧客群不斷擴張，新聞編輯室專注於數據分析，這些是貝佐斯最關心的。

互動最關鍵，要讓讀者點開報導、閱讀報導並把報導讀完或去看網站上的其他內容。帕拉卡希發明了新的互動工具，還取了很時髦的名字，比方說「羅賽度系統」（Loxodo），這是一套預測分析平台，利用數據預測表現，為記者和編輯即時提供群眾的回饋，讓他們可以做點改變，讓讀者繼續閱讀。另一套自家生產的工具「班狄托系統」（Bandito）[18]，讓編輯可以針對一小群早期讀者測試不同版本的標題和「先睹為快」，之後自動挑出點閱數最高的版本。系統也可以用來測試影像。這帶來了更多群眾，也把原本僅屬於編輯的工作，變成有科技幫忙的受歡迎程度比賽。

當「班狄托系統」接下重任，就處處可見帶有「快來看」意味用詞的騙點閱標題，比方說「接下來就發生了這事」，藉此激起讀者的好奇心，促使他們點開文章。這是新媒體Upworthy愛用的把戲，這個網站最有名的就是他們的文章會刻意加強懸疑性。實際上，騙點閱就和假新聞一樣，目的都是欺哄讀者，都做出了承諾，卻無法履行。《華盛頓郵報》通常會止步，不會用和新聞報導少有關聯的標題來愚弄讀者。那樣做是自打耳光，也會傷害《華盛頓郵報》優質的聲譽。《華盛頓郵報》的作法比較細緻，這家報社不得不這麼做，這是因為在Upworthy等網站推助之下，臉書開始懲罰明顯在騙點閱的標題。過去這些標題聳動、但內容空洞的文章，從來無法登上老派報紙，卻開始出現在《華盛頓郵報》的數位產品如「最郵報網」；這個網站上彙整了網站上最受歡迎的報導（另外也有一個以「最」為名號的產品，彙整社交媒體上最流行、但非《華盛頓郵報》的文章，比方說名人八卦等等）。有些報導的點閱數達到數百萬。

二〇一四年有一條大吵大嚷的標題是「我開著賓士去領食物券就會發生這種事」[19]（This Is What Happened When I Drove My Mercedes to Pick Up Food Stamps），還有一條「教宗方濟各探視一名腦麻男孩，接下來就這樣了」（Pope Francis Saw a Boy with Cerebral Palsy. This Is What Happened Next），以及另一條「Dunkin Donuts甜甜圈用這款聖誕節特製杯『摧毀』星巴克」（Dunkin' Donuts Just 'Destroyed' Starbucks with This Christmas-y Cup）。《華盛頓郵報》也登遊戲，比方說民主黨辯論賓果（Democratic debate bingo）。拜倫的第一任編輯主任凱文・梅睿達承認[20]：「我喜歡多力多滋（Doritos）」（譯註：美國一個網站的創辦人說，在網路上閱讀空泛的新聞就好比吃掉一袋多力多滋）。他接著用比較嚴肅的態度補充：「我們這一行，是讓人們來讀我們的作品。如果我們忽略人們在談論的資訊，那就變成了新聞自大狂。」

《華盛頓郵報》冒了險，這些愚蠢的內容很可能讓品牌變得廉價，失去傳統讀者。這不是內容的問題：長久以來，報紙本來就有軟性專題、幽默笑話、遊戲、烹飪料理、緋聞八卦、漫畫，這些東西都是報社使命的重要部分。重點在於品質、風格和定位。某些報導看起來是回收再包裝，把隨波逐流和嚴肅內容混在一起的奇特組合，也會讓人看得很刺眼。比方說，有一個加州人因為泌尿科醫師害他不舉而殺死對方，這條新聞在《洛杉磯時報》登過很久之後又出現在《華盛頓郵報》上面。

這是一鍋很奇怪的大雜燴。輕鬆的內容調和嚴肅的文章，這條公式和裴瑞帝的雙重架構大同小異，差別是《華盛頓郵報》仍會把嚴肅內容放在前面。任何讀者一定都能找到自己想讀的東西，因此，任何廣告主也都能找到他們想要做廣告的對象。《華盛頓郵報》變成一種互動式的體驗，可以按下按鍵在臉書或推特上分享文章，可以針對任何報導留言，可以根據你過去的閱讀習慣做出推薦。這套新系統正在贏得高參與度的讀者，尤其是年輕人。但是，對於比較傳統的群眾來說，特別是讀報紙、也讀數位版本的人來說，這麼做很可能徒增許多讓人分心、麻煩的喧囂吵嚷。

當我偶爾看到太過頭的標題時，我會發電子郵件給我認識的《華盛頓郵報》記者，問問看他們自己受不受的了這種報導呈現方式。然而，由於《華盛頓郵報》有三套不同的應用程式，還有紙本報紙，他們有時根本沒看到我認為很讓人反感的標題。記者會替網站版自訂標題，但是他們的版本多半會遭到社群媒體編輯更動，以帶動流量。他們可以抗議，但標題被改動時，這些人多半忙著和消息來源談話或者做其他事。報紙上的標題明顯沒這麼辛辣刺激，仍由審稿編輯按照老規矩撰寫。

《華盛頓郵報》還沒有走到報導爆炸的西瓜這步田地，但確實為了擠出更多流量而去做過去沒做過的事。掛在報社編輯中心的電子螢幕，每秒鐘都會顯示每一篇報導、內容（一天有五百篇，比《紐約時報》多兩倍）的流量，這說盡了一切。

對新聞記者而言，這項數據讓他們更增壓力，得要想出報導的新版本或是做出更多新的報導。如果哪一篇文章無法引來流量，常常就落得被放到網頁下方，要不然就是消失。搭配某一篇文章的照片，很可能隨時改變。編輯和記者一樣，也算不出來同一篇報導到底登出多少個不同的版本。

騙點閱文化在《華盛頓郵報》比在《紐約時報》更明顯，因為前者的商業策略更強調規模，多於訂閱。群眾多可以引來更多程式化廣告。《紐約時報》積極經營數位廣告，但這是培養出付費的數位讀者而得到的附加效益。維持最高品質並做出最深入且最豐富的新聞報導，是經營訂戶的最佳商業策略。《華盛頓郵報》所有A／B數據測試對當下和日常報導影響最大，對於事先編輯與規劃好版面的長期性調查報導影響較小。然而，這樣的步調讓每個人都團團轉。

《華盛頓郵報》的調查性報導團隊得到的新資源，得以在川普政府的相關議題上和《紐約時報》一較長短。《華盛頓郵報》揭穿司法部長傑夫・塞申斯（Jeff Sessions）密會俄羅斯人、傑拉德・庫許納設置了祕密管道[21]，大部分和川普國家安全顧問麥可・佛林有關的報導以及他和俄羅斯之間的關係，也出自於《華盛頓郵報》（佛林後來丟掉飯碗，並遭到穆勒起訴）。《華盛頓郵報》也揭露了阿拉巴馬州參議員候選人羅伊・摩爾（Roy Moore）的戀童癖傳聞，因此拿下一座普立茲獎與其他獎項[22]；報社逃脫了由一個保守派團體設下的圈套，對方試著發布一篇和摩爾有關的假消息，想要玷污報社的名聲。雖然《華盛頓郵報》在性騷擾的相關報導上比《紐約時報》略遜一籌，但是「Me Too」運動有些成果仍要歸功於這家報社，包括電視名人查理・羅斯（Charlie Rose）所涉案件。

有一個主題在《華盛頓郵報》顯然是禁忌：亞馬遜。亞馬遜已經成為全球最大型的企業之一，營業額超越沃爾瑪超市，並透過語音助理艾勒沙（Alexa）和其他產品扭轉了個人科技。法蘭克林・富爾（Franklin Foer）寫過一本書，力倡針對亞馬遜和其他大型科技公司（Google、臉書和蘋果）採取反托拉斯行動；他說，《華盛頓郵報》得到亞馬遜的優惠待遇很值得留意，特別是，這家公司的雲端科技贏得幾億美元的聯邦政府合約。拜倫指示要定期寫一些報導，包括一篇質疑亞馬遜的規模是否過大的文章，但是他不會特別跳出來去咬那隻餵養他的手。川普當選總統後，經常在推特上對貝佐斯和亞馬遜開炮，痛斥《華盛頓郵報》是「亞馬遜的《華盛頓郵報》」，並錯指亞馬遜的稅收問題以及對美國郵政造成負擔，《華盛頓郵報》也和大家一起報導這些消息。

《紐約時報》進行一次限定調查㉓，查探亞馬遜讓人精疲力竭的職場文化。有些讓人難過的小道消息指出，公司對於出貨與成長要求殘酷造成極大壓力，使得員工在辦公桌旁便哭了起來，整個人疲憊不堪。貝佐斯在開放式網站「媒介網」（Medium）攻擊這篇報導，指稱那只是傳言，而且是不公的傳言，巴奎回應，捍衛報導。「媒介網」這類開放式的數位平台，如今已取代過去出現在編輯辦公室的私人對話和出刊後的針鋒相對中。輿論最重要，而不是企業和報導企業的新聞記者兩方之間的私下長期關係。

對記者和編輯來說，新聞的步調就像亞馬遜內部一樣，殘酷而無情。專攻調查性報導且支持「慢新聞」的記者瑪麗蓮・湯普森，發現自己每天都要編輯大量的國內版新聞，後來她就轉往「挺公民網」。她需要編輯的新聞太多，通常還要用掉自己的假，處理查探華府金錢和遊說問題的長篇報導。負責處理報導編製的編輯和員工（他們被稱為「加工人員」）愈少，每一位編輯人員肩上要擔負的責任就更重了；沒有社交媒體之前，他們本來有時間和記者一起腦力激盪，或是改變報導的架構與流程。現在，他們背負的期待是什麼都要自己做、自己查核，要替不同的平台撰寫各種不同的標題，還要插入指向其他報導的超連結，而且要用跑百米的衝刺速度完成這些工作。

《華盛頓郵報》回來了，充滿了調查性新聞與企業報導，這些自布萊德利時代以來就是報社的招牌。《華盛頓郵報》的生存已經不再是問題，這一點扭轉了整家報社，也重振了士氣與信心。貝佐斯和拜倫建立起真摯的工作夥伴關係，兩人每六個月會面一次，地點通常在西雅圖，「煎餅小組」的其他人也會出席。雖然一開始有些員工很擔心，但是，即便貝佐斯有時也會有好惡，他並未干涉報導。

「唐尼電報」的時代已經過去了。二〇一七年，貝佐斯花了兩千三百萬美元在奢華的華盛頓卡洛拉馬區買下一棟豪宅[24]，就在歐巴馬家附近，似乎想要在首都高調行事。大家都在猜，他會不會因此更直接對上川普總統。

選舉日當天，貝佐斯去中東出差考察亞馬遜的業務，他根本不知道一旦川普入主白宮後自己會面臨什麼樣的處境。選舉期間，他和川普多次在推特上衝突。每次川普自覺受到《華盛頓郵報》不公平的攻擊時，他就把矛頭轉向亞馬遜。二〇一五年十二月，川普在十五分鐘內就發了三則怒火沖天的推文，在第一則裡說[25]：「正在虧大錢的《華盛頓郵報》，貝佐斯買下這家報社，是為了壓低他無能獲利公司的稅金。」他之前攻擊亞馬遜，指據稱顧客買了東西之後這家公司沒有支付州營業稅，現在這些話已經變成他的口頭禪了。川普的第二則推文說[26]：「《華盛頓郵報》虧了錢（可以抵稅），讓業主貝佐斯得以剝削大眾，壓低亞馬遜的稅金！真是好厲害的逃稅手法。」還有第三則[27]：「如果亞馬遜得公平納稅，股價就會暴跌，便宜的像紙袋。都靠《華盛頓郵報》的騙局救了它！」

一開始激起川普接二連三發推文的原因，是一篇事實查核文章揭露他說的假話，川普宣稱他在二〇〇〇年寫的一本書中早就預測到賓拉登會發動九一一攻擊。川普在《華盛頓郵報》的謊言評級中得到四個小木偶，謊話被人戳破激怒了他。

當川普認為受到攻擊，他慣有的回應就是反攻回去，而他認為他找到貝佐斯的弱點：亞馬遜一開始拒絕支付州營業稅；但是，當他發射連珠炮時，雖然亞馬遜當時沒有向第三方來源（這是他們營業額的大宗）代收代繳州營業稅，但早在每一個對其課稅的州支付稅金了。當然，真相如何對川普來說無關緊要。在第一則推文裡，他強調的是《華盛頓郵報》虧錢，賺不賺錢是他用來衡量成不成功的唯一指標。第二則推文，他影射《華盛頓郵報》替新東家喉舌。到了第三則，他指稱貝佐斯利用《華盛頓郵報》隱藏他逃稅的事實，這也不是真的。

貝佐斯當晚選擇用一條幽默的推文回應[28]，他說他想要用藍色起源（Blue Origin）最早期的火箭之旅把川普推進太空（藍色起源是他的太空探險公司）：「終於被川普搞煩了。想要替他在藍色起源火箭上留個位置。#送川普進太空。」

川普二〇一六年一整年不斷和貝佐斯激戰。在德州二月的造勢大會上，他說他尊重貝佐斯這麼富有，但是指控他買下《華盛頓郵報》是為了「增進政治影響力」。他還隱隱約約出言恐嚇，說萬一他當選總統，亞馬遜就會有「諸如此類的麻煩事」。

五月，在法倫梭德因為爆出川普基金會這條大新聞而炙手可熱之後，川普又加碼攪局。接受福斯新聞台專訪時[29]，他說《華盛頓郵報》是貝佐斯為達政治目的、替公司逃避應付稅金的「玩物」。「從稅收來說，亞馬遜逍遙法外。他用《華盛頓郵報》當成權力武器，讓華盛頓的政治人物不敢對亞馬遜課徵應該課徵的稅金。」六月，他撤銷《華盛頓郵報》的相關證件，不讓這家報社的記者隨著他的競選團隊出訪，他說《華盛頓郵報》的報導「極度不正確」，但九月時又推翻這項決定。

選前幾個星期，貝佐斯在舊金山一場活動上被問到如何看待川普的相關說法[30]，他回答：「他不只是追著媒體跑，甚至還威脅要懲罰檢驗他的人。他也說，如果他輸了選舉，可能會發表不得體的敗選演說。這侵蝕了我們的民主。他也說，他可能會把對手拴起來。這些都是不適當的行為。」

選後兩天[31]，貝佐斯試著化敵為友，發推文說道：「恭喜川普。本人會獻上最開放的心胸，並願他順利為國服務，圓滿成功。」川普後來邀請貝佐斯參加二〇一七年六月在白宮舉行的科技峰會，討論看如何讓政府科技現代化。貝佐斯和蘋果的提姆・庫克、微軟的執行長薩蒂亞・納德拉（Satya Nadella）都是川普的美國科技委員會（American Technology Council）委員，他面無表情，和總統之間只隔了一個人。但緩和關係為時不長，還不到一個星期，總統又發推文了[32]：「亞馬遜的《華盛頓郵報》，有時也稱為不繳納（他們應該繳納）網路稅的亞馬遜守護人，做的是假新聞！」川普到了二〇一八年三月還在痛罵亞馬遜，說這家公司把美國郵政服務當成自家的「快遞小弟」。三月二十八日，一篇報導說，總統「一心一意」要規範亞馬遜，導致公司當天股票市值蒸發五百三十億美元。

一位白宮溝通顧問告訴我，他認為川普很享受和貝佐斯過招，而且並無意貫徹他的威脅。無論如何，亞馬遜已經支持國會的幾項網路稅議案，很難說總統還會提出什麼別的要求。但外部攻擊並非僅來自川普一人，總統的親密盟友魯波・梅鐸也透過福斯新聞台出手，尤其是在電視上露臉的財經主持人和名嘴，不斷譴責矽谷四家巨型科技企業，有一部分原因是他們的立場都偏向自由放任主義。雖然也有像彼得・提爾這種在矽谷賺了大錢的保守派，但是當地主流的意識形態和風氣傾向都偏左派自由主義。引發敵意的另一個理由，是因為這四大巨型企業從用戶和顧客身上彙整出來的數據力量驚人，這是廣告主所看重的。這些數據巨人開始和有線電視相爭，那是福斯和梅鐸的權力基礎。福斯新聞頻道的財經主持人史都華・瓦尼（Stuart Varney）經常發表反亞馬遜的長篇大論，他有一次提問：「我無意找任何人的麻煩，但為何是《華盛頓郵報》？看來《華盛頓郵報》反川普反得最激烈。現在，《華盛頓郵報》的業主是傑夫・貝佐斯，他就是打造亞馬遜的人。為什麼是他？我要再重複一次『激烈』，為什麼他們反唐納・川普反得這麼激烈？為什麼是《華盛頓郵報》？」

亞馬遜和政府之間有利益關係，他們有拿到聯邦政府的契約，而且，身為全球性巨型企業，他們的組織架構也和政府息息相關。俄羅斯透過機器人操縱臉書與將假新聞植入用戶饋送的新聞一曝光，讓華府更擔心，不知道這些大型科技公司會如何使用他們手中巨量的顧客數據。有很多人在談要做哪些事情來規範，也開了聽證會；遭受最嚴重抨擊的，是臉書。對貝佐斯來說，比較構成威脅的，是第一次有人認真討論要套用美國的反托拉斯法，將這四大科技巨人分拆。很難想像川普的司法部會這麼做，但是，當川普被他認知的敵人激怒時，沒有人說得準他會怎麼做。貝佐斯因為《華盛頓郵報》之故，應該排在川普敵人名單中的前幾名。

這位亞馬遜的酋長可不會退縮。貝佐斯很少接受公開採訪，某一次在華盛頓經濟俱樂部（Economic Club of Washington）主辦的訪談中，他說：「把媒體妖魔化是很危險的事。」他表示，媒體是「民主的一項要素。」聲音裡聽得出激動，他補充說：「說媒體是下流生物是危險的說法，說媒體是『人民公敵』是很危險的說法。」

這位老闆就和他的執行總編拜倫一樣，堅守著《華盛頓郵報》的使命，要彰顯憲法第一修正案，要叫有權力的人和機構負起責任。或許是為了替這個原則找個具體象徵，他買了一部古董絞衣機，以銘記約翰・米契對凱薩琳・葛蘭姆發出的知名威脅，現在這部機器就擺放在《華盛頓郵報》某間會議室裡。雖然實際上還沒發生，但是，以亞馬遜的規模以及它和蘋果之間互相較勁、爭著成為美國第一家身家上兆大集團的權力來看，終有一天，《華盛頓郵報》的報導會使得貝佐斯對媒體自由的承諾和亞馬遜的商業利益互相衝突。《華盛頓郵報》要如何通過這場試煉還不得而知，但是，包括鮑伯・伍華德，幾乎每個人都相信拜倫會保護報社的獨立性與聲譽。

在拜倫位於七樓的玻璃牆面辦公室對面，是以布萊德利命名的主會議室。選舉剛過後，拜倫就榮獲保護記者委員會（Committee to Protect Journalists）頒發的年度最佳總編，讓《華盛頓郵報》的記者振奮不已。貝佐斯捐了一百萬美元給委員會。他任職於《紐約時報》的好友兼對手巴奎，則在隔年獲獎。

大約就在此時，《華盛頓郵報》提出了一句新口號：「民主在黑暗中死去」（Democracy Dies in Darkness）。請不要會錯意了，這代表貝佐斯舉起了大旗，宣告他不容新總統僭越美國第一憲法修正案。這句口號通過了嚴謹的分析測試，萊恩說服每個人把這句話放在Snapchat上，看看大家有什麼反應。三月，這句話就出現在《華盛頓郵報》幾十年的知名老標誌下方。

幾位媒體作家嘲弄這句話。《紐約時報》的巴奎說「聽起來像是下一部蝙蝠俠電影」。拜倫堅持，《華盛頓郵報》不是「在和川普總統戰鬥，我們是在工作」

當二〇一七年拜倫接下新聞自由獎（Freedom of the Press Award）時，引用了《紐約時報》已故專欄作家安東尼・路易斯（Anthony Lewis）的話；路易斯以美國第一憲法修正案寫過好幾本很有名的書。「最高法庭對第一憲法修正案的詮釋，給了美國媒體極大的自由，」拜倫說，「媒體要用勇氣回報整個社會。」

結語

曼哈頓中城的口紅大廈（Lipstick Building），因為紅色的外表和管狀的外型而得此名，這裡是最不可能的媒體誕生地，沒有任何媒體公司將總部設在此處。這棟由菲利浦・強森（Philip Johnson）共同設計出的建築，最後一次看到設有糾察的抗議群眾是在十年前的金融危機期間，因為華爾街的騙子柏尼・馬多夫（Bernie Madoff）的辦公室就在這裡。

二〇一八年五月這一天，大樓外的街道上擠滿了一群記者、編輯和媒體經營者，他們痛罵另一種騙子。這些人是一群地區性與在地性報紙的代表，他們從丹佛、聖保羅等城市遠道而來，因為他們任職的報社被一家禿鷹基金奧爾登全球資本公司（Alden Global Capital）收購，之後就化為烏有了；這家公司就位在口紅大廈的最頂樓。奧爾登的高階主管在砍掉幾千位新聞記者工作的同時賺進了幾百萬美元，無一人敢下來見見這些憤怒的員工，也不回應他們要求業主停止精簡成本、不要把重要的本地新聞從讀者手中奪走的訴求。

二〇一六年時，我為了領取科羅拉多出版協會（Colorado Press Association）頒發的一個獎項，去丹佛待過一陣子。當地媒體老舊破敗的狀態立現，尤其是《丹佛郵報》（*Denver Post*）；這家報社有一百二十五年的歷史，曾經是蘇格登連鎖系列（Singleton chain）旗下的招牌報社，還拿過九項普立茲獎。早在奧爾登資本公司買下報社的五年前，該報的新聞編輯室已經萎縮。我曾經和調查性報導的主編會面，這位二十出頭的年輕女孩壓低了聲音告訴我，即便當地貪腐問題處處可見，但她沒有任何可以交辦報導的員工。

每個人都想盡辦法用更少資源做更多事，這是新的新聞機構業主奉行的名言，這一群新老闆組合多元，有像奧爾登這樣的禿鷹基金，也有當地的大富豪，比方說波士頓的約翰・亨利（John Henry），他誓言要讓在地報社活下去，但施以最嚴苛的管控。在丹佛，就算是最有前途的創新行動，例如專為科羅拉多熱絡的大麻交易打造的網站，都岌岌可危。社論主編寫了削減成本的問題以及對讀者造成的影響，之後就受到查核並被迫離職。其他編輯為了展現團結，也紛紛出走。

留下來的人則怒不可遏；有些人自費來到紐約，要讓全國都關注奧爾登資本公司對於新聞品質造成的傷害。但是，只有幾位記者有空來報導這場抗議行動。與最近調查川普與俄羅斯關聯的發展相比，這根本不是全國性的大新聞。

然而，在地新聞機構大規模消失，只是網路時代其中一種最具毀滅性的發展之一；少數幾家取代報社的在地純網路新創公司，也難以彌補這麼大一片空白。奧爾登全球資本公司從二〇〇九年開始大買報社，到了此時，報業相關人力已經縮減了百分之三十六。從全美來看，自二〇〇九到二〇一五年，美國報社編輯協會（American Society of Newspaper Editors）發布數據指出，報社的全職工作已經從四萬六千七百份銳減至三萬兩千份，大部分都是因為新的業主要求裁員、自願離職與進行重組。

記者尼克・法拉洛（Nick Ferraro）任職於《聖保羅先鋒報》（*St. Paul Pioneer Press*），這是奧爾登在明尼蘇達州所擁有的報社，他告訴我他很氣即使在地報社血流成河也喚不起更多關注。他點出：

「讀者是蒙受損失的人。」人口稠密的達科他郡是他負責的區域，他進報社時有六名記者報導當地政府、警方和學校董事會的動向。現在新聞的量沒有變化，但負責的記者只剩他一人。美國建國的先賢先烈已經看出，有自由的媒體才能讓有權力的人負起責任，但法拉洛很擔心，在資源極度缺乏的限制下，他根本不可能履行身負的第一憲法修正案責任。

《丹佛郵報》的查克・普朗克特（Chuck Plunkett）在他的告別社論中寫了一段話：「愈來愈多人想要遁入不同的同溫層新聞管道，最後會選哪一個，就看你怕的鬼魅是川普治國還是政治正確菁英主義。在地報社比較像是廣告專刊，填滿了出自其他來源的內容，至於『真正的新聞記者』，如今在認知中成為只有全國性新聞品牌才養得起的人了。」

但是，讀者和最直接觸及他們人生的在地報社之間有特殊的連結，不能期待由全國性的新聞品牌來填補或取代。雖然有比較好的業主扶持，但全國性的報社也遭遇強大壓力，必須做出利潤、和更多讀者互動，而且，就像在地同業一樣，他們也必須用更少的資源做更多事。

哪些是受人信賴的全國性品牌？隨著群眾日漸極端且猜疑心重，如今幾乎難有定論。《紐約時報》看來已經順利渡過困難的轉型，成功從報紙為主的報社走向以數位優先的機構，可以透過包括影片、播客和報導等產品和年輕讀者互動，也納入了各種不同的聲音意見。這家報社爆出了涉及好萊塢和媒體界最重要大人物的性暴力醜聞案，引燃了一場大規模的文化運動。《華盛頓郵報》二〇一八年報導了繪聲繪影的阿拉巴馬州共和黨參議員候選人羅伊・摩爾性侵問題，並因此獲得普立茲獎，也揭露了電視主持人查理・羅斯的性騷擾行為，為整場運動更添衝擊力。這些事件都在國際上掀起波瀾。

這兩家報社的「Me Too」調查行動背後也有不小的經濟誘因。兩家報社都設法打動女性，以提高訂閱。《華盛頓郵報》有一套以女性為中心的數位新產品「百合網」（The Lily），推出時的聲明中充滿了艱澀的術語，除了技術專家之外幾乎沒有人能理解：「華盛頓郵報公司今天宣布推出『百合網』，這是一個實驗性、視覺導向的產品，專為千禧世代的女性而設計，大膽針對分散式的平台重新設想華盛頓屢屢獲獎的新聞。『百合網』是華盛頓郵報公司新興新聞產品團隊的心血結晶，將強調平台專屬的敘事，將明智的內容與動人的視覺效果兩相整合，以提供資訊和娛樂。『百合網』將在『媒體網』、臉書和Instagram開跑。」

目前，《紐約時報》內部有各式各樣的委員會，由著重新產品的業務專才和記者聯合領導，推動各個專案以求獲利。事實上，這家報社也運用了某些類似於臉書上引發爭議的數據技巧。報社整理讀者讀到每一篇文章時展現的情緒反應，開始把相關的數據出售給廣告主。廣告業有一份通訊刊物指出，《紐約時報》如今「把這些情緒包裝成資料點，在廣告拍賣系統中出售」。《紐約時報》廣告部門一位員工說，根據這些新的讀者數據，「我們的數據專家打造了一套機器學習演算法，現在，我們看到任何內容，就預測出讀者可能會出現的情緒範疇或類型。如今我們用這來經營廣告業務。」《紐約時報》的發言人否認這套方法和臉書的作法有相似之處，理由是報社和廣告主分享的為「加總後的數據，而且匿名」。

但，此時此刻，有誰有能力或者真的會去抱怨？《紐約時報》提供如吃到飽菜色一般豐富的新聞產品，內容仍持續拓展，訂閱群眾也快速成長。在此同時，創科公司擁有的《紐約日報新聞》卻砍了一半的人力。報業推出的新產品，讓女性新聞記者更有機會成為明星，比方說，以伊斯蘭國為題的播客《哈里發》（*The Caliphate*），主持人便是一位女性特派記者——表現亮眼的明日之星露可蜜妮•卡莉瑪希（Rukmini Callimachi），她在報導時會運用諸多技巧，例如透過手機上的深層網路（Deep Web）和恐怖主義陰暗世界裡的消息來源聯繫。紐約在地報導是少數版面愈來愈小的領域之一，然而，有一件大致上為人忽略且極具諷刺意味的事件，是《紐約時報》大都會版的主編因為對待女性員工時的言行不當而被迫去職。眼見《紐約日報新聞》日漸疲弱，《紐約時報》的因應之道是聘用新的主編來加強這個版面。

「Me Too」運動也讓Vice媒體的創辦人希恩•史密斯蒙受恥辱，公司內部的性騷擾醜聞已經重創了他的權力和信用。雖然Vice媒體任命新的女性執行長掌舵，但這個品牌仍和史密斯這個人以及他的冒險蠻幹苦苦糾纏。史密斯仍是每週HBO系列節目的招牌主持人；靠著這個節目，讓Vice擁有主流媒體的聲望，增添了不少光彩。HBO的合作關係能維持多久，目前尚不明朗。史密斯並沒有做到自己的大言不慚，他並未改變有線電視新聞頻道的優先地位。雖然夏洛特茲維爾事件的紀錄片締造了突破性的成就，但是Vice既無資源也無專業，無法在最重要的新聞上和其他人競爭；然而，公司仍持續派遣團隊祕密報導全球熱點，打動年輕群眾。

Vice無法大力影響視覺性新聞的風格和內容，福斯、CNN、MSNBC和電視網製播的有線電視新聞節目仍是全國性電視新聞的主流聲音。然而，有線電視每天的選擇都是好辯的專家和黨派色彩濃厚的來賓，這些人在新聞上少有成績，他們也幾乎不對觀眾揭露自身的商業利益。有線電視新聞和《紐約時報》、《華盛頓郵報》的記者簽下高達六位數美元的合約，因為他們成為節目裡的理智之聲，有時候甚至能提供真正的資訊，若沒有他們，節目通常只能靠著罵川普活下去。新聞記者和大聲爭辯的黨派人士混在一起，有時候觀眾也無法分辨誰是誰。這也有礙人們對新聞媒體的信任。

至於新總統，他大力加碼，對「假新聞媒體」和他稱為「人民公敵」的新聞記者強力開戰。他特別針對《華盛頓郵報》和報社的新東家，並在白宮和薩斯柏格會面，薩斯柏格當著他的面再說了一次貝佐斯的論點：不斷攻擊新聞記者幾乎必會導致暴力。川普的推文和攻擊，主要用意是為了鼓動他的支持者，完全無助於減少他應得的嚴厲報導。就像前一年一樣，二〇一八年春天，這兩家報社都因為報導川普而各自拿下普立茲獎。

白宮持續不斷的轟炸是否傷了媒體？公眾對於媒體的信心早在川普宣誓就職之前就已經開始消蝕，事實上，到二〇一八年時還稍有增加。如果以《紐約時報》和《華盛頓郵報》大幅成長的數位新訂戶來看，答案是否。但是，兩家報紙的報導和標題調性都明顯變得更尖刻，對抗意味也更濃厚，部分理由是為了打動愈來愈多的反川普讀者。某些讀者（尤其是年長的那一群）相信，歷史悠久的全國性新聞品牌能累積出權威性靠的是客觀公允，如今看來已不復存在。

BuzzFeed擁抱老派小報媒體一決死戰的語調，比別人有過之而無不及。從二〇一六年大選之始，這家媒體就完全不想假裝中立，專挑川普的種族歧視和謊言來講。從某些方面來說，班恩・史密斯就是相當於新聞媒體中的小報之王魯波・梅鐸。他是秉持高新聞標準的認真編輯，展現了高情緒張力的內容能讓大家熱烈分享，不管左傾右派都一樣。

二〇一八年五月，BuzzFeed勇敢無畏的律師娜碧哈・席伊德和《紐約時報》的巴奎同台，參加在皮耶飯店宴會廳舉行的正式宴會，一起接受新聞自由記者委員會的表揚。她對出席的顯貴要人（其中包括ABC《今夜世界新聞》〔*World News Tonight*〕的主播兼執行總編大衛・謬爾〔David Muir〕和薩斯柏格）說：「我全力奮鬥，確保所有選擇無論大小都不會被不必要的恐懼所害。我努力，讓記者可以做好報導，包括挑戰當權者的報導，無論那有多讓人不安或不便。」六月初，她在一場由俄羅斯寡頭政治人物對BuzzFeed提出的訴訟上贏得重要勝利。

在當天晚上的皮耶飯店，薩斯柏格比任何人都清楚，這份站出來面對高壓強權、保住媒體自由的工作，要付出多高的代價，又能得到什麼收穫。雖然從未得到該有的肯定，但他努力保住了由仍可稱為全世界最佳新聞機構做出來的優質新聞。在經濟最困頓的時期，他還是把燈點亮了。即便十年來的數位干擾基本上打亂了《紐約時報》的所有核心運作，甚至也擾動了其新聞標準，但這家報社仍是真相的指路明燈、強力捍衛事實的保護人。在這個世界裡，主導新聞環境的是臉書，這個社交平台逃避責任，不去確保平台上只能出現公平真實素材的標準，《紐約時報》和薩斯柏格傳承下來的一切有多重要，不言而喻。

若以公眾的信任度為標準，臉書可以說來到了危險的臨界點。當口紅大廈旁的記者拿著擴音器大罵裁員、而重要人物穿西裝打領帶參加頒獎晚宴以彰顯新聞自由時，凱貝兒・布朗（Campbell Brown）成為關注的焦點，她試著向大眾保證臉書正在改頭換面。

布朗過去是NBC新聞主播，後來成為倡導特許學校的運動人士，二〇一七年時受聘於臉書，成為其新聞合作關係的對外人物；這是一份很難做的工作，因為這家公司正面臨多項醜聞。其一，有很多俄羅斯網站入侵幾百萬讀者的動態消息，接下來是大量、未經授權分享個人資訊的醜聞，最嚴重的是《紐約時報》的調查所揭露的消息，指臉書早就知道俄羅斯入侵，但是什麼也沒做，還私下聘用一家共和黨的公司去攻擊批評者。祖克伯否認部分指控，但是公眾怒氣高漲。臉書股價大跌。各新聞機構也更高聲批評該公司奪走了他們的廣告營收。然而，臉書的群眾太龐大，根本沒辦法說不。

布朗急切地嘗試重塑和新聞供應者之間的關係，同時要說服大眾臉書正在從事新行動，青睞受人信任的新聞來源多於騙點閱和煽動性的內容。她經常在翠貝卡區的自家公寓裡舉辦聯誼會，邀請臉書高階主管和新聞界人士共聚。最近她在大力宣傳臉書的「Watch」服務功能，大手筆提供九千萬美元給發行機構製作原創新聞節目。祖克伯總結，認為影片和影片廣告是決定臉書未來的關鍵，很擔心會落後Netflix與其他串流服務。他急需影片內容，包括新聞。CNN的安德森・古柏和其他人很快就加入了。

「我的角色，不是在發行機構認為這並非觸及群眾的正確管道時還遊說他們加入臉書，這一點我要說清楚講明白。」布朗在某次的聚會上這麼說，「對於已經在臉書上而且看到臉書傳播潛力的人，我希望幫助他們賺錢。我想要幫助他們找到有用的商業模式，讓他們能繼續去做最擅長的事，那就是新聞。」當然，在此同時，臉書和Google繼續拿走大部分的數位廣告營收。

雖然裴瑞帝公開批評大型社交平台，並試著降低自家公司對這類平台的依賴性，然而，BuzzFeed不出所料，立即響應。這家公司應該無法真正離開，這也是多數新聞供應商面對的兩難。

少有跡象顯示祖克伯公開擁護優質新聞會對一般人的品味造成任何影響。該公司發布一份一般人互動性最高的新聞來源清單時，本書提到的四家新聞機構都未擠進排行榜前端[1]。臉書是一家熱愛指標的公司，用按讚數、留言、回應和分享來衡量新聞機構，二〇一八年排第一的是福斯新聞頻道，互動數超過三千萬人次。倫敦的《每日郵報》（*Daily Mail*）從第七名躍升至第四名，專攻保守派新聞的

「每日連線網」（Daily Wire）爬到第八位，有一千四百萬人次的互動數。

形勢如此險峻，新聞業者沒有人能確定自己能站穩腳跟。在所有曾經面對過數位革命吹皺一池春水的業界高階人士當中，薩斯柏格是最接近順利抵達彼岸的人。雖然《華盛頓郵報》的回歸過程也讓人佩服，但《紐約時報》已經自成一格，幾十年來，證明了薩斯柏格是一個值得敬佩且穩定的家族，另一邊的貝佐斯則是新聞界的新手。

因此，在六月初一個宜人的傍晚，我對這個開除我的人放下揮之不去的怨懟，去現代美術館（Museum of Modern Art）隔壁的現代餐廳（Modern）參加他的退休送別會。

薩斯柏格希望他擔任發行人期間的六位執行總編都能到齊。最近中風的萊利維爾德，在妻子的陪伴之下過來。麥斯・法蘭克爾（Max Frankel）和豪爾・萊恩斯也來了。但比爾・凱勒去了俄羅斯，因此，我們和薩斯柏格的大合照中就少了這個在報社財務最困頓（其中還包括數位革命干擾最鉅的那幾年）時領導新聞編輯室的人。

支持者中包括紐約的參議員查克・舒默（Chuck Schumer）、知名作家兼主編蒂娜・布朗、媒體大亨貝瑞・的勒（Barry Diller），以及《紐約時報》過去的員工，如現任《紐約》雜誌總編亞當・默斯（Adam Moss）。至於見證《紐約時報》歷史的人物，則有負責五角大廈案的公司內部律師詹姆士・顧戴爾（James Goodale）到場。輪到薩斯柏格演講時，他在這個場合上沒有大談新聞的現狀或《紐約時報》和現任總統之間的戰爭，反而強調他從這份工作當中得到的樂趣，還強調因為他仍是董事長，現在也沒辦法隨心所欲到處跑。最後他感謝奧克茲—薩斯柏格的家族成員，並開玩笑說他的外曾祖父阿道夫・奧克茲一八九六年買下幾乎破產的報社時，他們就已經擔起拯救「疲弱不振的《紐約時報》」的使命了。

巴奎的演說很激勵人心，又把話題繞回到《紐約時報》在金融危機期間的慘況，薩斯柏格又是如何拯救了報社。他幾乎透露了一個天大的祕密：《紐約時報》裡只有少數人知道，薩斯柏格曾經請華倫・巴菲特為報社紓困，之後才向卡洛斯・史林貸了一筆錢、替報社找到重要的生機。

專門替《浮華世界》雜誌報導宴會派對的記者喬・龐波（Joe Pompeo）問薩斯柏格那位潛在投資者是誰，薩斯柏格轉向小薩斯柏格問道：「我能告訴他嗎？」小薩斯柏格說不。龐波幾天後問我這個問題，我才告訴他這個我早就知道、但在巴奎隱隱約約透露實情前完全封口不提的祕密。

新任的發行人小薩斯柏格，看來擔任這個職務仍有點彆扭。他說了一些父親的小故事，但是他講的內容基本沒有放在攪動新聞專業的幾項重大情勢發展上。他剛剛成為新手爸爸，覺得很緊張，睡眠也不足。他們的女兒薇拉（Willa）也會像她的長輩一樣，接受大量的新聞薰陶，但報紙很可能比她短命。然而，不管用什麼形式傳達，新聞人仍會是她的國家裡社會與智慧脈絡中必要又重要的部分。雖然這家報社不曾有過女性發行人，這一行也還是男性的天下，但這第六代的薩斯柏格家族成員仍會以必要的價值觀養成，成為事實的守門人與販賣者。

致謝

這本歷時三年的書，起點是我終生不滅的新聞熱情，以及我對於千百位將職場人生奉獻給挖掘事實的同業湧現的尊敬與感激。我一直相信，只要報導功夫做足，事實必會出現。我有幸能在《華爾街日報》、《紐約時報》和《衛報》工作，這些機構裡的記者與編輯展現決不動搖的勇氣，並堅守承諾為讀者提供重要、可靠且難以取得的資訊，讓我由衷讚嘆。

二〇一八年秋天，正值公眾對於新聞的不信任日增、且數位轉型帶來極大挑戰之際（這也是本書的主題之一），我在哈佛大學的懷特講座（T. H. White lecture）發表演說，當時在我身邊的，是新聞界其中一位最勇敢無畏的調查性報導記者：《紐約時報》的珍・梅耶。我們相交幾十年（中學時就認識了），也曾經在《華爾街日報》共事，並在當時合作共寫一本書《奇特的正義》（*Strange Justice*），這是談克拉倫斯・湯瑪斯大法官任命同意案攻防戰最完整可靠的一本書。梅耶是我最重視的參謀，我們都知道大聲說出新聞的價值有多重要。

幾十年來，有時我們會在一邊遛狗或追逐兒女時一邊聊著工作，談談新聞對於健全且運作順暢的民主為何如此必要。要求當權者負起責任是很困難的任務，但這便是美國建國的先賢先烈要求自由的媒體要承擔的角色。第一憲法修正案之所以為第一，是有道理的。

我經歷過扭轉新聞業的數位革命，相信很值得替這個已經被太多人報導過的主題寫一段歷史，這會讓人願意一讀。這是一項很大型也很讓人害怕的專案。我最早期的記者經驗在水門案期間成形，我的所有事業生涯則都在報社裡度過。雖然我曾經在充滿挑戰的時期領導了《紐約時報》的數位轉型，然而，能有一位身為數位原生族群的夥伴對我來說別具價值。

約翰・史帝爾曼（John Stillman）這位聰明的年輕人是我的朋友兼助理，和數位科技一起長大的他，協助我更深入理解新聞業的轉型。他幫忙理出了本書的雛型，也和我抱持共同的信念，認為我們追蹤的這四家媒體公司必有好故事可說。身為我的研究、報導、寫作與編輯助理的他，從頭到尾貢獻良多，有了他，才有這本書。約翰的犀利訪談和深入研究，深刻道盡了大規模且快速演變的媒體革命來龍去脈。本書有部分內容由他執筆，他更以銳利的眼光在整個稿件編輯過程中提供協助。他敏銳的分析和流暢鮮活的文筆，是讓整個故事充滿生氣的重要元素。我實在太感謝他了。

BuzzFeed、Vice和《華盛頓郵報》都對我敞開大門。《紐約時報》和我已無正式的合作關係，但我的許多前任同事都非常慷慨，撥出時間與我會面並提出他們的看法。BuzzFeed的領導者喬納・裴瑞帝和班恩・史密斯花了很多時間，回答我針對他們一手打造的公司提出的疑問。艾胥麗・麥柯倫（Ashley McCollum）幫了大忙，替我們安排訪談。在Vice媒體，雖然一開始有些疑慮，但艾利克斯・德崔克（Alex Detrik）和伊莎貝爾・伊凡絲（Isabel Evans）還是幫我找到了解實情的人，包括創辦人希恩・史密斯和瑟什・阿爾維。在《華盛頓郵報》，馬帝・拜倫、佛瑞德・萊恩、沙雷斯・帕拉卡希以及許多報社記者（包括黛娜・普瑞絲和瑪麗蓮・湯普森）都很大方，願意撥冗。已經不在《華盛頓郵報》的柯芮・海伊可和奈德・馬泰爾，也慨然應允和我一談。

《紐約時報》對我的某些報導和結論有所質疑，但我要特別感謝發行人小薩斯柏格，他一直是忠貞的媒體捍衛者，對抗不斷高漲的攻擊；我也要感謝伊琳・莫妃，她是《紐約時報》坦誠又能幹的溝通長。

賽門與舒斯特出版社（Simon & Schuster）的艾莉絲・梅修（Alice Mayhew），是一位能激勵人心的編輯。自從我們在午餐時想出這本書的構思（自然，大部分都要歸功於她）那一刻開始，她就興奮不已。她對調性極為敏感，這是新聞機構最感興趣的特質，在整個寫作過程中，只要稍有偏離她馬上就能辨識。艾莉絲很清楚如何搭配近身報導與傳聞細節，也清楚何時該看向大格局、提出分析與脈絡。她實至名歸，是非小說類題材的最佳構思者與執行者。在我的事業生涯中，我一直希望能替她寫一本書。當我交出本書的完稿、而她打電話對我宣告：「這就對了！」我可是開心到暈了。

強納森・卡普（Jonathan Karp）是賽門與舒斯特出版社的總裁，他打造了出版業最出色的團隊。他對新聞媒體知之甚詳，為我開了一道門，他對這本書的熱情是推動我前進的動力。史都華・羅伯茲（Stuart Roberts）一向謹慎，過去幾年來幫了很多忙，負責處理我的截稿期限、解釋出版流程的每個部分，還要兼顧手稿的各個面向。在此也特別感謝賽門與舒斯特出版社的各位，尤其是副發行人理查・羅瑞爾（Richard Rhorer）、公關總監凱瑞・戈斯坦（Cary Goldstein）、公關副總監茱莉亞・普羅瑟（Julia Prosser）、行銷總監史蒂芬・貝德福（Stephen Bedford）、製作編輯潔西卡・秦（Jessica Chin）、製作編輯麗莎・希莉（Lisa Healy）、藝術總監賈姬・蕭（Jackie Seow）、室內設計師保羅・迪波里特（Paul Dippolito）和助理編輯阿瑪・迪歐（Amar Deol）。

蘇珊娜・葛拉克（Suzanne Gluck）是我在奮進公司（WME）的經紀人，她一直是我的朋友、治療師和熱情支持者。從提案到完工，她投入大量時間幫助我琢磨出本書的概念並不斷精益求精，這對我來說意義非凡。

理查・透納（Richard Turner）是我在哈佛念書時認識的朋友，也是我在《華爾街日報》時的同事，他比我更了解媒體業，他的知識和他的編輯技巧惠我良多。艾莉・布林克莉（Elly Brinkley）在約翰（史帝爾曼）之前擔任我的助理，她幫助我持續前進。她是我在哈佛的學生，我在哈佛教創意寫作和兩門新聞研討。

我幾位哈佛英文系的同事是非常出色的作家，也是重要的對談人和朋友，尤其是達希・佛瑞（Darcy Frey）、喬莉・葛蘭姆（Jorie Graham）和克萊兒・梅蘇德（Claire Messud）。過去五年我在哈佛教過的學生，以及更早之前在普林斯頓和耶魯帶過的孩子，讓我肯定未來幾十年內，新聞業將會交到出色的人才手中。

我要感謝規模仍在擴大的家族，尤其是我的姊姊珍・歐康納（Jane O'Connor）和我的丈夫亨利・葛瑞格斯（Henry Griggs），他們倆人讀了許多我修修改改的版本，也為我查核挑錯。珍是非常成功的童書作者兼編輯，從我一出生就是我的偶像了。亨利是我所知最棒的審稿編輯與最擅長文字的人，從我們二十歲時就成為我的磐石。感謝他和其他家人，包括我們的孩子們科妮莉亞・葛瑞格斯（Cornelia Griggs）、威爾・葛瑞格斯（Will Griggs）和威廉・伍德森（William Woodson），聽到的新聞與數位媒體相關話題超過應有的限度，每天都要我停一下；另外，也要感謝科妮莉亞的丈夫羅柏・戈史東（Rob Goldstone）和威爾的妻子琳西・尼爾森（Lindsey Nelson）。艾洛絲（Eloise）三歲，是我的小孫女，她讓我不斷地嘲笑自己。我永遠都欠羅柏和柯妮莉亞一份情，謝謝這兩個忙得不可開交的外科醫師讓「娜娜」（Nana）來到他們家。但願，加上小寶寶喬納（Jonah），我們能再度組成樂團。

一九七六年時，在《紐約時報》波士頓通訊處，我遇到我的第一任主管，她是很棒的導師。珊蒂・柏頓（Sandy Burton）是我跟過的唯一女性主管；能在新聞業居高位的女性，至今仍少到令人憤慨。我很榮幸能成為《紐約時報》的一位華盛頓通訊處處長、編輯主任與執行總編，然而，在這一行罕見女性擔任這些職務的狀況，應該成為過去式。

在這個危險的時刻，新聞記者與新聞對於整個社會的重要性和價值比以往有過之而無不及。如果這本書能為目前從事這一行的人所做之事提供一些支持與肯定，能激勵新生代跟著前人的腳步，或是能讓更多一般人了解新聞業的工作與價值，那就達到目的了。

the Twenty-first Century. Lebanon, NH: ForeEdge, an Imprint of University Press of New England, 2018.

Kennedy, Dan. *The Wired City: Reimagining Journalism and Civic Life in the Post-Newspaper Age*. Amherst: University of Massachusetts Press, 2013.

Kindred, Dave. *Morning Miracle: Inside the* Washington Post: *A Great Newspaper Fights for Its Life*. New York: Doubleday, 2010.

Kirkpatrick, David. *The Facebook Effect: The Inside Story of the Company That Is Connecting the World*. New York: Simon & Schuster, 2010.

Kovach, Bill, and Tom Rosenstiel. *The Elements of Journalism: What Newspeople Should Know and the Public Should Expect*. New York: Crown Publishers, 2001.

Liebling, A. J. *The Press*. New York: Ballantine Books, 1961.

Massing, Michael. *Now They Tell Us: The American Press and Iraq*. New York: New York Review Books, 2004.

McInnes, Gavin. *The Death of Cool: From Teenage Rebellion to the Hangover of Adulthood*. New York: Scribner, 2013.

Mnookin, Seth. *Hard News: The Scandals at The New York Times and Their Meaning for American Media*. New York: Random House, 2004.

Negroponte, Nicholas. *Being Digital*. New York: Alfred A. Knopf, 1995.

Owen, Taylor. *Disruptive Power: The Crisis of the State in the Digital Age*. Oxford Studies in Digital Politics. New York: Oxford University Press, 2015.

Rich, Frank. *The Greatest Story Ever Sold: The Decline and Fall of Truth from 9/11 to Katrina*. New York: The Penguin Press, 2006.

Shapiro, Michael, and Diane J. Reilly. *Tales from the Great Disruption: The Newspaper That Almost Seized the Future*. New York: Columbia University Press, 2011.

Shepard, Richard F. *The Paper's Papers: A Reporter's Journey through the Archives of* The New York Times. New York: Times Books, 1996.

Shirky, Clay. *Here Comes Everybody: The Power of Organizing without Organizations*. New York: The Penguin Press, 2008.

Star, Alexander, Bill Keller, and the *New York Times* Staff. *Open Secrets: WikiLeaks, War and American Diplomacy*. New York: The New York Times Company, 2011.

Stone, Brad. *The Everything Store: Jeff Bezos and the Age of Amazon*. New York: Little, Brown and Company, 2013.

Talese, Gay. *The Kingdom and the Power: Behind the Scenes at* The New York Times: *The Institution That Influences the World*. New York: Random House, 2007.

Taplin, Jonathan. *Move Fast and Break Things: How Facebook, Google, and Amazon Cornered Culture and Undermined Democracy*. New York: Little, Brown and Company, 2017.

Tifft, Susan E., and Alex S. Jones. *The Trust: The Private and Powerful Family Behind* The New York Times. Boston: Little, Brown and Company, 1999.

Zittrain, Jonathan. *The Future of the Internet and How to Stop It*. New Haven: Yale University Press, 2008.

參考書目

Anderson, C.W., Emily Bell, and Clay Shirky. "Post-Industrial Journalism: Adapting to the Present." *Geopolitics, History, and International Relations*, vol. 7, no. 2 (2015): 32–123.

Bell, Emily, Taylor Owen, Smitha Khorana, and Jennifer R. Henrichsen, eds. *Journalism after Snowden: The Future of the Free Press in the Surveillance State*. Columbia Journalism Review Books. New York: Columbia University Press, 2017.

Blascovich, Jim, and Jeremy Bailenson. *Infinite Reality: Avatars, Eternal Life, New Worlds, and the Dawn of the Virtual Revolution*. New York: William Morrow and Company, 2011.

Boyd, Gerald M. *My Times in Black and White: Race and Power at the* New York Times. Chicago: Lawrence Hill Books, 2010.

Carr, Nicholas. *The Shallows: What the Internet Is Doing to Our Brains*. New York: W. W. Norton & Company, 2010.

Carroll, John S. "What Will Become of Newspapers?" Speech, Cambridge, MA, April 26, 2006. Shorenstein Center on Media, Politics and Public Policy at the John F. Kennedy School of Government at Harvard University. https://shorensteincenter.org/what-will-become-of-newspapers.

Childress, Diana. *Johannes Gutenberg and the Printing Press*. Minneapolis, MN: Lerner Publishing Group, 2008.

Chozick, Amy. *Chasing Hillary: Ten Years, Two Presidential Campaigns, and One Intact Glass Ceiling*. New York: Harper, an Imprint of HarperCollins Publishers, 2018.

Clinton, Hillary Rodham. *What Happened*. New York: Simon & Schuster, 2017.

Daley, Chris K. *Becoming Breitbart: The Impact of a New Media Revolutionary*. Chris Daley Publishing, 2012.

Downie, Leonard, and Robert G. Kaiser. *The News about the News: American Journalism in Peril*. New York: Alfred A. Knopf, 2002.

Fahrenthold, David A. *Uncovering Trump: The Truth Behind Donald Trump's Charitable Giving*. New York: Diversion Books, 2017.

Foer, Franklin. *World without Mind: The Existential Threat of Big Tech*. New York: The Penguin Press, 2017.

Gelb, Arthur. *City Room*. New York: Putnam, 2003.

Graham, Katharine. *Personal History*. New York: Alfred A. Knopf, 1997.

Greenhouse, Linda. *Just a Journalist: On the Press, Life, and the Spaces Between*. The William E. Massey Sr. Lectures in American Studies. Cambridge, MA: Harvard University Press, 2017.

Halberstam, David. *The Powers That Be*. New York: Alfred A. Knopf, 1979.

Isaacson, Walter. *The Innovators: How a Group of Hackers, Geniuses, and Geeks Created the Digital Revolution*. New York: Simon & Schuster, 2014.

Jones, Alex S. *Losing the News: The Future of the News That Feeds Democracy*. Institutions of American Democracy. New York: Oxford University Press, 2009.

Kakutani, Michiko. *The Death of Truth: Notes on Falsehood in the Age of Trump*. New York: Tim Duggan Books, 2018.

Kemeny, John G. *Man and the Computer*. New York: Scribner, 1972.

Kennedy, Dan. "The Bezos Effect: How Amazon's Founder Is Reinventing *The Washington Post*—and What Lessons It Might Hold for the Beleaguered Newspaper Business." Shorenstein Center on Media, Politics and Public Policy at the John F. Kennedy School of Government at Harvard University, June 8, 2016. https://shorensteincenter.org/bezos-effect-washington-post.

Kennedy, Dan. *The Return of the Moguls: How Jeff Bezos and John Henry Are Remaking Newspapers for* stock would crash and it would crumble like a paper bag. The @washingtonpost scam is saving it," Twitter, 7:22 am, December 7, 2015, https://twitter.com/realdonaldtrump/status/673885376742825984?lang=en.

㉘ Bezos chose to respond: Jeff Bezos (@JeffBezos), "Finally trashed by @realDonaldTrump. Will still reserve him a seat on the Blue Origin rocket. #sendDonaldtospace," Twitter, 3:30 pm, December 7, 2015, https://twitter.com/jeffbezos/status/674008204838199297?lang=en.

㉙ In a Fox News interview: Reuters, "Amazon 'Getting Away with Murder on Tax,' Says Donald Trump," *Guardian*, May 13, 2016, https://www.theguardian.com/us-news/2016/may/13/amazon-getting-away-with-on-tax-says-donald-trump.

㉚ When Bezos was asked: Olivia Solon, "Jeff Bezos Says Donald Trump's Behav-ior 'Erodes Democracy,' " *Guardian*, October 20, 2016, https://www.theguardian.com/technology/2016/oct/20/jeff-bezos-donald-trump-criticism-amazon-blue-origin.

㉛ Two days after the election: Deirdre Bosa, "Jeff Bezos Congratulates President-Elect Trump, after Offering to Shoot Him into Space," CNBC.com, November 10, 2016, https://www.cnbc.com/2016/11/10/jeff-bezos-congratulates-president-elect-trump-after-offering-to-shoot-him-into-space.html.

㉜ Less than a week later: Donald J. Trump (@realDonaldTrump), "The #Amazon-WashingtonPost, sometimes referred to as the guardian of Amazon not paying internet taxes (which they should) is FAKE NEWS!" Twitter, 6:06 am, June 28, 2017, https://twitter.com/realdonaldtrump/status/880049704620494848?lang=en.

結語

❶ In published rankings of what news sources: Matthew Ingram, "New Data Casts Doubt on Facebook's Commitment to Quality News," *Columbia Journalism Review*, May 7, 2018.

term=.2cc34763e8bd.

⓲ Another homegrown tool: WashPostPR, "The Washington Post Unveils New Real-Time Content Testing Tool Bandito," *Washington Post*, February 8, 2016, https://www.washingtonpost.com/pr/wp/2016/02/08/the-washington-post-unveils-new-real-time-content-testing-tool-bandito/.

⓳ "This Is What Happened: Darlena Cunha, "This Is What Happened When I Drove My Mercedes to Pick Up Food Stamps," *Washington Post*, July 8, 2014, https://www.washingtonpost.com/posteverything/wp/2014/07/08/this-is-what-happened-when-i-drove-my-mercedes-to-pick-up-food-stamps/?utm_term=.c8f7753cdbb1; Julie Zauzmer and Sarah Pulliam Bailey, "Pope Francis Saw a Boy with Cerebral Palsy. This Is What Happened Next," *Washington Post*, September 26, 2015, https://www.washingtonpost.com/news/acts-of-faith/wp/2015/09/26/pope-francis-saw-a-boy-with-cerebral-palsy-this-is-what-happened-next/; Justin Wm. Moyer, "Dunkin' Donuts Just 'Destroyed' Starbucks with This Christmas-y Cup," *Washington Post*, November 12, 2015, https://www.washingtonpost.com/news/morning-mix/wp/2015/11/12/dunkin-donuts-just-destroyed-starbucks-with-this-much-more-christmas-y-holiday-cup/.

⓴ Baron's first managing editor: Ravi Somaiya, "Where Clicks Reign, Audience Is King," *New York Times*, August 16, 2015, https://www.nytimes.com/2015/08/17/business/where-clicks-reign-audience-is-king.html.

㉑ The Post revealed Attorney General: Matt Zapotosky and Sari Horwitz, "Sessions Again Changes His Account of What He Knew about Trump Campaign's Dealings with Russians," *Washington Post*, November 14, 2017, https://www.washingtonpost.com/world/national-security/sessions-likely-to-be-questioned-about-trump-campaign-dealings-with-russians-at-house-judiciary-hearing/2017/11/13/bc20b7fc-c894-11e7-aa96-54417592cf72_story.html?utm_term=.0f93d1223b6f; Ellen Nakashima, Adam Entous, and Greg Miller, "Russian Ambassador Told Moscow That Kushner Wanted Secret Communications Channel with Kremlin," *Washington Post*, May 26, 2017, https://www.washingtonpost.com/world/national-security/russian-ambassador-told-moscow-that-kushner-wanted-secret-communications-channel-with-kremlin/2017/05/26/520a14b4-422d-11e7-9869-bac8b446820a_story.html?utm_term=.c2cdee363382.

㉒ The Post won a Pulitzer: "Washington Post's 2018 Pulitzer Prizes for Roy Moore Investigation, Russia Reporting," *Washington Post*, April 16, 2018, https://www.washingtonpost.com/news/national/wp/2018/04/16/feature/washington-post-wins-pulitzer-prizes-for-roy-moore-investigation-russia-reporting/?utm_term=.7b04cb258b66.

㉓ The Times ran a definitive investigation: Nick Wingfield and Ravi Somaiya, "Am-azon Spars with the Times over Investigative Article," *New York Times*, October 19, 2015, https://www.nytimes.com/2015/10/20/business/amazon-spars-with-the-times-over-investigative-article.html.

㉔ In 2017 he purchased: Mimi Montgomery, "Here Are the Floor Plans for Jeff Bezos's $23 Million DC Home," *Washingtonian*, April 22, 2018, https://www.washingtonian.com/2018/04/22/here-are-the-floor-plans-for-jeff-bezos-23-mil lion-dc-home/.

㉕ In December 2015 Trump fired off: Donald J. Trump (@realDonaldTrump), "The @washingtonpost, which loses a fortune, is owned by @JeffBezos for purposes of keeping taxes down at his no profit company, @amazon," Twitter, 7:08 am, De-cember 7, 2015, https://twitter.com/realdonaldtrump/status/673881733415178240?lang=en.

㉖ The next blast: Donald J. Trump (@realDonaldTrump), "The @washingtonpost loses money (a deduction) and gives owner @JeffBezos power to screw public on low taxation of @Amazon! Big tax shelter," Twitter, 7:18 am, December 7, 2015, https://twitter.com/realdonaldtrump/status/673884271954776064?lang=en.

㉗ Then, a third: Donald J. Trump (@realDonaldTrump), "If @amazon ever had to pay fair taxes, its

com/2016/jeff-bezos-effect-washington-post-profitable-set-hire-dozens-journalists-2017/.
❺ It wasn't the machine: Jennifer Steinhauer, "A Tailor-Made Publisher Taking Over Jeff Bezos' Washington Post," *New York Times*, September 22, 2014, https://www.nytimes.com/2014/09/23/business/media/beltway-insider-takes-helm-at-the-post.html.
❻ While many investigative reporters: David A. Fahrenthold, "Trump Recorded Having Extremely Lewd Conversation about Women in 2005," *Washington Post*, October 8, 2016, https://www.washingtonpost.com/politics/trump-recorded-hav ing-extremely-lewd-conversation-about-women-in-2005/2016/10/07/3b9ce776-8cb4-11e6-bf8a-3d26847eeed4_story.html?utm_term=.1b842821a1a5.
❼ Trump's Twitter attacks: Glenn Kessler, "Trump's Claim That He 'Predicted Osama bin Laden,'" *Washington Post*, December 7, 2015, https://www.washing tonpost.com/news/fact-checker/wp/2015/12/07/trumps-claim-that-he-predicted-osama-bin-laden/?utm_term=.2f48c96b2f67.
❽ On some days the Post had: Kyle Swenson, "She Said She Killed Her Son and Hid Him in a Manure Pile. The Truth Is More Sinister, Police Say," *Washington Post*, March 9, 2018, https://www.washingtonpost.com/news/morning-mix/wp/2018/03/09/she-said-she-killed-her-son-and-hid-him-in-a-manure-pile-the-truth-is-more-sinister-police-say/?utm_term=.edf7f33863e2.
❾ At the opening celebration: Emily Heil, "John Kerry, Jeff Bezos Celebrate Offi-cial Opening of New Washington Post Headquarters," *Washington Post*, January 28, 2016, https://www.washingtonpost.com/news/reliable-source/wp/2016/01/28/john-kerry-jeff-bezos-celebrate-official-opening-of-new-washington-post-head quarters/?utm_term=.5711131a82ac.
❿ "I have never received: Jim Newell, "The Media Finally Figured Out How to Rattle Donald Trump," Slate, May 31, 2016, http://www.slate.com/articles/news_and_politics/politics/2016/05/the_media_finally_figured_out_how_to_rattle_donald_trump.html.
⓫ One itemized gift: David A. Fahrenthold and Rosalind S. Helderman, "Missing from Trump's List of Charitable Giving: His Own Personal Cash," *Washington Post*, April 10, 2016, https://www.washingtonpost.com/politics/a-portrait-of-trump-the-donor-free-rounds-of-golf-but-no-personal-cash /2016/04/10/373b9b92-fb40-11e5-9140-e61d062438bb_story.html.
⓬ David Fahrenthold, a young: Pulitzer Prize, "David A. Fahrenthold of *The Washington Post*," 2017 Winner in National Reporting, n.d., http://www.pulitzer.org/winners/david-fahrenthold.
⓭ To help the Post increase: Alex Lo, "Amazon Prime Washington Post Promotion: Free 6 Month Digital Subscription," *Hustler Money Blog*, February 19, 2018, http://www.hustlermoneyblog.com/amazon-prime-washington-post-promotion/.
⓮ Amazon kept the number: WashPostPR, "Amazon Prime Members Enjoy Digital Access to the Washington Post for Free," *Washington Post*, September 16, 2015, https://www.washingtonpost.com/pr/wp/2015/09/16/amazon-prime-members-enjoy-digital-access-to-the-washington-post-for-free/?utm_term=.571e008cd54b.
⓯ Like its New York competitor: Brian Stelter, "Washington Post Digital Subscriptions Soar Past 1 Million Mark," CNN.com, September 26, 2017, https://money.cnn.com/2017/09/26/media/washington-post-digital-subscriptions/index.html.
⓰ Audience traffic exceeded: Chris Cillizza, "Why the Fight between the Washing-ton Post and New York Times over Traffic Misses the Point," *Washington Post*, December 1, 2015, https://www.washingtonpost.com/news/the-fix/wp/2015/12/01/why-the-fight-between-the-washington-post-and-new-york-times-over-traffic-is-stupid/?utm_term=.6e4389a16177.
⓱ That's what he and his 80 engineers: WashPostPR, "Nieman Lab: Here's How Arc's Cautious Quest to Become the Go-To Publishing System for News Organizations Is Going," *Washington Post*, February 2, 2018, https://www.washing tonpost.com/pr/wp/2018/02/02/nieman-lab-heres-how-arcs-cautious-quest-to-be come-the-go-to-publishing-system-for-news-organizations-is-going/?utm_

nationalist.html.

39 The paper ran an editor's note: Marc Lacey, "Readers Accuse Us of Normalizing a Nazi Sympathizer, We Respond," *New York Times*, November 26, 2017, https://www.nytimes.com/2017/11/26/reader-center/readers-accuse-us-of-normalizing-a-nazi-sympathizer-we-respond.html.

40 The Times received $12 million: "Introducing the Daily 360 from the New York Times," *New York Times*, November 1, 2016, https://www.nytimes.com/2016/11/01/nytnow/the-daily-360-videos.html.

41 Dolnick distinguished himself: Sam Dolnick, "As Escapees Stream Out, a Penal Business Thrives," *New York Times*, June 16, 2012, https://www.nytimes.com/2012/06/17/nyregion/in-new-jersey-halfway-houses-escapees-stream-out-as-a-penal-business-thrives.html.

42 He covered a lot of ground: Dan Zak, Sarah Ellison, and Ben Terris, " 'He Doesn't Like Bullies': The Story of the 37-Year-Old Who Took Over the New York Times and Is Taking on Trump," *Washington Post,* July 30, 2018, https://www.washington post.com/lifestyle/style/he-doesnt-like-bullies-the-story-of-the-37-year-old-who-took-over-the-ny-times-and-is-taking-on-trump/2018/07/30/61459c96-940c-11e8-a679-b09212fb69c2_story.html?utm_term=.253b6b84ecc3; A. G. Sulz-berger and Jennifer Medina, "Shooting Suspect Had Been Known to Use Potent, and Legal, Hallucinogen," *New York Times*, January 17, 2011, https://www.ny times.com/2011/01/18/us/18salvia.html.

43 Circulation had brought in a meager: Derek Thompson, "How to Survive the Media Apocalypse," *Atlantic*, November 29, 2017, https://www.the*Atlantic*.com/business/archive/2017/11/media-apocalypse/546935/.

44 Ken Auletta, a writer: Ken Auletta, *Backstory: Inside the Business of News* (New York: Penguin, 2004).

45 "Our journalists comfortably: David Leonhardt et al., "Journalism That Stands Apart," Report of the 2020 Group, *New York Times*, January 2017, https://www.nytimes.com/projects/2020-report/.

46 On the strength of stories: Keith Collins and Gabriel J. X. Dance, "How Researchers Learned to Use Facebook 'Likes' to Sway Your Thinking," *New York Times*, March 20, 2018, https://www.nytimes.com/2018/03/20/technology/facebook-cam bridge-behavior-model.html.

47 But lest it get that far: "Artificial Intelligence: How We Help Machines Learn," T Brand Studio, paid post for Facebook, https://paidpost.nytimes.com/facebook/artificial-intelligence-how-we-help-machines-learn.html.

48 One trip offered: Paul Farhi, "The New York Times Will Fly You Around the World for $135,000. Is That a Problem?," *Washington Post*, July 5, 2017, https://www.washingtonpost.com/lifestyle/style/the-new-york-times-will-fly-you-around-the-world-for-135000-is-that-a-problem/2017/07/05/9a99d84e-603d-11e7-a4f7-af34fc1d9d39_story.html?utm_term=.9cd9d697a25f.

49 "I thought we had something special: The NewsGuild of New York, www.nyguild.org/front-page-details/the-jilted-copydesk, July 25, 2017.

第十三章　再起——《華盛頓郵報》，之三

1 As big political names: Michael Calderone, "Washington Post Newsroom Rankled by 'Offensive' Election Night Party Stunt," Huffington Post, November 14, 2016, https://www.huffingtonpost.com/entry/washington-post-election-night-party_us_5829fcfbe4b0c4b63b0dad3f.

2 If the casino-themed party: Ibid.

3 The next day, as Clinton: Gabrielle Bluestone, "The *Washington Post* Served Napkins Off a Woman's Body at Its Election Party," Jezebel, November 14, 2016, https://jezebel.com/the-washington-post-served-napkins-off-a-womans-body-at-1788966492.

4 In 2016 Ryan celebrated: Nat Levy, "The Jeff Bezos Effect? Washington Post Is Profitable and Set to Hire Dozens of Journalists in 2017," GeekWire, December 27, 2016, https://www.geekwire.

campaign-and-russia/2017/08/17/af03cd60-82d6-11e7-ab27-1a21a8e006ab_story.html?utm_term=.ad286b99b622.

㉖ A 2016 study: Amy Mitchell, Jeffrey Gottfried, Michael Barthel, and Elisa Shearer, "7. Party ID and News," Pew Research Center, July 7, 2016, http://www.journalism.org/2016/07/07/party-id-and-news/.

㉗ In a Gallup poll: Erik Wemple, "Study: 42 Percent of Republicans Believe Accurate—but Negative—Stories Qualify as 'Fake News,' " *Washington Post*, January 16, 2018, https://www.washingtonpost.com/blogs/erik-wemple/wp/2018/01/16/study-42-percent-of-republicans-believe-accurate-but-negative-stories-qualify-as-fake-news/?utm_term=.f99ba93c1931.

㉘ In still another sad and astonishing poll: Anthony Salvanto, Jennifer De Pinto, Kabir Khanna, and Fred Backus, "Americans Wary of Trump Tariffs' Impact, but Support Plan to Aid Farmers—CBS Poll," CBS News, July 29, 2018, https://www.cbsnews.com/news/americans-wary-of-trump-tariffs-impact-but-support-plan-to-aid-farmers-cbs-poll/?utm_source=newsletter&utm_medium=email&utm_cam paign=newsletter_axiosam&strea m=top-stories.

㉙ By the Sunday morning: Donald J. Trump (@realDonaldTrump), "The @nytimes sent a letter to their subscribers apologizing for their BAD coverage of me," Twitter, 6:43 am, November 13, 2016, https://twitter.com/realDonaldTrump/ status/797812048805695488?ref_src=twsrc%5Etfw%7Ctwcamp%5Etweetem bed%7Ctwterm%5E797812048805695488&ref_url=https%3A%2F%2Fwww.washingtonpost .com%2Fnews%2Fthe-fix%2Fwp%2F2017%2F03%2F29%2Fno-the-new-york-times-did-not-apologize-because-its-trump-coverage-was-so-wrong%2F.

㉚ Then came, "Wow: Donald J. Trump (@realDonaldTrump), "Wow, the @nytimes is losing thousands of subscribers because of their very poor and highly inaccurate coverage of the 'Trump phenomena [sic],' " Twitter, 6:16 am, November 13, 2016, https://twitter.com/realdonaldtrump/status/797805407179866112?lang=en.

㉛ On Twitter Trump had called the Times: Jasmine C. Lee and Kevin Quealy, "The 487 People, Places and Things Donald Trump Has Insulted on Twitter: A Com-plete List," *New York Times*, July 10, 2018, https://www.nytimes.com/interactive/2016/01/28/upshot/donald-trump-twitter-insults.html.

㉜ On the Sunday night: Ryan Reed, "Watch John Oliver Become Nauseous over Trump, Say 'F—k 2016,' " *Rolling Stone*, November 14, 2016, https://www.roll ingstone.com/tv/tv-news/watch-john-oliver-become-nauseous-over-trump-say-f-k-2016-125250/.

㉝ Almost immediately, donations: Kristen Hare, "New York Times Reports 41,000 New Subscribers Since the Election," Poynter, November 17, 2016, https://www.poynter.org/news/new-york-times-reports-41000-new-subscribers-election.

㉞ Jeff Gerth, a formidable: Jeff Gerth, "For *The New York Times*, Trump Is a Spar-ring Partner with Benefits," *Columbia Journalism Review*, June 29, 2017, https://www.cjr.org/special_report/trump_new_york_times.php/.

㉟ When a Post reporter tweeted: Zack Johnk, "Trump Wants Washington Post Re-porter Fired over Misleading Tweet," *New York Times*, December 10, 2017, https://www.nytimes.com/2017/12/10/us/politics/trump-dave-weigel.html.

㊱ Eric Lipton of the Times: Eric Lipton, "Trump Rules," series of articles published in *New York Times*, May 20, 2017–February 15, 2018, https://www.nytimes.com/series/trump-rules-regulations.

㊲ During the campaign: Michael Barbaro, "Trump Gives Up a Lie but Refuses to Repent," *New York Times*, September 17, 2016, A1.

㊳ The Times drew widespread rebuke: Pete Vernon, "The Media Today: How Not to Write about a Nazi," *Columbia Journalism Review*, November 27, 2017, https://www.cjr.org/the_media_today/new-york-times-nazi-hovater.php; Richard Fausset, "A Voice of Hate in America's Heartland," *New York Times*, November 25, 2017, https://www.nytimes.com/2017/11/25/us/ohio-hovater-white-

⓫ On March 2, 2015, at the top: Michael S. Schmidt, "Hillary Clinton Used Per-sonal Email Account at State Dept., Possibly Breaking Rules," *New York Times*, March 2, 2015, https://www.nytimes.com/2015/03/03/us/politics/hillary-clintons-use-of-private-email-at-state-department-raises-flags.html.

⓬ High on the Times's homepage: Michael S. Schmidt and Matt Apuzzo, "Inquiry Sought in Hillary Clinton's Use of Email," *New York Times*, July 23, 2015, https://www.nytimes.com/2015/07/24/us/politics/inquiry-is-sought-in-hillary-clinton-email-account.html.

⓭ The Times's public editor: Margaret Sullivan, "A Clinton Story Fraught with In-accuracies: How It Happened and What Next?," *New York Times*, July 27, 2015, https://publiceditor.blogs.nytimes.com/2015/07/27/a-clinton-story-fraught-with-inaccuracies-how-it-happened-and-what-next/.

⓮ Clinton Communications Director Palmieri: Erik Wemple, "Clinton Campaign Blasts New York Times in Letter to Executive Editor Dean Baquet," *Washington Post*, July 30, 2015, https://www.washingtonpost.com/blogs/erik-wemple/wp/2015/07/30/clinton-campaign-blasts-new-york-times-in-letter-to-executive-edi tor-dean-baquet/.

⓯ "We did all hyperventilate: "Amy Chozick on 'Chasing Hillary,' " *New York Times*, Book Review podcast, May 11, 2018, https://www.nytimes.com/2018/05/11/books/review/amy-chozick-on-chasing-hillary.html.

⓰ Times columnist David Leonhardt: Eddie Scarry, "New York Times Columnist In-sists Hillary Clinton Email Coverage 'Media's Worst Mistake in 2016,' " *Washington Examiner*, May 9, 2017, https://www.washingtonexaminer.com/new-york-times-columnist-insists-hillary-clinton-email-coverage-medias-worst-mistake-in-2016.

⓱ Baquet defended coverage: Sydney Ember, "Editors Defend Coverage of Sto-len Emails after News of Russian Hacks," *New York Times*, December 15, 2016, https://www.nytimes.com/2016/12/15/business/media/russian-hacking-stolen-emails.html.

⓲ The Times Magazine did an early probe: Adrian Chen, "The Agency," *New York Times Magazine*, June 2, 2015, https://www.nytimes.com/2015/06/07/magazine/the-agency.html.

⓳ Eric Lichtblau, who had won: James Risen and Eric Lichtblau, "Bush Lets U.S. Spy on Callers without Courts," *New York Times*, December 16, 2005, https://www. nytimes.com/2005/12/16/politics/bush-lets-us-spy-on-callers-without-courts.html.

⓴ Lichtblau's original draft: Eric Lichtblau and Steven Lee Myers, "Investigating Donald Trump, F.B.I. Sees No Clear Link to Russia," *New York Times*, October 31, 2016, https://www.nytimes.com/2016/11/01/us/politics/fbi-russia-election-donald-trump.html.

㉑ A week before the election: Franklin Foer, "Was a Trump Server Communicating with Russia," Slate, October 31, 2016, http://www.slate.com/articles/news_and_politics/cover_story/2016/10/was_a_server_registered_to_the_trump_organiza tion_communicating_with_russia.html.

㉒ Campaigning in Cincinnati: Eric Lichtblau and Steven Lee Myers, "Investigat-ing Donald Trump, F.B.I. Sees No Clear Link to Russia," *New York Times*, October 31, 2016, https://www.nytimes.com/2016/11/01/us/politics/fbi-russia-election-donald-trump.html.

㉓ Liz Spayd, who had replaced: Liz Spayd, "Trump, Russia, and the News Story That Wasn't," *New York Times*, January 20, 2017, https://www.nytimes.com/2017/01/20/public-editor/trump-russia-fbi-liz-spayd-public-editor.html.

㉔ The email from Baquet: Erik Wemple, "CNN Nabs Eric Lichtblau from the New York Times," *Washington Post*, April 10, 2017, https://www.washingtonpost.com/blogs/erik-wemple/wp/2017/04/10/cnn-nabs-eric-lichtblau-from-the-new-york-times/?utm_term=.a363887dbbd8.

㉕ He was involved in another controversial: Paul Farhi, "The Story behind a Re-tracted CNN Report on the Trump Campaign and Russia," *Washington Post*, August 17, 2017, https://www.washingtonpost.com/lifestyle/style/the-story-behind-a-retracted-cnn-report-on-the-trump-

Guardian, June 22, 2016, https://www.theguardian.com/media/2016/jun/22/vice-to-launch-in-more-than-50-new-countries.

65 At the huge annual Cannes: Georg Szalai and Rhonda Richford, "Cannes Lions: Viceland to Launch in India, Southeast Asia, Australia, Africa," *Hollywood Reporter*, June 22, 2016, https://www.hollywoodreporter.com/news/cannes-lions-viceland-launch-india-905416.

66 On Election Night 2016: Gavin McInnes, interviewed by Jill Abramson, New York, August 4, 2017.

67 A passionate Trump supporter: Jonathan Goldsbie and Graeme Gordon, "Gavin McInnes Leaving the Rebel," Canadaland, August 17, 2017, http://www.canada landshow.com/gavin-mcinnes-leaving-rebel/.

68 He often made incendiary: Bob Moser, "Why the 'Alt-Lite' Celebrated the Las Vegas Massacre," *New Republic*, October 6, 2017, https://newrepublic.com/article/145192/alt-lite-celebrated-las-vegas-massacre.

69 As before, he was nattily dressed: Daniel J. Solomon, "Watch: Vice Co-Founder Makes '10 Things I Hate about Jews' Video," *Forward*, March 15, 2017, https://forward.com/fast-forward/366077/watch-vice-co-founder-makes-10-things-i-hate-about-jews-video/.

70 Within months of our meeting: Nellie Andreeva, "Nancy Dubuc Named CEO of Vice Media, Shane Smith to Be Executive Chairman," Deadline, March 13, 2018, https://deadline.com/2018/03/nancy-dubuc-ceo-vice-media-1202336972/.

第十二章　重生——《紐約時報》，之三

1 Barbaro's listeners adored: Tweet by Lily/PARLOUR TRICKS @lilycato, November 9, 2017, https://twitter.com/lilycato/status/928629484034646017.

2 Except for Sunday: Michael Barthel, "Despite Subscription Surges for Largest U.S. Newspapers, Circulation and Revenue Fall for Industry Overall," Pew Re-search Center, June 1, 2017, http://www.pewresearch.org/fact-tank/2017/06/01/circulation-and-revenue-fall-for-newspaper-industry/.

3 Online the Times had 70 million: "Share of Readers of the *New York Times* in the United States in 2018, by Age," Statista, n.d., https://www.statista.com/statistics/229984/readers-of-the-new-york-times-daily-edition-usa/.

4 Yet even with more than one million: Jaclyn Peiser, "New York Times Co. Reports Revenue Growth as Digital Subscriptions Rise," *New York Times*, May 3, 2018, https://www.nytimes.com/2018/05/03/business/media/new-york-times-earnings.html.

5 Barbaro's unexpectedly successful: " 'The Daily' Exceeds 100 Million Down-loads," Nytco.com, October 17, 2017, https://www.nytco.com/the-daily-exceeds-100-million-downloads/.

6 The Election Night show was a tour de force: Michael Barbaro, "How Did the Media—How Did We—Get This Wrong?," *New York Times*, November 9, 2016, https://www.nytimes.com/2016/11/09/podcasts/election-analysis-run-up.html.

7 Under the new system: "They're Worth How Much? TV Anchors by the Num-bers," Daily Beast, August 8, 2012, https://www.thedailybeast.com/theyre-worth-how-much-tv-anchors-by-the-numbers.

8 Even Silver, now working at ESPN: Christina Pazzanese, "The Puzzle in Politics and Polling," *Harvard Gazette*, March 30, 2017, https://news.harvard.edu/gazette/story/2017/03/nate-silver-says-conventional-wisdom-not-data-killed-2016-elec tion-forecasts/.

9 Within days the Times published: "To Our Readers, from the Publisher and Executive Editor," *New York Times*, November 13, 2016, https://www.nytimes.com/2016/11/13/us/elections/to-our-readers-from-the-publisher-and-executive-editor.html.

10 The invocation of: David W. Dunlap, "1896: 'Without Fear or Favor,' " *New York Times*, August 14, 2015, https://www.nytimes.com/2015/09/12/insider/1896-without-fear-or-favor.html.

culture.

48 Steel's excellent story: Emily Steel, "At Vice, Cutting-Edge Media and Allega-tions of Old-School Sexual Harassment," *New York Times*, December 23, 2017, https://www.nytimes.com/2017/12/23/business/media/vice-sexual-harassment.html.

49 Barghouty told me Mojica: Phoebe Barghouty, interviewed by Jill Abramson, Oc-tober 25, 2017.

50 Back when Smith appointed Mastromonaco: Hadas Gold, "Alyssa Mastromonaco Joins Vice Media," Politico, November 16, 2014, https://www.politico.com/blogs/media/2014/11/alyssa-mastromonaco-joins-vice-media-198855.

51 In anticipation of trouble: Molly Osberg, "Looks Like Embattled HR Exec for Weinstein and Vice Still Has a Job," Splinter, February 12, 2018, https://splin ternews.com/looks-like-embattled-hr-exec-for-weinstein-and-vice-sti-1822932601.

52 After the Daily Beast story: Todd Spangler, "Vice Suspends Film Producer Jason Mojica Amid Sexual Harassment Investigation," *Variety*, November 17, 2017, https://variety.com/2017/digital/news/vice-jason-mojica-suspended-sexual-ha rassment-1202617460/.

53 Two days after the Daily Beast: Brandy Zadrozny, "Vice Employees 'Furious': 'When the F**k Are They Going to Address Sexual Harassment?'," Daily Beast, November 17, 2017, https://www.thedailybeast.com/vice-employees-furious-when-the-fk-are-they-going-to-address-sexual-harassment.

54 In 2016 the company secretly paid: Todd Spangler, "Vice Suspends Two Top Execs in Wake of Sexual Harassment Allegations," *Variety*, January 2, 2018, https://variety.com/2018/digital/news/vice-suspends-sexual-harassment-andrew-creighton-mike-germano-1202650838/.

55 The Wall Street Journal broke: Keach Hagey, "Vice Just Had a Big Revenue Miss, and Investors Are Getting Antsy," *Wall Street Journal*, February 7, 2018, https://www.wsj.com/articles/vice-media-confronts-tv-woes-amid-leadership-troubles-1518003121.

56 BuzzFeed's valuation was: Lucinda Shen, "BuzzFeed Said to Prepare for a 2018 IPO," *Fortune*, March 29, 2017, http://fortune.com/2017/03/29/buzzfeed-buzz-ipo-snap-nbcuniversal/.

57 Vice's had ballooned: Reuters and Nathan McAlone, "Vice Landed a Blockbuster Valuation of $5.7 Billion and $450 Million in Fresh Cash—but Disney Didn't Put in More Money," Business Insider, June 19, 2017, https://www.businessinsider.com/vice-raises-450-million-at-57-billion-valuation-from-tpg-2017-6.

58 Rogers Communications, under new management: "Rogers Media Cuts Ties with Vice Canada, Pulls Viceland Channel Off the Air," CTV News, January 22, 2018, https://www.ctvnews.ca/business/rogers-media-cuts-ties-with-vice-canada-pulls-viceland-channel-off-the-air-1.3770212.

59 For more than a month: Antonia Hylton, Lindsay Van Dyke, and Jika Gonzalez, "Zero Tolerance: One Immigrant Family's Journey from Separation to Reunifi-cation," *Vice News Tonight*, August 1, 2018, https://news.vice.com/en_us/article/8xbmmb/zero-tolerance-one-immigrant-familys-journey-from-separation-to-re unification.

60 An audio recording: Antonia Hylton, Lindsay Van Dyke, Jika Gonzalez, and Mimi Dwyer, "Listen to a Distraught Guatemalan Child Call His Mother from a U.S. Immigration Shelter," Vice, June 27, 2018, https://news.vice.com/en_us/article/a3abjz/listen-to-a-distraught-guatemalan-child-call-his-mother-from-a-us-immi gration-shelter.

61 The show was a quest: Reeves Wiedeman, "A Company Built on a Bluff," *New York Magazine*, June 10, 2018, http://nymag.com/daily/intelligencer/2018/06/in side-vice-media-shane-smith.html.

62 Smith had hoped to cash out: Ibid.

63 Everyone in new media: Todd Spangler, "Mashable Sold at Fire-Sale Price of $50 Million to Ziff Davis (Report)," *Variety*, November 16, 2017, https://variety.com/2017/digital/news/mashable-ziff-davis-pete-cashmore-1202616857/.

64 Vice operated in more than 40: Mark Sweney, "Vice to Launch in More Than 50 New Countries,"

(video), 1:24, October 11, 2017, https://www.youtube.com/watch?v=5nDSbl3B274.

29 But other stars, like: "Simon Ostrovsky Moves to CNN," Cision, February 9, 2017, https://www.cision.com/us/2017/02/simon-ostrovsky-moves-to-cnn/.

30 Vice, in turn, had hired: Kaj Larsen, interviewed by Jill Abramson and John Still-man at Vice Los Angeles, March 16, 2016.

31 Wearing a crisp suit: Vice News, "VICE News Presents: Privacy and Secrecy in the Digital Age—Davos Open Forum 2016," Vice, January 23, 2016, https://news.vice.com/article/vice-news-presents-privacy-and-secrecy-in-the-digital-age-live-from-the-davos-open-forum-2016.

32 As a student at George Washington University: Fritz Hahn, "Socializing with a Hint of Sophistication," *Washington Post*, July 20, 2007, http://www.washington post.com/wp-dyn/content/article/2007/07/19/AR2007071900764.html.

33 One cringeworthy moment: Vice, "VICE Special Report: A House Divided," You-Tube (video), 1:10:37, August 14, 2017, https://www.youtube.com/watch?v=pd Vl3WvgJ50.

34 "They had this fixer in Turkey: Svati Kirsten Narula, "A Turkish Court Jailed Three Vice Journalists for Allegedly Helping ISIL," Quartz, August 31, 2015, https://qz.com/491485/a-vice-news-crew-accused-of-terrorism-goes-to-court-in-turkey/.

35 Her arrival coincided with: Todd Spangler, "Vice Media Pacts with Rogers for $100 Million Canadian Studio Venture, TV Channel," *Variety*, October 30, 2014, https://variety.com/2014/digital/news/vice-media-pacts-with-rogers-for-100-mil lion-canadian-studio-venture-1201343254/.

36 Schmidt became alarmed: Andrea Schmidt, phone interview with Jill Abramson, February 17, 2018.

37 But there already had been tension: Andrea Schmidt, email to Jill Abramson, Feb-ruary 3, 2018.

38 But employees saw the woman in charge: Emily Steel, "At Vice, Cutting-Edge Media and Allegations of Old-School Sexual Harassment," *New York Times*, De-cember 23, 2017, https://www.nytimes.com/2017/12/23/business/media/vice-sex ual-harassment.html.

39 Veltroni was working 15-hour days: Todd Spangler, "Vice Suspends Film Producer Jason Mojica Amid Sexual Harassment Investigation," *Variety*, November 17, 2017, https://variety.com/2017/digital/news/vice-jason-mojica-suspended-sexual-harassment-1202617460/.

40 So Veltroni was surprised: Martina Veltroni, phone interview with Jill Abramson, January 24, 2018.

41 Hurt and scared, Veltroni: Ibid.

42 He advised her she had a clear path: Natalie Jarvey, "Vice Suspends Film Pro-ducer Following Sexual Harassment Allegations," *Hollywood Reporter*, November 17, 2017, https://www.hollywoodreporter.com/news/vice-suspends-jason-mojica-sexual-harassment-allegations-1059405.

43 The *New York Times* broke: Jodi Kantor and Megan Twohey, "Harvey Weinstein Paid Off Sexual Harassment Accusers for Decades," *New York Times*, October 5, 2017, https://www.nytimes.com/2017/10/05/us/harvey-weinstein-harassment-al legations.html.

44 In October, 2017, after: Natasha Lennard (@natashalennard), "It's only by virtue of certain silos of media starting the Shitty Media Men list," Twitter, 10:07 am, Oc-tober 12, 2017, https://twitter.com/natashalennard/status/918523643122143232.

45 "I've never worked for a more disgusting: Brandy Zadronzy, " 'Unsafe and Just Plain Dirty': Women Accuse Vice of 'Toxic' Sexual Harassment Culture," Daily Beast, November 15, 2017, https://www.thedailybeast.com/unsafe-and-just-plain-dirty-women-accuse-vice-of-toxic-sexual-harassment-culture.

46 Lennard told me immediately: Natasha Lennard, phone interview with Jill Abramson, October 12, 2017.

47 In November the Daily Beast: Brandy Zadronzy, " 'Unsafe and Just Plain Dirty': Women Accuse Vice of 'Toxic' Sexual Harassment Culture," Daily Beast, Novem-ber 15, 2017, https://www.thedailybeast.com/unsafe-and-just-plain-dirty-women-accuse-vice-of-toxic-sexual-harassment-

Million TPG Investment," Bloomberg, June 19, 2017, https://www.bloomberg.com/news/articles/2017-06-19/vice-gets-450-million-from-tpg-valu ing-company-at-5-7-billion.

❾ That same year Smith finally joined: Natalie Robehmed, "Vice Media's Shane Smith Is Now a Billionaire," *Forbes*, June 20, 2017, https://www.forbes.com/sites/natalierobehmed/2017/06/20/vice-medias-shane-smith-is-now-a-billionaire/#2f5a2525611b.

❿ But his company's gaudy valuation: Reeves Wiedeman, "A Company Built on a Bluff," *New York Magazine*, June 10, 2018, http://nymag.com/daily/intelligencer/2018/06/inside-vice-media-shane-smith.html.

⓫ The Wall Street Journal's headline: Keach Hagey, "Vice Just Had a Big Revenue Miss, and Investors Are Getting Antsy," *Wall Street Journal*, February 7, 2018, https://www.wsj.com/articles/vice-media-confronts-tv-woes-amid-leadership-troubles-1518003121.

⓬ The HBO chieftain: Richard Plepler, interviewed by Jill Abramson, New York, August 3, 2017.

⓭ Tyrangiel had jazzed up: Stephanie Clifford and Davis Carr, "Bloomberg Buys Business Week from McGraw-Hill," *New York Times*, October 13, 2009, https://www.nytimes.com/2009/10/14/business/media/14bizweek.html.

⓮ Months later Vice announced: Natalie Jarvey, "Vice Taps Former Bloomberg Businessweek Editor to Run Daily HBO Show," *Hollywood Insider*, October 14, 2015, https://www.hollywoodreporter.com/news/vice-hbo-show-taps-bloomberg-832119.

⓯ An on-air role at Vice: Josh Tyrangiel, interviewed by Jill Abramson at Vice New York, February 1, 2017.

⓰ One of the new faces: Arielle Duhaime-Ross, interviewed by Jill Abramson at Vice New York, February 1, 2017.

⓱ Unlike the Brooklyn sophisticates: Elspeth Reeve, interviewed by Jill Abramson and John Stillman at Vice New York, September 28, 2017.

⓲ The two sipped red wine: "VICE Special Report: A House Divided," YouTube (video), August 14, 2017, https://www.youtube.com/watch?v=pdVl3WvgJ50000.

⓳ In Los Angeles, Smith: Jordan Valinsky, "Vice's Shane Smith: 'Expect a Blood-bath' in Media within the Next Year," Digiday, May 20, 2016, https://digiday.com/media/shane-smith-vice-media-interview/.

⓴ On Election Night he hosted: Shane Smith, interviewed by Jill Abramson, Man-hattan, August 4, 2017.

㉑ She did one story: Elspeth Reeve, "Alt-Right Trolls Are Getting 23andMe Genetic Tests to 'Prove' Their Whiteness," Vice News, October 9, 2016, https://news.vice.com/en_us/article/vbygqm/alt-right-trolls-are-getting-23andme-genetic-tests-to-prove-their-whiteness.

㉒ After the election, the sideshow: Vice News, "Control Alt Elite: Inside America's Racist 'Alt-Right,'" Vice, December 7, 2016, https://www.vice.com/en_id/article/mgv9nn/control-alt-elite-inside-americas-racist-alt-right.

㉓ She was periodically trolled: Elspeth Reeve, interviewed by Jill Abramson and John Stillman at Vice New York, September 28, 2017.

㉔ Reeve arrived in Charlottesville: Vice News, "Charlottesville: Race and Terror," Vice, August 21, 2017, https://news.vice.com/en_us/article/qvzn8p/vice-news-to night-full-episode-charlottesville-race-and-terror.

㉕ Reeve and a cameraman jumped: Ibid.

㉖ The cameraman filmed the car: Ibid.

㉗ Vice had 18 hours: Elspeth Reeve, interviewed by Jill Abramson and John Still-man at Vice New York, September 28, 2017.

㉘ Ben Anderson, a seasoned: Vice News, " 'After ISIS' with Ben Anderson/VICE on HBO," YouTube

Huge Deal for Facebook—and the World," *Time*, January 5, 2018, http://time.com/5089741/mark-zuckerberg-facebook-new-years-resolution-per sonal-challenge/.

95 In 2017 the company would push: BuzzFeedPress, "BuzzFeed Launches a Shop, Part of Its Growing E-Commerce Strategy—Poynter," BuzzFeed, June 22, 2017, https://www.buzzfeed.com/buzzfeedpress/buzzfeed-launches-a-shop-part-of-its-growing-e-commerce?utm_term=.oyWp5Qd3w#.gpzb5e63g.

96 After missing their 2016 revenue targets: Janko Roettgers, "BuzzFeed IPO Dreams Fizzle as Company Said to Miss 2017 Revenue Target," *Variety*, Novem-ber 16, 2017, https://variety.com/2017/digital/news/buzzfeed-2017-revenue-miss-1202616961/; Maxwell Tani, "BuzzFeed to Lay Off 100 Staffers in Major Re-organization," Business Insider, November 29, 2017, https://www.businessinsider.com/buzzfeed-layoffs-business-uk-2017-11.

97 He was the top media advisor: "Emerson Collective to Acquire Majority Owner-ship of the *Atlantic*, Forming Partnership with David Bradley," *Atlantic*, July 28, 2017, https://www.the*Atlantic*.com/press-releases/archive/2017/07/emerson-col lective-to-acquire-majority-ownership-of-the-*Atlantic*-forming-partnership-with-david-bradley/535230/.

98 Mashable, which, like BuzzFeed: Todd Spangler, "Mashable Sold at Fire-Sale Price of $50 Million to Ziff Davis (Report)," *Variety*, November 16, 2017, https://variety.com/2017/digital/news/mashable-ziff-davis-pete-cashmore-1202616857/.

99 Gara's experiment with: David Uberti, "BuzzFeed Staffers Revolt over Op-Ed Calling Roger Stone an LGBTQ 'Ally,' " Splinter, October 16, 2017, https://splinternews .com /buzzfeed-staffers-revolt-over-op-ed-calling-roger-stone-1819517055.

100 Heidi Blake, a talented: Heidi Blake et al., "From Russia with Blood," BuzzFeed, June 15, 2017, https://www.buzzfeed.com/heidiblake/from-russia-with-blood-14-suspected-hits-on-british-soil.

第十一章　轉型——VICE媒體，之三

1 It was a content farm: Rhonda Richford, "Shane Smith Touts Vice's Reach with '7,000 Pieces of Content a Day,' " *Hollywood Reporter*, June 23, 2016, https://www.hollywoodreporter.com/news/shane-smith-touts-vices-reach-905907.

2 In 1998, long before Vice: "CNN Retracts Tailwind Coverage," CNN.com, July 2, 1998, http://www.cnn.com/US/9807/02/tailwind.johnson/; Robin Pogrebin and Felicity Barringer, "CNN Retracts Report That U.S. Used Nerve Gas," *New York Times*, July 3, 1998, https://www.nytimes.com/1998/07/03/us/cnn-retracts-report-that-us-used-nerve-gas.html.

3 By July 2015 CNN: "List of How Many Homes Each Cable Network Is In as of July 2015," TV by the Numbers, July 21, 2015, https://tvbythenumbers.zap2it.com/reference/list-of-how-many-homes-each-cable-network-is-in-as-of-july-2015/.

4 (Eventually, in 2018: "AT&T Completes Acquisition of Time Warner Inc.," AT&T Newsroom, June 15, 2018, http://about.att.com/story/att_completes_acquisition_ of_time_warner_inc.html.

5 Many salaries hovered: Hamilton Nolan, "Working at Vice Media Is Not as Cool as It Seems," Gawker, May 30, 2014, http://gawker.com/working-at-vice-media-is-not-as-cool-as-it-seems-1579711577.

6 It was no surprise that the staff: Reeves Wiedeman, "A Company Built on a Bluff," *New York Magazine*, June 10, 2018, http://nymag.com/daily/intelligencer/2018/06/inside-vice-media-shane-smith.html.

7 One abiding feature: Tracy E. Gilchrist, "Vice Faces More Accusations That It Fos-tered Toxic Bro Culture," *Advocate*, November 15, 2017, https://www.advocate.com/media/2017/11/15/vice-faces-more-accusations-it-fostered-toxic-bro-culture.

8 In January 2017 Smith got another: Lucas Shaw, "Vice Valued at $5.7 Billion with $450

77 When I met Eugene Lee Yang: Eugene Lee Yang, interviewed by Jill Abramson and John Stillman at BuzzFeed Motion Pictures, Los Angeles, March 16, 2016.

78 Later in the day: Video brainstorm session, observed by John Stillman, BuzzFeed Motion Pictures, Los Angeles, March 16, 2016.

79 The month following my visit: Matthew Garrahan and Henry Moore, "BuzzFeed Missed 2015 Revenue Targets and Slashes 2016 Projections," CNBC.com, April 12, 2016, https://www.cnbc.com/2016/04/12/buzzfeed-missed-2015-revenue-tar gets-and-slashes-2016-projections.html.

80 In May a new batch: Dylan Byers, "Can BuzzFeed News Survive the Shift to Video?," CNN.com, May 24, 2016, https://money.cnn.com/2016/05/24/media/buzzfeed-news-video-future/?iid=EL.

81 The plan called for doubling down: BuzzFeed NewFronts presentation, New York, May 2, 2016.

82 For the Inauguration: Charlie Warzel, "The Right Is Building a New Media 'Up-side Down' to Tell Trump's Story," BuzzFeed, January 23, 2017, https://www.buzzfeednews.com/article/charliewarzel/the-right-is-building-a-new-media-up side-down-to-tell-donald.

83 Warzel also spoke with Cernovich: Ibid.

84 Departing from tradition: "Statement by Press Secretary Sean Spicer," White House, January 21, 2017, https://www.whitehouse.gov/briefings-statements/state ment-press-secretary-sean-spicer/.

85 The next morning, on Meet the Press: Rachael Revesz, "Donald Trump's Presi-dential Councellor Kellyanne Conway Says Sean Spicer Gave 'Alternative Facts' at First Press Briefing," *Independent*, January 22, 2017, https://www.independent.co.uk/news/world/americas/kellyanne-conway-sean-spicer-alternative-facts-lies-press-briefing-donald-trump-administration-a7540441.html.

86 There was a popular meme: Peter Holley, "The Lawn-Mowing-in-a-Tornado Dad Photo That Inspired a Thousand Memes," *Washington Post*, June 5, 2017, https://www.washingtonpost.com/news/capital-weather-gang/wp/2017/06/05/the-lawn-mowing-in-a-tornado-dad-photo-that-inspired-a-thousand-memes/?utm_term=.ea7a52993b10.

87 They would sit side by side: Jane Lytvynenko, interviewed by John Stillman at BuzzFeed Toronto, July 28, 2017.

88 Their posts bore headlines: Craig Silverman, "Use This Checklist to Find Out If You're Looking at Fake News," BuzzFeed, December 16, 2016, https://www.buzzfeed.com/craigsilverman/fake-news-checkllist-1?utm_term=.vsb1J2yAD#.bymK6DqMx; Craig Silverman, "6 Easy AF Steps to Detect Fake News Like a Pro," BuzzFeed, December 16, 2016, https://www.buzzfeed.com/craigsilverman/detect-fake-news-like-a-pro-2; Craig Silverman, "This Is How You Can Stop Fake News from Spreading on Facebook," BuzzFeedNews, November 19, 2016, https://www.buzzfeednews.com/article/craigsilverman/heres-how-to-report-fake-news-on-facebook.

89 Lytvynenko said: Jane Lytvynenko, interviewed by John Stillman at BuzzFeed To-ronto, July 28, 2017.

90 She had just published: Jane Lytvynenko, "If You Get 3/7 on This Quiz You're Getting Sucker Punched by Fake News," BuzzFeedNews, July 14, 2017, https://www.buzzfeednews.com/article/janelytvynenko/fake-news-quiz-jul14.

91 "There's a battle: Jane Lytvynenko, interviewed by John Stillman at BuzzFeed Toronto, July 28, 2017.

92 The social network eventually came forward: Scott Shane and Vindu Goel, "Fake Russian Facebook Accounts Bought $100,000 in Political Ads," *New York Times*, September 6, 2017, https://www.nytimes.com/2017/09/06/technology/facebook-russian-political-ads.html.

93 One Russian-made Facebook group: Donie O'Sullivan and Dylan Byers, "Exclu-sive: Fake Black Activist Accounts Linked to Russian Government," CNN.com, September 28, 2017, https://money.cnn.com/2017/09/28/media/blacktivist-russia-facebook-twitter/index.html.

94 His 2018 New Year's resolution: Lisa Eadicicco, "Mark Zuckerberg's New Year's Resolution Is a

Files," *Columbia Journalism Review*, January 11, 2017, https://www.cjr.org/criticism/buzzfeed_trump_russia_memos.php.

56 "It was ironic: Ben Smith, interviewed by Jill Abramson at BuzzFeed New York, August 16, 2017.

57 Syed, who would soon win: Jenn Topper, "5 Things You Should Know about Ris-ing Star Award Winner Nabiha Syed," Reporters Committee for Freedom of the Press, May 10, 2018, https://www.rcfp.org/browse-media-law-resources/news/5-things-you-should-know-about-rising-star-award-winner-nabiha-syed.

58 One of the suits against BuzzFeed: Josh Gerstein, "Russian Bank Owners Sue BuzzFeed over Trump Dossier Publication," Politico, May 26, 2017, https://www.politico.com/blogs/under-the-radar/2017/05/26/trump-dossier-russian-bank-owners-sue-buzzfeed-238876.

59 Michael Cohen, Trump's embattled: https://www.wsj.com/articles/michael-cohen-drops-defamation-suits-against-buzzfeed-fusion-gps-over-russia-dossier-1524152919.

60 Syed still hoped: Nabiha Syed, interviewed by Jill Abramson, New York, February 18, 2018.

61 In an email to his employees: Kelsey Sutton, "BuzzFeed CEO: 'We Stand with Ben' on Publication of Intel Dossier," Politico, January 11, 2017, https://www.po litico.com/blogs/on-media/2017/01/buzzfeed-ceo-we-stand-with-ben-on-publica tion-of-intel-dossier-233493.

62 Though NBC-Universal had infused: Sahil Patel, "NBCUniversal and BuzzFeed Are Teaming Up for a New Parenting Channel Called Playfull," Digiday, Febru-ary 6, 2018, https://digiday.com/media/nbcuniversal-and-buzzfeed-are-launching-a-new-parenting-vertical-called-playfull/.

63 For two years in a row: Janko Roettgers, "BuzzFeed IPO Dreams Fizzle as Company Said to Miss 2017 Revenue Target," *Variety*, November 16, 2017, https://variety.com/2017/digital/news/buzzfeed-2017-revenue-miss-1202616961/.

64 By mid-2015, shortly after the launch: Ibid.

65 This was the vision: Jonah Peretti, "A Cross-Platform, Global Network," Buzz-Feed, October 23, 2015, https://www.buzzfeed.com/jonah/2015memo?utm_ term=.uw9zG7L8R#.rh3BOZLKM.

66 He introduced the latest and greatest gadget: Jonah Peretti, presentation to Buzz-Feed, observed by Jill Abramson and John Stillman, BuzzFeed New York, De-cember 14, 2015.

67 After unveiling HIVE: Ibid.

68 By the spring of 2016: Jill Abramson and John Stillman, observations on a visit to BuzzFeed Motion Pictures, Los Angeles, March 14–17, 2016.

69 "The lines are blurred: Cat Bartosevich, interviewed by Jill Abramson and John Stillman at BuzzFeed Motion Pictures, Los Angeles, March 14, 2016.

70 The head of branded advertising strategy: Jen White, interviewed by Jill Abramson and John Stillman at BuzzFeed Motion Pictures, Los Angeles, March 15, 2016.

71 The next month it announced: Erin Griffith, "How Facebook's Video-Traffic Ex-plosion Is Shaking Up the Advertising World," *Fortune*, June 3, 2015, http://for tune.com/2015/06/03/facebook-video-traffic/.

72 Not to discredit: Shani Hilton, interviewed by Jill Abramson and John Stillman at BuzzFeed New York, May 6, 2016.

73 "It's food theater: Ze Frank, interviewed by Jill Abramson and John Stillman at BuzzFeed Motion Pictures, Los Angeles, March 14, 2016.

74 The frictionlessness of Tasty videos: Adam Bianchi, interviewed by Jill Abramson and John Stillman at BuzzFeed Motion Pictures, Los Angeles, March 15, 2016.

75 When Peretti had hired Frank: Ze Frank, interviewed by Jill Abramson and John Stillman at BuzzFeed Motion Pictures, Los Angeles, March 14, 2016.

76 For new grist: Publishing and curation team, interviewed by John Stillman at BuzzFeed Motion Pictures, Los Angeles, March 16, 2016.

November 20, 2015, and July 18, 2017.

39 "There's never been anything: David Uberti, "Trump Comeback Kills Buzz at BuzzFeed's Election-Night Fete," *Columbia Journalism Review*, November 9, 2016, https://www.cjr.org/covering_the_election/buzzfeed_twitter_election_stream.php.

40 As the night wore on: Ruby Cramer, interviewed by Jill Abramson, New York, No-vember 20, 2015, and July 18, 2017.

41 Back at headquarters: Charlie Warzel, interviewed by John Stillman at BuzzFeed New York, August 18, 2017.

42 At the Javits Center: Ruby Cramer, interviewed by Jill Abramson, New York, No-vember 20, 2015, and July 18, 2017.

43 As the exit polls showed: Charlie Warzel, interviewed by John Stillman at Buzz-Feed New York, August 18, 2017.

44 Cramer, meanwhile, watched: Ruby Cramer, interviewed by Jill Abramson, New York, November 20, 2015, and July 18, 2017.

45 At BuzzFeed headquarters: Farra Strongwater, email to BuzzFeed New York staff, November 9, 2016.

46 "If Trump loses: Craig Silverman and Lawrence Alexander, "How Teens in the Balkans Are Duping Trump Supporters with Fake News," BuzzFeed, November 3, 2016, https://www.buzzfeednews.com/article/craigsilverman/how-macedonia-became-a-global-hub-for-pro-trump-misinfo.

47 "Who am I to say: Ben Smith, interviewed by Jill Abramson at BuzzFeed New York, August 2017.

48 "This seems preposterous: Michael Wolff (@Michael WolffNYC), "1/2 This seems preposterous, appalling, opportunistic, and lacking in basic ethics at every level," Twitter, 4:45 pm, January 10, 2017, https://twitter.com/MichaelWolffNYC/status/818982141866508288?ref_src=twsrc%5Etfw%7Ctwcamp%5Etweetembed%7Ctwterm%5E818982141866508288&ref_url=https%3A%2F%2Fwww.weeklystandard.com%2Flarry-oconnor%2Fthe-problem-with-buzzfeeds-let-the-readers-decide-standard.

49 "It's never been acceptable: Margaret Sullivan, "How BuzzFeed Crossed the Line in Publishing Salacious 'Dossier' on Trump," *Washington Post*, January 11, 2017, https://www.washingtonpost.com/lifestyle/style/how-buzzfeed-crossed-the-line-in-publishing-salacious-dossier-on-trump/2017/01/11/957b59f6-d801-11e6-9a36-1d296534b31e_story.html?utm_term=.ca47f551a840.

50 "Even Donald Trump deserves: David Corn, "A Veteran Spy Has Given the FBI Information Alleging a Russian Operation to Cultivate Donald Trump," *Mother Jones*, October 31, 2016, https://www.motherjones.com/politics/2016/10/veteran-spy-gave-fbi-info-alleging-russian-operation-cultivate-donald-trump/.

51 "I think it was disgraceful: Ayesha Rascoe, "Trump Accuses U.S. Spy Agencies of Nazi Practices over 'Phony' Russia Dossier," Reuters, January 11, 2017, https://www.reuters.com/article/us-usa-trump-idUSKBN14V18L.

52 CNN's Zucker was already on record: Ramin Setoodeh, "How Jeff Zucker Made CNN Great Again," Variety, August 2, 2016, https://variety.com/2016/tv/news/jeff-zucker-cnn-fox-news-1201827824/.

53 The network issued a statement: "Read CNN's Response to Trump's Accusations of False Reporting," CNN.com, January 11, 2017, https://www.cnn.com/2017/01/11/politics/cnn-statement-trump-buzzfeed/index.html.

54 One of the CNN anchors: Chris Ariens, "CNN's Jake Tapper Calls Out BuzzFeed for Reporting Trump Dossier," Adweek, January 11, 2017, https://www.adweek.com/tvnewser/cnns-jake-tapper-calls-out-buzzfeed-for-reporting-trump-dossier/316792.

55 Smith had a few defenders: Vanessa M. Gezari, "BuzzFeed Was Right to Publish Trump-Russia

2014, https://www.buzzfeednews.com/article/bensmith/the-facebook-election.

⓳ The next day Coppins's BuzzFeed story: McKay Coppins, "Donald Trump, Amer-ica's Troll, Gets Tricked into Running for President," BuzzFeedNews, June 17, 2015, https://www.buzzfeednews.com/article/mckaycoppins/donald-trump-amer icas-troll-gets-tricked-into-running-for-pr.

⓴ When CNN chief Jeff Zucker: Hadas Gold and Gabriel Debenedetti, "Campaign Operatives Blast Jeff Zucker over CNN Coverage at Harvard Event," Politico, December 1, 2016, https://www.politico.com/story/2016/12/jeff-zucker-harvard-heckled-cnn-trump-coverage-232090.

㉑ In contrast, it was not until September 2016: Michael Barbaro, "Donald Trump Clung to 'Birther' Lie for Years, and Still Isn't Apologetic," *New York Times*, September 16, 2016, https://www.nytimes.com/2016/09/17/us/politics/donald-trump-obama-birther.html.

㉒ Baron explained in an interview: Jason Del Rey, "Marty Baron Explains What It Will Take for the Washington Post to Call a Trump Lie a Lie," Re/Code, February 14, 2017, https://www.recode.net/2017/2/14/14613714/marty-baron-washington-post-trump-lie.

㉓ As a fellow doing research: Craig Silverman, "The Lesson from the Dress Color Debate That Every Journalist Needs to Know," Poynter, February 27, 2015, https://www.poynter.org/news/lesson-dress-color-debate-every-journalist-needs-know.

㉔ Before he joined BuzzFeed: Craig Silverman, interviewed by John Stillman at BuzzFeed Toronto, July 27, 2017.

㉕ By that point Silverman: Ibid.

㉖ Smith's 2015 offer: Ibid.

㉗ One of his early hires: Sarah Aspler, interviewed by John Stillman at BuzzFeed Toronto, July 28, 2017.

㉘ Just eight months after: BuzzFeed International Editorial Meeting, observed by Jill Abramson and John Stillman, New York, October 28, 2015.

㉙ Tim Gionet, who made videos: Oliver Darcy, "The Untold Story of Baked Alaska, a Rapper Turned BuzzFeed Personality Turned Alt-Right Troll," Business Insider, April 30, 2017, https://www.businessinsider.com/who-is-baked-alaska-milo-mike-cernovich-alt-right-trump-2017-4.

㉚ He hit his breaking point: Ibid.

㉛ Warzel had started out: Charlie Warzel, interviewed by John Stillman at Buzz-Feed New York, August 18, 2017.

㉜ On the evening of Super Tuesday: John Stillman, observations on a visit to Buzz-Feed New York for Super Tuesday, March 1, 2016.

㉝ Kaczynski's latest: Andrew Kaczynski, "Donald Trump Had No Idea What Overalls Were until 2005," BuzzFeedNews, March 1, 2016, https://www.buzz feednews.com/article/andrewkaczynski/donald-trump-first-encountered-overalls-in-2005.

㉞ "Andrew's team, along: Ben Smith, interviewed by John Stillman at BuzzFeed New York, March 1, 2016.

㉟ Super Tuesday would prove: John Stillman, observations on a visit to BuzzFeed New York for Super Tuesday, March 1, 2016.

㊱ On Facebook, BuzzFeed promoted: BuzzFeed, "Watch as Super Tuesday Ruins This Man's Night One State at a Time," Facebook (video), March 1, 2016, https://www.facebook.com/BuzzFeed/videos/watch-as-super-tuesday-ruins/10154385997975329/.

㊲ Then Don Lemon: Ruby Cramer and Darren Sands, " 'Superpredators' Heightens Divide between Clintons and New Generation of Black Activists," Buzz-FeedNews, April 13, 2016, https://www.buzzfeednews.com/article/rubycramer/superpredators-heightens-divide-between-clintons-and-new-gen.

㊳ She traced the unofficial campaign trail: Ruby Cramer, interviewed by Jill Abramson, New York, comcasts-nbcuniversal-invests-another-200-million-in-buzzfeed-1477005136.

❷ At the beginning of 2012: Alice Suh, "BuzzFeed Adds Emotional Reactions to Facebook Timeline with New Social App," Cision, January 18, 2012, https://www.prweb.com/releases/2012/1/prweb9117756.htm.

❸ In November 2014: Ben Smith, "The Facebook Election," BuzzFeedNews, No-vember 9, 2014, https://www.buzzfeednews.com/article/bensmith/the-facebook-election.

❹ On Election Day 2012: Maya Kosoff, "A Facebook News Feed Experiment on 1.9 Million Users May Have Increased Voter Turnout in the 2012 Election," Busi-ness Insider, https://www.businessinsider.com/facebooks-news-feed-voting-ex periment-2012-2014-10.

❺ In 2014 the company ran another experiment: Adam D. I. Kramer, Jamie E. Guil-lory, and Jeffrey T. Hancock, "Experimental Evidence of Massive-Scale Emo-tional Contagion through Social Networks," *Proceedings of the National Academy of Sciences* 111, no. 24 (2014): 8788–8790, http://www.pnas.org/content/111/24/8788.

❻ Smith announced a powerful: Ben Smith, "The Facebook Election," BuzzFeed-News, November 9, 2014, https://www.buzzfeednews.com/article/bensmith/the-facebook-election.

❼ "At some point: Ibid.

❽ The Huffington Post went so far: Arianna Huffington, "A Note on Trump: We Are No Longer Entertained," *Huffington Post*, December 7, 2015, https://www.huffin gtonpost.com/arianna-huffington/a-note-on-trump_b_8744476.html.

❾ Meanwhile Smith's newsroom: Ken Bensinger, Miriam Elder, and Mark Schoofs, "These Reports Allege Trump Has Deep Ties to Russia," BuzzFeedNews, January 10, 2017, https://www.buzzfeednews.com/article/kenbensinger/these-reports-al lege-trump-has-deep-ties-to-russia#.bpa5jJbpx.

❿ Very early on: McKay Coppins, "36 Hours on the Fake Campaign Trail with Don-ald Trump," BuzzFeed, February 13, 2014, https://www.buzzfeed.com/mckay coppins/36-hours-on-the-fake-campaign-trail-with-donald-trump?utm_term=.bqmGzbl8V#.xjjgazYKX.

⓫ Having traveled up to New Hampshire: Ibid.

⓬ Coppins seemed to be struggling: Ibid.

⓭ The day after Coppins's piece: Sam Nunberg, email to Brian Stelter, published by *Washington Post*, February 18, 2014, https://www.washingtonpost.com/blogs/erik-wemple/wp/2014/02/18/trump-camp-blasts-buzzfeed-reporter-via-breitbart/?utm_term=.4e1cb35e3548.

⓮ That summer Mercer ponied up: Kyle Swenson, "Rebekah Mercer, the Billionaire Backer of Bannon and Trump, Chooses Sides," *Washington Post*, January 5, 2018, https://www.washingtonpost.com/news/morning-mix/wp/2018/01/05/rebekah-mercer-the-billionaire-backer-of-bannon-and-trump-chooses-sides/?utm_term=.ba7666186440.

⓯ One, for instance, quoted: Matthew Boyle, "Exclusive—Trump: 'Scumbag' BuzzFeed Blogger Ogled Women While He Ate Bison at My Resort," Breitbart, February 18, 2014, https://www.breitbart.com/big-government/2014/02/18/don ald-trump-to-mckay-coppins-youre-a-scumbag/.

⓰ In still another takedown: Tony Lee, "Exclusive—Palin Calls for Boycott after BuzzFeed Hit Piece on Trump," Breitbart, February 19, 2014, https://www.breit bart.com/big-journalism/2014/02/19/palin-don-t-give-buzzfeed-blogger-who-isn-t-fit-to-tie-the-donald-s-wingtips-attention-again/.

⓱ Charting the rise: Jane Mayer, "The Reclusive Hedge-Fund Tycoon behind the Trump Presidency," *New Yorker*, March 27, 2017, https://www.newyorker.com/magazine/2017/03/27/the-reclusive-hedge-fund-tycoon-behind-the-trump-pres idency; John Hayward, "The Smith Project: What Voters Want," Breitbart, Feb-ruary 3, 2016, https://www.breitbart.com/big-government/2016/02/03/the-smith-project-a-look-at-the-new-american-insurgency/.

⓲ Smith, meanwhile, observed: Ben Smith, "The Facebook Election," BuzzFeed-News, November 9,

facebook-mark-zuckerberg-2-years-of-hell/.

68 On the very day the editors: Abby Ohlheiser, "Three Days after Removing Human Editors, Facebook Is Already Trending Fake News," *Washington Post*, August 29, 2016, https://www.washingtonpost.com/news/the-intersect/wp/2016/08/29/a-fake-headline-about-megyn-kelly-was-trending-on-facebook/?utm_term=.b4df12f85d94.

69 Then more: Craig Silverman, "Here's Why Facebook's Trending Algorithm Keeps Promoting Fake News," BuzzFeed, October 26, 2016, https://www.buzzfeednews.com/article/craigsilverman/can-facebook-trending-fight-off-fake-news.

70 He did so in early September: Mark Zuckerberg's Facebook profile, September 6, 2016, https://www.facebook.com/zuck/posts/10103087138471551.

71 "Here's Why Facebook's Trending Algorithm: Craig Silverman, "Here's Why Facebook's Trending Algorithm Keeps Promoting Fake News," BuzzFeed, Oc-tober 26, 2016, https://www.buzzfeednews.com/article/craigsilverman/can-face book-trending-fight-off-fake-news.

72 In November, Silverman cracked open: Craig Silverman and Lawrence Alexan-der, "How Teens in the Balkans Are Duping Trump Supporters with Fake News," BuzzFeed, November 3, 2016, https://www.buzzfeednews.com/article/craigsil verman/how-macedonia-became-a-global-hub-for-pro-trump-misinfo.

73 Silverman would later visit Veles: Craig Silverman, interviewed by John Stillman, Toronto, July 27–28, 2017.

74 They came to the line of work: Ibid.

75 Silverman explained: Ibid.

76 More than a year later: Craig Silverman, J. Lester Feder, Saska Cvetkovska, and Aubrey Belford, "American Conservatives Played a Secret Role in the Macedo-nian Fake News Boom Ahead of 2016," BuzzFeed, July 18, 2018, https://www.buzzfeednews.com/article/craigsilverman/american-conservatives-fake-news-macedonia-paris-wade-libert.

77 "I wouldn't have come aboard: Joshua Green and Sasha Issenberg, "Inside the Trump Bunker, with Days to Go," Bloomberg, October 27, 2016, https://www.bloomberg.com/news/articles/2016-10-27/inside-the-trump-bunker-with-12-days-to-go.

78 The Trump campaign had been harnessing: Ibid.

79 According to a report in the Guardian: Lois Beckett, "Trump Digital Director Says Facebook Helped Win the White House," *Guardian*, October 8, 2017, https://www.theguardian.com/technology/2017/oct/08/trump-digital-director-brad-par scale-facebook-advertising.

80 It was a crucial component: Joshua Green and Sasha Issenberg, "Inside the Trump Bunker, with Days to Go," Bloomberg, October 27, 2016, https://www.bloomberg.com/news/articles/2016-10-27/inside-the-trump-bunker-with-12-days-to-go.

81 The Electoral College experts: David Plouffe: "What I Got Wrong about the Elec-tion," *New York Times*, November 11, 2016, https://www.nytimes.com/2016/11/11/opinion/what-i-got-wrong-about-the-election.html.

82 The forum boards of 4chan: Joseph Bernstein, "Inside 4chan's Election Day May-hem and Misinformation Playbook," BuzzFeed, November 7, 2016, https://www.buzzfeednews.com/article/josephbernstein/inside-4chans-election-day-mayhem-and-misinformation-playboo#.rjDBA5vKZk.

83 "Forget the press: Kurt Andersen, "How America Lost Its Mind," *Atlantic*, Septem-ber 2017, https://www.theAtlantic.com/magazine/archive/2017/09/how-america-lost-its-mind/534231/.

第十章　突破——BUZZFEED，之三

1 Despite an injection: Steven Perlberg and Amol Sharma, "Comcast's NBCUniver-sal Invests Another $200 Million in BuzzFeed," *Wall Street Journal*, October 20, 2016, https://www.wsj.com/articles/

https://www.nytimes.com/2015/06/07/magazine/the-agency.html.
52 Long before he would take: Scott Shane, "Combative, Populist Steve Bannon Found His Man in Donald Trump," *New York Times*, November 27, 2016, https://www.nytimes.com/2016/11/27/us/politics/steve-bannon-white-house.html.
53 A Columbia Journalism Review study: Yochai Benkler, Robert Faris, Hal Roberts, and Ethan Zuckerman, "Study: Breitbart-Led Right-Wing Media Ecosystem Altered Broader Media Agenda," *Columbia Journalism Review*, March 3, 2017, https://www.cjr.org/analysis/breitbart-media-trump-harvard-study.php.
54 Its spokesman quit: "Bardella: Breitbart Web Site Is a Trump Super Pac," CNN.com (video), August 21, 2016, https://www.cnn.com/videos/tv/2016/08/21/bar della-breitbart-web-site-is-a-trump-super-pac.cnn.
55 "Andrew's life mission: Rosie Gray and McKay Coppins, "Michelle Fields, Ben Shapiro Resign from Breitbart," BuzzFeed, March 14, 2016, https://www.buzz feednews.com/article/rosiegray/michelle-fields-ben-shapiro-resign-from-breit bart.
56 A pre-election report: Thomas E. Patterson, "News Coverage of the 2016 Presi-dential Primaries: Horse Race Reporting Has Consequences," Shorenstein Center on Media, Politics and Public Policy, July 11, 2016, https://shorensteincenter.org/news-coverage-2016-presidential-primaries/.
57 In the meantime, in June: Adam Mosseri, "Building a Better News Feed for You," Facebook Newsroom, June 29, 2016, https://newsroom.fb.com/news/2016/06/building-a-better-news-feed-for-you/.
58 The editors' job, as one told: Mike Isaac, "Facebook 'Trending' List Skewed by Individual Judgment, Not Institutional Bias," *New York Times*, May 20, 2016, https://www.nytimes.com/2016/05/21/technology/facebook-trending-list-skewed-by-individual-judgment-not-institutional-bias.html.
59 At the beginning of their shift: Former Facebook Trending editors, interviewed by John Stillman, New York, August 2017.
60 Gizmodo reported: Michael Nunez, "Former Facebook Workers: We Routinely Suppressed Conservative News," Gizmodo, May 9, 2016, https://gizmodo.com/former-facebook-workers-we-routinely-suppressed-conser-1775461006.
61 Senator John Thune: Tony Romm, "Senate Committee Presses Facebook on Han-dling of Conservative News," Politico, May 10, 2016, https://www.politico.com/story/2016/05/john-thune-facebook-conservative-news-trending-223008.
62 "We've built Facebook: Mark Zuckerberg's Facebook page, May 18, 2016, https://www.facebook.com/zuck/posts/10102840575485751.
63 After Trump introduced: Elizabeth Dwoskin, "Facebook Thought It Was More Powerful Than a Nation-State. Then That Became a Liability," *Washington Post*, January 22, 2018, https://www.washingtonpost.com/business/economy/inside-facebooks-year-of-reckoning/2018/01/22/cfd7307c-f4c3-11e7-beb6-c8d48830c54d_story.html?utm_term=.f7d8e787ed34.
64 The leaked question painted: Michael Nunez, "Facebook Employees Asked Mark Zuckerberg If They Should Try to Stop a Donald Trump Presidency," Gizmodo, April 15, 2016, https://gizmodo.com/facebook-employees-asked-mark-zuckerberg-if-they-should-1771012990.
65 The next day, he learned that Facebook: Nicholas Thompson and Fred Vogel-stein, "Inside the Two Years That Shook Facebook—and the World," Wired, Feb-ruary 12, 2018, https://www.wired.com/story/inside-facebook-mark-zuckerberg-2-years-of-hell/.
66 a BuzzFeed reporter, Craig Silverman: Craig Silverman, interviewed by John Stillman, Toronto, July 27–28, 2017.
67 With his team of advisors: Nicholas Thompson and Fred Vogelstein, "Inside the Two Years That Shook Facebook—and the World," Wired, February 12, 2018, https://www.wired.com/story/inside-

Viewing," Facebook Newsroom, April 21, 2016, https://newsroom.fb.com/news/2016/04/news-feed-fyi-more-articles-you-want-to-spend-time-viewing/.

32 By May and June 2016: Grace Duffy, "Who Are the Biggest Politics Publishers on Social?," NewsWhip, June 15, 2016, https://www.newswhip.com/2016/06/biggest-politics-publishers-social/#9tVOGejWI0PSshY6.99.

33 "The market has forced me: Noah Shachtman, "How Andrew Breitbart Hacked the Media," Wired, March 11, 2010, https://www.wired.com/2010/03/ff-andrew-brietbart/.

34 "Your brain works differently: Rebecca Mead, "Rage Machine," *New Yorker*, May 24, 2010, https://www.newyorker.com/magazine/2010/05/24/rage-machine.

35 He had worked as a pizza delivery: Conor Friedersdorf, "Why Breitbart Started Hating the Left," *Atlantic*, April 18, 2011, https://www.the*Atlantic*.com/politics/archive/2011/04/why-breitbart-started-hating-the-left/237459/.

36 Breitbart was proud: "Lists: What's Your Source for That?," Reason, October 2007, http://reason.com/archives/2007/10/01/lists-whats-your-source-for-th.

37 Toward the end of the 1990s: Noah Shachtman, "How Andrew Breitbart Hacked the Media," Wired, March 11, 2010, https://www.wired.com/2010/03/ff-andrew-brietbart/.

38 He took a sabbatical: Alyson Shontell, "The Founder of Breitbart, One of Trump's Favorite Sites, Also Cofounded the Huffington Post—Here's What He Was Like to Work With," Business Insider, June 6, 2017, https://www.businessinsider.com/breitbart-huffington-post-founder-trump-2017-6.

39 "The idea," he told Wired: Noah Shachtman, "How Andrew Breitbart Hacked the Media," Wired, March 11, 2010, https://www.wired.com/2010/03/ff-andrew-bri etbart/.

40 That December Breitbart attended: Joshua Green, *Devil's Bargain: Steve Bannon, Donald Trump, and the Storming of the Presidency* (New York: Penguin, 2017), 85–87. See also Joshua Green interview with Matthew Boyle, "Exclusive—A Devil's Bargain: How Steve Bannon Met Andrew Breitbart, Then Put Conserva-tives on Path to Destroy Hillary Clinton Once and For All," Breitbart, July 19, 2017, https://www.breitbart.com/big-government/2017/07/19/exclusive-a-devils-bargain-how-steve-bannon-met-andrew-breitbart-put-conservatives-path-destroy-hillary-clinton-once-for-all/.

41 From its very origin: "#WAR—Breitbart 1st Installment," YouTube (video), 1:41, August 6, 2012, https://www.youtube.com/watch?time_continue=1&v=A7Vwc1jgGSY.

42 It would be different things: Sarah Posner, "How Donald Trump's New Campaign Chief Created an Online Haven for White Nationalists," *Mother Jones*, August 22, 2016, https://www.motherjones.com/politics/2016/08/stephen-bannon-donald-trump-alt-right-breitbart-news/.

43 The up-and-coming face: Benjamin Wallace-Wells, "Is the Alt-Right for Real?" *New Yorker*, May 5, 2016, https://www.newyorker.com/news/benjamin-wallace-wells/is-the-alt-right-for-real.

44 He put out a call: Noah Shachtman, "How Andrew Breitbart Hacked the Media," Wired, March 11, 2010, https://www.wired.com/2010/03/ff-andrew-brietbart/.

45 He termed the ACORN videos: Rebecca Mead, "Rage Machine," *New Yorker*, May 24, 2010, https://www.newyorker.com/magazine/2010/05/24/rage-machine.

46 From those confines: Ibid.

47 BuzzFeed's Matt Stopera: Matt Stopera, interviewed by Jill Abramson and John Stillman, *New York*, September 1, 2015.

48 As described in a New Yorker profile: Rebecca Mead, "Rage Machine," *New Yorker*, May 24, 2010, https://www.newyorker.com/magazine/2010/05/24/rage-machine.

49 The New Yorker quoted him saying: Ibid.

50 "I think Donald Trump": *Joy Behar Show*, CNN (transcript), April 19, 2011, http://www.cnn.com/TRANSCRIPTS/1104/19/joy.01.html.

51 Using a tool called Prism: Adrian Chen, "The Agency," *New York Times Magazine*, June 2, 2015,

feed_algorithm_works.html.
15 By the time Facebook unveiled: Cheng Zhang, "Using Qualitative Feedback to Show Relevant Stories," Facebook Newsroom, February 1, 2016, https://news room.fb.com/news/2016/02/news-feed-fyi-using-qualitative-feedback-to-show-relevant-stories/.
16 The cascade of advances: Jonathan Taplin, *Move Fast and Break Things: How Facebook, Google and Amazon Have Cornered Culture and What It Means for All of Us* (Boston: Little, Brown, 2017), 143.
17 In 2010 opponents of a Florida: "Case Study: Reaching Voters with Facebook Ads (Vote No on 8)," Facebook, August 16, 2011, https://www.facebook.com/notes/us-politics-on-facebook/case-study-reaching-voters-with-facebook-ads-vote-no-on-8/10150257619200882.
18 Around 2012 the company set out: John Lanchester, "You Are the Product," *London Review of Books* 39, no. 16 (August 17, 2017), https://www.lrb.co.uk/v39/n16/john-lanchester/you-are-the-product.
19 In the cloisters of Cambridge University: Jane Mayer, "The Reclusive Hedge-Fund Tycoon behind the Trump Presidency," *New Yorker*, March 27, 2017, https://www.newyorker.com/magazine/2017/03/27/the-reclusive-hedge-fund-tycoon-be hind-the-trump-presidency.
20 He knew, for instance: Michal Kosinski, David Stillwell, and Thore Graepel, "Private Traits and Attributes Are Predictable from Digital Records of Human Be-havior," *Proceedings of the National Academy of Sciences* 110, no. 15 (2013):5802–5805.
21 "With a mere ten 'likes': Hannes Grassegger and Mikael Krogerus, "I Just Showed That the Bomb Was There," *Das Magazin*, December 3, 2016, translated by AntidoteZine.com, January 22, 2017, https://antidotezine.com/2017/01/22/trump-knows-you/.
22 In 2018 Facebook finally admitted: Cecilia Kang and Sheera Frenkel, "Facebook Says Cambridge Analytica Harvested Data of Up to 87 Million Users," *New York Times*, April 4, 2018, https://www.nytimes.com/2018/04/04/technology/mark-zuckerberg-testify-congress.html.
23 The company announced that the longtime: Smriti Bhagat et al., "Three and a Half Degrees of Separation," Facebook Research, February 4, 2016, https://research.fb.com/three-and-a-half-degrees-of-separation/.
24 The Times was publishing videos: *New York Times* Facebook page, accessed July 31, 2018, https://www.facebook.com/pg/nytimes/videos/?ref=page_internal.
25 For BuzzFeed, the made-for-Facebook: Alex Kantrowitz, "Early Numbers Sug-gest Facebook Instant Articles Giving BuzzFeed and Other Participating Pub-lishers an Edge," BuzzFeed, June 12, 2015, https://www.buzzfeednews.com/article/alexkantrowitz/early-numbers-are-positive-for-facebooks-instant-arti cles#.slRzgeOlb.
26 By 2015 Facebook's individual users: Amir Efrati, "Facebook Struggles to Stop Decline in 'Original' Sharing," Information, April 7, 2016, https://www.theinformation.com/articles/facebook-struggles-to-stop-decline-in-original-sharing.
27 BuzzFeed's technology reporter: Alex Kantrowitz, "How the 2016 Election Blew Up in Facebook's Face," BuzzFeed, November 21, 2016, https://www.buzzfeednews.com/article/alexkantrowitz/2016-election-blew-up-in-facebooks-face.
28 That summer Facebook added: Jacob Frantz, "Updated Controls for News Feed," Facebook Newsroom, July 9, 2015, https://newsroom.fb.com/news/2015/07/updated-controls-for-news-feed/.
29 In January 2016 Facebook: Peter Roybal, "Introducing Audience Optimization for Publishers," Facebook Media, January 21, 2016, https://media.fb.com/2016/01/21/introducing-audience-optimization/.
30 In February Facebook added: Cheng Zhang and Si Chen, "Using Qualitative Feedback to Show Relevant Stories," Facebook Newsroom, February 1, 2016, https://newsroom.fb.com/news/2016/02/news-feed-fyi-using-qualitative-feed back-to-show-relevant-stories/.
31 In April they went even further: Moshe Blank and Jie Xu, "More Articles You Want to Spend Time

64 When she sent a note: https://www.washingtonpost.com/business/katherine-wey mouths-statement/2014/09/02/2ac68dd2-32a5-11e4-8f02-.

65 The only American news site: Dan Kennedy, The Shorenstein Center, "The Bezos Ef-fect," June 2016 Effect, https://shorensteincenter.org/bezos-effect-washington-post/.

66 they also shared Baron's sense of mission: https://digiday.com/podcast/digiday-podcast-shailesh-prakash/.

第九章　臉書

1 In 2009 Facebook endowed: "Facebook Newsfeed Algorithm History," Wallaroo Media, May 2, 2018, http://wallaroomedia.com/facebook-newsfeed-algorithm-change-history/#eight.

2 By August 2013: Kurt Wagner, "Facebook: Here's How Your News Feed Works," Mashable, August 6, 2013, https://mashable.com/2013/08/06/facebook-news-feed-works/#GbvzcNO54iqI.

3 With the exception of Rupert Murdoch: Nicholas Thompson and Fred Vogelstein, "Inside the Two Years That Shook Facebook—and the World," Wired, February 12, 2018, https://www.wired.com/story/inside-facebook-mark-zuckerberg-2-years-of-hell/.

4 Zuckerberg's early backer: John Lanchester, "You Are the Product," *London Review of Books* 39, no. 16 (August 17, 2017), https://www.lrb.co.uk/v39/n16/john-lanchester/you-are-the-product.

5 When Girard died in 2015: Quentin Hardy, "René Girard, French Theorist of the Social Sciences, Dies at 91," *New York Times*, November 10, 2015, https://www.nytimes.com/2015/11/11/arts/international/rene-girard-french-theorist-of-the-so cial-sciences-dies-at-91.html.

6 But his aides discouraged him: Elizabeth Dwoskin, "Facebook Thought It Was More Powerful Than a Nation-State. Then That Became a Liability," *Washington Post*, January 22, 2018, https://www.washingtonpost.com/business/economy/inside-facebooks-year-of-reckoning/2018/01/22/cfd7307c-f4c3-11e7-beb6-c8d48830c54d_story.html?utm_term=.f7d8e787ed34; Max Read, "Does Even Mark Zuckerberg Know What Facebook Is?," *New York*, October 1, 2017, http://nymag.com/selectall/2017/10/does-even-mark-zuckerberg-know-what-facebook-is.html.

7 When the network welcomed: John Lanchester, "You Are the Product," *London Review of Books* 39, no. 16 (August 17, 2017), https://www.lrb.co.uk/v39/n16/john-lanchester/you-are-the-product.

8 Sixty-two percent of Americans: Elisa Shearer and Jeffrey Gottfried, "News Use across Social Media Platforms 2017," Pew Research Center/Journalism.org, September 7, 2017, http://www.journalism.org/2017/09/07/news-use-across-social-media-platforms-2017/.

9 Leading by example: Franklin Foer, "When Silicon Valley Took Over Journalism," *Atlantic*, September 2017, https://www.theAtlantic.com/magazine/archive/2017/09/when-silicon-valley-took-over-journalism/534195/.

10 By October inbound traffic: Justin Osofsky, "More Ways to Drive Traffic to News and Publishing Sites," Facebook, October 21, 2013, https://www.facebook.com/notes/facebook-media/more-ways-to-drive-traffic-to-news-and-publishing-sites/585971984771628.

11 One change would privilege: Varun Kacholia, "News Feed FYI: Showing More High Quality Content," Facebook, August 23, 2013, https://www.facebook.com/business/news/News-Feed-FYI-Showing-More-High-Quality-Content.

12 Only a few years earlier: Steven Levy, "Inside the Science That Delivers Your Scary-Smart Facebook and Twitter Feeds," Wired, April 22, 2014, https://www.wired.com/2014/04/perfect-facebook-feed/.

13 So Facebook launched an internal effort: Victor Luckerson, "Here's How Face-book's News Feed Actually Works," *Time*, July 9, 2015, http://time.com/collec tion-post/3950525/facebook-news-feed-algorithm/.

14 Which is what the company did: Will Oremus, "Who Controls Your Facebook Feed," Slate, January 3, 2016, http://www.slate.com/articles/technology/cover_story/2016/01/how_facebook_s_news_

April 24, 2012, https://www.theawl.com/2012/04/the-latest-sad-fate-of-an-aggregation-serf/.

50 Narisetti's team included: "Cory Haik Named Executive Director for Emerging News Products," *WashPostPR Blog*, *Washington Post*, July 21, 2015, https://www.washingtonpost.com/pr/wp/2015/07/21/cory-haik-named-executive-director-for-emerging-news-products/?utm_term=.afb075bc46b1.

51 For one, she was young: "Meet the Post's Mobile Leadership, a Q&A with Cory Haik and Julia Beizer," *WashPostPR Blog*, *Washington Post*, October 21, 2014, https://www.washingtonpost.com/pr/wp/2014/10/21/meet-the-posts-mobile-lead ership-a-qa-with-cory-haik-and-julia-beizer/?utm_term=.19a01fbbcfc6.

52 She was excited when veteran: Benjamin Mullin, "Washington Post Campaign Re-porter Dan Balz Brings Viewers on the Trail with Snapchat," Poynter, July 17, 2015, https://www.poynter.org/news/washington-post-campaign-reporter-dan-balz-brings-viewers-trail-snapchat.

53 She developed her own data collector: "@MentionMachine Tracks the 2012 Can-didates: Who's Up, Who's Down on Twitter?," *Washington Post*, January 4, 2012, https://www.washingtonpost.com/blogs/election-2012/post/mentionmachine-tracks-the-2012-candidates-whos-up-whos-down-on-twitter/2011/12/20/gIQA PY8r7O_blog.html?utm_term=.69c77f2081ec.

54 Called the MentionMachine: Justin Ellis, "Monday Q&A: Washington Post's Cory Haik on TruthTeller and Prototyping in the Newsroom," NiemanLab, March 18, 2013, http://www.niemanlab.org/2013/03/monday-qa-washington-posts-cory-haik-on-truthteller-and-prototyping-in-the-newsroom/.

55 Haik considered it a big victory: Cory Haik, interviewed by Jill Abramson, New York, May 5, 2016.

56 But others thought it cheapened: Pexton, "Is The Post Innovating Too Fast," https://www.washingtonpost.com/opinions/.

57 The pressure to make the Post: Ibid.

58 Periodically they would suspend: Aleszu Bajak, "Thirteen Cool Ideas from the Washington Post/Embedly Hackathon," Storybench, July 13, 2015, http://www.storybench.org/wapo-journalism-hackathon/.

59 By this point the search: Francis Cianfrocca, "The Media's Broken Business Model," Real Clear Markets, May 19, 2009, https://www.realclearmarkets.com/ar ticles/2009/05/the_medias_broken_business_mod.html; William D. Cohan, "Jour-nalism's Broken Business Model Won't Be Solved by Billionaires," *New Yorker*, October 19, 2017, https://www.newyorker.com/news/news-desk/journalisms-bro ken-business-model-wont-be-solved-by-billionaires; Janell Sims, "*Boston Globe* Editor Says Business Model Is Broken—but Journalism Is Not," Shorenstein Cen-ter on Media, Politics and Public Policy, April 8, 2014, https://shorensteincenter.org/brian-mcgrory/; Arnab Neil Sengupta, "The News Media Industry Is Going for Broke," *Al Jazeera*, October 7, 2016, https://www.aljazeera.com/indepth/fea tures/2016/09/news-media-industry-broke-160929090433943.html.

60 Many publishers concluded that: Ira Basen, "Breaking Down the Wall," Center for Journalism Ethics, December 19, 2012, https://ethics.journalism.wisc.edu/2012/12/19/breaking-down-the-wall/.

61 Brauchli wrote a memo: Erik Wemple, "Brauchli to Washington Post Staff: More with Less!," *Washington Post*, February 8, 2012, https://www.washingtonpost.com/blogs/erik-wemple/post/brauchli-to-washington-post-staff-more-with-less/2012/02/08/gIQA9n16yQ_blog.html.

62 The discussion quickly turned contentious: https://www.washingtonian.com/2012/05/10/why-did-washington-post-reporters-meet-with-the-papers-gm/.

63 In the late afternoon: https://www.washingtonpost.com/national/washington-post-to-be-sold-to-jeff-bezos/2013/08/05/ca537c9e-fe0c-11e2-9711-.

chartbeat-advertising-journalism-ad-blocker-re code-media.

33 Clicks did not measure: Jack Marshall, "Online Measurement Is a Mess, Says For-mer Chartbeat CEO Tony Haile," *Wall Street Journal*, November 16, 2016, https://www.wsj.com/articles/online-measurement-is-a-mess-says-former-chartbeat-ceo-tony-haile-1479331309.

34 Narisetti had come to the Post: Harry Jaffe, "Post Watch: Meet the Post's 'Mys-tery Man,' " *Washingtonian*, May 12, 2010, https://www.washingtonian.com/2010/05/12/post-watch-meet-the-posts-mystery-man/.

35 Naturally this created: Steven Mufson, "Post Managing Editor," *Washington Post*, January 20, 2012, https://www.washingtonpost.com/business/economy/post-man aging-editor/2012/01/20/gIQAlno1EQ_story.html?utm_term=.96a79d16a04a; Pexton, "Is The Post Innovating Too Fast?"

36 Hired by Narisetti in 2009: Benjamin Wallace, "Here, Let Ezra Explain," *New York*, February 2, 2014, http://nymag.com/news/features/ezra-klein-2014-2/.

37 Bell helped power: Ravi Somaiya, "Top Wonkblog Columnist to Leave Washington Post," *New York Times*, January 21, 2014, https://www.nytimes.com/2014/01/22/business/media/ezra-klein-leaving-washington-post.html.

38 Readers loved them: Lucia Moses, "The Rapid Rise of Vox Media's Melissa Bell: An Explainer," Digiday, July 6, 2015, https://digiday.com/media/unusual-talents-vox-medias-melissa-bell/.

39 Many people thought Klein: Matt Welch, "The Boy in the Bubble," *Columbia Journalism Review*, September–October 2012, https://archives.cjr.org/feature/boy_in_bubble.php.

40 Klein's fluid writing: Dylan Byers and Hadas Gold, "Why the Post Passed on Ezra Klein," Politico, January 21, 2014, https://www.politico.com/story/2014/01/ezra-klein-leaves-washington-post-102424.

41 But also like Silver: Ibid.

42 Anyone with an individual brand: Anson Kaye, "March Madness, GOP Style," *U.S. News*, March 20, 2014, https://www.usnews.com/opinion/blogs/anson-kaye/2014/03/20/attacking-the-liberal-media-has-led-to-conservative-media-madness.

43 So it wasn't surprising that the Post: Tom McCarthy, "Washington Post's Ezra Klein Leaving Newspaper to Start 'New Venture,' " *Guardian*, January 21, 2014, https://www.theguardian.com/media/2014/jan/21/washington-posts-ezra-klein-leaving-news-organisation.

44 The Times too lost Silver: John McDuling, " 'The Upshot' Is the *New York Times*' Replacement for Nate Silver's FiveThirtyEight," Quartz, March 10, 2014, https://qz.com/185922/the-upshot-is-the-new-york-times-replacement-for-nate-silvers-fivethirtyeight/.

45 There were bound to be problems: Trevor Butterworth, "The Latest Sad Fate of an Aggregation Serf," Awl, April 24, 2012, https://www.theawl.com/2012/04/the-lat est-sad-fate-of-an-aggregation-serf/.

46 One story BlogPOST recycled: Patrick B. Pexton, "Elizabeth Flock's Resignation: The Post Fails a Young Blogger," *Washington Post*, April 20, 2012, https://www. washingtonpost .com /opinions / elizabeth-flocks-resignation-the-post-fails-a-young-blogger/2012/04/20/gIQAFACXWT_story.html?utm_term=.73965008350f.

47 This time the young blogger: Andrew Beaujon, "Washington Post Writer Resigns after Editor's Note about 'Significant Ethical Lapse,' " Poynter, April 26, 2012, https://www.poynter.org/news/washington-post-writer-resigns-after-editors-note-about-significant-ethical-lapse.

48 The ombudsman said the editors: Patrick B. Pexton, "Elizabeth Flock's Res-ignation: The Post Fails a Young Blogger," *Washington Post*, April 20, 2012, https://www.washingtonpost.com/opinions/elizabeth-flocks-resignation-the-post-fails-a-young-blogger/2012/04/20/gIQAFACXWT_story.html?utm_ter m=.73965008350f.

49 The Awl, a small online: Trevor Butterworth, "The Latest Sad Fate of an Aggre-gation Serf," Awl,

⑮ When asked why the Times avoided: Jay Yarow, "NYT's Bill Keller: We Will Not Fire Journalists Based on Pageviews," Business Insider, October 21, 2009, https://www.businessinsider.com/nyts-bill-keller-we-dont-judge-journalists-based-on-pageviews-2009-10.

⑯ Narisetti, age 45, brought: Andrew Phelps, "A Post-Mortem with Raju Narisetti: 'I Would Have Actually Tried to Move Faster,' " NiemanLab, January 23, 2012, http://www.niemanlab.org/2012/01/a-post-mortem-with-raju-narisetti-i-would-have-actually-tried-to-move-faster/.

⑰ More than 100 editors: Ken Doctor, "The Newsonomics of WaPo's Reader Dash-board 1.0," NiemanLab, April 7, 2011, http://www.niemanlab.org/2011/04/the-newsonomics-of-wapos-reader-dashboard-1-0/.

⑱ There were audible groans: Jeremy W. Peters, "Some Newspapers, Tracking Readers Online, Shift Coverage," *New York Times*, September 5, 2010, https://www.nytimes.com/2010/09/06/business/media/06track.html.

⑲ Also annoying, Narisetti spoke: Raju Narisetti, "Ask the Post: Managing Edi-tor Raju Narisetti Takes Your Questions," *Washington Post*, January 25, 2010, http://www.washingtonpost.com/wp-dyn/content/discussion/2010/01/24/DI2010012401637.html.

⑳ The metrics in which Narisetti: Raju Narisetti, "Mirror, Mirror on the Wall," NiemanLab, n.d., http://www.niemanlab.org/2017/12/mirror-mirror-on-the-wall/.

㉑ It was the brainchild: Tony Haile, interviewed by Jill Abramson and John Still-man, New York, October 14, 2015.

㉒ Chartbeat's data, Haile said: Tony Haile, interviewed by Jill Abramson and John Stillman, New York, October 14, 2015.

㉓ But even the Times published a list: Petre, "The Traffic Factories: Metrics at Chartbeat, Gawker Media, and The *New York Times*," Tow Center for Digital Journalism, May 7, 2015.

㉔ Sensational stories: Helene Cooper and Brian Stelter, "Crashers Met Obama; Se-cret Service Apologizes," *New York Times*, November 27, 2009, https://www.ny times.com/2009/11/28/us/politics/28crasher.html.

㉕ Fully half of all readers: Tony Haile, interviewed by Jill Abramson and John Still-man, New York, October 14, 2015.

㉖ But as their institutions bled cash: Petre, "The Traffic Factories: Metrics at Chart-beat, Gawker Media, and The New York Times," https://towcenter.org/research/traffic-factories/.

㉗ One study published in 2014: Angela M. Lee, Seth C. Lewis, and Matthew Powers, "Audience Clicks and News Placement: A Study of Time-Lagged Influence in Online Journalism," *Communication Research* 41, no. 4 (November 20, 2012): 505–530.

㉘ Chartbeat soon had retainer: Petre, "The Traffic Factories: Metrics at Chart-beat, Gawker Media, and The New York Times," https://towcenter.org/research/traffic-factories/; Kathy Zhang, "Metrics Are Everywhere in Media. Here's How They Help," *New York Times*, May 23, 2018, https://www.nytimes.com/2018/05/23/technology/personaltech/metrics-media.html; Aaron Mesh, "With Quotas and Incentive Pay, The Oregonian Is Again Reshaping Its Experience for Readers," *Willamette Week*, March 23, 2014, http://www.wweek.com/portland/blog-31405-with-quotas-and-incentive-pay-the-oregonian-is-again-reshaping-its-experience-for-readers.html.

㉙ Especially of note: Petre, "The Traffic Factories: Metrics at Chartbeat, Gawker Media, and The *New York Times*," https://towcenter.org/research/traffic-factories/.

㉚ Haile compared what journalists: Tony Haile, interviewed by Jill Abramson and John Stillman, New York, October 14, 2015.

㉛ Jonah Peretti called Haile: Ibid.

㉜ Interestingly Haile himself: "Full Transcript: Scroll CEO Tony Haile on Recode Media," Recode, October 31, 2017, https://www.recode.net/2017/10/31/16579480/transcript-scroll-ceo-tony-haile-

Tarnishes a Big Brand," *New York Times*, April 21, 2013, https://www.nytimes.com/2013/04/22/business/media/in-boston-cnn-stumbles-in-rush-to-break-news.html.

㉔ The new head of video: Todd Spangler, "Discovery Hires VR Expert Rebecca Howard, Former *New York Times* Video GM," *Variety*, November 17, 2016, https://variety.com/2016/digital/exec-shuffle-people-news/rebecca-howard-dis covery-new-york-times-1201920639/.

㉕ With the recent sale: Associated Press, "*Boston Globe*, Once Bought for $1.1 Billion, Sells for $70 Million," NBC News, November 2, 2015, https://www.nbcnews.com/business/boston-globe-once-bought-1-1-billion-sells-70-million-6C10835491.

㉖ Wise about the Times's internal: Charlotte Alter, "Ousted *New York Times* Edi-tor Says Firing 'Hurt,' " *Time*, May 19, 2014, http://time.com/104518/new-york-times-jill-abramson-wake-forest-commencement/.

第八章　改變——《華盛頓郵報》，之二

❶ Weymouth didn't have: Eugene L. Meyer, "Katharine Weymouth," *Bethesda Magazine*, December 23, 2013, http://www.bethesdamagazine.com/Bethesda-Maga zine/January-February-2014/Katharine-Weymouth/.

❷ About to be booted: David Carr, "At Journal, the Words Not Spoken," *New York Times*, April 28, 2008, https://www.nytimes.com/2008/04/28/business/media/28 carr.html.

❸ There were almost no digital: Dylan Byers, "Washington Post President and GM Stephen Hills to Step Down," Politico, September 8, 2015, https://www.politico.com/blogs/media/2015/09/washington-post-president-and-gm-stephen-hills-to-step-down-213406.

❹ Even though he had passed up: Jeff Bercovici, "Facebook and Don Graham Have Been Very Good to Each Other," *Forbes*, February 2, 2012, https://www.forbes.com/sites/jeffbercovici /2012/02/02/facebook-and-don-graham-have-been-very-good-to-each-other/#6037d29528ba.

❺ The Post had several social media: "Washington Post Social Reader: FAQs," *Washington Post*, n.d., https://www.washingtonpost.com/2010/07/08/gIQAzgK pnK_page.html..

❻ These investigations were what: Marilyn Thompson, interviewed by Jill Abramson, Cambridge, Massachusetts, May 10, 2016.

❼ "It was the ultimate: Melissa Bell, interviewed by Jill Abramson, New York, Janu-ary 26, 2018.

❽ The difference between Weymouth's: Andy Alexander, "The Post's 'Salon' Plan: A Public Relations Disaster," *Omblog*, *Washington Post*, July 2, 2009, http://voices.washingtonpost.com/ombudsman-blog/2009/07/wps_salon_plan_a_public_relati.html.

❾ Yet while Weymouth was away: Michael Calderone and Mike Allen, "WaPo Can-cels Lobbyist Event," Politico, July 3, 2009, https://www.politico.com/story/2009/07/wapo-cancels-lobbyist-event-024441.

❿ The Post promised "intimate: Andy Alexander, "The Post's 'Salon' Plan: A Public Relations Disaster," *Omblog*, *Washington Post*, July 2, 2009, http://voices.washin gtonpost.com/ombudsman-blog/2009/07/wps_salon_plan_a_public_relati.html.

⓫ Allen got hold: Michael Calderone and Mike Allen, "WaPo Cancels Lobbyist Event," Politico, July 3, 2009, https://www.politico.com/story/2009/07/wapo-can cels-lobbyist-event-024441.

⓬ She said neither she: Ibid.

⓭ With all their talk of: Gabriel Sherman, "The Behind the Scenes Feud between 'The Washington Post' and 'The New York Times,' " *New Republic*, October 17, 2009, https://newrepublic.com/article/70382/post-the-behind-the-scenes-feud-be tween-the-washington-post-and-the-new-york-times-ov.

⓮ At the Post, however: Sarah Ellison, "Ghosts in the Newsroom," *Vanity Fair*, March 7, 2012, https://www.vanityfair.com/news/business/2012/04/washington-post-watergate.

Times, March 9, 2009, https://www.nytimes.com/2009/03/10/business/media/10paper.html.

8 The company was carrying: Ibid.

9 In 2009 Keller was told: Richard Pérez-Peña, "*New York Times* Moves to Trim 100 in Newsroom," *New York Times*, October 19, 2009, https://www.nytimes.com/2009/10/20/business/media/20times.html.

10 On March 28, 2011: "A Letter to Our Readers about Digital Subscriptions," *New York Times*, March 17, 2011, https://www.nytimes.com/2011/03/18/opinion/l18 times.html.

11 In his blog, BuzzMachine: Jeff Jarvis, "The Cockeyed Economics of Metering Reading," BuzzMachine, January 17, 2010, https://buzzmachine.com/2010/01/17/the-cockeyed-economics-of-metering-reading/.

12 Clay Shirky, an adherent: Decca Aitkenhead, "Clay Shirky: 'Paywall Will Underperform—the Numbers Don't Add Up,' " *Guardian*, July 5, 2010, https://www.theguardian.com/technology/2010/jul/05/clay-shirky-internet-television-newspapers.

13 He saw less of his two: Emma Gilbey Keller, "A Family Life in News: Emma Gilbey Keller on Bill Keller's *New York Times* Resignation," *Vanity Fair*, June 3, 2011, https://www.vanityfair.com/news/2011/06/a-family-life-in-news-emma-gilbey-keller-on-bill-kellers-new-york-times-resignation.

14 According to Times tradition: Sydney Ember, "New York Times Reinstates Man-aging Editor Role and Appoints Joseph Kahn," *New York Times*, September 16, 2016, https://www.nytimes.com/2016/09/17/business/media/new-york-times-re instates-managing-editor-role-appoints-joseph-kahn.html.

15 He entrusted me to help recruit: Mike Rogoway, "A. G. Sulzberger, *New York Times*' Publisher and Former Oregonian Reporter, Talks Journalism in the Digital Age," *Oregonian*, February 9, 2018, https://www.oregonlive.com/business/index.ssf/2018/02/ag_sulzberger_new_york_times_p.html.

16 When he was fired: Katharine Q. Seelye, "Los Angeles Paper Ousts Top Editor," *New York Times*, November 8, 2006, https://www.nytimes.com/2006/11/08/busi ness/media/08paper.html.

17 He had grown up in New Orleans: Joe Strupp, "How Baquet Brothers Survived Setbacks in L.A. and NOLA," Editor & Publisher, December 13, 2006, http://www.editorandpublisher.com/news/how-baquet-brothers-survived-setbacks-in-l-a-and-nola/.

18 He was a first-generation: Catie Edmonson, "At Columbia College Class Day, Dean Baquet Urges Graduates Not to Let Ambition Blind Them," *Columbia Spectator*, May 26, 2016, https://www.columbiaspectator.com/news/2016/05/17/co lumbia-college-class-day-dean-baquet-urges-graduates-not-let-ambition-blind-them/; Joe Coscarelli, "Everything You Need to Know about Dean Baquet, the First Black Editor of the New York Times," *2*, May 14, 2014, http://nymag.com/daily/intelligencer/2014/05/dean-baquet-new-york-times-first-black-execu tive-editor.html.

19 In my remarks: Elaine Woo, "Nan Robertson Dies at 83; Pulitzer-Winning *New York Times* Reporter," *Los Angeles Times*, October 15, 2009, http://www.latimes.com/local/obituaries/la-me-nan-robertson15-2009oct15-story.html.

20 Its design and perfect synchronicity: Farhad Manjoo, "A Whole Lot of Bells, Way Too Many Whistles," Slate, August 15, 2013, http://www.slate.com/articles/tech nology/technology/2013/08/snow_fall_the_jockey_the_scourge_of_the_new_york_times_bell_and_whistle.html.

21 Barboza, who grew up: Ariel Wittenberg, "New Bedford Native Awarded Two Pulitzer Prizes," *South Coast Today*, April 17, 2013, http://www.southcoasttoday.com/article/20130417/NEWS/304170331.

22 This led him to the family members: David Barboza, "Billions in Hidden Riches for Family of Chinese Leader," *New York Times*, October 25, 2012, https://www.nytimes.com/2012/10/26/business/global/family-of-wen-jiabao-holds-a-hidden-fortune-in-china.html.

23 There were several completely wrong: David Carr, "The Pressure to Be the TV News Leader

Islamic State," *Huffington Post*, August 7, 2014, https://www.huff ingtonpost.com/2014/08/07/vice-islamic-state_n_5656202.html.

79 The following year's party: Chris Ip, "The Cult of Vice," *Columbia Journalism Review*, July–August 2015, https://www.cjr.org/analysis/the_cult_of_vice.php.

80 As he plotted his relocation: Andrew Goldman, "L.A. VICE: Inside Media Mogul Shane Smith's Santa Monica Estate," *Wall Street Journal*, September 6, 2016, https://www.wsj.com/articles/l-a-vice-inside-media-mogul-shane-smiths-santa-monica-estate-1473165901

81 As NBC hired Tim Russert: Hadas Gold, "Reggie Love Joins Vice Sports," Politico, July 9, 2015, https://www.politico.com/blogs/media/2015/07/reggie-love-joins-vice-sports-210237.

82 Mastromonaco was named: Emily Steel, "Vice Hires Alyssa Mastromonaco, Former Official in Obama White House, as a Top Executive," *New York Times*, November 16, 2014, https://www.nytimes.com/2014/11/17/business/media/vice-hires-alyssa-mastromonaco-former-official-in-obama-white-house-as-top-executive.html.

83 The tweet was followed: Rachel Abrams, "21st Century Fox Buys 5% of Vice Media," *Variety*, August 16, 2013, https://variety.com/2013/biz/news/21st-century-fox-buys-5-of-vice-media-1200579860/.

84 On Murdoch's heels came: Sydney Ember, "Vice Gets Cable Channel in Deal with A&E Networks," *New York Times*, November 3, 2015, https://www.nytimes.com/2015/11/04/business/media/vice-is-said-to-near-cable-channel-deal-with-ae-networks.html.

85 It was Leopold's FOIA request: Jason Leopold, "How I Got Clinton's Emails," Vice News, November 4, 2016, https://news.vice.com/en_us/article/j5vevy/clinton-email-scandal-foia.

86 The debut, which aired in April 2013: Vice, "Killer Kids," HBO (video), https://www.hbo.com/vice/season-01/1-killer-kids.

87 At the close of its first 10: "We Were Nominated for an Emmy," Vice, July 18, 2013, https://www.vice.com/en_us/article/jmvyb8/we-were-nominated-for-an-emmy.

88 The ultimate symbol of Vice's: Cynthia Littleton, "Shane Smith: 6 Zingers from the Vice Media Chief's NYC Roast," *Variety*, November 18, 2015, https://variety.com/2015/tv/news/shane-smith-vice-media-5-best-lines-roast-1201643961/.

第七章　掙扎——《紐約時報》，之二

1 After the financial crisis in 2008: Joe Pompeo, "The U.S. Has Lost More Than 166 Print Newspapers Since 2008," Business Insider, July 6, 2010, https://www.businessinsider.com/the-us-has-lost-more-than-166-print-newspapers-since-2008-2010-7.

2 Ten thousand newspaper jobs: Mark Jurkowitz, "The Losses in Legacy," Pew Research Center, March 26, 2014, http://www.journalism.org/2014/03/26/the-losses-in-legacy/.

3 Print ad sales fell: Associated Press, "Profit Declines 31% at Gannett," *New York Times*, February 2, 2008, https://www.nytimes.com/2008/02/02/business/media/02gannett.html.

4 The tabloid Post: John Koblin, "After 33 Years, Arthur Sulzberger Separates from His Wife, Gail Gregg," *Observer*, May 12, 2008, http://observer.com/2008/05/after-33-years-arthur-sulzberger-separates-from-his-wife-gail-gregg/.

5 On February 18 the Times's: Henry Blodget, "*New York Times* Stock Now Costs Less Than Sunday Paper," Business Insider, February 18, 2009, https://www.busi nessinsider.com/new-york-times-stock-now-costs-less-than-sunday-paper-2009-2.

6 The print newspaper was still supplying: Richard Pérez-Peña, "*New York Times* Company Posts Loss," *New York Times*, April 17, 2008, https://www.nytimes.com/2008/04/17/business/media/17cnd-times.html.

7 In a sale-leaseback deal: Richard Pérez-Peña, "Times Co. Building Deal Raises Cash," *New York*

60 So it did not come off: "Introducing 'The Business of Life' (series trailer)," Vice, April21,2015,https://news.vice.com/video/introducing-the-business-of-life-series-trailer.

61 Vice wanted to have it: Kieran Dahl, "Collectively: The Upworthy of Branded Content, or a Doomed Experiment?," Contently, October 13, 2014, https://con tently.com/strategist/2014/10/13/collectively-the-upworthy-of-branded-content-or-a-doomed-experiment/.

62 "Today's media is obsessed: Jason Abbruzzese, "We're Not F*cked, Says New Corporate-Backed Climate Site," Mashable, October 8, 2014, https://mashable.com/2014/10/08/collectively-sponsored-corporations-vice/#06exOQw3UGqN.

63 The clunkiest case: Jason Prechtel, "Why Is Vice Using CeaseFire to Sell a Game about Revenge Killing?," Gapers Block, September 19, 2012, http://gap ersblock.com/mechanics/2012/09/19/why-is-vice-using-ceasefire-to-sell-a-game-about-revenge-killing/?utm_source=feedburner&utm_medium=feed&utm_cam paign=Feed%3A+gapersblock%2Fmechanics+%28Gapers+Block%3A+Me chanics%29&utm_content=Google+Reader.

64 Smith and a very small crew: "The VICE Guide to North Korea," Top Documentary Films (review), n.d., https://topdocumentaryfilms.com/vice-guide-travel-north-korea/.

65 "Guess what! I love him: Associated Press, "Leaving NKorea, Rodman Calls Kims 'Great Leaders,' " Yahoo!, March 1, 2013, https://www.yahoo.com/news/leaving-nkorea-rodman-calls-kims-great-leaders-111905240.html.

66 Vice's report ran under: "North Korea Has a Friend in Dennis Rodman and VICE," Vice, February 28, 2013, https://www.vice.com/en_us/article/mvpygv/north-korea-has-a-friend-in-dennis-rodman.

67 The general supposedly cannibalized: Shane Smith, "The VICE Guide to Libe-ria," Vice, January 18, 2010, https://www.vice.com/en_us/article/xdg5wz/the-vice-guide-to-liberia-1.

68 "Your video stirred: Penelope Chester, "Open Letter to Shane Smith," January 29, 2010, https://penelopemchester.com/2010/01/29/open-letter-to-shane-smith/.

69 Less than a week after: Helene Cooper, "On Liberia's Shore, Catching a Wave," *New York Times*, January 22, 2010, https://www.nytimes.com/2010/01/24/travel/24explorer.html.

70 He was inviting pushback: "David Carr vs. Some Guys from VICE," from "Page 1 (documentary)," YouTube, November 28, 2011, https://www.youtube.com/watch?v=iLmkec_4Rfo.

71 Despite his bluster: "An Open Letter to Liberia," Vice, February 2, 2010, https://www.vice.com/en_us/article/mv98vb/10773-revision-5.

72 The problem was the entire thrust: Aimen Khalid Butt, "The Vice Approach: Shock First, Explain Later (If Ever)," World Policy, April 16, 2013, https://worldpolicy.org/2013/04/16/the-vice-approach-shock-first-explain-later-if-ever/.

73 Morton, for one, admitted: Thomas Morton, interviewed by Jill Abramson and Elly Brinkly at Vice New York, October 13, 2015.

74 He was sent to the front lines: Thomas Morton, "I Spent an Hour at the Kurdish Front of the Syrian Civil War, and Let Me Just Say, No Thank You," Vice, April 4, 2014, https://www.vice.com/en_us/article/7b7x5y/i-fraught-in-a-war.

75 He summoned his inner swashbuckling: "These Are the Soldiers Pushing Out What's Left of ISIS in Syria," VICE Video, n.d., https://video.vice.com/en_us/video/inside-the-fight-to-push-whats-left-of-isis-out-of-syria/5b15df39f1cdb34d602428ce.

76 Morton's nimbleness alone: Penelope Green, "Nesting, the Vice Media Way," *New York Times*, June 10, 2015, https://www.nytimes.com/2015/06/11/style/nest ing-the-vice-media-way.html.

77 Vice was generally not prepared: "Turkey Has Released VICE News Journalist Mohammed Rasool on Bail," Vice, January 5, 2016, https://news.vice.com/article/turkey-has-released-vice-news-journalist-mohammed-rasool-on-bail.

78 The risks paid off when: Michael Calderone, "How Vice News Got Unprecedented Access to the

or Boosting Creativity?," Wired, May 17, 2010, https://www.wired.com/2010/05/intel-and-vice-partner/.

44 Desperate for a chunk: "Intel Corporation Advertising Spending in the United States in 2013 and 2014 (in Million U.S. Dollars)," Statista, July 2015, https://www.statista.com/statistics/308569/intel-advertising-spending-usa/; Reeves Wiedeman, "A Company Built on a Bluff," *New York*, June 10, 2018, http://nymag.com/daily/intelligencer/2018/06/inside-vice-media-shane-smith.html.

45 The otherwise faceless: Ashley Rodriguez, "How a Single Deal with a Decidedly Unhip Tech Company Built the Vice Media Behemoth," Quartz, September 8, 2016, https://qz.com/776628/shane-smith-how-a-single-native-advertising-deal-with-intel-intc-built-the-vice-media-behemoth/.

46 One story touted: "The Royal Shakespeare Company Uses Real Time Effects to Create a New Version of 'The Tempest,' " *The Creators Project*, December 14, 2016, https://creators.vice.com/en_us/article/bmy9ev/royal-shakespeare-company-uses-real-time-effects-to-create-the-tempest.

47 Another story, titled "Exploring: "Exploring Our Relationships to Our Comput-ers: The Evolution of Computer Icons," *The Creators Project*, February 16, 2016, https://creators.vice.com/en_us/article/ypna47/a-look-back-at-the-changing-ico nography.

48 So soft were the sells: Julia Kaganskiy, "[#DIGART] Are Brands the New Medicis?" *Creators*, May 11, 2012, http://thecreatorsproject.vice.com/blog/digart-are-brands-the-new-medicis.

49 As the engine driving 90 percent: Iris Derouex, "Blows at Vice," Liberation, July 23, 2013, http://www.liberation.fr/ecrans/2013/07/23/coups-de-vice_955122?page=article.

50 In 2014 AdWeek: Emma Bazilian, "How Shane Smith Built Vice into a $2.5 Billion Empire," Adweek, September 29, 2014, https://www.adweek.com/digital/how-shane-smith-built-vice-25-billion-empire-160379/.

51 The Creators Project, Smith said: Andrew Goldman, "L.A. VICE: Inside Media Mogul Shane Smith's Santa Monica Estate," *Wall Street Journal*, September 6, 2016, https://www.wsj.com/articles/l-a-vice-inside-media-mogul-shane-smiths-santa-monica-estate-1473165901.

52 "We don't have a disconnect: Andrew Adam Newman, "The Vice and Virtue of Marketing," *New York Times*, May 27, 2009, https://www.nytimes.com/2009/05/28/business/media/28adco.html.

53 The Times stole Forbes's: PressRun, "Sebastian Tomich Named Head of Adver-tising and Marketing Solutions," *New York Times* (press release), November 28, 2017, https://www.nytco.com/sebastian-tomich-named-head-of-advertising-marketing-solutions/.

54 But he also said: Andrew Adam Newman, "The Vice and Virtue of Marketing," *New York Times*, May 27, 2009, https://www.nytimes.com/2009/05/28/business/media/28adco.html.

55 "We don't do branded: Miguel Helft, "Vice CEO on Old Media: 'They Can Go to Hell Quite Frankly,' " *Fortune*, October 14, 2013, http://fortune.com/2013/10/14/vice-ceo-on-old-media-they-can-go-to-hell-quite-frankly/.

56 So even as he loudly: Nathan McAlone, "How Vice Convinces the World It's Worth Billions—Even If Its Cable Ratings Are Horrible," Business Insider, September 6, 2016, https://www.businessinsider.com/why-vice-is-worth-billions-2016-9.

57 When Gawker reporter: Andy Cush, "Emails: Vice Requires Writers to Get Ap-proval to Write about Brands," Gawker, October 2, 2014, http://gawker.com/this-is-how-your-vice-media-sausage-gets-made-1641615517.

58 Davis had edited: Michael Tracey, "It's Time to Start Boycotting the NFL," Vice, September 12, 2014, https://www.vice.com/en_us/article/4w7bbd/its-officially-time-to-start-boycotting-the-nfl-912.

59 "They constantly edit: Hamilton Nolan, "Working at Vice Media Is Not as Cool as It Seems," Gawker, May 30, 2014, http://gawker.com/working-at-vice-media-is-not-as-cool-as-it-seems-1579711577.

com/2006/10/09/business/09cnd-deal.html.

23 "We saw that everyone: Jeff Bercovici, "Tom Freston's $1B Revenge: Ex-Viacom Chief Helps VICE Become the next MTV," *Forbes*, January 3, 2012, https://www.forbes.com/sites/jeffbercovici/2012/01/03/tom-frestons-1-billion-revenge-ex-vi acom-chief-helps-vice-become-the-next-mtv/#b2122c34a553.

24 Viacom took a 50 percent stake: Robert Levine, "A Guerrilla Video Site Meets MTV," *New York Times*, November 19, 2007, https://www.nytimes.com/2007/11/19/business/media/19vice.html.

25 Unlike Szalwinski, though: Bloomberg News, "Viacom's Ex-Chief Getting $85 Million," *New York Times*, October 19, 2006, https://www.nytimes.com/2006/10/19/business/media/19viacom.html.

26 With Freston gone: William D. Cohan, "Inside the Viacom 'Brain Drain,' " *Vanity Fair*, April 12, 2016, https://www.vanityfair.com/news/2016/04/inside-the-via com-brain-drain.

27 One clip featured Morton: VBS.TV, "Vice with Young Jeezy: The Most Awkward Rap Interview, EVER," Daily Motion (video), n.d., https://www.dailymotion.com/video/x6qf0g.

28 "Initially": Ian Frisch, "Working through the Stubble," *Relapse*, Fall 2014.

29 "Great," he remembers: Ibid., 68–69.

30 Morton arrived, city-slick: Thomas Morton, "The Quest for Moonshine," Vice, February 15, 2009, https://www.vice.com/en_us/article/znqzb3/the-quest-for-moonshine.

31 It was clear to the folks: Ian Frisch, "Working through the Stubble," *Relapse*, Fall 2014.

32 He was sent to Ghana: "Fantasy Coffins," *The Vice Guide to Everything*, season 1, episode 1, December 2010.

33 He shipped out to Mauritania: Thomas Morton, "The Fat Farms of Mauritania," Vice, May 14, 2013, https://www.vice.com/sv/article/4wqz43/the-fat-farms-of-mauritania.

34 Vice's fans tuned in: "Heavy Metal in Baghdad," Vice (video), n.d., https://video.vice.com/en_us/video/heavy-metal-in-baghdad-full-feature/560a7d59d2d2df3d337a66d2.

35 They kept coming back: Thomas Morton, "I Spent an Hour at the Kurdish Front of the Syrian Civil War, and Let Me Just Say, No Thank You," Vice, April 4, 2014, https://www.vice.com/en_us/article/7b7x5y/i-fraught-in-a-war; Thomas Morton, "TOXIC: Garbage Island," Vice, February 17, 2010, http://www.cnn.com/2010/WORLD/americas/02/16/vbs.toxic.garbage.island/index.html.

36 "Let's have 14 bottles: Lizzie Widdicombe, "The Bad-Boy Brand: The Vice Guide to the World," New Yorker, April 8, 2013, https://www.newyorker.com/magazine/2013/04/08/the-bad-boy-brand.

37 Freston recalls that when Vice: Andrew Goldman, "L.A. VICE: Inside Media Mogul Shane Smith's Santa Monica Estate," *Wall Street Journal*, September 6, 2016, https://www.wsj.com/articles/l-a-vice-inside-media-mogul-shane-smiths-santa-monica-estate-1473165901.

38 "Readers are leaving newspapers: Andrew Adam Newman, "The Vice and Virtue of Marketing," *New York Times*, May 27, 2009, https://www.nytimes.com/2009/05/28/business/media/28adco.html.

39 "In particular," the company: Bill Donahue, "Vice Says Marketing Co. Stole 'Virtue,' " Law360, June 1, 2015, https://www.law360.com/articles/662168.

40 "What we have: Mike Shields, "Vice, BuzzFeed Tread on Madison Avenue's Turf," *Wall Street Journal*, June 22, 2016, https://www.wsj.com/articles/vice-buzz feed-tread-on-madison-avenues-turf-1466568065.

41 Another, for Absolut: Medusian23, " 'I'm Here' 2010 a Short Film by Spike Jonze FULL," YouTube (video), 31:47, March 30, 2011, https://www.youtube.com/watch?v=6OY1EXZt4ok.

42 For The North Face: Aaron Carpenter, interviewed by NewsCred, "Never Stop Exploring: The North Face Goes 'Far Out' with Content Marketing," Newscred, July 5, 2014, https://insights.newscred.com/north-face-content-marketing/.

43 The idea had come out: Eliot van Buskirk, "Intel and Vice Launch Creators Proj-ect: Selling Out

㉛ He presided over: Arabelle Sicardi, interviewed by Jill Abramson, New York, July 16, 2015.

第六章 從眾——VICE媒體，之二

❶ It was McInnes to whom: Thomas Morton, interviewed by Jill Abramson and Elly Brinkly at Vice New York, October 13, 2015.

❷ He'd earned a scholarship: Ibid.

❸ "I fucking hated those kids: Ian Frisch, "Working through the Stubble," *Relapse*, Fall, 2014, 68–69.

❹ Morton flipped one open: Count Chocula, "The VICE Guide to Partying," Vice, November 30, 2004, https://www.vice.com/en_us/article/av759j/the-vice-v11n5.

❺ They called their anniversary bash: "VICE Magazine: 10 Years of the Worst Par-ties Ever," Gothamist, October 19, 2004, http://gothamist.com/2004/10/19/vice_ magazine_10_years_of_the_worst_parties_ever.php.

❻ The dictum, Morton recalled: Thomas Morton, interviewed by Jill Abramson and Elly Brinkly at Vice New York, October 13, 2015.

❼ One colleague bet: Ibid.

❽ "I was very dandruffy: Ian Frisch, "Working through the Stubble," *Relapse*, Fall, 2014, 68–69.

❾ Years later, after Morton: Gwynedd Stuart, "HBO Unleashes Its Vice Squad," Chicago Reader, May 1, 2013, https://www.chicagoreader.com/chicago/vice-on-hbo-with-shane-smith/Content?oid=9490534.

❿ In went a dead rat: "Gross Jar 2012—Dead Rat," Vice, May 11, 2012, https://www.vice.com/en_us/article/yv5bgv/gross-jar-2012-part-six-dead-rat.

⓫ As was the custom: Ian Frisch, "Working through the Stubble," *Relapse*, Fall 2014.

⓬ "We were mostly writing: Thomas Morton, interviewed by Jill Abramson and Elly Brinkly at Vice New York, October 13, 2015.

⓭ In his first three years: Vanessa Grigoriadis, "The Edge of Hip: Vice, the Brand," *New York Times*, September 28, 2003, https://www.nytimes.com/2003/09/28/style/the-edge-of-hip-vice-the-brand.html.

⓮ They even designed an edition: "Gimix Toys' Dos and Don'ts (from the Pages of Vice Magazine)," Millionaire Playboy, n.d., http://millionaireplayboy.com/toys/vice.php.

⓯ A watershed moment: "The Immersionism Issue," Vice, n.d., https://www.vice.com/en_us/topic/the-immersionism-issue.

⓰ He had packed an overnight bag: Thomas Morton, "Hispanic Panic," Vice, No-vember 30, 2005, https://www.vice.com/en_us/article/8gm4kk/hispanic-v12n10.

⓱ The following year he joined: Thomas Morton, "I Joined Three Cults Simulta-neously (Vice Magazine, 2007)," Tumblr, October 2006, http://instapaperstories.tumblr.com/post/983262827/cults.

⓲ He'd set his sights on: Thomas Morton, "In the Land of the Juggalos—a Juggalo Is King," Vice, September 30, 2007, https://www.vice.com/en_us/article/4wnjb9/land-of-juggalos-v14n10.

⓳ Cable news, Fox, CNN: "Leading Cable News Networks in the United States in April 2018, by Number of Primetime Viewers (in 1,000s)," Statista, May 2018, https://www.statista.com/statistics/373814/cable-news-network-viewership-usa/.

⓴ The median age of the Fox: Adam Epstein, "Fox News's Biggest Problem Isn't the Ailes Ouster, It's That Its Average Viewer Is a Dinosaur," Quartz, July 21, 2016, https://qz.com/738346/fox-newss-biggest-problem-isnt-the-ailes-ouster-its-that-its-average-viewer-is-a-dinosaur/.

㉑ In the spring of 2006: Tom Freston, interviewed by Jill Abramson, New York, April 29, 2016.

㉒ When Google purchased YouTube: Andrew Sorkin and Jeremy W. Peters, "Google to Acquire YouTube for $1.65 Billion," *New York Times*, October 9, 2006, https://www.nytimes.

and John Stillman at BuzzFeed New York, October, 2015.

211 Within two years the team: Benjamin Mullin, "Digital Digging: How BuzzFeed Built an Investigative Team Inside a Viral Hit Factory," Poynter, February 15, 2016, https://www.poynter.org/news/digital-digging-how-buzzfeed-built-investigative-team-inside-viral-hit-factory.

212 They had relocated: Lois Weiss, "BuzzFeed Taking the Fifth," *New York Post*, April 24, 2013, https://nypost.com/2013/04/24/buzzfeed-taking-the-fifth/.

213 To the web-nurtured: John Stillman, observations during visit to BuzzFeed New York for Super Tuesday, March 1, 2016.

214 Her reporters stalked: Max Seddon, "Does This Soldier's Instagram Account Prove Russia Is Covertly Operating in Ukraine?," BuzzFeedNews, July 30, 2014, https://www.buzzfeednews.com/article/maxseddon/does-this-soldiers-instagram-account-prove-russia-is-covertl.

215 "BuzzFeed understands that: Miriam Elder, interviewed by Jill Abramson, New York, November 20, 2015.

216 Upon joining BuzzFeed: Kate Aurthur interviewed by Jill Abramson and John Stillman at BuzzFeed Motion Pictures, Los Angeles, March 16, 2016.

217 Ken Bensinger, another L.A. Times: Ken Bensinger interviewed by Jill Abramson and John Stillman at BuzzFeed Motion Pictures, Los Angeles, March 2016.

218 By February 2014: Jennifer Saba, "Beyond Cute Cats: How BuzzFeed Is Rein-venting Itself," Reuters, February 23, 2014, https://www.reuters.com/article/us-usa-media-buzzfeed/beyond-cute-cats-how-buzzfeed-is-reinventing-itself-idUSBREA1M0IQ20140223.

219 BuzzFeed's journalists "aren't: Chris Dixon, "BuzzFeed's Strategy," Business In-sider, July 24, 2012, https://www.businessinsider.com/buzzfeeds-strategy-2012-10.

220 Politico reported in 2015: Lucia Moses, "BuzzFeed's News Is Growing, but Still a Small Part of Its Traffic," Digiday, May 29, 2015, https://digiday.com/media/17-percent-buzzfeeds-traffic-goes-news/.

221 Trying to head off: Jonah Peretti, "Why BuzzFeed Does News," BuzzFeed, June 18, 2015, https://www.buzzfeed.com/jonah/why-buzzfeed-does-news.

222 Then he received a gift: Dao Nguyen, interviewed by Jill Abramson and John Stillman at BuzzFeed New York, December 14, 2015.

223 There was little sense of: Tanner Greenring, Scott Lamb, Jack Shepherd, Matt Stopera, and Peggy Wang, interviewed by Jill Abramson and John Stillman, New York, June 26, 2015.

224 So when BuzzFeed had: Ben Smith, "The Dress," BuzzFeed, February 27, 2015, https://www.buzzfeed.com/bensmith/culture-web-culture?utm_term=.ohpvkrqW2O#.jreamQ67VK.

225 Before she took off: Cates Holderness, "What Colors Are This Dress?," BuzzFeed, February 26, 2015, https://www.buzzfeed.com/catesish/help-am-i-going-insane-its-definitely-blue?utm_term=.leOJE5oPl9#.heLKwAMP8E.

226 By the time she got out: Lucia Moses, "Meet Cates Holderness, the BuzzFeed Employee Behind #TheDress," Digiday, February 27, 2015, https://digiday.com/media/meet-cates-holderness-buzzfeed-employee-behind-thedress/.

227 Before she had come to New York: Cates Holderness, interviewed by Jill Abramson, August 18, 2015.

228 Noting that the dress: Dao Nguyen, "What It's Like to Work on BuzzFeed's Tech Team During Record Traffic," BuzzFeed, February 27, 2015, https://www.buzz feed.com/daozers/what-its-like-to-work-on-buzzfeeds-tech-team-during-record-t#.pc6GG2E5O.

229 Their "sys admins": Ibid.

230 The phenomenon itself: Ben Smith, "The Dress," BuzzFeed, February 27, 2015, https://www.buzzfeed.com/bensmith/culture-web-culture?utm_term=.ohpvkrqW2O#.jreamQ67VK.

192 When Smith realized: Anthony Ha, "BuzzFeed Editor-in-Chief Ben Smith Says He 'Blew It' by Removing Post Criticizing Dove," TechCrunch, April 10, 2015, https://techcrunch.com/2015/04/10/buzzfeed-blew-it/.

193 If your only goal: Marc Tracy, "The Tweeps on the Bus," *New Republic*, August 24, 2012, https://newrepublic.com/article/106490/buzzfeed-influence-campaign-reporting.

194 Smith was following through on: Ben Smith email to Jonah Peretti and Kenneth Lerer, October 29, 2011.

195 BuzzFeed now seemed less like: Noah Robischon, "How BuzzFeed's Jonah Per-etti Is Building a 100-Year Media Company," Fast Company, February 16, 2016, https://www.fastcompany.com/3056057/how-buzzfeeds-jonah-peretti-is-building-a-100-year-media-company.

196 "BuzzFeed has a major role: Jonah Peretti, "Memo to the BuzzFeed Team," LinkedIn, September 4, 2013, https://www.linkedin.com/pulse/20130904212907-1799428-memo-to-the-buzzfeed-team/.

197 Geidner "came along: Ben Smith, "Marriage Equality," BuzzFeed, June 27, 2015, https://www.buzzfeed.com/bensmith/marriage-equality?utm_term=.qlbq7BLpk#.psm5dYW1p.

198 Other publishers treated the beat: Andrew Beaujon, "BuzzFeed Plans to Approach LGBT Coverage with 'Same Kind of Intensity as Politics,' " Poynter, September 27, 2013, https://www.poynter.org/news/buzzfeed-plans-approach-lgbt-coverage-same-kind-intensity-politics.

199 "We see it as: Ibid.

200 It involved what Smith: Benny Johnson, "13 Young, Secular People Who Also Believe Abortion Is Wrong," Gawker, January 23, 2014, http://gawker.com/buzzfeed-s-support-of-women-s-rights-does-not-include-a-1714932571.

201 This was house policy: Shani O. Hilton, "The BuzzFeed News Standards and Eth-ics Guide," BuzzFeed, January 5, 2018, https://www.buzzfeed.com/shani/the-buzzfeed-editorial-standards-and-ethics-guide?utm_term=.fdj5J9Xpk#.tbe65jGzO.

202 "I want all that: Matt Stopera, interviewed by Jill Abramson and John Stillman at BuzzFeed New York, November 14, 2015.

203 Peretti threw more money: "Lisa Tozzi Joins BuzzFeed as News Director," BuzzFeed, April 25, 2013, https://www.buzzfeed.com/buzzfeedpress/lisa-tozzi-joins-buzzfeed-as-news-director?utm_term=.koY5lqVL4#.dav8LGRPn.

204 It was a coup: Joshua Benton, "In Headline Unimaginable Two Years Ago, BuzzFeed Hires Journalist from *New York Times* to Take On Breaking News," NiemanLab, April 25, 2013, http://www.niemanlab.org/2013/04/in-headline-un imaginable-two-years-ago-buzzfeed-hires-journalist-from-new-york-times-to-take-on-breaking-news/.

205 Smith told Tozzi: McKay Coppins, Rosie Gray, Andrew Kaczynski, and Ben Smith, interviewed by Jill Abramson and John Stillman, New York, July 13, 2015.

206 He wanted her to lead: BuzzFeedPress, "BuzzFeed Taps the Guardian's Miriam Elder as Foreign Editor," BuzzFeed, June 10, 2013, https://www.buzzfeed.com/buzzfeedpress/buzzfeed-taps-the-guardians-miriam-elder-as-foreign-editor?utm_term=.ksB4PxmdO#.cvpx52X1v.

207 Elder received an email: Miriam Elder, interviewed by Jill Abramson, New York, November 20, 2015.

208 In a year Smith: Johana Bhuiyan, "BuzzFeed Hires Pulitzer Winner Mark Schoofs to Head New Investigative Unit," Politico, October 21, 2013, https://www.politico.com/media/story/2013/10/buzzfeed-hires-pulitzer-winner-mark-schoofs-to-head-new-investigative-unit-001235.

209 In an encouraging sign: Kendall Taggart and Alex Campbell, "In Texas It's a Crime to Be Poor," BuzzFeedNews, October 7, 2015, https://www.buzzfeednews.com/article/kendalltaggart/in-texas-its-a-crime-to-be-poor.

210 The day after it was published: Alex Campbell and Kendall Taggart, interviewed by Jill Abramson

February 21, 2013, http://dish.andrewsullivan.com/2013/02/21/guess-which-buzzfeed-piece-is-an-ad/.

175 Smith challenged Sullivan: Joe Lazauskas, "Why We'll All Stop Worrying and Learn to Love Native Ads," Contently, August 8, 2013, https://contently.com/strategist/2013/08/08/why-well-all-stop-worrying-and-love-native-ads/.

176 Smith vehemently denied: Andrew Sullivan, " 'Enhanced Advertorial Techniques,' " Dish, January 15, 2013, http://dish.andrewsullivan.com/threads/enhanced-adverto rial-techniques/.

177 Advertisements appeared on: Jessica Tyner, "BuzzFeed: The Future of Sponsored Content," Pandologic, August 5, 2013, https://www.pandologic.com/publishers/online_media/buzzfeed-the-future-of-sponsored-content/.

178 When readers seemed to be: Michelle Castillo, "BuzzFeed Changes Labels on Promoted Content," Adweek, May 30, 2014, https://www.adweek.com/digital/buzzfeed-changes-labels-promoted-content-158060/.

179 In 2013 BuzzFeed kicked off: Eddie Scarry, "BuzzFeed Brews: 'It's Like a First Date,' " Adweek, February 6, 2013, https://www.adweek.com/digital/buzzfeed-brews-marco-rubio-ben-smith-john-stanton/.

180 In September, Peretti: Jonah Peretti, "Memo to the BuzzFeed Team," LinkedIn, September 4, 2013, https://www.linkedin.com/pulse/20130904212907-1799428-memo-to-the-buzzfeed-team/.

181 They debuted the two-part: McKay Coppins, Rosie Gray, Andrew Kaczynski, and Ben Smith, interviewed by Jill Abramson and John Stillman, New York, July 13, 2015.

182 In came presidential candidate: BuzzFeedVideo, "Ted Cruz Auditions for the Simpsons,"YouTube (video), 1:18, June 30, 2015, https://www.youtube.com/watch?v=_K0sRkvX4KE.

183 He was followed by: "If Men Were Treated Like Women in the Office with Carly Fiorina (Presidential Candidate)," YouTube (video), 1:14, July 16, 2015, https://www.youtube.com/watch?v=Tq5OQafDVxc.

184 Then it was Governor Bobby Jindal: BuzzFeedVideo, "Push-Up Contest with Governor Bobby Jindal," YouTube (video), 3:42, August 4, 2015, https://www.youtube.com/watch?v=DraW_tu5yno.

185 Hamilton Nolan of Gawker: Hamilton Nolan, "BuzzFeed and Bobby Jindal Try to Out-Whore One Another," Gawker, August 5, 2015, http://gawker.com/buzzfeed-and-bobby-jindal-try-to-out-whore-one-another-1722246888.

186 Evidence of Smith's cleanup job: J. K. Trotter, "Over 4,000 BuzzFeed Posts Have Completely Disappeared," Gawker, August 12, 2014, http://gawker.com/over-4-000-buzzfeed-posts-have-completely-disappeared-1619473070.

187 It was a redaction: J. K. Trotter, "Don't Ask BuzzFeed Why It Deleted Thousands of Posts," Gawker, August 14, 2014, http://gawker.com/don-t-ask-buzzfeed-why-it-deleted-thousands-of-posts-1621830810.

188 "It's stuff made: Hadas Gold, "BuzzFeed's Growing Pains," Politico, August 18, 2014, https://www.politico.com/blogs/media/2014/08/buzzfeeds-growing-pains-194121.

189 Unlike other newsrooms: Shani O. Hilton, "The BuzzFeed News Standards and Ethics Guide," BuzzFeed, January 5, 2018, https://www.buzzfeed.com/shani/the-buzzfeed-editorial-standards-and-ethics-guide?utm_term=.fdj5J9Xpk#.tbe65jGzO.

190 Three posts had gone poof: Liam Stack, "BuzzFeed Says Posts Were Deleted Because of Advertising Pressure," *New York Times*, April 19, 2015, https://www.nytimes.com/2015/04/20/business/media/buzzfeed-says-posts-were-deleted-be cause-of-advertising-pressure.html.

191 The posts were critical: Ravi Somaiya, "BuzzFeed Restores 2 Posts Its Editor Deleted," *New York Times*, April 10, 2015, https://www.nytimes.com/2015/04/11/business/media/buzzfeed-restores-2-posts-its-editor-had-deleted.html.

https://www.politico.com/blogs/ben-smith/2009/04/winning-the-dawn-017268.

157 "I feel in general: Justin Ellis, "How BuzzFeed Wants to Reinvent Wire Stories for Social Media," Nieman Lab, July 26, 2012, http://www.niemanlab.org/2012/07/how-buzzfeed-wants-to-reinvent-wire-stories-for-social-media/.

158 BuzzFeed's stated goal: Ibid.

159 Headlined "Kim Jong Un: Jessica Testa, "Kim Jong Un Gets a Promotion," BuzzFeed, July 18, 2012, https://www.buzzfeed.com/jtes/kim-jong-un-gets-a-promotion?utm_term=.oeRvErnZ5#.lrA3qJWpN.

160 From her gyroscopic: Jessica Testa, "12 Shot Dead at 'Dark Knight Rises' Screen-ing in Colorado," BuzzFeed, July 20, 2012, https://www.buzzfeed.com/jtes/14-dead-in-shooting-at-colo-screening-of-the-dar?utm_term=.eo5wWnMGk#.ev4DZVEPv.

161 This method of sourcing: Marc Tracy, "The Tweeps on the Bus," *New Republic*, August 24, 2012, https://newrepublic.com/article/106490/buzzfeed-influence-campaign-reporting.

162 In a July 2012 memo: Jonah Peretti, "The Top 7 Reasons BuzzFeed Is Killing It," memo to BuzzFeed Staff, *Cdixon* (blog), July 24, 2012, http://cdixon.org/2012/07/24/buzzfeeds-strategy/.

163 Revenue was on track: Alyson Shontell, "BuzzFeed Surpasses 30 Million Users and Is on Track to Triple 2011 Revenue," Business Insider, July 24, 2012, https://www.businessinsider.com/buzzfeed-surpasses-30-million-users-and-is-on-track-to-triple-2011-revenue-2012-7; Marc Tracy, "The Tweeps on the Bus," *New Republic*, August 24, 2012, https://newrepublic.com/article/106490/buzzfeed-influence-campaign-reporting.

164 Eight months into the job: "The *New York Times* and BuzzFeed to Collaborate on Video Coverage of 2012 Conventions," BuzzFeed, June 18, 2012, https://www.buzzfeed.com/buzzfeedpress/the-new-york-times-and-buzzfeed-to-collaborate-on?utm_term=.bg42ZjJGE#.qad3RlLn5.

165 "The lessons we can learn: Marc Tracy, "The Tweeps on the Bus," *New Republic*, August 24, 2012, https://newrepublic.com/article/106490/buzzfeed-influence-campaign-reporting.

166 ("We're very pro-animal: Andrew Gauthier, "BuzzFeed on Local Tampa TV," YouTube (video), 2:13, August 30, 2012, https://www.youtube.com/watch?time_continue=133&v=c26gALhsrwA.

167 Spirits flowed as some: Erik Maza, "BuzzFeed Hosts Republican National Con-vention Party," WWD, August 31, 2012, https://wwd.com/business-news/media/buzzfeed-hosts-republican-national-convention-party-6212618/.

168 As candidates Romney and Obama: David Carr, "How Obama Tapped into So-cial Networks' Power," *New York Times*, November 9, 2008, https://www.nytimes.com/2008/11/10/business/media/10carr.html.

169 In October his campaign: Justin Ellis, "BuzzFeed Adapts Its Branded Content Ap-proach to Political Advertising, and Obama's In," NiemanLab, October 24, 2012, http://www.niemanlab.org/2012/10/buzzfeed-adapts-its-branded-content-approach-to-political-advertising-and-obamas-in/.

170 The native advertising team: Ibid.

171 One featured a stump speech: Obama for America, "Jay-Z: 'You Are Starting to See the Power of Our Vote,' " BuzzFeed (video), October 20, 2012, https://www.buzzfeed.com/obamaforamerica/jay-z-on-the-power-of-our-voice-7i6v.

172 Another lampooned Romney: Obama for America, "What Mitt Romney's 'Bind-ers Full of Women' Says about His Views," BuzzFeed (video), October, 18, 2012, https://www.buzzfeed.com/obamaforamerica/what-mitt-romneys-binders-full-of-women-s-7i6v?b=1.

173 A year would pass: Diane Bartz, "U.S. Says Online Ads Should Be Clearly Marked, Undeceptive," Reuters, December 4, 2013, https://www.reuters.com/ar ticle/us-usa-advertising-regulation-idUSBRE9B310420131204?feedType=RSS.

174 Shortly after Obama was sworn in: Andrew Sullivan, "Guess Which BuzzFeed Piece Is an Ad," Dish,

138 "They were undercredentialed: McKay Coppins, Rosie Gray, Andrew Kaczynski, and Ben Smith, interviewed by Jill Abramson and John Stillman, New York, July 13, 2015.

139 On the third day of 2012: Ben Smith, interviewed by Jill Abramson and John Still-man, New York, July 23, 2015.

140 The Observer ran a story: Adrianne Jeffries, "BuzzFeed Scooped CNN Last Night," *Observer*, January 4, 2012, http://observer.com/2012/01/buzzfeed-scooped-cnn-last-night/.

141 Gray remembers how preposterous: McKay Coppins, Rosie Gray, Andrew Kaczynski, and Ben Smith, interviewed by Jill Abramson and John Stillman, New York, July 13, 2015.

142 Within a month he had discovered: Andrew Kaczynski, "The Book on Mitt Rom-ney: Here Is John McCain's Entire Opposition Research File," BuzzFeedNews, January 17, 2012, https://www.buzzfeednews.com/article/andrewkaczynski/the-book-on-mitt-romney-here-is-john-mccains-ent.

143 He also tracked down: "Q&A with Andrew Kaczynski," C-SPAN (video), 58:03, August 16, 2012, https://www.c-span.org/video/?307609-1/qa-andrew-kaczynski.

144 Another video was of Romney: Jason Zengerie, "Playing with Mud," *New York*, De-cember 11, 2011, http://nymag.com/news/intelligencer/andrew-kaczynski-2011-12/.

145 Coppins, meanwhile, chased down: McKay Coppins, Rosie Gray, Andrew Kaczynski, and Ben Smith, interviewed by Jill Abramson and John Stillman, New York, July 13, 2015.

146 Coppins did as he was told: McKay Coppins, "Exclusive: Marco Rubio's Mor-mon Roots," BuzzFeedNews, February 23, 2012, https://www.buzzfeednews.com/article/mckaycoppins/exclusive-marco-rubios-mormon-roots.

147 Smith's story about the McCain: Matthew Lynch, "The Jolly, Abrupt, WTF Rise of BuzzFeed," *M Magazine*, n.d., http://mmagazine.tumblr.com/post/45911798703/the-jolly-abrupt-wtf-rise-of-buzzfeed.

148 As Peretti told the Atlantic: Adam Clark Estes, "The Future of BuzzFeed Looks Like a Newsier Facebook News Feed," *Atlantic*, January 25, 2012, https://www.the*Atlantic*.com/business/archive/2012/01/future-buzzfeed-looks-newsier-face book-news-feed/332628/.

149 During one leg: Robin Abcarian, "Michael Hastings: The Importance of Not Following the Rules," *Los Angeles Times*, June 19, 2013, http://www.latimes.com/local/lanow/la-me-ln-michael-hastings-the-importance-of-not-following-the-rules-20130619-story.html.

150 The tense back-and-forth: "Hillary Clinton Aide Tells Reporter to 'Fuck Off' and 'Have a Good Life,' " BuzzFeedNews, September 24, 2012, https://www.buzz feednews.com/article/buzzfeedpolitics/hillary-clinton-aide-tells-reporter-to-fuck-off.

151 "They didn't even know: McKay Coppins, Rosie Gray, Andrew Kaczynski, and Ben Smith, interviewed by Jill Abramson and John Stillman, New York, July 13, 2015.

152 Hastings, who had covered: Matt Schudel, "Michael Hastings, Iconoclastic War Correspondent, Dies at 33," *Washington Post*, June 19, 2013, https://www.washingtonpost.com/national/michael-hastings-iconoclastic-war-correspondent-dies-at-33/2013/06/19/360c8c7c-d8f2-11e2-a9f2-42ee3912ae0e_story.html.

153 But after 10 years sober: Associated Press, "BuzzFeed Reporter Michael Hast-ings' Autopsy Reveals Traces of Drugs," *Guardian*, August 21, 2013, https://www.theguardian.com/world/2013/aug/21/michael-hastings-buzzfeed-autopsy-drugs.

154 "I was caught: Michael Hastings, *Panic 2012: The Sublime and Terrifying In-side Story of Obama's Final Campaign* (New York: BuzzFeed/Blue Rider Press, 2013).

155 The challenge Smith issued: "How BuzzFeed Is Reinventing the Wire Story for the Social Web," MyPRSA, July 27, 2012, http://apps.prsa.org/SearchResults/view/9866/105/How_Buzzfeed_is_reinventing_the_wire_story_for_the#.W1gZZdhKg1g.

156 At Politico reporters were trained: Ben Smith, "Winning the Dawn," Politico (blog), April 1, 2009,

Santorum," BuzzFeedNews, January 2, 2012, https://www.buzz feednews.com/article/mjs538/29-things-i-leaned-from-spending-two-days-with-ric.

120 That day he released a snippet: Andrew Kaczynski, "Here Is Rick Santorum Dancing the Polka," BuzzFeedNews (video), January 1, 2012, https://www.buzz feednews.com/article/andrewkaczynski/here-is-rick-santorum-dancing-the-polka#.ii1L1p3ED.

121 His excavations laid bare: Jeff Sonderman, "How BuzzFeed's Andrew Kaczynski Mines the Internet for Video Gold," Poynter, March 20, 2012, https://www.poyn ter.org/news/how-buzzfeeds-andrew-kaczynski-mines-internet-video-gold.

122 A profile in New York magazine: Jason Zengerie, "Playing with Mud," *New York*, December 11, 2011, http://nymag.com/news/intelligencer/andrew-kaczynski-2011-12/.

123 Josh Marshall's Talking Points: Benjy Sarlin, "Meet the 22-Year-Old Who's Driving Romney Crazy," Talking Points Memo, December 13, 2011, https://talking pointsmemo.com/election2012/meet-the-22-year-old-who-s-driving-romney-crazy.

124 Kaczynski was looking: Politinerds Radio, "#39: BuzzFeed's Andrew Kaczynski," *Spreaker* (podcast), 35:07, n.d., https://www.spreaker.com/user/thebingedotnet/politinerds-39-buzzfeeds-andrew-kaczynsk.

125 "I told Ben: McKay Coppins, Rosie Gray, Andrew Kaczynski, and Ben Smith, in-terviewed by Jill Abramson and John Stillman, New York, July 13, 2015.

126 About a week into 2012: Dino Grandoni, "BuzzFeed Lands $15.5 Million in Financing," *Atlantic*, January 9, 2012, https://www.theatlantic.com/business/archive/2012/01/buzzfeed-lands-155-million-financing/333343/.

127 The money was needed: Joe Coscarelli, "BuzzFeed Raises $15.5 Million for Ben Smith Makeover," *New York*, January 9, 2012, http://nymag.com/daily/intelli gencer/2012/01/buzzfeed-raises-155-million-for-makeover.html.

128 "It's so expensive: Alexia Tsotsis, "Viral Aggregator BuzzFeed Raises $15.5M to Transform the Way People Get Their News," TechCrunch, January 9, 2012, https://techcrunch.com/2012/01/09/viral-aggregator-buzzfeed-raises-15-5m-to-transform-the-way-people-get-their-news/.

129 Instead of angling for reporters: McKay Coppins, Rosie Gray, Andrew Kaczynski, and Ben Smith, interviewed by Jill Abramson and John Stillman, New York, July 13, 2015.

130 It was a headhunting strategy: Ben Smith, interviewed by Jill Abramson and John Stillman, New York, July 23, 2015.

131 One hire was Rosie Gray: McKay Coppins, Rosie Gray, Andrew Kaczynski, and Ben Smith, interviewed by Jill Abramson and John Stillman, New York, July 13, 2015.

132 Another was McKay Coppins: Ibid.

133 He was best known for: Michael Hastings, "The Runaway General: The Profile That Brought Down McChrystal," *Rolling Stone*, June 22, 2010, https://www.roll ingstone.com/politics/politics-news/the-runaway-general-the-profile-that-brought-down-mcchrystal-192609/.

134 Hastings, Smith said, was: McKay Coppins, Rosie Gray, Andrew Kaczynski, and Ben Smith, interviewed by Jill Abramson and John Stillman, New York, July 13, 2015.

135 His masterwork: Ben Smith, "The Book That Defined Modern Campaign Report-ing," Politico, December 30, 2010, https://www.politico.com/story/2010/12/the-book-that-defined-modern-campaign-reporting-046906.

136 Their ranks included: Max Read, "Weird Internets: A Conversation with 'Online Curiosity Collector' Katie Notopoulos," Gawker, January 25, 2012, http://gawker.com/5877893/weird-internets-a-conversation-with-online-curiosity-collector-katie-notopoulos.

137 After starting her job: Matthew Lynch, "The Jolly, Abrupt, WTF Rise of Buzz-Feed," *M Magazine*, n.d., http://mmagazine.tumblr.com/post/45911798703/the-jolly-abrupt-wtf-rise-of-buzzfeed.

101 At Yale he'd interned: Ben Smith, interviewed by Jill Abramson, New York, July 13, 2015.

102 From there he went to the tabloid: Ben Smith, "Parties' Pols Vie to Catch Bloomy Aye," New York Daily News, May 8, 2006, http://www.nydailynews.com/archives/news/parties-pols-vie-catch-bloomy-aye-article-1.648386.

103 He established a Politicker-esque: Ben Smith, "Remainders: Vapid," *New York Daily News*, The Daily Politics (blog), December 14, 2006, http://archive.li/NgQeE.

104 Politico's posture as: Brian Ries, "The Ben Smith Flame War," Daily Beast, September 12, 2010, https://www.thedailybeast.com/the-ben-smith-flame-war.

105 Operating as a one-man: Ben Smith, "A Haircut Tip," Politico (blog), November 10, 2009, https://www.politico.com/blogs/ben-smith/2009/11/a-haircut-tip-022732; Ben Smith, "Rudy Calls Billing 'Perfectly Appropriate,' " Politico, November 29, 2007, https://www.politico.com/story/2007/11/rudy-calls-billing-perfectly-appropriate-007104.

106 He thrived on the speedy: Dylan Byers, "Can Politico Win Again?," Adweek, September 6, 2011, https://www.adweek.com/digital/can-politico-win-again-134592/.

107 "I could sit at: Liz Cox Barrett, "Immediate Returns," *Columbia Journalism Review*, November–December 2011, https://archives.cjr.org/feature/immediate_re turns.php.

108 Smith began to earn: Megan Garber, " 'A Very Natural Thing for Me': Politico Reporter Ben Smith on His Move to BuzzFeed," NiemanLab, December 12, 2011, http://www.niemanlab.org/2011/12/a-very-natural-thing-for-me-politico-reporter-ben-smith-on-his-move-to-buzzfeed/.

109 When Peretti got in touch: Peter Himler, "Is Twitter Influence Portable?," Forbes, December 27, 2011, https://www.forbes.com/sites/peterhimler/2011/12/27/is-twitter-influence-portable/#6a21402bfd79; Adam Clark Estes, "The Mystery Team That Recruited Ben Smith to BuzzFeed," *Atlantic*, December 12, 2011, https://www.theatlantic.com/business/archive/2011/12/mystery-team-recruited-ben-smith-buzzfeed/334422/.

110 "There was a lot of very abstract: Peter Kafka, "BuzzFeed's Jonah Peretti and Ben Smith Explain How They Turned a 'Great Cat Site' into a Powerful Publisher," Recode, June 12, 2015, https://www.recode.net/2015/6/12/11563480/buzz feeds-jonah-peretti-and-ben-smith-on-the-dress-disappearing-posts.

111 "I could never do: Adam Clark Estes, "The Mystery Team That Recruited Ben Smith to BuzzFeed," *Atlantic*, December 12, 2011, https://www.theatlantic.com/business/archive/2011/12/mystery-team-recruited-ben-smith-buzzfeed/334422/.

112 He took a couple of days: Ibid.

113 "I hope I didn't: Ben Smith email to Jonah Peretti and Kenneth Lerer, October 29, 2011.

114 On his first day: Gabriel Sherman, "BuzzFeed: The New Species at Iowa's Media Watering Hole," *New York*, January 2, 2012, http://nymag.com/daily/intelligencer/2012/01/ben-smith-on-buzzfeeds-plan-to-cover-politics.html.

115 With the other pool reporters: Ibid.

116 "I like cat pictures: David Zax, "WTF, Indeed: Politico's Ben Smith Joins Buzz-Feed to Build a 'Social News Organization,' " Fast Company, December 13, 2011, https://www.fastcompany.com/1800780/wtf-indeed-politicos-ben-smith-joins-buzzfeed-build-social-news-organization.

117 "We're not starting: Adam Clark Estes, "The Mystery Team That Recruited Ben Smith to BuzzFeed," *Atlantic*, December 12, 2011, https://www.theatlantic.com/business/archive/2011/12/mystery-team-recruited-ben-smith-buzzfeed/334422/.

118 Miller and Stopera had spent: Gabriel Sherman, "BuzzFeed: The New Species at Iowa's Media Watering Hole," *New York*, January 2, 2012, http://nymag.com/daily/intelligencer/2012/01/ben-smith-on-buzzfeeds-plan-to-cover-politics.html.

119 While Stopera composed: Matt Stopera, "29 Things I Learned from Spending Two Days with Rick

native-advertising-go-viral/.

82 In the beginning "there was: Tanner Greenring, Scott Lamb, Jack Shepherd, Matt Stopera, and Peggy Wang, interviewed by Jill Abramson and John Stillman, New York, June 26, 2015.

83 "Some editorial content: Andrew Rice, "Does BuzzFeed Know the Secret?," *New York*, April 7, 2013, http://nymag.com/nymag/features/buzzfeed-2013-4/index4.html.

84 Try "10 Date Ideas: Bud Light—Whatever, USA, "10 Date Ideas That'll Take Your Game to the Next Level," BuzzFeed, July 29, 2014, https://www.buzzfeed.com/budlightwhateverusa/date-ideas-thatll-take-your-game-to-the-next-level.

85 Here are "20 Tactics: Bravo, "20 Tactics to Help You Find a Husband," Buzz-Feed, June 6, 2013, https://www.buzzfeed.com/bravo/20-tactics-to-help-you-find-a-husband?utm_term=.yrXgZ8zP1#.qxQxMQEgb.

86 Consider this recipe: Walmart, "Holiday Ham Ring," BuzzFeed, December 14, 2016, https://www.buzzfeed.com/walmart/holiday-ham-ring?utm_term=.rqkz6nrB2#.ww5JmR78k.

87 As BuzzFeed's current president: Greg Coleman, interviewed by Jill Abramson and John Stillman at BuzzFeed New York, September 25, 2015.

88 "Dear Kitten" was widely considered: Rebecca Cullers, " 'Dear Kitten' from Friskies Proves Cats Still Rule the Internet," Adweek, June 12, 2014, https://www.adweek.com/creativity/dear-kitten-friskies-proves-cats-still-rule-internet-158285/.

89 The sage elder cat's advice: Dee Robertson, interviewed by Jill Abramson and John Stillman at BuzzFeed Motion Pictures, Los Angeles, March 16, 2016.

90 When AOL acquired Huffington Post: "AOL Agrees to Acquire the Huffington Post," Huffington Post, February 7, 2011, https://www.huffingtonpost.com/2011/02/07/aol-huffington-post_n_819375.html.

91 "We had this huge hole: Felix Salmon, "BuzzFeed's Jonah Peretti Goes Long," Matter, June 11, 2014, https://medium.com/matter/buzzfeeds-jonah-peretti-goes-long-e98cf13160e7.

92 By 2011 revenues were over: J. K Trotter, "Internal Documents Show Buzz-Feed's Skyrocketing Investment in Editorial," Gawker, August 12, 2015, http://tktk.gawker.com/internal-documents-show-buzzfeed-s-skyrocketing-investm-1709816353.

93 But even the king of the listicle: Felix Salmon, "BuzzFeed's Jonah Peretti Goes Long," Matter, June 11, 2014, https://medium.com/matter/buzzfeeds-jonah-peretti-goes-long-e98cf13160e7.

94 He had seen success: Matt Stopera, interviewed by Jill Abramson and John Still-man at BuzzFeed New York, August 2015.

95 Stopera published "The 45: Matt Stopera, "The 45 Most Powerful Images of 2011," BuzzFeed, December 2, 2011, https://www.buzzfeed.com/mjs538/the-most-powerful-photos-of-2011.

96 The post was widely shared: Megan Garber, "How BuzzFeed Got Its Biggest Traf-fic Day . . . Ever," NiemanLab, December 5, 2011, http://www.niemanlab.org/2011/12/how-buzzfeed-got-its-biggest-traffic-day-ever/.

97 "Okay," Peretti thought: Felix Salmon, "BuzzFeed's Jonah Peretti Goes Long," Matter, June 11, 2014, https://medium.com/matter/buzzfeeds-jonah-peretti-goes-long-e98cf13160e7.

98 "The reason people are coming: Tom McGeveran, "The Ben Smith Hire, and Jonah Peretti's Plan to Take BuzzFeed Way beyond Glurge," Politico, Decem-ber 13, 2011, https://www.politico.com/states/new-york/city-hall/story/2011/12/the-ben-smith-hire-and-jonah-perettis-plan-to-take-buzzfeed-way-beyond-glurge-000000.

99 Peretti pointed to Ted Turner: Ben Popper and Peter Kafka, "BuzzFeed vs. Trump," The Verge, February 7, 2017, https://www.theverge.com/2017/2/7/14531510/buzzfeed-news-trump-dossier-defamation-lawsuit-jonah-peretti-interview.

100 Ad execs "respect companies: Ibid.

63 BuzzFeed had a glossary: Ibid.

64 One former staff writer: Arabelle Sicardi, interviewed by Jill Abramson, New York, July 16, 2015.

65 Faced with an unbudging: Ibid.

66 There were three types of list: Matt Stopera, interviewed by Jill Abramson and John Stillman at BuzzFeed New York, August 2015.

67 Among the subjects it claimed: Tahlia Pritchard, "15 Aussie Moments That Restored Your Faith in Humanity in 2015," BuzzFeed, December 22, 2015, https://www.buzzfeed.com/tahliapritchard/its-just-emotions-taking-me-over; Alan White, "This Man Eating a Muffin in the Background of a Labour MP's Interview Will Restore Your Faith in Humanity," BuzzFeedNews, May 7, 2015, https://www.buzzfeed.com/alanwhite/literally-me?utm_term=.ugGBZvEVA#.yyGaDEQkY.

68 As Stopera put it: Matt Stopera, interviewed by Jill Abramson and John Stillman at BuzzFeed New York, August 2015.

69 By enumerating the human emotions: Matt Stopera, interviewed by Jill Abramson and John Stillman at BuzzFeed New York, August 2015.

70 "Like, '10 ways: Ibid.

71 It achieved the ends: Matt Sitman, "This Is Your Brain on BuzzFeed," Dish, Sep-tember 2, 2013, http://dish.andrewsullivan.com/2013/09/02/this-is-your-brain-on-buzzfeed-or-the-lists-we-live-by-new-yorker-8-29/.

72 "If we take the same point: Susie Mesure, "Jonah Peretti: And at Number One on BuzzFeed's List Is . . . ," Independent, October 20, 2013, https://www.indepen dent.co.uk/news/people/profiles/jonah-peretti-and-at-number-one-on-buzzfeeds-list-is-8891785.html.

73 "Lists are an amazing way: Jonah Peretti, memo to the BuzzFeed team, pub-lished on LinkedIn, September 4, 2013, https://www.linkedin.com/pulse/20130904212907-1799428-memo-to-the-buzzfeed-team/.

74 "You could call that: Caroline O'Donovan, "The 3 Key Types of BuzzFeed Lists to Learn before You Die," NiemanLab, October 11, 2013, http://www.niemanlab.org/2013/10/the-3-key-types-of-buzzfeed-lists-to-learn-before-you-die/.

75 Summer Anne Burton: Caroline O'Donovan, "Are Quizzes the New Lists? What BuzzFeed's Latest Viral Success Means for Publishing," NiemanLab, February 19, 2014, http://www.niemanlab.org/2014/02/are-quizzes-the-new-lists-what-buzzfeeds-latest-viral-success-means-for-publishing/.

76 By answering the eight simple: Jenn Selby, "Rupert Murdoch Took the 'Which Billionaire Tycoon Are You?' Test . . . and Got Himself," *Independent*, February 13, 2014, https://www.independent.co.uk/news/people/news/rupert-murdoch-got-when-he-took-the-which-billionaire-tycoon-are-you-test-and-got-himself-9126736.html.

77 This was what they called: Matt Stopera, interviewed by Jill Abramson and John Stillman at Buzzfeed New York, August 2015.

78 In 2008 Peretti laid out: Jason Del Rey, "BuzzFeed's 2008 Investor Pitch: See Jonah Peretti's Predictions, Right and Wrong," *AdAge*, April 12, 2013, http://AdAge.com/article/media/buzzfeed-s-2008-investor-pitch-jonah-peretti-s-predic tions/240861/.

79 To promote the idea of shareability: Philip Bump, "One Secret to BuzzFeed's Viral Success: Buying Ads," *Atlantic*, April 8, 2013, https://www.theatlantic.com/national/archive/2013/04/one-secret-buzzfeeds-viral-success-buying-ads/316513/.

80 He estimated that when: Felix Oberholzer-Gee, "BuzzFeed—The Promise of Na-tive Advertising," *Harvard Business Review*, June 17, 2014, https://hbr.org/prod uct/buzzfeed-the-promise-of-native-advertising/714512-PDF-ENG.

81 He pointed to data showing: Stine Andersen, "Video: BuzzFeed on How to Make Native Advertising Go Viral," Native Advertising Institute, n.d., https://nativead vertisinginstitute.com/blog/make-

Go Insanely Viral," SlideShare, December 16, 2010, https://www.slideshare.net/Ignition/ignition-how-to-make-your-content-go-insanely-viral-by-jonah-perettibuzzfeed.

48 While other publishers spent 95 percent: Angela Haggerty, "Humour, Nostalgia and Value—BuzzFeed Shares Its Branded Content Lessons," Drum, July 29, 2014, https://www.thedrum.com/news/2014/07/29/humour-nostalgia-and-value-buzz feed-shares-its-branded-content-lessons.

49 He told a Gainesville: Jonah Peretti, presentation to the University of Florida, March, 2014, https://www.muckrock.com/news/archives/2014/may/12/buzzfeed-founder-quality-religions-dont-just-go-vi/.

50 "Which is better: Jonah Peretti, "Mormons, Mullets, and Maniacs," presenta-tion accompanying speech delivered to New York Viral Media Meetup, August 12, 2010, https://www.scribd.com/document/35836865/Jonah-Peretti-Viral-Meetup-Talk.

51 It was an entrepreneurial philosophy: Jonah Peretti, "Capitalism and Schizophre-nia," *Negations*, January 1, 1996, http://www.datawranglers.com/negations/issues/96w/96w_peretti.html.

52 Hence the deluge: Sara Rubin, "Weird ThoughtsYou Have in the Shower," BuzzFeed (video), January 20, 2015, https://www.buzzfeed.com/sararubin/weird-thoughts-you-have-in-the-shower; Molly Hora, "Why You Should Run a 5K," Buzz-Feed, September 25, 2012, https://www.buzzfeed.com/mollykateri/14-reasons-you-should-run-a-5k-421u; Matt Stopera, "40 Things That Will Make You Feel Old," BuzzFeed, May 11, 2011, https://www.buzzfeed.com/mjs538/40-things-that-will-make-you-feel-old; MelisBuzzFeed, "20 Ways to Tell Someone Secretly Hates You," BuzzFeed, March 20, 2011, https://www.buzzfeed.com/melismash able/20-ways-to-tell-someone-secretly-hates-you?utm_term=.mfAblQ1pA#.aneak8Bwn; Michael Blackmon, "31 Thoughts You Have When Your Mom Doesn't Answer Your Phone Calls," BuzzFeed, August 30, 2015, https://www.buzzfeed.com/michaelblackmon/mom-pick-up-the-phone-please?utm_term=.yw9zx8ZrO#.vbPB90lyW.

53 The idea was that by narrowing: Jen White, interviewed by Jill Abramson and John Stillman at BuzzFeed Motion Pictures, Los Angeles, March 15, 2016.

54 In this, Stopera was king: Matt Stopera, interviewed by Jill Abramson and John Stillman at BuzzFeed New York, September 1, 2015.

55 He dubbed it: Ibid.

56 One might suspect aiming low: Matt Stopera, Dave Stopera, and Lauren Yapal-ater, "24 Pictures That Prove Teenage Girls Are the Future," BuzzFeed, January 25, 2017, https://www.buzzfeed.com/mjs538/teens-r-the-future; Matt Stopera and Brian Galindo, "19 Pictures That Show the Difference between Your Life and Mariah Carey's," BuzzFeed, January 9, 2017, https://www.buzzfeed.com/mjs538/i-want-to-be-mariah-carey.

57 Without a trace of ennui: Matt Stopera, interviewed by Jill Abramson and John Stillman at BuzzFeed New York, September 1, 2015.

58 Most of them, even: Dao Nguyen, "What It's Like to Work on BuzzFeed's Tech Team During Record Traffic," BuzzFeed, February 27, 2015, https://www.buzz feed.com/daozers/what-its-like-to-work-on-buzzfeeds-tech-team-during-record-t#.pc6GG2E5O.

59 This was BuzzFeed's culture: Jane Martinson, "BuzzFeed's Jonah Peretti: How the Great Entertainer Got Serious," *Guardian*, November 15, 2015, https://www.theguardian.com/media/2015/nov/15/buzzfeed-jonah-peretti-facebook-ads.

60 Every afternoon they sent out: Arabelle Sicardi, interviewed by Jill Abramson, New York, July 16, 2015.

61 Notching 10 posts: BuzzFeed International Editorial Meeting, observed by Jill Abramson and John Stillman, New York, October 28, 2015.

62 A few ascended: Tanner Greenring, Scott Lamb, Jack Shepherd, Matt Stopera, and Peggy Wang, interviewed by Jill Abramson and John Stillman, New York, June 26, 2015.

trayvo?utm_term=.logWYJze0#.xbYpqkAOy.

29 He knew that in order: Jonah Peretti, interviewed by Jill Abramson and John Still-man at BuzzFeed New York, December 14, 2015.

30 Understanding this, Peretti: Nic Newman, "Overview and Key Findings of the 2016 Report," Digital News Report, Reuters Institute, n.d., http://www.digital newsreport.org/survey/2016/overview-key-findings-2016/.

31 This was a strategy he proselytized: Ian Burrell, "BuzzFeed's Jonah Peretti: News Publishers Only Have Themselves to Blame for Losing Out to Google and Facebook," Drum, June 29, 2017, https://www.thedrum.com/opinion/2017/06/29/buzz feeds-jonah-peretti-news-publishers-only-have-themselves-blame-losing-out.

32 "The web is ruled: Jonah Peretti, "Mormons, Mullets, and Maniacs," New York Viral Media Meetup, August 12, 2010, https://www.scribd.com/document/35836865/Jonah-Peretti-Viral-Meetup-Talk.

33 If he could succeed this way: Clive Thompson, "Is the Tipping Point Toast?," Fast Company, February 1, 2008, https://www.fastcompany.com/641124/tipping-point-toast.

34 "The lesson here: Zach Baron, "Where the Wild Things Go Viral," *GQ*, March 4, 2014, https://www.gq.com/story/buzzfeed-beastmaster-profile-march-2014.

35 The main idea: "Does 'Going Viral' Actually Result in More Conversions?," Con-versionXL, August 11, 2017, https://conversionxl.com/blog/going-viral-increased-conversions/.

36 When it came to posting: Nick Kubinski, "6 Tricks to Be a Social Media Pro," BuzzFeed (video), September 9, 2014, https://www.buzzfeed.com/nickkubinski/6-tricks-to-be-a-social-media-pro?utm_term=.gu2MxPW1G#.eb3Z5PdQ0.

37 They knew that, for whatever reason: BuzzFeed International Editorial Meeting, observed by Jill Abramson and John Stillman, New York, October 28, 2015.

38 They reckoned that 92 percent: Alex Campbell and Kendall Taggart, interviewed by Jill Abramson and John Stillman at BuzzFeed New York, October 2015.

39 She returned to New York: Christine Lagorio-Chafkin, "Meet BuzzFeed's Secret Weapon," *Inc.*, September 2, 2014, https://www.inc.com/christine-lagorio/buzz feed-secret-growth-weapon.html.

40 The challenge for Nguyen: Noah Robischon, "What BuzzFeed's Dao Nguyen Knows about Data, Intuition, and the Future of Media," Fast Company, February 17, 2016, https://www.fastcompany.com/3055894/what-buzzfeeds-dao-nguyen-knows-about-data-intuition-and-the-futur.

41 Nguyen got to work: Dao Nguyen, interviewed by Jill Abramson and John Still-man at BuzzFeed New York, December 14, 2015.

42 Her team created: Mathew Ingram, "BuzzFeed Opens Up Access to Its Viral Dashboard," Gigaom, September 2, 2010, https://gigaom.com/2010/09/02/buzz feed-opens-up-access-to-its-viral-dashboard/.

43 This was called Social Lift: Dao Nguyen and Ky Harlin, "How BuzzFeed Thinks about Data Science," BuzzFeed, September 24, 2014, https://www.buzzfeed.com/daozers/how-buzzfeed-thinks-about-data-science?utm_term=.cuPg946z1#.uqLpMYjOL.

44 The dashboard offered more than: Felix Oberholzer-Gee, "BuzzFeed—The Prom-ise of Native Advertising," Harvard Business School Case 714-512, June 2014 (revised August 2014), 539; Christine Lagorio-Chafkin, "Meet BuzzFeed's Se-cret Weapon," *Inc.*, September 2, 2014, https://www.inc.com/christine-lagorio/buzzfeed-secret-growth-weapon.html.

45 In her first two years: Christine Lagorio-Chafkin, "Meet BuzzFeed's Secret Weapon," *Inc.*, September 2, 2014, https://www.inc.com/christine-lagorio/buzz feed-secret-growth-weapon.html.

46 "There's the misconception: Jonah Peretti, interviewed by Jill Abramson and John Stillman at Buzzfeed New York, December 14, 2015.

47 "The viral distribution strategy: Jonah Peretti and BuzzFeed, "Ignition: How to Make Your Content

lists-and-quizzes/job/227249/.

⓲ "People are looking: Niklas Wirminghause, "LOL, WIN, OMG: BuzzFeed's Jonah Peretti Justifies His Site's Existence (interview)," Venturevillage, March 3, 2014, https://venturebeat.com/2014/03/03/lol-win-omg-buzzfeed-jonah-peretti-justifies-his-sites-existence-interview/.

⓳ In praise of Zuckerberg's: Matthew Lynch, "The Jolly, Abrupt, WTF Rise of BuzzFeed," *M Magazine*, n.d., http://mmagazine.tumblr.com/post/45911798703/the-jolly-abrupt-wtf-rise-of-buzzfeed.

⓴ Later, when BuzzFeed finally: Andrew Beaujon, "BuzzFeed Names Isaac Fitzger-ald Its First Books Editor," Poynter, November 7, 2013, https://www.poynter.org/news/buzzfeed-names-isaac-fitzgerald-its-first-books-editor.

㉑ The success of the venture: Noah Robischon, "How BuzzFeed's Jonah Peretti Is Building a 100-Year Media Company," Fast Company, February 16, 2016, https://www.fastcompany.com/3056057/how-buzzfeeds-jonah-peretti-is-building-a-100-year-media-company.

㉒ BuzzFeed had invented: Andy Serwer, "Inside the Mind of Jonah Peretti," *Fortune*, December 6, 2013, http://fortune.com/2013/12/05/inside-the-mind-of-jonah-peretti/.

㉓ He brought in volunteers: Power to the Pixel, "A Report from the Front Lines of Media Impact Evaluation—John S. Johnson, BuzzFeed and the Harmony Insti-tute," Vimeo (video), October 27, 2014, https://vimeo.com/110129974; Michael Cieply, "Adding Punch to Influence Public Opinion," *New York Times*, July 25, 2010, https://www.nytimes.com/2010/07/26/business/26adco.html.

㉔ By 2013 the network boasted: Andrew Rice, "Does BuzzFeed Know the Secret?," *New York*, April 7, 2013, http://nymag.com/nymag/features/buzzfeed-2013-4/index4.html; "BuzzFeed Reaches More Than 130 Million Unique Visitors in No-vember," BuzzFeedPress, December 2, 2013, https://www.buzzfeed.com/buzz feedpress/buzzfeed-reaches-more-than-130-million-unique-visitors-in-no?utm_term=.xnLjMyQOP#.iv3VEbLPo.

㉕ To keep them happy: Charlie Warzel, "BuzzFeed Report to Publishing Partners Demonstrates Power of Social Web," Adweek, August 29, 2012, https://www.ad week.com/digital/buzzfeed-report-publishing-partners-demonstrates-power-social-web-143194/.

㉖ In the aftermath of the tragedy: Matt Stopera, "10 Reasons Everyone Should Be Furious about Trayvon Martin's Murder," BuzzFeed, March 22, 2012, https://www.buzzfeed.com/mjs538/10-reasons-everyone-should-be-furious-about-trayvo?utm_term=.ljpAYDy06#.mk0BlNqD7.

㉗ Another Stopera post: Matt Stopera, "Florida Representative Frederica Wilson's Emotional Speech about Trayvon Martin's Shooting," BuzzFeed, March 22, 2012, https://www.buzzfeed.com/mjs538/florida-representative-frederica-wilsons-emotiona?utm_term=.sf646XVkq#.avZpyPEmb.

㉘ Additional headlines hawked: Adrian Carrasquillo, "George Zimmerman Court Case Takes Emotional Turn as Photo of Trayvon Martin's Body Shown to Jury," BuzzFeedNews, June 25, 2013, https://www.buzzfeednews.com/article/adrian carrasquillo/george-zimmerman-court-case-takes-emotional-turn-as-photo-of; Adrian Carrasquillo, "Closing Arguments in George Zimmerman Trial Appeal to Emotion, Justice," BuzzFeedNews, July 12, 2013, https://www.buzzfeednews.com/article/adriancarrasquillo/closing-arguments-in-george-zimmerman-trial-appeal-to-emotio; Adrian Carrasquillo, "George Zimmerman Is Selling a 'Justice for All' Original Painting on eBay," BuzzFeedNews, December 16, 2013, https://www.buzzfeednews.com/article/adriancarrasquillo/george-zimmerman-is-selling-a-justice-for-all-original-paint; "Jamie Foxx Serenades Trayvon Martin's Parents at Vigil," BuzzFeedNews, February 26, 2013, https://www.buzzfeednews.com/article/nowthisnews/jamie-foxx-serenades-trayvon-martins-parents-at-v-749g; Ryan Broderick, "Bruce Springsteen Dedicated 'American Skin (41 Shots)' to Trayvon Martin," BuzzFeed, July 17, 2013, https://www.buzzfeed.com/ryanhates this/bruce-springsteen-dedicated-american-skin-41-shots-to-

68 Harris couldn't help: https://www.vanityfair.com/news/2009/08/wolff200908.

第五章 趨勢——BUZZFEED，之二

1 On most summer afternoons: Alyson Shontell, "Inside BuzzFeed: The Story of How Jonah Peretti Built the Web's Most Beloved New Media Brand," Business Insider, December 11, 2012, https://www.businessinsider.com/buzzfeed-jonah-peretti-interview-2012-12.

2 "Media and content: Erin Griffith, "Peretti: Human Curation Beats SEO in the Social Web," Pando, September 19, 2012, https://pando.com/2012/09/19/peretti-human-curation-beats-seo-in-the-social-web/.

3 At HuffPo he had focused: David Rowan, "How BuzzFeed Mastered Social Shar-ing to Become a Media Giant for a New Era," Wired, January 2, 2014, https://www.wired.co.uk/article/buzzfeed.

4 Moving into position: Kenneth Lerer, interviewed by Jill Abramson, New York, December 2, 2015.

5 He wrote to his staff: Jonah Peretti, "BuzzFeed's Strategy," *Cdixon* (blog), July 24, 2012, http://cdixon.org/2012/07/24/buzzfeeds-strategy/.

6 He would explain this watershed moment: Jonah Peretti, presentation to the Uni-versity of Florida, March 2014, https://www.muckrock.com/news/archives/2014/may/12/buzzfeed-founder-quality-religions-dont-just-go-vi/.

7 This was a welcome departure: Fred Vogelstein, "The Wired Interview: Face-book's Mark Zuckerberg," Wired, June 29, 2009, https://www.wired.com/2009/06/mark-zuckerberg-speaks/.

8 "If I had to guess: John Cassidy, "Me Media," *New Yorker*, May 15, 2006, https://www.newyorker.com/magazine/2006/05/15/me-media.

9 Five years after its public launch: Smriti Bhagat et al., "Three and a Half Degrees of Separation," Facebook Research, February 4, 2016, https://research.fb.com/three-and-a-half-degrees-of-separation/.

10 Some reports cited this number: Marie Page, "Cracking Facebook's News Feed Algorithm: A New Definition of Edgerank," Digiterati, October 26, 2016, https://thedigiterati.com/cracking-facebooks-news-feed-algorithm-new-definition-edge rank/.

11 Its prescriptions were based: Kristoffer Nelson, "Facebook News Feed Algorithm Unlocked: Optimizing for Greater Reach, Engagement," Adweek, September 14, 2017, https://www.adweek.com/digital/kristoffer-nelson-srax-guest-post-facebook-news-feed-algorithm/.

12 Zuckerberg summarized it: David Kirkpatrick, *The Facebook Effect: The Inside Story of the Company That Is Connecting the World* (New York: Simon & Schus-ter, 2010).

13 In short order it became: E. Hargittai, "Whose Space? Differences among Users and Non-users of Social Network Sites," *Journal of Computer-Mediated Communication* 13, no. 1 (2008): 276–297; S. Jones and S. Fox, "Generations Online in 2009," Data memo, Pew Internet and American Life Project, from. http://www.pewinternet.org/w/media//Files/Reports/2009/PIP_Generations_2009.pdf.

14 On February 9, 2009: Dan Smith, "Facebook Developing Alternative to 'Like' Button for Users to Express Empathy, Mark Zuckerberg Says," ABC, September 15, 2015, http://www.abc.net.au/news/2015-09-16/facebook-gives-thumbs-up-for-like-button-alternative/6779400.

15 Over one billion likes: Stephanie Buck, "The History of Facebook's Developer Platform (INFOGRAPHIC)," Mashable, May 24, 2012, https://mashable.com/2012/05/24/facebook-developer-platform-infographic/#nY78UD.XQZqP.

16 "The Like button: Matt Stopera, interviewed by Jill Abramson and John Stillman, Buzzfeed New York, September 1, 2015.

17 It was a sentiment that would infuse: "Writer, Lists & Quizzes, BuzzFeed, New York, NY," Entertainment Careers (job listing), n.d., https://www.entertainment careers.net/buzzfeed/writer-

51 Once that had been debunked: Howard Kurtz, "The Post on WMDs: An Inside Story," *Washington Post*, August 12, 2004, http://www.washingtonpost.com/wp-dyn/articles/A58127-2004Aug11.html.
52 "We were so focused: Ibid.
53 In 2005, Lewis "Scooter" Libby: Zachary Colle, "Libby Was a Driving Force behind Iraq War; Cheney's Aide Sought to Justify Pre-emptive Strikes to Pre-vent Threats," SFGATE, October 28, 2005, https://www.sfgate.com/news/article/Libby-was-a-driving-force-behind-Iraq-war-2598544.php.
54 Woodward had learned her identity: Bob Woodward, "Testifying in the CIA Leak Case," *Washington Post*, November 16, 2005, http://www.washingtonpost.com/wp-dyn/content/article/2005/11/15/AR2005111501829.html.
55 When it was later revealed: David Folkenflik, "Woodward Apologizes for Role in CIA Leak Case," *All Things Considered*, NPR, November 16, 2005, https://www.npr.org/templates/story/story.php?storyId=5015605.
56 When there were government document: David Glenn, "The (Josh) Marshall Plan," *Columbia Journalism Review*, September–October 2007, https://archives.cjr.org/feature/the_josh_marshall_plan.php.
57 Collaboration instead of competition: Noam Cohen, "Blogger, Sans Pajamas, Rakes Muck and a Prize," *New York Times*, February 25, 2008, https://www.ny times.com/2008/02/25/business/media/25marshall.html.
58 Their reporters were better sourced: Gary Younge, "Washington Post Apologises for Underplaying WMD Scepticism," *Guardian*, August 12, 2004, https://www.theguardian.com/world/2004/aug/13/pressandpublishing.usa.
59 During the dawn of digital: Robert D. McFadden, "Christopher Ma, Washington Post Executive, Dies at 61," *New York Times*, November 24, 2011, https://www.nytimes.com/2011/11/25/business/media/christopher-ma-washington-post-executive-dies-at-61.html.
60 Ma was hunting: Steven Mufson, "As Jeff Bezos Prepares to Take Over, a Look at Forces That Shaped the Washington Post Sale," *Washington Post*, September 27, 2013, https://www.washingtonpost.com/business/as-jeff-bezos-prepares-to-take-over-a-look-at-forces-that-shaped-the-washington-post-sale/2013/09/27/11c7d01a-2622-11e3-ad0d-b7c8d2a594b9_story.html.
61 Graham later told me: Donald Graham, interviewed by Jill Abramson, Washington, D.C., May 4, 2017.
62 Zuckerberg, according to a history: David Kirkpatrick, "Mark Zuckerberg: The Temptation of Facebook's CEO," CNN Money, May 6, 2010, https://money.cnn.com/2010/05/06/technology/facebook_excerpt_full.fortune/index.htm.
63 Eventually Graham offered $6 million: Ibid.
64 According to an account: Ibid.
65 They and Zuckerberg went to: Sarah Ellison, "Ghosts in the Newsroom," *Vanity Fair*, March 7, 2012, https://www.vanityfair.com/news/business/2012/04/washing ton-post-watergate.97 The man persuaded: David Kirkpatrick, "Mark Zuckerberg: The Temptation of Facebook's CEO," CNN Money, May 6, 2010, https://money.cnn.com/2010/05/06/technology/facebook_excerpt_full.fortune/index.htm.
66 Graham joined the small Facebook board: Christopher S. Stewart and Russell Adams, "When Zuckerberg Met Graham: A Facebook Love Story," *Wall Street Journal*, January 5, 2012, https://www.wsj.com/articles/SB10001424052970203686204577116631661990706.
67 The man persuaded: David Kirkpatrick, "Mark Zuckerberg: The Temptation of Facebook's CEO," CNN Money, May 6, 2010, https://money.cnn.com/2010/05/06/technology/facebook_excerpt_full.fortune/index.htm.

release/kaplan-higher-education-campuses/kaplan-inc-completes-acquisition-quest-education.
35 The company did not come cheap: Steven Mufson and Jia Lynn Yang, "The Trials of Kaplan Higher Ed and the Education of the Washington Post Co.," *Washington Post*, April 9, 2011, https://www.washingtonpost.com/business/the-trials-of-kaplan-higher-ed-and-the-education-of-the-washington-post-co/2011/03/20/AFsGuUAD_story.html?utm_term=.1c31402d4292.
36 The move kicked off: Russell Adams and Melissa Kom, "For-Profit Kaplan U. Hears Its Fight Song," *Wall Street Journal*, August 30, 2010, https://www.wsj.com/articles/SB10001424052748703418004575455773289209384.
37 But George W. Bush packed: Steven Mufson and Jia Lynn Yang, "The Trials of Kaplan Higher Ed and the Education of the Washington Post Co.," *Washington Post*, April 9, 2011, https://www.washingtonpost.com/business/the-trials-of-ka plan-higher-ed-and-the-education-of-the-washington-post-co/2011/03/20/AFs GuUAD_story.html?utm_term=.1c31402d4292.
38 As Kaplan mounted: Libby A. Nelson, "Will Kaplan Survive without WaPo?," Po-litico, August 5, 2013, https://www.politico.com/story/2013/08/washington-post-sale-kaplan-095208.
39 The $101 million: Steven Mufson and Jia Lynn Yang, "The Trials of Kaplan Higher Ed and the Education of the Washington Post Co.," *Washington Post*, April 9, 2011, https://www.washingtonpost.com/business/the-trials-of-kaplan-higher-ed-and-the-education-of-the-washington-post-co/2011/03/20/AFsGuUAD_story.ht ml?utm_term=.1c31402d4292.
40 In 2006 the Post Company: Ibid.
41 "It has been amazing: Frank Aherns, "Post Now an 'Education and Media' Company," *Washington Post*, December 6, 2007, http://www.washingtonpost.com/wp-dyn/content/article/2007/12/05/AR2007120500683.html?noredirect=on.
42 Eventually, after taking: Steven Mufson and Jia Lynn Yang, "The Trials of Kaplan Higher Ed and the Education of the Washington Post Co.," *Washington Post*, April 9, 2011, https://www.washingtonpost.com/business/the-trials-of-kaplan-higher-ed-and-the-education-of-the-washington-post-co/2011/03/20/AFsGuUAD_story.ht ml?utm_term=.1c31402d4292.
43 His severance package: Rusty Weiss, "Scandal at the Washington Post: Fraud, Lobbying and Insider Trading," Accuracy in Media, March 8, 2012, https://www.aim.org/special-report/scandal-at-the-washington-post-fraud-lobbying-insider-trading/.
44 On the editorial side: Paul Farhi, "On Iraq, Journalists Didn't Fail. They Just Didn't Succeed," *Washington Post*, March 22, 2013, https://www.washingtonpost.com/opinions/on-iraq-journalists-didnt-fail-they-just-didnt-succeed/2013/03/22/0ca6cee6-9186-11e2-9abd-e4c5c9dc5e90_story.html?utm_term=.b01b1e291827.
45 The Times published: "From the Editors: The Times and Iraq," *New York Times*, May 26, 2004, https://www.nytimes.com/2004/05/26/world/from-the-editors-the-times-and-iraq.html.
46 The Post also published: Howard Kurtz, "The Post on WMDs: An Inside Story," *Washington Post*, August 12, 2004, http://www.washingtonpost.com/wp-dyn/arti cles/A58127-2004Aug11.html.
47 On the eve of the war: "Analysis of Colin Powell's Speech before the U.N.," *Larry King Live* (transcript), CNN, February 5, 2003, http://transcripts.cnn.com/TRANSCRIPTS/0302/05/lkl.00.html.
48 But they were drowned out: Howard Kurtz, "The Post on WMDs: An Inside Story," *Washington Post*, August 12, 2004, http://www.washingtonpost.com/wp-dyn/articles/A58127-2004Aug11.html.
49 Thomas Ricks, who covered: Ibid.
50 Though Woodward enjoyed: Andrew Ferguson, "Bob Woodward's Washington," *Weekly Standard*, May 3, 2004, https://www.weeklystandard.com/andrew-fer guson/bob-woodwards-washington; "Interview: Bob Woodward," PBS *Frontline* (transcript), December 13, 2006, https://www.pbs.org/wgbh/pages/frontline/newswar/interviews/woodward.html#1.

washington-post-sale/2013/09/27/11c7d01a-2622-11e3-ad0d-b7c8d2a594b9_story.html.

⓲ Coll was ready to present: Sarah Ellison, "Ghosts in the Newsroom," *Vanity Fair*, March 7, 2012, https://www.vanityfair.com/news/business/2012/04/washington-post-watergate.

⓳ Hoping to mend the relationship: Steve Coll, interviewed by Jill Abramson, New York, August 18, 2015.

⓴ Coll's exit in August: Sarah Ellison, "Ghosts in the Newsroom," *Vanity Fair*, March 7, 2012, https://www.vanityfair.com/news/business/2012/04/washington-post-watergate.

㉑ The newsroom was downcast: Annie Groer, "After Buyouts, the Goodbyes: Washington Post Staffers Gather for a Bittersweet Send-Off," *Huffington Post*, Decem-ber 6, 2017, https://www.huffingtonpost.com/annie-groer/after-buyouts-the-good bye_b_104571.html.

㉒ So the newsroom shrank: Sarah Ellison, "Ghosts in the Newsroom," *Vanity Fair*, March 7, 2012, https://www.vanityfair.com/news/business/2012/04/washington-post-watergate; Jeremy W. Peters, "A Newspaper, and a Legacy, Reordered," *New York Times*, February 11, 2012, https://www.nytimes.com/2012/02/12/business/media/the-washington-post-recast-for-a-digital-future.html.

㉓ The cuts eventually robbed: Sarah Ellison, "Ghosts in the Newsroom," *Vanity Fair*, March 7, 2012, https://www.vanityfair.com/news/business/2012/04/washing ton-post-watergate; Jeremy W. Peters, "A Newspaper, and a Legacy, Reordered," *New York Times*, February 11, 2012, https://www.nytimes.com/2012/02/12/busi ness/media/the-washington-post-recast-for-a-digital-future.html.

㉔ Downie had written a book: Leonard Downie Jr. and Robert G. Kaiser, *The News about the News: American Journalism in Peril* (New York: Vintage, 2003).

㉕ In a 2011 report: Steven Waldman, "The Information Needs of Communities," FCC Report, June 2011.

㉖ The print team didn't trust: Erik Wemple, "One Mission, Two Newsrooms," *Washington City Paper*, February 15, 2008, https://www.washingtoncitypaper.com/news/article/13034934/one-mission-two-newsrooms.

㉗ He also liked that Virginia: James Warren, "Is *The New York Times* vs. *The Washington Post* vs. Trump the Last Great Newspaper War?," *Vanity Fair*, July 30, 2017, https://www.vanityfair.com/news/2017/07/new-york-times-washington-post-donald-trump.

㉘ Its storied history: Daniel Okrent, "How Arthur Sulzberger Outwitted Don Graham," Politico, December 15, 2017, https://www.politico.com/magazine/story/2017/12/15/how-arthur-sulzberger-outwitted-don-graham-216105.

㉙ Classified ads made up: "Who Killed the Newspaper?," *The Economist*, August 24, 2006, https://www.economist.com/leaders/2006/08/24/who-killed-the-newspaper.

㉚ A year after he left: Steve Coll, interviewed by Jill Abramson, New York, August 18, 2015.

㉛ So when the Post's board advised: Steven Mufson and Jia Lynn Yang, "The Trials of Kaplan Higher Ed and the Education of the Washington Post Co.," *Washington Post*, April 9, 2011, https://www.washingtonpost.com/business/the-trials-of-kaplan-higher-ed-and-the-education-of-the-washington-post-co/2011/03/20/AFsGuUAD_story.html?utm_term=.1c31402d4292.

㉜ Buffett, the Oracle of Omaha: Patricia Sullivan, "Test-Prep Pioneer Stanley H. Kaplan Dies at 90," *Washington Post*, August 25, 2009, http://www.washingtonpost.com/wp-dyn/content/article/2009/08/24/AR2009082402105.html.

㉝ Graham appointed Don: Steven Mufson and Jia Lynn Yang, "The Trials of Kaplan Higher Ed and the Education of the Washington Post Co.," *Washington Post*, April 9, 2011, https://www.washingtonpost.com/business/the-trials-of-kaplan-higher-ed-and-the-education-of-the-washington-post-co/2011/03/20/AFsGuUAD_story.html?utm_term=.1c31402d4292.

㉞ Next Grayer found Quest: "Kaplan, Inc. Completes Acquisition of Quest Education," Kaplan Higher Education Campuses news releases, July 27, 2000, http://newsroom.kaplan.edu/pressnew-york-times-washington-post-donald-trump; Sarah Ellison, "Ghosts in the Newsroom," Vanity Fair, March 7, 2012, https://www.vanityfair.com/news/business/2012/04/washington-post-watergate.

❸ The education company: Frank Aherns, "Post Now an 'Education and Media' Company," *Washington Post*, December 6, 2007, http://www.washingtonpost.com/wp-dyn/content/article/2007/12/05/AR2007120500683.html?noredirect=on.

❹ Katharine and Donald had been tutored: Amy Argetsinger and Roxanne Roberts, "What Really Happened When Warren Met Katharine," *Washington Post*, September 29, 2008, http://www.washingtonpost.com/wp-dyn/content/article/2008/09/29/AR2008092900068.html.

❺ He believed that local papers: Mamta Badkar, "Buffett Explains Why He Paid $344 Million for 28 Newspapers, and Thinks the Industry Still Has a Future," Business Insider, March 1, 2013, http://www.businessinsider.com/warren-buf fett-buying-newspapers-2013-3; Steven Mutson, "Warren Buffett to Step Down from Washington Post Co. Board," *Washington Post*, January 20, 2011, http://www.washingtonpost.com/wp-dyn/content/article/2011/01/20/AR2011012002972.html.

❻ Priced for a long time: Max Olson, "Warren Buffett & the Washington Post," *FutureBlind* (blog), December 12, 2006, https://futureblind.com/2006/12/12/warren-buffett-washington-post/.

❼ His ties to the local: Daniel Okrent, "How Arthur Sulzberger Outwitted Don Graham," Politico, December 15, 2017, https://www.politico.com/magazine/story/2017/12/15/how-arthur-sulzberger-outwitted-don-graham-216105.

❽ Following a year of service: Leah S. Yared, "From Crimson President to Post Pub-lisher: Donald E. Graham '66," *Harvard Crimson*, May 23, 2016, https://www.thecrimson.com/article/2016/5/23/donald-graham-profile/.

❾ He saw being on the police force: Jeffrey St. Clair and Alexander Cockburn, "The High Life of Katharine Graham," CounterPunch, July 25, 2001, https://www.counterpunch.org/2001/07/25/the-high-life-of-katharine-graham/."

❿ Downie was such a straight arrow: Michael Kinsley, "Fess Up, Journalists," *Washington Post*, November 7, 2000, https://www.washingtonpost.com/archive/opin ions/2000/11/07/fess-up-journalists/df5f6468-e678-49b0-a0d9-010a9b566f7a/.

⓫ In meetings he'd often say: Marcus Brauchli, interviewed by Jill Abramson, March 24, 2016.

⓬ An early alarm: Jordan Weissmann, "The Beginning of the End of Print: The Les-sons of an Amazing Prescient 1992 WaPo Memo," *Atlantic*, August 21, 2012, https://www.theatlantic.com/business/archive/2012/08/the-beginning-of-the-end-of-print-the-lessons-of-an-amazingly-prescient-1992-wapo-memo/261384/.

⓭ There he heard presentations about: Robert Kaiser memo to Don Graham et al., August 6, 1992, http://recoveringjournalist.typepad.com/files/kaiser-memo.pdf.

⓮ Four years later, an eternity: Jordan Weissmann, "The Beginning of the End of Print: The Lessons of an Amazing Prescient 1992 WaPo Memo," *Atlantic*, August 21, 2012, https://www.theatlantic.com/business/archive/2012/08/the-beginning-of-the-end-of-print-the-lessons-of-an-amazingly-prescient-1992-wapo-memo/261384/.

⓯ The next missed opportunity: Daniel Okrent, "How Arthur Sulzberger Outwitted Don Graham," Politico, December 15, 2017, https://www.politico.com/magazine/story/2017/12/15/how-arthur-sulzberger-outwitted-don-graham-216105.

⓰ Steve Coll, a Pulitzer-winning: Sarah Ellison, "Ghosts in the Newsroom," *Vanity Fair*, March 7, 2012, https://www.vanityfair.com/news/business/2012/04/wash ington-post-watergate.

⓱ The Post would have to look: Steven Mufson, "As Jeff Bezos Prepares to Take Over, a Look at Forces That Shaped the Washington Post Sale," *Washington Post*, September 27, 2013, https://www.washingtonpost.com/business/as-jeff-bezos-prepares-to-take-over-a-look-at-forces-that-shaped-the-

❸⓪ With the slogan "Tune In: Stuart Dredge, "YouTube Was Meant to Be a Video-Dating Website," *Guardian* (UK), March 16, 2016, https://www.theguardian.com/technology/2016/mar/16/youtube-past-video-dating-website.

❸① "This is the next step: Associated Press, "Google Buys YouTube for $1.65 Billion," NBCNews.com, October 10, 2006, http://www.nbcnews.com/id/15196982/ns/business-us_business/t/google-buys-youtube-billion/#.W1evqdhKjBU.

❸② The site was attracting: Reuters, "YouTube Serves Up 100 Million Videos a Day Online," USAToday.com, July 16, 2006, http://usatoday30.usatoday.com/tech/news/2006-07-16-youtube-views_x.htm.

❸③ From inception it had stuck: Mercedes La Rosa, June 8, 2007, https://maison neuve.org/article/2007/06/8/vice-everywhere.

❸④ The author David Foster Wallace: David Foster Wallace, "Deciderization 2007—A Special Report," *The Best American Essays 2007* (Wilmington, Massa-chusetts: Mariner Books, 2007).

❸⑤ "They gave me a pitch: Robert Levine, "A Guerrilla Video Site Meets MTV," *New York Times*, November 19, 2007, https://www.nytimes.com/2007/11/19/business/media/19vice.html?hp&_r=1.

❸⑥ The Vice Guide to Travel: The Vice Guide to Travel, VBS.tv, 2006.

❸⑦ "Their default position: Mercedes La Rosa, "Vice Is Everywhere," *Maison Neuve*, June 8, 2007, https://maisonneuve.org/article/2007/06/8/vice-everywhere/.

❸⑧ The high point for television: Barbara Boland, "Study: Network News Viewers at All-Time Low; Half under Age 30 Never Watch News," CNSNews.com, January 10, 2014, https://www.cnsnews.com/news/article/barbara-boland/study-network-news-viewers-all-time-low-half-under-age-30-never-watch.

第三章　傳統——《紐約時報》，之一

❶ (One outside critic blasted: Michelle Cottle, "The Gray Lady Wears Prada," *New Republic*, April 17, 2006, https://newrepublic.com/article/62336/the-gray-lady-wears-prada.

❷ To keep his $200 million-plus: Richard Pérez-Peña, "New York Times Plans to Cut 100 Newsroom Jobs," *New York Times*, February 14, 2008, https://www.nytimes.com/2008/02/14/business/media/14cnd-times.html.

❸ At the L.A. Times: "Mark Willes: Cereal Killer," Wired, October 16, 1998, https://www.wired.com/1998/10/mark-willes-cereal-killer/.

❹ the paper forged: David Shaw, "Crossing the Line," *Los Angeles Times*, December 20, 1999, http://articles.latimes.com/1999/dec/20/news/ss-46240.

❺ "Our corporate superiors: John Carroll, "Last Call at the ASNE Saloon," speech delivered to the American Society of Newspaper Editors convention, Seattle, Washington, April, 2006, https://www.poynter.org/news/last-call-asne-saloon.

❻ Clay Shirky, a journalism professor: Clay Shirky, "Newspapers and Thinking the Unthinkable," *Shirky* (blog), March 13, 2009, http://www.shirky.com/weblog/2009/03/newspapers-and-thinking-the-unthinkable/.

❼ One devoted reader: Roberta Smith, "All the News That's Fit to Paint," *New York Times*, January 31, 1997, https://www.nytimes.com/1997/01/31/arts/all-the-news-that-s-fit-to-paint.html.

第四章　衰退——《華盛頓郵報》，之一

❶ But the battered state: Michael Wolff, "Post Modern," *Vanity Fair*, September 4, 2009, https://www.vanityfair.com/news/2009/10/wolff200910.

❷ It was more diversified: James Warren, "Is *The New York Times* vs. *The Washington Post* vs. Trump the Last Great Newspaper War?," *Vanity Fair*, July 30, 2017, https://www.vanityfair.com/news/2017/07/

in the Baggot Inn to Building a $400m Fortune,' " *Irish Times*, October 30, 2013, https://www.irishtimes.com/business/technology/shane-smith-how-i-went-from-serving-pints-in-the-baggot-inn-to-building-a-400m-fortune-1.1577326.

⓫ "We realized if we: "The Engagement Project: The VICE Guide to Engagement," Thinking with Google, June 2013, https://www.thinkwithgoogle.com/marketing-resources/the-vice-guide-to-engagement/.

⓬ The spread featured a bald woman: "The Racist Issue: Ryan Bigge, Hiding in De-light: Transgression, Irony and Edge of VICE, Master's Thesis, Ryerson Univer-sity and New York University, January 12, 2007.

⓭ In 1999, Vice moved: Lizzie Widdicombe, "The Bad Boy Brand," *The New Yorker*, April 8, 2013, https://www.newyorker.com/magazine/2013/04/08/the-bad-boy-brand.

⓮ "It paid to be perceived: Gavin McInnes, Suroosh Alvi, and Shane Smith, *The Vice Guide to Sex and Drugs and Rock and Roll* (London: Revolver Books, 2006), 11.

⓯ McInnes asserted, "This: Anne Elizabeth Moore, "The Vertically Integrated Rape," *The Baffler*, no. 24, January 2014, https://thebaffler.com/salvos/the-vertically-integrated-rape-joke.

⓰ But before Szalwinski could sell: Alexandra Molotkow, "Giving Offence: Gavin McInnes Co-Founded Vice Magazine: As It Got Big, He Got Ousted," The Wal-rus, May 1, 2017, https://thewalrus.ca/giving-offence/.

⓱ "Those guys had a real struggle: Ibid.

⓲ Early issues featured writing: Gavin McInnes, Suroosh Alvi, and Shane Smith, *The Vice Guide to Sex and Drugs and Rock and Roll* (London: Revolver Books, 2006), 8.

⓳ By the spring of 2001: Adam Heimlich, "ViceRising: Why Corporate Media Is Sniffing the Butt of the Magazine World," *New York Press*, October 8, 2002, https://web.archive.org/web/20081010201329/http://nypress.com/15/40/news&columns/feature.cfm.

⓴ Music writer Amy Kellner: Amy Kellner, "Rebel Girls," Vice, November 30, 2000, https://www.vice.com/en_us/article/4wav3w/bratmobile-v7n10.

㉑ When Alvi was interviewed: Dominic Patten, "Vice Squad," *Globe and Mail*, Nov-ember 11, 2002, https://www.theglobeandmail.com/arts/vice-squad/article4142684/.

㉒ To the founders, staying punk: Vanessa Grigoriadis, "The Edge of Hip: Vice, the Brand," *New York Times*, September 28, 2003, https://www.nytimes.com/2003/09/28/style/the-edge-of-hip-vice-the-brand.html.

㉓ Vice had already sent: "Letter to the Editor," *Vice*, 8, no. 8, November 2001.

㉔ Alvi had once said: Dominic Patten, "Vice Squad," *Globe and Mail*, November 11, 2002, https://www.theglobeandmail.com/arts/vice-squad/article4142684/.

㉕ They were taking in: Ryan Bigge, "Hiding in Delight: Transgression, Irony and the Edge of Vice," http://digitalcommons.ryerson.ca/dissertations (2007), *Theses and Dissertations*, Paper 67, 39–40.

㉖ Dear Suroosh: Jenna Schnuer, "Vice," *AdAge*, November 1, 2004, http://*AdAge*.com/article/special-report-marketing-50/vice/101078/.

㉗ "You guys are going around: David Itzkoff, "Spike Jonze on the Small Screen," Cineconomy, January 3, 2016, http://www.cineconomy.com/2012/eng/news.php?news=7263.

㉘ They wed at her father's vineyard: Gillian Orr, "The Wedding Day: Sofia Coppola & Spike Jonze," Refinery 29, September 4, 2016, https://www.refinery29.uk/sofia-coppola-spike-jonze-wedding-day; Ethan Smith, "Spike Jonze Unmasked," *New York*, n.d., http://nymag.com/nymetro/movies/features/1267/.

㉙ Many viewers couldn't help themselves: Sandra P. Angulo, "Senator Joe Lieber-man Wants MTV to Cancel 'Jackass,' " *Entertainment*, January 31, 2001, http://ew.com/article/2001/01/31/senator-joe-lieberman-wants-mtv-cancel-jackass/.

2015.

55 She had gotten her college degree: Madina Papadopoulos, "The Joys of Being Peggy Wang," Tulane University, *New Wave*, June 28, 2017, https://news.tulane.edu/news/joys-being-peggy-wang.

56 Wang became the site's: Tanner Greenring, Scott Lamb, Jack Shepherd, Matt Stopera, and Peggy Wang, interviewed by Jill Abramson and John Stillman, New York, June 26, 2015.

57 He came to BuzzFeed: "Matt Stopera: Senior Editor at BuzzFeed," How Did You Get That Job?, November 7, 2012, http://howdidyougetthatjob.co/post/35063858612/matt-stopera-senior-editor-buzzfeed.

58 In college he decided: Ibid.

59 He created a website: Zach Baron, "Where the Wild Things Go Viral," *GQ*, March 4, 2014, https://www.gq.com/story/buzzfeed-beastmaster-profile-march-2014.

60 Stopera, the baby of the group: Matt Stopera, interviewed by Jill Abramson and John Stillman, New York, September 2015.

61 Every so often, Peretti: Arabelle Sicardi, interviewed by Jill Abramson, New York, July 16, 2015.

62 Each time a new post: BuzzFeed International Editorial Meeting, observed by Jill Abramson and John Stillman, New York, October 28, 2015.

63 When the buzz du jour: Tanner Greenring, Scott Lamb, Jack Shepherd, Matt Stop-era, and Peggy Wang, interviewed by Jill Abramson and John Stillman, New York, June 26, 2015.

64 His wife had given birth: Jonah Peretti, interviewed by Jill Abramson at BuzzFeed New York, June 17, 2015.

65 "BuzzFeed was set up: Marc Andreessen, telephone interview by Jill Abramson, May 4, 2016.

66 Peretti's PowerPoint pitch: Jason Del Rey, "BuzzFeed's 2008 Investor Pitch: See Jonah Peretti's Predictions, Right and Wrong," *AdAge*, April 12, 2013, http://AdAge.com/article/media/buzzfeed-s-2008-investor-pitch-jonah-peretti-s-predictions/240861/.

第二章　顛覆——VICE媒體，之一

1 One of his best friends: Gavin McInnes, *The Death of Cool: From Teenage Rebel-lion to the Hangover of Adulthood* (New York: Simon & Schuster, 2013), 47.

2 At Carleton they had played: Gavin McInnes, Suroosh Alvi, and Shane Smith, *The Vice Guide to Sex and Drugs and Rock and Roll* (London: Revolver Books, 2006), 2.

3 "When I was young: Shane Smith, interviewed by Spike Jonze, "Spike Jonze Spends Saturday with Shane Smith (Part 1/3)," October 2012, https://www.youtube.com/watch?v=GPIPMH_AzAo.

4 Smith returned to Canada: Gavin McInnes, Suroosh Alvi, and Shane Smith, *The Vice Guide to Sex and Drugs and Rock and Roll* (London: Revolver Books, 2006), 2–3.

5 Almost on a whim: David Sax, "The Vice Guide to Sex, Drugs and Profit," Ca-nadian Business, February 27, 2006, https://www.canadianbusiness.com/business-strategy/the-vice-guide-to-sex-drugs-and-profit/.

6 "If you're looking at Vice: Shane Smith, interviewed by Spike Jonze, "Spike Jonze Spends Saturday with Shane Smith (Part 1/3)," October 2012, https://www.youtube.com/watch?v=GPIPMH_AzAo.

7 When the local Montreal paper: Alexandra Molotkow, "Giving Offence: Gavin McInnes Co-Founded Vice Magazine: As It Got Big, He Got Ousted," The Walrus, May 1, 2017, https://thewalrus.ca/giving-offence/.

8 As the founders of Voice: Jason Tanz, "The Snarky Vice Squad Is Ready to Be Taken Seriously. Seriously," Wired, October 18, 2017, https://www.wired.com/2007/10/ff-vice/.

9 (Szalwinski later told Wired): Lizzie Widdicomb, "The Bad Boy Brand," *The New Yorker*, April 8, 2013, https://www.newyorker.com/magazine/2013/04/08/the-bad-boy-brand.

10 "When we initially moved: Pamela Newenham, "Shane Smith: 'How I Went from Serving Pints

34 To Google, it was another step: "Letter from the Founders," *New York Times*, April 29, 2004, https://www.nytimes.com/2004/04/29/business/letter-from-the-founders.html.

35 "There are those who think: Gabriel Sherman, "The Raging Septuagenarian," *New York*, February 28, 2010, http://nymag.com/nymag/rss/media/64305/index4.html.

36 (A full-page ad: David Streitfeld, "Plot Thickens as 900 Writers Battle Amazon," *New York Times*, August 7, 2014, https://www.nytimes.com/2014/08/08/business/media/plot-thickens-as-900-writers-battle-amazon.html.

37 He blamed Arianna Huffington: Bill Keller, "All the Aggregation That's Fit to Aggregate," *New York Times*, March 10, 2011, https://www.nytimes.com/2011/03/13/magazine/mag-13lede-t.html.

38 Huffington struck back: Arianna Huffington, "Bill Keller Accuses Me of 'Aggre-gating' an Idea He Had Actually 'Aggregated' from Me," *Huffington Post*, May 25, 2011, https://www.huffingtonpost.com/arianna-huffington/bill-keller-accuses-me-of_b_834289.html.

39 Twelve months after the Huffington Post: "The 2006 TIME 100," *Time*, n.d., http://content.time.com/time/specials/packages/completelist/0,29569,1975813,00.html.

40 "It took just two fingers: Brett Sokol, "The Drudge Retort," *Miami New Times*, June 28, 2001, https://www.miaminewtimes.com/news/the-drudge-retort-6351876.

41 "I was just always interested: Jonah Peretti, interviewed by Jill Abramson at BuzzFeed New York, June 17, 2015.

42 Years later Lerer would recall: Kenneth Lerer, interviewed by Jill Abramson, New York, December 2, 2015.

43 Within 24 hours: Sarah Phillips, "A Brief History of Facebook," *Guardian*, July 25, 2007, https://www.theguardian.com/technology/2007/jul/25/media.newmedia.

44 "You had the underpinnings: Chris Cox, interviewed by Martin Nisenholtz, Digi-tal Riptide, April 1, 2013, https://www.digitalriptide.org/person/chris-cox/.

45 "iPhone is a revolutionary: "Apple Reinvents the Phone with iPhone," Apple, Inc. (press release), January 9, 2007, https://www.apple.com/newsroom/2007/01/09Apple-Reinvents-the-Phone-with-iPhone/.

46 The release date was set: "Where Would Jesus Queue?," *The Economist*, July 5, 2007, https://www.economist.com/business/2007/07/05/where-would-jesus-queue.

47 With seed funding: Tanner Greenring, Scott Lamb, Jack Shepherd, Matt Stopera, and Peggy Wang, interviewed by Jill Abramson and John Stillman, New York, June 26, 2015.

48 He purchased a few servers: Ibid.

49 Function No. 1: Jonah Peretti, interviewed by Jill Abramson at BuzzFeed New York, June 26, 2015; Alyson Shontell, "Inside BuzzFeed: The Story of How Jonah Peretti Built the Web's Most Beloved New Media Brand," Business Insider, Decem-ber 11, 2012, https://www.businessinsider.com/buzzfeed-jonah-peretti-interview-2012-12.

50 "The original editors: Jonah Peretti, interviewed by Jill Abramson and John Still-man at BuzzFeed Motion Pictures, Los Angeles, March 15, 2016.

51 Its slogan: "Find: Jason Del Rey, "BuzzFeed's 2008 Investor Pitch: See Jonah Peretti's Predictions, Right and Wrong," *AdAge*, April 12, 2013, http://adage.com/article/media/buzzfeed-s-2008-investor-pitch-jonah-peretti-s-predictions/240861/.

52 "BuzzFeed wasn't a content site: Kenneth Lerer, interviewed by Jill Abramson, New York, December 2, 2015.

53 Things like "basset hounds running: Asher Klein, "BuzzFeed Wants You to Look Cool," Chicago Reader, September 28, 2012, https://www.chicagoreader.com/Bleader/archives/2012/09/28/buzzfeed-wants-you-to-look-cool.

54 One was Peggy Wang: Peggy Wang, interviewed by Jill Abramson at BuzzFeed New York, September

Motion Pictures, Los Angeles, March 14, 2016.

⑯ "Digerati Vogues: Sarah Boxer, "Digerati Vogues, Caught Midcraze," *New York Times*, May 12, 2006, https://www.nytimes.com/2005/05/12/arts/design/digerati-vogues-caught-midcraze.html.

⑰ This came with the territory: Matthew Lynch, "The Jolly, Abrupt, WTF Rise of BuzzFeed," *M Magazine*, n.d., http://mmagazine.tumblr.com/post/45911798703/the-jolly-abrupt-wtf-rise-of-buzzfeed.

⑱ At first Peretti wasn't interested: Jonah Peretti, interviewed by Jill Abramson at BuzzFeed New York, June 17, 2015.

⑲ The antigun campaign: Kenneth Lerer, interviewed by Jill Abramson, New York, December 2, 2015.

⑳ The conversation at dinner revolved: Jonah Peretti, interviewed by Jill Abramson at BuzzFeed New York, June 17, 2015.

㉑ The Oakland-raised son: Jonah Peretti, interviewed by Jill Abramson at BuzzFeed New York, June 26, 2015.

㉒ "I learned from Arianna: Jonah Peretti, interviewed by Jill Abramson at Buzz-Feed New York, June 17, 2015.

㉓ As the official innovator: Jonah Peretti, interviewed by Jill Abramson at BuzzFeed New York, June 26, 2015.

㉔ Just four years after Peretti: Tim Rutten, "AOL? HuffPo. The Loser? Journalism," *Los Angeles Times*, February 9, 2011, http://articles.latimes.com/2011/feb/09/opinion/la-oe-rutten-column-huffington-aol-20110209.

㉕ Shortly after the Huffington Post's: Katharine Q. Seelye, "Times Company An-nounces 500 Job Cuts," *New York Times*, September 21, 2005, https://www.nytimes.com/2005/09/21/business/media/times-company-announces-500-job-cuts.html.

㉖ The Washington Post spent millions: Steven Mufson, "Washington Post An-nounces Cuts to Employees' Retirement Benefits," *Washington Post*, September 23, 2014, https://www.washingtonpost.com/business/economy/washington-post-announces-cuts-to-employees-retirement-benefits/2014/09/23/f485981a-436d-11e4-b437-1a7368204804_story.html?utm_term=.dadf7ca0ef2b.

㉗ At the Post, Weymouth recalled: Katharine Weymouth, interviewed by Jill Abramson, Washington, D.C., July 12, 2016.

㉘ The amount of digital data: Geoff Duncan, "Study: 161 Exabytes of Digital Data in 2006," Digital Trends, March 6, 2007, https://www.digitaltrends.com/comput ing/study-161-exabytes-of-digital-data-in-2006/.

㉙ A 2008 study commissioned: Associated Press and the Context-Based Research Group, "A New Model for News: Studying the Deep Structure of Young-Adult News Consumption," Social Media Club, June 2008, 37, 43. http://socialmediaclub.pbworks.com/f/apnewmodelfornews.pdf.

㉚ A Pew study: Russell Heimlich, "Can Name the Current Vice President," Pew Research Center, April 23, 2007, http://www.pewresearch.org/fact-tank/2007/04/23/can-name-the-current-vice-president/.

㉛ The balance of objectivity: "Amendment to No. 9 to Form S-1 Registration State-ment, Google, Inc.," Securities and Exchange Commission, Washington, D.C., August 18, 2014, A-21, https://www.fbcoverup.com/docs/eclipse/2004-08-18-Google-Form-S-1-Amendment-No-9-Registration-Statement-SEC-Aug-18-2004.pdf.

㉜ More people consulted the web: Felicity Barringer, "Pulitzers Focus on Sept. 11, and The Times Wins 7," *New York Times*, April 9, 2002, https://www.nytimes.com/2002/04/09/nyregion/pulitzers-focus-on-sept-11-and-the-times-wins-7.html.

㉝ "People came to us: Krishna Bharat, interviewed by Martin Nisenholtz, Digital Riptide, April 1, 2013, https://www.digitalriptide.org/person/krishna-bharat/.

註釋

自序

❶ The newspaper industry had shed $1.3 billion: Evan Horowitz, "Even Fishermen and Coal Miners Are Not Losing Jobs as Fast as the Newspaper Industry," *Boston Globe*, July 3, 2018, https://www.bostonglobe.com/business/2018/07/03/even-fishermen-and-coal-miners-are-faring-better-than-newspaper-employees/snK5o6ritw8UxvD51O336L/story.html.

❷ The *Boston Globe* had closed its foreign news bureaus: Jim Romenesko, "Globe Closes Foreign Bureaus to Save Jobs in Boston Newsroom," Poynter, January 23, 2007, https://www.poynter.org/news/globe-closes-foreign-bureaus-save-jobs-boston-newsroom; Howard Kurtz, "Washington Post Shutters Last U.S. Bureaus," *Washington Post*, November 24, 2009, http://www.washingtonpost.com/wp-dyn/content/article/2009/11/24/AR2009112403014.html.

❸ The Times had already and unsuccessfully: Richard Pérez-Peña, "Times to Stop Charging for Parts of Its Web Site," *New York Times*, September 18, 2007, https://www.nytimes.com/2007/09/18/business/media/18times.html.

第一章　崛起——BUZZFEED，之一

❶ His younger sister, Chelsea: Alex Bhattacharji, "Peretti Siblings Share a Sense of Humor, Not Just Genes," *New York Times*, April 1, 2017, https://www.nytimes.com/2017/04/01/fashion/jonah-peretti-chelsea-peretti-get-out-buzzfeed-brook lyn-nine-nine.html.

❷ Their parents divorced: Jonah Peretti, interviewed by Jill Abramson at BuzzFeed New York, June 17, 2015.

❸ But for Jonah each day: Jonah Peretti, "Clay," *Falling for Science: Objects in Mind* (Cambridge, Massachusetts: M.I.T. Press, 2008), 62.

❹ His mother's friend: Jonah Peretti, interviewed by Jill Abramson at BuzzFeed New York, June 17, 2015.

❺ His sister recalls these years: Chelsea Peretti, interviewed by Jill Abramson, Oc-tober 8, 2015.

❻ His senior thesis: Jonah Peretti, "Nativism and Nature: Rethinking Biological Invasion," *Environmental Values* 7, no. 2 (1998): 183–192.

❼ He looked at a couple: Jonah Peretti, interviewed by Jill Abramson at BuzzFeed New York, June 17, 2015.

❽ As an entry-level teacher: Felix Salmon, "BuzzFeed's Jonah Peretti Goes Long," *Matter*, June 11, 2014, https://medium.com/matter/buzzfeeds-jonah-peretti-goes-long-e98cf13160e7.

❾ The funky pair: Peggy Wang, interviewed by Jill Abramson at BuzzFeed New York, September 2015.

❿ One from his first year: Jonah Peretti, "Capitalism and Schizophrenia: Contempo-rary Visual Culture and the Acceleration of Identity Formation/Dissolution," *Negations*, 1996.

⓫ The 27-year-old Peretti submitted: Jonah Peretti, "Nike Sweatshop Emails," Shey.net, www.shey.net/niked.html.

⓬ Sitting in front of the cameras: Kathleen Elkins, "How a Fight with Nike Led BuzzFeed's Jonah Peretti to Create a Billion-Dollar Media Empire," CNBC.com, August 3, 2017, https://www.cnbc.com/2017/08/02/how-jonah-peretti-created-buzzfeed-a-billion-dollar-media-empire.html.

⓭ One write-up heralded him: Alexia Tsotsis, "David Karp, Jonah Peretti and Adrian Grenier Are All Ready to Disrupt NYC," TechCrunch, May 7, 2017, https://techcrunch.com/2012/05/07/david-karp-jonah-peretti-and-adrian-grenier-are-all-ready-to-disrupt-nyc/15-6/.

⓮ In a 23-point manifesto: Jonah Peretti, "*Notes on Contagious Media," Structures of Participation in Digital Culture, edited by Joe Karaganis* (New York: Social Science Research Council, 2007), 158–163.

⓯ He called his clique: Jonah Peretti, interviewed by Jill Abramson and John Still-man at BuzzFeed

Big Ideas
真相的商人：網路崛起、資訊爆炸、獲利崩跌，新聞媒體產業將何去何從？

2021年3月初版 定價：新臺幣650元

著者	Jill Abramson
譯者	吳書榆
叢書編輯	陳冠豪
校對	徐文若
內文排版	林婕瀅
封面設計	兒日

出版者	聯經出版事業股份有限公司
地址	新北市汐止區大同路一段369號1樓
叢書編輯電話	(02)86925588轉5315
台北聯經書房	台北市新生南路三段94號
電話	(02)23620308
台中分公司	台中市北區崇德路一段198號
暨門市電話	(04)22312023
台中電子信箱	e-mail：linking2@ms42.hinet.net
郵政劃撥帳戶	第0100559-3號
郵撥電話	(02)23620308
印刷者	文聯彩色製版印刷有限公司
總經銷	聯合發行股份有限公司
發行所	新北市新店區寶橋路235巷6弄6號2樓
電話	(02)29178022

副總編輯	陳逸華
總編輯	涂豐恩
總經理	陳芝宇
社長	羅國俊
發行人	林載爵

行政院新聞局出版事業登記證局版臺業字第0130號

本書如有缺頁，破損，倒裝請寄回台北聯經書房更換。 ISBN 978-957-08-5718-4 (平裝)
聯經網址：www.linkingbooks.com.tw
電子信箱：linking@udngroup.com

國家圖書館出版品預行編目資料

真相的商人：網路崛起、資訊爆炸、獲利崩跌，新聞媒體產業將何去何從？/ Jill Abramson著．吳書榆譯．初版．新北市．聯經．2021年3月．640面．14.8×21公分（Big Ideas）

譯自：Merchants of truth: the business of news and the fight for facts

ISBN 978-957-08-5718-4（平裝）

1.新聞業 2.新聞史 3.美國

899.52 110002136